Hilary Norman
GEFÄHRLICHE NÄHE

*Bitte beachten Sie,
daß Rezensionen nicht vor dem Erstverkaufstag
(29. Februar 2000) erscheinen sollten.*

*Bitte geben Sie dieses Leseexemplar
auch an Ihre Kolleginnen und Kollegen weiter.*

Gelesen von   Datum

HILARY NORMAN

GEFÄHRLICHE NÄHE

Roman

Aus dem Englischen
von
Wolfgang Neuhaus

GUSTAV LÜBBE VERLAG

Unverkäufliches
Leseexemplar

Copyright © 1998 by Hilary Norman
Originalverlag: Judy Piatkus (Publishers) Ltd., London
Titel der Originalausgabe: Too Close

Copyright © 1999 für die deutsche Ausgabe
Gustav Lübbe Verlag GmbH, Bergisch Gladbach
Aus dem Englischen von Wolfgang Neuhaus
Textredaktion: Cornelie Kister
Schutzumschlaggestaltung: Guido Klütsch, Köln
Satz: Kremerdruck GmbH, Lindlar
Gesetzt aus der Caecilia Roman
Druck und Einband: Wiener Verlag, Himberg

Alle Rechte, auch die der fotomechanischen
Wiedergabe, vorbehalten
Printed in Austria
ISBN 3-7857-0999-4

Sie finden die Verlagsgruppe Lübbe im Internet unter:
http://www.luebbe.de

1 3 2

Für Hedwig und Felix Neumann

Es gibt gute Nachbarn, gleichgültige Nachbarn, miese Nachbarn. Und es gibt teuflische Nachbarn. Dieser Sorte zu entkommen, hat man nur zwei Möglichkeiten. Man stirbt, oder man zieht um. Manchmal hat man Glück, und die Nachbarn verlegen ihren Wohnsitz zuerst. Meist aber muß man selbst den ganzen Wirbel und die Kosten auf sich nehmen. Aber ich glaube, die Sache ist es wert. Der Augenblick, wenn man zum Abschied winkt und diese Hurensöhne hinter sich läßt, ist mit Geld nicht zu bezahlen.

Es sei denn, diese Nachbarn wollen nicht, daß man geht. Es sei denn, diese Leute wissen, wohin man zieht. Es sei denn, sie folgen einem dorthin. Und an jeden anderen Ort, an den man zu flüchten versucht.

Dann weiß man wirklich, was Ärger bedeutet.

Sie träumt wieder den Traum.
Wie jede Nacht.
Sie versucht, sich gegen den Schlaf zu wehren, um dem Traum zu entkommen, aber schließlich erwischt er sie doch. Jede Nacht.

Er ertrinkt.
Wie jedesmal.
Er hat getan, was er immer tut: Er ist in das verbotene Wasser gesprungen, um sie aus den Schlingpflanzen zu befreien, die sich um ihre Knöchel winden und sie in die Tiefe ziehen, so daß sie zu ersticken droht. Entsetzen steigt in ihr auf, entlockt ihr fürchterliche Schreie. Aber Eric ist da – sie weiß, daß er da ist und ihr helfen wird. Ihr großer Bruder ist immer da, um sie aus Schwierigkeiten zu befreien, sie zu retten.
Nur ist es diesmal *er*, der in Schwierigkeiten gerät. Weil sie Eric mit sich in die Tiefe zieht, ist sie noch immer voller Panik, und außer Eric hat sie niemanden – nichts und niemanden –, woran sie sich festhalten kann. Und sie kann nicht atmen; sie *muß* ihren Kopf aus dem Wasser bekommen, an die Luft, und Eric ist größer und stärker als sie, kann länger durchhalten.
Das kann er doch?
Das *kann* er doch?
Ihr Gesicht ist nun aus dem Wasser, und plötzlich bekommt sie wieder Luft – oh, es ist so *wunderbar*, atmen zu können. Ihre Hände finden Halt am Ufer, ihre Finger wühlen sich verzweifelt in den Schlamm, und ihre Arme – die Muskeln kreischen vor Schmerz – stemmen sie aus dem Teich, ziehen sie auf das kühle Gras.
Einen Moment liegt sie bäuchlings da, bis ihr Atem sich beruhigt; dann setzt sie sich auf und dreht sich um.

Eric, mir ist nichts passiert.
Eric, du kannst jetzt aus dem Wasser kommen.

Im Traum kommt er jedesmal aus dem Teich. Ein allerletztes Mal.
Er schaut sie mit seinen sanften braunen Augen an.
Ohne jeden Vorwurf. Nur traurig und irgendwie ... geduldig.
Sag ihnen, es war mein Fehler, Holly. Meine Schuld. So wie wir's immer getan haben.
Er spricht es keuchend zu ihr, atemlos und hastig, als wüßte er, daß es die letzten Worte sind, die er zu ihr sagt.
Laß mich ein letztes Mal der gute alte Eric ein, der Sündenbock, den du immer gebraucht hast, den du immer haben wolltest, wie's dir immer so sehr gefallen hat. Sag ihnen, ich bin zuerst in den Teich gesprungen, obwohl du mir gesagt hast, ich soll es nicht tun. Sag ihnen, ich wollte nicht auf dich hören und daß du mir hinterhergesprungen bist, um mir zu helfen. Dann ist es leichter für dich. Du weißt ja, daß ich immer versucht habe, dir alles leichterzumachen, Holly.
Und dann sinkt er wieder unter die Oberfläche. Zuerst verschwindet sein Gesicht; dann schwappt das Wasser über seinem Kopf zusammen.

Eric, du kannst jetzt rauskommen.
Laß mich nicht allein, Eric.
Eric, ich brauche dich!

Und wieder hört sie das Geräusch.
Die blubbernden Luftblasen, die aus seinem Mund aufsteigen, als er nach Atem ringt. Das Geräusch des Wassers, als es zum letztenmal über seinem Kopf zusammenschlägt.
Den dumpfen Laut, als die erste Schaufel Erde auf seinen Sarg prallt.
Das Weinen ihres Vaters.
Die Schreie ihrer Mutter.
Und dann die Stille.

1976

Während der acht Monate, nachdem ihr großer Bruder Eric in dem Teich im Wald hinter der Leyland Avenue ertrunken war, verbrachte die siebenjährige Holly Bourne jede wache Minute in Finsternis und Stille.

Sie führte ihr gewohntes Leben in Bethesda, Maryland, weiter, war umgänglich zu ihren Eltern und Lehrern. Doch selbst an den heißesten und strahlendsten Tagen dieses Sommers schienen weder das Sonnenlicht noch das fröhliche Geschrei der anderen Kinder, die draußen spielten, bis an Hollys Herz zu dringen.

Sie wußte, was vor sich ging. Sie bemerkte die Veränderungen – daß ihr Daddy sich Sorgen um sie machte und wie er sie anschaute und wie seine grauen Augen (sie sahen genauso wie Hollys Augen aus, sagten die Leute immer) sie furchtsam und sorgenvoll betrachteten. Sie bemerkte, wie Daddy ihrer Mutter Seitenblicke zuwarf, als hoffte er, daß auch sie Mitgefühl mit ihrem kleinen Mädchen hatte. Doch Holly wußte, daß ihre Mutter nichts mehr für sie empfand, allenfalls noch Haß. Vor anderen Leuten – Hollys Lehrern, Freunden und anderen Eltern – erklärte die Mutter oft, wie stolz sie auf ihre Tochter sei, aber Holly wußte, daß sie log. Ihre Mutter sprach nie über Erics Tod, hatte nie offen mit Holly darüber geredet und ihr gesagt, daß sie ihr die *Schuld* gab. Aber das war in Ordnung, wie auch alles andere nun in Ordnung war. Denn obwohl Holly getan hatte, was Eric im Traum zu ihr sagte – wenngleich sie erklärt hatte, es wäre seine Schuld gewesen –, kannte Holly die Wahrheit.

Alles Wichtige, Gute und Schöne war mit Eric begraben worden. Alles Lachen, alle Freude. All die kleinen Streiche, die sie beide getrieben hatten, die Probleme, in die sie hineingestolpert waren, um sich dann herauszuwinden. Der große Bruder und die kleine Schwester. Eric war immer sehr lieb zu ihr gewesen, sehr geduldig und verständnisvoll – alles, was ein kleines Mädchen sich von einem älteren Bruder erträumen konnte. Stets hatte Eric der Schwester aus der Patsche geholfen, in die sie selbst hineingetappt war. Zum Beispiel, als Holly mit einem Stein das Schlafzimmerfenster der alten Mrs. Herbert eingeworfen hatte, die ein Stück die Straße hinunter wohnte. Damals hatte Eric die Schuld auf sich genommen. Oder als Holly sich in Van Zandts Lebensmittelladen eine Schachtel M&Ms in die Tasche steckte – da hatte Eric die Strafpredigt und die Androhung gerichtlicher Schritte über sich ergehen lassen, ohne die kleine Schwester zu verraten. Und als Holly mit einem Taschenmesser die Reifen von Mary Kennedys Fahrrad zerschnitt und Mary sie der Tat beschuldigte, hatte Eric geschworen, er sei mit Holly ganz woanders gewesen.

Bis zu dem Tag, als sie einen Fünfdollarschein aus Mutters Geldbörse gestohlen hatte. Da war Eric wirklich böse auf sie gewesen, hatte ihr eine schlimme Standpauke gehalten und gesagt, er würde dafür sorgen, daß *sie* für diesen Diebstahl die Folgen tragen müsse. Doch als Holly ein paar Tränen vergossen und ihn angebettelt hatte, hielt Eric wie immer den Kopf für sie hin und sagte der Mutter, er habe sich die fünf Dollar ausgeliehen, um sich ein neues Fülleretui zu kaufen, weil er das alte verloren hätte. Er würde die fünf Dollar zurückzahlen, sobald er sich das Geld durch zusätzliche Arbeit in Haus und Garten verdient habe. Die Mutter hatte Eric geglaubt, und er war ohne allzu schlimme Strafe davongekommen, zumal er Moms Liebling war – was Holly der Mutter aber nicht weiter übel nahm, denn Eric, da war Holly sicher, wäre in jeder Familie der Liebling gewesen.

Das alles war jetzt für immer vorbei. Eric war tot, und Holly wurde ein liebes Mädchen. Denn nun hatte es keinen Sinn mehr, irgend etwas Böses zu tun. Es machte keinen Spaß mehr. Es verschaffte Holly keine prickelnde Spannung mehr, gegen Regeln zu verstoßen oder irgendein Wagnis einzugehen, wenn sie dieses Erlebnis nicht mit dem großen Bruder teilen oder ihn damit schockieren konnte. Es gab keinen Eric mehr, der Holly immer wieder bewies, wie sehr er sie liebte, indem er sie vor Schwierigkeiten bewahrte. Also wurde Holly ein liebes Mädchen. Nur daß ein liebes Mädchen für Holly so ziemlich das gleiche war wie ein totes Mädchen.

Niemand sprach mehr über Eric. Niemand erwähnte mehr seinen Namen, wenn es nicht sein mußte. Doch in Hollys Kopf rollte der Name immerzu herum, wie eine heiße, glattgeschliffene Murmel. Lange Zeit tat es weh – ein tiefer, brennender Schmerz. Doch allmählich gewöhnte sie sich daran. Und der Schmerz hielt Holly wenigstens davon ab, zu viel nachzugrübeln und sich Gedanken zu machen. Und das war gut so.

Es gab ohnehin kaum noch etwas, worüber Holly sich Gedanken machte. Sie schien überhaupt nichts mehr zu *empfinden* – bis auf das eine Mal, als sie sich den Finger im Schlafzimmerfenster klemmte, was eine Zeitlang ziemlich weh tat. Dann aber ließ auch dieser Schmerz nach, und bald darauf war nichts mehr davon zu spüren. Ihr Finger war so taub und stumpf geworden wie ihr Verstand.

Bis zum 22. September. Es war ein Mittwoch nachmittag. Genau zwanzig nach drei. Holly erinnerte sich gut an diesen Zeitpunkt, denn genau in dem Augenblick, als sie *ihn* sah, wußte sie, daß heute ein ganz besonderer Tag war, und sie drehte den Kopf und blickte auf die Uhr an der Wand.

Holly hatte in ihrem Schlafzimmer gesessen und nach draußen geschaut (durch dasselbe Fenster, das so schmerzhaft auf ihren Finger hinuntergesaust war), als der Möbelwagen vor dem Nachbarhaus hielt. Der dunkelblaue Chevrolet mit den zwei Erwachsenen auf den Vordersitzen blieb hinter dem Lastwagen stehen. Und hinten aus dem Chevy stieg der Junge aus.

Er war schlank und hochgewachsen, und sein braunes Haar war zerzaust. Von ihrem Aussichtspunkt aus konnte Holly sein Gesicht sehen, als er nun das Haus betrachtete, das sein neues Heim werden sollte. Auf dem Gesicht des Jungen spiegelte sich eine solche Neugier, eine so gespannte, freudige Erwartung, daß Holly es beinahe körperlich spüren konnte. Es war ihre erste *tatsächliche* Empfindung seit langer, langer Zeit – seit sie sich den Finger geklemmt hatte.

Plötzlich drehte der Junge den Kopf und sah Holly hinter dem Fenster im ersten Stock ihres Elternhauses. Holly wußte nicht, wie sie in den Augen des Jungen aussah; sie war sich nicht einmal sicher, ob sie zu ihm hinunterlächelte oder nicht. Doch seine Mundwinkel hoben sich, und seine Augen schienen Holly fröhlich anzufunkeln. So hatte sie keiner mehr angelächelt, seit Eric zum letztenmal im trüben Wasser des Teichs verschwunden war.

Es war genau in diesem Augenblick, als die Dunkelheit wich und Holly erkannte, daß dieser Junge von einer höheren Macht hierher nach Bethesda und ins Nachbarhaus geschickt worden war.

Er war zu ihr – *für sie* – geschickt worden, um Eric zu ersetzen.

Er hieß Nick Miller, erfuhr Holly später an diesem Tag, doch erst einmal schaute der Junge sich weiterhin um, betrachtete sein neues Zuhause und das kleine Mädchen am Fenster, dessen nächster Nachbar er nun sein würde.

Und Holly Bourne, noch keine acht Jahre alt, war soeben mit der Plötzlichkeit und Wucht einer Expreßlokomotive, die aus einem schwarzen Tunnel hervordonnert, aus der Finsternis und Stille gerissen worden. Von diesem ersten Augenblick an war für Holly alles besiegelt.

Nick Miller war gekommen, um ihr Leben zu verändern.

Er gehörte *ihr*.

1996

1 FEBRUAR

»Letzte Woche habe ich von Eleanor Bourne gehört, daß Holly sich in der Anwaltskanzlei in New York sehr gut macht«, sagte Kate Miller zu ihrem Sohn Nick und nützte die Gelegenheit, daß sie einen Moment allein mit ihm in der Küche seines Hauses in San Francisco war, das Nick mit seiner Frau Nina bewohnte. »Wahrscheinlich wird Holly bald Seniorpartnerin in der Kanzlei.«

»Schön für Holly.« In Nicks braunen Augen loderte es auf, doch seine Hände, die auf einer gekachelten Anrichte eine Ananas schälten, blieben vollkommen ruhig. »Und noch besser für mich.«

»Warum sagst du das?« fragte Kate.

»Weil es wahrscheinlicher ist, daß Holly ein paar tausend Meilen weit weg von mir *bleibt*, wenn sie in New York Erfolg hat.«

»Ach, Schatz, jetzt mach aber 'nen Punkt«, erwiderte Kate lachend. »Das alles ist Jahre her.«

»Ich weiß.« Nick machte den letzten Schnitt, legte die Ananasscheiben zusammen mit Mangos, Erdbeeren und Kirschen auf die große tönerne Früchteplatte und wusch sich die Hände am Kaltwasserhahn der Spüle.

»Du solltest den alten Groll endlich vergessen«, sagte Kate.

»Ach ja?« Nick spürte, wie seine Kiefermuskeln sich spannten, doch er zwang sich zur Ruhe und gemahnte sich, daß er seine und Ninas Familie zu Gast hatte, was ein Grund zur Freude und zur Fröhlichkeit sein sollte – um so mehr, als alle Gäste angereist waren, um das Ende des ersten Vierteljahres von Ninas erster Schwangerschaft zu feiern.

»Sich zu ärgern ist ungesund«, sagte Kate.

»Mit Holly Bourne in ein und derselben Stadt zu wohnen, ist noch ungesünder.«

»Was ist eigentlich mit Holly Bourne?«

Nina Ford Miller, Nicks aus England gebürtige Frau, kam mit einem Tablett leerer Gläser in die Küche, gefolgt von Phoebe, ihrer Schwester, und ihrem Vater, William Ford. Kates Gesicht errötete leicht.

»Ach, nichts weiter«, erwiderte Nick leichthin. »Meine Mutter hat mir gerade erzählt, wie gut Holly sich in New York macht. Ich habe ihr geantwortet, daß es mir sehr recht ist. Ich möchte, daß zwischen Holly und mir so viele Meilen liegen wie nur möglich.«

Ethan Miller kam gemächlich aus dem Wohnzimmer in die Küche geschlendert und las in einem Exemplar des *San Francisco Chronicle.* »Was ist mit Holly?« fragte er geistesabwesend.

»Das weißt du doch. Eleanor hat es uns letzte Woche erzählt«, sagte Kate.

»Ach, das«, murmelte Ethan, setzte sich an einen großen mexikanischen Tisch aus Fichtenholz und las weiter.

»Möchte jemand Eiskrem?« fragte Nina und legte Nick den Arm um die Hüfte. »Wir haben mindestens acht Geschmacksrichtungen. Und Käsekuchen.«

»Eine der Vergünstigungen, die bei einer Schwangerschaft auch dem Ehemann zukommen«, sagte Nick.

Er küßte das Haar seiner Frau und spürte, wie die Spannung von ihm abfiel. Ninas Haar war lang und honigfarben. Sie selbst hielt es für ihr schönstes äußeres Merkmal, wenngleich Nick ihre Beine, die Augen und die Nase für noch schöner hielt.

»Ganz gleich, worauf Nina Appetit hat«, erklärte er, »ich bekomme stets meinen Anteil.«

»Dein Glück, daß sie heute auf Eis steht und nicht auf saure Gurken«, meinte Phoebe. »Was hat Eleanor dir letzte Woche denn über Holly erzählt, Kate?«

»Ach, nicht weiter wichtig«, sagte Kate.

»Stimmt, das war es wirklich nicht«, pflichtete Nick ihr bei, öffnete den Kühlschrank und nahm ein Tuppergefäß heraus.

»Wer ist diese Holly Bourne?« fragte William Ford mit einem Anflug von Verärgerung.

»Eine Frau, die Nick mal gekannt hat«, sagte Phoebe.
»Müssen wir unbedingt über Nicks alte Freundinnen reden, wo wir hier sind, um Ninas Schwangerschaft zu feiern?« Fords englisch gefärbte Stimme, die mitunter noch immer den militärisch-schroffen Tonfall annahm, den er sich während seines jahrelangen Dienstes bei der englischen Luftwaffe angeeignet hatte, war nur wenige Grad wärmer als die Eiskrem.
»Holly Bourne ist keine alte Freundin«, sagte Nick leise.
»Soviel ich gehört habe, eher so was wie eine *bête noire*«, meinte Phoebe. Sie grinste, streckte den Arm aus und zerzauste das spärliche Haar ihres Vaters, das den gleichen roten Farbton besaß wie das ihre. »Sei nicht so spießig, Dad.«
»Dein Vater hat vollkommen recht«, sagte Kate. »Ich hätte nicht von Holly anfangen sollen.«
»Ach herrje, Kate«, meinte Phoebe. »Nina macht es nichts aus. Stimmt's, Nina?«
»Überhaupt nicht«, erwiderte Nina wahrheitsgemäß. Nick hatte ihr alles über Holly Bourne erzählt, alles über ihre gemeinsame Kindheit Tür an Tür, die sich zu einer Katastrophe ersten Ranges entwickelt hatte.
»Laßt uns jetzt den Nachtisch essen.« Nick holte Teller und Löffel. »Bringt jemand das Obst?«
»Ich mach' das schon.« Nina nahm die Früchteplatte.
»Ist die Platte nicht zu schwer für dich, Nina?« William Ford warf Nick einen gestrengen Blick zu, doch sein Schwiegersohn war bereits halb aus der Tür zum Wohnzimmer.
»Sie ist überhaupt nicht schwer, Dad. Hör endlich auf zu nörgeln.«
Nina folgte ihrem Mann mit der Obstplatte; Nick wiederum folgte Kate mit einer großen Schüssel Eiskrem.
Ethan Miller legte den *Chronicle* auf den Tisch und blickte zu Ford auf. »Machst du dir irgendwelche Sorgen, William?«
»Nur um das Glück und die Gesundheit meiner Tochter«, erwiderte Ford.
»Warum machst du soviel Aufhebens um solche Kleinigkeiten, Dad?« Phoebe war ein bißchen verärgert.
»Das Glück und die Gesundheit deiner Schwester betrachte ich als eine verdammt *große* Kleinigkeit.«

»So wie wir alle«, sagte Ethan beschwichtigend und verließ die Küche, in der ihm die Atmosphäre zu aufgeheizt wurde. Ethan konnte Spannungen nicht ausstehen.

»Du mußt endlich davon aufhören, Dad«, sagte Phoebe leise zu ihrem Vater.

»Womit aufhören?«

»Das weißt du ganz genau. An Nick herumzumäkeln, obwohl wir beide wissen, daß Nina seit Jahren nicht mehr so glücklich gewesen ist.«

»Ein Grund mehr, sie zu beschützen.« Ford war erst zweiundfünfzig, doch sein Gesicht war mit den Jahren faltig geworden, und seine grünen Augen verschwanden beinahe zwischen den Furchen seiner runzeligen Haut, wenn er vor Wut oder Argwohn das Gesicht verzog. »Wenn man bedenkt, was Nina alles durchgemacht hat.«

»Deshalb solltest du ihr gerade *heute* nicht die Laune verderben. Die beiden haben diesen Tag herbeigesehnt, Dad – Nick genausosehr wie Nina.«

»Was Nick sich herbeisehnt, ist mir scheißegal«, sagte Ford schroff.

Phoebe verzog verzweifelt das Gesicht. »Du kannst wirklich ein Ekel sein.«

Ford warf einen raschen Blick zur Tür. »Nick Miller ist ein Mann mit Vergangenheit, Phoebe.«

»Nina hat auch eine Vergangenheit, Dad«, entgegnete seine jüngere Tochter. »Nur daß Ethan und Kate deshalb keine häßlichen Bemerkungen über sie machen würden.«

»Bist du so sicher?«

»Ganz sicher«, erwiderte Phoebe, deren Stimme wieder ruhiger geworden war. »Sie lieben Nina. Wir alle lieben sie. Besonders Nick.«

»Warum sagt er dann, er möchte von dieser Holly so weit weg sein wie nur irgend möglich?« William Ford kam immer wieder auf dieses Thema zurück, wie ein Spürhund auf eine Fährte. »Wenn ein Mann so starke Gefühle für eine Frau hegt, muß sie ihm sehr viel bedeutet haben.«

»Soweit ich gehört habe«, sagte Phoebe, »war Holly für Nick ein Ärgernis, ein *schlimmes* Ärgernis, und sonst nichts.«

Sie hakte sich bei ihrem Vater ein und führte ihn mit sanfter

Gewalt zur Tür. »Und jetzt komm, Dad. Ich möchte endlich meinen süßen zukünftigen Neffen feiern.«
»Meine jüngere Tochter hat mir gesagt, ich soll mich um meine eigenen Angelegenheiten kümmern«, verkündete Ford lautstark, als er mit Phoebe ins Wohnzimmer kam. »Das wird auch höchste Zeit, Dad.« Phoebe grinste.
»Aber meine beiden Töchter zählen *auch* zu meinen Angelegenheiten, Phoebe Ford«, sagte William mit einem Anflug von Zorn. »Das darfst du niemals aus den Augen verlieren – und auch sonst niemand.«
Nina, die auf dem leinenbespannten Sofa saß und Schokoladeneis vom Löffel leckte, schaute ihren Mann an. In seinen Augen spiegelte sich die gleiche innere Anspannung, die auch Nina zu schaffen machte.
»Achte gar nicht darauf, Schatz«, sagte sie liebevoll und leise, nur an Nick gewandt. Es war ein Geschenk für sie beide, daß sie einander ohne viel Worte besänftigen, sich von Unruhe und Unfrieden abkapseln und statt dessen vollkommene Harmonie finden konnten. »Dad ist nun mal Dad.«
»Schon gut«, sagte Nick.
»Nein, ist es nicht.« Nina senkte die Stimme noch ein wenig. »Es ist falsch von ihm. Aber zwischen uns beiden ist alles in Ordnung, und nur das zählt für mich.«
Nick schaute ihr wieder in die Augen. Er liebte sie mehr als je zuvor.
»Für mich zählt auch nichts anderes«, flüsterte er.
Auf der anderen Seite des Zimmers nahm Phoebe eine Kirsche vom Früchteteller und lächelte die beiden an.
William Fords Gesicht war düster.

2

Manchmal fühle ich mich schuldig, wenn ich meiner Frau in die Augen schaue.

Ich wünschte – öfter als ich sagen kann –, ich hätte ihr alles über Holly und mich erzählt. Hätte ich es doch getan!

Nina vertraut mir. Sie glaubt alles zu wissen, was es über mich zu wissen gibt. Sie hat mir alles von sich selbst erzählt. Ich kenne jedes noch so kleine Steinchen der Freude in ihrem Leben – und auch die vielen Felsblöcke aus Schmerz und Angst, die sie beinahe zermalmt hätten.

Ich sagte mir damals, daß es ungerecht sei, Nina mit meinen eigenen Problemen zu belasten, wo sie selbst doch so viel Schlimmes durchgemacht hat. Ich habe ihr nur erzählt, was ich ihr erzählen *wollte*. Doch hätte ich ihr die ganze Geschichte berichtet, die ganze Wahrheit anvertraut, würde ich jetzt vielleicht nicht von diesen Alpträumen geplagt. Vielleicht würde ich dann nicht zu Tode verängstigt in Ninas Armen aufwachen.

Mein Leben ist jetzt sehr viel reicher, als ich mir jemals erträumt hätte. Ich habe meine Frau, und bald wird unser Kind geboren. Ich habe Phoebe, Ninas Schwester. Und wir haben unsere wundervolle edwardianische Villa in Pacific Heights mit ihren pastellenen, mattgelben und weißen Schindelwänden, den großen Fenstern, die viel Licht ins Innere lassen, und den hohen Decken. Viel Raum zum Atmen, viel Raum zum Malen. Ich male Porträts, wie immer schon, und inzwischen verdiene ich gutes Geld damit. Und was noch bemerkenswerter ist: Dank Nina und Phoebe habe ich die besten Aussichten, als Illustrator von Kinderbüchern Karriere zu machen. Ich habe sogar einen Vertrag für einen Hollywood-Zeichentrickfilm in der Tasche.

Vor allem aber bin ich von Holly Bourne befreit.

Weshalb habe ich dann immer noch Angst inmitten all dieses neugefundenen Glücks? Ich glaube, weil ich nichts so sehr fürchte, wie dieses Glück zu verlieren. Nicht die Karriere. Nicht das Haus. Ich habe Angst, Nina zu verlieren oder das Baby.

Hat nicht ein griechischer Philosoph einmal geschrieben, die Furcht vor dem Schmerz sei schlimmer als der Schmerz selbst? Er hat recht. Nichts könnte schlimmer sein, als Nina zu verlieren.

Manchmal bin ich wütend auf mich selbst. Es ist jetzt sechs Jahre her. Es ist *vorbei*. Dieser Teil meines Lebens – die Zeit mit Holly – ist zu Ende. Schluß. Aus. Ich brauche nicht mehr daran zurückzudenken. Und es gibt keinen Grund, diese Finsternis, diesen Schrecken mit Nina zu teilen.

Doch ich schäme mich noch immer, wenn ich das Vertrauen in ihren Augen sehe.

Und ich habe immer noch Angst.

3 MÄRZ

In New York City, an der Sechsundfünfzigsten Straße Ost, sitzt Holly Bourne im Restaurant Le Cirque auf einer Sitzbank neben dem Mann, mit dem sie sich zum Mittagessen verabredet hat, und blickt ihn mit ihrem strahlendsten und verführerischsten Lächeln an. Holly hat üppiges braunes Haar, das sie streng nach hinten gebunden oder aufgesteckt trägt, wenn sie sich im Büro oder im Gerichtssaal aufhält. Heute ist ein Donnerstag, und Holly hat sich den Nachmittag freigenommen und trägt ihr Haar nun offen; es ist so gerade geschnitten wie eine Pagenfrisur und fällt ihr ein paar Zentimeter bis über die Schultern.

Jack Taylor, achtunddreißig Jahre alt, ein erfolgreicher Anwalt aus Los Angeles, der den Umgang mit attraktiven Frauen im täglichen Leben mehr als gewöhnt ist, verspürt wieder eine dieser Attacken, welche die Fassade seiner äußeren Gelassenheit ins Wanken bringen. Seit er Charlotte Bourne im vergangenen Herbst auf einer seiner Reisen nach New York kennenlernte, hat er solche Angriffe immer wieder erlebt.

»Du hast mich ganz schön ins Schwitzen gebracht, Charlotte«, sagt er ihr nun. »Ich weiß überhaupt nicht, was ich sagen soll.«

»Sag ja.«

Wenngleich der Vorname auf ihrer Geburtsurkunde und im Ausweis Charlotte lautet, nannte jeder sie Holly – bis sie an der Uni ihren Abschluß in Rechtswissenschaften machte, dann vor der Anwaltskammer in New York ihre Prüfung ablegte und als Anwältin von der Kanzlei Nussbaum, Koch und Morgan – kurz NKM – an der Wall Street eingestellt wurde. Hollys Eltern hatten ihr den Namen Charlotte gegeben, nach ihrer Großmutter mütterlicherseits, doch vom Tag ihrer Geburt an – einem ersten Weihnachtstag – nannten alle sie nach ihrem zweiten Vornamen, Holly. Er schien zu ihr zu passen, und bald wurde sie von allen so gerufen. Ihr gefiel dieser Name – sie *dachte* sogar von sich als Holly –, doch am Tag ihres Einstellungsgesprächs bei NKM kam sie zu der Ansicht, daß Holly nicht der geeignete Name für eine kühle und ehrgeizige junge Anwältin sei, die ganz nach oben wollte. Charlotte klang passender: ein seriöser Name, dem man vertrauen konnte.

Jack Taylor ist derselben Meinung. Er war fast immer derselben Meinung wie Holly, seit sie sich vor einem halben Jahr kennengelernt hatten. Dabei weiß Holly, daß Jack im Berufsleben ein knallharter Bursche ist, alles andere als ein Schwächling.

»Ich stelle dir diese Frage nur sehr ungern«, sagt Jack, »aber hast du dir das alles auch gut überlegt?«

»Selbstverständlich«, erwidert sie mit ruhiger, bedächtiger Stimme. »Ich überlege mir alles immer ganz genau, Jack. Du doch sicher auch.«

»Aber ich ... ich kann mein Glück einfach nicht fassen«, gesteht Jack freimütig. »Du bist eine phantastisch aussehende Frau und eine hervorragende Anwältin, die hier in Manhattan einen großartigen Job und die besten Aussichten auf eine tolle Karriere hat. Und nun sagst du mir, du willst das alles aufgeben, um wegen mir nach Los Angeles zu kommen.«

»Stimmt«, sagt Holly. »Das habe ich vor.«

»Aber wie kannst du dir so sicher sein, das Richtige zu tun? Wir kennen uns erst so kurze Zeit.«

»Ich hatte ein halbes Jahr, um über alles nachzudenken«, sagt Holly schlicht. »Und ich habe erkannt, daß ich dich liebe.« Sie runzelt die Stirn, furcht ganz leicht ihre schön geschwungenen, dunklen Augenbrauen. »Ist das für dich so schwer zu verstehen? Das kann ich mir nicht vorstellen. Für dich ist es bestimmt ganz alltäglich, daß Frauen sich in dich verlieben.«

»Nein, ehrlich nicht.«

»Das glaube ich dir nicht. Du bist ein sehr gutaussehender Mann.«

Irgend etwas Wundervolles – Freude, Hochgefühl – breitet sich in Jacks Innerem aus. Holly ist eine überaus anziehende, lebendige, faszinierende junge Frau. Ein Blick aus ihren grauen, kühlen Augen bringt ihn beinahe genausosehr um den Verstand wie die Berührung ihres wunderschönen Mundes und ihrer geschickten, erfahrenen, zärtlichen Finger.

»Das mußt du doch wissen«, sagt Holly.

Sie nimmt Jacks Hand, legt sie für einen Augenblick auf ihren warmen Oberschenkel, nimmt seine Hand dann wieder von ihrem Bein und blickt ihn bewundernd an. Jack Taylor ist nicht gerade ein George Clooney, aber ein durchaus attraktiver Mann mit dichtem, gewelltem blonden Haar, blauen Augen, schöner gerader Nase und fein geschnittenem Mund. Er sieht wie einer der vielen erfolgreichen, adretten Anwälte in New York aus – nur daß Jacks Gesicht, dank des kalifornischen Wetters, sonnengebräunt ist. Holly hat sich noch nicht entschieden, ob sie sich von der Sonne bräunen lassen soll, wenn sie nach Los Angeles gezogen ist. In einer Zeit, in der immer mehr von Hautkrebs die Rede ist, sollte man vorsichtig sein, wenngleich Holly gern eine leichte Bräune besäße. Aber Jack hat ihr gesagt, ihm gefiele ihre »vornehme Blässe«. Na ja, über solche Kleinigkeiten kann sie ja nachdenken, wenn sie erst in Kalifornien ist. Die wirklich *wichtige* Entscheidung, soweit es Holly betrifft, hat sie schließlich schon gefällt.

»Ich finde dich außergewöhnlich sexy.« Holly macht sich wieder daran, Jacks Ego zu streicheln. Ihre Stimme ist leise, denn die Tische im Le Cirque stehen so dicht zusammen, daß jemand lauschen könnte. Und was sie mit Jack zu besprechen hat, ist Privatsache.

»Und du«, sagt Jack aus tiefstem Herzen, »bist mit Abstand das Beste, das mir je passiert ist.« Er rückt auf der Bank ein bißchen näher an Holly heran und lächelt, als der Ober ihnen Wein nachschenkt.

»Und *ich* habe dir ja schon gesagt« – Holly senkt die Stimme noch ein wenig –, »wie lange es her ist, daß ich so viel für einen Mann empfunden habe.«

Sie kann in seinen Augen erkennen, an den geweiteten Pupillen, daß er eine Erektion hat. Einen Augenblick überlegt Holly, ob sie sich davon überzeugen soll, indem sie Jack unter dem Tisch an die Hose greift, entscheidet sich dann aber dagegen. Er weiß, daß er einen Steifen hat – daß er schon eine

Erektion bekommt, wenn er nur mit ihr *redet*. Und allein darauf kommt es an.

»Ich will dich nicht belügen, Jack«, fährt Holly sanft und leise fort. »Dein Erfolg und dein Ansehen als Anwalt sind für mich kaum weniger anziehend als dein Charakter und dein Aussehen.«

»Du bist eine aufrichtige Frau.« Jack drückt ihre Hand. »Das ist eine der Eigenschaften, die ich am meisten an dir liebe, Charlotte.«

»Ich habe nie einen Sinn darin erkannt, unaufrichtig zu sein. Es führt zu nichts. Es ist Zeitverschwendung.«

Verstohlen schaut sie ihm wieder in die Pupillen. Vielleicht hat er doch keinen Ständer, sagt sie sich. Oder er liebt dich wirklich noch mehr, als er dich sexuell begehrt. Oh, das ist ein gutes Zeichen. Dieses Wissen erregt sie.

Wieder rückt Jack ein Stückchen näher an sie heran.

»Was ist mit dem Angebot, Seniorpartnerin in der Kanzlei zu werden?« Jack muß sich dazu zwingen, wieder auf die alltäglichen, praktischen Dinge zurückzukommen. Er will Charlotte auf keinen Fall dazu überreden, New York zu verlassen, doch vor weniger als fünf Jahren ist seine Ehe in die Brüche gegangen – durch seine Schuld –, und das hat ihm so viel seelischen Schmerz bereitet, daß es für den Rest seines Lebens reicht. »Die NKM ist eine großartige Kanzlei, und wenn du in New York bleibst, brauchst du dir keine Gedanken über die Prüfungen zu machen, die du ablegen mußt, um in Kalifornien als Anwältin zugelassen zu werden.«

»Ich habe bereits die Prüfung vor der kalifornischen Anwaltskammer abgelegt.«

Jack kann es kaum fassen. »*Was? Wann?*«

»Ich habe sie im Februar gemacht, weil ich damals schon hoffte, daß ich wieder zurück nach Kalifornien kann. Ende Mai werde ich erfahren, ob ich bestanden habe.«

Jack schaut sie einen langen Augenblick an. »Du hast bestanden.«

»Das hoffe ich.«

»Du hast mir nie davon erzählt.«

»Stimmt«, gibt Holly mit fester Stimme zu.

»Du steckst voller Überraschungen, nicht wahr?«

»Ich glaube schon.«
»Hast du etwa auch schon einen Job in Los Angeles?«
»Noch nicht.«
Er überlegt einen Moment, wägt seine Worte sorgfältig ab.
»Wenn du nichts dagegen hast, könnte ich mit einigen Leuten reden ...«
»Ich habe etwas dagegen«, sagt Holly. Bei einem Mann wie Jack Taylor macht es nichts aus, ein wenig trotzigen Unabhängigkeitswillen an den Tag zu legen.
»In Ordnung. Ja, sicher. Ich wollte auch nicht ...«
»Ich weiß, Jack. Ich danke dir trotzdem. Aber ich will deine Hilfe nicht. Nicht auf diesem Gebiet. Vielleicht könnte ich sie brauchen, aber ich will sie wirklich nicht. Das verstehst du doch, nicht wahr?«
»Natürlich. Du hast deinen Weg bisher auch ohne mich gemacht.«
»Andererseits braucht jeder mal Hilfe«, sagt Holly, plötzlich wieder sanft.
»Aber meine Hilfe brauchst du nicht ... oder?«
»Nicht auf diesem Gebiet, wie ich schon sagte.«
Eine Zeitlang stochern beide in ihrem Essen. Holly hat Steinbutt bestellt, Jack gebratene Hühnerbrust. Er hat nur wenig gegessen. Auch das ist ein gutes Zeichen, sagt sich Holly. Willkommene, frische Kraft durchströmt sie. Jetzt weiß sie, daß sie sich endlich den richtigen Mann ausgesucht hat. Der richtige Mann, die richtige Situation, der rechte Zeitpunkt. Es hat lange gedauert, aber nun sitzt dieser Mann neben ihr. Jack Taylor. Reif zum Pflücken. Ach, das Leben kann manchmal so *schön* sein. Zumindest dann, wenn es sich nicht als trügerisch erweist, als gemein und hinterhältig.
Jack legt seine Gabel auf den Tisch. »Ich brauche selbst ein bißchen Hilfe, Charlotte.«
»Wobei?«
Er zögert einen Augenblick. »Nick Miller.«
Schmerz lodert in Hollys Augen auf, doch sie hält den Blick fest auf Jack gerichtet. »Was ist mit ihm?«
»Du hast gesagt, du hättest mir alles über ihn erzählt. Was du für ihn empfunden hast ...«
»Stimmt, ich habe dir alles erzählt.« Sie mustert forschend

sein Gesicht. »Du glaubst mir doch, daß es zwischen Nick und mir aus ist. Nicht wahr, Jack?«
»Ich möchte es gern glauben.«
»Es ist seit Jahren aus.« Ihre Stimme ist klar und fest. »Und es war von vornherein zum Scheitern verurteilt. Hätte ich es nur schon eher erkannt! Hätte ich doch auf meine Eltern gehört. Besonders auf meine Mutter, die Nick nie über den Weg getraut hat. Dann wäre ich viel besser dran gewesen.«
»Aber du hast ihn geliebt«, sagt Jack.
Holly nickt freimütig. »Ja. Aber er hat mich nie geliebt.« Sie hebt leicht das Kinn. »Eine unerwiderte Liebe.«
Jack schüttelt den Kopf. »Was für ein Dummkopf. Ich kann es kaum glauben.«
»So war es aber.« Immer noch hält Holly den Blick auf Jacks Gesicht gerichtet.
»Aber warum ist er immer wieder zu dir zurückgekommen? Das ergibt doch keinen Sinn.«
»Überhaupt keinen.« Holly zuckt leicht die Achseln. »Er ist immer wieder aufgetaucht, um Ärger zu machen, nehme ich an.« Sie bringt ein Lächeln zustande. »Auf dem Gebiet war er ein As.«
»Er hat dir sehr weh getan, nicht wahr?« fragt er mitfühlend.
»O ja.«
Wieder schüttelt Jack den Kopf und starrt in sein Weinglas. »Weißt du, ein Teil von mir möchte Nick Miller finden und ihm die Beine brechen, weil er dich so mies behandelt hat. Aber ein anderer Teil möchte ihm die Hand schütteln.«
»Warum denn das?« fragt Holly verdutzt.
»Weil ... nun ja, wenngleich ich den Gedanken nicht ertragen kann, daß jemand dir weh tut, Charlotte ...« Er hält inne. »Weißt du, als Holly bist du für mich irgendwie eine andere ...«
»Zerbrich dir darüber nicht den Kopf.« Holly streichelt seine Hand. »Für Nick war ich Holly. Für dich bin ich Charlotte.« Sie verstummt für einen Moment. »Warum hast du das gesagt? Daß du Nick die Hand schütteln möchtest?«
Jacks Gesicht bleibt ernst. »Wäre er nicht ein solcher Verlierer gewesen ... und hätte er dir nicht all diese schrecklichen Dinge angetan, säßen wir jetzt nicht hier beisammen.«

Holly wartet einen Augenblick. »Jack, du hast gesagt, du brauchst meine Hilfe. Wobei?«

Er nimmt sein Glas vom Tisch. »Ich muß wissen, ob es zwischen euch aus ist. Ob du *wirklich* mit ihm fertig bist.«

Erneut wird Holly von einer Woge der Kraft und Erregung durchflutet. Schon bevor sie beide vor einer Stunde und zehn Minuten in diesem Restaurant am Tisch Platz genommen hatten, wußte Holly genau, was sie an diesem Tag zu erreichen hoffte. Jetzt war es bald soweit. Jetzt kam es. So sicher, wie ein Orgasmus kam. Nur noch ein bißchen das Vorspiel verlängern, ein bißchen mehr streicheln, ein paar sanfte Berührungen an den richtigen Stellen ...

»Nick Miller ist Vergangenheit, Jack«, sagt sie. »Ich will nicht leugnen, daß ich damals, in den schlechten alten Zeiten, eine dumme Ziege gewesen bin. Aber das ist vorbei.«

»Tut mir leid, Charlotte. Du brauchst mir das nicht zu ...«

»Doch, Jack.« Wie schön es war, die Schuldgefühle auf seinem Gesicht zu sehen. »Laß es mich erzählen. Bitte.«

Jack schweigt. Holly weiß, daß er nachdenkt.

»Ich habe seit sechs Jahren nichts mehr von Nick gehört«, fährt sie fort und steuert behutsam auf ihr wirkliches Anliegen zu. »Jetzt bin ich das zweite Mal im Leben verliebt. Aber diesmal ist es eine andere Liebe. Eine reife und aufrichtige Liebe.« Ihre Stimme wird weicher, rauchiger. »Wenn ich mich verliebe, dann richtig, Jack Taylor. Das ist alles, was du wissen mußt. Die Liebe ist kein Spiel für mich. Wenn ich mich binde, dann für sehr lange Zeit. Das *mußt* du wissen. Denn ich glaube nicht, daß ich es noch einmal ertragen könnte, verletzt zu werden.«

Jack kann sich nicht erinnern, wann er das letzte Mal geweint hat. Er ist fast vierzig. Ein abgebrühter, mit allen Wassern gewaschener Anwalt mit einem Eckbüro an der Avenue of the Stars, um Himmels willen! (Jetzt fällt es ihm wieder ein: Das letzte Mal hat er nach dem Tod seiner Mutter geweint.) Doch als er nun Charlotte anschaut und ihre freimütigen, offenen Worte hört, während sie ihm ihr Herz ausschüttet, muß er gegen die Tränen ankämpfen.

»Ich werde dir niemals weh tun, Charlotte«, sagt er.

»Ich glaube, du meinst es ehrlich.«

»O ja. Glaub mir.«
Fast am Ziel.
»Falls wir zusammenbleiben, Jack«, sagt sie, »muß unsere Beziehung vollkommen aufrichtig sein – in jeder Hinsicht. Ich bin nun mal so ein Mensch, Jack.«
Jack nimmt die Serviette vom Schoß und läßt sie auf den Tisch fallen. Sein Herz schlägt schnell, als würde er vor dem Abschluß eines großen Falles stehen oder sich auf dem Laufband in seinem Fitneßraum abrackern.
»Heirate mich, Charlotte.«
Holly hört die Worte, schweigt aber. Sie spürt ihren Triumph, spürt ihn *körperlich* tief im Innern ihres Beckens, wie er sich schlängelt und windet.
»Auch ich möchte Ehrlichkeit zwischen uns beiden«, fährt Jack fort. »Beständigkeit und Vertrauen. Deshalb ist mir jetzt klargeworden, daß ich dich nicht nur in Los Angeles haben möchte, um in deiner Nähe zu sein und dich öfters zu sehen. Ich möchte dich ... ich brauche dich ... *immer* in meiner Nähe.«
Die Lauscher an den Tischen links und rechts entwickeln ein wachsendes Interesse an dem Gespräch. Der Augenblick könnte besser nicht sein. Holly verlagert das Gewicht auf der Sitzbank, spürt die Feuchtigkeit zwischen den Beinen und fragt sich, ob sie in aller Öffentlichkeit einen Orgasmus bekommt. Ausgerechnet im Le Cirque.
»Du möchtest mich immer in deiner Nähe?« fragt sie sehr leise. »Voll und ganz?«
Sie beobachtet, wie Jack schwer schluckt, von Gefühlen überwältigt.
»Bis zum letzten Zentimeter«, sagt er.

4 APRIL

Nick war vor sechs Jahren nach Kalifornien gezogen, ungefähr zu der Zeit, als Holly in New York ihr Studium an der juristischen Fakultät aufnahm. Zuvor hatte die Westküste nie in Nicks Pläne gepaßt; als aufstrebender Maler hatte er sein Augenmerk auf Soho und Greenwich Village gerichtet. Damals jedoch, Mitte des Sommers 1990, war ihm der Weg nach Westen plötzlich als die einzige Möglichkeit erschienen, sich seinen gesunden Menschenverstand zu bewahren, endlich Ruhe zu finden – und als die beste Gelegenheit, die Vergangenheit hinter sich zu lassen und sich eine neue Zukunft zu eröffnen.

Sein Traum, unmittelbar am Pazifik zu wohnen, zog ihn nach Venice Beach. Er hatte Glück und bekam eine Einzimmerwohnung im zweiten Stock eines lila angestrichenen Hauses direkt an der Strandpromenade in der Nähe der Sunset Avenue. Um sich einen Broterwerb zu verschaffen, lieferte er sich heiße Gefechte mit einigen Möchtegern-Hollywoods und schlug sie aus dem Feld, als er eine Stelle als Ober im Figtree's und im Waterfront Café bekam, wo er während der Stoßzeiten beim Mittag- und Abendessen arbeitete. Den Rest der Zeit verbrachte er mit Kinobesuchen und Malen: flotte, gekonnte Porträts von Touristen, die er mit Kreide auf den Bürgersteig zeichnete, und ernsthafte Gemälde, an denen er in seiner Wohnung arbeitete; einige konnte er an örtliche Galerien verkaufen, was seine Hoffnung am Leben erhielt, ein talentierter – wenngleich noch unbekannter und entsprechend preisgünstiger – Landschafts- und Porträtmaler zu sein.

Nach den schweren Zeiten in New York empfand Nick sein neues Leben als wohltuend und unkompliziert. Seine Reisen führten ihn selten weiter als bis nach Santa Monica. Die Innenstadt von Los Angeles mied er wie die Pest. Er trug das Haar lang und ließ sich einen Bart stehen, wie er es vor Jahren eine Zeitlang am College getan hatte, und mit der Zeit wurde er zu einem Teil der Künstlerszene von Venice. Er schuf sich einen neuen Freundeskreis, und hübsche, intelligente junge Frauen tauchten in seinem Leben auf und verschwanden wieder, ohne irgendwelchen Groll oder Gefühlsstürme zu hinterlassen. In regelmäßigen Abständen bekam er Briefe von Kate und Ethan aus Bethesda, in denen sie Nick mit sanftem Nachdruck dazu drängten, ein geregeltes Leben mit Zukunftsperspektiven zu führen (Kates Briefe waren stets schärfer und deutlicher als die Ethans). Doch Nick ärgerte sich nicht sonderlich über dieses Drängen seiner Eltern, denn ihm war klar, daß Venice Beach ohnehin nur ein vorübergehendes Schlupfloch für ihn sein konnte.

Er wußte, daß seine Flucht vor der »wirklichen« Welt ein Luxus war, doch er vertrat die Ansicht, sich ein zeitweiliges Aussteigerleben verdient zu haben, zumal dieses neue Leben ihm Glück zu bringen schien. Als in Los Angeles Unruhen tobten, als Malibu und der Topanga Canyon von verheerenden Bränden heimgesucht wurden, blieb Nick zu Hause, heil und unversehrt; als El Niño dafür sorgte, daß das Wetter verrückt spielte, und den Los Angeles River in einen reißenden Strom verwandelte, malte Nick idyllische Bilder vom Strand; als Filmmogule in die Gegend kamen und die Hügel aufschütten ließen, um zu verhindern, daß ihre Villen ins Meer rutschten, schaute er sich alles gemütlich im Fernseher an. Und im Januar '94, als das große Beben Nicks sämtliche Bücher von den Regalen im Wohnzimmer poltern ließ, befand er sich außerhalb der Stadt – ausgerechnet in San Francisco –, um sich dort nach neuen Motiven umzusehen.

Fast vier Jahre lang – vier ruhige, *normale* Jahre – waren vergangen, als er sich schließlich entschloß, dieses Zwischenspiel zu beenden und aus Venice Beach fortzuziehen. Inzwischen war er zuversichtlich, seine Vergangenheit an der Ostküste endlich hinter sich gelassen zu haben. Es war an der Zeit, irgendwo neue Wurzeln zu schlagen.

San Francisco schien ihm die perfekte Wahl zu sein.

»Du kannst nicht nach San Francisco ziehen«, sagte Kate Miller am Telefon, als sie von Nick die Neuigkeit erfuhr.
»Warum nicht? Es ist eine wunderschöne Stadt.« Nick war viermal in Frisco gewesen, bevor er seine endgültige Entscheidung getroffen hatte.
»Erdbeben.« Dieses eine Wort schien Kate zu genügen.
»Mom, ich habe jetzt vier Jahre lang in Los Angeles gewohnt, und du hast dir um Erdbeben keine Sorgen gemacht.«
»O doch. Dein Vater und ich hatten schreckliche Angst«, erwiderte Kate. »Aber du hattest ja gesagt, du möchtest nur vorübergehend dort wohnen, also haben wir das Beste gehofft und versucht, gar nicht erst an eine solche Katastrophe zu denken.«
»Und als ich an der Uni in New York war? Auch unter Manhattan verlaufen geologische Verwerfungen.«
»Tu nicht so, als würdest du etwas davon verstehen, Nick«, sagte seine Mutter. »Als du in New York warst, hielten wir es für viel wahrscheinlicher, daß du ausgeraubt oder ermordet wirst.«
Oder gar verhaftet, dachte Nick.
»Warum erwähnst du dann nicht, daß San Francisco viel zivilisierter ist? Daß in dieser Stadt längst nicht so viele Gewaltverbrechen verübt werden wie in New York?«
Kate schwieg einen Moment.
»Du hast deine Entscheidung schon getroffen, nicht wahr?« sagte sie dann.
»Komm und sieh dir die Stadt an, Mom. Sie wird auch dir gefallen.«
»Ich bezweifle nicht, daß die Stadt mir gefällt«, sagte Kate. »Aber die Sankt-Andreas-Spalte macht mir Kummer.«

Nick zog im Frühling 1994 nach San Francisco. Er packte seine Habseligkeiten in seinen roten Toyota Landcruiser und fuhr über den State Highway 1 die Pazifikküste entlang. Er ließ sich Zeit, als er in Richtung Norden fuhr. Einen Tag verbrachte er im Big Sur, um dort das Gefühl von Freiheit und Abenteuer zu erleben, das Freunde ihm geschildert hatten, die bereits an diesem westlichen Zipfel Amerikas gewesen waren – nur den

Pazifik zwischen sich und Japan. Ein paar Stunden verbrachte Nick in Carmel (ein Ort, den er – wie den Big Sur – mit dem Film *Sadistico* in Verbindung brachte, den er während seiner Studienzeit in New York gesehen hatte). Anschließend verbrachte er ein paar Stunden in Monterey (*Cannery Row* natürlich, *Die Straße der Ölsardinen*, der Film und das Buch). Dann aber – von einem plötzlichen, heftigen Verlangen getrieben, sein endgültiges Ziel zu erreichen –, stieg er wieder in seinen roten Toyota und fuhr den Rest der Strecke bis San Francisco nonstop.

Seine Ankunft gestaltete Nick so, wie er es sich in den letzten Monaten versprochen hatte: Er fuhr nach Twin Peaks, parkte den Wagen, stieg den steilen Gehweg bis zum höchsten Punkt hinauf und betrachtete lange Zeit das Panorama, das sich unter ihm ausbreitete. Es war Sonnenaufgang – einen besseren Zeitpunkt hätte er sich gar nicht aussuchen können. Da lag die Stadt vor ihm, wirklich und wahrhaftig; San Francisco mit all den Sehenswürdigkeiten, an die Nick so oft gedacht und auf deren Anblick er sich vorbereitet hatte. Er hatte eine Karte und einen Feldstecher dabei und konnte eine ganze Reihe von Stellen ausmachen, die Drehorte von Spielfilmen gewesen waren: den Russian Hill, Schauplatz der Autoverfolgungsjagd in *Bullit*; das *Presidio* aus dem gleichnamigen Film; das große Hyatt Hotel an der Market Street, wo der Filmkomiker Mel Brooks seine Phobien in *Höhenangst* auf die Schippe genommen hatte.

Und natürlich die Brücken. Die Golden Gate Bridge, rostrot und filigran aus der Ferne, erstrahlte im warmen Licht des Sonnenaufgangs; als der Tag heller wurde, begann sie sanft zu funkeln.

Das alles ist für dich, sagte sich Nick. Deine neue Heimat. Deine neue Stadt.

Dein neues Zuhause.

Die Maklerin, die Nick bei der Suche nach einer Wohnung half, hieß Nina Ford. Bis dahin hatte er in einer kleinen Pension unweit der Union Street gewohnt. Das Gebäude war ein ehemaliges Bauernhaus im viktorianischen Stil; es verfügte über eine Bibliothek und einen Garten und war sehr reizvoll, doch Nick wollte so schnell wie möglich seine eigenen vier Wände haben. Er hatte sich für die Maklerfirma Ford entschieden, weil er im Immobilienteil der Sonntagsausgabe des *Examiner* einen Artikel über diese Firma gelesen hatte. Sie wurde von zwei englischen Schwestern geführt, und dem Artikel nach zu urteilen, war es ein kleines und vertrauenswürdiges Unternehmen. Der Artikel war nicht bebildert, doch als Nick ihn gelesen hatte, stellte er sich die Schwestern als zwei gezierte englische Damen mittleren Alters vor, die es sich zum Ziel gesetzt hatten, dafür zu sorgen, daß ihre Kunden zufrieden waren und sich so behaglich fühlten wie sie selbst.

Wie man sich irren konnte ...

Sie hatten sich vor einem Haus an der Filmore Street verabredet; wie Nick feststellte, befand es sich nur ein paar Querstraßen von der viktorianischen Villa entfernt, in der Keaton, Modine und Griffith sich in *Pacific Heights* herumgestritten hatten. Nina Ford hatte Nick eine Wohnung in dem Haus an der Filmore Street vorgeschlagen, nachdem er erwähnt hatte, Künstler zu sein.

Was die Größe und die Lichtverhältnisse anging, hatte Nina recht: Die Wohnung war ideal für Nick. Doch es erwies sich, daß Nina Ford selbst die Wohnung bei weitem in den Schatten stellte.

»Nick Miller?« fragte sie bloß, streckte die Hand aus – und sofort war es um Nick geschehen. Er war hingerissen. Augenblicklich. Voll und ganz.

Es waren nicht nur ihre Anmut und ihr Aussehen. Honigfarbenes Haar. Wunderschöne Beine. Lange, gerade Nase. Ausdrucksstarker Mund. Alles wohlproportioniert und wie geschaffen für ein Gemälde.

Vielleicht, überlegte Nick, ist es ihr Lächeln. Dieses Lächeln bewirkte etwas in ihren Augen (ein Farbton aus hellbraun und bernstein – schwirig auf die Leinwand zu bannen), das auf Nick übersprang und an einen tiefen Ort in seinem Innern vordrang, den noch niemand erreicht hatte.

Diese Frau hat Schlimmes durchgemacht, ging es ihm durch den Kopf. *Etwas sehr Schlimmes.*

Er wußte es ganz plötzlich und mit absoluter Gewißheit. Und in diesem Moment erkannte er, was so außergewöhnlich an Nina Ford war. Sie hatte den gleichen Ausdruck in den Augen wie er selbst.

Eine Woche, nachdem Nick die Wohnung bezogen hatte, aßen sie im Alioto's in Fisherman's Wharf zu Abend. »Ich bin Alkoholikerin«, erklärte Nina, nachdem sie sich eine Flasche Calistoga-Mineralwasser bestellt hatte. »Ich weiß nicht, warum ich das Gefühl habe, es Ihnen sagen zu müssen, aber es erscheint mir wichtig.« Sie atmete tief durch.

»Ich bin jetzt seit mehr als fünf Jahren trocken, und seit etwa drei Jahren verläuft mein Leben wieder in geordneten Bahnen. Dank der Maklerfirma. Vor allem aber dank meiner Schwester Phoebe. Doch wie man es auch betrachtet – ich bin immer noch eine Alkoholikerin, die sich auf dem Weg der Besserung befindet.«

Eine Woge der Bewunderung für Ninas Mut stieg in Nick auf, zugleich aber auch überwältigendes Mitleid. Doch er spürte, daß Nina weder auf Bewunderung noch auf Mitleid Wert legte, und so ließ er sich Zeit mit seiner Antwort.

»Ich bin froh, daß Sie es mir gesagt haben«, erwiderte er schließlich.

Sie wandte rasch den Blick von ihm ab, schaute einen Moment zur Seite und sah Nick dann wieder an, mit einem so festen Blick wie zuvor. »Ich habe Verständnis dafür, wenn es ein zu großes Problem für Sie ist.«

»Warum sollte es ein zu großes Problem für mich sein?« fragte Nick unbefangen.

»Das empfinden viele Männer so«, entgegnete Nina.

Nick schaute auf sein Glas Chardonnay. »Stört Sie das hier?«

Sie schüttelte den Kopf. »Jetzt nicht mehr. Jedenfalls nicht sehr. Ich habe mich daran gewöhnt. Ich bin eine berufstätige Frau in einer großen amerikanischen Stadt – ich muß daran gewöhnt sein.«

Dieser Gedanke erfüllte Nick mit dem plötzlichen, heftigen Verlangen, einen großen Schluck Wein zu trinken, und es kostete ihn geradezu lächerliche Mühe, seine Aufmerksamkeit von dem Glas loszureißen.

»Weshalb haben Sie mit dem Trinken angefangen? Ich meine ...« Er verstummte.

»Was mich zur Säuferin gemacht hat?« Nina lächelte – ein leises, trauriges Lächeln. »Meine Mutter war den größten Teil ihres Erwachsenenlebens Alkoholikerin. 1987 hat sie Selbstmord begangen. An ihrem vierzigsten Geburtstag. Ich war damals neunzehn, Phoebe siebzehn. Wir haben es sehr unterschiedlich verarbeitet.« Nina hielt inne. »Phoebe ist der freundlichste Mensch, den ich kenne, und sie besitzt viel Realitätssinn und gesunden Menschenverstand. Das hilft ihr, mit schlimmen Dingen besser fertig zu werden als ich. Phoebe ist nie der Gedanke gekommen, daß sie vielleicht nach ihrer Mutter schlagen könnte.«

»Aber Ihnen.« Nick wollte den Wein plötzlich nicht mehr.

»Unbewußt vielleicht. Bis unsere Mutter starb. Ich habe früher gern ein Gläschen getrunken, aber in Maßen. Doch nach Mutters Tod schien ich einfach dort weitermachen zu wollen, wo sie aufgehört hatte.« Sie verzog das Gesicht. »Eine Flasche Wodka hintereinander weg. Sehr häßlich.«

»Und sehr schmerzhaft«, sagte Nick.

»Oh, ja.« Nina hielt inne. »Vielleicht war es genetisch bedingt, daß ich zur Trinkerin wurde. Möglicherweise hatte es mit erlernten Verhaltensmustern zu tun. Vielleicht war es auch nur eine Art selbstzerstörerische Angst ... oder Schuldgefühle. Jedenfalls habe ich vier Jahre mein Bestes getan, in die Fußstapfen meiner Mutter zu treten.« Sie nahm den Blick von ihm, schaute hinaus auf die Bucht. »Beinahe hätte ich es geschafft, ihr bis zum bitteren Ende zu folgen. Aber mein Vater und Phoebe haben es verhindert.«

Die Meeresfrüchtesuppe wurde serviert. Beide nahmen ihre Löffel und versuchten, sich beim Essen ganz normal zu geben.

»Sie sehen nicht gerade wie ein Künstler aus, wissen Sie«, sagte Nina.

Nick lächelte. »Wie denn?«

»Schwer zu sagen.« Sie musterte ihn auf übertrieben eingehende Weise. Das dichte, leicht gewellte dunkle Haar. Die

ausdrucksstarken, sanften, hellbraunen Augen. Den festen Mund und die ein wenig schiefe Nase.
»Sie könnten alles mögliche sein«, sagte Nina. »Arzt, Architekt.« In ihren Augen lag ein Funkeln. »Straßenschläger?«
»Ach, wegen der Nase.« Nick hob die linke Hand und strich darüber. »An einem Abend in New York ist sie ein bißchen aus der Form geraten.«
»Eine Schlägerei?«
»So was Ähnliches.« Nick ging nicht weiter darauf ein, und Nina hakte nicht nach. »Mein Vater ist Architekt«, sagte er.
»In New York?«
Nick schüttelte den Kopf. »Bethesda, Maryland.«
»Hat er Kunden in Washington?«
»Die meisten, ja.« Nick schaute sie an. »Und Ihr Vater? Wohnt er in San Francisco?«
»Nein. In Scottsdale, Arizona«, antwortete Nina. »Er heißt William. Meine Mutter hieß Joanna.«
»Beide aus England?«
Nina nickte. »Mein Vater ist Pilot. Früher war er bei der britischen Luftwaffe. Aber er hat den Dienst quittiert, weil meine Mutter es nicht ertragen hat, so oft und so lange von ihm getrennt zu sein. Dann hat Vater eine kleine zivile Luftfrachtlinie gegründet, vor den Toren Londons. Aber es war ein ständiger Kampf ums Überleben – deshalb konnte Dad nicht widerstehen, als dieser Amerikaner auftauchte und ihm die Teilhaberschaft an seiner Fluglinie anbot.«
»Ist es Ihrer Mutter schwergefallen, in die Vereinigten Staaten zu übersiedeln?«
»Ich glaube, zu der Zeit ist meiner Mutter schon alles schwergefallen. Sie war ein sehr unglücklicher Mensch. Oh, sie liebte ihre Familie, aber ich glaube, die Liebe hat ihr nicht genügt.« Nina zuckte die Achseln. »Sie wollte mehr. Sie sagte, daß sie unseren Vater lieber zu Hause hätte, wie andere Frauen ihre Ehemänner, und nicht ständig in einem Flugzeug. Aber Dad wußte, daß er genauso unglücklich geworden wäre wie Mom, hätte er das Fliegen ganz aufgegeben.« Sie hielt inne.
»Phoebe meint, daß es für unsere Mutter zu dem Zeitpunkt ohnehin keine Rolle mehr gespielt hätte, weil sie ein hoffnungslos unglücklicher Mensch gewesen sei.«

Die Vorspeisen wurden serviert: kalte Dungeness-Krabben für Nick und *cioppino* – geschmorter Schellfisch auf sizilianische Art – für Nina.

»Ich glaube nicht, daß Sie nach Ihrer Mutter schlagen«, sagte Nick unvermittelt.

»Das glaube ich auch nicht. Jedenfalls schlage ich nicht *ganz* nach ihr.«

»Ich möchte nicht aufdringlich sein«, fuhr Nick fort und wählte seine Worte mit Bedacht, »aber Sie machen keinen unglücklichen Eindruck auf mich. Was mit Ihrer Mutter geschehen ist, war so schrecklich, daß jeder schwer daran zu tragen gehabt hätte. Ich kenne Sie zwar noch nicht lange, aber ich glaube, daß Sie ein Mensch sind, der voller Fröhlichkeit steckt.«

Nina lächelte. »Da könnten Sie recht haben.«

Nicht alles wurde von allein leichter und einfacher, nachdem sie mit dem Trinken aufgehört hatte, vertraute Nina Nick an. Es habe eine Reihe gescheiterter Beziehungen gegeben – mit Geschäftsleuten, Arbeitern und Akademikern –, die alle aufgrund von Ninas äußerem Erscheinungsbild Dinge von ihr erwartet hatten, die sie ihnen nicht geben konnte oder wollte. Was diese Männer aber *nicht* gewollt hätten, erklärte Nina, sei die Beziehung zu einer Trinkerin; schließlich hätte es ja dem Ruf dieser Männer schaden können. Außerdem wollten sie nicht an dem ständigen Kampf gegen einen möglichen Rückfall teilhaben. Deshalb hatte Nina schließlich beschlossen, eine Mauer um sich zu errichten, um zu verhindern, daß jemand tiefere Gefühle bei ihr erweckte. Dieses Essen mit Nick sei ihre erste Verabredung mit einem Mann seit mehr als zwei Jahren.

»Was macht mich denn so anders?« fragte Nick. »Meine Boxernase?«

»Möchten Sie das wirklich wissen?«

»Wenn Sie es mir sagen wollen.«

»Es waren Ihre Augen.«

Nick lachte. »Ich habe ganz gewöhnliche braune Augen.«

Nina blieb ernst.

»Ihre Augen sind ganz und gar nicht gewöhnlich. Sie sind

gütig. Und sie sind aufrichtig. Und sie scheinen viel mehr zu sehen als die Augen anderer Leute.«
»Ich bin Künstler. Meine Augen gehören zu meinen wichtigsten Werkzeugen.«
»Ihre Augen können aber nicht sehen, was mich dazu bewogen hat, Ihre Einladung zum Essen anzunehmen«, erwiderte Nina.

Nick schwieg. Er mußte daran danken, was er über *ihre* Augen gedacht hatte, als sie beide sich das erste Mal bei der Besichtigung seiner neuen Wohnung getroffen hatten. Plötzlich wußte er, was kam.

»In Ihren Augen liegt Schmerz«, sagte Nina. »Die Art von Schmerz, die ich selbst jahrelang gesehen habe, wenn ich in den Spiegel schaute.«

»Tatsächlich?« sagte Nick.

Drei Monate lang verbrachten sie jede freie Minute zusammen, und von Woche zu Woche wurde ihre Liebe stärker. Sechs Monate später hatten sie dank der Immobilienfirma die erste Wahl, als es um den Kauf einer schönen, einzeln stehenden edwardianischen Villa mit schindelgedeckten Außenwänden an der Antonia Street zwischen der Pacific und Faber Avenue in Pacific Heights ging.

Die Villa war ideal für sie beide. Sie stand unterhalb der Kuppe eines nach Norden liegenden Hügelhanges, in der Nähe des Lafayette Parks und des geschäftigen Einkaufsviertels in Upper Fillmore. Die Zimmer waren groß, mit hohen Decken und Kaminen und Parkettfußböden, und hinter dem Haus befand sich ein schöner Garten mit gemauertem Grill und einer Trauerweide. Außerdem gab es eine Garage für Ninas Lexus (der Toyota-Geländewagen war robust genug, um an der Straße zu stehen). Und die Aussicht aus dem zweiten Stock war wundervoll.

Anfangs fiel es Nick schwer, den Luxus zu genießen, weil Nina den Löwenanteil der Finanzierung übernommen hatte, doch Phoebe – die sich äußerlich sehr von Nina unterschied; sie besaß das rote Haar William Fords, eine blasse, beinahe reinweiße Haut und war zierlicher gebaut – erklärte Nick, daß es schließlich Nina gewesen sei, die sich so sehr in die Villa verliebt habe und daß es machohafte Selbstsucht wäre, einen geringeren Beitrag von ihr zu erwarten.

»Außerdem«, erklärte Phoebe, »bist du ein hervorragender Maler. Wir alle wissen, daß du eines Tages berühmt sein wirst, und daß deine Bilder im Museum of Modern Art ausgestellt werden. Du wirst im Geld schwimmen und dir jedes Haus kaufen können, das dir gefällt.«

Nick mochte Phoebe sehr.

Im April 1995, fünf Wochen nach ihrem Umzug zur Antonia Street, heirateten Nina und Nick unter der Trauerweide im Garten ihres Hauses. Kate und Ethan Miller reisten aus Bethesda an, William Ford aus Arizona. Die Freude der Millers, daß ihr Sohn und die neue Schwiegertochter sehr glücklich waren, war nicht zu übersehen. Aber das nicht minder offensichtliche Mißtrauen, das William Ford gegenüber Nick hegte, seit beide sich das erste Mal begegnet waren, war während der schlichten Hochzeitsfeier und auch später noch zu spüren – wenngleich Phoebes offenkundige Freude für das frisch vermählte Paar sehr dazu beitrug, das mürrische Verhalten ihres Vaters wettzumachen.

Die Gebäude und Straßen in und um San Francisco, die Nick anfangs an alte Drehorte von Spielfilmen erinnert hatten, verwandelten sich mehr und mehr in Landmarken und Leitsterne anderer Art. Die Maiden Lane, die in den Union Square mündete, wurde zu der Straße, die Nina und er zum erstenmal Hand in Hand hinunterspaziert waren; die California Street war für Nick inzwischen jene Straße, an der sie das erste Mal vietnamesisch zu Abend gegessen hatten; im Golden Gate Park hatten sie sich ihr erstes Tennismatch geliefert; im abendlichen Hafenviertel von Sausalito hatten sie sich zum erstenmal geküßt.

Das Zusammensein mit Nina bedeutete Nick mehr, als er sich je vom Leben erhofft hatte. Nina war zärtlich und rücksichtsvoll, sexy und humorvoll, sanft und einfühlsam. Selbst in Zeiten der Niedergeschlagenheit, wenn ihre Stimmung sich verdüsterte und sie häufiger die Treffen der Anonymen Alkoholiker besuchte, manchmal in Begleitung Nicks, manchmal allein, und wenn nur Billy Reagan, der Leiter der Therapiegruppe, Ninas Probleme voll und ganz zu begreifen schien – selbst in diesen Zeiten wußte Nick, daß er Nina inniger liebte, als er je einen Menschen geliebt hatte.

Nick entdeckte *Firefly*, als er in der untersten Schublade einer Truhe nach Klebstoff suchte. Die Eichentruhe stammte aus Ninas vorheriger Wohnung am Telegraph Hill und stand nun in der Küche ihrer Villa.
»Was ist das?« Nick hielt eine Art Manuskript in die Höhe und schaute seine Frau an, die Knoblauchbrot zu den Spaghetti backte, die es an diesem Tag zu Mittag gab. »Nina?«
Sie warf einen raschen Blick zu ihm hinüber. »Ach, nichts.«
»Sieht mir aber nach *irgend etwas* aus.«
»Ist bloß eine Geschichte, die Phoebe und ich vor ein paar Jahren geschrieben haben.«
Nick betrachtete den Einband. »Ist es ein Roman?«
Nina schüttelte den Kopf. »Eine Kindergeschichte. Über ein Mädchen, das von einem seltsamen Gespensterwesen verfolgt wird, welches im Dunkeln leuchtet. Ein paar Stellen sind ziemlich verrückt. Es ist nichts.«
»Darf ich's lesen?«
»Ja, sicher.« Nina legte ein Tuch über das warme, duftende Brot. »Wenn du wirklich möchtest.«
Nick streifte das Gummiband ab, das die Seiten zusammenhielt.
»Nach dem Essen«, sagte Nina.

»Von wegen, es ist nichts«, sagte Nick kurz vor Mitternacht.
»Was meinst du damit?« Nina, die neben ihm im Bett lag, schlug ihren neuen Krimi von Patricia Cornwell zu, drehte den Kopf und schaute Nick an. Das Schlafzimmer wurde vom weichen, flackernden Licht der brennenden Scheite im Kamin erhellt. Nicks Gesicht, das bei Tageslicht hart und kantig war, sah in diesem Licht feiner aus, beinahe filigran; die Knochenstruktur war deutlicher ausgeprägt. Er sieht verletzlich aus, ging es Nina unvermittelt durch den Kopf.
Nick legte das Manuskript behutsam auf die Bettdecke.
»Das ist eine wunderschöne Kindergeschichte.«

»Meinst du wirklich?« fragte Nina.
Nick setzte sich auf. Er war fasziniert und aufgeregt zugleich. »Und ob! Eine ziemlich düstere, aber gefühlvoll erzählte Geschichte. Die richtige Mischung, daß Kinder ein bißchen Angst und zugleich Lust auf mehr bekommen.«
»Ich weiß nicht.« Nina ließ sich wieder in die Kissen zurücksinken. »Als Phoebe und ich es fertig geschrieben hatten, waren wir beide der Meinung, daß es bloß eine Art ... geistige Reinigungsübung gewesen sei. Ein harmloses Mittel, unsere kindlichen Alpträume auszudrücken. Wir hätten nie damit gerechnet, daß jemand sich dafür interessieren könnte.«
Behutsam spannte Nick das Gummiband um das Manuskript. »Ich würde sehr gern versuchen, dieses Buch zu illustrieren.«
Nina blickte ihn verwundert an. »Du machst Witze.«
»Wenn es um meine Arbeit geht, mache ich niemals Witze. Erst recht nicht, wenn mich etwas fasziniert.«
Nina schwieg einen Moment, zuckte dann die Achseln. »Nur zu«, sagte sie. »Wenn du wirklich willst.«
»Ob Phoebe was dagegen hat?«
»Ganz im Gegenteil«, sagte Nina.

Clare Hawkins, eine Literaturagentin, die ihre Geschäfte von ihrem Haus auf dem Russian Hill aus führte, erklärte ihnen, das Manuskript sei faszinierend: gefühlvoll und romantisch, zugleich aber dem Reich der Alpträume nahe genug, um selbst die von Videos und Computergames horrorgestählten Jugendlichen der neunziger Jahre zu fesseln. Als Phoebe sich das von Nick illustrierte *Firefly* noch einmal anschaute, war sie begeistert. Sogar Nina – die wegen der Story, die schließlich ein Produkt der posttraumatischen Phase in ihrem und Phoebes Leben war, noch immer Bedenken hatte – mußte zugeben, daß das Buch vielleicht doch gewisse Erfolgsaussichten hatte.
Es wurde ein überwältigender Erfolg. Das Buch schlug nicht nur bei Verlegern und Lesern wie eine Bombe ein, sondern erregte überdies das Interesse der führenden Köpfe von Meganimity, einer florierenden Produktionsgesellschaft für Zeichentrickfilme mit Sitz in Los Angeles.

»Wir möchten, daß Sie für uns arbeiten«, sagte Steve Cohn von Meganimity im Spätherbst 1995 zu Nick, nachdem *Firefly* in den Vereinigten Staaten zu einem Bestseller geworden war. »Zumindest bei diesem Projekt hätten wie Sie gern bei uns an Bord.«

»Wann soll es denn losgehen?« fragte Nick.

»Bald«, erwiderte Cohn. »Im Frühjahr nächsten Jahres. Sie müssen sich darauf gefaßt machen, längere Zeit bei uns hier in Los Angeles zu verbringen.«

»Mir soll's recht sein«, erklärte Nick. »Aber Nina und Phoebe müssen sich um ihre Immobilienfirma in San Francisco kümmern.«

»Kein Problem«, sagte Cohn. »Die beiden sind bloß die Autorinnen – Sie sind der Künstler.« Er hielt inne. »Es wäre uns allerdings sehr recht, wenn Sie Ihre Frau und Ihre Schwägerin dazu bringen könnten, in ihrer Freizeit an einer neuen Story zu kochen.«

»Meine Frau«, erwiderte Nick liebenswürdig, »würde Ihnen wahrscheinlich darauf antworten, Sie sollen sich Ihre letzte Bemerkung sonstwohin stecken. Und meine Schwägerin würde Ihnen sagen, daß Sie ein sexistischer Drecksack sind.«

Cohn grinste. »Und meine Frau würde beiden voll und ganz beipflichten.«

Für den jungen Künstler und Filmliebhaber, der es gewöhnt war, die wenigen kleinen Gipfel des Erfolgs zu erklimmen und die vielen tiefen Täler der Fehlschläge zu durchwandern, war die öffentliche Aufmerksamkeit nach der Publikation von *Firefly* wie eine Offenbarung. Plötzlich meldeten sich Leute mit Geld und Einfluß. Plötzlich *waren* sie wer – er, Nina und Phoebe. Plötzlich wollte man mehr von ihnen. Nick genoß diesen Trubel, wenngleich die Zeit der Zusammenarbeit mit Nina und Phoebe ihm noch mehr Freude gemacht hatte.

Selbst nach der achten Auflage war das Buch immer noch ein solcher Renner, daß Eltern, Tanten und Onkel gar nicht genug Exemplare bekommen konnten. Nick, Nina und Phoebe wurden von Buchhandlungen zu Signierstunden und Autorenlesungen gebeten. Nick flog immer wieder nach Los

Angeles, um sich mit den Produzenten von Megaminity zu treffen, die ihren Sitz in Hollywood hatten; es wurden sogar Gespräche über die Vermarktung des Buches im Bereich der elektronischen Medien geführt – Computerspiele und dergleichen. Doch Clare Hawkins gab Nick und den Ford-Schwestern den Rat, diese Vermarktungspläne nicht allzu wörtlich zu nehmen.

»Ihr solltet euch lieber Gedanken über ein neues Buch machen«, sagte Clare, eine hochgewachsene, schlanke, gutaussehende Frau Ende Dreißig, als sie Nick, Nina und Phoebe im späten April im Haus Nummer 1315 Antonia Street zum Abendessen besuchte. »Habt ihr schon eine Idee?«

»Nein«, sagte Phoebe.

»Wir haben auch nicht die Absicht, uns irgendwelche Ideen einfallen zu lassen«, fügte Nina hinzu.

»Ich hab's Ihnen ja gesagt«, meinte Nick mit trockenem Lächeln.

Clare zuckte die Achseln. »Ich dachte, Sie hätten die beiden überredet, ein neues Buch zu schreiben.«

»Nina und Phoebe Ford gehören nicht zu den Frauen, die sich so schnell zu irgend etwas überreden lassen.«

»Wir sind Immobilienmakler«, sagte Nina höflich, »keine Schriftstellerinnen.«

»Sagt das mal euren Lesern«, meinte Clare.

Es gab Ninas selbstgemachte, mit Krabben gefüllte Ravioli. Clare und ihre Gastgeber saßen am runden Eichentisch im Wohnzimmer, ein ziemlich trister und düsterer Raum, dessen Atmosphäre jedoch von dem flauschigen Perserteppich – ein Schnäppchen von einer Auktion am Jackson Square – und drei funkelnden Kronleuchtern aus einem Antiquitätengeschäft an der Fillmore Street ein wenig aufgehellt wurde.

»Ich muß nicht überredet werden«, sagte Nick zu Clare. »Ich würde nichts lieber tun, als ein weiteres Buch der Fords zu illustrieren.«

»Es sei denn, du begreifst endlich, daß die Geschichte eine psychische Therapie gewesen ist, eine *einmalige* Therapie, die uns Glück gebracht hat.«

»Es muß aber nicht bei diesem einen Mal bleiben«, sagte Clare. »Wollt ihr es euch nicht überlegen? Phoebe? Nina?«

»Nein«, antwortete Phoebe für sie beide. »Es war wunderbar, was wir dank *Firefly* erlebt haben – es war eine Erfahrung, die fürs ganze Leben reicht.«
»Und es hat Wunder gewirkt, was Nicks Karriere betrifft«, sagte Nina.
»Und es gibt keinen Grund dafür, daß er nicht dort weitermachen sollte, wo er aufgehört hat«, meinte Phoebe. »Sie haben selbst gesagt, andere Autoren seien mit dem Wunsch an Sie herangetreten, daß Nick ihre Bücher illustriert.«
»Aber es ist nichts dabei, das ihn künstlerisch herausfordert«, sagte Clare.
»Weil nichts an *Firefly* heranreicht«, erklärte Nick schlicht. »Nicht einmal annähernd. Deshalb werde ich wieder Porträts malen, die Allerweltsaufträge für die Illustrierten erledigen, die Sie mir besorgt haben, Clare, und auf das richtige Buch warten.«
»Meganimity wird enttäuscht sein«, sagte Clare. »Wenn man dort wüßte, daß ein neues Projekt der Fords in Arbeit ist, würden sie wahrscheinlich *noch* mehr Werbung für *Firefly* machen.«
»Eine der Ford-Schwestern *hat* ein neues Projekt in Arbeit«, sagte Phoebe und legte die Hand auf den noch flachen Leib Ninas.
»Sie sind geschlagen, Clare«, sagte Nick. »Finden Sie sich damit ab.«

Nick war so zufrieden mit seinem Leben, daß er sich gar keine Gedanken mehr über weitere Buchprojekte machte. Falls Nina und Phoebe ihre Meinung änderten und ein neues Buch schrieben, wäre niemand glücklicher gewesen als er. Andererseits bestand die Möglichkeit, daß sie recht hatten und daß *Firefly* etwas Einmaliges gewesen war.
Außerdem besaßen die Schwestern immer noch ihr Immobiliengeschäft, an dem sie hingen, und er, Nick, und Nina würden in absehbarer Zeit genug mit ihrem Nachwuchs zu tun haben. Und auch wenn Nick die plötzliche Berühmtheit, die üppigen Honorarschecks (er hatte sogar Ninas Hypothekenraten übernehmen können) und die Aussicht auf weitere Erfolge mehr als willkommen waren, war Nick Maler – ein

Künstler, verdammt noch mal – und kein hochwertiges Handelsobjekt. Kritiker, Verleger, Filmproduzenten und sogar Agenten kamen und gingen. Doch Liebe, Wärme und vor allem Ruhe waren eine ganz andere Sache. Nick hatte fast sein Leben lang danach gesucht, und er würde das alles nicht kampflos wieder hergeben.

5

Es ist Holly Bournes letzte Arbeitswoche bei Nussbaum, Koch und Morgan. Nach dem offiziellen Büroschluß morgen abend wird eine Abschiedsparty für sie gegeben, wenngleich die meisten Gäste – die Seniorpartner der Kanzlei, die Juniorpartner, sogar die Sekretärinnen – nach ein, zwei Drinks wieder in ihre Büros zurückkehrten. Holly erinnert sich, daß ihre Mutter sich manchmal über die langen Arbeitstage ihres Mannes beklagt hat. Eleanor Bourne war immer sehr stolz auf ihren Job als Verwaltungsangestellte im Außenministerium gewesen, doch Richard Bournes regelmäßige Dreizehnstundentage in seiner Anwaltskanzlei in Washington hatten ihr oft einen Grund für Zorn und Trauer gegeben. Holly – wie auch einige andere ehrgeizige Juniorpartner der Kanzlei – hat sich bereits an Vierzehnstundentage gewöhnt, sechs oder sieben Tage die Woche. Sie hatte sich nie vor harter Arbeit gefürchtet und hatte nie Angst, wenn es um irgendeine sehr schwierige Sache ging, an der sie nicht vorbeikam, um ihren Weg zu machen.

Ende nächsten Monats wird Holly ihre neue Stelle in Los Angeles antreten, falls sie die Prüfung vor der Anwaltskammer bestanden hat, woran sie keinen Augenblick zweifelt. Sie wird für die Kanzlei Zadok, Giulini & O'Connell in Century City arbeiten – nur zwei Querstraßen von der Anwaltskanzlei ihres Verlobten entfernt. Um nach Los Angeles zu kommen, wird Holly geringe finanzielle Einbußen hinnehmen, doch ihre beruflichen Aussichten sind blendend. Michael Giulini und Alan Zadok, die Seniorpartner der Kanzlei, die mit Holly das Einstellungsgespräch geführt hatten, wußten damals bereits von ihrer bevorstehenden Heirat mit Jack Taylor von der Kanzlei Anderson und Taylor, und sie erklärten sich bereit, bis nach der Hochzeit auf Hollys Eintritt in ihre Kanzlei zu warten. Die Hochzeitsfeier findet im Hotel Bel-Air in Los Angeles statt, auch wenn Hollys Eltern gehofft hatten, die Tochter hätte ihren großen Tag in Washington gefeiert. Die Hochzeitsreise geht zu den Grand Caymans. Holly weiß, daß Giulini und Zadok bereit sind, ihr noch viel mehr entgegenzukommen, falls sie die Erwartungen dieser Männer erfüllt. Und das wird Holly – und noch mehr. Sie hat die Absicht, *alles* zu tun, um ihre Ziele zu erreichen.

Holly kommt soeben mit drei Einkaufstüten von Bergdorf Goodman – die restlichen Tüten werden geliefert –, und geht die Fifth Avenue hinunter. Sie schlendert an der Doubleday-Buchhandlung vorüber, als sie das Plakat im Schaufenster sieht.

Die Kehle wird ihr eng. Ihr Puls geht plötzlich schneller.

Sie betritt die Buchhandlung. Der Sicherheitsmann an der Tür schaut auf ihre Einkaufstüten, und Holly öffnet sie, so daß der Mann einen Blick hineinwerfen kann. Dann verschließt er die Tüten mit Heftklammern, um zu verhindern, daß Holly Bücher darin verschwinden läßt, ohne zu bezahlen. *Als hätte sie das nötig.*

Die Signierstunde findet auf der ersten Etage statt. Eine beachtliche Warteschlange hat sich gebildet. Mütter, Tanten, ein paar kleine Kinder, einige Väter.

Die beiden Autorinnen sitzen nebeneinander hinter einem Tisch. Sie lassen sich Zeit beim Signieren. Wenngleich beide sitzen, wirkt die eine winzig. Sie hat karottenfarbenes Haar, einen weißen Teint und grüne Augen. Die andere ist größer; eine elegante, honigblonde Frau mit langer Nase und ungewöhnlich braunen Augen. Jedesmal, wenn ein Kunde mit seinem Buch vor die Frauen tritt, lächeln sie und plaudern ein paar Worte; dann schreibt erst die Blonde, dann die Rothaarige ihren Namen ins Buch und reicht es zurück. Die zwei sind ein gutes Team.

Er ist nicht da.

Holly geht zu einem Tisch, auf dem die Bücher zu einem komplizierten pyramidenartigen Gebilde auftürmt sind. Sie hat sich das Buch bereits gekauft – schon im vergangenen November, kurz nachdem es auf den Markt kam –, hat es sorgfältig gelesen, jede Illustration eingehend betrachtet und es dann weggeworfen.

Nun nimmt sie sich ein weiteres Exemplar und stellt sich ans Ende der Schlange. Die Frau, die vor Holly steht, dreht sich um. »Ein wunderbares Buch.« Sie hält drei Exemplare in den Händen. »Meiner Tochter gefällt es so sehr, daß ich ihr unbedingt eines mit den Autogrammen der Schriftstellerinnen besorgen möchte.« Die Frau strahlt. »Die beiden anderen Bücher sind für die Kinder von Freunden.«

Holly lächelt freundlich. »Meines ist für meine Nichte.« Sie hat keine Nichte, aber es hört sich passend an.

»Jungens scheinen es noch mehr zu mögen als Mädchen, wissen Sie.«

»Ach, wirklich?« erwidert Holly.

Die Frau dreht sich wieder um, als sie an den Tisch kommt, und reicht den Schwestern mit sichtlichem Stolz ihre Bücher. Die Blonde sagt ein paar Worte zu der Frau, macht irgendeine Bemerkung darüber, daß sie drei Exemplare gekauft hat, doch eine andere Frau in der Schlange hustet laut, so daß Holly nicht verstehen kann, was am Tisch geredet wird.

Dann ist sie an der Reihe.

»Ich danke Ihnen vielmals«, sagt die Rothaarige.

»Keine Ursache.« Holly legt ihr Exemplar von *Firefly* auf den Tisch. »Freut mich, Sie beide kennenzulernen.«

»Die Freude ist ganz auf unserer Seite.« Der britische Akzent ist bei der Blonden noch ausgeprägter als bei ihrer Schwester. »Ist das Buch für jemand Bestimmten?«

»Es ist für mich selbst«, sagt Holly. »Ich sammle Kinderbücher.« Noch eine Lüge.

Die Rothaarige lächelt. »Das ist schön.«

»Möchten Sie, daß wir etwas Bestimmtes hineinschreiben?« fragt die Blonde.

Holly denkt einen Augenblick nach.

»Es gibt ein Zitat von Woodsworth, das mir besonders gut gefällt«, sagt sie. »Manche finden es ein bißchen schaurig – ich selbst finde es bewegend.«

Die Blonde nimmt ihren Montblanc-Füller, wartet.

Holly diktiert langsam und deutlich.

»Was soll ein Kind,
Das so ruhig atmet
Und das pralle Leben
In allen Gliedern spürt,
Schon vom Tod wissen?«

Die Blonde zögert einen Moment; dann schreibt sie das Zitat zu Ende und setzt ihren Namen darunter. Schweigend legt sie ihren Füller hin, drückt einen Bogen Löschpapier auf die Widmung und reicht das Buch an ihre Schwester weiter. Auch die Rothaarige schreibt ihren Namen hinein, schaut zu Holly auf und gibt ihr das Buch mit einem leisen, neugierigen Lächeln zurück.
»Eine interessante Wahl«, sagt sie.
Die Blonde gibt keinen Kommentar.
»Einen schönen Tag noch«, sagt Holly und macht der nächsten Kundin in der Schlange Platz.

Wieder auf der Fifth Avenue, überquert Holly die Sechsundfünfzigste Straße und bleibt an einer Mülltonne stehen. Sie hängt sich die Einkaufstaschen von Bergdorf Goodman über das linke Handgelenk, nimmt *Firefly* aus der Plastiktasche von Doubleday und schlägt das Buch an der signierten Seite auf. Sorgfältig trennt sie die Seite heraus und steckt sie in die Plastiktüte.
Dann wirft sie das Buch in die Mülltonne.

6

Manchmal schaue ich mir meine Arbeiten an, meine Porträts, und sehe in einigen das Spiegelbild meiner Erinnerungen, meiner innersten Gefühle und Empfindungen gegenüber den Menschen, die mir am wichtigsten sind.

Ich schaue auf Ethan Miller, meinen Vater, diesen stillen, begabten, erfolgreichen Architekten mit seinem ruhigen, konzentrierten Gesicht, den braunen Augen und dem dichten gewellten Haar, das dem meinen so ähnlich ist, und auf Kate, meine Mutter, die Kunstlehrerin an der High School, mit ihrem kurzen, hellen Haar und den hübschen blauen Augen, die immer so offen und ehrlich blicken, und ich denke zurück an meine Kindheit und wieviel Spaß es mir gemacht hat, die zwei bei der Arbeit zu beobachten: meinen Dad, über sein Zeichenbrett gebeugt, und meine Mutter vor ihrer Staffelei, in einer anderen Welt versunken. Die Gerüche von Ölfarbe und Terpentin und Firnis. Die Geräusche: sanft und leise, wenn die Pinsel und Spachtel über Mutters Leinwand glitten, scharf und zischend, wenn die Tuschezeichner über Dads Baupläne huschten. Und ich erinnere mich, daß ich im Alter von neun Jahren – als wir von Philadelphia nach Bethesda zogen – mit einem Holzkohlestift oder einem Tuschepinsel so zufrieden war wie andere Jungen in meinem Alter mit einem Baseball-Fanghandschuh oder einem Basketball.

Ich schaue auf mein Porträt von Richard Bourne, den eleganten, vornehmen Washingtoner Anwalt und Gentleman mit der Brille und den grauen Schläfen, der Holly von Herzen liebt, von ihren Problemen – zumindest einem Teil – jedoch gewußt hat; davon bin ich noch heute überzeugt. Anders als Eleanor Bourne. Eine sehr gutaussehende, vollkommen beherrschte, erfolgreiche Frau, deren Abneigung mir gegenüber ich immer gespürt habe und die es vermochte, jeden mit einem einzigen flammenden Blick aus ihren dunklen Augen zum Schweigen zu bringen, der zu behaupten wagte, ihre Tochter sei weniger als vollkommen. Eine vielschichtige Frau, diese Eleanor Bourne. Einmal vertraute Holly mir an, die Mutter gäbe ihr die Schuld am Tod ihres Bruders Eric, was der Grund dafür sei, daß Holly selbst sich eine Zeitlang tatsächlich schuldig gefühlt habe. Doch als Holly älter wurde und sich in der Schule und auch sonst sehr gut machte, war Eleanor die erste, die ihre Tochter in höchsten Tönen lobte und sich gegen die Einsicht sperrte, Holly könnte irgend etwas Falsches oder etwas Schlimmes tun: Schuldzuweisungen, wenn es keinen Schuldigen gab, doch wenn sie wirklich angebracht waren, blieben sie aus. Eine vielschichtige, schwierige Frau, diese Eleanor Bourne.

Und dann ist da Hollys Porträt.

Im Lauf der Jahre habe ich mehrere Porträts von ihr gemalt, behielt aber nur dieses eine: das erste. Meine Eltern und ich wohnten drei Jahre im Haus neben dem der Bournes, als dieses Porträt entstand. Wie süß Holly damals gewesen war: kastanienbraunes Haar, glatte, blasse Haut, ruhige graue Augen. Die Augen ihres Vaters. Und dieses Lächeln. Hollys ganz eigenes Lächeln. Das Mädchen von nebenan, von dem alle immer sagten – damals und in den Jahren darauf –, daß es so hübsch sei, so nett und so freundlich.

Ich war damals auch dieser Meinung. Glaube ich jedenfalls.

Ich erinnere mich noch daran, als ich Holly das erste Mal sah: wie eingerahmt hinter ihrem Schlafzimmerfenster. Ihr trauriges, niedliches Gesicht schaute auf mich herunter. Ich weiß noch, wie die Trauer aus diesem Gesicht zu verschwinden schien, als ich zu ihr hinauf lächelte. Licht aus Dunkelheit. Kurz darauf wurde mir erzählt, was mit Hollys Bruder Eric geschehen war und wie verzweifelt Holly auf seinen Tod reagiert hatte, und ich weiß noch, wie ich damals gedacht habe – ich, der Junge, der neu in der Stadt war und noch keine Freunde hatte –, daß es vielleicht eine gute Sache sei, Holly über ihren Schmerz hinwegzuhelfen.

Und das tat ich dann auch. Selbst Eleanor war mir damals dankbar, daß ich half, Holly auf den Weg der Normalität zurückzuführen. Nicht, daß Eleanor mich wirklich gemocht hätte – das war nicht einmal zu dieser Zeit der Fall. Ich glaube, dem Jungen von nebenan hat das alles nichts weiter ausgemacht, aber Holly – nun ja, für Eleanor und fast jeden anderen war offensichtlich, daß Holly sozusagen in einer anderen Liga spielte. Sie war ein Jahr jünger als ich, aber etwas »Besonderes«. Bei ihrem Aussehen und ihrer außerordentlichen Intelligenz bestanden niemals Zweifel daran, daß das Leben noch große Pläne mit Holly Bourne hatte.

Ganz besondere Pläne.

7

»Ich hab' dich gern«, sagte Holly in der zweiten Dezemberwoche 1976 zu Nick, kurz vor dessen erstem Weihnachtsfest in Bethesda.
Er grinste sie an.
»Ich hab' dich auch gern«, sagte er.
»Liebst du mich?« fragte sie.
Er war verblüfft. Was für eine komische Frage, dachte er. Er liebte zwei Menschen: seine Mom und seinen Dad. Der Gedanke, noch jemanden lieben zu können, war ihm nie gekommen.
»Ich weiß nicht ...« Er sah den Schmerz auf ihrem Gesicht. »Ich glaub' schon. Kann sein.«
Der schmerzliche Ausdruck verschwand. »Ich liebe dich«, sagte Holly zu ihm. »Ich liebe dich sehr.«
Wieder grinste er. Dieses Geständnis machte ihn ein bißchen verlegen, ein bißchen ratlos. Doch er freute sich sehr darüber.
»Danke«, murmelte er.
Er wußte nicht, was er sonst hätte sagen sollen.

Unsere Beziehung war von Anfang an ungleich. Ich würde sogar sagen, sie barg eine ständige potentielle Gefahr, eine schädliche und abnormale Unsicherheit. Man kann diese Anfangstage unserer Beziehung aus zwei unterschiedlichen Blickwinkeln betrachten, wie ich heute weiß: Man kann in ihnen schlicht das sehen, was ich damals sehen wollte – oder man sieht in ihnen das, was sie wirklich waren und was ich schon damals tief in meinem Inneren *wußte*.

Ich sagte mir damals, daß Holly die Schuld an all den schrecklichen Dingen trug, die geschehen waren – daß ich mich hatte zum Narren halten lassen. Aber das stimmte nicht ganz. Denn wie hätte das geschehen können?

In den ersten Jahren unserer Bekanntschaft war ich aufrichtig stolz auf Holly, und sie bewunderte mich. Ich nehme an, daß ich zu Anfang ein bißchen Mitleid mit ihr hatte und daß dieses süße, kleine traurige Mädchen mich rührte und daß ich beeindruckt war von ihrem raschen und scharfen Verstand. Holly betrachtete mich als ihren älteren Bruder und besten Freund; manchmal schweiften ihre Gedanken sogar weit in die Zukunft – solche Träume hatte Holly oft –, und dann sah sie mich als ihren zukünftigen Mann und Vater ihrer Kinder.

Ich will nicht nach Entschuldigungen suchen – nicht nach so vielen Jahren und nicht aus der Perspektive eines Erwachsenen. Aber für einen zehnjährigen Jungen war das alles überaus schmeichelhaft. Ich hatte nie zu einer Bande gehört, nicht einmal in Philadelphia; ich war immer dann am glücklichsten, wenn ich zeichnete oder mir Filme anschaute. Ich war stets ein Außenseiter. Und da war plötzlich dieses Mädchen von nebenan – ein schwungvolles, liebenswertes, wunderschönes Mädchen –, das ehrlich zu glauben schien, in mir eine Art Prinz gefunden zu haben, der sie wachküßte. Oh, das tat meinem Ego sehr gut. Mehr als gut. Es war *Gift* für mich, wie ich heute weiß.

Ich glaube, ich hätte Holly schon aus meinem Leben verbannen sollen, als sie mich in die ersten Schwierigkeiten brachte. Alle hielten Holly für *perfekt* – niemand hätte mir geglaubt, hätte ich die Wahrheit über sie gesagt –, aber die Holly, die ich immer besser kennenlernte, als wir zusammen aufwuchsen, war ein geheimnistuerisches, unberechenbares Mädchen, das nach Erlebnissen und Abenteuern gierte, nach Erregung und Risiko. Die wirkliche Holly spielte ihren Nachbarn üble Streiche und klaute im Laden Zeitschriften, Zigaretten – die sie im Park rauchte – und Süßigkeiten. Die wirkliche Holly verstand sich sehr gut darauf, nie selbst erwischt zu werden, weil sie mich immer wieder überredete, sie auf ihren Streifzügen zu begleiten, wobei jedesmal ich derjenige war, der zum Schluß den Kopf hinhalten mußte. Einmal war es Vandalismus in der Schule, ein andermal unbefugtes Betreten des Grundstücks eines Nachbarn, und ein paarmal ging es um den Versuch, sich in Kinovorführungen zu schleichen, ohne an der Kasse zu bezahlen. Mit zwölf Jahren war ich nahe daran, ernsthaften Ärger mit der Polizei zu bekommen, daß meine Eltern sich bitter darüber beklagten, welche Entwicklung ich zu nehmen schien. Aber ich konnte Holly einfach nichts abschlagen.

Immer wieder wurde mir die Schuld gegeben, weil ich älter war und mein Gesicht paßte. Und weil ich ein ausgemachter Trottel war. Ein Blick aus Hollys treuherzigen Augen, und ich brachte es einfach nicht mehr fertig, sie zu verpfeifen. Und überhaupt gab es mir das Gefühl, ein Held zu sein.

Das alles war ein schlimmer Fehler. Heute weiß ich es – und damals habe ich es wohl auch schon gewußt, tief in meinem Inneren, denn ich glaube nicht, daß ich ein völliger Trottel war. Die Wahrheit ist: Hätte ich bei Hollys Dummheiten *wirklich* nicht mitmachen wollen, hätte ich mich weigern können. Hätte ich nicht ihr Sündenbock sein wollen, hätte ich bloß zu meinen Eltern gehen und ihnen alles erzählen müssen.

Ein solcher Held war ich nicht. Holly war ein Mädchen und ein Jahr jünger als ich – wenngleich die Behauptung zutrifft, daß Mädchen schneller reif werden als Jungen, das können Sie mir glauben. Holly war viel kleiner als ich und mir körperlich weit unterlegen. Niemand hat mich zu etwas gezwungen. Gewiß, Holly hat unsere »Abenteuer« ausgeheckt, doch weil ich älter und größer war als sie, hätte ich wohl die Führungsrolle in unserem Gespann übernehmen können. Damals redete ich mir ein – so lange, bis ich es beinahe glaubte –, daß Holly an allem die Schuld trage und daß ich nur deshalb mitmachte, weil sie so verletzlich und ein bißchen verrückt war und mich brauchte, um auf sie achtzugeben.

Es war eine Lüge. Heute glaube ich, es lag daran, daß ich Hollys Bösartigkeit als das Aufregendste betrachtete, das ich je erlebt hatte. Ich war ein künstlerisch interessierter, sanftmütiger, wohlerzogener Junge, doch in meinem Inneren gab es etwas, das diese Böse-Buben-Streiche sehr genoß.

Aber für einen normalen, heranwachsenden Jungen war das alles so außergewöhnlich nun auch wieder nicht. Wir hatten nichts wirklich Schlimmes getan – wenn es damals geendet hätte.

Aber es endete nicht.

9

Sex schien der nächste, natürliche Schritt zu sein. Wenn Holly Bourne schon mit zwölf Jahren so anziehend gewesen war, wie unendlich viel erregender mußte sie drei Jahre später auf Nick gewirkt haben, als die Hormone in seinem Körper brodelten, seine Glieder durchdrangen und kräftigten – und sein Hirn umnebelten.

»Willst du mich küssen?«
Holly stellte diese Frage am 25. September 1982, an einem Samstag. Sie und Nick trieben sich im Bethesda-Einkaufszentrum herum, in der Nähe einer Boutique für Damenunterwäsche mit Namen Angel's. Zuvor hatte Holly mit Nick darüber gestritten, ob sie einen winzigen Schlüpfer aus Spitze, den sie gesehen hatte, kaufen oder stehlen sollte.
Sie wartete Nicks Antwort gar nicht erst ab.
»Oder willst du lieber warten, bis ich den neuen Schlüpfer trage, bevor du mich küßt?«
Nick warf einen raschen Blick in die Runde und spürte, wie seine Wangen heiß wurden. »Um Himmels willen, Holly! Jemand könnte dich hören.«
»Macht mir nichts aus«, sagte Holly.
»Mir aber. Wir dürften nicht mal hiersein.«
»Ich hab' Mom gesagt, daß wir heute ins Einkaufszentrum gehen.«
»Um ein Buch zu kaufen«, stellte Nick klar.
»Dann kauf' ich eben ein Buch.« Ihre Augen funkelten. »Oder ich klaue eins.«
»Holly, du mußt mit dem Stehlen aufhören.« Nick hatte es ihr wieder und wieder gesagt. »Wenn du's nicht sein läßt, erzähle ich's deinen Eltern. Und die werden noch viel Schlimmeres tun, als dich bloß vom Stehlen abzuhalten.«

»Du hörst dich genauso an wie Eric früher.« Holly lächelte.
»Ich bin aber nicht Eric.« Nick versuchte es mit Ablenkung.
»Komm, wir gehen einen Shake trinken.«
»Nee.« Holly ließ sich nicht beirren. »Ich gehe jetzt da rein – kommst du mit?«
»Auf gar keinen Fall.« Nick blieb unerschütterlich. »Das ist wirklich keine gute Idee, Holly.«
»Dann küß mich.«
Holly spitzte die Lippen und schloß die Augen. Wieder schaute Nick sich um, hielt nach bekannten Gesichtern Ausschau, sah keines und beugte sich zu Holly hinunter, um mit den Lippen ganz kurz die ihren zu berühren. Holly öffnete den Mund im gleichen Moment, als sie die Augen wieder aufschlug, und hob die rechte Hand, um Nicks Kopf näher heranzuziehen. Er spürte die feuchten, weichen Innenseiten ihrer Lippen, spürte, wie ihre kleine, feste Zunge gegen seine Zähne stieß.
»Hollyyy.« Nick löste sich von ihr.
»Was ist?« Ihre Augen tanzten. »Hat's dir nicht gefallen?«
»Nein.«
»Lügner.«
Wieder wurde sein Gesicht heiß. »Okay, es hat mir gefallen. 'ne tolle Sache.«
»Dann tu's noch mal«, drängte Holly.
»Auf keinen Fall.« Nick wollte davongehen, doch sie packte seine Hand und hielt sie fest. »Hier ist nicht der richtige Platz, Holly.«
»Dann gehen wir woanders hin.«
»Und wohin?« Nick konnte nicht leugnen, daß sich hinter dem Reißverschluß seiner Jeans etwas rührte. Holly neckte ihn nun schon eine ganze Weile auf diese Art, hatte sich meist aber rasch auf andere Spiele ablenken lassen. Doch in letzter Zeit war Nick aufgefallen, daß sie es ernst meinte. Holly wollte *richtig* von ihm geküßt werden, so wie die Leute im Film und im Fernsehen und in den Büchern es taten, die Holly nachts gelesen hatte, wenn Richard und Eleanor glaubten, sie würde längst schlafen. Bis zum heutigen Tag hatte Nick sich gegen Hollys Annäherungsversuche gewehrt, weil etwas ihm sagte – ihn *warnte* –, daß es nicht klug sei, Holly zu

küssen. Schließlich waren sie jetzt seit mehr als sechs Jahren wie Bruder und Schwester. Und ein Bruder küßt seine Schwester nicht, jedenfalls nicht so. Das wußte jeder.

Plötzlich aber erkannte Nick, daß er sich gar nicht mehr so sicher war.

Das Küssen war erst der Anfang. Als nächstes kamen die Berührungen. Holly genoß es, Nick zu berühren, und schilderte ihm, was sie dabei empfand.
»Deine Haut fühlt sich ganz *anders* an als meine. Nicht so weich ... aber warm, und sie riecht so gut! Ich würde gern mal diese Stelle küssen ... oder vielleicht darüber lecken ... ich würde gern wissen, wie's schmeckt ...«
Ihre Hand wanderte tiefer, schob sich unter seine Hose.
»Aaah, so fühlt es sich also an. Hmmm, schön weich ... du bist manchmal gemein zu mir, aber das hier fühlt sich *wunderbar* an ... gefällt es dir? Ja, ich kann es spüren ... er wird ganz groß und hart, als hätte er ein eigenes Leben ...«
Nick zog es vor zu schweigen, wenn er Holly berührte – die meiste Zeit hätte er ohnehin kein Wort hervorbringen können, weil Holly ihn dabei küßte oder weil er den Druck ihrer kleinen harten Brustwarzen in den Handflächen spürte oder weil Holly ihm erlaubte, die Hand unter ihren Schlüpfer zu schieben, wo ihre dunklen, feuchten Geheimnisse verborgen waren. Nick schrie laut auf vor Lust.

Am ersten Weihnachtstag, Hollys fünfzehntem Geburtstag, schliefen sie zum erstenmal miteinander. Den größten Teil des Tages hatten beide bei ihren Eltern verbracht, hatten am traditionellen Weihnachtsessen teilgenommen, gelacht, geplaudert, ihre Geschenke verteilt und in Empfang genommen. Nick bekam von Ethan und Kate eine schöne Mappe aus Leder, damit er seine Zeichnungen und Skizzen zu Galerien oder graphischen Betrieben mitnehmen und sie dort zeigen konnte. Nick schenkte Ethan eine neue Biographie über Frank Lloyd Wright; Kate bekam eine Kollektion Acrylstifte sowie ein Fläschchen Parfüm. Richard und Eleanor schenkten Holly eine filigrane goldene Halskette von Tiffany mit einem kleinen, brillantenbesetzten, H-förmigen Anhänger sowie ein Jahrbuch zu ihrer ledergebundenen Gesamtausgabe der Encyclopaedia Americana. Holly schenkte Richard eine Pfeife, die sie drei Monate zuvor aus dem Dunhill-Katalog bestellt hatte; Eleanor bekam einen grauen Schal aus Kaschmirwolle, den Holly bei Lord und Taylor in Washington gestohlen hatte.

Nick hatte sein Bestes getan, Holly davon abzuhalten.

»Und wenn deine Mutter den Schal umtauschen will?« hatte er Holly nach verübter Tat gefragt.

»Das tut sie nicht – dazu ist sie zu höflich. Und wenn doch, dann sag' ich einfach, ich hätte die Quittung verloren.«

»Du verlierst nie etwas. Deine Mom wird dir nicht glauben.«

»Daß ich den Schal *geklaut* habe, würde sie erst recht nicht glauben.«

Vor fünf Uhr nachmittags kam Holly nicht aus dem Haus. Am liebsten hätte Eleanor sie an diesem Tag gar nicht fort gelassen, doch Richard erklärte, daß es nur recht und billig sei, wenn ihre Tochter die Gelegenheit bekäme, mit Nick die Geschenke auszutauschen.

»Ich könnte ihn auch fragen, ob er zu uns herüberkommen will«, sagte Holly zu ihrer Mutter, wohl wissend, daß Eleanor am ersten Weihnachtstag – noch dazu um diese Zeit, wenn vom Essen und dem Geschenkauspacken noch Unordnung in der Wohnung herrschte – auf gar keinen Fall Besuch im Haus haben wollte.

»Nein, ist schon gut. Lauf nur hinüber, Liebes.«

»Was hast du denn für Nick?« erkundigte sich Richard.

»Ein Paar Handschuhe.« Holly hielt ein Päckchen in die Höhe.

»Du solltest seinen Eltern lieber auch etwas mitnehmen«, sagte Eleanor.

»Ist nicht nötig, Mutter. Die erwarten kein Geschenk.«

»Wenn du sie zu Weihnachten besuchst, kannst du nicht mit leeren Händen gehen«, beharrte Eleanor.

Richard saugte an seiner neuen Pfeife. »Sie könnte eine von den Flaschen mitnehmen.« Er wies mit einem Kopfnicken auf mehrere originalverpackte Whisky- und Champagnerflaschen, die seine Frau als Reserve zurückbehalten hatte für den Fall, daß jemandem in letzter Minute ein Geschenk gemacht werden mußte.

»Holly kann ihnen doch keinen Alkohol mitbringen«, ereiferte sich Eleanor. »Was sollen die Millers denken?«

»Wahrscheinlich werden sie denken, was für ein schönes Geschenk, und die Flasche aufmachen«, erwiderte Richard.

»Nimm lieber etwas Süßes mit.« Eleanor wies auf einen kleinen Stapel geschmackvoll eingewickelter Pralinenschachteln. »Eine von den mittelgroßen Schachteln, Holly. Es sind teure Pralinen, du brauchst dich also nicht zu schämen.«

»Danke, Mutter.«

»Du bleibst nicht zu lange fort, nicht wahr, Liebes?«

»Nicht sehr lange, Mutter.«

»Viel Spaß, Holly«, sagte Richard und zwinkerte seiner Tochter zu.

»Fröhliche Weihnachten, Daddy«, sagte Holly und zwinkerte dem Vater zurück.

»Alles Gute zum Geburtstag, mein Schatz«, sagte er.

Im Haus der Millers herrschte eine schläfrige Atmosphäre. Ethan hatte zu viel gegessen und getrunken, und Kate hatte zu schwer geschuftet. Selbst Matisse, der Collie-Mischling, schien erschöpft zu sein. Einmal hatte Holly zu Nick gesagt, sie hätte auch gern einen Hund, doch weil ihre Eltern fast die ganze Woche arbeiteten, hatte Eleanor erklärt, sie könnten kein Tier halten. Es sei weder dem Tier noch der Familie gegenüber fair, hatte sie gesagt, obwohl Carmelita, ihr Hausmädchen, erklärt hatte, gern einen Hund im Haus zu haben. Doch Eleanor wies darauf hin, daß Carmelita ja nicht ewig für sie arbeiten würde; außerdem gäbe es nichts als Ärger, wenn sie sich ein Haustier anschafften.

»Herzlichen Glückwunsch zum Geburtstag, Holly«, flüsterte Nick an der Tür. »Bei uns sind alle halb am Pennen. Wir müssen nach oben auf mein Zimmer gehen.«

»Gut«, flüsterte Holly zurück.

Kate Miller, die in einem Wohnzimmersessel saß, hob den Arm, winkte Holly müde zu und wünschte ihr mit kraftloser Stimme fröhliche Weihnachten, während ihr Gatte leise schnarchte und Matisse träge mit dem Schwanz wedelte.

Nicks Schlafzimmer war kleiner als der Raum nebenan, den er als Studio benutzte. Holly sah einen Schreibtisch mit Stuhl, einen Computer, einen Wandschrank, ein überladenes Bücherregal, das sich in der Mitte ein bißchen durchbog, ein Bett mit karierter Steppdecke sowie ein angrenzendes kleines Bad mit Dusche. An der Tür gab es kein Schloß. Nick stellte den Stuhl an die Tür – nicht so nahe, daß man ihm den Vorwurf hätte machen können, er habe sich mit Holly verbarrikadieren wollen, aber nahe genug, um im letzten Moment gewarnt zu werden, falls sein Vater oder die Mutter das Zimmer betraten.

»Mach dir keine Sorgen«, sagte Nick, als Holly ihn bat, die Stuhllehne unter die Klinke zu klemmen. »Mom und Dad klopfen immer an, bevor sie reinkommen.«

»Möchtest du jetzt dein Geschenk«, fragte Holly ihn nun, »oder bekomme ich zuerst meinen Weihnachtskuß?«

Nick umarmte Holly und küßte sie, wobei er sein Bestes gab und Holly durch den innigen, schon ziemlich gekonnten Zungenkuß merklich erregte, denn sie drängte sich an ihn, und Nick hörte sie leise stöhnen, als ihre Zunge sich in seinem Mund wild hin und her bewegte.

»Das«, sagte er dann und rang nach Atem, »war dein Geburtstagskuß. Jetzt kommt der Weihnachtskuß.«

Der länger als eine Minute dauerte.

»Ich hoffe«, sagte Holly keuchend, »daß ich ein genauso schönes Geschenk für dich ausgesucht habe.«

Nick löste sich von ihr. »Aber ich möchte dir zuerst meins geben.«

»In Ordnung«, sagte Holly. »Aber wir haben nicht allzuviel Zeit. Meine Mutter möchte, daß ich bald wieder nach Hause komme.«

»Aber du bist doch gerade erst hier.«

»Ich weiß.« Holly betrachtete eingehend Nicks Mund. »Und wir haben noch viel zu tun.«

Nick spürte, wie Erregung in ihm aufstieg. Sein Glied wurde steif.

»Hier«, sagte er und reichte ihr ein kleines viereckiges Päckchen.

»Was ist das?«

»Mach's auf und sieh nach.«

Es war eine Puderdose.

»Die ist ja niedlich«, sagte Holly.

»Das ist bloß mein offizielles Geschenk für dich«, erklärte Nick. »Meine Mutter war dabei, als ich's gekauft habe, deshalb mußte ich das andere Geschenk im geheimen besorgen.«

»Wo ist mein inoffizielles Geschenk?« Holly schaute sich um.

»Unter dem Kopfkissen«, sagte Nick.

Hastig riß Holly die Verpackung auf. Als sie den spitzenbesetzten Schlüpfer sah, stiegen ihr Tränen in die Augen.

»Du weißt doch noch?« fragte Nick. »Im Einkaufszentrum. Unser erster Kuß.«

»Natürlich erinnere ich mich.« Hollys Gesicht hellte sich auf. »Hast du den Schlüpfer gestohlen?«

»Nein, ich hab' ihn nicht gestohlen! Verdammt, Holly, du kannst einem wirklich auf die Nerven gehen.«

»Aber du liebst mich.«

»Mehr als je zuvor«, antwortete Nick aufrichtig.

»Und jetzt zu deinem Geschenk.« Holly nahm ihr Päckchen vom Schreibtisch. »Dein inoffizielles Geschenk steckt im offiziellen.« Sie reichte ihm das Päckchen. »Geh vorsichtig damit um.«

Nick riß das Papier auf und entdeckte die Handschuhe. Sie waren aus braunem Veloursleder und mit Schafwolle gefüttert. Nick hielt sie sich unter die Nase und schnüffelte.

»Die sind wunderschön. Meine alten sind sowieso hinüber.«

»Ich weiß.« Sie war dabeigewesen, wie Nick einen seiner alten Handschuhe an einem Novembertag auf der Straße verloren hatte, als sie aus der Schule gekommen waren, und hatte gesehen, wie ein Laster darüber hinweggerollt war. »Ich war mit dir zusammen. Weißt du denn nicht mehr?«

»Doch, sicher.« Nick schaute in das aufgerissene Geschenkpapier.

»Ich hab' dir doch gesagt, das inoffizielle Geschenk steckt im offiziellen.«

Nick schaute sie gespannt an. »Im Handschuh?«

»Ja. Im linken.«

Nick zog ein winziges, in Geschenkpapier eingewickeltes Päckchen heraus.

»Sei vorsichtig«, sagte Holly. »Es ist zerbrechlich.«

Nick betastete es behutsam und sagte verwundert: »Es ist weich.«

»Mach es auf.«

Behutsam riß Nick das Papier ab und starrte auf den Gegenstand. Für einen Moment fehlten ihm die Worte.

»Du wirst ja rot!« sagte Holly triumphierend.

»Oh, Mann«, sagte Nick leise.

»Das ist ein Kondom.«

»So schlau bin ich auch«, sagte Nick.

»Willst du's denn nicht ausprobieren?«

Nick wurde die Kehle eng, der Mund trocken. Er hielt nicht zum erstenmal ein Kondom in der Hand; in der Schule hatten sie ein paarmal derbe Späße damit getrieben. Viele Jungs hatten behauptet, schon mal ein Kondom benutzt zu haben – was Nick bei einigen für durchaus wahrscheinlich hielt.

»Die Dinger sehen komisch aus, nicht wahr?« sagte Holly.

»Kann man wohl sagen.«

»Mir würde es nichts ausmachen ...« Holly verstummte.

»Was würde dir nichts ausmachen?« Nick schaute sie an.

»Na ja, wenn wir's nicht benützen würden. Aber ich hatte Angst, daß du sagst, wir sollten noch warten, wenn ich keins von den Dingern mitbringe. Ich kenne dich ja. Du würdest dir diesen Spaß aus Vorsicht entgehen lassen.«

»Stimmt«, gab Nick zu. »Würde ich.«

»Aber jetzt haben wir ja so ein Ding.«

Nick schwieg.

»Möchtest du nicht mit mir schlafen?« Zum erstenmal schwankte Hollys Stimme leicht: Der Schmerz stand bereits an der Pforte zu ihrem Inneren.

»O doch«, sagte Nick. »Mehr als alles andere.«

»Ehrlich?«

»Ich kann an nichts anderes mehr denken.«

»Ich auch nicht.«

»Ich hab' bloß ...« Er zögerte.

»Angst?«

»Ein bißchen.«
»Du brauchst keine Angst zu haben«, sagte Holly. »Nicht bei mir.«
Nick schaute ihr ins Gesicht. »Nein. Wahrscheinlich nicht.«
»Ich liebe dich, Nick. Ich liebe dich sehr.«
»Ich liebe dich auch.«
»Worauf wartest du dann?«
»Jetzt?« fragte er, ziemlich aus der Fassung gebracht.
»Hier?«
»Ich hab' heute Geburtstag«, sagte Holly. »Und das ist mein Weihnachtsgeschenk für dich. Findest du nicht auch, daß heute der richtige Tag ist?«
»Ja. In gewisser Weise.« Allmählich verdrängte die Erregung Nicks Furcht. »Aber wenn jemand ins Zimmer kommt ...?«
»Du hast gesagt, es kommt keiner«, erwiderte Holly zuversichtlich.
»Meine Eltern könnten die Treppe raufkommen.« Die Furcht kehrte zurück – mit voller Wucht. Nein, das ist keine gute Idee, überlegte Nick. Vielleicht war es sogar der schlimmste Einfall, den Holly je gehabt hatte, doch Nick traute sich nicht, ihr das zu sagen. Womöglich regte sie sich fürchterlich darüber auf. »Meine Mom müßte eigentlich jeden Moment raufkommen, um zu fragen, ob wir irgendwas haben möchten.«
»Dann sagen wir ihr, daß wir alles haben, was wir brauchen.« Holly setzte sich auf die Kante von Nicks Bett und klopfte mit der Hand auf die Steppdecke. »Komm schon.«
»Das ist verrückt, Holly.«
»Nein, überhaupt nicht.« Sie schaute zur Tür. »Stell einfach den Stuhl unter die Türklinke. Dann kann deine Mutter schlimmstenfalls mißtrauisch werden.«
Nick schaute auf den Stuhl, blickte dann wieder Holly an, schaute in ihre wunderschönen Augen mit den großen dunklen Pupillen, starrte auf ihre Lippen. Eine plötzliche, seltsame, überwältigende Woge der Lust schoß wie eine heiße Flamme durch seinen Körper. »Vielleicht hast du recht. Wenigstens dieses eine Mal.«

»Dann mach«, drängte Holly ihn.

Als Nick die Stuhllehne unter die Türklinke geklemmt hatte – behutsam und nahezu lautlos –, hatte Holly sich ihren Pullover über den Kopf gestreift. Nick sah sie nicht zum erstenmal im Büstenhalter – sie waren jetzt schon seit Wochen nahe daran, miteinander zu schlafen. Nick hatte die Wahrheit gesagt, als er erklärte, er könne an nichts anderes mehr denken; fast jede Minute eines jeden Tages hatte er sich ausgemalt, mit Holly Sex zu machen.

»Komm her«, sagte Holly leise.

Er ging zum Bett.

»Zieh deinen Pullover aus«, sagte Holly. »Ja, so ist es prima.« Nick saß jetzt neben ihr. »Zieh mir den Büstenhalter aus.«

Nicks Finger zitterten leicht, und er stellte sich unbeholfen an, als er die Haken an dem dünnen Baumwoll-Büstenhalter löste. Er hatte Hollys Busen schon oft berührt, hatte bis jetzt aber nur flüchtige Blicke im Dunkeln darauf werfen können, wenn er Hollys Pullover oder Blusen nach oben gestreift hatte, um ihre Brüste streicheln zu können. Diesmal aber sah er sie in aller Pracht, nackt und bloß, straff und weiß, mit rosafarbenen Brustwarzen. Nick wollte diese Brüste küssen, das Gesicht zwischen ihnen vergraben, an den rosafarbenen Nippeln saugen.

»Mach weiter«, füsterte Holly drängend. »Mach *weiter*.«

Als es angefangen hatte, gab es kein Halten mehr. Daß sie splitternackt waren, war so anders, so unvergleichlich erregender und phantastischer als die öden Fummeleien im Halbdunkel. Und als Holly Nick den Reißverschluß der Hose öffnete – seiner besten Hose, extra zu Weihnachten angezogen –, brauchte sie ihn gar nicht mehr zu drängen, ihr den gleichen Gefallen zu erweisen. Jetzt wollte er mehr, *gierte* nach mehr, und schon flog Hollys Strumpfhose zu Boden, gefolgt von ihrem Schlüpfer, während sie ihm die Unterhose herunterzerrte und Nicks Glied in die Höhe schnellte, und dann warfen sie sich aufs Bett, und Hollys Hände waren überall, an seiner Brust, auf seinem Rücken, an seinen Pobacken, und an seinem *oh, Jesus*, das fühlte sich ja un-*glaub*-lich an, und als Holly ihn leidenschaftlich küßte, wild und feucht, wurde er noch härter und größer.

»Ich will dich«, stöhnte Holly zwischen zwei Küssen, »ich will dich *jetzt* ...«

»Ich will ... dich auch«, keuchte Nick. »O Gott, ich auch.«

Holly spreizte die Beine, und Nick starrte hinunter auf das magische V und das, was sich dazwischen befand, und auf den wundervollen, von dunklem, gekräuseltem Haar bedeckten Hügel – und grelle Panik loderte in ihm auf. Denn wie, zum Teufel, sollte er seinen gewaltigen, pochenden Penis in diese kaum sichtbare Stelle schieben, die er bis jetzt nur mit den Fingern erkundet hatte?

»Komm, Nick.« Hollys graue Augen waren groß und flehend. »*Mach schon!*« Sie streckte die Arme nach ihm aus. »Komm endlich. Ich helf' dir schon.«

Sie wußte, daß sie ihm helfen konnte, denn spät am Abend in ihrem Zimmer hatte sie unter der Bettdecke geübt, wie es ging, indem sie den Finger in die hungrige, feuchte Wärme zwischen ihren Schenkeln schob, und dann, als sie geschickter und begieriger wurde, hatte sie es mit zwei und dann mit drei Fingern zugleich getan, obwohl sie natürlich wußte, daß es mit einem Mann anders sein würde. Und nun lag dieser Mann endlich neben ihr, Nick, ihr Schatz, und sie betrachtete begierig sein großes, erregtes zuckendes Ding und konnte es kaum erwarten, konnte *keine Sekunde* mehr warten.

»Das Kondom«, erinnerte Nick sich plötzlich.

»O Gott«, seufzte Holly. »Vergiß das Kondom.«

»Aber es ist wichtig.« Hektisch hielt Nick danach Ausschau. »Wir müssen es ...«

»Nein«, sagte Holly fest; ihre Stimme war plötzlich lauter, befehlender. »Müssen wir nicht.«

Nick schaute auf sie hinunter, auf ihr hübsches Gesicht, auf dem sich nun Begierde spiegelte: Die Wangen waren gerötet, die Augen verschleiert, und die Lippen bebten. Mit einem Mal dachte er nicht mehr an das Kondom, hatte keine Furcht mehr davor, wie er in sie eindringen sollte. Er handelte nun instinktiv, das wußte er. Und sie liebten einander, also war nichts Schlechtes, nichts Schlimmes daran; außerdem wollte er, *konnte* er keine Sekunde länger warten, genauso wie Holly.

Wieder fanden sich ihre Körper, und die weiche Haut von Hollys angespanntem, bebendem Körper unter dem seinen war der Himmel auf Erden; noch einmal küßten sie sich, und dann packte Nick sein Glied mit der Hand und versuchte, die Stelle zu finden, doch es gelang ihm nicht – oh, verdammt, er konnte die Stelle nicht *finden* –, bis er Hollys Hände spürte, die ihm halfen; sie spreizte die Beine noch weiter, und da war es – o Gott, o ja, da *war* es –, und Nick schob und drückte ein bißchen, und dann war er in ihr, hörte, wie Holly scharf Luft holte und einen leisen Schmerzensschrei ausstieß, so daß Nick erschreckt sein Glied aus ihr ziehen wollte aus Angst, ihr weh zu tun ...

»Nein«, keuchte sie. »Nicht. Es ist so ... *schön*.«

Nick stieß zu und noch einmal, und nun war er tief in ihr, tief in der glatten, feuchten Wärme, und plötzlich gab Holly andere, seltsame, wundervolle Laute von sich – kleine, spitze Schreie –, und alles veränderte sich; Holly bewegte die Hüften, und auch Nick bewegte sich, stieß das Becken vor und zurück, und sämtliche Empfindungen seines Körpers und Geistes schienen sich an einer Stelle zu vereinen.

»Holly«, sagte er. Nur ihren Namen, sonst nichts, doch dieses eine Wort war erfüllt von Staunen und Stolz.

»O ja«, keuchte sie und bewegte das Becken vor und zurück.

»O Gott«, rief Nick gedämpft, denn er spürte, daß es ihm kam, daß er sich jeden Augenblick in sie ergießen würde, und für einen winzigen Moment erinnerte er sich verschwommen an das Kondom; dann aber war der Gedanke auch schon wieder verflogen, und er stieß weiter zu ...

Das Geräusch an der Tür ließ beide erstarren.

Nick blickte entsetzt in Hollys Gesicht und sah, daß sein Erschrecken sich in ihren Augen spiegelte. Er war tief in ihr, konnte ihr Zittern spüren, wagte es aber nicht, auch nur einen Muskel zu bewegen.

Wieder erklang das Geräusch.

Eine Art Schnüffeln.

»Wer?« fragte Nick lautlos, formte das Wort mit den Lippen.

Holly schüttelte den Kopf.
Wieder ein Schnüffeln.
Holly fing ganz leise an zu lachen.
»Was ist?« flüsterte Nick, plötzlich abgestoßen. »Was ist?«
»Es ist der Hund«, sagte Holly, immer noch lachend. »Es ist euer blöder *Köter*.«
Nick lauschte. Die eine Hälfte von ihm wollte lachen; die andere Hälfte hätte am liebsten geweint.
»Matisse«, zischte er, »weg mit dir.«
Der Hund kratzte an der Tür.
»*Hau ab*, Matisse!« befahl Nick, wagte aber nicht zu schreien.
Der Hund kratzte weiter.
»Oh, verdammt«, stöhnte Nick. »Wirst du endlich *verschwinden*, Matisse.«
Das Tier kratzte noch heftiger; die Tür klapperte.
»Der geht sowieso nicht«, sagte Holly und lachte noch immer.
Nick seufzte. Erst jetzt spürte er, daß seine Erektion verschwunden war, und langsam, behutsam, zog er sein Glied aus Hollys Körper.
»Oh.« Holly grinste. »Mein armer Kleiner.«
»Jesus, Maria und Josef«, sagte Nick und ließ sich neben ihr aufs Bett fallen. »Der dämliche Kläffer.«
Holly dachte einen Augenblick nach.
»*Canis interruptus*«, sagte sie dann stolz.
Nick betrachtete sie mit einer Mischung aus Zorn und Bewunderung.
Nur Holly Bourne würde in einer Situation wie dieser das verdammte *Latein* benützen.

10

Mit sechzehn Jahren war Sex wie elektrischer Strom für mich, wie ein Rausch, der millionenmal stärker war als Rauchen, Trinken, Schuleschwänzen oder der Ladendiebstahl. Vielleicht hielt ich das alles für aufregender, als ich mir damals eingestehen wollte, aber zumindest war mir immer bewußt gewesen, daß Trinken und Rauchen und Stehlen etwas Verkehrtes und Schlechtes waren. Beim Sex war alles ganz anders. Sex war für mich nichts Verkehrtes oder gar Verderbtes. Sex war phantastisch. Und natürlich war es Holly gewesen, die mich in diese wundervolle Welt eingeführt hatte – so wie sie mich zuvor zu all den kleinen und größeren verbotenen Abenteuern verleitet hatte. Ihr fünfzehnjähriger Körper fühlte sich so warm an, so fest, war so verführerisch, so *unwiderstehlich*.

Als mir schließlich die besorgniserregende Erkenntnis kam, daß Sex mit einer Minderjährigen ein noch verabscheuungswürdigeres Vergehen war als etwa Diebstahl, war es zu spät. Es gab kein Zurück mehr für mich. Bevor wir das erste Mal miteinander schliefen, hatte ich oft, sehr oft daran gedacht, Sex mit Holly zu haben; nun aber dachte ich jeden wachen Augenblick daran. Nachts träumte ich von Holly, sofern ich überhaupt schlafen konnte, oder ich lag wach im Bett und dachte immerzu an sie und ihren Körper. Es war beängstigend und verderbt, erregend und wundervoll zugleich.

Ich glaube, ich war eine Art Süchtiger. Alle guten Dinge in meinem Leben – all die sicheren, normalen Dinge –, verblaßten mehr und mehr. Ich malte noch immer, doch meine Gemälde wurden anders. Bis ich mit Holly geschlafen hatte, war die Darstellung von Schönheit mein beherrschendes Leitmotiv gewesen – egal, was in meiner Welt geschah. Die Leute sagten mir, meine Gemälde würden ihnen deshalb gefallen, weil sie ihnen ein Gefühl der Heiterkeit vermittelten: meine Porträtzeichnungen, meine Landschaftsaquarelle, meine Tusche- und Kohlezeichnungen von Washington, D. C. Doch je öfter ich mit Holly schlief oder auch nur daran *dachte*, mit ihr zu schlafen, desto düsterer und gespenstischer wurden meine Arbeiten. Statt verträumter ländlicher Szenen, die ich immer besonders gemocht hatte – ich mag sie noch heute, bringe sie aber einfach nicht mehr zustande –, malte ich eine Landschaft in Maryland, die aussah, als würde jeden Augenblick ein Tornado aus dem lilafarbenen, zerrissenen, düsteren Himmel hervorbrechen und eine Schneise der Zerstörung hinter sich herziehen. Und meine Porträts, auf denen ich die Leute meist sehr schmeichelhaft dargestellt hatte, verwandelten sich in abstrakte Gemälde: Meiner armen Kunstlehrerin, Miss Stein, legte ich ein Bild vor, auf dem der scheußliche, in zwei Teile gerissene Kopf eines Mannes zu sehen war. Ich mochte solche Gemälde genausowenig wie Miss Stein, aber ich konnte einfach nicht anders malen. Ich glaube, damals wußte ich rein gar nichts über männliche Hormone.

Es ging weiter und weiter. Holly und ich konnten nicht genug voneinander bekommen. Sie war ein Naturtalent. Sie las pornographische Bücher; aber das hatte sie bestimmt nicht nötig. Mit fünfzehn Jahren konnte Holly Bourne sich auch ohne jede Hilfe, gleich welcher Art, eine Vielzahl der erstaunlichsten Dinge ausdenken, die ein Mädchen und ein Junge miteinander treiben konnten, um beim Sex noch mehr Lust zu haben. Und wenngleich unser Liebesverhältnis von meiner Seite durch verdrängte Schuldgefühle ein wenig getrübt war, sprach ich nie mit Holly darüber, sondern trank wie ein Verdurstender von dieser süßen Quelle.

Bis zum Nachmittag des 18. August 1983.

11

Der Tag war heiß und schwül. Nick und Holly hatten im Pool der Bournes geschwommen. Carmelita hatte ihnen Limonade und Plätzchen gebracht. Nick hatte Holly den Rücken und die Schultern mit Sonnenöl eingerieben, und sie hatte Nick diese Gefälligkeit erwidert. Und dann, hungrig aufeinander, hatten sie sich in das kleine, kühle Sommerhaus hinter dem Pool begeben.

»Ich möchte was Neues ausprobieren«, sagte Holly.

Der mittlerweile gewohnte wohlige Schauder der Erregung lief Nick über den Rücken. »Und was?«

»Die Franzosen nennen es *sixante-neuf*«, sagte Holly leise, und ihre Augen funkelten im schummrigen Licht. »Neunundsechzig.« Für Fremdsprachen interessierte Nick sich nicht besonders.

»Was ist das?« fragte er heiser, begierig.

Holly kam ganz nahe zu ihm. Nick konnte Chlor, Parfüm, Sonnenöl und den anderen, ganz besonderen Geruch wahrnehmen, den Hollys Körper verströmte.

Holly erklärte ihm, was sie beide tun mußten.

»Oh, Mann«, stieß Nick hervor, dessen Atem bereits schneller ging und dessen Glied schon hart wurde. Hollys Einfälle, ihre sexuelle Gier, ihre Hemmungslosigkeit erstaunten ihn immer wieder. Manchmal dachte er später darüber nach, und mitunter empfand er ein überwältigendes Gefühl der Scham. Doch jedesmal dachte er dann wieder daran, was er bei diesen sexuellen Praktiken *empfunden* hatte, und das Schamgefühl verflüchtigte sich wie Frühtau in der Sonne.

»Wann?« fragte er.

»Jetzt.«

»Das geht nicht«, sagte Nick. »Carmelita könnte hier reinkommen.«

Holly schüttelte den Kopf und trat ein paar Schritte von ihm weg. Sie hatte sich ihr immer noch feuchtes Haar nach hinten gestrichen, und ihr Körper schimmerte vom Sonnenöl. Sie wußte, daß sie umwerfend aussah, unwiderstehlich, wie ein exotisches Model. Und inzwischen wußte sie auch, daß Nick ihr nicht widerstehen konnte – und sie genoß das Gefühl der Macht, die er ihr gab.

»Die kommt schon nicht«, sagte sie. »Um diese Zeit macht sie immer ein Nickerchen. Ihre Siesta.«

»Was ist mit deinen Eltern?«

»Die arbeiten noch. Das weißt du doch, Nick.«

»Ich finde es trotzdem ... gefährlich«, sagte er halbherzig. Er wollte sich nur zu gern verführen lassen.

»Du liebst doch die Gefahr.« Holly kam wieder zu ihm.

»Nicht so sehr wie du.«

»Aber du liebst auch *mich*«, sagte sie und schmiegte sich an ihn.

»Du liebe Güte, Holly.«

»Du möchtest mir doch einen lutschen, nicht wahr?« Sie nahm seine rechte Hand und führte sie unter ihr Bikinihöschen. »Und du möchtest doch, daß ich auch dir einen lutsche, nicht wahr?«

»*Du liebe Güte*, Holly.«

Sie trieben es mit solcher Lust und Leidenschaft, daß sie keinen Laut hörten, bis Eleanor – die zum erstenmal seit Monaten früher von der Arbeit nach Hause kam –, die Tür des Sommerhauses öffnete und die beiden sah.

»Holly«, sagte Eleanor, »geh ins Haus.«

Mehr sagte sie nicht. Kein weiteres Wort. Es gab keinen Schrei, keinen Fluch, keine Drohungen. Eleanor wartete bloß in völligem, eisigem Schweigen, während Holly sich ein Badetuch umwickelte und Nick sich hastig, mit hochrotem Kopf, die Badehose überstreifte. Und dann – urplötzlich und ohne jede sichtliche Regung – holte Eleanor mit der rechten Hand aus und versetzte Nick eine schallende Ohrfeige, wobei sie ihn mit ihrem goldenen Ring verletzte, daß seine Wange blutete.

Holly stürmte schluchzend aus dem Sommerhaus, während Nick wie ein geprügelter Hund nach Hause schlich. Gott sei Dank gelang es ihm, sich auf sein Zimmer zu stehlen, ohne von Kate oder Ethan bemerkt zu werden, die beide in ihren Arbeitszimmern beschäftigt waren.

Natürlich wußte Nick, daß seine Bestrafung nur aufgeschoben war. Es war bloß eine Frage der Zeit – vielleicht Minuten, vielleicht eine Stunde –, bevor Hollys Mutter an der Eingangstür klingelte oder beide Eltern, um den miesen, schäbigen, verderbten Jungen von nebenan die volle Wucht ihres Zorns spüren zu lassen.

Nick wußte in diesem schrecklichen Augenblick überdies, daß es zwischen ihm und Holly aus war, ein für allemal. Es war zu Ende mit diesen wundervollen, schmerzlichen, geheimen Explosionen aus Feuer und Feuchtigkeit. Wenn er in Zukunft an Holly dachte, wenn er *geil* wurde, mußte er von nun an wieder unter der Bettdecke oder der Dusche masturbieren.

Doch als Nick sich an Eleanor Bournes Gesicht erinnerte, konnte er sich offen gestanden nicht vorstellen, jemals wieder geil zu werden.

Später an diesem Augustabend standen Eleanor und Richard Bourne vor dem niedergebrannten Kaminfeuer der Millers. Das Angebot, Platz zu nehmen, hatten sie zurückgewiesen. Die Bournes waren in furchteinflößendem Zorn auf Nick vereint, der oben auf seinem Zimmer war. Auch Holly, im Haus nebenan, wurde auf ihr Zimmer verbannt und unter Stubenarrest gestellt.

»Euer Sohn hat sehr, sehr viel Glück«, sagte ein blasser, erschütterter Richard Bourne zum fassungslosen Ethan, »daß wir uns zu sehr um unsere Tochter und ihre Zukunft sorgen, als daß wir eine Klage wegen Vergewaltigung erheben. Wir möchten Hollys Ruf nicht schaden.«

»Vergewaltigung?« erwiderte Ethan. »Geht das nicht ein bißchen zu weit?«

»Natürlich!« meldete Kate sich hitzig zu Wort. »Ihr glaubt doch nicht im Ernst, daß Holly an der ganzen Geschichte völlig unschuldig ist?«

»Jedenfalls ist Holly unzweifelhaft das Opfer bei dieser abscheulichen Sache«, erwiderte Eleanor. »Sie ist erst fünfzehn Jahre alt.« In ihrem ruhigen, gerechten Zorn wirkte sie beinahe würdevoll. »Euer Sohn ist fast siebzehn. Holly ist ein zierliches, zerbrechliches junges Mädchen. Nick dagegen ist ein großer, starker junger Mann.« In einem Tonfall der Endgültigkeit fügte sie hinzu: »Darüber brauchen wir uns wohl nicht zu streiten.«

»Darüber nicht«, sagte Kate. »Aber über Begriffe wie Vergewaltigung sehr wohl!«

»Die Situation ist eindeutig.« Plötzlich wurde Richard Bourne geschäftsmäßig, ganz und gar der selbstbewußte Anwalt. »Entweder hält Nick sich in Zukunft von Holly fern, oder wir schalten die Polizei ein und bringen die Sache vor Gericht.«

»Und ich verspreche euch«, fügte Eleanor hinzu, »daß weder ihr noch euer Sohn jemals über den Skandal hinwegkommt, egal wie das Urteil ausfällt.«

»Bitte«, flehte Kate schockiert, »können wir denn nicht versuchen ...«

»Fakten sind Fakten, Kate«, schnitt Richard ihr das Wort ab. »Wie ich schon sagte, kommt Nick *sehr* glimpflich davon.«

»Er sollte eine Tracht Prügel bekommen, die er sein Leben lang nicht vergißt!« sagte Eleanor.

»Besser noch«, meinte Richard, »sollte er wirklich vor Gericht gestellt werden.«

»Es tut uns schrecklich leid«, sagte Ethan zu den Bournes, nahm Kates Hand und drückte sie fest, um ihr moralische Unterstützung zu geben. »Ihr sollt wissen ... ihr *müßt* wissen ... daß wir genauso entsetzt sind wie ihr.«

»Das bezweifle ich sehr«, sagte Eleanor.

»Selbstverständlich werden wir Holly zu einem Arzt bringen«, stellte Richard klar. »Und sollte festgestellt werden, daß mit langfristen Auswirkungen zu rechnen ist ...« Er verstummte; die kühle Anwaltsfassade bröckelte von ihm ab, und er brachte kein Wort mehr heraus.

Kate sah, daß seine Hände zitterten, und eine neuerliche Woge des Zorns auf ihren Sohn durchflutete sie. Nick hätte doch wissen müssen – verdammt sollte er sein! –, auf was er sich eingelassen hatte. Und nach dem zu urteilen, was er und

Holly offenbar im Sommerhaus getrieben hatten, waren sie bestimmt nicht das erste Mal zusammen.

Plötzlich erkannte Kate, worauf die Veränderungen zurückzuführen waren, die sie seit längerer Zeit bei Nick beobachtet hatte. Sie dachte an die seltsamen Bilder, die er in letzter Zeit malte, und erinnerte sich an ein Gespräch, das sie drei Monate zuvor mit Beatrice Stein geführt hatte, Nicks besorgter und mit einem Mal enttäuschter Kunstlehrerin.

Vor drei Monaten! Die plötzliche Erkenntnis, daß Nick und Holly vielleicht schon so lange miteinander intim waren, noch dazu auf so schamlose Weise, ließ Übelkeit in Kate aufsteigen.

Richard hatte sich wieder gefaßt und fuhr fort: »Falls der Arzt Anzeichen entdeckt, die auf irgendwelche Nachwirkungen hindeuten, ob physisch oder emotional, werden wir wohl doch gezwungen sein, die Polizei einzuschalten.«

»Ich verstehe«, murmelte Ethan wie betäubt.

»Das hoffe ich sehr«, sagte Eleanor.

Nachwirkungen.

Verzweifelt blickte Kate auf ihren Gatten; dann schaute sie die Bournes wieder an.

»Ja«, sagte sie leise. »Wir haben verstanden.«

Wenngleich Nick, der oben an der offenen Tür seines Schlafzimmers lauschte, die Worte nicht genau verstehen konnte, gelang es ihm doch, sich ein ziemlich genaues Bild davon zu machen, was unten im Wohnzimmer vor sich ging. Doch er fand nie genau heraus, was an diesem Abend und in den Tagen darauf im Haus der Bournes geschah.

Was Kate und Ethan betraf, hatten sie sich ihre feste Meinung über Nicks Rolle in dieser Geschichte gebildet. Sie könnten versuchen, sagten sie ihm, sich in ihn hineinzuversetzen – wenn es auch sehr schwer für sie sei, weil er jung und unerfahren und zum erstenmal verliebt wäre. Aber das Gesetz sprach eine andere Sprache: Es erklärte solche Intimitäten für falsch und verboten, ganz abgesehen von der Möglichkeit einer strafrechtlichen Verfolgung. Nick müsse den Wünschen der Bournes *in jeder Hinsicht* nachkommen oder die Konsequenzen tragen.

»Was im günstigsten Fall bedeutet, daß du vor den Jugendrichter gestellt wirst«, ermahnte Ethan seinen Sohn.

»Sie könnten dich *einsperren*, Nick«, fügte Kate eindringlich hinzu und versuchte voller Verzweiflung, ihrem Sohn den Ernst der Lage klarzumachen.

»Ich glaube jedenfalls nicht, daß sie Beweise für eine Vergewaltigung erbringen können«, sagte Ethan, der nach ein bißchen Trost und Hoffnung suchte.

Nick hörte das Wort in diesem Zusammenhang zum erstenmal. Entsetzen packte ihn. »Holly hat bestimmt nicht gesagt, ich hätte sie vergewaltigt! Das glaube ich einfach nicht!« Es war eher ein Flehen. »Holly hätte *nie* behaupten können, daß ich sie vergewaltigt habe!«

In einer Ecke des Wohnzimmers winselte Matisse.

»Niemand hat *direkt* gesagt, daß Holly so etwas behauptet hat.« Wider Willen verspürte Ethan Mitgefühl für seinen Sohn.

»Du kannst verdammt sicher sein, daß Richard und Eleanor es behaupten werden, falls es zu einer Verhandlung kommt«, sagte Kate, deren gewohnte Sanftheit noch immer von Zorn und Angst verdrängt wurde.

»Nicht unbedingt«, erwiderte Ethan. »Holly ist minderjährig – das allein genügt schon.«

Nick starrte in die Gesichter seiner Eltern. »*Sie* wollte es«, sagte er leise, bittend. »Immer wollte *sie* es. Das müßt ihr mir glauben!«

»Wir glauben dir ja«, erwiderte Kate ein wenig nachsichtiger als zuvor.

»Wir wissen, daß du ein Mädchen niemals zu irgend etwas zwingen würdest«, fügte Ethan hinzu.

»Wir wissen aber auch, daß du gegen das Gesetz verstoßen hast«, fuhr Kate fort, und ihre Stimme wurde wieder schärfer. »Du hast die Bournes und uns verraten. Von Holly ganz zu schweigen.«

»Holly *wollte* es«, sagte Nick mit wachsender Verzweiflung.

»Hör *endlich* damit auf!« schrie Kate ihn plötzlich an. »Um Himmels willen, Nick, du hast nicht zum erstenmal gegen das Gesetz verstoßen! Wir hatten gehofft, mit diesen Verrücktheiten wäre es endlich vorbei für dich – und für *uns*!«

Verzweifelt schüttelte sie den Kopf. »Mein Gott, Nick, ich dachte immer, wir hätten dich so erzogen, daß du dich an die Regeln hältst, daß du die Menschen achtest ... aber nun hast du uns so schrecklich enttäuscht, daß ich es kaum glauben kann.«

Wieder winselte Matisse, erhob sich und legte sich auf den Rücken, den Kopf zwischen den Vorderpfoten. In diesem Augenblick erkannte Nick zum erstenmal, was für ein ausgemachter Dummkopf – was für ein *elender Trottel* – er die ganze Zeit gewesen war, als er seinen Eltern verschwiegen hatte, daß Holly die treibende Kraft hinter allen Schwierigkeiten gewesen war, die es mit den Behörden gegeben hatte. Er hatte stets mitgemacht, und insofern traf auch ihn eine gewisse Schuld – aber hätte er doch schon *damals* mit seinen Eltern geredet! Hätte er sich ihnen doch bloß anvertraut, statt den edlen Ritter zu spielen. Dann hätten sie ihn vielleicht schon damals davon abgehalten, sich weiter mit Holly herumzutreiben. Und dann hätten seine Eltern zumindest gewußt – auch wenn sie ihm jetzt die Schuld gaben –, daß Holly nicht der Unschuldsengel war, als den die Bournes sie hinstellten.

»Ich nehme an, es hat keinen Sinn, euch jetzt etwas über diese anderen Geschichten zu erzählen«, sagte Nick, wußte aber, wie lahm es sich anhörte.

»Überhaupt keinen«, erwiderte Kate.

»Ich wüßte auch gar nicht, was es groß zu erzählen gäbe«, sagte Ethan leise, und irgendwie war die resignierte Enttäuschung seines Vaters für Nick unendlich viel schmerzlicher und verletzender als der lautstarke Zorn seiner Mutter.

»Schon gut«, murmelte Nick.

»Schwöre uns eins ...«, begann Kate.

»Ich werde Holly nicht mehr wiedersehen«, sagte Nick rasch.

»Das versteht sich wohl von selbst«, erklärte Ethan.

»Schwöre uns, daß Holly nicht schwanger ist.« Kates blaue Augen blickten Nick durchdringend an.

Er schwieg. Er bekam kein Wort heraus.

»O Gott!« Kates Gesicht wurde weiß.

Ethans Stimme wurde noch sanfter als zuvor. »Du hast doch ein Verhütungsmittel benützt, Sohn, oder?«

»Bei allen Heiligen!« stieß Kate entsetzt hervor. »Sag uns, daß du nicht so verantwortungslos gewesen bist ...«

»Doch«, sagte Nick so leise und kraftlos, daß ihm übel davon wurde. »Manchmal.«

»Nick, wie konntest du uns nur so etwas antun!« rief seine Mutter.

»Wie konntest du dir selbst so etwas antun?« sagte sein Vater und verließ ohne ein weiteres Wort das Zimmer.

12

Auch Holly erinnert sich an diesen Tag – und was danach kam.

Natürlich erinnert sie sich.

Wenn sie die Augen schließt – selbst jetzt, so viele Jahre später –, kann sie immer noch die Erinnerungen heraufbeschwören, kann sich lebhaft an die Gier und das unglaubliche, alles durchdringende Gefühl erinnern, an den Schweiß und das Stöhnen, wenn sie mit Nick zusammen war ... ihre Körper, ihrer beider Sinne, noch so jung, so hungrig, so unerfahren und voller Gier nach Leben.

Auch an ihre Eltern erinnert sie sich. Besonders an die nackte, grelle Wut auf dem Gesicht der Mutter, als sie ins Sommerhaus gekommen war.

Oh, wie sie Eleanor an diesem Tag gehaßt hatte.

Und nicht nur an diesem Tag.

Holly weiß noch, wie ihre Mutter sie zu einem Arzt brachte, wo Holly sich auf einen Tisch legen mußte, und wie der Fremde in dem weißen Kittel ihr sagte, sie solle die Beine spreizen, und wie sie dann den kalten Stahl spürte, der ihre Scham öffnete. Und dann schob der Fremde die behandschuhten Finger in sie hinein. Eleanor glaubte damals, es wäre Holly schrecklich peinlich. Sie wußte nicht, daß Holly, während sie mit glühenden Wangen und geschlossenen Augen auf dem Behandlungstisch lag und der Arzt sie untersuchte, sich die ganze Zeit sagte, daß sie gar nicht *dort* sei – sie dachte an Nick und stellte sich vor, die Finger in ihrem Inneren wären die *seinen*, und sie konnte nur mit Mühe dagegen ankämpfen, daß sie auf dem Untersuchungstisch einen Orgasmus bekam.

»Es ist aus und vorbei«, sagte Eleanor zu Holly.

»Es ist nicht vorbei«, antwortete Holly ihrer Mutter, weil sie Nick liebte.

»Das ist Unsinn«, sagte Eleanor. Wenn Holly glaube, daß Nick ihre Liebe erwidere, sei sie ein Dummkopf. Er habe Hollys Unschuld auf schändliche Weise ausgenützt, erklärte Eleanor. Er sei nicht besser als ein Tier und müsse für seine Tat bestraft werden, wenngleich Eleanor und Richard natürlich auf Hollys Ruf achtgeben müßten. Das sei der Grund dafür, daß sie – vorerst jedenfalls – auf gerichtliche Schritte verzichteten.

Es sei denn, Nick würde Holly noch einmal zu nahe kommen.

Zwischen euch ist es aus und vorbei.

Holly erinnert sich, daß sie geweint hat, als sie diese Worte hörte. Und dann darüber lachte, heimlich, in ihrem Schlafzimmer. Weil es natürlich Unsinn war, was ihre Mutter gesagt hatte. Es hatte Holly nur gezeigt, wie unwissend ihre Mutter war, wie dumm. Denn Nick war für Holly bestimmt.

Sie wußte es, und Nick wußte es auch. Es mochten Wochen, vielleicht Monate vergehen, aber es war nur eine Frage der Zeit, bis sie und Nick wieder zusammen waren.

Damals war Holly nie der Gedanke gekommen, nicht für eine Sekunde, daß Nick sie verraten könnte. Jedenfalls nicht schlimmer, als Eric sie jemals verraten hatte.

Aber das Sprichwort stimmt.

Man lernt nie aus.

13

Ich schwor meinen Eltern, alles zu tun, was die Bournes von mir verlangten, und mich von Holly fernzuhalten, so fern wie möglich, denn schließlich waren wir ja Nachbarn. Mir machte das alles schwer zu schaffen – genauer gesagt, *fast* alles. Das war in gewisser Weise das Unheimlichste an der ganzen Katastrophe. Ich hatte damit gerechnet, daß ich schrecklich darunter leiden würde, Holly nicht mehr sehen zu dürfen – nun aber, als es vorbei war, als ich gar keine andere Wahl hatte, als mit ihr Schluß zu machen, war ich irgendwie erleichtert. Heute, mehr als zehn Jahre später, frage ich mich, ob ich vielleicht sogar *gehofft* hatte, mit Holly erwischt zu werden. Vielleicht hatte ich mir gewünscht, daß es ein Ende mit uns hatte.

Doch die erste Woche verging, die zweite. Holly war nicht schwanger, und ihre Eltern verzichteten auf gerichtliche Schritte. Dann, nach und nach, erkannte ich, wie schmerzlich ich den Sex mit Holly vermißte. Wie sehr *sie* mir fehlte, konnte ich allerdings nicht genau sagen.

Dieser Gedanke erweckte schlimmere Schuldgefühle in mir als jeder Diebstahl, als alle anderen Vergehen, die Holly und ich in den Jahren zuvor begangen hatten. Ich fragte mich, ob ich im Grunde meines Herzens ein selbstsüchtiger, oberflächlicher und gefühlloser Mensch sei. Und daß ich mir mehr Gedanken über meine eigenen Reaktionen machte als darüber, was Holly möglicherweise durchlitt, ließ die Abscheu vor mir selbst noch schlimmer werden.

Dank der Wachsamkeit unserer Eltern hatte ich in dieser anfänglichen Zeit der Scham und Schande nur eine kurze Begegnung mit Holly, als ich an einem Samstagnachmittag im Oktober in dem Waldstück hinter der Leyland Avenue unseren Hund Matisse ausführte. Holly saß auf einem alten Baumstumpf und starrte auf den Teich – jenen Teich, in dem ihr Bruder ertrunken war –, als sie mich plötzlich sah. Sie stieß einen Freudenschrei aus, sprang auf, kam zu mir gerannt, umarmte mich stürmisch und küßte mich auf den Mund, und ich muß gestehen, daß ich so überrascht war und mich so sehr darüber freute, daß ich ihren Kuß erwiderte, bevor ich mich ermahnte, die Finger von Holly zu lassen, und mich von ihr löste.

Holly sagte mir, sie wisse, daß ich mich nur deshalb von ihr fernhielte, weil ich keine andere Wahl hätte. Und sie wisse auch, daß ich mir genausosehr wünschte wie sie selbst, daß wir wieder zusammen sein könnten, und daß nur die Macht unserer Eltern – *verflucht* sollen sie sein! stieß sie hervor und weinte ein bißchen – uns auseinander hielte.

Und was erwiderte ich ihr? Nutzte ich die Gelegenheit, ihr endlich ein offenes Wort zu sagen? Sagte ich ihr, daß unsere Eltern vielleicht recht hatten? Natürlich nicht. Ich war zu feige. Oh, sicher, vor mir selbst fand ich eine Entschuldigung: Ich wollte Hollys Gefühle nicht verletzen, redete ich mir ein. Dabei war ich bloß ein jämmerlicher Feigling.

Was Holly betraf, war es nicht aus zwischen uns beiden. Holly liebte mich, Gott vergebe mir. Daß ich ihr glaubte, mag egoistisch erscheinen, aber ich glaubte ihr wirklich. Solange wir unsere geheimen, unglaublich leidenschaftlichen Treffen gehabt hatten, war meine sexuelle Gier auf Holly schier unersättlich gewesen. Und nun, als es damit zu Ende war, brauchte sie mich viel mehr, als ich sie brauchte. Holly bedeutete mir immer noch sehr viel; meine Gefühle ihr gegenüber waren sehr kompliziert – ich glaube, ich war damals wirklich *verliebt* in sie –, aber heute weiß ich, daß ich sie nie wirklich *geliebt* habe.

Und dafür sollte ich mich schämen.

14 MAI

Nach ihrer Hochzeitsreise macht Holly einen kurzen Besuch bei ihren Eltern in Bethesda. Holly und Jack waren ein paar Tage zuvor vom Grand Cayman Airport abgeflogen und hatten sich frühmorgens am Flughafen mit liebevollen, zärtlichen Umarmungen verabschiedet; dann nahm Jack die Maschine nach Los Angeles, während Holly nach Washington flog.
Es ist ein angenehmer Besuch bei ihren Eltern. Richard und Eleanor sind selig, daß ihre Tochter so glücklich ist. Holly weiß, daß sie durch ihre Heirat mit Jack Taylor – der ideale Mann, der so gut zu ihr paßt – ein weiteres der ehrgeizigen Ziele ihrer Mutter erfüllt hat: daß die Tochter einen wohlhabenden, gutaussehenden, erfolgreichen Ehemann bekommt. Eleanor Bourne liebt es, wenn alles im Leben sorgfältig geplant ist. Ihr nächstes Ziel wird darin bestehen, daß Holly Seniorpartnerin der Kanzlei Zadok, Giulini & O'Connell wird. Und dann das erste Kind – am besten einen Sohn – für Jack.
Bei Hollys Vater sieht die Sache jedoch anders aus. Richard mag Jack Taylor und achtet ihn, doch für ihn sind das Wohlergehen und das Glücklichsein Hollys wichtiger als Ansehen oder Reichtum. Auf dem Rückflug von Grand Cayman verbringt Holly fast zwanzig Minuten im Waschraum des Flugzeugs der United Airlines, schminkt und frisiert sich, damit sie für ihren Vater nach außen hin den Eindruck einer Frau macht, die aus glücklichen Flitterwochen heimkehrt. Schließlich hat Richard fast sein gesamtes Berufsleben damit verbracht, hinter die Fassade von Menschen zu schauen, die im Zeugenstand saßen. Richard läßt sich nicht so leicht täuschen. Andererseits weiß Holly, daß sie eine hervorragende Schauspielerin ist. Vor allem spricht zu ihrem Vorteil, daß Richard glauben *will*, daß sie mit Jack glücklich ist.

Und das ist sie beinahe auch – jedenfalls glücklich genug, um zurechtzukommen. Solange sie weiterhin von Nick träumen kann. Solange sie sich einbilden kann – wie jede Nacht in den Flitterwochen –, daß *er* mit ihr schläft, nicht ihr Ehemann.

Es ist der letzte Tag ihres Besuchs. Richard und Eleanor müssen am Abend an einer Wohltätigkeitsveranstaltung in Georgetown teilnehmen, und Holly hat ihnen gesagt, sie würde rechtzeitig ein Taxi zum Dulles-Flughafen nehmen, um von dort mit der Achtzehn-Uhr-Maschine nach Los Angeles zu fliegen.

»Kommst du auch wirklich zurecht, mein Schatz?« fragt Eleanor, bevor sie und Richard ins Auto steigen. Carmelita, das Hausmädchen, hat ihren freien Tag. »Ich habe ein schlechtes Gewissen, daß wir dich allein lassen.«

»Ach was, kein Problem.« Holly lächelt ihre Mutter an. »Es waren herrliche Tage, Mutter. Genau wie in den alten Zeiten.«

»Deinem Vater hat es sehr gut getan, daß du uns besucht hast.« Auf Eleanors Gesicht liegt eine ungewohnte Zärtlichkeit. »Und mir auch.« Sie hält kurz inne. »Ich bin sehr stolz auf dich, Holly. Das weißt du doch, nicht wahr, mein Schatz?«

»Ja, Mutter«, sagt Holly.

Holly weiß es wirklich. Für Eleanor ist Holly nun die Verkörperung einer Erfolgsstory. Aber Holly weiß auch, daß alles andere in den Augen ihrer Mutter der Beweis für einen Fehler, ein Versagen ihrerseits gewesen wäre. Würde Eric noch leben, sähe die Sache wahrscheinlich anders aus; mit einem erfolgreichen Sohn wäre in Eleanors Herzen vielleicht noch Platz für eine Tochter gewesen, die nicht perfekt ist. Doch Holly weiß, daß ihre Mutter schon vor langer Zeit die alptraumhaften Monate aus ihrem Gedächtnis verbannt hat, als sie Holly die Schuld an Erics Tod gab – genauso, wie sie wahrscheinlich den Anblick vergessen hat, als sie vor dreizehn Jahren die Tür des Sommerhauses geöffnet und gesehen hatte, wie ihre Tochter dem Jungen von nebenan den Schwanz lutschte.

»Hast du eigentlich mal etwas von Nick Miller gehört?« fragt Holly nun ihre Mutter beiläufig, als Richard die Treppe herunterkommt, gutaussehend und würdevoll in seinem schwarzen Anzug.

»Von ihm selbst weniger«, erwidert Eleanor abschätzig. »Mehr über den Erfolg seines kleinen Buches.«

»Ich habe gehört, daß es verfilmt werden soll«, sagt Richard und rückt vor dem Spiegel in der Eingangshalle den Knoten seiner grauen Seidenkrawatte zurecht.

»Bloß als Zeichentrickfilm«, sagt Eleanor. Nick Miller könnte den Oscar oder den Nobelpreis gewinnen – Eleanor würde es auf irgendeine Weise herabsetzen. In ihren Augen wird Nick für alle Zeiten nur drei Dinge verkörpern: Mittelmäßigkeit, Rücksichtslosigkeit und Ärger für Holly.

»Ihr habt mit den Millers nie über mich gesprochen, oder?« fragt Holly ihre Eltern plötzlich.

»Natürlich nicht«, antwortet ihr Vater. »Du hast uns ja darum gebeten.«

Holly schaut ihre Mutter an. »Weder über meine Karriere noch über meine Heirat?«

»Natürlich hat Kate Miller sich von Zeit zu Zeit nach dir erkundigt«, sagt Eleanor, »aber ich habe ihr so wenig wie möglich erzählt. Die Millers wissen, daß du verheiratet bist, und sie wissen auch, daß du im Beruf sehr gut vorankommst, aber mehr auch nicht.«

»Dann wissen sie also nicht, wo ich wohne?«

»Ganz gewiß nicht«, versichert Eleanor. »Jedenfalls nicht von uns. Wir sehen die Millers kaum. Wir hatten ja nie viel mit ihnen gemeinsam.«

»Es geht mir auch nur darum, daß Nick und ich jetzt rein gar nichts mehr miteinander zu tun haben«, sagt Holly. »Und so ist es am besten für uns beide.«

»Du brauchst es uns nicht zu erklären.« Richard tätschelt Hollys Arm.

»Das einzig Bedauerliche ist, daß ihr euch nicht schon viel früher getrennt habt«, sagt Eleanor.

»Schnee von gestern.« Richard winkt ab.

»Jetzt hast du ja Jack«, meint Eleanor.

Richard fragt: »Freust du dich, daß du bald wieder bei ihm bist?«

»Und wie«, antwortet Holly.

Sie wartet, bis die schwarze Limousine um die Ecke am Ende der Straße gebogen ist. Dann schließt sie langsam, behutsam die Tür und geht über den Rasen zum Nachbarhaus. Sie kennt dieses Haus und hat zwei Stunden zuvor aus dem Wohnzimmerfenster beobachtet, wie die Millers nach Hause kamen, bepackt mit Einkaufstaschen.

Ethan Miller öffnet die Tür.

»Holly«, sagt er. »Was für eine nette Überraschung.« Er sagt es so unbefangen und natürlich, wie er auch damals gesprochen hatte, doch Holly sieht die Wachsamkeit in seinen braunen Augen. Nicks Augen.

»Ich war bei meinen Eltern zu Besuch«, erklärt Holly, »und da dachte ich mir, ich komme mal zu Ihnen herüber, um guten Tag zu sagen. Ist lange her.«

»Sehr lange«, erwidert Ethan.

Er bittet sie ins Haus. Holly sieht, daß sich kaum etwas verändert hat. Das Haus riecht immer noch so wie damals, nach Tusche und Ölfarbe, doch der Geruch nach Hund ist verschwunden.

»Kein Matisse«, sagt sie.

»Matisse ist gestorben.« Kate Miller kommt aus der Küche. Sie trägt Jeans, ein T-Shirt und weiße Slipper. »Grüß dich, Holly. Was führt dich hierher?«

»Holly hat ihre Eltern besucht«, sagt Ethan.

»Das weiß ich doch längst.« Kate lächelt Holly an. »Und wie wir gehört haben, kann man dir gratulieren. Zu deiner Hochzeit«, fügt sie hinzu, um ihrem Mann auf die Sprünge zu helfen.

»Natürlich!« sagt Ethan. »Das sind großartige Neuigkeiten, Holly.«

»Wohnst du immer noch in New York?« fragt Kate.

»Wo sonst?« sagt Holly.

Sie gehen ins Wohnzimmer. Auch hier scheint sich nicht viel verändert zu haben. Das Zimmer ist schäbig im Vergleich zum luxuriösen Salon ihrer Eltern, aber viel gemütlicher. Holly wünscht sich plötzlich, sie wäre allein in diesem Raum. In diesem Haus. Sie möchte die Treppe hinaufgehen, zu Nicks altem Zimmer, und sich auf sein schmales Jungenbett legen und sich erinnern. Denn sie hat die Stunden nicht vergessen, die sie dort oben mit Nick verbrachte.

»Dürfen wir dir etwas zu trinken anbieten?« fragt Kate.

Holly schüttelt den Kopf. »Nein, danke.«

»Warum setzt du dich nicht?« fordert Ethan sie auf.

Holly nimmt ein Buch von einem Sessel und betrachtet den Einband. Sie sieht, daß es *Der Fänger im Roggen* ist. Das Buch ist alt und eselsohrig. Holly erinnert sich, daß dieser Roman Nick sehr gefallen hatte.

»Ich möchte nicht bleiben«, erklärt sie. »Ich wollte nur sagen, wie sehr es mich freut, daß Nick mit *Firefly* so großen Erfolg hatte.«

»Hast du das Buch gelesen?« fragt Ethan.

»Natürlich«, antwortet Holly, doch mehr sagt sie nicht.

»Es war für alle sehr aufregend«, sagt Kate. »Auch für Nicks Frau.«

»Das kann ich mir vorstellen.«

Niemand erwähnt Ninas Name oder Phoebes oder Nicks Ehe; der Augenblick ist so angespannt, so peinlich wie die ganze Begegnung.

»Können wir dir wirklich nichts anbieten?« bricht Kate schließlich das Schweigen. »Ein Glas Saft? Oder eine Tasse Kaffee?«

»Nein, danke«, sagt Holly noch einmal. »Ich muß gleich schon zum Dulles-Flughafen.«

»Zurück nach New York«, sagt Ethan, bloß um *irgend etwas* zu sagen.

»Zurück zu meinem Mann«, sagt Holly.

Sie sieht ein Foto auf dem Tisch hinter Ethan Miller. Nick und die Blondine. Wahrscheinlich im Wohnzimmer ihres Hauses aufgenommen. Nick steht hinter der Frau. Er ist nicht viel größer als sie. Sein dichtes, gewelltes Haar ist kürzer als früher. Den Kunststudenten gibt es schon lange nicht mehr. Nick sieht älter aus. Er hat die Arme um seine Frau gelegt; seine Hände liegen auf den ihren, und ihre Hände ruhen auf ihrem Leib. Der Leib der Frau ist flach, doch auf den Gesichtern der beiden spiegelt sich Stolz. Es gibt keinen Zweifel.

Der Schock läßt Holly beinahe wanken. Sie muß alle Kraft

aufbringen, sich nichts anmerken zu lassen. Nicht loszuschreien.

»Ich muß jetzt gehen«, sagt sie unvermittelt. Sie reicht Kate ihre kalte Hand und lächelt.

»Gute Heimreise, Holly«, sagt Kate. »Und paß auf dich auf.«

Holly schüttelt auch Ethan die Hand. Er führt Holly zur Eingangstür und zögert kurz, als würde er sich fragen, ob er sie auf die Wange küssen soll. Er tut es nicht. Er und Kate waren freundlich und höflich, doch Holly weiß, daß die beiden froh sind, wenn sie fort ist.

»Bestellen Sie Nick, daß ich ihm und seiner Frau alles Gute wünsche«, sagt Holly.

»Das werden wir«, erwidert Kate.

Als die Haustür der Millers sich hinter Holly schließt, sieht sie, wie das Taxi, das sie vor ihrem Besuch bestellt hat, vor dem Haus ihrer Eltern vorfährt. Der Fahrer steigt aus. Er ist ein müde aussehender Mann mittleren Alters.

»Wir müssen einige Taschen mitnehmen«, sagt Holly zu ihm. Sie reicht sie dem Mann und bittet ihn, an der Straße auf sie zu warten.

In der Eingangshalle ihres Elternhauses ist es kühl, doch Hollys Wangen brennen vor Hitze. Sie lehnt sich von innen an die Eingangstür und schließt die Augen.

Nick wird Vater.

Nicks Baby.

Plötzlich wird Holly von einer so schrecklichen Woge der Übelkeit überschwemmt, daß sie es nur mit Mühe rechtzeitig bis ins Bad schafft. Nachdem sie sich übergeben hat, zittert und schwitzt sie am ganzen Körper. Vorsichtig richtet sie sich auf, geht zum Waschbecken, spült sich den Mund aus, spritzt sich Wasser ins Gesicht und trocknet es mit einem der flauschigen Gästetücher ab, in die das Monogramm Eleanors eingestickt ist.

Holly schaut in den Spiegel. Ihr Gesicht ist weiß. Wieder schließt sie die Augen, holt ein paarmal tief Atem. Allmählich fühlt sie sich besser. Der Impuls loszuschreien, zu weinen, ist völlig verflogen.

Wundersamerweise.
Holly hält die Augen geschlossen, und Bilder erscheinen vor ihrem geistigen Auge. Bilder aus einem Traum, den sie in ihrer Hochzeitsnacht in Los Angeles hatte.
Nick, wie er mit ihr schläft.
Holly glaubt zu wissen, daß dieser Traum viel zu lebendig, zu *real* war, als daß es tatsächlich ein Traum gewesen sein könnte – Nick war *wirklich* bei ihr gewesen. Holly hat keine Erklärung dafür, wie so etwas geschehen kann, aber vielleicht gibt es Dinge im Leben, die man besser nicht verstehen oder zu erklären versuchen sollte. Jetzt, genau in diesem Augenblick, weiß sie nur eines mit völliger Gewißheit: Sie hat sich damals nicht geirrt. Nick *war* bei ihr. Sie *weiß* es.
Holly schlägt die Augen auf. Alles ist heller als zuvor. Deutlicher und klarer.
Ein Baby.
Nicks Baby.
Holly lächelt in den Spiegel.

»Du bist im siebten Monat schwanger, Nina.«
»Ich glaube, das weiß ich selbst, Phoebe.«
»Du kriegst Rückenschmerzen, du bist müde und mußt laufend pinkeln.«
»Ist mir noch gar nicht aufgefallen.«
»Du kannst nicht stundenlang dasitzen, an einem Stück, und du kannst auch nicht immerzu in einen Gerichtssaal rein- und wieder rausmarschieren, weil du ständig pinkeln mußt.«
»Wahrscheinlich hast du recht.«
»Und der Arzt sagt, du sollst nicht reisen, wenn es nicht unbedingt nötig ist.«
»Ist schon gut, Phoebe.«
»Außerdem werde ich allein damit fertig.«
»Ich sagte doch, es ist in Ordnung, Phoebe. Du kannst ohne mich fahren. Du *solltest* ohne mich fahren. Ich bleibe hier und kümmere mich ums Haus.«
»Am besten, du bleibst im Büro und kümmerst dich darum, daß unsere Geschäfte weiterlaufen.«
»Mach' ich, Phoebe.«
»Nick kann sich ums Haus kümmern.«
»Nick? Du hast nicht zufällig ein paar neue Liebhaber?«

Seit dem sechsten Monat ihrer Schwangerschaft, als sie leichte Blutungen hatte – der Frauenarzt versicherte ihr jedoch, daß sie nur geringfügig und kein Grund zur Sorge seien –, kämpfte Nina eine fast ständige Schlacht mit dem Ziel, Nick und Phoebe davon abzuhalten, sie allzusehr zu bemuttern. Die beiden merkten offenbar gar nicht, wie großartig Nina sich fühlte, wie unbeschreiblich *wundervoll*. Ihr Wohlbefinden war zum Teil auf die hormonellen Veränderungen zurückzuführen, das wußte sie; doch sie wußte ebensogut, daß dieses Gefühl noch viel tiefere Ursachen hatte als bloße Körperchemie: Das neue Leben, das in ihrem Leib heranwuchs, dieser ständige wundervolle Begleiter, bescherte ihr eine heitere innere Ruhe, wie Nina sie nie zuvor erlebt hatte. Nicht einmal Nick, der ihr so viel Liebe und Freude, Zuversicht und Verständnis gab, hatte ihr einen so unfaßbaren Frieden bescheren können wie ihr ungeborenes Kind.

»Daß Nick ein solches Theater macht, kann ich ja noch verstehen«, hatte Nina mehr als einmal zu ihrer Schwester gesagt, »aber du bist normalerweise ein vernünftiger Mensch.«

»Seit wann?« fragte Phoebe.

»Immer schon.«

»Ich war noch nie eine Tante in spe.«

»Und ich danke Gott, daß Dad in Arizona ist«, sagte Nina. »Wenn er auch noch hier wäre und mich in den Wahnsinn treiben würde, wüßte ich wirklich nicht mehr, was ich tun soll.«

»Du solltest es genießen, so verwöhnt zu werden«, meinte Phoebe. »Wenn das Baby erst geboren ist, wird dich keiner von uns mehr beachten.«

»Darauf freue ich mich jetzt schon«, sagte Nina.

Die Reise nach Los Angeles war erforderlich, weil die Ford-Immobilien eine Klage gegen Bradley, Pearce und Dutton – kurz BPD – eingereicht hatten, ein Unternehmen in Los Angeles, das sich bei einem Immobiliengeschäft nicht an die Vertragsvereinbarungen gehalten hatte. Die Ford-Schwestern versuchten zwar stets, gerichtliche Auseinandersetzungen zu vermeiden, doch in diesem Fall hatten sie keine andere Wahl. Es stand zu viel Geld auf dem Spiel. Ursprünglich war die BPD Ninas Kunde gewesen, doch weil sie und Phoebe am Ende eines jeden Arbeitstages gemeinsam sämtliche Geschäftsunterlagen durchgingen, konnte Nina es verantworten, daß ihre Schwester alleine nach Los Angeles reiste. Dem Anwalt der Ford-Immobilien, Michael Levine, erteilte Nina eine entsprechende Vollmacht und schickte ihm eine eidesstattliche Erklärung.

»Du weißt, daß ich Los Angeles nicht ausstehen kann«, sagte Phoebe.

»Ich weiß, du armes Ding«, erwiderte Nina mit leiser Ironie.

»Tja, dann will ich mal sehen, daß ich das Beste aus der Sache heraushole.«

»Ja, das würde ich auch sagen.«

»Meinst du, ich sollte im ... äh, Beverly Hills absteigen?«

»Oh, selbstverständlich. In welchem Hotel denn sonst?«

»Und vielleicht sollte ich mich wenigstens einmal zum Rodeo Drive schleppen.« Phoebe seufzte. »Und irgend etwas Schickes für dich aussuchen, das du in den letzten zwei Monaten deiner Schwangerschaft tragen kannst.«

»Wirf bloß kein Geld für mich zum Fenster raus«, sagte Nina. »Ich bin schnell genug wieder rank und schlank.«

»Dann suche ich was Schönes für das Baby aus.«

»Eigentlich sollst du unsere Firma vor Gericht vertreten, oder weißt du das nicht mehr?«

»Aber doch nicht die ganze Zeit«, erwiderte Phoebe. »Bei den Gerichten gibt's immer eine Million Vertagungen. Denk nur an die Verhandlung gegen O. J. Simpson.«

»Bei uns geht es aber nicht um Mord.«

Wieder stieß Phoebe einen Seufzer aus. »Ich weiß.«

16

Die gegnerische Seite hat gewonnen, doch weder Holly noch ihr Mandant Stanley Pearce hatten etwas anderes erwartet. Und Holly hat immerhin erreicht, daß die finanziellen Einbußen der BPD weit unter der Schmerzgrenze liegen.

»Es könnte sein, daß Pearce Ihnen nach dem Urteilsspruch hart zusetzen wird«, war Holly vor einer Woche von Alan Zadok gewarnt worden. »Was aber nur daran liegt, daß Sie neu bei uns sind.«

»Und keine Seniorpartnerin der Kanzlei«, sagte Holly.

Zadok schüttelte den fast haarlosen Kopf. »Pearce weiß, daß es bei dieser Sache um Peanuts geht. Aber ich habe ihm gesagt, daß Sie hervorragende Arbeit leisten.«

»Kein schlechtes Ergebnis, Mrs. Taylor«, sagt Pearce nun und schüttelt Holly die Hand. »Wenngleich mir ein Sieg auf der ganzen Linie natürlich lieber gewesen wäre.«

»Mir auch, Mr. Pearce, mir auch«, sagt Holly.

Sie entschuldigt sich nicht dafür, daß sie den Prozeß verloren hat; sie weiß, daß sie überhaupt keinen Grund hat, sich zu entschuldigen. Zwar haßt Holly nichts so sehr wie Niederlagen, doch dieser Fall war hinter den Kulissen längst entschieden gewesen, als sie damit betraut worden war. Außerdem hat sie andere, viel wichtigere Dinge im Kopf.

Sie schaut durch den Gerichtssaal zum Anwalt der gegnerischen Partei hinüber. Seit ihr dieser Fall zugeteilt worden war, hat Holly sich gefragt, wer ihr Widersacher sein würde.

Stanley Pearce verabschiedet sich. Holly nimmt sich ein paar Minuten Zeit, ihre Papiere und Unterlagen zu ordnen, wobei sie Michael Levine und dessen Mandantin fast ständig im Auge behält.

Sie wartet auf den richtigen Moment. Dann erhebt sie sich und geht zur Anklagebank.

»Miss Ford?«

Die Rothaarige schaut auf. »Ja?«

»Charlotte Taylor.«

»Ja, ich weiß.«

»Meinen Glückwunsch«, sagt Holly. Sie nickt Levine zu. »An Sie beide.«

»Ich muß Ihnen ebenfalls gratulieren«, sagt Levine. »Sie haben Ihre Sache großartig gemacht.«

»Aber Sie haben gesiegt.«

»Allerdings.« Levine grinst.

»Können wir jetzt gehen?« Phoebe Ford steht auf, um den Gerichtssaal zu verlassen.

»Miss Ford«, sagt Holly, »haben Sie einen Augenblick Zeit?«

»Natürlich«, erwidert Phoebe ein wenig verwundert.

Holly schaut Michael Levine an. »Es ist eine private Angelegenheit«, versichert sie ihm.

»Mir soll es recht sein.« Levine blickt seine Mandantin an. »Sehe ich Sie draußen vor dem Saal?«

»Ja, sicher«, sagt Phoebe.

Holly wartet, bis der Anwalt gegangen ist. Sie fragt sich, ob Phoebe sich an ihr Gesicht erinnert, und wettet im stillen darauf, daß die Frau selbst dann nicht die gedankliche Verbindung zur Signierstunde in New York herstellen kann, als sie sich das erste Mal gesehen hatten.

»Tut mir leid, falls ich Sie aufhalten sollte, Miss Ford.«

»Ganz und gar nicht.«

»Ich wollte Ihnen nur sagen, wie sehr mir *Firefly* gefallen hat.«

Holly beobachtet, wie Phoebes blasses Gesicht sich vor aufrichtiger Freude erhellt.

Rasch fährt Holly fort: »Ich erwarte ein Kind und freue mich jetzt schon sehr auf den Tag, wenn es groß genug ist, daß ich ihm das Buch vorlesen kann.« Sie hält kurz inne. »Das wollte ich Ihnen nur sagen. Ich hoffe, ich habe Sie nicht aufgehalten.«

»Ganz und gar nicht«, sagt Phoebe. »So etwas hört man immer gern.«

»Mit *Firefly* haben Sie etwas Wundervolles geschaffen.«
»Ich habe nur einen Teil dazu beigetragen«, stellt Phoebe richtig.
»Ich weiß.« Holly macht eine Pause. »Es muß eine sehr schöne Zusammenarbeit zwischen Ihnen und Ihrer Familie gewesen sein.«
»O ja«, bestätigt Phoebe.
»Nicht jede Frau kommt so gut mit ihrem Schwager zurecht.«
Phoebe lächelt. »Nick Miller ist ein ganz besonderer Mann.«
»Das scheint mir auch so«, sagt Holly.
Sie sieht, daß Phoebe sie mit einem Anflug plötzlich erwachter Neugier anschaut, und weiß, daß die Rothaarige sich zu erinnern versucht.
»Stimmt etwas nicht?« fragt Holly.
Phoebe schüttelt den Kopf. »Für einen Moment hatte ich das Gefühl, wir wären uns schon mal begegnet.«
Die Frauen verabschieden sich und machen sich auf den Weg aus dem Gerichtssaal.
Wieder eine Wette gewonnen, sagt sich Holly.
Vor der Tür bleibt Phoebe plötzlich stehen.
»Das Zitat von Woodsworth«, sagt sie zu Holly. »Das waren Sie, nicht wahr?«
Holly lächelt. »Ja, das war ich.« Sie fragt sich, ob die Blondine auch so schnell geschaltet hätte.
»Wann erwarten Sie Ihr Baby?« fragt Phoebe.
»Es dauert nicht mehr lange«, erwidert Holly.
»Das freut mich aufrichtig für Sie, Mrs. Taylor.«

Holly ist sehr zufrieden, wie die Dinge gelaufen sind. Es macht ihr nicht die geringsten Sorgen, daß Phoebe Ford sie wiedererkannt hat. Augenblicke wie dieser dienten nur dazu, das Spiel spannender, gefährlicher und damit reizvoller zu machen, und Holly liebt Spiele.
Dieses Spiel hatte sie sich ausgedacht, kurz nachdem sie ihre Eltern in Bethesda besucht und während dieser Zeit festgestellt hatte, daß sie schwanger war. Natürlich hatte das große Spiel acht Monate zuvor begonnen, als sie Jack kennen-

lernte – Jack, der ideale Vorwand, aus New York in den Westen überzusiedeln. Und es würden noch viele Spiele folgen: Spiele im Rahmen der Schlachten, die in Hollys ganz persönlichem Krieg ausgefochten wurden. Spiele, die mit Risiken verbunden sind, mag Holly besonders gern. Bei solchen Spielen hat sie stets ihre besten Leistungen erbracht, schon als Kind: die waghalsigen Spiele, bei denen die Chancen gegen einen stehen.

Hätte Nick sie nicht verraten, wäre alles sehr viel einfacher gewesen. Ihr wären Umwege erspart geblieben. Sie hätte Jack nicht heiraten müssen und wäre nicht gezwungen, wider Willen mit einem anderen Mann zu schlafen. Doch Nick hat sich diese andere Frau genommen, diese Blonde, seine *Gattin*, und wenngleich Holly ganz genau weiß, daß sie Nick letztlich alles verzeihen wird, muß er zuerst bestraft werden.

Natürlich gibt es keinen Zweifel am Ausgang des Spiels.

Nick wird zu ihr zurückkommen.

Als ihr Siegespreis.

Es geht nicht um die Ford-Immobilien gegen BPD.

Es geht um alles oder nichts.

17

»Ein unglaublicher Zufall«, sagte Phoebe später am Telefon zu Nina.

Es war früher Abend, und Phoebe befand sich auf ihrem Zimmer im Beverly Hills Hotel. Der »pinkfarbene Palast«, wie das Hotel liebevoll genannt wurde, war gründlich renoviert worden, seit Phoebe das letzte Mal hier abgestiegen war; man hatte das Beverly Hills noch luxuriöser ausgestattet. Die Abendluft war mild und duftete nach Bougainvillea, Oleander und Jasmin. Irgendwo in der näheren Umgebung wurde eine Party gefeiert. Phoebe konnte Klaviermusik und Geplauder hören, das Klingen von Gläsern, Gespräche, Lachen. Doch die Geräusche waren nicht aufdringlich, im Gegenteil: Sie trugen zu der stimmungsvollen und heiteren Atmosphäre bei.

»Kannst du dich an diese Frau erinnern, die zu uns kam, als wir im April eine Signierstunde in New York hatten?«

»Ich kann mich an sehr viele Frauen erinnern«, erwiderte Nina.

»Ich meine die Frau, der wir dieses seltsame Zitat ins Buch schreiben sollten.«

»Das von Woodsworth?« Nina erinnerte sich.

»Genau. Sie war die Anwältin der Gegenseite.«

»Der BPD?« Nina war erstaunt. »Die Frau ist Anwältin in Los Angeles?«

»Und eine sehr gute obendrein«, sagte Phoebe.

»Hast du mit ihr gesprochen?«

»Sie ist nach der Verhandlung zu mir gekommen und hat mir gesagt, daß sie schwanger ist und sich jetzt schon darauf freut, ihrem Kind einmal *Firefly* vorzulesen. Nett von ihr, nicht wahr?«

»Ja, das ist wirklich nett«, pflichtete Nina ihr bei, und ihre Hände legten sich wie von selbst auf ihren Leib.

»Wie fühlst du dich?« fragte Phoebe.
»Großartig.«
»Strampelt er oder sie schon in deinem Bauch?« Phoebe weigerte sich, das Baby als »es« zu bezeichnen.
»Nicht allzusehr. Nur wenn du in der Nähe bist.«
»Freut sich offenbar, Tante Phoebe zu sehen. Ein kluges Kind.«
»Was machst du heute abend, Tante Phoebe?«
»Auf meinem Zimmer was Gutes essen. Ich hab' die halbe Speisekarte bestellt. Bin völlig ausgehungert.«
»Laß es dir schmecken«, sagte Nina.
Phoebe hörte Nicks Stimme im Hintergrund.
»Was hat Nick gesagt?«
»Daß du deine Sache gut gemacht hast. Und ich soll dich herzlich grüßen.«
»Gib ihm einen Kuß von mir«, sagte Phoebe.
»Wir sehen uns morgen, Schwesterchen.«
»Vergiß nicht, Nick von dem Woodsworth-Zitat zu erzählen.«

18

Holly und Jack liegen in der großen Wanne des größten Badezimmers in Jacks Villa, die ein paar Querstraßen vom Brentwood Country Club am San Vincente Boulevard steht.

Seit dem Ende der Verhandlung der Ford-Immobilien gegen Bradley, Pierce und Dutton sind ungefähr fünf Stunden vergangen. Die Taylors haben zu Abend gegessen; nun liegen sie in der Wanne und studieren Gerichtsakten. Beide lieben dieses Bad. Es ist groß und rund, mit schimmernden schwarzen Kacheln und Whirlpool, und seit Holly ein Lesegestell mit einem in alle Richtungen schwenkbaren goldenen Arm installieren ließ, das die Papiere vor Nässe und Spritzern schützt, ist dieses Bad für Jack beinahe so etwas wie der Himmel auf Erden.

Holly nimmt den Blick von den Unterlagen.

»Ich werde mich als selbständige Anwältin niederlassen«, sagt sie so ruhig und gelassen, als würde sie über einen Einkaufsbummel am Rodeo Drive reden.

»Was?« Jack ist fassungslos.

»Du hast es doch gehört.«

»Was redest du denn da? Du hast gerade erst bei Zadok und Giulini angefangen.« Das »O'Connell« ließen die meisten Leute aus, wenn sie von der Kanzlei sprachen. »Ich dachte, du würdest dich dort sehr wohl fühlen.«

»Eigentlich nicht«, erwidert Holly. »Außerdem weißt du ja, daß ich schon lange den Wunsch habe, eine eigene Anwaltspraxis für Strafrecht zu eröffnen.«

»Nein. Das ist neu für mich, Liebling.«

»Ich hatte es dir schon gesagt, als wir uns kennenlernten«, erwidert sie, obwohl es eine Lüge ist: Sie hat es erst heute beschlossen, genau um achtzehn Uhr.

Jack streckt die Hand aus, um die Düsen des Whirlpools

abzustellen. Er macht ein besorgtes Gesicht. »Ich kann mich nur erinnern, Schatz, daß ich dich gefragt habe, ob du ins Büro des Bezirksstaatsanwalts eintreten möchtest, und du hast es kategorisch abgelehnt und gesagt, du willst auf jeden Fall auf dem Gebiet des Körperschaftsrechts arbeiten.«

»Nein, so habe ich das nicht gesagt«, erwidert Holly und stellt die Düsen wieder an.

»Doch, hast du.« Jack lächelt sie unschuldig an. »Weißt du denn nicht mehr? Du sagtest, du hättest dein Studium als Drittbeste deines Jahrgangs abgeschlossen und die Prüfung vor der Anwaltskammer auf Anhieb bestanden – worauf ich dir gesagt habe, du wärst wahrscheinlich aus dem richtigen Holz geschnitzt, um eine Staatsanwältin der Spitzenklasse zu werden, wenn du nur *willst*. Und dann hast du mir geantwortet, du würdest die weniger hitzigen Auseinandersetzungen vorziehen ... die nüchterne Unpersönlichkeit des Körperschaftsrechts, hast du es genannt. Im Verbrechen steckt zu viel Menschlichkeit, sagtest du damals.« Er nickt selbstzufrieden, denn er ist stolz auf sein gutes Gedächtnis, das ihm als Anwalt so hervorragende Dienste leistet. »Das waren genau deine Worte, Charlotte, mein Schatz.«

Holly lehnt sich zurück, streckt die Hand nach der Chanel-Seife aus und wäscht sich das linke Bein, beginnt mit dem Fuß. »Nun ja, wenn das stimmt«, sagt sie ungerührt, »habe ich dir damals wohl verheimlicht, worauf mein Ehrgeiz *wirklich* gerichtet ist.«

Jack betrachtet für einen Moment Hollys schön geschwungenen Fuß mit den lackierten Zehennägeln, ihre schlanken, festen Schenkel. Seine Frau besitzt die Fähigkeit, seine Erregung mühelos zu entfachen. Und nun hat es ganz den Anschein, als besäße sie obendrein die Fähigkeit, ihm völlig unerwartete Überraschungen zu bereiten.

»Also gut«, sagt Jack. »Und wie sehen deine Pläne aus?«

Holly lächelt. »Mich nach einem passenden Büro umschauen, ein Türschild in Auftrag geben ...«

»Charlotte Taylor. Anwältin. So in etwa.«

»So in etwa.« Holly seift sich die Innenseite des linken Oberschenkels ein; dann verharrt sie und reicht Jack das Stück Seife. »Würdest du das tun?«

»Nur zu gern«, sagt er leise und nimmt die Seife.

»... nach Mandanten suchen«, fährt Holly fort.

»Soll ich dir dabei helfen?«

»Ich weiß nicht ... Nein, ich möchte das alles aus eigener Kraft schaffen.«

Jack nickt und beugt sich vor, schiebt die Hand zwischen die Beine seiner Frau. »Was ist mit deinem Vater? Er wird darauf bestehen, dich zu unterstützen.«

»Das glaube ich auch.« Holly schließt die Augen, als Jack die Hand über ihre Scham reibt, und sie stellt sich vor – wie fast immer in solchen Situationen –, daß diese Hand Nick gehört. »Ich hoffe, ich brauche Dad nicht.«

Jack blickt sie an, teils erstaunt, teils bewundernd. Die Hilfe ihres Vaters abzulehnen wäre unklug, geradezu verrückt. Sicher, Charlotte besitzt einen so brillanten, beweglichen Verstand, daß sie sich schon mehr als einmal spontane und riskante Entscheidungen leisten konnte und mit den Konsequenzen fertig wurde – zum Beispiel damals, als sie die Aussicht auf eine großartige Karriere in Manhattan aufgab, um zu ihm in den Westen zu kommen. Außerdem verdient Jack mehr als genug, daß sie beide ein Leben in Luxus führen können. Er beschließt, nicht weiter über Charlottes Plan zu diskutieren, sich selbständig zu machen, um das eheliche Boot nicht ins Schaukeln zu bringen.

Besonders jetzt nicht, wo sein Glied so hart ist wie ein Stück Holz.

19

Manchmal fällt es mir bruchstückhaft wieder ein: grelle, schmerzhafte Blitze aus Gefühlen. Doch die eigentlichen *Erinnerungen* sind leider nur zu vollständig. Ich wünschte, es wäre anders.

Als Holly, der Teenager, erkannte, daß ich auch ohne sie sehr gut zurechtkam, beschloß sie, Rache zu nehmen, indem sie an unserer High School das Gerücht verbreitete, ich hätte sie sexuell belästigt, als sie ein dreizehnjähriges Mädchen war. Da diese Anschuldigung Gott sei Dank nicht in einer dahingehenden Klage vor Gericht mündete, starb das Gerücht eines natürlichen Todes, doch es war beängstigend und häßlich zugleich für mich.

Meine Eltern stellten sich hinter mich; sie wußten, daß alles bloß eine Lüge Hollys war, doch indirekt gaben sie mir dennoch die Schuld. Schließlich *hatte* ich mich des Vergehens schuldig gemacht, das die Bournes mir anlasteten. Ich hatte Holly schlimmen Schmerz zugefügt – und ich hatte verdammtes Glück gehabt, daß sie nicht schwanger geworden war. Deshalb bliebe mir nichts anderes übrig, sagten meine Eltern mir damals, als mich damit abzufinden und den Mund zu halten.

Eines jedenfalls, so glaubte ich, war offensichtlich geworden: Hollys Liebe war in Haß umgeschlagen. Aber ich konnte diesen Haß nicht erwidern, denn ich wußte, daß Holly nur deshalb Lügen über mich in die Welt setzte, weil sie Wunden davongetragen hatte. Aber Holly *haßte* mich jetzt, soviel stand fest. Doch als ich das erste Mal wieder so etwas wie ein Gespräch mit ihr führte – ungefähr anderthalb Jahre nach der Katastrophe im Sommerhaus – und ihr sagte, daß ich Bethesda verließe, um an der Universität New York bildende Kunst und Film zu studieren, lag ein solches Erschrecken auf

Hollys Gesicht, als hätte ich ihr soeben mitgeteilt, daß ich nur noch zwei Monate zu leben hätte.

Ich wohnte gut ein Jahr in New York, als Holly im Herbst 1986 an einem Sonntagmorgen in meiner Wohnung an der Christopher Street in Greenwich Village auftauchte. Sie hatte sich sehr verändert. Die Kindfrau gab es nicht mehr; an ihre Stelle war eine junge, erwachsene Jurastudentin getreten. Sie sei nur gekommen, erklärte Holly, um mir guten Tag zu sagen, da wir beide jetzt an der New Yorker Uni studierten und es dumm sei, so zu tun, als wäre es nicht der Fall und als würden wir uns nicht mehr kennen. Holly hatte ein Zimmer in einem Studentenwohnheim und schien rundum zufrieden. Ihr gefiel mein Aussehen; das lange Haar, das ich zu einem Pferdeschwanz gebunden trug, und der Bart. Sie sagte, ich sähe wie ein Pirat aus. Leider könne sie nicht lange bleiben, fuhr sie fort, denn sie wolle sich noch mit Freunden treffen, doch es sei schön zu wissen, daß sie so etwas wie einen großen Bruder habe, an den sie sich wenden könne, wenn sie mal Hilfe brauchte. Falls ich nichts dagegen hätte.

Natürlich nicht, sagte ich.

Offenbar war die Vergangenheit vergessen und begraben. Ich glaubte Holly damals wirklich. Nein – ich *wollte* ihr glauben, nehme ich an. Deshalb verdrängte ich meine Zweifel und Bedenken, als Holly ein paar Monate später wieder bei mir erschien und mich regelrecht bekniete, sie eine Zeitlang bei mir wohnen zu lassen – wobei sie natürlich einen Teil der Miete übernehmen würde –, denn im Studentenwohnheim fühle sie sich schrecklich mies. *Großer Bruder*, hatte sie mich ein paar Wochen zuvor genannt, auf eine zurückhaltende, *erwachsene* Art und Weise. Sie erklärte, daß sie auf dem Sofa schlafen würde, doch ich bot ihr an, in meinem Arbeitszimmer zu schlafen, falls sie sich ein Faltbett besorgte. Das wäre großartig, erwiderte Holly; sie könne ja immer noch auf dem Sofa schlafen, wenn ich bis spät in die Nacht arbeiten müsse – und wir sollten wirklich nicht mehr daran denken, was damals gewesen sei; vielleicht habe das Schicksal uns wieder zusammengeführt, und nun wäre es mit uns beiden fast wieder so wie in den alten Zeiten. Aber nur fast, fügte Holly hinzu und lachte.

Ich sagte mir, das alles ginge schon in Ordnung und daß es vielleicht sogar schön sei, Holly wieder um mich zu haben. Außerdem war ich ihr etwas schuldig, oder nicht?

Und sechs Monate lang *war* es schön mit ihr, weil Holly reifer und ruhiger geworden war. Genau wie ich. Ich hätte mir keine angenehmere Untermieterin wünschen können.

Aber natürlich hätte ich es besser wissen müssen.

20

Am 11. April 1987, an einem Samstagabend, kauften Holly und Nick sich Essen beim Chinesen, nahmen es mit in die Wohnung und tranken dazu anderthalb Flaschen billigen Chardonnay, während sie sich im Fernsehen eine Wiederholung von *Ein Mann und eine Frau* anschauten und den Abend schließlich in Nicks Bett beschlossen.

»Hältst du das für eine gute Idee?« fragte Nick, kaum daß Holly sich ihr T-Shirt über den Kopf gezogen und ihre straffen Brüste mit den rosafarbenen Warzen entblößt hatte, an die Nick sich so gut erinnerte.

»Wie kannst du mich das *fragen*?« erwiderte sie.

Und danach war es natürlich zu spät.

In dem Augenblick, als Nick erwachte und den dunklen Umriß von Hollys Kopf auf dem Kissen neben sich sah, wußte er, daß er einen schlimmen Fehler begangen hatte. Und als auch Holly einen Moment später erwachte und den Ausdruck in Nicks Augen sah, wußte er überdies, daß er Holly schon wieder weh getan und diesen Fehler dadurch noch schlimmer gemacht hatte.

»Ist schon in Ordnung«, sagte sie leichthin.

»Holly ...« Er wollte sich aufsetzen.

»Nein, wirklich, ist schon gut.« Sie drehte den Kopf zur Seite, doch sie war offensichtlich den Tränen nahe.

»Mein Gott, Holly. Es tut mir leid.« Sein Schmerz, seine Schuldgefühle jagten ihm Furcht ein. »Ehrlich, es tut mir schrecklich leid. Ich hätte niemals ...«

»Ich hab' dir doch gesagt, es ist alles in Ordnung. Zum Sex gehören immer zwei.« Holly war bereits aus dem Bett.

»Aber ich hätte ...«

»Hör auf, Nick.« Sie zog sich an. »Du hast ja recht. Es war

dumm von uns beiden. Wir sind sehr gute Freunde geworden. Wir sollten einfach vergessen, was heute nacht passiert ist.« Sie zwang sich zu einem Lächeln. »Siehst du? *Ich* hab's schon vergessen.«

Von nun an ging es bergab. Holly hielt sich nicht mehr an ihr Wort. Sie sagte dies, tat aber das. Auf der einen Ebene war sie zugänglich und versäumte es nie, ihren Teil der häuslichen Arbeit zu verrichten – und sie stürzte sich mit Feuereifer in die Einführung ins Studium der Rechtswissenschaften –, doch gleichzeitig, auf einer anderen Ebene, wurde es zunehmend schwieriger, mit ihr zusammenzuwohnen. Immer öfter gab sie sich vor Nicks Freunden unfreundlich und zynisch und beleidigte sie sogar: ein offenkundiger Versuch, sie loszuwerden.

»Die Tussi ist keine Wohnungspartnerin, sondern ein nörglerischer und herrschsüchtiger Hausdrache«, sagte Jake Kolinsky, ein Kommilitone Nicks, nachdem er einen besonders unerfreulichen Abend bei den beiden verbracht hatte. »Warum sagst du ihr nicht einfach, daß sie ausziehen soll, Nick?«

»Ich hab' schon Andeutungen gemacht«, erwiderte Nick. »Hab' ihr gesagt, sie würde sich woanders bestimmt wohler fühlen, wo sie mehr Platz für sich selbst hat, aber sie sagt immer, daß sie sich bei mir rundum glücklich fühlt ... und dann wechselt sie das Thema.«

»Daß *sie* glücklich ist, bezweifle ich nicht«, sagte Jake, »aber du bist es nicht.«

»Das stimmt«, gab Nick zu. »Aber ich will ihr nicht noch einmal weh tun.«

Dann bekam Nick einen Brief von seiner Mutter. Üblicherweise schrieb Kate einmal im Monat – warmherzige, ein bißchen geschwätzige Briefe in lockerem, heiterem Stil.

Dieser Brief aber war von der ersten bis zur letzten Zeile ernst – und das mit gutem Grund, wie Nick erkannte.

Lieber Nick,

ich möchte sofort zur Sache kommen, weil die Jahre mich gelehrt haben, daß der direkte Weg meist auch der beste ist. Dein Vater ist der Ansicht, wir sollten uns um unsere eigenen Angelegenheiten kümmern. Aber ich fürchte, ich bin anderer Meinung.

Holly hat Eleanor und Richard von Eurer neuen Liebesaffäre geschrieben, und Du bist bestimmt nicht überrascht, daß Eleanor ganz und gar nicht erfreut darüber ist. Ich glaube, sie würde Dir am liebsten ein Killerkommando auf den Hals schicken, damit Du endlich aus ihrer Welt verschwindest, und nur eines hält sie davon ab: daß Holly ihr gegenüber unmißverständlich zum Ausdruck brachte, daß sie nie im Leben glücklicher war.

Ich schreibe Dir nicht deshalb, weil ich Dich und Holly auseinanderbringen möchte. Ganz und gar nicht. Ich glaube, wir alle hätten mit einer solchen Entwicklung rechnen müssen, wärt Ihr beide hier bei uns zu Hause geblieben. Aber in New York gibt es unendlich viele andere Möglichkeiten. Daß Ihr zwei trotzdem wieder zusammenseid, hat Deinen Vater und mich zu der Überzeugung gebracht, daß es mit Euch beiden doch etwas ganz Besonderes sein muß.

Aber es kommt vor allem darauf an, daß Ihr nicht deshalb zusammen seid, weil einer von Euch sich einsam fühlt, Du oder Holly. Dann wäre Euer Zusammenleben eine schlimme Sache; denn es wäre dumm, irgend etwas anzufangen, das Holly offensichtlich sehr viel bedeutet.

Was ich Dir damit sagen will, Nick: Ihr beide seid jetzt über achtzehn, aber das ist kein Alter. Ihr seid noch immer sehr junge Menschen. Holly mußte schon einmal darüber hinwegkommen, Dich zu verlieren. Sei vorsichtig, daß weder Du noch Holly noch einmal so schlimm verletzt werdet.

Dein Vater und ich lieben Dich über alles.
Es grüßt Dich herzlich
Deine Mutter

Dieser Brief brachte das Faß zum Überlaufen. Du lieber Himmel – Holly schrieb also ihren Eltern, daß sie und Nick sich liebten, daß sie miteinander schliefen und wie ein richtiges Paar glücklich zusammenlebten. Ihr Zusammenleben war für Nick in letzter Zeit ohnehin schon ärgerlich gewesen, schwierig und manchmal beängstigend, doch daß er wieder mit Holly schlief, hatte bei ihm Schuldgefühle erweckt, mit denen er einfach nicht fertig wurde. Die ganze Sache war schlichtweg verrückt, das sah er nun ein.

Und es gab nur eine Lösung.

Er sagte es Holly noch am gleichen Abend.

»So geht es nicht weiter«, erklärte er. »Ich hätte dich von Anfang an nicht bei mir wohnen lassen dürfen.«

»Ja«, sagte Holly leise. »Wahrscheinlich nicht.«

Nick konnte nicht glauben, daß es so einfach war. Holly machte sich sofort daran, ihre Sachen zu packen, sagte Nick, daß mit ihr alles in Ordnung sei und daß sie Geld habe und sich ein Hotelzimmer nehmen könne, bis sie eine neue Bleibe gefunden hätte. Nick war schon drauf und dran ihr zu sagen, daß sie ihn falsch verstanden habe und nicht Hals über Kopf ausziehen müsse, überlegte es sich dann aber anders. Wenn er jetzt seine Meinung änderte, machte er alles nur noch schlimmer.

»Warum hast du das *getan*?« fragte er Holly beinahe neugierig, als sie geschäftig in der Wohnung umhereilte und ihre Habseligkeiten packte. »Warum hast du unseren Eltern diese Lügen über uns erzählt?«

»Tut mir leid, wenn ich dir Unannehmlichkeiten bereitet habe«, erwiderte Holly.

»Du lieber Himmel, Holly, nun sei doch nicht gleich ...«, sagte er und verstummte.

Und Holly packte weiter.

21 JULI

Nina ist im achten Monat schwanger. Ihr schmerzt der Rücken, sie schläft nachts kaum noch, sie hat Krämpfe in den Beinen und geschwollene Knöchel. Doch aus ihrer Sicht ist das Schlimmste, daß sie sich, wie sie es nennt, plump wie eine Kuh vorkommt.

Für mich ist Nina schöner als je zuvor. Wenngleich sie protestiert, versuche ich Zeichnungen von ihr zu machen, wann immer möglich, denn ich will unbedingt jede Veränderung an ihr festhalten, jedes noch so winzige Detail dieses Wunders: ihre Brüste, voll und wunderschön und bereit, unser Kind zu nähren, und ihren Leib, in dem das noch ungelöste Geheimnis des »Sie-Er« heranwächst, wie Phoebe das Baby nennt. Ich versuche zu helfen, so gut ich kann, doch mir wird immer wieder meine Nutzlosigkeit deutlich. Ich kann Nina lediglich den Rücken und die Beine massieren, um die Krämpfe zu lösen – und mit ihr streiten, wenn sie zuviel arbeitet.

»Du solltest es von jetzt an Phoebe überlassen, sich in der Stadt mit den Kunden zu treffen und sich die Immobilien anzuschauen«, sagte ich letzte Woche zu ihr.

»Phoebe hat schon genug zu tun«, erwiderte Nina.

»Sie möchte helfen«, erinnerte ich sie.

»Sie weiß aber auch, daß ich es hasse, den ganzen Tag im Büro zu sitzen«, widersprach Nina. »Und du weißt es auch.«

Meine Frau ist dickköpfig.

Manchmal glaube ich, mein Herz fühlt sich genauso an wie Ninas schwangerer Leib: als könnte es jeden Augenblick zerplatzen – aber vor ungetrübtem Glück und freudiger Erwartung. Inzwischen träume ich fast jede Nacht von »Sie-Er«. Nie kann ich das Gesicht des Babys deutlich sehen, aber ich spüre seine Wesenheit, und meine Träume sind von Stolz und Liebe erfüllt.

Letzte Nacht wollte Nina unbedingt, daß ich mit ihr schlafe, doch meine Angst war zu groß, sie oder das Baby zu verletzen.

»Ich möchte es aber«, sagte Nina. »Ein letztes Mal, solange wir noch sind, *wie* wir sind.«

Ich sah das Verlangen auf ihrem Gesicht und begehrte sie mehr als je zuvor, doch ich ließ mich nicht umstimmen; egal was Nina oder irgendein Arzt sagte – nichts hätte mich dazu bringen können, bei meiner geliebten Frau und unserem noch ungeborenen, verletzlichen Kind auch nur das kleinste Risiko einzugehen.

»Wir werden immer so bleiben, wie wir sind«, sagte ich.

»Versprichst du es mir?« fragte sie.

Ich versprach es ihr.

22

Holly hat ihre Anwaltspraxis eröffnet. Eine ganz normale Bürosuite im achtzehnten Stock eines der Stahl- und Betonriesen an der Figueroa Street: ein hübsches Vorzimmer, in dem Hollys Sekretärin zugleich als Empfangsdame tätig sein kann, und zwei Zimmer von bescheidener Größe; das eine beherbergt Hollys juristische Bibliothek, das andere ihr Büro, das den Blick auf einen Teil der Innenstadt von Los Angeles gewährt. Auf dem schlichten Schild an der Außentür steht:

TAYLOR, GRIFFIN
RECHTSANWÄLTE

Griffin ist ein stiller Teilhaber dieser Kanzlei – auch wenn es ihn oder sie gar nicht gibt –, doch Holly gefällt der Zusammenklang der beiden Namen und der Hauch von Anonymität, den »Griffin« ihr gewährt; denn Taylor ist kein ungewöhnlicher Name. Und von dem stillen Teilhaber braucht niemand etwas zu wissen.

Noch hat Holly keine festangestellte Sekretärin, nur eine Teilzeitkraft, die Telefongespräche und Mitteilungen entgegennimmt, Briefe schreibt und sich um Wurfsendungen und Rechnungen kümmert. Auch Mandanten hat Holly noch nicht – was ihr vorerst durchaus recht ist, denn es gehört zu ihrem Lernprozeß. Holly möchte aus eigener Kraft eine erstklassige Strafverteidigerin werden. Es interessiert sie nicht, ob sie ein Staranwalt wird wie Clarence Darrow; sie will bloß eine tüchtige, clevere und erfolgreiche Verteidigerin werden – eine so gute Anwältin, wie es in ihrer Macht steht. Die Bibliothek ist das Wichtigste in ihrem Büro. Und das Telefon. Und der Fernseher sowie der Computer. Zur Zeit beschäftigt Holly sich damit, herauszufinden, was in der Welt der Schmalspurverbrechen im westlichen Kalifornien vor sich geht. Sie liest jede Zeitung, schaut sich jede Nachrichtensendung an und studiert an ihrem Bürocomputer regelmäßig die Meldungen im Internet; sie verbringt viele Stunden im Gericht – beobachtet, hört zu, lernt dazu – und verwendet den Rest der Zeit darauf, sich mit Leuten zu unterhalten, die alles über jene Dinge wissen, die Holly noch wissen möchte.

Und sie lernt schnell. Das war schon immer so. Zur Zeit lernt sie, wie Charlotte Taylor, ihres Zeichens Strafverteidigerin, die Justiz- und Polizeibehörden am besten dazu bringen kann, ihre Geheimnisse zu offenbaren. Polizisten sind gute Informanten, doch Holly sucht sich vor allem die heraus, die noch nicht lange genug im Dienst sind, als daß sie eine wachsende Feindseligkeit gegen Verteidiger entwickeln konnten, oder die alt und desillusioniert genug sind, um für Informationen die Hand aufzuhalten, ohne Fragen zu stellen. Besonders ergiebige Quellen sind die Assistenten im Büro des Bezirksstaatsanwalts und natürlich Gerichtsreporter. Hauptsache, Hollys Informanten sind Männer, die viel zu verlieren haben, wenn sie damit prahlen sollten, daß sie eine verheiratete Anwältin gevögelt hätten.

Es gibt viele solcher Männer. Sie lieben Hollys festen Po, ihre straffen Brüste, die Größe und Farbe und Makellosigkeit der rosafarbenen Brustwarzen und die seidige Glätte ihres noch immer nahezu flachen Leibes. Sie lieben es, wie Holly ihr Haar trägt, das sie seit ihrer Heirat hat wachsen lassen, und wie sie es beim Liebesspiel über die Haut des Partners gleiten läßt. Solange Holly die Augen schließt und sich vorstellt, mit Nick zu schlafen, kann sie einen Mann allein dadurch zum Höhepunkt bringen, indem sie ihn mit ihrem Haar streichelt.

Natürlich kann sie es mit dem Mund noch viel besser.

Jack hält es für dumm, ja übergeschnappt, daß Holly aus der Kanzlei Zadok und Giulini ausgeschieden ist. Und Holly weiß, daß Jack sie tatsächlich ein bißchen für verrückt hält. Sie weiß aber auch, daß er ihr fast alles durchgehen lassen wird, weil er immer noch scharf auf sie ist. Schließlich ist sie eine kluge und sehr attraktive Frau, die Dinge mit ihm tut wie noch keine andere Frau zuvor – und sie ist *seine* Frau, seine *Gattin*, die Jack Taylor zu einem der glücklichsten Hurensöhne im Großraum Los Angeles macht. Was spielt es da schon für eine Rolle, wenn sie nicht das große Geld in die Haushaltskasse zahlt? Jack verdient mehr als genug, und er hat Charlotte Bourne nicht ihres Geldes wegen geheiratet oder weil sie eine so begabte Anwältin ist. Und deshalb wird er – jedenfalls vorläufig – ein pflegeleichter Ehemann sein, der Hollys Launen toleriert und ihr hin und wieder finanziell unter die Arme greift.

Doch Holly ist es völlig egal, ob jemand sie unterstützt oder nicht. Sie ist froh, daß sie es überhaupt mit Jack aushält, auch wenn es ihr manchmal sehr schwer fällt. Sie war immer schon eine gute Schauspielerin, doch es gibt Grenzen, sogar für sie. Wenn es ihr Vorteile verschafft, macht es ihr nichts aus, sich geilen fremden Kerlen hinzugeben, die begierig darauf sind, mit einer so rassigen und schönen Frau zu schlafen, ohne dabei irgendwelche Bindungen eingehen zu müssen – aber diese ständige nächtliche Heuchelei, Jack wirklich zu lieben, ja, ihn sexuell zu *begehren*, wird für Holly immer schwieriger. Eine Zeitlang kann sie den Sex mit Jack noch ertragen, doch seine Küsse sind zu feucht, als daß Holly sich auf Dauer einreden könnte, *Nick* zu küssen; außerdem pumpt Jack so verdammt lange sein Ding in sie hinein, daß Holly manchmal einzuschlafen droht oder das Gefühl hat, das Bett wäre ein schwankendes Schiff und sie müsse sich vor Seekrankheit übergeben. Natürlich hätte sie Jack einfach sagen können, daß sie schwanger ist und Angst habe, das Kind könne verletzt werden, so daß sie beide eine Zeitlang keinen Sex mehr haben könnten. Doch die Schwangerschaft war Holly noch nicht anzusehen, und sie hatte nicht die Absicht, Jack davon zu erzählen. Was er nicht wußte, konnte ihm nicht weh tun, so einfach war das. Und überhaupt war Jack besser dran – ein glücklicher Dummkopf –, wenn er ahnungslos blieb und nichts davon erfuhr, daß seine geliebte Gattin von einem anderen Mann schwanger war.

Bevor Jack es bemerken konnte, würde sie verschwunden sein. Doch bis dahin würde sie bei ihm bleiben, so oder so.

Holly weiß genau, was sie vom Leben erwartet und welches Ziel sie letztlich erreichen wird; das macht ihr dieses Leben vorerst noch erträglich. Holly will, was sie immer gewollt hat.

Plus ça change ...

Schließlich verfolgt sie einen Plan.

Und bald ist es an der Zeit, den ersten größeren Schritt zu tun.

23

Phoebe war allein im Büro der Ford-Immobilien, als das Fax kam.

An: N. Ford, Ford-Immobilienagentur
Von: G. Angelotti
Vertraulich
(Per Faxmodem geschickt, daher ohne Unterschrift)

17. Juli 1996

Sehr geehrte Mrs. Ford,
kürzlich habe ich ein Haus an der 2020 Catherine Street in Haight Ashbury geerbt, das ich so schnell wie möglich verkaufen möchte. Ihre Agentur wurde mir ausdrücklich empfohlen; deshalb wende ich mich zuerst an Sie. Falls Sie Interesse haben, schauen Sie sich das Haus baldmöglichst an, um den Wert des Objekts zu bestimmen und die vertraglichen Einzelheiten vorzubereiten. Die Schlüssel befinden sich in einem breiten Riß in der Mauer, auf der linken Seite der Veranda. Ich wäre Ihnen dankbar, wenn Sie die Schlüssel in den Briefkasten werfen, sobald Sie das Haus besichtigt haben.
Bis nächste Woche bin ich nicht in der Stadt; daher möchte ich Sie bitten, meiner Sekretärin unter der obigen Nummer umgehend ein Fax mit der Auskunft zu schicken, ob es Ihnen heute noch möglich ist, das Objekt zu besichtigen.
Mit freundlichen Grüßen
G. Angelotti

Phoebe schaute auf die Uhr. Es war kurz vor halb vier. Die Zeit wurde zu knapp, um im Büro noch alles zu erledigen und dann nach Haight Ashbury zu fahren. Außerdem hatte Nina sich endlich dazu durchgerungen, eine berufliche Zwangspause einzulegen und sich vorübergehend aus dem Geschäft zurückzuziehen. Hinzu kam, daß Betty Hill, die Büroleiterin der Ford-Immobilien, und Harold, der Sekretär, an Grippe erkrankt waren.

Phoebe war versucht, das Fax in den Papierkorb zu werfen. G. Angelotti, wer immer er oder sie sein mochte, würde der Ford-Immobilienagentur bestimmt nicht allzuviel Zeit lassen, sich zu entscheiden, ob sie den Auftrag übernehmen will oder nicht.

Phoebe gab den Namen in den Computer ein, konnte aber keinen Angelotti in der Kundenkartei finden. Doch im Fax stand ja auch nur, daß Angelotti die Ford-Immobilien *empfohlen* wurden, und nichts von früheren geschäftlichen Beziehungen. Phoebe überlegte, ob sie Nina zu Hause anrufen und sich mit ihr besprechen sollte, entschied sich aber dagegen; denn es hatte Nick und sie viel Zeit und Mühe gekostet, Nina zu der beruflichen Ruhepause zu überreden. Und die arme Betty, die mit Fieber und Schmerzen im Bett lag, wollte Phoebe erst recht nicht stören.

Für gewöhnlich schauten die Ford-Schwestern sich ein unbewohntes Gebäude nie allein an – andererseits hatte Phoebe sich an der Catherine Street seit langer Zeit kein lohnendes Objekt mehr angesehen, und einige der viktorianischen Häuser, die an einem Abschnitt dieser gewundenen, charaktervollen Straße standen, waren Immobilien, die einen beträchtlichen Gewinn versprachen. Und ihr mißfiel der Gedanke, die Hausschlüssel an einer Stelle liegenzulassen, wo jeder sie finden konnte. Außerdem würde G. Angelotti einem anderen Makler das Geschäft überlassen, wenn sie nicht heute noch einen Blick in das Haus warf ...

Phoebe schickte ein Fax an Angelottis Sekretärin, wartete auf die Empfangsbestätigung, schaltete den Anrufbeantworter ein, schloß die Bürotür ab und machte sich auf den Weg nach Haight.

2020 Catherine Street erwies sich als nahezu baufälliges Gebäude, was auch für die Nachbarhäuser galt. Die gepflegten, luxuriösen Villen ein Stück weiter den Hügel hinunter, an die Phoebe sich erinnern konnte, machten den Kontrast zu der tristen Häuserzeile noch deutlicher. Nummer 2020 war schmutzig und verwahrlost; die Farbe blätterte ab, das Holz verrottete, und das Mauerwerk bröckelte. Kein Wunder, daß G. Angelotti darauf hoffte, dieses Erbstück so schnell wie möglich loszuwerden.

Phoebe parkte ihren Mazda auf die Art und Weise, wie sämtliche Einwohner von San Francisco es tun mußten (laut Gesetz und aus Gewohnheit): Stand das Auto mit der Schnauze hügelab, schlug man die Räder zum Bordstein ein; stand es hügelauf, wurden die Räder zur Straße hin eingeschlagen. Phoebe zog die Handbremse fest an, stieg aus und nahm ihre überladene Schultertasche aus Segeltuch vom Beifahrersitz.

Vom Gehsteig aus ließ sie den Blick über das Haus und seine Nachbarn schweifen. Die meisten Häuser sahen unbewohnt aus; bei einigen der Gebäude waren Schilder mit der Aufschrift EINSTURZGEFAHR! vor der Eingangstreppe und in den Fenstern des Erdgeschosses angebracht worden. Immerhin gehörte das Angelotti-Haus noch nicht in diese Kategorie.

»Eins steht mal fest«, murmelte Phoebe, ohne den Blick von dem Haus zu nehmen. »Dein neuer Eigentümer muß ein Optimist ersten Ranges sein, wenn er glaubt, daß wir dich in diesem Zustand verkaufen können.«

Phoebe redete oft mit Häusern, besonders wenn sie eine Saite in ihrem Inneren anschlugen – wie Nummer 2020 in seinem jammervollen Zustand. Vielleicht empfand einer der Kunden ihrer Immobilienagentur genauso und war deshalb bereit, Haus Nummer 2020 Catherine Street zu einem angemessenen Preis zu erwerben und gesund zu pflegen. Phoebe und Nina liebten diese altehrwürdigen viktorianischen Häuser mit ihren Säulen und Bögen, den verschachtelten Erkern und kunstvollen Giebeln und dem schmückenden Beiwerk. Die Ford-Schwestern besaßen eine Art Beschützerinstinkt, was solche alten Häuser und die Geschichte betraf, die sie repräsentierten; diese Gebäude hatten ein Jahrhundert oder mehr überlebt, hatten das Große Beben und das Große Feuer in San Francisco überstanden. Niemand hatte das Recht, ein solches Haus dem Verfall preiszugeben.

Phoebe ließ sich noch ein paar Augenblicke Zeit, sich umzuschauen und festzustellen, welche Häuser an diesem Teil der Catherine Street überhaupt noch bewohnt waren. Von den Autos abgesehen, die an der Straße parkten, gab es kaum Hinweise. Vier Häuser neben Nummer 2020 standen zwei junge Frauen vor der Eingangstür eines der besser erhaltenen Gebäude und hielten ein Schwätzchen; auf der anderen Straßenseite ging ein hagerer Mann mittleren Alters in Shorts und Sandalen keuchend und sehr langsam den steilen Bürgersteig hinauf. Vor dem Haus gegenüber von 2020 lag eine schwarzweiße Katze auf der vierten Stufe der Eingangstreppe träge in der Sonne.

Sonst war nichts und niemand zu sehen.

»Also gut«, sagte Phoebe und wandte sich wieder an Nummer 2020. Sie nahm ihre Tasche auf und schlang sich den Trageriemen über die Schulter. »Dann wollen wir mal sehen, wie es wirklich um dich steht.«

Sie stieg die baufällige Treppe zur Veranda hinauf und hielt nach dem Mauerriß Ausschau, in dem Angelotti angeblich die Haustürschlüssel versteckt hatte. Auf halbem Wege blieb Phoebe stehen und fragte sich plötzlich, ob sie ihr elektronisches Gerät mitgenommen hatte, mit dem sie die Größe von Zimmern vermessen konnte. Sie nahm die Tasche von der Schulter, durchwühlte sie. Kein Meßgerät.

»O Mist«, knurrte sie das Haus an. »Jetzt muß ich jedes deiner verflixten Zimmer und jeden Flur mit Schritten abmessen. Na, bist du jetzt zufrieden?«

Sie stieg weiter die Treppe hinauf, die Hände in der Segeltuchtasche, und fragte sich, wie sie diese Arbeit heute noch schaffen sollte. Sie achtete kaum mehr darauf, wohin sie die Füße setzte, als sie plötzlich einen metallenen Gegenstand ertastete, der sich an der Naht der Segeltuchtasche verfangen hatte. Wieder blieb Phoebe stehen und lehnte sich mit dem Rücken an das gemauerte Geländer, um einen nochmaligen Blick in die Tasche zu werfen.

Eine Sekunde, bevor Phoebe den Gegenstand hervorziehen konnte, hörte sie das Geräusch.

Ein Krachen und Bersten. Ein privates Erdbeben von Haus Nummer 2020.

Die einzige Möglichkeit, sich festzuhalten, bot das gemauerte Geländer.

Bis es mitsamt Phoebe in die Tiefe stürzte.

24

Auf der anderen Straßenseite, versteckt hinter der Treppe des leeren Hauses gegenüber von 2020, sitzt Holly schon seit längerer Zeit auf der Lauer. Vor Erschrecken und Verwirrung klopft ihr das Herz bis zum Hals, und ihre Handflächen sind feucht. Holly kennt solche Gefühle nicht, und sie kann nicht mehr so klar und nüchtern denken wie sonst.

Dabei hatte sie alles so sorgfältig und gründlich vorbereitet. Sie hatte sich davon überzeugt, daß die Blondine immer noch in die Stadt fuhr, um sich Immobilien anzuschauen, trotz ihrer weit fortgeschrittenen Schwangerschaft – erst *gestern*, um Himmels willen, hatte Nina Ford Miller den Wert einer Wohnung in Presidio Heights geschätzt. Holly hat alles genau geplant, jeden einzelnen Schritt; sie hatte G. Angelotti erfunden und das Fax von einem öffentlichen Gerät in einem Laden an der Market Street an die Fords geschickt, so daß es eine Fax-Rückrufnummer aus San Francisco trug, um der ganzen Sache zusätzliche Glaubwürdigkeit zu verleihen.

Gestern nachmittag war Holly im Huntington Hotel abgestiegen. Sie hatte Jack gesagt, sie müsse nach San Francisco, um den Geschäftspartner eines potentiellen Mandanten zu sprechen. Sie könne ihm nicht viel darüber erzählen, hatte sie Jack erklärt, doch der hatte kaum eine Braue gehoben, hatte Holly bloß lange und innig geküßt und ihr gesagt, sie solle vorsichtig sein und daß er sie vermissen würde. Jack weiß nicht, daß seine Frau in diesem Monat schon zweimal in San Francisco gewesen ist; jedesmal war sie mit der Frühmaschine dorthin geflogen und bereits am späten Nachmittag zurückgekehrt. Jack weiß nicht, daß Holly beide Male mehrere ermüdende Stunden damit verbracht hat, sich mit Hut und einer großen Sonnenbrille zu tarnen und sich in einem der schäbigen Viertel der Stadt die Füße wundzulaufen – auf der Suche nach dem Haus, das am besten für ihren Plan geeignet ist. Holly hielt sich dabei fern von Pacific Heights und Cow Hollow; denn beide Viertel befanden sich zu nahe am Haus der Millers und dem Büro der Ford-Immobilien. Natürlich wußte sie, daß dadurch die Chancen geringer wurden, ein geeignetes leerstehendes Haus zu finden. Sie war sogar schon nahe daran, die Hoffnung aufzugeben, das richtige Haus zu entdecken, so daß sie zu Plan B hätte übergehen müssen (nämlich ein solides Haus zu suchen und selbst irgendwie dafür zu sorgen, daß es zu einer Todesfalle wurde). Doch Sabotage war eine sehr riskante Angelegenheit und überdies für eine Frau viel schwieriger zu bewerkstelligen.

Dann aber entdeckte Holly die Catherine Street und die lebensgefährlich baufälligen alten Reihenhäuser.

Als sie gestern am späten Abend das Hotel verließ, zur Catherine Street fuhr und die Schilder mit der Aufschrift EINSTURZGEFAHR! von Haus Nummer 2020 entfernte, wußte Holly, daß vielleicht gar nicht Nina Miller, sondern jemand anders als erster die tückische Treppe hinaufsteigen und das Haus betreten würde – daß jemand anders *verletzt* werden könnte. Aber daß dieses Unglück so schnell geschehen würde – noch bevor das Opfer die Eingangstür erreichte –, hatte selbst Holly nicht erwartet.

Und sie hatte auch nicht damit gerechnet, daß es die Rothaarige erwischt.

Die Zeit vergeht. Auf der anderen Straßenseite liegt Phoebe Ford regungslos im Trümmerschutt am Fuß der Treppe des Hauses 2020. Weit und breit ist niemand zu sehen. Die beiden Frauen, die noch Minuten vor dem Einsturz ein Stück die Straße hinunter auf dem Gehsteig gestanden und geplaudert hatten, sind in ihren Wohnungen verschwunden. Der Mann, der sich das steile Straßenstück hinaufgeplagt hatte, ist um eine Ecke gebogen und längst nicht mehr zu sehen. Sogar die schwarzweiße Katze, die träge auf der Treppe gelegen hatte, hinter der Holly sich versteckte, ist verschwunden.

Hollys aufgewühltes Inneres beruhigt sich allmählich; ihre Gedanken werden klar.

Ruhig. Ruhig. Du bist wieder du selbst. Kein Grund mehr, sich verrückt zu machen.

Ihr Pulsschlag normalisiert sich. Und als sie ruhiger wird, erkennt sie, daß ein Teil ihres Hirns ein gewisses Maß an Schuldgefühlen empfindet, weil sie, Holly, eine Unbeteiligte verletzt, vielleicht sogar getötet hat. Zugleich aber verspürt sie Zorn darüber, ihr eigentliches Ziel, die Blondine, nicht erwischt haben. Doch ein anderer, viel größerer Teil ihres Hirns beschäftigt sich bereits mit der Frage, wie sie sich diese neue, unerwartete Situation am besten zunütze machen kann.

Schließlich, sagt sich Holly, hat man mehr als nur eine Möglichkeit, einer Katze das Fell abzuziehen.

Und vielleicht ergaben sich dadurch, daß sie dieser rothaarigen Katze das Fell abgezogen hatte, völlig neue Perspektiven und Möglichkeiten, an die sie anfangs gar nicht gedacht hat.

Holly beobachtet weiter.

Phoebe rührt sich nicht.

25

Sie saßen im Garten, betrachteten die brennende Holzkohle auf dem Grill und warteten darauf, daß sie weißglühend wurde, als das Telefon klingelte.

»Ich gehe ran«, sagte Nick.

»Nein, kümmer du dich um den Grill.« Nina erhebt sich mühsam. »Ich habe einen Bärenhunger und möchte nicht noch länger warten.«

»Wenn es Phoebe ist, dann sag ihr, daß sie gern zu uns kommen kann. Wir haben mehr als genug.«

Nick beobachtete, wie seine Frau ins Haus ging, und sah voller Freude – wie so oft –, daß es ihr gelang, sich trotz ihres schwangeren Körpers anmutig zu bewegen. Dann richtete er den Blick wieder auf den Grill.

»Die Kohle ist heiß genug«, rief er Nina hinterher. »Ich fange jetzt an.«

Nick legte das Hähnchenfleisch auf den Rost und bestrich es mit Marinade. Sofort breitete sich ein Duft aus, daß ihm das Wasser im Mund zusammenlief. Er nahm sein Glas Weißweinschorle und trank einen Schluck.

Als er hinter sich einen seltsamen Laut hörte, fuhr er herum.

»Schatz?« Er stellte das Glas ab. »Was ist?«

Ninas Mund bewegte sich, doch sie brachte kein Wort hervor. Rasch ging Nick zu ihr, umarmte sie und versuchte, sie mit sanftem Druck zu einem der Gartenstühle zu führen.

»*Nein!*« Nina stieß ihn von sich. Es klang wie ein schriller Schrei des Entsetzens.

»Nun sag schon, Nina – was ist passiert?«

Ihre weit aufgerissenen Augen starrten ins Leere.

»Phoebe«, sagte sie.

Im Krankenhaus mußten sie lange Zeit warten. Sie wußten bisher nur, daß Phoebe an einem Haus in Haight Ashbury ein Unfall zugestoßen war und daß sie schwere Verletzungen erlitten hatte. Ein Arzt – ein gehetzt aussehender, erschöpfter junger Mann – erklärte ihnen, daß Phoebe komplizierte Brüche an beiden Armen erlitten hatte, die unter genauer ärztlicher Beobachtung gehalten werden müßten. Außerdem habe sie Kopfverletzungen davongetragen, deren Ausmaß bisher noch nicht bekannt sei.

Nina, als Phoebes nächste Verwandte, unterschrieb die Einverständniserklärung für einen chirurgischen Eingriff, stellte aber nur wenige Fragen.

»Diese Kopfverletzungen«, sagte Nick mit ruhiger Stimme und ergriff Ninas Arm. Sie war steif wie eine Puppe. »Sind sie schlimm?«

»Das können wir noch nicht beurteilen, wie ich schon sagte.« Der Arzt hielt kurz inne. »Sie ist bewußtlos, und wir haben sie an ein Beatmungsgerät ...«

»Sie wird künstlich beatmet?« rief Nick bestürzt.

»Es ist nicht so schlimm, wie es sich anhört«, versicherte der Arzt. »Bei Patienten mit Kopfverletzungen benützen wir häufig den Respirator, weil er die Atmung beschleunigt und ein mögliches Anschwellen des Gehirns verlangsamt.«

»Also besteht keine unmittelbare Gefahr?« fragte Nick.

»So ist es.«

Nina löste sich von Nick.

»Hat sie Hirnschäden erlitten?« Ihre Stimme war laut, beinahe schrill – ganz und gar nicht ihre gewohnte Stimme.

»Um diese Frage beantworten zu können, ist es noch zu früh, Mrs. Miller.«

»Wann können Sie Näheres sagen?« fragte Nina knapp.

»Das weiß ich noch nicht«, antwortete der Arzt. »Solange Ihre Schwester nicht das Bewußtsein wiedererlangt oder bis wir bestimmte Untersuchungen vornehmen können, ist es unmöglich, dahingehende Fragen zu beantworten. Es tut mir leid.«

Wieder begann das Warten. Nick sah, wie Ninas Gesicht immer ängstlicher und angespannter wurde, doch er wußte nicht, was er tun oder sagen konnte, um sie dazu zu bringen, mit ihm nach Hause zu fahren oder sich wenigstens hinzulegen.

Als hätte sie Nicks Gedanken gelesen, sagte Nina bissig: »Wenn du nach Hause willst – nur zu.«

»Ich bleibe bei dir«, erwiderte Nick.

Zwanzig Minuten später setzten bei Nina die Wehen ein. Nick tat, was er konnte, seiner Frau beizustehen, als die Ärzte sie eilig auf eine andere Station brachten. Er versicherte Nina, ihr Geburtshelfer sei bereits unterwegs.

Dann machte er den Anruf, vor dem er sich am meisten fürchtete.

»William Ford.«

Ninas Vater meldete sich auf die gewohnt knappe, schroffe Art. Phoebe hatte einmal lachend erklärt, es sei zu bedauern, daß ihr Dad erst nach dem Zweiten Weltkrieg in die RAF eingetreten sei, denn jeder deutsche Messerschmitt-Pilot hätte die Flucht ins Reich ergriffen, hätte er William Fords Stimme in seinem Funkgerät gehört.

»Ich bin's. Nick.«

Das kurze Schweigen am anderen Ende der Leitung sagte mehr als alle Worte. Schließlich fragte William: »Was ist mit Nina?«

»Sie hat die Wehen bekommen.« Nick wurde die Brust eng.

»Nina ist noch nicht soweit«, sagte William.

»Nein. Sie ist im achten Monat.«

»Machen die Ärzte sich Sorgen?«

»Sie sind sehr zuversichtlich. Aber da ist noch etwas anderes.« Nun wurde es noch schwieriger für Nick, die richtigen Worte zu finden. »Phoebe hatte einen Unfall.«

»Was meinst du damit?« William hielt einen Augenblick inne. »Was *meinst* du damit?«

»Sie ist gestürzt.« Es war am besten, die Sache so einfach wie möglich zu schildern. Kurz und knapp, ohne Umschweife. »Wir wissen nicht, was genau passiert ist. Phoebe ist zu einem Haus gefahren, das ein Kunde verkaufen wollte. Als sie das Haus betreten wollte, ist eine Treppe eingebrochen.« Nick wurde die Kehle eng, doch er zwang sich, weiter zu erzählen. »Phoebe ist schwer verletzt ... wie schwer, wissen die Ärzte noch nicht.« Nick beschloß, seinem Schwiegervater die Kopfverletzungen zu verschweigen – zu solchen Erklärungen war Zeit genug, wenn William zum Krankenhaus gekommen war. »Sie wird gerade operiert. Sie hat sich beide Arme gebrochen.«

Obwohl William schwieg, konnte Nick den Schmerz und die Angst des Mannes spüren.

»Ich bin schon unterwegs.«

»Gut«, erwiderte Nick so ruhig er konnte. »Ich sage Nina Bescheid.«

Die Leitung war tot.

Kurz nach ein Uhr morgens – Phoebe war gerade erst operiert – diagnostizierte eine der behandelnden Ärztinnen, Dr. Judith Liebowitz, eine Hirnblutung. Eine halbe Stunde später – Nina lag auf einer anderen Station noch immer in den Wehen – kam Phoebe erneut auf den Operationstisch. Ein Chirurgenteam bohrte winzige Löcher in ihren Schädel, trocknete den Blutklumpen aus, der sich gebildet hatte, und entfernte das geschädigte Gewebe.

Eine Schwester kam ins Zimmer auf der Entbindungsstation, um Nick zu berichten, was im OP vor sich ging, und machte dabei den Fehler, in Hörweite Ninas zu sprechen. Deren Blutdruck stieg rapide, und ihr Puls begann zu rasen.

»Ich will ... alles wissen, was ... Phoebe passiert ist«, stieß sie mühsam zwischen den Krämpfen hervor, wobei sie Nicks Hand so fest drückte, daß ihre Fingernägel sich in die Handfläche seiner Linken gruben. »Wage es ja nicht, mir etwas zu verschweigen. Du mußt mir ... *alles* erzählen.«

»Das werde ich, mein Schatz«, versuchte Nick sie zu beruhigen, wobei er im stillen die Krankenschwester verfluchte.

»Schwör es.«

»Hab keine Angst.«

»*Schwör* es, Nick!«

»Ich gebe dir mein Ehrenwort.«

»Phoebe geht es gut.« Liebowitz – ein zierliches, schwarzhaariges Energiebündel – berichtete Nick anderthalb Stunden später vor dem Kreißsaal. »Der Eingriff ist sehr gut verlaufen.«

»Ist sie bei Bewußtsein?« fragte Nick.
»Noch nicht. Aber das ist bei solchen Verletzungen nicht anders zu erwarten.«
»Wird sie immer noch künstlich beatmet?«
»Vorläufig, ja.«
»Was soll ich meiner Frau sagen? Was meinen Sie?«
»Sagen Sie ihr, sie soll sich auf die Geburt konzentrieren und alles andere uns überlassen.«
»Sie kennen Nina nicht«, sagte Nick.
»Dann sagen Sie ihr die Wahrheit.« Liebowitz lächelte und tätschelte seinen Arm. »Schließlich sind es gute Neuigkeiten.«

Um sechs Minuten nach fünf am nächsten Morgen wurde ihre Tochter geboren. Sie wog 2500 Gramm. Das winzige Baby wurde in einen Brutkasten gelegt und mit zusätzlichem Sauerstoff und Feuchtigkeit versorgt; durch einen nasogastrischen Schlauch wurde ihm Nährflüssigkeit zugeführt.

»Sie hatte es ein bißchen zu eilig, auf die Welt zu kommen«, sagte ein Gynäkologe zu Nick. »Im Moment muß sie noch mit einigen Problemen kämpfen, aber wir haben alles unter Kontrolle.«

Nina war während ihrer Schwangerschaft stets ruhig und gelassen gewesen; doch nun schien sie aus Sorge um ihre Schwester sogar die Schmerzen der Geburt kaum gespürt zu haben. Ihre Nerven ließen sie völlig im Stich. Es war so schlimm, daß Nick Angst um Nina hatte. Er saß an ihrem Bett, hielt ihre Hand, streichelte ihre Finger und tat, was er konnte, um ihre Sorgen zu zerstreuen. Doch er wußte, es war sinnlos.

»Sie wird wieder ganz gesund«, sagte er. »Ich *weiß* es.«

Nina blickte ihn erschöpft und voller Bitterkeit an. »Unsere Tochter oder meine Schwester? *Wer* wird wieder ganz gesund, Nick?«

»Beide.«

»Woher willst du das wissen?«

Er drückte ihre verschwitzte, kalte Hand. »Ich weiß es, weil Dr. Liebowitz mir sagte, der Eingriff bei Phoebe sei sehr gut verlaufen. Und was unsere kleine Tochter angeht ... sie ist stark. Genau wie ihre Mutter und ihre Tante.«

»Das weißt du nicht«, sagte Nina. »Das kannst du nicht wissen.«

»Doch, Nina«, erwiderte er mit Nachdruck. »Und du weißt es auch.«

»Ich möchte mein Baby sehen«, flüsterte Nina.

»Sie schläft. Die Schwestern sagen, daß Frühgeburten sehr viel Schlaf brauchen. Wir müssen uns danach richten, was die Natur ...«

»Ich hasse dieses Wort – Frühgeburt.«

»Es ist bloß ein Wort, mein Schatz.«

»Ich will mein Baby sehen. Jetzt sofort.«

»Bald«, sagte Nick. »Bald.«

»Sie ist so *winzig*.«

»Und wunderschön.«

Nina bewegte sich unruhig im Bett. »Ich möchte Phoebe sehen.«

»Du mußt erst wieder zu Kräften kommen, Schatz.«

»Ich bin jetzt schon stark genug.«

Nina versuchte sich aufzusetzen, sank aber kraftlos zurück. Für einen Moment schien sie den Tränen nahe, und Nick wünschte sich beinahe, daß Nina weinte, um ihren Schmerz und ihre Sorgen zu lindern. Doch Nina weinte nicht; statt dessen starrte sie mit leeren Augen an die Decke. Ihre Lippen bewegten sich leicht, doch sie gab keinen Laut mehr von sich.

Nicks Angst um Nina wuchs.

Erst als William Ford erschien, ließ Nina den Tränen freien Lauf und weinte in den Armen ihres Vaters, während Nick zuschaute. Plötzlich hatte er das bedrückende Gefühl, ein Außenstehender zu sein. William sagte kaum ein Wort zu ihm, doch die Feindseligkeit in seinen Augen war nicht zu übersehen. Es war erschreckend offensichtlich für Nick, daß der alte Mann ihm auf irgendeine irrationale Art und Weise die Schuld daran gab, was in den letzten vierundzwanzig Stunden mit seinen beiden Töchtern geschehen war. Er hätte besser auf beide Frauen aufpassen sollen – als wäre Phoebe nicht verunglückt und als hätte Nina keine Frühgeburt gehabt.

»Wie ist das passiert?« fragte William ihn später, als sie vor der Intensivstation standen.

»Niemand weiß etwas Genaues«, antwortete Nick. »Phoebe wollte ein Haus in Haight Ashbury besichtigen. Dabei muß sie irgendwie gestürzt sein.« Er hielt kurz inne. »Einer von den Rettungssanitätern hat gesagt, daß offenbar eine Treppe eingebrochen ist. Wahrscheinlich hat Phoebe sich an das gemauerte Geländer gelehnt und ...«

»Was, in Gottes Namen, hatte sie in einer solchen Bruchbude zu suchen?« Hilfloser Zorn loderte in Williams grünen Augen. »Meine Töchter haben eine Immobilienagentur, kein Abrißunternehmen. Warum hat Phoebe sich ein *baufälliges* Haus angeschaut? Kannst du mir das mal erklären?«

»Ich weiß es nicht, William.« Nick blieb höflich. Trotz seines eigenen Schmerzes hatte er Mitleid mit dem älteren Mann. »Ich weiß nicht mehr, als ich dir schon gesagt habe.«

»Nina ist völlig mit den Nerven runter«, sagte William überflüssigerweise.

»Ich weiß«, erwiderte Nick.

»Weißt du auch, was das für sie bedeuten könnte?« fragte Ford herausfordernd.

»Natürlich.« Allmählich stieg Zorn in Nick auf. »Aber ich bin sicher, daß sie nicht wieder mit dem Trinken anfängt.«

»Und was macht dich so sicher?«

»Ich bin ihr Mann«, erwiderte Nick. »Ich werde auf sie achtgeben.«

»Du warst nicht dabei«, sagte William, und in seinen Worten lag all der Schmerz über den Selbstmord seiner Frau und die Alkoholsucht seiner Tochter.

»Das stimmt«, sagte Nick. »Aber *jetzt* bin ich da.«

Die anfängliche Krise ging vorüber. Sowohl Phoebe als auch das Baby hatten das Schlimmste überstanden. Freunde und Bekannte hatten die jungen Eltern schon seit längerer Zeit gefragt, ob sie bereits einen Namen für ihre kleine Tochter hätten. Nina hatte einige Wochen zuvor – eine ganze *Lebensspanne* zuvor – gesagt, der Name Zoë würde ihr gefallen, und hatte sich mit Nick geeinigt, zu warten, ob der Name zu ihrem Töchterchen paßte.

»Triff du die Entscheidung«, sagte Nina nun zu Nick.
»Nein«, erwiderte Nick. »Das tun wir gemeinsam.«
»Ich kann nicht.«
»Ich möchte eine solche Entscheidung nicht ohne dich treffen, Nina.«
»Es ist so schwer«, sagte sie und schloß die Augen.

Das Baby, bei dem am sechsten Tag seines Lebens eine Gelbsucht diagnostiziert und das nun mit Phototherapie behandelt wurde, lag immer noch im Brutkasten in einem gesonderten Teil der Säuglingsstation. Nick kniete sich neben seine Tochter, schob den Arm durch die Öffnung im gläsernen Brutkasten, streichelte die winzige rechte Hand mit einem Finger und fragte sich, woher, um Himmels willen, er wissen sollte, welcher Name zu diesem kleinen zerbrechlichen Wesen mit der schrumpeligen, fleckigen Haut paßte.

»Zoë?« fragte er sie leise durch die Glaswand. »Gefällt dir dieser Name, meine kleine Süße? Wärst du damit zufrieden?«

Der Säugling blinzelte und schrie. Nick ging es ans Herz, als er die Hilflosigkeit der Kleinen beobachtete und den Zorn in ihrem dünnen, kläglichen Kreischen hörte.

»Ich liebe dich, Zoë«, murmelte er, und das Gefühl in seinem Inneren war so mächtig, daß es ihm den Atem raubte. »Du mußt stark sein, für deine Mom und deinen Dad.« Tränen standen ihm in den Augen, doch er wischte sie nicht fort. »Du wirst gesund, und du wirst wachsen, Zoë, mein Liebling, hörst du?«

Eine Flut von Blumen und aufmunternden Briefen strömte herein – von Freunden und Verwandten, von Verlegern, von Clare Hawkins, von Meganimity, von Betty und Harold. Doch alle Blumen und guten Wünsche wurden kaum zur Kenntnis genommen. Eigentlich hätte es eine Zeit der ungetrübten Freude sein müssen, doch Nick empfand nur Hoffnungslosigkeit und ein Gefühl der Unzulänglichkeit, wenn er Nina betrachtete. Sie war aus dem Krankenhaus entlassen, weigerte sich aber zu gehen. Statt dessen war sie entweder in der Intensivstation oder der Säuglingsstation, wo sie – ebenso wie Nick – ihr Töchterchen die meiste Zeit jedoch nur im Brutkasten betrachten konnte. Die Wärme und der Trost, ihr Baby im Arm halten oder säugen zu dürfen, blieben Nina versagt.

Phoebe war immer noch bewußtlos, doch Judith Liebowitz schien optimistisch zu sein.

»Sämtliche Ultraschallaufnahmen sind positiv«, erklärte sie Nick, Nina und William Ford geduldig zum drittenmal, als sie im Flur vor der Intensivstation standen.

»Warum ist sie dann noch nicht aufgewacht?« fragte Nick.

»Schwer zu sagen.« Liebowitz zuckte die Achseln. »In einer Phase wie dieser kann der Körper die verschiedensten Schutzmechanismen entwickeln. Manchmal dauert die Erholungsphase länger als erwartet. Es könnte sein, daß Phoebe einfach noch nicht bereit ist, aus der Bewußtlosigkeit zu erwachen.«

»Aber sie *wird* doch erwachen?« fragte William mit angespannter Stimme.

»Es gibt keinen Grund, etwas anderes anzunehmen«, antwortete Liebowitz.

»O Gott«, sagte Nina.

Nick griff nach ihrer Hand. »Das sind doch keine schlechten Neuigkeiten, Liebling.«

»Aber die Ärzte wissen nicht mit Sicherheit, ob Phoebe wieder aufwacht, nicht wahr?« sagte Nina. »Sie wissen *gar nichts* mit Sicherheit.« Ihre Stimme wurde schriller. »Und was ist mit ihren gebrochenen Armen? Beide Arme sind in Gips – vielleicht *will* Phoebe gar nicht mehr erwachen.«

»Immer mit der Ruhe, meine Kleine.« Ford legte Nina den Arm um die Schultern, worauf sie Nicks Hand losließ und sich an ihren Vater lehnte. »Natürlich will Phoebe wieder aufwachen. Und dann wird sie bald wieder ganz gesund sein. Ich weiß, daß sie bald wieder bei uns ist.«

»Es ist für alle schwer«, wandte Liebowitz sich in sanftem Tonfall an Nick und lächelte ihn an. »Sie müssen sehr viel Geduld haben.«

Nick schaute Nina und William an, sah die innige Nähe der beiden.

»Ja«, sagte er.

26

Ein Detektiv der Versicherungsgesellschaft, der Phoebes Unfall überprüfte, kam acht Tage nach Zoës Geburt ins Krankenhaus, um mit Nina, Nick und William zu sprechen. Sie setzten sich in ein leeres Wartezimmer, das sich auf der gleichen Etage befand wie die Säuglingsstation.

Er reichte Nick seine Karte. »Lawrence Dinkin«, stellte er sich vor und schaute sich um, wo er seinen Regenmantel aufhängen konnte. Es hatte eine Zeitlang nicht geregnet; im Juli regnete es selten in San Francisco. Dinkin verströmte einen antiseptischen Geruch, und auf seinem schmalen Gesicht lag ein trübsinniger Ausdruck. Der Mann würde einen erstklassigen Bestattungsunternehmer abgeben, ging es Nick durch den Kopf.

»Was kann ich für Sie tun, Mr. Dinkin?« fragte er.

»Ich schlage vor, wir alle nehmen erst einmal Platz«, sagte Dinkin.

»Wird es denn lange dauern?« wollte Nina wissen. »Ich möchte wieder zu meiner Tochter.« Nina war rastlos wie immer; sie konnte es nie lange an einem Fleck aushalten und schlief nur, wenn die völlige Erschöpfung sie übermannte.

»Das kann ich verstehen, Mrs. Miller.«

Alle außer William Ford nahmen Platz, und Dinkin legte seinen Aktenkoffer auf die Knie. Es war ein freundliches Wartezimmer; die Wände waren fast vollständig mit Fotos bedeckt, die Eltern mit ihren Babys kurz vor der Entlassung aus dem Krankenhaus zeigten.

»Haben Sie herausgefunden, weshalb diese verfluchte Treppe eingestürzt ist?« Es war typisch für William, daß er sofort zur Sache kam.

»Die Treppe ist eingestürzt, Sir«, antwortete Lawrence Dinkin, »weil mit nichts anderem zu rechnen war.«

»Was, zum Teufel, soll das denn heißen?« fragte Nick.

»Das soll heißen«, sagte Dinkin, »daß die Eingangstreppe, das Geländer, ja fast das ganze Haus 2020 Catherine Street in gefährlich baufälligem Zustand waren – und das war dem Eigentümer und der Baufirma bekannt, die in Kürze die Arbeiten aufnehmen sollte.«

»Wollen Sie damit sagen, das Haus sollte abgerissen werden?« William Ford stand nahe bei Dinkin, beugte sich leicht in der Hüfte vor und bedachte den Mann mit einem vernichtenden Blick.

»Nicht abgerissen, Sir, nein.« Lawrence Dinkin war in seinem Beruf an Feindseligkeiten gewöhnt und ließ sich vom drohenden Auftreten des älteren Mannes nicht aus der Ruhe bringen. »Doch ein großer Teil des Mauerwerks, besonders die Treppe und die Veranda, sollten verstärkt oder erneuert werden.«

»Weshalb war Phoebe dann an dem Haus?« fragte Nick.

»Sie ist dort gewesen, um den Verkaufswert zu schätzen«, erwiderte Dinkin.

»Das kann nicht sein«, sagte Nina.

Es war das erste Mal, daß sie sich zu Wort gemeldet hatte, seit sie sich im Wartezimmer aufhielten. Seit Phoebes Unfall und Zoës Geburt war sie sehr still gewesen – zu still. Nick beobachtete sie manchmal, wenn sie besonders in sich gekehrt war, und spürte, wie ihre Gedanken, ihre ständigen Ängste in ihrem Kopf umherwirbelten wie feuchte Wäsche in einer Schleuder.

»Phoebe und ich schauen uns nur sehr selten Häuser an, die in einem so erbärmlichen Zustand sind«, erklärte Nina. »Es sei denn, wir haben einen Kunden, der umfangreiche Renovierungsarbeiten vornehmen lassen will – und selbst dann besprechen Phoebe und ich die Sache vorab und schauen uns das Objekt gemeinsam an. Leerstehende Gebäude besichtigen wir sehr selten.«

Mr. Dinkin öffnete den Aktenkoffer, der auf seinen Knien lag, und nahm ein Blatt Papier heraus.

»Das hier hat man in der Handtasche Ihrer Schwester gefunden, Mrs. Miller.« Er beugte sich vor und reichte Nina das Papier. »Es ist die Kopie eines Fax, das ans Büro der Ford-

Immobilien gesendet wurde, kurz bevor Ihre Schwester zur Catherine Street gefahren ist.«

Nina las das Fax. »Es ist an mich adressiert«, sagte sie.

»Ganz recht.«

»Darf ich mal sehen?« bat Nick. Nina reichte ihm die Mitteilung.

»Wer ist dieser G. Angelotti?« fragte Nick sofort, überflog das Fax und reichte es an William Ford weiter.

»Ich habe keine Ahnung«, sagte Nina.

»Ein potentieller Kunde, dem Fax nach zu urteilen«, meinte Dinkin.

»Was hat dieser Angelotti zu dem Vorfall zu sagen?« erkundigte sich Ford. »Haben Sie schon mit ihm gesprochen?«

Lawrence Dinkin schaute zu William Ford auf, der immer noch dicht vor ihm stand. »Eine Person diesen Namens konnten wir nicht ausfindig machen, Sir.«

»Aber da steht doch die Fax-Rückrufnummer der Sekretärin«, sagte Nina.

»Es ist die Nummer eines Geräts in einem öffentlichen Faxbüro an der Market Street«, erwiderte Dinkin. »Leider werden die Namen der Kunden nicht registriert, also hilft es uns kaum weiter.« Er hielt inne. »Jedenfalls hat Ihre Schwester zurückgefaxt, Mrs. Miller.« Er schaute in ein Notizbuch. »Wie es aussieht, um fünfzehn Uhr siebenundvierzig. Anschließend ist sie vermutlich zu diesem Haus gefahren. Ihre Büroleiterin, Mrs. Hill, hat das Original auf ihrem Schreibtisch gefunden, und das Faxbüro hat bestätigt, daß Mrs. Ford ein Fax dorthin zurückgeschickt hat, doch niemand hat sich danach erkundigt oder es abgeholt.«

»Also wissen wir nicht einmal, ob Angelotti ein Mann oder eine Frau ist«, sagte Nick.

»Noch nicht«, bestätigte Lawrence Dinkin.

»Vielleicht sollten Sie sich ein bißchen mehr anstrengen, das herauszufinden«, sagte William.

Dinkin bedachte ihn mit einem schmalen Lächeln. »Wir waren sehr gründlich, Sir. Das Haus 2020 Catherine Street gehört einer Frau namens Mary-Anne Brown.«

»Und was hat sie zu der ganzen Sache zu sagen?«

»Überhaupt nichts. Mrs. Brown ist achtundneunzig Jahre

alt und wohnt in einem Pflegeheim in New Mexiko. Die Anwaltskanzlei Dwight, Abraham und Shapiro kümmert sich um ihre Angelegenheiten. Ich habe mich eingehend mit Joseph Shapiro unterhalten. Es sieht so aus, als hätten weder das Fax noch G. Angelotti irgend etwas mit der Anwaltskanzlei oder Mrs. Brown zu tun.«

»Wie können Sie da so sicher sein?« fragte Nick.

»Mary-Anne Brown besitzt mehrere Häuser an diesem Abschnitt der Catherine Street«, erklärte Dinkin. »Fünf dieser Gebäude sind in einem ähnlich baufälligen Zustand wie Nummer 2020. Und weder Mrs. Brown noch irgendeiner ihrer Familienangehörigen haben den Wunsch geäußert, eines der Häuser zu verkaufen. Statt dessen sollen die Gebäude renoviert und vermietet werden.«

Für kurze Zeit trat Stille ein, als die anderen Dinkins Information in sich aufnahmen.

»Soll das heißen, jemand hat das Fax unter irgendeinem Vorwand an die Immobilienfirma geschickt und Phoebe mit Absicht in dieses baufällige Haus gelockt?« fragte Nina mit leiser Stimme.

»Das Fax war an dich gerichtet, Nina«, erinnerte Nick.

»So ist es«, pflichtete Dinkin ihm bei.

Nun setzte sich auch William Ford, der plötzlich blaß geworden war, auf einen der Stühle.

»Mit anderen Worten ... es war gar kein Unfall, Mr. Dinkin?«

Dinkin nickte. »Jedenfalls hat es ganz den Anschein.« Er hielt kurz inne. »An sämtlichen anderen Häusern, die Mrs. Brown an der Catherine Street gehören, befinden sich deutlich sichtbare Warnschilder mit der Aufschrift ›Einsturzgefahr‹ in den Fenstern und vor den Treppen.«

»Was ist mit Nummer 2020?« fragte Nick.

»Der Passant, der Mrs. Ford nach dem Unfall aufgefunden hat«, erwiderte Dinkin, »hat der Polizei gesagt, er könne sich nicht erinnern, irgendwelche Warnschilder an dem Haus gesehen zu haben. Er hatte recht – als die Rettungssanitäter eintrafen, waren keine Schilder mehr dort. Joseph Shapiro dagegen versichert, das Bauunternehmen habe an Nummer 2020 ebenso Warnschilder angebracht wie an den anderen

Häusern. Sollte Shapiros Aussage der Wahrheit entsprechen, müssen sämtliche Schilder von Haus Nummer 2020 entfernt worden sein.«

»Von diesem Angelotti?« William Ford starrte auf die Kopie des Fax, die er noch immer in den Händen hielt.

»Von irgend jemandem«, sagte Lawrence Dinkin.

27

Lawrence Dinkin blieb an diesem Morgen noch eine Zeitlang bei uns. Er schien herausfinden zu wollen, wie es um unsere familiären Verhältnisse beschaffen war – privat und beruflich. Nach außen hin war er ein nüchterner Typ, der nicht zu den Menschen zählte, die sich besonders für Kunst oder Literatur oder gar Kinderbücher interessierten, doch er zeigte großes Interesse daran, wie unser Buch *Firefly* entstanden war und was wir bei diesem unerwarteten Riesenerfolg empfunden hatten.

Nina blieb noch ungefähr fünf Minuten im Wartezimmer, nachdem sie Dinkin erklärt hatte, keine weiteren Auskünfte mehr geben zu können, was Phoebes Unfall betraf. »Wenn Sie mich nicht mehr brauchen«, sagte sie, »werde ich mich jetzt um mein Baby kümmern, denn das Kleine braucht mich *wirklich*.« Dann verließ sie ohne ein weiteres Wort das Zimmer und ließ mich, William und Dinkin allein.

Lawrence Dinkin verbrachte die nächsten fünfzehn oder zwanzig Minuten damit, mich mit Fragen über mein Verhältnis zu meiner Schwägerin zu löchern – es hört sich wahrscheinlich verrückt an, doch Dinkin vermittelte mir das häßliche Gefühl, daß er sich aus irgendeinem irrationalen Grund nicht darüber im klaren war, ob ich *gewollt* hatte, daß Phoebe von der einstürzenden Treppe eines verfallenden Hauses erschlagen wurde. Aber so empfand ich es – oder besser gesagt, ich *hätte* es so empfunden, wäre es mir nicht völlig gleichgültig gewesen, was Dinkin über mich dachte. Ich hatte weiß Gott andere Sorgen.

Doch William Ford verfolgte diesen letzten Teil von Dinkins Befragung sehr aufmerksam und starrte mich mit unverhohlenem Mißtrauen an, wobei seine väterliche Antenne auch die kleinsten Signale aufzufangen versuchte, während der Versicherungsdetektiv mir seine verwirrenden, ärgerlichen, *verrückten* Fragen stellte.

Meine persönlichen Prioritäten sind nun eindeutig gesetzt. Ich will, daß meine kleine Tochter endlich aus dem Brutkasten heraus und in die Arme ihrer Eltern kommt. Ich will, daß Phoebe, die noch immer erschreckend blaß und in tiefer Bewußtlosigkeit im Krankenbett liegt, endlich erwacht und daß sie keine körperlichen und geistigen Schäden zurückbehält, sondern wieder die alte wird. Und sobald mir diese beiden wichtigsten Wünsche erfüllt werden, brauche ich jemanden, der herausfindet, wer dieses verfluchte Fax geschickt, die Warnschilder am Haus entfernt und versucht hat, Phoebe zu ermorden.

Nur daß dieser G. Angelotti, wer immer er sein mag – falls er überhaupt existiert –, dieses Fax gar nicht an Phoebe geschickt hat, nicht wahr?

Er hat es an Nina geschickt.

Und daß irgend jemand es auf Ninas Leben abgesehen hat, ist genauso verrückt, genauso unwahrscheinlich wie ein Mordversuch an Phoebe – was ich Lawrence Dinkin auch unmißverständlich zu verstehen gab. Denn Nina ist bei Bekannten, Freunden und Geschäftspartnern allgemein beliebt. Außerdem beschäftigt sich die Ford-Immobilienagentur nicht damit, sich Todfeinde zu schaffen, sondern mit dem Kauf, Verkauf und der Vermietung von Häusern und Wohnungen.

»Da muß irgendein Fehler passiert sein ... ein Irrtum, ein Mißverständnis«, sagte ich zu Dinkin. »Es *kann* nur ein Unfall gewesen sein.«

»Unter den gegebenen Umständen«, erwiderte der Versicherungsdetektiv, »erscheint mir das kaum vorstellbar, wenn man berücksichtigt, daß weder die Eigentümerin von 2020 Catherine Street noch irgend jemand, mit dem sie in Verbindung steht, einen G. Angelotti kennt. Es kommt hinzu, daß niemand die Absicht hatte, das Haus zu verkaufen.« Er hielt kurz inne. »Oder haben Sie eine andere Erklärung, Mr. Miller?«

Ich hatte damals keine. Ich habe heute keine.

Dinkin hatte unbestreitbar recht. Es war kein unglücklicher Irrtum gewesen. Wer immer dieses Fax an Nina geschickt hatte, wollte sie dazu bringen, nach Haight Ashbury zu fahren und das baufällige Haus zu betreten – und einen möglicherweise tödlichen Unfall zu erleiden.

Wodurch ich mich mit einem weiteren Problem konfrontiert sah. Dem vielleicht größten von allen.

Ich mußte meine Frau beschützen.

28

Kurz nachdem Holly im Jahre 1987 aus der Wohnung an der Christopher Street ausgezogen war, bekam ich einen weiteren Brief von meiner Mutter, in dem sie mir schrieb, daß Holly zu Besuch in Bethesda gewesen sei und Eleanor und Richard von unserem »Bruch« erzählt habe.

Dein Vater und ich – schrieb Kate – *sind erstaunt und enttäuscht zugleich, wie mies Du Holly behandelt hast. Hättest Du nicht ein bißchen feinfühliger sein können?*

Es ist schwer zu sagen, auf wen ich damals wütender war: auf Holly – wegen ihrer Lügen – oder auf meine Eltern, welche diese Lügen glaubten. Ich rief zu Hause an und erklärte meiner Mutter mit sehr kühler Stimme, sie solle sich in Zukunft bitte erst *beide* Seiten anhören, bevor sie ein Urteil darüber fällt, welche Seite denn nun recht hat. Verdutzt und ein bißchen eingeschnappt, stellte Kate mir ein paar Fangfragen und erklärte mir dann sofort, daß ich älter sei als Holly und daß Holly ganz allein in der riesigen Stadt New York sei und noch dazu im ersten Studienjahr. Und deshalb sei alles meine Schuld.

Ich kann nicht behaupten, daß diese Argumentation mich besonders überraschte.

Weniger als drei Wochen später zog mein Nachbar Frank Zilotti, der Tür an Tür mit mir wohnte, aus seiner Wohnung aus. An diesem Tag kam ich erst am späten Abend von meiner Schicht als Ober im Bradley's nach Hause (selbst als Holly noch bei mir gewohnt und sich an der Miete beteiligt hatte, war das Bargeld knapp gewesen, so daß ich mich nun als Kellner und Barkeeper finanziell über Wasser halten mußte).

Trotz der späten Stunde hörte ich, daß der neue Mieter immer noch in Frank Zilottis ehemaliger Wohnung zugange war: Möbel wurden gerückt, Türen geöffnet und zugeschlagen, alles begleitet von sanfter Musik. Eine Zeitlang war es Mozart, dann Bach, dann Sinatra und Jimmy Van Heusen mit *All the Way*.

Das ließ hoffen. Es war zwar schon zu spät, um noch in der Wohnung herumzubaldowern, aber zumindest lag der musikalische Geschmack meines neuen Nachbarn auf meiner Wellenlänge.

Das Lied endete. Eine Pause von zwei, drei Sekunden trat ein; dann begann die Platte von neuem. Ich schaute auf die Uhr: Es war fast zwei Uhr morgens. Ich überlegte, ob ich anklopfen sollte, beschloß dann aber, bei meinem neuen Nachbarn in dieser ersten Nacht Nachsicht walten zu lassen, und ging zu Bett. Ich war ohnehin hundemüde; in diesen Tagen war ich meist dermaßen geschafft, daß ich jederzeit und überall hätte schlafen können.

Ich weiß nicht mehr, wie oft Sinatra mir in dieser Nacht noch vorsang, daß man richtig oder gar nicht geliebt werden müsse, bis ich gnädigerweise einschlief.

Am nächsten Morgen herrschte wundervolle Stille. Als ich mir meine erste Tasse Kaffee einschenkte, hatte ich die Sinatra-Dauerberieselung der letzten Nacht fast schon vergessen. Ich beschäftigte mich eine Stunde lang mit Skizzen, machte mir Notizen für die Vorlesung über chinesische Malerei während der Yüan-Dynastie, die mir am heutigen Tag bevorstand, packte meine Sachen zusammen und wollte gerade die Wohnung abschließen, als plötzlich die Tür zum Apartment meines neuen Nachbarn aufschwang.

»Guten Morgen.«

Holly stand im Türeingang. Sie trug fransige, abgeschnittene Jeans und ein weißes T-Shirt, das über der rechten Brust mit roten Erdbeeren bedruckt war. Sie sah aus wie jemand, der eine Überraschungs-Geburtstagsparty arrangiert hatte und nun damit rechnete, daß das Geburtstagskind mit Rührung und Freude reagierte.

Aber ich war weder gerührt, noch freute ich mich.

Ich war schockiert.

»Ist das nicht toll?« sagte Holly.

»Was tust du hier?« fragte ich, obwohl es natürlich ganz offensichtlich war.

»Die ganze Sache war ein unglaublicher, phantastischer Zufall«, erwiderte Holly. »Gerade als ich mich nach einer Wohnung umschaute, hab' ich erfahren, daß Zilotti auszieht, und da habe ich mir gesagt, Holly, das muß Schicksal sein, daß du nun Nicks Nachbarin wirst. Meinst du nicht auch?«

Ich hielt es für besser, nicht zu sagen, wie ich darüber dachte; deshalb hielt ich den Mund und ließ Holly weiter schwafeln.

»Und all die Probleme, die wir miteinander hatten – eigentlich sind es ja *deine* Probleme, weil ich niemals welche hatte –, waren ja hauptsächlich darauf zurückzuführen, daß wir in ein und derselben Wohnung zu Hause waren. Aber so, wie es jetzt steht«, fuhr sie fort, »wird es fast wieder wie in den alten Zeiten sein, wie damals in Bethesda, meinst du nicht auch? Die besten Freunde und Nachbarn. Kann es etwas Schöneres geben?«

Es war erschreckend. Es machte mir angst. Ich hatte beinahe den Eindruck, das Echo jener Worte zu hören, die Holly vor einem Jahr gesagt hatte, als sie mich überredete, sie als Zimmerpartnerin bei mir aufzunehmen. Die verschiedensten Gedanken und Empfindungen schossen mir durch den Kopf und wirbelten davon ... was ich Holly über die Lügen hätte sagen sollen, die sie unseren Eltern erzählt hatte, und daß sie nicht bei Trost sei, wieder hierherzukommen, und daß sie sich die Mühe hätte sparen können, ihre Sachen auszupacken, weil ich niemals zulassen würde, daß sie Tür an Tür mit mir wohnte.

Doch es hätte keinen Sinn gehabt. Schließlich war es nicht meine Sache, ob Holly nun in Zilottis altem Apartment wohnte oder nicht. Bestimmt hatte sie den Vertrag schon unterschrieben und die Miete bezahlt.

Und bevor ich gegen das Gesetz verstieß und Holly unter Anwendung körperlicher Gewalt aus ihrer Wohnung hinauswarf – oder ihr klipp und klar sagte, wie meine Gefühle ihr gegenüber aussahen –, zog ich lieber den Schwanz ein. Holly wohnte jetzt Tür an Tür mit mir, und ich konnte rein gar nichts dagegen tun.

Wie damals, als Holly zu mir in die Wohnung gezogen war, ließen die Dinge sich ganz gut an. Wir beide lebten unser eigenes Leben. Ich war in meinem vorletzten Studienjahr, während Holly im zweiten Jahr studierte. Ich hatte im Hauptfach bildende Kunst belegt, im Nebenfach Film; Holly studierte Rechtswissenschaften. Einen großen Teil meiner knapp bemessenen Freizeit zwischen der Uni und meinem Job als Ober und Barkeeper verbrachte ich in Museen, während Hollys Freizeit- und Studienleben sich um den Washington Square herum und in der juristischen Bibliothek in der Vanderbilt Hall abspielte. Wegen meiner unregelmäßigen Arbeitszeiten wußte ich nicht, wann sie ihre freien Abende hatte, und es war mir auch völlig egal.

Wider Erwarten schien es doch möglich zu sein, Tür an Tür mit Holly zu wohnen. In den ersten zwei, drei Monaten lud sie mich des öfteren zu einer Tasse Kaffee zu sich ein, doch wenn ich ihr sagte, ich müsse in der Kneipe arbeiten, für das Studium büffeln oder einfach nur schlafen, akzepierte sie es, ohne beleidigt zu wirken. Doch gegen Ende des Jahres 1987 erkannte ich, daß die forsch-fröhliche Art Hollys bloß eine Fassade war, hinter der ihr altgewohntes Verlangen wiedererwachte, Risiken einzugehen.

Ich erkannte es deshalb, weil Holly es mir deutlich zeigte.

29

An einem Dezembermorgen klingelte Holly an Nicks Wohnungstür.

»Ich hab' ein Geschenk für dich.« Sie reichte ihm ein Päckchen, das in blaues, mit leuchtend gelben Ballons bedrucktes Papier eingewickelt war. Es war ein kalter Morgen, und wie immer wurde das Haus unzureichend geheizt, doch Holly trug nur ein weißes Männerhemd; ihre Zehennägel waren lila lackiert. »Sag mir Bescheid, ob es dir gefällt«, erklärte sie und verschwand wieder in ihrer Wohnung.

Es war ein brauner Pullover von Ralph Lauren.

Wenige Minuten später klingelte Nick an Hollys Wohnungstür.

»Das kann ich nicht annehmen«, sagte er und hielt ihr den Pullover hin.

»Und warum nicht?«

»Weil du mir keine so teuren Geschenke kaufen solltest.«

»Habe ich ja gar nicht.« Sie trat einen Schritt zurück. »Komm rein.«

»Ich habe keine Zeit«, sagte Nick. »Holly, ein Pullover von Ralph Lauren kostet eine Stange Geld, selbst wenn's ein Sonderangebot ist.«

»Es war kein Sonderangebot«, sagte Holly.

»Ein Grund mehr, ihn nicht anzunehmen.« Wieder hielt Nick ihr den Pullover hin, diesmal mit Nachdruck. »Komm schon, Holly, nimm ihn zurück. Bitte. Er ist viel zu teuer.«

»Ist er nicht.«

Nick wurde deutlicher. »Du bist dir doch darüber im klaren, daß unsere Beziehung nicht mehr so ist wie früher? Wir sind bloß Nachbarn.«

Holly lächelte. »Der Pullover war nicht teuer, Nick. Weil ich ihn gar nicht gekauft habe.«

»Was soll das heißen?«
»Rate mal.« Sie lächelte noch immer. »Wie bin ich in den guten alten Zeiten an kleine Sachen herangekommen, wenn ich kein Geld hatte, hm?«
Nick brauchte einen Moment, um zu begreifen. »Du hast ihn *gestohlen*?« fragte er fassungslos.
»Na klar.«
»Verdammt, Holly!« Ein drittes Mal hielt Nick ihr den Pullover hin. »Nimm ihn sofort zurück.«
»Er hat nicht meine Größe.«
»Dann bring ihn dorthin zurück, wo du ihn gestohlen hast.« Er schleuderte den Pullover an Holly vorbei auf den Teppich.
Der Ausdruck in ihren grauen Augen blieb gelassen. »Früher warst du nicht so empfindlich.«
»Damals war ich ein *Kind*. Jetzt bin ich erwachsen.« Nick schüttelte den Kopf und ging zu seiner Wohnungstür.
»Schade«, hörte er sie sagen.

Es war erst der Anfang. Holly wußte, daß Nick entschlossen war, sich nie wieder in ihr Leben hineinziehen zu lassen, was sie aber nicht davon abhielt, ihm alles zu erzählen, was sie getan hatte und tun wollte. Er kapselte sich von ihr ab, doch sie lauerte ihm regelrecht auf, fing ihn im Treppenhaus ab oder verließ »zufällig« ihre Wohnung, wenn Nick nach Hause kam, oder sie wartete vor der Tisch School, der Kunsthochschule, oder wo immer Nick sich gerade aufhielt, wo immer er gerade arbeitete. Er tat sein Bestes, Holly zu ignorieren, denn er erkannte immer deutlicher, daß sie auf irgendeine Weise psychisch krank war. Um so erstaunlicher und beängstigender war es für ihn, daß sie im Umgang mit anderen Bekannten und Freunden ein völlig normales Verhalten an den Tag legte, so daß niemand auf die Idee gekommen wäre, Holly könnte irgendwie abnorm sein. Und nur Nick wußte, daß sie sich an fragwürdigen und gefährlichen Orten herumtrieb, um sich Marihuana zu beschaffen, daß sie Ladendiebstähle beging und daß es ihr einen Kick verschaffte, in teuren Restaurants zu essen und sich davonzuschleichen, ohne die Rechnung zu bezahlen.

Monate verstrichen. Manchmal ließ Holly sich wochenlang nicht blicken und stürzte sich ins Studium – um dann wieder eine Phase der Unberechenbarkeit zu durchleben, in der sie die verrücktesten Dinge anstellte und Nick an den Rand des Wahnsinns trieb, indem sie nächtelang *All the Way* spielte. Einmal stürmte Nick, nur mit einer Unterhose bekleidet, wutentbrannt aus seiner Wohnung, hämmerte an Hollys Tür, brüllte, daß er sie aufbrechen und ihre Hi-Fi-Anlage in Stücke schlagen würde, wenn sie nicht endlich damit aufhörte, jede Nacht den gleichen Song zu spielen – mit dem Erfolg, daß die anderen Hausbewohner ihre grauhaarigen Köpfe aus den Türen steckten und ein Mann aus einer Wohnung eine Etage tiefer zu Nick hinaufrief, er solle verdammt noch mal mit dem Lärm aufhören, sonst würde er die Polizei rufen.

»Eines Tages«, sagte Nick zu Holly, als er ihr nach diesem Vorfall das erste Mal begegnete, »werde *ich* die Bullen rufen, und dann kannst du dir deine Karriere als Anwältin abschminken.«

»Was macht dich so sicher, daß die Cops dir glauben werden?« erwiderte Holly gelassen.

Womit sie wahrscheinlich recht hatte, verdammt noch mal.

Holly brachte Nick nur noch zweimal in die Bredouille – im Oktober 1988, kurz nach Beginn ihres vorletzten Jahres im Grundstudium. Beide Vorfälle ereigneten sich in einem Zeitraum von nur vierundzwanzig Stunden.

Es war an einem Samstag, um die Mittagszeit, am zweiten Wochenende des Monats. Nick machte sich gerade ein Sandwich, als das Telefon klingelte und ein Mann sich meldete, der sich als Marty King vorstellte, Geschäftsführer des The Wheel, einem Porzellangeschäft an der Bleeker Street. Er ließ Nick wissen, daß eine junge Frau namens Holly Bourne bei dem Versuch erwischt worden sei, in seinem Laden eine Vase zu stehlen; sie habe gebeten, daß er Nick anrufen solle.

»Normalerweise verständigen wir bei einem Diebstahl sofort die Polizei«, erklärte King in vertraulichem Tonfall, »aber es hat den Anschein, daß die junge Dame fachmännische

Hilfe braucht. Wenn Sie mir versprechen können, daß sie diese Hilfe bekommt, werde ich von einer Anzeige absehen.«

»Was habe ich denn mit der ganzen Sache zu tun?« wollte Nick wissen.

Kurzes Zögern am anderen Ende der Leitung. »Wenn ich die junge Dame richtig verstanden habe, sind Sie ihr Verlobter.«

Nick war fassungslos. Auch er zögerte für einen Moment – und hörte im Hintergrund Hollys Schluchzen und Betteln.

»Mr. Miller?« sagte King.

»Ja«, murmelte Nick.

Wieder hörte er Hollys Stimme. Sie bat, mit ihm sprechen zu dürfen. Nick hörte, wie der Geschäftsführer irgend etwas zu ihr sagte; Augenblicke später war sie am Apparat.

»Nick ...« Ihre Stimme war leise und erstickt. »Nick, bitte, hilf mir aus dieser Sache raus.« Er konnte sie kaum hören, vermochte sich aber vorzustellen, wie sie am Telefon stand: die Hand an der Sprechmuschel und Marty King den Rücken zugewandt, damit dieser nicht hören konnte, was sie Nick sagte.

»Hol mich aus diesem Schlamassel raus, Nick« – sie war jetzt kaum mehr zu verstehen –, »und ich schwöre dir, daß ich dich für immer in Ruhe lasse.« Sie hielt ganz kurz inne. »*Bitte*, Nick. Wenn du's schon nicht für mich tust, dann tu's für meine Eltern – es würde meinen Vater umbringen, das *weißt* du doch.«

Tief in seinem Inneren wußte Nick, daß es verrückt war, wenn er Holly herauspaukte. In Laufe des letzten Jahres hatte er sich oft gewünscht, daß man Holly eines Tages erwischte, weil sie es nicht anders verdient hatte, ja, weil sie es vielleicht sogar *brauchte*, um endlich zur Vernunft zu kommen. Doch als er sich nun vorstellte, daß Holly festgenommen wurde, möglicherweise in Untersuchungshaft kam, und daß ihre Karriere als Anwältin zu Ende war, noch bevor sie begonnen hatte, nur weil er keinen Finger rührte, ihr dieses eine Mal noch aus der Patsche zu helfen ... nein, der Gedanke war ihm unerträglich.

»Der Mann hat recht, Holly. Das weißt du selbst, nicht wahr?« sagte er. »Du mußt in Behandlung.«

»Ja«, erwiderte Holly kleinlaut. »Ich weiß.«

»Ich rede von einem Mackendoktor, Holly.«

»Ein Psychiater, ja.« Ihre Stimme war plötzlich fester und lauter geworden. Nick wußte, daß Holly deshalb lauter sprach, damit der Geschäftsführer sie hören konnte. »Ich werde alles tun, Nick. Ich schwöre es.«

»Und du hältst dich in Zukunft aus meinem Leben fern?«

»Ja, Nick. Ehrenwort.«

Nick zögerte noch einen Moment.

»Laß mich noch mal mit dem Geschäftsführer sprechen.«

Marty King bestand darauf, daß Nick zum The Wheel kam, um Holly dort abzuholen. Sie war kreidebleich und zitterte heftig, als Nick am Laden eintraf, und als sie auf der Straße waren, mußte Nick sie am Arm festhalten, da ihre Beine schwankten. Kurz bevor sie die Christopher Street erreichten, blieb Holly stehen und schaute zu Nick auf. Sie weinte wieder, lächelte zugleich aber – das strahlendste Lächeln, das Nick je auf ihrem Gesicht gesehen hatte.

»Jetzt hast du es endlich bewiesen«, sagte sie.

»Was bewiesen?« fragte Nick, obgleich er einen schrecklichen Verdacht hatte.

»Daß du mich tief in deinem Inneren liebst, egal was du sagst oder tust.«

»Hör auf, Holly!« Nick riß den Arm los und trat einen Schritt von ihr weg.

Ihre Augen strahlten. »Es spielt keine Rolle«, fuhr sie fort. »Wie du in Zukunft auch zu mir stehen magst, du sollst wissen, daß ich immer für dich da bin – als Freundin, Schwester, Geliebte. Es liegt an dir, Nick.«

In diesem Moment erkannte Nick, daß die ganze Sache von Holly geplant gewesen war. Wahrscheinlich hatte sie sich mit Absicht beim Diebstahl der Vase erwischen lassen, denn das war ihr nie zuvor passiert. Es war eines ihrer Abenteuer gewesen – und zugleich ein Täuschungsmanöver, um herauszufinden, ob sie sich auf Nick verlassen konnte.

»Du verrücktes Weibsstück«, sagte er leise, während sie noch auf der Straße standen. »Hast du immer noch nicht begriffen, daß ich nichts mehr von dir will? Nie mehr? Daß es ein für allemal aus ist mit uns?«

»Das meinst du nicht im Ernst, und das weißt du so gut wie ich.« Hollys Lächeln war verschwunden. »Und wenn du es noch so oft sagst – du meinst es nicht so.«

»Du bist eine Diebin, Holly, und ein gerissenes Biest und eine Lügnerin. Und ich will nur eins von dir.« Nicks Stimme war laut und schroff. »Ich will dich *nie wieder* sehen, nie wieder von dir hören ...«

Eine grauhaarige Frau, die ebenfalls in dem Haus an der Christopher Street wohnte, ging an ihnen vorbei, und Nick erkannte an ihrem entsetzten Gesichtsausdruck, daß sie die letzten Worte aufgeschnappt hatte, die er zu Holly gesagt hatte – zu dieser armen, hübschen, hart schuftenden, grundanständigen Jurastudentin, der nun Tränen in den Augen standen. Doch Nick war es egal, was diese Frau oder irgend jemand sonst über ihn dachte.

»Von jetzt an«, fuhr er fort, »kannst du von mir aus im Knast landen oder auf deiner Bude bleiben und für den Rest deines verrückten Lebens *All the Way* spielen, weil es mir nämlich scheißegal ist, denn ich werde so schnell wie möglich hier ausziehen, um dich nie wieder sehen, nie wieder von dir hören, nie wieder an dich denken zu müssen.«

Um drei Uhr früh am nächsten Morgen wurde Nick durch wildes Klopfen an seiner Wohnungstür geweckt. Schlaftrunken tastete er nach dem Schalter der Nachttischlampe, zog seinen Morgenmantel über und schlurfte zur Tür.

»Wer ist da?«

Das laute Klopfen, begleitet von hysterischen Schluchzern, hielt an.

»Verschwinde, Holly«, sagte Nick.

»Ich brauche *Hilfe*«, schluchzte sie und hämmerte weiter gegen die Tür.

»Oh, Scheiße, Holly«, rief Nick wütend, »du wirst noch das ganze verdammte Haus wecken! Nimm 'ne Tablette oder 'nen Drink und geh ins Bett, wie jeder normale Mensch.«

»Nick, *bitte* ...« Es war beinahe ein Aufschrei. »Die werden mich *töten* – du mußt mich reinlassen!«

Nick dachte an die Nachbarn, schüttelte verzweifelt den Kopf und öffnete.

Holly, in Jeans und einem dicken Pullover, stürmte an ihm vorbei ins Badezimmer und schloß sich darin ein.

»Was tust du da?« rief Nick ihr verwirrt hinterher.

Draußen kam jemand mit schnellen Schritten die Treppe hinaufgerannt, doch Nick nahm es kaum wahr. Als er sich umdrehte und die Tür schließen wollte, war es bereits zu spät. Zwei Männer drängten sich rücksichtslos in die Wohnung. Einer der beiden knallte die Tür hinter sich zu.

»Was soll denn das?«

Beide Männer waren Weiße. Brutal aussehende Burschen. Der eine hatte langes, blond gefärbtes Haar und einen grausamen Zug um den Mund – und hielt ein großes, häßliches Messer mit gezackter Klinge in der Hand.

»Wo ist die kleine Hure?« fragte er grob.

Nick durchrieselte es eiskalt. In welchen Schlamassel hatte Holly sich *diesmal* hineingeritten? In welche Scheiße hatte sie ihn wieder einmal mit *hineingezogen*?

»Wo *steckt* das verdammte Miststück?« Der Kerl mit dem Messer stieß Nick gegen die Wand. Sein Kopf prallte schmerzhaft gegen einen Kunstdruck von Andrew Wyeth, den er im letzten Frühjahr dort aufgehängt hatte. Der ältere Mann – ein dunklerer Typ mit fast kahlrasiertem Schädel – durchstreifte das Zimmer, ohne ein Wort zu sagen.

»Wir wollen unser Geld, Freundchen«, sagte der Mann mit dem Messer.

»Was für Geld?« fragte Nick mit vor Angst zittriger Stimme.

»Die Knete, die das Flittchen uns für den *Stoff* schuldet«, sagte der Mann und drückte Nick die Messerklinge an den Hals. »Das Miststück hat sich den Shit geschnappt und ist abgehauen. So läuft das aber nicht, Meister.«

Hollys Stimme erklang laut und deutlich hinter der Badezimmertür.

»Ich hab' den Stoff für *ihn* besorgt.«

»Stimmt das?« Der Mann mit dem kahlrasierten Schädel fuhr herum und trat so dicht an Nick heran, daß dem der ranzige, Übelkeit erregende Geruch des Körpers in die Nase stieg.

»Ich weiß wirklich nicht, wovon Sie reden!« rief Nick, der sich vor Angst nicht zu bewegen, ja kaum zu atmen wagte, da der andere Kerl ihm noch immer das Messer an den Hals drückte.

»Gib ihnen das Geld!« schrie Holly aus dem Badezimmer.

»Um Gottes willen, Holly!«

»Du hast die Dame gehört, Kumpel«, sagte der Blonde.

»Ich hab' dir doch gleich gesagt, Nick, daß es keinen Zweck hat, es auf die linke Tour zu versuchen«, rief Holly. »Nun *gib* ihnen endlich das Geld!«

In diesem Augenblick wurde Nick zum erstenmal in aller Deutlichkeit bewußt, wie gefährlich Holly Bourne *wirklich* war. Die beiden Schläger zerrten ihn ins Schlafzimmer, fanden sein Portemonnaie und nahmen sein schwerverdientes Geld heraus; dann durchwühlten sie sein Arbeitszimmer, zerschmetterten vier seiner Gemälde und schlugen ihn zum Abschied brutal zusammen.

Er mußte eine Zeitlang bewußtlos gewesen sein, denn als er erwachte, waren die Schläger verschwunden, und Holly kniete neben ihm auf dem Fußboden des Wohnzimmers und betupfte seine Schnitt- und Rißwunden mit Jod. Die Tränen hatten Hollys Lidschatten verlaufen lassen, so daß sich dunkle Rinnsale auf ihren Wangen gebildet hatten, doch im großen und ganzen wirkte sie erstaunlich ruhig und gefaßt.

»Bist du jetzt *total* verrückt geworden?« Nick versuchte vergeblich, auf die Beine zu kommen, wobei ihm lodernder Schmerz durch alle Glieder fuhr, doch seine Wut war so groß, daß er es kaum spürte. »Hast du *völlig* den Verstand verloren?«

Holly beachtete ihn nicht, versuchte statt dessen, seine Wunden weiter zu behandeln.

Nick stieß sie grob zur Seite, daß sie auf dem Hinterteil landete.

»Ich will dir doch nur helfen.« Sie blickte ihn verletzt an.

Schmerz zuckte durch Nicks linken Arm, mit dem er Holly nach hinten gestoßen hatte. Er mühte sich auf die Knie. Für einen Moment wurde ihm schwarz vor Augen. Dann rappelte er sich schwerfällig auf. »Raus hier, Holly.« Seine Stimme zitterte.

»Bitte, Nick, ich möchte mich um deine Wunden ...«

»Raus hier, bevor ich mich vergesse, Holly!« Er bebte vor Zorn. »Das ist mein Ernst.«

»Reg dich ab, Nick.«

Er starrte sie an. Es war unglaublich, wie vollkommen normal Holly sich verhielt, als sie nun auf dem Fußboden saß, die Flasche Jod in der einen Hand, einen Wattebausch in der anderen. Wie die mildtätige Samariterin.

»Ich meine es *todernst*, Holly«, sagte Nick noch einmal. Er beugte sich vor und schlug ihr das Fläschchen Jod aus der Hand, daß die Flüssigkeit über den Teppich spritzte. Er packte ihren Oberarm und zerrte sie durchs Zimmer, wobei seine Muskeln vor Schmerz aufschrien. »Ich warne dich. Wenn du nicht augenblicklich verschwindest, kann ich für nichts garantieren.«

»Ich an deiner Stelle würde schön artig bleiben«, sagte Holly gelassen.

Erst jetzt hörte Nick die Geräusche auf dem Flur. Stimmen riefen einander zu. Türen klappten.

Die Nachbarn.

Jemand klopfte.

»O toll«, stöhnte Nick. »Phantastisch.«

Er ging zur Wohnungstür und riß sie auf. Drei Männer standen im Flur, ein älterer und zwei junge. Der ältere Mann, der eine Etage tiefer wohnte, hielt einen Baseballschläger in den Händen. Beim Anblick Nicks sprangen die drei erschrocken zurück.

»Schon gut«, stieß Nick schwer atmend hervor. »Hier gab's ein bißchen ... Ärger, aber jetzt ist wieder Ruhe. Okay?«

Der alte Mann hob den Baseballschläger und spähte an Nick vorbei ins Innere der Wohnung. »Miss?« rief er. »Alles in Ordnung bei Ihnen? Wir haben die Polizei angerufen – sie sind schon unterwegs.«

»Ihr geht es gut«, sagte Nick, den die schwarze Verzweiflung packte. Sein Gesicht fühlte sich an, als wäre es zu Brei zerschlagen worden. Plötzlich hatte er Angst, in den Spiegel zu blicken. Andererseits, wurde ihm klar, konnte es so schlimm nicht sein, sonst hätte einer der Männer sich bestimmt erboten, ihn ins Krankenhaus zu fahren.

Holly erschien hinter ihm. »Mir geht's gut.«

Einer der jüngeren Männer – ein Bursche, den Nick nie zuvor gesehen hatte – zuckte zusammen, als er Holly sah. »Verdammt, der Hurensohn hat sie geschlagen.«

Nick drehte sich um. Hollys Gesicht war zwar von Wimperntusche verschmiert gewesen, ansonsten jedoch unversehrt. Jetzt aber war auf ihrer rechten Wange eine häßliche blutende Kratzwunde zu sehen.

»Du Miststück«, sagte er leise. »Du lausiges Miststück.«

Dann hörte er die Sirenen.

Es war eine Schreckensnacht. Nick erzählte den Polizisten wahrheitsgetreu, was vorgefallen war. Doch nachdem Holly ihre Version beigesteuert hatte und die Beamten Spuren von Marihuana fanden, das jemand durch die Toilette hatte spülen wollen, schenkte niemand mehr Nick Gehör.

»Wahrscheinlich wird er wegen Drogenbesitzes unter Anklage gestellt, Miss«, sagte einer der Cops zu Holly, bevor sie Nick aufs Revier schafften. »Möchten Sie Klage wegen tätlichen Angriffs erheben?«

»Nein, Sir, schon gut«, sagte Holly und betastete ihre Kratzwunde.

»Schauen Sie sich ihre Fingernägel an!« rief Nick. »*Überprüfen* Sie ihre Fingernägel.«

Der Cop warf ihm einen verächtlichen Blick zu. »Warum sollten wir, Junge?«

»Weil sie sich die Kratzwunde selbst zugefügt hat. Wahrscheinlich finden Sie ihre eigenen Haut- und Blutspuren unter ihren Nägeln.«

»Hier geht es nicht um Mord, mein Freund.« Der Cop schüttelte den Kopf und bedachte Nick mit einem Lächeln, das besagte: *Mach dich nicht lächerlich, Junge!*

»Müssen Sie ihn denn wegen Rauschgiftbesitzes anklagen, Officer?« fragte Holly. »Ich meine, es liegen doch kaum Beweise vor, nicht wahr? Und es ist ja auch nicht so, daß er das Zeug verkaufen wollte. Können Sie die Sache nicht einfach vergessen?«

Nick platzte der Kragen. »Es gibt deshalb kaum Beweise«, brüllte er, »weil das Miststück den Stoff *selbst* durch das beschissene Klo gespült hat!«

Der Polizeibeamte bedachte Holly mit einem mitfühlenden Lächeln.

»Ihr Freund ist ein echter Kavalier der alten Schule, Miss.«

In dieser Nacht rief Nick vom Polizeirevier aus seinen Freund Jake Kolinski an, der ihm zwei Stunden später einen Anwalt besorgte.

Liza Montgomery war eine kleine, drahtige Afroamerikanerin Mitte Dreißig, mit müden, aber durchdringenden Augen und lässigem Auftreten. In einem kalten, tristen Zimmer des Polizeireviers erzählte Nick ihr alles: wie er Holly kennengelernt hatte, über ihr Verhältnis, über ihre Trennung, über ihre gemeinsame Zeit in New York und darüber, wie Holly sich in den letzten Monaten verhalten hatte. Besonders ausführlich erzählte er ihr von Marty King, dem Geschäftsführer des Porzellanladens. Nick machte den Vorschlag, King anzurufen, damit dieser aussagen konnte, daß Holly eine Diebin war, der man folglich nicht glauben könne. Liza Montgomery aber wies darauf hin, daß der angebliche Diebstahlsversuch Hollys am gestrigen Mittag im Hinblick auf Nicks derzeitige Situation keine Rolle spiele und deshalb rein gar nichts an der Tatsache ändern würde, daß man die Reste von Marihuana in Nicks Wohnung gefunden habe, in *seinem* Badezimmer, in *seiner* Toilette.

»Dann stünde Miss Bournes Aussage gegen Ihre, Mr. Miller.«

»Aber sie ist eine Lügnerin«, sagte Nick verzweifelt. »Und eine Diebin.«

»Das mag schon sein«, erwiderte Montgomery.

»Ich habe bloß meine Wohnungstür geöffnet, als Holly wie verrückt bei mir geklopft und um Hilfe gerufen hat. Die Nachbarn müssen es gehört haben.« Doch Nick wußte, daß er sich an einen Strohhalm klammerte. »Sie können die Leute doch zur Vernehmung vorladen lassen. Ich habe wirklich nur die Tür aufgemacht, um Miss Bourne zu helfen!«

»Laut Polizeibericht hat einer Ihrer Nachbarn die Notrufnummer gewählt. Außerdem hat er ausgesagt, daß *Sie* und nicht Miss Bourne den Lärm im Haus verursacht haben, Mr. Miller«, sagte die Anwältin.

»Großer Gott.« Nick schüttelte den Kopf – wütend, hilflos und verzweifelt. »Das alles ist so verrückt ... vollkommen *verrückt*! Holly besorgt sich das Marihuana bei diesen beiden Schlägertypen, bleibt ihnen aber das Geld schuldig, so daß die zwei Kerle sie bis in meine Wohnung verfolgen ... und dann sagt sie den beiden, sie hätte den Stoff für *mich* besorgt. Aber ich nehme kein Rauschgift, Mrs. Montgomery! Ich rauche nicht mal *Tabak*, um Himmels willen ...«

»Beruhigen Sie sich, Mr. Miller ...«

»... und dann schlagen diese beiden Mistkerle mich bewußtlos, und als ich aufwache, kniet Holly neben mir und spielt die barmherzige Schwester, als wäre überhaupt nichts passiert, und als ich ihr sage, sie soll aus meiner Wohnung verschwinden, fügt sie sich selbst eine Kratzwunde zu ... zerkratzt sich *selbst* das Gesicht ...«

»Miss Bourne behauptet, Sie wären es gewesen.«

»Ich habe den Polizeibeamten gesagt, sie sollen Blut und Gewebeproben bei Holly nehmen ... von ihren Fingernägeln. Aber sie haben mich ausgelacht! Genausogut hätte ich sagen können, sie sollten *meine* Nägel untersuchen.«

»Und ich sage Ihnen noch einmal, daß Sie Ruhe bewahren sollen«, erwiderte Liza Montgomery. »Wenigstens hat Miss Bourne keine Anklage wegen tätlichen Angriffs gegen Sie erhoben ... falls sie es sich nicht anders überlegt.«

»Na, toll«, sagte Nick. »Einfach toll. Wie soll ich die Ruhe bewahren, wenn dieses Weibsstück drauf und dran ist, mich in den Knast zu bringen?«

»Vorerst geht niemand ins Gefängnis, Mr. Miller.« Liza Montgomery streckte den Arm aus und tätschelte Nicks rechte Hand. »Ich werde ein paar Gespräche führen«, sagte sie, »und dann werden wir sehen, ob wir diese Sache aus der Welt schaffen können.«

»Was meinen Sie mit ›aus der Welt schaffen‹?« Nick erstickte beinahe an seinem Zorn und seiner Hilflosigkeit. »Ich will die Sache gar nicht aus der Welt schaffen. Ich will, daß Holly bekommt, was ihr zusteht! Ich habe nur versucht, ihr zu helfen, und sie hat mir *das hier* angetan. Ich habe Ihnen ja schon gesagt, daß sie Jurastudentin ist ... glauben Sie, Holly wird mal eine Anwältin, die Ihrem Berufsstand Ehre macht?«

Montgomery erwiderte nichts. Sie stand auf und verstaute ihre Formulare und Unterlagen in ihrem Aktenkoffer. »Was Miss Bourne angeht, würde ich an Ihrer Stelle den Mund halten, Mr. Miller. Und Sie selbst können nur hoffen, daß der Staatsanwalt sich bereit erklärt, die Anklagen gegen Sie fallenzulassen.«

»Und was ist mit Holly?«

Die Anwältin stand bereits an der Tür. »An Ihrer Stelle«, sagte sie, »würde ich mich in Zukunft von dieser jungen Dame so weit wie möglich fernhalten ... falls es uns gelingt, Sie aus diesem Schlamassel herauszuholen.«

»Wir wohnen Tür an Tür«, sagte Nick.

»Sie sagten doch, daß Sie umziehen wollen. Also ziehen Sie um.«

»Aber wir besuchen beide die New Yorker Uni.«

»Die über den größten Campus sämtlicher Unis im Land verfügt«, sagte Montgomery. »Da müßte es doch möglich sein, dafür zu sorgen, daß man sich nicht ständig über den Weg läuft.«

Montgomery erreichte tatsächlich, was sie Nick als Maximalziel genannt hatte: Die Staatsanwaltschaft erklärte sich einverstanden, die Klage wegen Rauschgiftbesitzes fallenzulassen – jedoch verbunden mit der nachdrücklichen Warnung an Nick, daß dieses Entgegenkommen mit einer Art »inoffizieller Bewährungsfrist« verbunden sei: Seine Festnahme und der Verdacht auf Drogenbesitz wurden in eine Polizeiakte aufgenommen. Falls er in den nächsten Jahren auch nur die kleinsten Schwierigkeiten mit dem Gesetz bekommen sollte, erklärte Montgomery, sei nicht damit zu rechnen, daß er noch einmal so glimpflich davonkäme.

»Ich weiß, daß die Sache Ihnen gegen den Strich geht«, sagte die Anwältin um kurz nach zwei Uhr nachmittags auf der Straße vor dem Polizeirevier, »aber das alles hätte ohne weiteres vor Gericht enden können, was wahrscheinlich zu Ihrer Verurteilung geführt hätte. Also seien Sie froh. Aber was noch wichtiger ist ... denken Sie an meine Warnung, in Zukunft vorsichtig zu sein.«

»Und Holly kommt bei der ganzen Sache ungeschoren davon«, sagte Nick laut genug, um den Verkehrslärm zu übertönen. Doch er war zu erschöpft und – wenn er ehrlich zu sich selbst war – zu erleichtert, um großen Wirbel wegen dieser Ungerechtigkeit zu machen.

»Ganz ungeschoren kommt Miss Bourne auch nicht davon.«

»Was meinen Sie damit?«

»Sie hat ebenfalls eine Warnung erhalten.« Liza Montgomery winkte eines der gelben New Yorker Taxis heran. »Ihr Name wird jetzt in den Polizeiakten geführt – genau wie der Ihre.«

»Nur daß in Hollys Akte nichts von einer Festnahme und dem Verdacht auf Rauschgiftbesitz steht«, erwiderte Nick.

»Das stimmt«, gestand die Anwältin und öffnete die Tür des Taxis. »Aber es ist besser als nichts, besonders im Hinblick darauf, daß sie Jura studiert und deshalb ebenfalls sehr vorsichtig sein muß.«

Nick mußte der Anwältin recht geben. Das war vermutlich – hoffentlich – besser als nichts. Zumindest hatte Holly Bourne zum erstenmal die Aufmerksamkeit der Polizei auf sich gelenkt, und das bedeutete, daß sie sich von nun an bestimmt von allen Schwierigkeiten fernhalten würde – und von ihm. Im eigenen Interesse.

Es war nicht viel, aber es war immerhin etwas.

30

Ich komme jetzt zum schlimmsten Teil. Zu der Sache, die mich von Anfang an davon abhielt, Nina die ganze Wahrheit über Holly und mich zu erzählen. Die mich sogar jetzt noch davon abhält, mich Nina anzuvertrauen.

Es ist wirklich seltsam – und traurig –, denn rückblickend weiß ich heute, daß Nina *meiner* Version der Geschichte geglaubt hätte. Nina hätte sogar Verständnis dafür gehabt. Das weiß ich jetzt. Jetzt, wo es zu spät ist, ihr davon zu erzählen. Weshalb es zu spät ist? Weil wir uns lieben und weil Ninas Liebe die ganze Welt für mich ist. Manchmal glaube ich, daß mein Leben – das Leben, das ich jetzt führe und das ich nicht verlieren möchte, weil ich sonst *ersticken* würde –, erst an dem Tag begann, als ich Nina an der Fillmore Street zum erstenmal begegnet bin.

Ich liebe meine Frau, doch im Unterschied zu Nina habe ich ihr nicht die ganze Wahrheit über mein Leben erzählt. Deshalb weiß ich, daß Nina mir nicht vollkommen vertrauen *kann*. Und ich habe schreckliche Angst, daß einmal der Tag kommen könnte, an dem sie die volle Wahrheit erfährt. Ich habe höllische Angst, daß diese Entdeckung unsere Ehe, unser Leben zerstören könnte.

Ich bin hart im Nehmen und kann eine Menge ertragen.

Aber ich glaube, Nina zu verlieren, würde ich nicht durchstehen.

31

Nachdem das Fiasko in der Christopher Street damit geendet hatte, daß Nick sich bei der New Yorker Polizei einen Aktenvermerk wegen Festnahme und Verdacht auf Drogenbesitz einhandelte, zog er aus seinem Apartment zu Jake Kolinski in dessen Wohnung an der Mulberry Street. Sie war nicht weit genug von Nicks altem Zuhause entfernt – und Holly wußte, wo Jake wohnte –, doch es genügte Nicks Ansprüchen, zumal er sich bereits nach einer anderen Wohnung umschaute.

An Thanksgiving, als Jake nach Hause fuhr, nach Brooklyn, lehnte Nick die Einladung Kates und Ethans ab, sie in Bethesda zu besuchen, denn er war sicher, daß Holly zu ihren Eltern reiste. Er hatte recht. Holly fuhr nach Hause, besuchte auch Nicks Eltern und erzählte Kate und Ethan auf vertraut-nachbarliche Weise, daß sie, Holly, sich Sorgen um Nick mache, wegen der Leute, mit denen er in letzter Zeit verkehre – was Ethan dazu veranlaßte, umgehend Nick anzurufen und seine und Kates Sorgen zum Ausdruck zu bringen. Nick platzte der Kragen. Wütend erzählte er seinem Vater die ganze Wahrheit und nichts als die Wahrheit über die artige Holly, die kein Wässerchen trüben konnte. Ethan sagte Nick, er glaube ihm; dennoch schwangen leise Zweifel in seiner Stimme mit, und wenngleich Ethan Miller stets ein guter und verständnisvoller Vater gewesen war, den Nick ohne Vorbehalte liebte, konnte er diesen Hauch des Zweifels bei seinem Vater niemals vergessen.

Nick kam auch zum Weihnachtsfest nicht nach Hause. Er war vollauf damit beschäftigt, in seine neue Wohnung in Chelsea umzuziehen, an der Ecke Dreiundzwanzigste und Neunte Straße. In ein großes, altes, anonymes Haus. Ein Neubeginn.

Nur daß Holly im Februar ebenfalls in dieses Haus zog.

Sie war auf der Hut, versuchte nicht einmal mit Nick zu reden. Aber sie war *da*, in seiner unmittelbaren Nähe. Nick fragte bei Liza Montgomery an, ob man irgendeine gerichtliche Verfügung gegen Holly erwirken könne, doch die Anwältin sah keine Aussichten auf einen dahingehenden Erfolg. Daß Holly in dasselbe Haus einzog, in dem Nick wohnte, war schließlich kein Rechtsverstoß. Und Nick mußte gestehen, daß Holly keine aktiven Schritte unternahm, sich wieder in sein Leben einzumischen. Sie ging ihm aus dem Weg, mied seine Gesellschaft, ja, sie *redete* nicht einmal mit ihm. Hätte Nick versucht, rechtliche Schritte zu unternehmen, hätte er das Anwaltshonorar gleich durchs Klo spülen können, genauso wie damals jemand Marihuana durch die Toilette seiner alten Wohnung an der Christopher Street gespült hatte (Mrs. Montgomery sprach in diesem Zusammenhang immer von *jemand* – nicht, daß es Nick etwas ausgemacht hätte). Nur wenn Holly die gesteckten Grenzen der auferlegten Zurückhaltung ernsthaft überschreiten sollte, erklärte Mrs. Montgomery, könne man über rechtliche Schritte nachdenken. Aber selbst dann müsse Nick bedenken, daß er derjenige sei, in dessen Polizeiakte eine Festnahme und der Verdacht auf Drogenbesitz eingetragen sei, während Holly, die Jurastudentin, eine nahezu weiße Weste habe.

»Und was soll ich jetzt tun?« fragte Nick. »Schon wieder umziehen?«

»Ich könnte Ihnen keinen besseren Vorschlag machen«, erklärte Liza Montgomery.

Nick kündigte seinen Mietvertrag und zog wieder um. Diesmal zum Gramercy Park in ein kleines Sandsteinhaus. Er konnte sich die Miete kaum leisten, war aber der Ansicht, daß es jeden Tropfen Schweiß und alle Erschöpfung wert war, dafür zu schuften, denn es gab nur zwei weitere Apartments in dem Haus, die beide von Mietern belegt waren, die schon lange Zeit dort wohnten. Selbst wenn Holly ihn aufspürte – in *diesem* Haus würde sie keine Wohnung bekommen.

Diesmal glaubte Nick, es endlich geschafft zu haben. Monate vergingen. Nick machte sein Examen, fuhr für eine Woche nach Hause und kehrte nach Manhattan zurück, und noch immer gab es keine Spur von Holly. Nick wußte, daß sie im Herbst ihre Abschlußprüfung im Grundstudium machte und anschließend die Eignungstests an der juristischen Fakultät ablegen mußte, und vielleicht – nur vielleicht – wußte sogar Holly, wann sie geschlagen war.

Dann lernte Nick Julie Monroe kennen, eine farbige Musikstudentin, die in Teilzeit Jazz-Aerobic unterrichtete, und für ein paar Monate führte er ein glückliches Leben. Bis Julie – kurz vor dem Weihnachtsfest 1989 – Nick erzählte, sie sei im Park von einer jungen Frau belästigt worden, die behauptet hatte, Nicks ehemalige Verlobte zu sein. Sie habe behauptet, sagte Julie, Nick sei ein Rassist.

Noch bevor Julie die junge Frau beschrieb, wußte Nick, daß es Holly war. Julie versicherte ihm, sie hätte das alles gar nicht ernst genommen, doch die junge Frau habe nicht locker gelassen und behauptet, daß es Nick offenbar eine perverse Freude bereite, so viel Zeit mit einer Schwarzen zu verbringen – ob er zur Zeit wohl so etwas wie eine afrikanische Periode in seiner künstlerischen Karriere durchliefe? Julie schwor Nick, der Frau kein Wort abgekauft zu haben, und Nick glaubte ihr. Doch von diesem Augenblick an wußte er, daß ein kleiner Tropfen von Hollys Gift in ihnen beiden wirksam wurde, sobald er auch nur einen Kohlestift anrührte, um eine Zeichnung von Julie zu machen.

Es war zuviel. Noch an diesem Abend suchte er Holly auf.

Sie wohnte noch immer in ihrem Apartment in Chelsea. Nick wartete in der Eingangshalle, während der Portier den Besucher bei Holly meldete. Ein Teil von Nick hoffte, sie möge nicht zu Hause sein, denn er war viel zu wütend, um einen vernünftigen Gedanken zu fassen.

Holly war zu Hause.

»Ich wußte, daß du kommst«, waren ihre ersten Worte, als Nick in der zehnten Etage aus dem Lift stieg.

Holly hatte sich das Haar länger wachsen lassen und zu einem Pferdeschwanz nach hinten gebunden. Sie trug kein Make-up und war schöner als je zuvor.

»Ich habe dich erwartet.« Sie trat zur Seite, um Nick in die Wohnung zu lassen.

Sie trug ein seidiges schwarzes Nachthemd und duftete nach einem der Parfüms, an die Nick sich aus ihren gemeinsamen Zeiten noch lebhaft erinnerte – ein leichter, aber intensiver Duft nach Jasmin. Jetzt schon wünschte sich Nick, er wäre nicht hierhergekommen.

Holly schloß die Tür, und sie standen in dem kleinen, rechteckigen, schummrig beleuchteten Eingangsflur.

»Kaffee?« fragte Holly.

»Ich bleibe nicht«, sagte Nick.

»Ich habe dich auch nicht gefragt, ob du bleiben willst«, sagte Holly leise. »Ich habe dich bloß gefragt, ob du Kaffee möchtest.«

»Nein, danke.«

Holly führte Nick ins Wohnzimmer, das keine Deckenbeleuchtung besaß. Nur zwei Tischlampen erhellten den Raum, als Holly einen Kippschalter neben der Tür betätigte. Das Zimmer war spärlich eingerichtet: ein paar mattschwarze, teuer aussehende Möbel und nackte, weiß gestrichene Wände. Keine Gemälde.

»Ich bin gekommen, um dich zu warnen«, sagte Nick ohne Umschweife.

»Mich warnen?« Hollys Stimme war leise.

»Ja. Laß mich in Ruhe.«

»Setz dich«, sagte Holly.

»Nein.«

»Stört es dich, wenn ich mich setze?«

Holly nahm auf einem der schwarzen Sessel Platz und schaute zu Nick auf. Ihr ungeschminktes Gesicht, die Offenheit in ihren grauen Augen machten ihn nervös.

»Weißt du denn nicht?« sagte sie.

»Was soll ich wissen?« Nick bemerkte, daß seine Stimme aggressiv klang, und das war gut so. Er war schon vor längerer Zeit zu dem Schluß gelangt, daß Aggressivität die einzige Möglichkeit war, mit Holly fertig zu werden.

»Weißt du denn nicht, daß ich Julie diese Dinge nur deshalb gesagt habe, um dich zu provozieren?«

»Natürlich ...« Nick hielt inne. »Woher weißt du eigentlich, wie sie heißt?« fragte er; dann schüttelte er den Kopf. »Nein, sag's mir nicht. Ich will es gar nicht wissen.«

»Ich wollte dich wütend machen, damit du zu mir kommst«, fuhr Holly fort, »und um das zu erreichen, mußte ich Julie ein paar deutliche Worte sagen. Ich wußte, daß es diesmal nicht mehr funktionieren würde, dich anzurufen und um Hilfe zu bitten – das hatten wir schon mehr als einmal, stimmt's? Also habe ich mir gedacht, daß ich dich in Rage bringen muß, damit du herkommst.« In ihrem Lächeln lag Trauer. »Und ich hatte recht.«

Nick setzte sich in einen der anderen Sessel – so weit weg von Holly, wie es nur ging. Der Sessel war so hart, wie er aussah. Flüchtig fragte sich Nick, wie jemand sich einen so unbequemen Sessel in die Wohnung stellen konnte.

»Mir gefallen die Möbel«, sagte Holly, als hätte sie Nicks Gedanken gelesen. »Ich studiere viel in diesem Zimmer. Die harten Sessel sorgen dafür, daß ich wach bleibe. Ich mache mich ganz gut an der Uni, aber ich muß schrecklich viel arbeiten. Ich kann mir nur wenige Stunden Schlaf erlauben, weißt du.«

»Was hast du dir davon versprochen, mich hierher zu locken?« fragte Nick, und ein Teil seines Zorns und seiner Aggressivität waren von ihm abgefallen. Er war ein wenig verwirrt. »Ich meine, was ist der *Grund*? Du weißt, daß keine andere Möglichkeit besteht, mich in deine Wohnung zu kriegen, als mich so wütend zu machen, daß ich dir am liebsten eine runterhauen würde. Was soll das?«

»Möchtest du das wirklich?« fragte Holly. »Mir eine runterhauen?«

»Natürlich nicht.«

»Anscheinend doch, sonst hättest du es nicht gesagt.«

»Gewalt ist nicht mein Stil, Holly.«

»Bist du sicher?« In ihren Augen lag ein herausforderndes Funkeln.

Nick stand auf. »Ich bin nur wegen einer Sache hergekommen. Ich wollte dir sagen – zum allerletztenmal –, daß du mich in Ruhe lassen sollst.«

»Du bist also gekommen, um mich zu *warnen*«, erwiderte Holly mit einem Anflug von Ironie in der Stimme.

»Wenn du so willst.«

»Das hast du gesagt, als du hereingekommen bist.«

Er seufzte. »Ja, stimmt.« Er blickte auf sie hinunter. »Du solltest nie vergessen, daß ich es dir verdammt schwermachen kann, an der juristischen Fakultät aufgenommen zu werden ... ganz zu schweigen davon, als Anwältin zugelassen zu werden.«

Holly hielt seinem Blick gelassen stand. »Und wie willst du das anstellen, Nick?«

»Ich könnte gewissen Leuten gewisse Dinge über dich erzählen. Den *richtigen* Leuten.«

»Und du glaubst, diese Leute hören dir zu?«

»Jedenfalls lange genug, um ein paar Zweifel in ihnen zu wecken, was dich angeht.«

»Sie würden dir nicht lange zuhören, wenn du im Knast sitzt«, sagte Holly.

Nick starrte sie an. »Im Knast? Was soll das denn schon wieder heißen?«

»Daß du sehr schnell hinter Gittern landest, wenn du wieder in irgendwelche Schwierigkeiten kommst«, erwiderte sie. »Ich weiß, daß deine Anwältin es dir gesagt hat.«

Nicks Verwirrung schwand, und der Zorn kehrte wieder, doch er hielt ihn eisern unter Kontrolle. »Laß mich in Ruhe, Holly«, sagte er noch einmal. »Konzentriere dich darauf, dein eigenes Leben in den Griff zu bekommen, und vergiß, daß wir uns je gekannt haben.«

Holly schwieg einen Augenblick. Sie saß ganz still und aufrecht im Sessel, der so schwarz war wie ihr Nachthemd, die Beine übereinandergeschlagen, die Hände auf dem Knie.

»Weißt du eigentlich, wie sehr ich dich vermisse, Nick?« sagte sie dann und schaute an die Wand, nicht auf ihn. »Wie sehr ich es bedaure, daß ich dich ... vertrieben habe?«

Nick blickte sie verdutzt an. Was sollte dieser plötzliche Umschwung?

»Du mußt das alles vergessen, Holly«, sagte er. »Es spielt keine Rolle mehr.«

»Für mich schon.« Sie hob das Gesicht, richtete den Blick wieder auf ihn. »Bestimmt hast du inzwischen erkannt, Nick, daß kein Mensch – keine Julie Monroe noch sonst jemand – dich jemals so sehr lieben wird wie ich, nicht wahr?«

Nick schüttelte den Kopf. »Du bist nicht normal, Holly.«

Schmerz spiegelte sich in ihren Augen. »Bin ich deshalb nicht normal, weil ich dich liebe?«

»Du bist nicht normal, wenn du nicht endlich einsiehst, daß du die letzte Frau auf Erden bist, die *ich* jemals lieben könnte.« Es waren so deutliche Worte wie damals, als Nick nach dem Vorfall im Porzellangeschäft mit Holly auf der Christopher Street gestanden hatte, aber er wußte, daß er diese Worte noch einmal sagen mußte, daß er darauf hoffen mußte, daß Holly sie endlich verstand und akzeptierte.

Holly erhob sich und ging zu Nick hinüber. Für einen Moment glaubte er, sie wolle ihm ins Gesicht schlagen, doch er zuckte nicht einmal zusammen. Schließlich war sie klein und zierlich. Er hatte ganz vergessen, wie klein sie war.

Sie kam nicht zu ihm, um ihn zu schlagen, sondern um ihn zu küssen.

Sie legte Nick die Arme um den Hals und küßte ihn auf den Mund.

Nick stieß sie von sich. »Verdammt noch mal, Holly.«

»Was ist?« fragte sie. »Ich weiß, daß du es willst.«

Sie streckte den Arm aus, ergriff seine rechte Hand und drückte sie auf ihre linke Brust. Nick riß sich von ihr los. »Hör auf, Holly!« Er wandte sich ab, glaubte, ersticken zu müssen, verspürte beinahe ein Gefühl der Klaustrophobie. Er wollte raus hier, nichts wie raus.

»Warum willst du mich nicht?« fragte Holly mit leiser Ironie. »Habe ich die falsche Hautfarbe?«

Nick war bereits an der Zimmertür.

»Ist eine schwarze Muschi erregender für dich? Ist das der Grund?«

Wieder drehte Nick sich um – und fand sich in Hollys leidenschaftlicher Umarmung wieder. Er versuchte, sich von ihr zu lösen, kämpfte das Verlangen nieder, sie heftig von sich wegzustoßen, denn er wußte, daß sie es nur darauf anlegte, von ihm geschlagen und verletzt zu werden. Er wollte nur *raus* aus dieser Wohnung.

»Oh, komm schon, Nick«, sagte Holly. »Du willst es doch auch. Ich weiß es.«

»Nein, Holly, es ist ...«

Mit einem weiteren Kuß auf den Mund schnitt sie ihm das

Wort ab. Nick wich zurück, doch er hatte die Tür im Rücken, und Hollys Küsse wurden immer wilder, leidenschaftlicher – sie küßte sein Gesicht, sein Haar, seinen Hals. Er spürte ihre heiße, harte Zunge im linken Ohr; er bemerkte, wie ihre rechte Hand nach unten glitt, wie ihre Finger sich in sein Gesäß krallten – und für einen winzigen, verräterischen, unglaublichen Augenblick spürte er, wie sein Körper Hollys wilde Zärtlichkeiten unwillkürlich erwiderte ...

Oh, Himmel, nein! Das darf nicht geschehen!

»Siehst du?«

Ihre Hand zerrte an seinem Reißverschluß, und Holly wußte – Nick konnte sehen, daß sie es *wußte* –, was geschah, und sein Zorn loderte noch greller auf, und Gott sei Dank – *Gott sei Dank* – widerstand er diesem kurzen, heißen Aufflackern der Begierde ...

»Nein, Holly.« Er packte ihre Hand, die sein Glied berührte, und versuchte sie von sich zu drücken.

»Willst du mich denn nicht mehr? Willst du ihn mir nicht wieder in den Mund stecken, Nick?« Ihre Augen waren groß und voller Wildheit. »Ist Julie Monroe besser als ich? Ist es das? Bist du deshalb so scharf auf sie?«

»Halt's Maul!« Er stieß sie von sich. Seine Hände zitterten, als er sich den Reißverschluß zuzog.

»Macht es dir mehr Spaß, wenn Julie dir einen bläst, Nick? Nun sag schon!« Holly ließ nicht von ihm ab. »Ich will es nur mal ausprobieren, verstehst du? Weil ich wissen will, gegen wen ich kämpfen muß ...«

»Halt endlich die Klappe, Holly!« Nick stürmte aus dem Wohnzimmer in den kleinen rechteckigen Eingangsflur, doch seine Augen mußten sich erst an das schummrige Licht gewöhnen, und er brauchte einen Moment, um die Orientierung wiederzuerlangen.

»Liegt es daran, daß sie Tanzlehrerin ist, Nick?« Holly war dicht hinter ihm. »Hat Julie dir neue Stellungen beigebracht? Hat sie mehr Sex als ich? Ist sie geiler? Weiß sie, was man tun muß, damit du länger einen Steifen behältst als bei mir?«

Nick fuhr herum, starrte sie an. »Holly, ich warne dich ...«

»Schon wieder? Warum?« Mit zwei schnellen Schritten war sie zwischen Nick und der Wohnungstür. »Was ist verkehrt daran, wenn ich dir ein paar Fragen stelle? Habe ich nicht das Recht, neugierig auf die Frau zu sein, die dich mir gestohlen hat?«

»Das Stehlen ist eher dein Gebiet, Holly.« Nick kämpfte den schwersten Kampf seines Lebens, um nicht die Beherrschung zu verlieren und Holly zu packen und an die Wand zu schleudern, damit er endlich aus dieser verfluchten Wohnung kam ... doch es wurde immer schwieriger, es wurde beinahe *unmöglich*.

»Nick, oh, Nick.« Holly drückte auf einen Kippschalter neben der Tür, und eine Deckenlampe tauchte den Eingangsflur in helles Licht. »Das hier kannst du doch nicht vergessen haben, oder?« Sie knöpfte ihr schwarzes Nachthemd auf und entblößte ihre Brüste. »Na, erinnerst du dich daran? Du warst lange Zeit ganz scharf darauf, sie zu küssen ...«

Das scheußliche Gefühl, ersticken zu müssen, ließ Panik in Nick aufsteigen. Er riß Holly herum, stieß sie ein zweites Mal von sich, brutaler als zuvor, und sie prallte mit der rechten Schulter gegen den Rahmen der Wohnzimmertür. Doch sie lachte nur auf, sprang auf ihn zu, preßte ihren Körper fest an ihn, und diesmal konnte Nick nicht sagen, ob sie ihn biß oder küßte. Er spürte ihre Zähne, ihre Zunge an seinem Hals, am Ohr, an der Wange und konnte seine eigene Stimme hören, wie er sie anschrie, sie solle ihn endlich in Ruhe lassen, sie solle aufhören, und seine Stimme war dermaßen schrill, daß sie gar nicht ihm zu gehören schien, sondern einem Fremden, und er roch Hollys Parfüm, diesen vertrauten Duft, und Erinnerungen an ihren Körper stiegen in ihm auf, und er hatte das Gefühl, jeden Augenblick vor Zorn explodieren zu müssen oder vor Lust ...

Er schlug zu.

Der Schock ließ Holly für einen Moment innehalten – beide verharrten keuchend, regungslos, starrten einander stumm an. Nick hatte den Eindruck, in Hollys Augen für einen winzigen Moment eine heiße, grelle Flamme auflodern zu sehen – teils Furcht, teils Erregung. Dann warf sie ihm sich wieder in die Arme, rieb ihr Becken an dem seinen, verlangend und hemmungslos ...

»Ich sagte *nein*!« brüllte Nick und schlug sie noch einmal.

Sein Leben lang war Nick der Meinung gewesen, nie zu einem solchen Gewaltausbruch fähig zu sein. Nicht einmal damals, als die zwei Drogendealer ihn zusammengeschlagen und Holly ihn verraten hatte, wäre er imstande gewesen, sie zu schlagen. Er war von Natur aus ein sanfter Mensch. Niemals, nicht in seinen wildesten Träumen hätte er sich auch nur vorstellen können, jemals eine Frau zu schlagen. Diesmal hatte er es getan, und was beinahe noch schlimmer war: Es hatte ihm ein Gefühl der Erleichterung verschafft.

Mein Gott, dachte Nick. *Mein Gott.*

Aber da lag Holly vor ihm, auf dem Fußboden. Und verrückt wie sie war, packte sie ihn schon wieder, zog ihn zu sich herunter auf den Teppich ... und selbst jetzt noch zerrte sie an seiner Kleidung; sie wollte ihn noch immer, und ... o Gott ... er schlug sie noch einmal und hörte, wie sie scharf den Atem ausstieß und ein seltsames Stöhnen von sich gab ... nein, er selbst war es, der diese Laute ausstieß ...

Mit einem letzten schrecklichen Stöhnen riß er sich von ihr los.

Er wußte, was er getan hatte.

Holly lag schwer atmend auf dem schwarzen Teppich. Ihre Unterlippe blutete, ihr Gesicht war gerötet, und auf ihrer linken Wange war der Abdruck seiner Hand zu sehen; ein weiterer befand sich auf der weißen Haut dicht über ihrer nackten rechten Brust.

Sie starrte zu ihm hinauf. Ein paar schreckliche Sekunden lang glaubte Nick, sie schlimm verletzt zu haben. Sein Körper, sein Inneres bebten vor Angst und Entsetzen.

Bis er den Ausdruck in Hollys Augen erkannte. Es war keine Angst. Es war kein Schmerz. Es war nicht einmal Haß.

Es war Triumph.

»Oh, Nick«, sagte sie ganz leise.

Nick hatte das Gefühl, sich übergeben zu müssen. Er schaute zur Tür, richtete den Blick dann wieder auf Holly. Mehr als alles andere wünschte er sich, von hier fort zu sein, von *ihr* fort zu sein.

Er versuchte zu sprechen, brachte aber kein Wort hervor.

»Oh, Nick«, sagte Holly noch einmal. Sie lag völlig regungslos am Boden.

Nick holte tief und zitternd Atem und hielt sich für einen Moment an der Wand fest, bis die schlimmste Übelkeit verebbt war. Noch einmal atmete er tief durch.

»Bist du verletzt?« Seine Stimme war kehlig und heiser. »Brauchst du einen Arzt?«

Holly schüttelte den Kopf, blieb aber regungslos liegen.

Wieder verspürte Nick lähmende Angst.

»Du lieber Himmel, ich habe dich verletzt.« Er ließ sich neben Holly auf die Knie fallen. »Wo tut es weh, Holly? Was ... habe ich getan?«

»Genau das, was du tun solltest«, flüsterte sie.

»Versuch aufzustehen, Holly.«

»Nein.«

Und dann – mit einer langsamen, fließenden, theatralischen Bewegung – streckte sie die Arme nach ihm aus, und Nick erkannte mit Entsetzen, daß sie ihn immer noch wollte – trotz allem, was geschehen war.

»O Gott«, stieß er hervor und erhob sich schwankend. »O Gott, Holly, du bist krank ... so krank.«

Er kehrte ihr den Rücken zu und ging zur Tür.

»Geh nicht«, hörte er Holly sagen, die immer noch am Boden lag.

Er drehte den Türknopf.

»Bitte«, sagte Holly.

Er öffnete die Tür.

»Bleib«, sagte sie, »oder es wird dir verdammt leid tun.«

Er rannte los.

32

Das war der lange und schreckliche Abend, an dem ich die Entscheidung traf, New York zu verlassen und nach Kalifornien zu übersiedeln.

Die Furcht war mein Antrieb. Es gab keinen anderen Grund, mag er abstoßend oder ehrenhaft oder sonst etwas sein. Ich hatte bloß eine Heidenangst. Wegen dem, was ich Holly angetan hatte. Was ich ihr vielleicht sonst noch angetan hätte, hätte ich völlig die Beherrschung verloren. Oder was vielleicht geschehen wäre, hätte ich sie noch einmal wiedergesehen. Und wäre ich in der Stadt geblieben, wäre ich Holly irgendwann unweigerlich begegnet.

Auch vor den Cops hatte ich Angst – aus gutem Grund, denn Liza Montgomery hatte es mir deutlich genug zu verstehen gegeben, und das war zu einer Zeit, bevor ich Holly geschlagen hatte, um Himmels willen. Ich war ausdrücklich verwarnt worden, mich in Zukunft von allen Schwierigkeiten mit der Polizei und der Justiz fernzuhalten. Seit dieser Warnung waren erst fünfzehn Monate vergangen; hätte Holly mich wegen tätlichen Angriffs verklagt – und ich will gar nicht erst daran denken, was sie bei ihrer Version dieses Vorfalls noch alles dazu erfunden hätte –, wäre ich mit Sicherheit im Gefängnis gelandet.

Ich wollte nicht ins Gefängnis.

Ich wollte nicht in der gleichen Stadt wohnen wie Holly Bourne.

Die Vorbereitungen, so provisorisch und unzureichend sie auch waren, brauchten dennoch Zeit. Fast sechsunddreißig Stunden vergingen, bis ich ins Flugzeug nach Los Angeles steigen konnte. Ich kam ins Schwitzen, als ich schon wieder meinen Mietvertrag kündigen mußte, meine drei Jobs kündigte, meine Sachen packte, den Flug buchte und für den Transport jener Gemälde sorgte, die mir zu kostbar waren, als daß ich sie zurücklassen wollte.

Ich erzählte niemandem etwas von meinen Plänen, nicht einmal meinen Eltern. Ich glaube, ich hatte insgesamt nicht länger als eine halbe Stunde geschlafen, als ich schließlich ins Flugzeug stieg. Die ganze Zeit vorher hatte ich ängstlich darauf gewartet, daß jemand an die Tür klopfte: die Polizei mit einem Haftbefehl, Richard oder Eleanor Bourn – oder Holly selbst.

Die Angst von damals kehrt nur dann wieder, wenn ich daran denke, daß Nina irgendwann herausfinden könnte, was geschehen ist.

Meine Frau hat einen wahren Helden zum Mann.

Ich hätte es noch fertiggebracht, Nina zu erzählen, daß ich ein Narr gewesen war, Holly wieder in mein Leben hineinzulassen, nachdem ich sie Bethesda verlassen hatte. Ich hätte es auch fertiggebracht, Nina zu erzählen, was alles geschehen war, nachdem Holly mir damals nach New York gefolgt war. Ich hätte Nina vom Sex mit Holly erzählen können und von all den Schwierigkeiten, von Hollys Machenschaften und dem Ärger mit der Polizei. Ich hätte Nina sogar gestehen können, daß es letztlich Feigheit gewesen war, die mich nach Kalifornien geführt hatte.

Aber Nina von meinem Gewaltausbruch zu erzählen, hätte ich niemals über mich gebracht.

Genausowenig könnte ich ihr nie davon erzählen, was ich ein paar Sekunden lang empfunden hatte, als ich Holly Bourne schlug: daß es das Richtige war, das einzige, was ich tun konnte.

Aber das werde ich Nina nie im Leben erzählen. Um keinen Preis der Welt.

33 AUGUST

Seit ein paar Tagen muß Phoebe nicht mehr künstlich beatmet werden, Gott sei Dank. Sie ist außer Lebensgefahr. Doch seit ihrem Unfall hat sie kein Wort gesprochen – kein einziges Wort. Ihre Stummheit, dazu die gebrochenen Arme, machen sie beinahe vollkommen hilflos.

Die Ärzte versichern uns immer wieder, daß Phoebe keine bleibenden Hirnschäden davongetragen hat und daß ihre Stummheit in absehbarer Zeit ein Ende haben wird. Doch die Tage vergehen, und ich weiß, daß weder Nina noch William den Ärzten glauben. Und deshalb schwebt ständig das Schreckgespenst einer unerkannten Hirnverletzung Phoebes über uns wie ein düsterer, deprimierender Nebel.

Endlich gibt es gute Neuigkeiten. Wundervolle Neuigkeiten. Unser süßes kleines Mädchen hat die Gelbsucht und seine Atemprobleme überwunden und ist inzwischen kräftig genug geworden, daß Sam Ellington, der Geburtshelfer, zuversichtlich ist, daß Zoë bald das Krankenhaus verlassen und zu uns nach Hause kann.

Ich habe eine Zeichnung gemacht, auf der zu sehen ist, wie Sam Ellington unsere kleine Tochter in den Armen hält; denn Sam ist ein großer, massiger, schwarzhäutiger Mann, ein wahrer Kleiderschrank von einem Kerl, doch er hat engelsgleich zarte Hände, und er hat geholfen, unser Töchterchen zu retten, und ist mir deshalb sehr ans Herz gewachsen. Noch habe ich nicht einmal den Versuch unternommen, Nina zu zeichnen, wie sie Zoë stillt, wenngleich ich stets dabei zuschaue. Für mich ist es der schönste Anblick meines Lebens. Vielleicht habe ich Mutter und Tochter deshalb noch nicht gezeichnet, weil ich befürchte, meine Empfindungen gar nicht richtig wiedergeben zu können. Es übertrifft alles, was ich mir je erträumt habe. Es ist die aufrichtigste Liebe und Wärme und Geborgenheit. Es ist ein Geben und Nehmen und Zurückgeben – ein perfekter, elementarer Kreis, der alles umfaßt, was wichtig ist, was wirklich zählt. Es läßt Nina und mich für einige wundervolle Minuten unsere Angst um Phoebe vergessen.

Williams Mißtrauen mir gegenüber, das durch Lawrence Dinkins Besuch noch größer geworden ist, hat offenbar kein bißchen nachgelassen. Unmittelbare Beschuldigungen hat mein Schwiegervater ohnehin nie gegen mich erhoben (er ist kein Dummkopf; er weiß, wie Nina darauf reagieren würde). Ich habe jedoch das unbestimmte Gefühl, daß ich in Ermangelung anderer Kandidaten ganz oben auf der Liste von Williams Verdächtigen stehe, was Phoebes Unfall betrifft.

Ich habe versucht, mit Nina darüber zu reden. In den letzten zwei Jahren habe ich sie zu mehr als genug Treffen der Anonymen Alkoholiker begleitet, um zu wissen, daß es nicht gut für sie ist, wenn ich Ängste und Sorgen von ihr fernhalte – und das will sie auch gar nicht. Doch von diesen unsinnigen Verdächtigungen ihres Vaters möchte sie nichts wissen.

»Du redest dir bloß etwas ein«, sagte sie erst gestern morgen im Krankenhaus zu mir, als ich das Thema erneut zur Sprache brachte, nachdem William sich wieder einmal geweigert hatte, in meinem Beisein über Phoebe zu sprechen. Wir befanden uns in demselben Wartezimmer, in dem wir mit Dinkin gesessen hatten. Mittlerweile hasse ich diesen Raum – wie auch den Geruch, den Anblick und die Geräusche im Krankenhaus.

»Was private Dinge betrifft, ist Dad bloß ein bißchen überempfindlich«, sagte Nina. »Das war schon immer so, wenn es um ...«

»Wenn es um Außenstehende ging?«

»Du gehörst zur Familie!« protestierte Nina. »Dad hat sich bloß noch nicht daran gewöhnt, daß wir nun zu dritt sind.« Sie schaute mich an, sah den Schmerz auf meinem Gesicht. Ich war wütend auf William, versuchte aber um Ninas willen, meinen Zorn im Zaum zu halten. »Es fällt ihm sehr schwer«, murmelte Nina, »jemanden in unsere Familie aufzunehmen.«

»Ich bin dein Mann, Nina, und das schon eine ganze Weile.«
»Und Zoës Vater«, fügte sie hinzu.
»Dem Zoës Großvater nicht über den Weg traut«, sagte ich.
»Bitte, Nick, tu mir das nicht an.«
»Was?« fragte ich, wenngleich ich genau wußte, was sie meinte.
»Zieh mich nicht in diese Sache hinein.« Sie schüttelte den Kopf. »Ich kann mich zur Zeit nicht auch noch damit belasten.«

Ich wurde von Schuldgefühlen geplagt, wie so oft in diesen Tagen. Aber Nina hatte recht. Sie hatte schon Sorgen genug; hätte ich ihr auch noch meine Probleme aufgeladen, wäre sie nicht damit fertig geworden. Ich sagte ihr, daß es mir leid täte und daß sie die ganze Sache vergessen solle. Und als Nina mir sagte, das Verhalten ihres Vaters würde sich ändern und daß er bald genausoviel Vertrauen zu mir hätte wie sie selbst – und wie Phoebe –, tat ich so, als würde ich ihr glauben.

Der Haken an der Sache war, daß William Fords Einschätzung meiner Person gar nicht so abwegig war. Natürlich hätte ich Phoebe nie etwas zuleide tun können; eher hätte ich mir beide Arme abgehackt. Ich verehre und bewundere meine Schwägerin. Nina weiß es – und Phoebe ebenfalls.

Andererseits wissen sie nicht, was ich Holly angetan hatte.

34

Holly weiß es. Sie wird es nie vergessen. Nicht einen Augenblick von dem, was damals geschehen ist.
Doch sie liebt Nick immer noch.
Sie weiß, daß es seltsam ist, wenn man bedenkt, was er ihr angetan hat. Wie er sie im Stich gelassen hat.
Aber Nick wurde immer schon irregeleitet.

Nachdem er sie damals geschlagen hatte, aus ihrer Wohnung geflüchtet war und sie blutend und hilflos auf dem Boden liegen ließ, hatte Holly in Erwägung gezogen, die Polizei anzurufen, Nick anzuzeigen und ihn hinter Gitter zu bringen. Ihn bezahlen zu lassen, bereuen zu lassen. Seine Zukunft zu zerstören.

Doch die Zeit verrann, während Holly auf dem schwarzen Teppich liegenblieb – nicht weil sie zu schwer verletzt war, um aufstehen zu können, sondern weil sie liegenbleiben wollte, wo Nick sie verlassen hatte; sie mußte das Geschehene wieder und wieder vor ihrem inneren Auge Revue passieren lassen, es immer wieder aufs Neue zum Leben erwecken.

Der physische Kontakt, die körperliche Nähe bei diesem letzten Kampf zwischen ihnen beiden. Der Geruch, das Gefühl, der Geschmack. Der Schmerz und das plötzliche Hochgefühl, als Nick sie geschlagen hatte. Die triumphale Erkenntnis, daß sie ihn tatsächlich so weit hatte bringen können.

Den größten Teil der Nacht blieb Holly auf dem schwarzen Teppich liegen, bis sie schließlich einschlief – genau an der Stelle, an der sie und Nick sich zum letztenmal umarmt hatten. In dieser Nacht träumte Holly von ihrem Bruder – den gleichen, schrecklichen, kräftezehrenden Traum wie jede Nacht –, und als sie aus ihrem unruhigen Schlaf erwachte und sich mühsam erhob, waren alle Leidenschaft, aller Triumph verflogen; sie hatte Schmerzen, und ihr war kalt, und sie war von einer Trostlosigkeit erfüllt, wie seit Erics Tod nicht mehr.

Holly erinnerte sich noch gut an dieses Gefühl: diese plötzliche, schreckliche, lähmende Erkenntnis, Nick wirklich und wahrhaftig verloren zu haben. Er ist tatsächlich fort. Und dann, eine Woche später, entdeckte Holly, daß er sogar New York verlassen hatte und daß niemand zu wissen schien (oder ihr sagen wollte), wohin er gereist war. Als Holly – wieder eine Woche später – nach Hause fuhr, um dort das Weihnachtsfest und ihren Geburtstag zu feiern und Kate und Ethan Miller ihr sagten, sie hätten keine Ahnung, wo Nick die Feiertage verbringe, wurde das Gefühl des Entsetzens, das tief in Hollys Innerem gefangen war, noch intensiver und quälender. Doch sie ließ sich ihre Empfindungen nicht anmerken. Nach außen hin gab sie sich als die Holly, die in Kürze ihr juristisches Hauptstudium aufnehmen und die Fakultät im Sturm erobern wird. Sie muß die perfekte Tochter spielen, auf die ihre Eltern stolz sein können, und mag es ihr noch so schwerfallen.

Mühsam hielt sie diese Fassade über die Feiertage aufrecht, bis sie am zweiten Januar zurück nach New York flüchtete.

Auf dem Flug vom Dulles Airport nach La Guardia und während der Taxifahrt nach Manhattan war sie sehr still und in sich gekehrt. Sie ließ ihre Taschen vom Portier in den zehnten Stock bringen und gab ihm fünf Dollar Trinkgeld; dann schloß sie die Wohnungstür und wartete, bis sie die Geräusche des Aufzugs hörte, mit dem der Portier wieder hinunter in die Eingangshalle fuhr.

Dann ließ sie ihren aufgestauten Gefühlen freien Lauf.

Als sie wieder zur Besinnung kam, sah sie, daß sie die Füllungen aus ihren schwarzen Sesseln herausgerissen hatte und ihre beiden mattschwarzen Beistelltische beinahe zu Kleinholz zertrümmert hatte und daß ihre Hände aufgerissen und blutig waren.

Aber sie fühlte sich besser.

Gut genug, um weitermachen zu können.

Nick hat dir mit seiner Abreise einen Gefallen getan, sagte Holly sich, als sie aus der Düsternis in ihrem Inneren wieder zum Vorschein kam. Sie war schon einmal aus dieser Schwärze aufgetaucht, mit Nicks Hilfe, dank seiner freundschaftlich ausgestreckten Hand. Diesmal jedoch gab es keinen Nick, der ihr helfen konnte – aber das ist schon in Ordnung, sagte sich Holly, versprach sie sich selbst; sie wurde auch ohne ihn stärker und tüchtiger, erfahrener und selbständiger. Sie konnte sich der Welt auch ohne ihn stellen, konnte ihre Schlachten alleine schlagen.

Holly zwang sich, für kurze Zeit die Ereignisse zu überdenken, die sie zu einem solchen Tiefpunkt geführt hatten, der ihre reine Liebe zu Nick in Besessenheit verwandelt hatte. Dieses In-sich-Gehen förderte zwar nur wenige Antworten zutage, aber zumindest, sagte sich Holly mit einer gewissen Genugtuung, hatte sie sich selbst nun besser erkannt und akzeptiert, daß ihre Liebe sich tatsächlich in eine derartige Besessenheit verwandelt hatte, daß sie davon beinahe in den Abgrund getrieben worden wäre.

Beinahe.

Es hätte dir gar nicht Besseres passieren können als Nicks plötzliches Verschwinden. Das sagte sich Holly ein paarmal jeden Tag, bis es zu einer Art Mantra wurde. Nick hatte ihre Freiheit beschnitten, als er noch in Manhattan gewesen war; er hatte ihr Streben nach Unabhängigkeit gehemmt und ihre Kräfte geschwächt. Nun, da er von der Erde verschwunden war, konnte sie wieder sie selbst sein, Holly Bourne, aufstrebend, ehrgeizig und bereit zu neuen Taten.

Dies war der Beginn jener Phase in Hollys Leben, da sie zum erstenmal das Gefühl hatte – zum erstenmal aufrichtig glaubte –, sich von dem Bann Nick Millers befreit zu haben. Nun begann jener Abschnitt ihres Lebens, in dem ihre Liebe dem Studium galt und den Zielen, die sie anstrebte, während die zügellose, zerstörerische Seite ihrer Persönlichkeit in den Hintergrund trat. Das riesige Meer der Rechtswissenschaften mit all seinen Tiefen und Geheimnissen, die große Bucht des Körperschaftsrechts, die schäumenden Klippen des Strafrechts kristallisierten sich für Holly Bourne langsam, aber mit faszinierender Präzision immer deutlicher heraus. Studentin und Geliebte des Rechts. Kein Mann konnte ihr so viel geben. Nicht einmal Nick Miller.

Ungefähr drei Jahre nach Beginn ihres neuen Lebens reiste Holly wieder nach Hause auf Besuch zu ihren Eltern, als sie auf der Straße zufällig Ethan Miller über den Weg lief. Und von Ethan erfuhr Holly schließlich, daß Nick in Kalifornien lebte.

Diese Neuigkeit – das plötzliche Wissen, wo das Objekt ihrer einstigen Leidenschaft sich aufhielt – warf Holly fast aus der Bahn, raubte ihr wochenlang die Konzentration, den klaren Blick und die Zielgerichtetheit; dann aber schienen die Wogen sich wieder zu glätten. Nick lebte auf der anderen Seite der USA. In einer anderen Welt. Nicht in ihrer Welt.

Dann aber hörte Holly das erste Mal von Nina Ford.

Und einen Monat später, im April 1995, erfuhr sie, daß Nick diese Frau geheiratet hatte.

Damit brach für Holly alles zusammen. Sie hatte das Gefühl, in eine dunkle, endlose Spirale gesogen und sämtlicher Schutzhüllen beraubt zu werden – dem Studium, ihren Erfolgen, den neuen Freunden, der Normalität. Dies alles schwand dahin, als wären es Bestandteile einer verrückten Selbsttäuschung: daß Holly Bourne tatsächlich ein Leben ohne Nick Miller führen konnte. Von diesem Augenblick an waren alle Gedanken Hollys, alle Sehnsüchte, alle Kraft und alle Konzentration wieder auf Nick gerichtet.

Auf seinen Verrat.

Und darauf, es ihm heimzuzahlen.

Als Holly die Warnschilder an dem baufälligen Haus in Haight Ashbury entfernte und Nicks Frau das Fax schickte, wußte sie natürlich, daß die Möglichkeit bestand, daß Nina Miller ungeschoren davonkam oder nur leichte Verletzungen davontrug. Es war ein Spiel – für Nina gefährlich, für Holly dagegen nur mit geringen Risiken verbunden. Aber dieses Spiel schlug fehl. Doch selbst wenn es Holly gelungen wäre, Nina zu töten und aus Nicks Leben zu entfernen – es wäre nur ein erster Schritt gewesen.

Schließlich war es hier und jetzt ohne Bedeutung, ob Nina

lebte oder starb. Es zählte allein, daß Nick zu Holly zurückkam. Und weil Holly alles andere als dumm war, wußte sie genau, daß Nick niemals zu ihr zurückkehren würde – nicht ohne einen Anstoß, wie immer der auch aussehen mochte.

Holly weiß jetzt, was sie will.

In den letzten Jahren hat sie vieles gelernt.

Sie will erreichen, daß Nick sie braucht.

Das ist fast noch wichtiger als die Liebe, die sie für ihn empfindet.

35

An dem Tag, als sie das Krankenhaus verließen und sich nach Hause in die Antonia Street begaben, machten Nina, Nick und Zoë einen Besuch bei Phoebe. Es war der Beginn ihres gemeinsamen Lebens als Familie.

Wie die meiste Zeit war William auch diesmal in Phoebes Krankenzimmer (Nick hatte allmählich den Eindruck, als wollte er dort Wache halten, damit der böse Schwiegersohn sich nicht hereinschlich und seine jüngere Tochter mit einem Kissen erstickte). Phoebe brachte nur ein schwaches, besorgniserregend abwesendes Lächeln zustande, als sie die drei ins Zimmer kommen sah. Ganz sanft legte Nina ihr Töchterchen auf Phoebes Brust, und nicht zum erstenmal betete Nick stumm, daß diese Geste bewirken möge, was sie alle herbeisehnten: daß die schlichte Berührung durch das Baby Phoebes Krankheit heilte und das geheimnisvolle, bösartige Etwas, das ihr die Sprache geraubt hatte, aus ihrem Körper vertrieb.

Doch die wundersame Heilung blieb aus. Statt dessen fing Phoebe zu weinen an. Tränen strömten über ihre bleichen, eingefallenen Wangen, und ihr lief die Nase. Nina zog zwei Tücher aus der Kleenex-Schachtel, die auf dem Tisch neben dem Bett stand, und tupfte ihrer Schwester behutsam das Gesicht ab. Dann brach auch sie in Tränen aus.

»Es wird alles gut«, sagte William zu seinen beiden Töchtern. »Es kommt alles wieder in Ordnung.«

Zoë, die bis dahin stumm und geduldig gewesen war, begann zu strampeln und gab klägliche Laute von sich. Nick beugte sich vor und hielt das kleine Mädchen fest, falls es mit den Beinchen trat und zur Seite rollte.

»Ich nehme sie«, sagte William rasch und griff ebenfalls nach der Kleinen.

Nina hob den Blick. Ihre Augen, die feucht von Tränen schimmerten, blickten scharf. »Nein, Dad«, sagte sie. »Nick hält sie schon fest.«

Gerade hatte Nick sein Töchterchen hochgehoben, als jemand an die Tür klopfte; dann steckte Sam Ellington den Kopf ins Zimmer.

»Nick«, sagte er leise und verlegen. »Da möchte Sie jemand sprechen.«

»Wer?« Nick spürte die Wärme von Zoës winzigem Körper an seiner Brust und bedeckte die weiche Stelle an dem kleinen Kopf schützend mit der Handfläche seiner Rechten.

»Ich glaube, Sie sollten lieber nach draußen kommen«, sagte der Geburtshelfer. »Mom kann ja solange mit Zoë schmusen, bis Sie wieder zurück sind.«

»Nicholas Miller?«

Auf dem Flur vor Phoebes Zimmer warteten zwei Männer in dunklen Anzügen.

»Ja.«

»Inspektor Abbott, Polizei von San Francisco, Drogendezernat.« Einer der Männer war untersetzt, mit dunklem, pomadisiertem Haar; auf seiner Oberlippe schimmerten Schweißtropfen. Er hielt Nick seine Dienstmarke hin.

»Inspektor Riley.« Der andere Mann war größer und schlanker als Abbott und trug sein blondes Haar militärisch kurz geschnitten.

Nick blickte Sam Ellington an. »Geht es um Phoebe?«

Ellington zuckte die Achseln. »Das weiß ich nicht, Nick.«

Abbott zog ein Schriftstück aus der Brusttasche seiner Anzugjacke und hielt es Nick hin. »Wir haben einen Durchsuchungsbefehl für Ihr Haus, Mr. Miller, und möchten Sie bitten, uns dorthin zu begleiten.«

Der plötzliche Schreck traf Nick wie ein Schlag in den Magen. Lebendige, beängstigende Bilder aus einem anderen Leben schossen ihm mit einem Mal durch den Kopf. Seine Verhaftung in New York. Liza Montgomery, die ihn eindringlich warnte, sich aus allem Ärger mit der Polizei herauszuhalten. Das überwältigende Gefühl der Erleichterung nach seiner Entlassung aus dem Polizeigewahrsam.

Und die Schrecken am Abend seiner letzten Begegnung mit Holly Bourne, kurz bevor er nach Venice, Kalifornien entkommen war. Das war jetzt sechs Jahre her – sechs Jahre, um Himmels willen. Was wollten diese Männer von ihm?

Rauschgiftdezernat. Vielleicht hatte es mit der alten Geschichte damals in New York zu tun. Bestimmt nicht mit dem tätlichen Angriff auf Holly.

Immerhin, ein kleiner Trost.

»Ich verstehe nicht«, sagte Nick. »Wieso wollen Sie mein Haus durchsuchen?« Aus dem Augenwinkel sah er Ellingtons besorgtes, verwirrtes Gesicht.

»Bitte, begleiten Sie uns erst einmal, Sir«, erwiderte Abbott.

Inspektor Riley legte Nick mit Nachdruck eine Hand auf die Schulter.

Mit einem Mal war aller Mut verflogen. »Meine Frau«, sagte Nick, und seine Zunge fühlte sich plötzlich dick und belegt an. »Wir wollten heute nach Hause. Mit unserem Baby ...«

»Die beiden können gern mit uns kommen.« Rileys Atem roch nach Kaugummi und Zigaretten.

»Allerdings«, erklärte Abbott, »würde ich Ihnen davon abraten.«

Die Tür zu Phoebes Zimmer wurde geöffnet und Nina erschien, Zoë in den Armen. Schützend trat Sam Ellington zwischen Nina und die beiden Beamten.

»Sie können mit uns kommen und uns in Ihr Haus lassen«, sagte Riley zu Nick, »oder Sie bleiben hier, und wir brechen die Tür auf.«

»Was ist hier los?« Nina starrte auf Rileys Hand, die immer noch auf Nicks Schulter lag. »Nick?«

Nick schüttelte den Kopf. »Das ist verrückt.«

»Gehen Sie mit den beiden«, riet Sam Ellington. »Ich werde es Nina erklären, und dann verständigen wir als nächstes einen Anwalt.«

»Wieso braucht Nick einen Anwalt?« Plötzliche Panik spiegelte sich auf Ninas Gesicht. Sie blickte Sam Ellington an. »Was hat das alles zu bedeuten?«

»Die Männer wollen unser Haus durchsuchen«, sagte Nick. »Nach Drogen.«

»Das ist ja lächerlich.«

»Natürlich ist es lächerlich«, erwiderte Nick. »Aber die Männer haben einen Durchsuchungsbefehl.« Er schaute Ellington an. »Ich werde keinen Anwalt brauchen.«

»Natürlich brauchst du einen Anwalt«, sagte Nina. »Ich rufe Michael Levine an ... er wird uns den richtigen Mann empfehlen können ...«

»Nein«, sagte Nick mit Schärfe in der Stimme. »Kein Anwalt. Die Sache kommt auch so in Ordnung.« Er trat auf Nina zu, und Inspektor Riley ließ seine Schulter los. »Sie werden nichts finden ... das weißt du so gut wie ich. Da muß irgendein Irrtum vorliegen.«

»Ich verstehe nicht ...« Ninas Fassungslosigkeit wuchs mit jeder Sekunde. »Warum tun die Männer das?« Sie blickte die Beamten an. »Warum tun Sie das?«

»Je eher wir anfangen, desto eher sind wir fertig«, erklärte Abbott, der höflicher auftrat als sein Partner.

»Ich komme mit«, sagte Nina.

»Nein.« Wieder war Nicks Stimme scharf. Er blickte auf Zoë, die sich an die Schulter der Mutter kuschelte. »Du bleibst hier. Mit dem Baby. Bei deiner Familie. Komm erst nach Hause, wenn ich es dir sage.«

»Es könnte sein, daß wir Sie später noch brauchen, Mrs. Miller«, sagte Abbott.

»Sie werden dich nicht brauchen.« Nick schaute seiner Frau in die Augen, die vor Schreck und Furcht geweitet waren. »Weil diese Männer nichts finden werden, mein Schatz.«

»Das ist wirklich lächerlich.« Nina war hin und her gerissen zwischen Zorn und Tränen. »Herrgott, ich will mit Zoë nach Hause!«

»Ich weiß«, sagte Nick, »und ich werde dich und die Kleine abholen, sobald diese Farce zu Ende ist.«

»Dann los, Nick«, drängte Ellington. »Sehen Sie zu, daß Sie diesen Unsinn hinter sich bringen. Wir werden uns solange um Zoë kümmern.«

Als sie in der Antonia Street eintrafen, standen zwei weitere Wagen vor dem Haus, und in dem Augenblick, als Nick die Haustür öffnete, sah er eine Heerschar von Polizeibeamten, uniformiert und in Zivil, die das Innere des Hauses auf den Kopf stellten.

Es sah beinahe wie eine Plünderung aus. Möbel waren verstellt, Schränke durchwühlt. Eine besorgte, völlig verstörte Nina rief inmitten dieses Chaos vom Krankenhaus an. Am Telefon in der Küche log Nick ihr vor, daß alles in Ordnung sei – als im gleichen Augenblick ein Teller zu Boden fiel und mit lautem Klirren zersprang; außerdem machten zwei Männer sich lautstark am Herd zu schaffen. Nick wußte, daß Nina wahrscheinlich mehr als genug hörte, um zu wissen, daß gar nichts in Ordnung war.

»Ich habe Michael Levine angerufen«, sagte Nina. »Er hat uns einen Strafverteidiger namens Chris Field empfohlen ... Levine versucht gerade, diesen Mann zu erreichen.«

»Wir brauchen keinen Anwalt, Nina«, sagte Nick mit angespannter Stimme, während er die zwei Beamten beobachtete, die soeben die Tür des Küchenherds abschraubten. »Ich habe dir doch gesagt, daß die Leute hier nichts finden werden.«

»Warum schauen sie dann nach?« fragte Nina.

Gute Frage.

Pakete mit Mehl, Nudeln und Zucker wurden aufgerissen und der Inhalt auf der Küchenanrichte verstreut. Im Schlafzimmer wurden die Kissen und Decken, sogar die Vorhänge an den Nähten aufgeschlitzt; eine Nachttischlampe wurde umgestoßen, fiel zu Boden und zerbrach. In Nicks Atelier wurden sämtliche Tuben mit Öl- und Acrylfarbe bis zum letzten Rest ausgedrückt; kostbare Gemälde wurden rücksichtslos aus den Rahmen geschnitten. Auch Ninas Make-up – Fläschchen, Gefäße, Tuben, sogar eine Schachtel Tampons – wurde durchwühlt.

Nicht einmal das liebevoll vorbereitete Kinderzimmer blieb verschont. Zoës Bettchen wurde durchwühlt und Kartons mit Windeln und Babypuder aufgerissen und sogar die weichen Plüschtiere, die Nina und Nick ihrer kleinen Tochter gekauft und liebevoll arrangiert hatten, um ihr einen behaglichen Empfang zu bereiten, wurden aufgeschlitzt.

Gefunden wurde nichts.

»Ich habe Ihnen ja gleich gesagt, daß Sie nichts finden«, wandte Nick sich an Inspektor Abbott, als sämtliche Beamte das Haus verließen.

»Das sagt vorher jeder«, erwiderte Abbott.

»Ich bin aber nicht jeder«, sagte Nick gereizt. »Und jetzt sagen Sie mir, wie Sie auf den Gedanken gekommen sind, daß wir in unserem Haus Drogen verstecken.«

»Sie wurden schon einmal wegen Verdachts auf Drogenbesitz verhaftet«, erklärte Riley.

Nick starrte ihn an. »Vor sieben Jahren, in New York. Außerdem war es ein Irrtum. Die Anklage wurde fallengelassen, und ich kam auf freien Fuß.«

»Aber es steht immer noch in Ihrer Akte«, sagte Abbott.

»Na und? Was hat das schon zu bedeuten?« Nick konnte seinen Zorn nur mühsam im Zaum halten. »Daß Sie das Recht haben, die Häuser sämtlicher Personen auf den Kopf zu stellen, die jemals wegen falscher Anschuldigungen verhaftet wurden?«

»Wir hatten einen triftigen Grund, Ihr Haus zu durchsuchen«, erklärte Abbott.

»Was, zum Teufel, soll das denn heißen?«

Riley öffnete die Eingangstür. »Daß ein Richter der Ansicht war, daß ausreichende Verdachtsmomente gegen Sie vorlagen, um einen Durchsuchungsbefehl auszustellen.«

»Das ist keine Erklärung«, entgegnete Nick. Verzweiflung schlich sich in seine Stimme.

»Sie haben Glück gehabt, Sir«, meinte Abbott. »Ich an Ihrer Stelle würde mich damit zufrieden geben.«

»Und was ist mit der Schweinerei, die Ihre Leute hinterlassen haben? Meine Frau und unsere kleine Tochter wollten heute aus dem Krankenhaus nach Hause kommen.«

Vor der Tür drehten die beiden Detectives sich noch einmal zu Nick um.

»Dann würde ich schleunigst mit dem Aufräumen anfangen«, meinte Riley.

»Es ist vorbei«, sagte Nick am Telefon zu Nina. »Alles in Ordnung.«

»Haben sie nichts gefunden?«

»Natürlich nicht. Hast du etwa damit gerechnet?«
»Warum sucht die Polizei dann bei uns nach Rauschgift?«
»Keine Ahnung«, erwiderte Nick. »Sie wollten mir nichts sagen.«
»Vielleicht sagen sie es einem Anwalt.«
»Das bezweifle ich.« Nick versuchte, mehr Zuversicht in seine Stimme zu legen. »Hauptsache, es ist vorbei.«
»Bist du sicher?«
»Es gibt keinen Grund mehr, bei uns herumzuschnüffeln. Die haben nicht mal 'ne Zigarette gefunden.«
Ninas Stimme war immer noch zittrig, doch ihre Erleichterung war herauszuhören. »Sollen Zoë und ich mit einem Taxi kommen?«
»Nein. Am besten, du bringst die Kleine gar nicht her. Jedenfalls nicht heute.«
»Und warum nicht?«
»Weil die Cops unsere Wohnung regelrecht verwüstet haben, Schatz.« Nick ließ den Blick durchs Wohnzimmer schweifen, über die aufgeschlitzten Kissen, die zerrissenen Vorhänge und die am Boden verstreuten Bücher. »Hier sieht es aus, als wäre eine Bombe eingeschlagen.«
»Ich möchte Zoë aber nach Hause bringen«, sagte Nina leise. »Es ist mir egal, wie es bei uns aussieht.«
»Die Polizei hat auch Zoës Kinderzimmer durchsucht, Nina.«
»Oh, Nick.«
»Ehrlich, mein Schatz. Ich möchte lieber ein bißchen Ordnung schaffen, bevor ihr hierherkommt.«
Für einen Moment herrschte Schweigen am anderen Ende der Leitung.
»Ich werde Zoë nicht eine Sekunde länger in diesem Krankenhaus lassen als unbedingt nötig«, sagte Nina schließlich. »Außerdem will ich meinem Vater nicht noch mehr Munition gegen dich in die Hand geben.«
»Hast du ihm denn nicht gesagt, was bei uns los war?« fragte Nick.
»Nein, nicht genau. Aber er weiß, daß etwas im Busch war. Ich habe ihm gesagt, daß es am Haus irgendwelche Probleme mit den Rohrleitungen gegeben hat.«

»Gut«, sagte Nick. »Danke.«
»Ich begreife immer noch nicht, wie es überhaupt dazu kommen konnte.«
»Offensichtlich hat jemand einen Fehler gemacht.«
»Den Eindruck habe ich allerdings auch.«
Ganz kurz überlegte Nick, ob er Nina von seiner New Yorker Polizeiakte erzählen sollte. Ja, tolle Idee. Genau an dem Tag, wenn deine kleine Tochter das erste Mal nach Hause kommt.
»Mir wäre es wirklich am liebsten, du würdest mir erst ein bißchen Zeit lassen, hier Ordnung zu schaffen, bevor du mit Zoë nach Hause kommst«, sagte Nick noch einmal.
»Kommt gar nicht in Frage«, erwiderte Nina. »Du hast jetzt schon genug durchgemacht. Wir kommen nach Hause und helfen dir. Keine Widerrede.«

Als sie das Haus auf Vordermann brachten, war Zoë bei ihnen. Das Baby lag schlafend in seiner Säuglingstragetasche, während Nina und Nick schweigend arbeiteten und sich zuerst darum kümmerten, daß Zoës Kinderzimmer wieder hergerichtet wurde. Nick schrubbte die Fußböden und wischte die Wände sämtlicher Zimmer; Nina kümmerte sich um kleinere Reparaturarbeiten und das Auf- und Einräumen. In der Küche, als sie am Tisch saß und versuchte, Zoës altmodischen Teddybären zu nähen, den sie bei FAO Schwarz in der Stockton Street gekauft hatte – in der Hoffnung, er würde Zoës große Liebe werden –, brach sie in Tränen aus. Dann riß das Klingeln des Telefons sie aus ihren trüben Gedanken. Es war Chris Field, der Anwalt, der mit Nick reden wollte.

»Was hat er gesagt?« fragte Nina, als Nick den Hörer wieder in die Halterung des Wandtelefons hängte.
»Daß die Polizei so etwas wie einen Tip bekommen hat.«
»Was?«
Nina sprach mit leiser Stimme, um das Baby nicht zu wecken, das immer noch auf dem Boden in seiner Säuglingstragetasche lag und schlummerte. »Offenbar hat jemand behauptet, ich hätte Heroin in unserem Haus versteckt, um das Zeug zu verkaufen – Heroin! Es ist nicht zu fassen.«

Ninas blasses Gesicht wurde noch weißer. »Mein Gott. Wer kommt bloß auf die Idee, so etwas Schreckliches zu behaupten?«

»Field hat keine Ahnung«, erwiderte Nick voller Bitterkeit. »Die Polizei ist nicht verpflichtet, es ihm mitzuteilen, sagt er. Er gibt nur eine Person, die es wissen muß – der Richter, der den Durchsuchungsbefehl ausgestellt hat. Field sagt, daß die Hausdurchsuchung rechtens war. Was ist das für eine verrückte Wortwahl – rechtens?« Vor Zorn hob Nick die Stimme. »Ach ja, das hätte ich beinahe vergessen – er hat mir außerdem gesagt, die Cops wären stinksauer gewesen, weil sie nichts gefunden haben. Die Cops sind stinksauer, ist das zu fassen?« Er schüttelte den Kopf.

»Nimm es nicht zu schwer.« Nina schaute auf Zoë.

»Tut mir leid.« Wieder schüttelte Nick den Kopf und ließ sich auf den Sessel neben Nina sinken. »Das alles tut mir schrecklich leid.«

»Du hast dir nichts vorzuwerfen.«

»Doch. Schließlich hatte die Polizei mich in Verdacht.«

»Was hat Field sonst noch gesagt?«

»Er wollte wissen, ob ich eine Ahnung hätte, wer den Cops diese Falschinformation gegeben haben könnte.«

»Und? Hast du eine Ahnung?«

»Natürlich nicht!«

»Das ist kein Grund, mich anzuschreien«, sagte Nina.

»Stimmt«, pflichtete Nick ihr bei. »Entschuldige bitte.«

»Schon gut. Ich bin so wütend, daß ich am liebsten meinen ganzen Zorn herausschreien würde.«

Eine Zeitlang saßen beide schweigend beisammen, jeder in den eigenen Gedanken versunken. Schließlich blickte Nick zu Zoë hinüber. »Wie kann sie bei diesem Palaver bloß so ruhig schlafen?«

»Sie ist ein sehr süßes und liebes Baby«, sagte Nina. »Wir können uns glücklich schätzen.«

»Ja.« Er nickte. »Das stimmt.«

Wieder schwiegen sie eine Weile.

»Hier war alles so wunderschön«, sagte Nina nach einigen Minuten.

»Es wird wieder schön, mein Schatz«, erwiderte Nick, den

eine Woge der Liebe zu Nina durchströmte. »Ich verspreche es dir.«

»Jetzt ist alles so ... schmutzig.«

Müde stand sie auf und ging in den Allzweckraum zum Trockenautomaten. Nick erhob sich und folgte ihr.

»Wie gründlich wir das Haus auch saubermachen«, sagte Nina und schaltete das Gerät ein. »Ich werde immer das Gefühl haben, daß es ... besudelt ist.«

»Rede dir nicht solchen Unsinn ein. In ein paar Tagen sieht alles nur noch halb so schlimm aus.«

Sie schaute ihn an, während sie Zoës warme, weiche Wäsche aus dem Trockner nahm und an die Brust drückte. »Weißt du wirklich nicht, warum das alles geschehen ist? Wer könnte uns so etwas antun?«

Wären wir in New York, ging es Nick durch den Kopf, und wäre ich nicht so verrückt gewesen, hätte ich vielleicht einen Kandidaten.

»Ich habe nicht die leiseste Ahnung«, erwiderte er und hielt kurz inne. »Field hat gesagt, so etwas kommt öfters vor. Ein Irrtum.«

»Schon wieder dieses Wort. Es ist so praktisch. Als wäre damit alles erklärt.«

»Ja.«

»Vielleicht sollten wir überlegen, ob wir eine Klage gegen die Polizei einreichen«, meinte Nina. »Wegen Nötigung und Sachbeschädigung. Was meinst du?«

»Ich weiß nicht. Das halte ich für keine so gute Idee.«

Nicht, wenn man wegen Verdachts auf Rauschgiftbesitz bei der Polizei aktenkundig ist.

»Vielleicht sollten wir Chris Field fragen, was er davon hält?«

»Nein«, sagte Nick.

»Warum nicht?«

»Weil er diesen Vorschlag bestimmt von sich aus gemacht hätte, hätte er eine Chance auf Erfolg gesehen.«

»Da hast du wohl recht«, murmelte Nina.

Noch immer hielt sie Zoës Wäsche in den Armen.

»Gib mir die Sachen«, sagte Nick. »Ich lege sie in den Schrank. Und du machst ein Nickerchen.«

»Erst wenn wir fertig aufgeräumt haben.«

»Ich glaube, ein bißchen Schlaf brauchst du jetzt am nötigsten.«

Nina schaute ihm lange Sekunden in die Augen. »Ich werde dir sagen, was ich jetzt am nötigsten brauche, Nick.«

»Und was?« fragte Nick, obwohl er die Antwort zu wissen glaubte.

»Einen Drink«, sagte Nina und ging aus dem Zimmer.

36

Gott sei Dank verzichtete Nina auf den Drink. Ich schlug ihr vor, ein paar zusätzliche Treffen der Anonymen Alkoholiker zu besuchen, bis die schlimmste Krise überstanden sei, doch Nina bedachte mich mit diesem seltsamen, beunruhigenden, frostigen Blick und sagte mir, sie habe jetzt weniger Zeit für sich selbst als je zuvor, so daß sie sich auf ihre innere Kraft verlassen müsse. Ich erklärte ihr, sie sei die stärkste Frau, die ich je kennengelernt hätte, falls ihr dies eine Hilfe sei. Es sei ihr nicht die geringste Hilfe, erwiderte Nina.

Augenblicke wie diese machten mir angst – eine schreckliche Angst, die einen zu ersticken droht, die lebenswichtige Organe in ihren Klauen hält und zudrückt und nicht mehr losläßt. Es war die Angst, Nina zu verlieren. Nur daß diese Angst jetzt um ein vielfaches stärker geworden war. Denn sollte ich meine Frau verlieren, verlor ich vielleicht auch meine kleine Tochter. Ich kann nicht in Worte fassen, mit welchem Entsetzen dieser Gedanke mich erfüllte – und mochte die Wahrscheinlichkeit, daß meine Ängste sich bewahrheiteten, noch so gering sein.

Die gleiche alte Angst. Das gleiche Bedauern. Als ich Nina kennenlernte, hätte ich ihr alles über Holly erzählen müssen; dann hätte ich Nina jetzt sagen können, daß wahrscheinlich Holly dahintersteckte, daß unser Haus nach Drogen durchsucht worden war. Dann wären meiner intelligenten und empfindsamen Frau viele bohrende und beunruhigende Zweifel erspart geblieben. Ich hätte ihr sagen können: *Das mit Holly Bourne ist mir gerade durch den Kopf gegangen – jetzt sag mir, daß ich spinne. Sag mir, daß es nicht sein kann.*

Natürlich konnte es nicht sein. Es war unmöglich. Es konnte nichts mit Holly zu tun haben, weil alle Welt weiß, daß sie in New York lebt und glücklich verheiratet ist und daß ihr eine große Karriere bevorsteht. Holly ist Tausende von Meilen entfernt. In meiner Vergangenheit.

Ein einziges Mal rief ich zu Hause an, nur um mich zu vergewissern, daß ich recht hatte, was Holly betraf, und meine Mutter bestätigte es mir. Deshalb schob ich diese Zweifel beiseite, verbannte sie dorthin, wohin sie gehörten: in den miesesten Teil meines Lebens.

Unsere Tochter ist jetzt seit zwei Wochen bei uns zu Hause. Heute weiß ich, daß ich vorher keine Ahnung hatte, was wirkliche Liebe ist, wirkliche Harmonie und Erfüllung. Unsere kleine Tochter ist die Klammer unserer beider Leben; sie hat ein äußerlich schönes Zuhause in ein glückliches Heim voller Wärme und Harmonie verwandelt. Dieses winzige Bündel Mensch ist für mich wie Geburtstag, Weihnachten und Ostern zusammen – und das jeden Tag.

Und wieder läßt die Angst allmählich nach.

Phoebes Arme sind noch immer in Gips, und aufgrund der Nervenschäden durch die komplizierten Brüche kann sie die Hände nicht benützen, wenngleich das Chirurgenteam sehr zuversichtlich ist, daß eine baldige Besserung eintritt. Noch immer hat Phoebe kein Wort gesprochen, und bislang konnte niemand eine plausible Erklärung dafür finden; nach wie vor heißt es, daß Phoebe unter Aphonie leidet – was der Normalsterbliche als »Sprachverlust« bezeichnen würde. Möglicherweise ist es eine Nachwirkung ihrer Schädelverletzung; es könnte aber auch ein psychologisches Problem sein. Dennoch gibt es keinen Grund, die Hoffnung aufzugeben, daß Phoebe irgendwann die Sprache wiederfindet. Bis dahin ist es auf lange Sicht für ihre physische Genesung von entscheidender Bedeutung, daß sie einige Zeit in einem Spezial-Rehabilitationszentrum verbringt. Weil die Waterson-Klinik in Arizona eines der besten Zentren dieser Art ist – überdies nur ungefähr ein Dutzend Meilen von William Fords Haus in Scottsdale entfernt –, gibt es keine bessere Wahl.

Deshalb wird mein Schwiegervater Ende August mit unserer geliebten, noch immer stummen Phoebe die Reise in die Wüste antreten.

Zweifellos wäre er ein noch viel glücklicherer Mann, könnte er Nina und seine kleine Enkelin dorthin mitnehmen, um sie von seinem Schwiegersohn zu trennen, dem er nicht mehr über den Weg traut.

SEPTEMBER

Holly überlegte sich, daß die Dinge sehr viel schneller ihren Lauf nähmen, wenn sie der Polizei gegenüber behauptete, im Haus der Millers befände sich Rauschgift. Dennoch war es ein Glücksspiel (ein weiteres Glücksspiel), ob ihr anonymer Anruf beim Drogendezernat ernst genommen wurde oder nicht.

Holly tätigte diesen Anruf von einem Münztelefon im Moscone Convention Center in San Francisco aus. Mittels eines elektronischen Verzerrers, den sie eine Woche zuvor aus einem Spezialgeschäft für Alarm- und Sicherheitsanlagen in der Innenstadt von Los Angeles gestohlen hatte, verstellte sie ihre Stimme. (Es war einige Zeit vergangen, seit Holly das letzte Mal etwas gestohlen hatte; sie mußte erkennen, daß es schwieriger ist, sich zu motivieren, einen Diebstahl zu begehen, wenn man erwachsen ist und über ausreichend Kreditkarten verfügt, um jeden Laden am Rodeo Drive leerzukaufen; doch das Prickeln war noch immer so erregend gewesen wie früher.)

»Ich werde Ihnen meinen Namen nicht nennen«, sagte Holly in den Hörer, »nur den Namen und die Anschrift eines Künstlers in Pacific Heights, der schon in New York mit der Drogenfahndung zu tun hatte und nun ein Päckchen Heroin verkaufen will. Es dürfte Sie interessieren, daß der Kerl verheiratet ist und eine kleine Tochter hat. Außerdem«, fügte sie hinzu, »ist er ein bekannter Illustrator von Kinderbüchern. Nett, nicht wahr?«

Aus Hollys Sicht wäre es unsinnig gewesen, Nick schon jetzt in allzugroße Schwierigkeiten zu bringen und tatsächlich Drogen in sein Haus zu schmuggeln. Es genügte ihr, wenn die Cops ihr die Geschichte abkauften, das Haus der Millers auf den Kopf stellten und sich die peinliche Neuigkeit herumspach, daß bei Nick Miller nach Rauschgift gesucht worden war. Zuerst einmal wollte Holly bloß einen Keil zwischen das liebende Paar treiben. Als Eröffnungszug.

Das nächste Mal wird es schlimmer.

Dann wird sie sich irgend etwas einfallen lassen, das Nina Miller nicht so leicht wegstecken kann. Das sie ihrem Mann kaum mehr vergeben kann.

Etwas noch Abscheulicheres.

Es ist erstaunlich einfach, Informationen aus einem Mann herauszuholen, wenn er einen Steifen hat und eine attraktive und selbstbewußte junge Frau ihm jedes sexuelle Vergnügen verspricht, das er sich ersehnt. In den letzten beiden Monaten – derweil Holly die Rechnungen von Taylor, Griffin bezahlt, indem sie einem kleinen Kreis unscheinbarer und zwielichtiger Mandanten Rechtsbeistand leistet – hat sie sehr viel darüber gelernt, wie man die richtigen Männer dazu bringt, ihr jene vertraulichen Informationen zu geben, auf die sie es abgesehen hat.

Zum Beispiel Einzelheiten über die laufenden Ermittlungen bei bestimmten, noch ungelösten Verbrechen in San Francisco und Nordkalifornien. Unter anderem bei Fällen, in denen Nachforschungen über sexuelle Vergehen gegen Minderjährige angestellt werden. Keine brutalen Vergewaltigungsfälle, aber dennoch verwerfliche, abstoßende und unverzeihliche Sexualverbrechen.

Es wäre eine Katastrophe, würde ausgerechnet der Illustrator von *Firefly* – die Story kommt in Kürze als Zeichentrickfilm in die Kinos – eines solchen Verbrechens beschuldigt.

Manchmal denkt Holly an die Jahre zurück, als sie geglaubt hatte, Nick vergessen zu haben und frei von ihm zu sein. Es war zu der Zeit gewesen, als sie die juristische Fakultät besucht hatte, nachdem Nick von New York fortgezogen war. Als Holly für eine kurze, wunderschöne Zeitspanne leidenschaftlicher als alles andere dem Recht dienen wollte und der Gerechtigkeit. Als sie sich sogar ausgemalt hatte, sich in einer noch nebelhaften, utopischen Zukunft wieder zu verlieben und geliebt zu werden wie eine ganz normale Frau.

Aber das alles ist jetzt Vergangenheit. Es hat sich in Nichts aufgelöst, ohne nennenswerte Spuren zu hinterlassen. Nun drehen Hollys Gedanken sich wieder ausschließlich um Nick Miller, immer schneller, immer intensiver, im Traum und im Wachzustand. Auch jetzt, als Holly wieder mit ihrem Mann im Bett liegt, sind ihre Gedanken, ihre Phantasien bei Nick. Bei einem Nick Miller hinter Gittern. Einem verzweifelten Nick, von allen Menschen verlassen, die ihn je geliebt haben. Bis auf einen.

Dem einzigen Menschen, der ihm noch helfen kann.

Als Holly wieder allein in ihrem Büro im achtzehnten Stock ist – in der nahezu völlig künstlichen Welt der Kanzlei Taylor, Griffin –, hängt sie Tagträumen nach und sieht sich vor Gericht neben dem Angeklagten Nick Miller sitzen, als seine Verteidigerin, seine letzte Hoffnung, sein Rettungsanker. Manchmal fährt Holly zum menschenleeren Strand hinaus oder zu ihrem Haus in Brentwood, wenn Jack im Büro und ihre Haushälterin Vita zum Einkauf ist. Dann hängt sie ihren Gedanken nach, geht ihre Verteidigungsstrategie durch, überlegt, welche Zeugen sie zur Entlastung ihres Mandanten aufrufen soll und zu welchem Zeitpunkt. Sie spielt sogar ihr Schlußplädoyer durch und stellt sich vor, wie sie methodisch, systematisch, *brillant* sämtliche Beweise gegen Nick vom Tisch fegt.

Für die Beweise muß sie zuerst sorgen. Sie müssen stichhaltig genug sein, Nick verdächtig erscheinen zu lassen, dürfen aber nicht so eindeutig sein, daß sie nicht zu widerlegen sind.

Die letzte Frau auf Erden, die ich jemals lieben könnte, hatte Nick an jenem längst vergangenen Abend in Manhattan zu ihr gesagt.

Und ihre letzten Worte an ihn:
Bleib, oder es wird dir verdammt leid tun.

Es würde Nick recht geschehen, wenn sie ihn mit einer fingierten Klage vor Gericht brächte und ihn seinem Schicksal überließe. Doch inzwischen sieht Holly die Sache anders: Wenn sie dieses letzte, alles entscheidende Spiel perfekt spielt, wird sie auf lange Sicht ihr wirkliches Ziel erreichen. Dann wird Nick endlich begreifen, endlich einsehen müssen, daß es nur eine Frau auf Erden gibt, die ihm zur Seite steht, wenn es wirklich darauf ankommt. Die ihn beschützt. Ihn verteidigt.

Ihn liebt.

Und er wird es ihr danken.

Er wird es ihr aus tiefstem Herzen danken.

38

An einem Samstag morgen – zwei Wochen nachdem Phoebe und William nach Arizona gereist waren – bekam Nick ein an ihn adressiertes Manuskript zugeschickt. Zum erstenmal, seit er *Firefly* gelesen hatte, war er von einem Kinderbuch fasziniert.

»Es ist die Übersetzung einer italienischen Kindergeschichte mit dem Titel *Graziella*«, erzählte er später am Nachmittag, nachdem Nina das Büro der Ford-Immobilien geschlossen hatte und sie beide mit Zoë – mittlerweile zwei Monate alt – in ihrem Kinderwagen durch den Lafayette Park spazierten. »Eine wunderschöne Geschichte.«

»Um was geht es?«

»Um ein Abenteuer, könnte man sagen. Nur daß dieses Abenteuer bloß ein Traum ist. Ein Kind aus einer ganz normalen, ein bißchen langweiligen Familie in Mailand schläft eines Abends ein und wacht plötzlich im winterlichen Venedig auf.« Nick lächelte. »Ziemlich düster für eine Kindergeschichte – viel düsterer als *Firefly*. Aber das Buch ist sehr atmosphärisch, und die Geschichte wird mit viel Phantasie erzählt. Ich meine ... kannst du dir vorstellen, wie erschreckend Venedig im tiefsten Winter auf ein Kind wirken muß, das mutterseelenallein und hilflos ist?«

»Hört sich an wie eine Version von Daphne du Mauriers *Dreh dich nicht um* für Kinder«, meinte Nina.

»Stimmt. Aber es ist keine Horrorgeschichte. Eher ein Schauermärchen.«

Nina blieb stehen und schaute Nick ins Gesicht. »Die Geschichte hat es dir offenbar angetan.«

»Ja, sehr«, erwiderte Nick. »Ich möchte das Buch illustrieren, Nina. Natürlich kann ich nicht sagen, ob es bei den amerikanischen Lesern genauso gut ankommt wie *Firefly*, aber es ist das einzige Buch, das mich wirklich fasziniert hat, seit ich damals deine und Phoebes Geschichte gelesen habe.«

Die Sonne kam zwischen den Wolken hervor, und Nina zog das Verdeck des Kinderwagens ein Stückchen herunter, um das Baby zu schützen. »Hast du gehört, Zoë?« sagte sie. »Dein Daddy malt Bilder für ein zweites Buch, das du lesen kannst, wenn du groß bist.«

»Falls ich den Auftrag bekomme«, sagte Nick.

»Wer hat das Manuskript denn an Clare geschickt?«

»Es wurde nicht an Clare geschickt, sondern direkt an mich. Von einem gewissen Bruno Conti. Er schreibt, daß er die englischen Rechte an dem Buch besitzt. Jetzt sucht er nach einem Illustrator für die amerikanische Ausgabe. Er meint, ich könnte der richtige Mann sein.«

Sie spazierten weiter. Beide liebten diesen Park mit seinen vielen Blumen und dem allgegenwärtigen Duft nach Fichte. Und anders als im Central Park in New York, konnte man sich hier sicher fühlen. Bis Phoebe im Juli der mysteriöse Unfall in der Catherine Street zugestoßen war, hatte Nick sich überall in San Francisco sicher gefühlt, an jedem Ort und jederzeit. Natürlich, in regelmäßigen Abständen waren Erdstöße zu spüren, die den Boden unter den Füßen leicht schwanken ließen, und jede dieser Erschütterungen war eine heilsame Warnung, so daß Nina und Nick des öfteren darüber sprachen, eines Tages Zoës wegen aus der Stadt fortzuziehen. Andererseits wußte Nick, daß Nina, wie er selbst, die gleiche Liebe für diese Stadt und für ihr Haus empfand wie ehedem, trotz des Alptraums der Hausdurchsuchung im vergangenen Monat, und obwohl Phoebe noch immer schwer krank – und viel zu weit fort von ihnen – in Arizona war. (Zum Glück verblaßte die Erinnerung an die demütigende Suche nach dem Rauschgift allmählich, zumal die Polizei von San Francisco die Millers seither in Ruhe gelassen hatte.)

»Das Problem ist«, fuhr Nick fort, »daß Conti sich nur zwei Tage in Carmel aufhält und dann die USA verläßt.«

»Und was hast du vor?« fragte Nina.

»Ihn besuchen.«

»Was ist mit Clare?«

»Ich rufe sie an, sobald wir zu Hause sind.«

Clare Hawkins sprach sich gegen Nicks Plan aus, nach Carmel zu reisen.

»Ich würde diesen Conti lieber erst ein bißchen genauer unter die Lupe nehmen, Nick.«

»Nur zu. Ich treffe ihn sowieso erst morgen.«

»Es ist Samstag abend, Nick«, erwiderte Clare. »Vor Montag nachmittag *frühestens* kann ich nichts über diesen Mann herausfinden.«

»Das ist zu spät«, sagte Nick. »Am Montag reist er ab.«

»Dann wäre auf jeden Fall anzuraten, daß ich dich begleite, wenn du ihn besuchst.«

»Na klar. Das würde mich sehr freuen.«

»Aber morgen geht es leider nicht, Nick. Fast die ganze nächste Woche kann ich kaum Zeit erübrigen.«

»Dann werde ich wohl doch ohne dich fahren müssen.«

Clare seufzte. »Der Mann hat's dir wirklich angetan, was?«

Nick lachte. »Nicht der Mann, das Buch. *Graziella.* Dir wird es auch gefallen, wenn du es liest.«

»Schließ bloß keinen Vertrag ab, Nick, ohne mich vorher zu fragen.«

»Keine Bange.«

»Falls Conti versucht, das Honorar zur Sprache zu bringen ...«

»Werde ich ihm sagen, er soll es mit dir aushandeln.« Nick grinste ins Telefon. »Mach dir keine Sorgen, Clare. Ich werde heute abend bloß an ein paar Rohentwürfen arbeiten und morgen nach Carmel fahren, um sie dem Burschen zu zeigen. Wenn ihm meine Skizzen und Vorschläge gefallen, könnt ihr euch ja geschäftlich in Verbindung setzen, sobald Conti wieder in Italien ist.«

»Wo ist der Mann denn zu Hause?«

»Weiß ich nicht.«

»Und für welchen Verlag arbeitet er? Hat er überhaupt schon einen amerikanischen Verlag?«

»Weiß ich auch nicht.«

»Sehr viel weißt du nicht gerade, Nick.«

»So könnte man sagen.«

»Sei vorsichtig.«

Die rasch fertiggestellten Rohentwürfe in seiner Mappe unter dem Arm, gibt Nick seiner Frau und Zoë kurz nach acht Uhr am Sonntagmorgen einen Abschiedskuß, beschließt, die landschaftlich schöne Strecke über Pacifia und den Highway I in Richtung Santa Cruz zu nehmen, und steigt in den Land Cruiser.

Seit er in San Francisco wohnt, ist Nick diese Strecke erst zweimal gefahren, beide Male mit Nina, wobei Phoebe sie einmal begleitet hatte, was eine besonders schöne Reise gewesen war. Sie hatten am Ano Nuevo State Park gehalten, eine Besichtigungsfahrt mit einem der Ranger gemacht und sich, gespannt und aufgeregt wie Kinder, die See-Elefantenkolonie am Strand angeschaut. Nie würde Nick die unverfälschte kindliche Freude auf Phoebes Gesicht vergessen, als sie die Tiere beobachtet hatte. Wenn – *falls* – sie wieder gesund wurde, versprach sich Nick, als er nun am Pigeon Point vorüberfuhr, würde er mit »seinen Frauen« eine beschauliche herbstliche Reise in den Yosemite Park unternehmen.

Nick machte nur in Monterey halt, um eine Tasse Kaffee zu trinken und nach der langen Fahrt einen klaren Kopf zu bekommen. Kurz vor Mittag traf er in Carmel ein. In der kleinen Stadt in den Hügeln wimmelte es von spätsommerlichen Besuchern, wie Nick es nicht anders erwartet hatte, so daß er (seine Ausflugsfahrten unternahm er wie die meisten Bewohner Kaliforniens überlicherweise außerhalb der Hauptsaison) es kaum bedauerte, keine Zeit für eine Besichtigung der Gallerien zu haben oder gemächlich durch die malerischen Straßen schlendern zu können.

Er fand sein Ziel gleich außerhalb der Stadt, fast eine Meile in Richtung Salinas. Wie immer, wenn Nick sich im Umland von San Francisco befand, kam ihm John Steinbeck in den Sinn. Das Haus, in dem Conti wohnte, war ein hübsches Gebäude in spanischem Stil, auf dessen Dach die glutheiße Sonne herunterbrannte, während die weißgetünchten Mauern angenehme Kühle im Inneren versprachen.

Nick parkte den Wagen, schnappte sich seine Skizzenmappe und klingelte an der Türglocke. Fast augenblicklich wurde ihm geöffnet. Eine junge Frau, offensichtlich Mexikanerin, lächelte ihn an. Ihr pechschwarzes Haar war mit Kämmen dermaßen straff nach hinten gesteckt, daß Nick sich fragte, ob es der Frau keine Schmerzen bereitete und wie sie dabei überhaupt lächeln konnte. Die weiße, gestärkte Schürze und die schlichten, bequemen flachen Schuhe ließen darauf schließen, daß die junge Mexikanerin Contis Haushälterin war.

»Ich möchte gern Mr. Conti sprechen«, sagte Nick.

»Ja, Sir«, erwiderte die Frau mit schwerem Akzent.

Sie trat zur Seite, um Nick hereinzulassen. In der Eingangshalle war es kühl und schummrig, wie er es nicht anders erwartet hatte, und in der Luft lag ein schwacher Hauch von Jasmin und Kochgerüchen (wahrscheinlich noch vom gestrigen Abendessen). Die Haushälterin führte Nick aus der Eingangshalle in einen schmalen Korridor mit weißgetünchten Wänden, an drei geschlossenen Türen vorbei und unter einem steinernen Bogen hindurch auf einen sonnenüberfluteten Hinterhof.

Nick sah einen kleinen Swimmingpool, ein noch kleineres Planschbecken und eine kopfsteingepflasterte Terrasse, auf der ein weiß angestrichener gußeiserner Tisch und vier dazu passende Stühle standen. Niemand schien sich in der Nähe aufzuhalten.

»Warten Sie hier bitte, Sir«, sagte die Mexikanerin und wies auf einen der Stühle. »Darf ich Ihnen etwas zu trinken bringen?«

Nick spürte die Hitze der Mittagssonne. Auf einer Seite des Pools standen zwei Palmen, doch auf der Terrasse gab es keinen Schatten; nicht einmal ein Sonnensegel war ausgespannt. Er nickte und lächelte die Haushälterin an. »Danke, gern. Irgend etwas Kaltes.«

»Nehmen Sie bitte Platz«, sagte sie und ging ins Haus.

Nick setzte sich.

Der Garten war ringsum von blühenden Sträuchern bewachsen, die einen intensiven, schweren Duft verströmten und in prächtigen Farben leuchteten. Als Künstler war Nick besonders empfänglich für die Natur, doch ein Botaniker war er nicht, so daß er von den vielen blühenden Pflanzen kaum mehr als die Rosen erkannte. Während er in der Hitze wartete, mußte er daran denken, daß er keine einzige Blume mehr gemalt hatte, seit er an der Kunsthochschule sein Examen abgelegt hatte.

Die Haushälterin kam mit einem Krug Eistee, einem schlanken Glas und einer kleinen Silberschüssel mit Plätzchen zurück. Nick bedankte sich, und die Frau verschwand wieder im Haus.

Nick schenkte sich ein Glas Tee ein, trank einen Schluck und wartete. Das Sonnenlicht war beinahe blendend hell. Nick schloß die Augen. Er war schläfrig.

Kinderstimmen weckten ihn. Kleine Kinder, lachend und lärmend.

Aus dem Halbschlaf gerissen, schlug Nick die Augen auf und beobachtete, wie die Kinder auf dem Weg zum Planschbecken barfuß an ihm vorbeirannten. Es waren zwei Mädchen und ein Junge; alle waren sechs, sieben Jahre alt. Sie hatten sich bunte Badetücher um die Hüften geschlungen. Der Junge, dessen Haar hellblond war, nahm einen großen Wasserball und schleuderte ihn ins Becken. Eines der kleinen Mädchen, ein hübsches dunkelhaariges Ding, schaute in Nicks Richtung, winkte ihm zu und lächelte ihn strahlend an. Nick lächelte zurück und hob die Hand, um ihre Geste zu erwidern; dann schaute er zur Tür, um festzustellen, wer sonst noch aus dem Haus kam.

Niemand.

Die Kinder streiften sich gleichzeitig die Badetücher ab und kauerten sich für einen Moment am Rand des Planschbeckens nieder. Sie alle waren nackt. Das andere Mädchen, das nicht ganz so blond und hellhäutig war wie der Junge, drehte sich um und lächelte Nick ebenfalls an, bevor sie gemeinsam mit den anderen ins Wasser stieg. Wieder lächelte Nick zurück, wieder winkte das dunkelhaarige Mädchen ihm zu, und erneut hob Nick die Hand und winkte zurück.

Das leise Klicken und Surren der Nikon-Kamera hörte er nicht.

Er sah auch nicht die Gestalt, die tief in einer Ecke des Gartens kauerte, verborgen hinter Hibiskus, scharlachroten Lobelien und kalifornischen Fuchsien.

Nick trank ein zweites Glas Eistee und lehnte sich zurück, um zu beobachten. Kleine Kinder, die unbeaufsichtigt in einem Schwimmbecken spielten, machten ihn nervös. Er fragte sich, ob es Bruno Contis Kinder waren und wie lange es noch dauern mochte, bis der Mann endlich erschien.

Die Kinder spielten noch eine Zeitlang, im Becken und außerhalb, und warfen einander den Wasserball zu, bis der Junge den Ball schließlich festhielt und einen Augenblick wartete, bevor er ihn aus dem Wasser Nick zuwarf.

Nick erhob sich lächelnd, nahm den Ball und warf ihn ins Becken zurück.

Wieder surrte und klickte die Kamera.

Das Spiel ging weiter. Von Zeit zu Zeit warf der Junge – immer nur der Junge – den Ball in Nicks Richtung, und jedesmal erhob Nick sich aus dem Stuhl und warf ihn zurück, wobei der Ball klatschend aufs Wasser traf, die Kinder bespritzte und ihnen freudiges Geschrei und lautes Kreischen entlockte. Es waren bildhübsche Kinder, besonders das dunkelhaarige Mädchen, und für einen Moment überlegte Nick, ob er Stift und Skizzenblock hervorholen und ein paar Zeichnungen von den Kindern machen sollte, entschied sich dann aber dagegen. Keines der Kinder hatte bis jetzt mit ihm gesprochen – wahrscheinlich deshalb nicht, überlegte Nick, weil die Eltern sie vor Fremden gewarnt hatten. Deshalb beschränkte er sich darauf, den Kindern ab und zu den Ball zurückzuwerfen und sie aus Gründen der Sicherheit im Auge zu behalten, sie ansonsten aber in Ruhe zu lassen.

Ihm war heiß. Der Pool neben dem Planschbecken sah kühl, einladend, verlockend aus. Nick nahm seine Mappe, die er neben dem Stuhl auf den Boden gelegt hatte, und schlug sie auf, um sich noch einmal seine Skizzen für *Graziella* anzuschauen, der Grund seines Besuchs; dann aber klappte er die Mappe wieder zu und legte sie zurück auf den Boden. Wo *blieb Conti?*

Nick schaute auf die Uhr. Es war kurz vor eins. Eine Woge der Verärgerung stieg in ihm auf. Nick erhob sich und schlenderte zum Planschbecken.

Am Rand des Beckens kauerte er sich nieder.

»Könnt ihr einen Moment auf euch selbst aufpassen, Kinder?«

»Aber klar doch, Mister«, erwiderte der Junge. Die beiden Mädchen kicherten.

Hinter den blühenden Sträuchern schoß die Nikon ein paar weitere Fotos.

Nick richtete sich auf, drehte sich um und ging langsam in Richtung des Hauses. Durch den weißgestrichenen steinernen Bogen betrat er das Innere und blieb stehen.

»Hallo?« rief er.

Keine Antwort. Nick lauschte, konnte aber keinen Laut hören. Er ging ein paar Schritte weiter ins Haus hinein.

»Ist jemand da?« rief er, diesmal ein wenig lauter.

Wieder war kein Geräusch zu vernehmen. Nick klopfte an eine der geschlossenen Türen, wartete einen Moment und öffnete dann. Vor ihm lag ein Wohnzimmer mit weißgestrichenen Wänden, weißen Korbmöbeln und pinkfarbenen Kissen, die farblich zu den Vorhängen paßten. Das Zimmer sah beinahe zu sauber und ordentlich aus, als daß es hätte bewohnt sein können. Nick schloß die Tür und ging über den Flur und durch die schummrige, quadratische Eingangshalle.

»Mister Conti?« rief er, diesmal viel lauter als zuvor. »Ich warte jetzt schon fast eine Stunde.«

Nicht einmal ein Flüstern war zu hören. Nicks Zorn und Verwirrung wuchsen.

Er mußte an die Kinder im Planschbecken denken. Was, zum Teufel, sollte er jetzt tun? Den ganzen Nachmittag auf der Terrasse in der brütenden Sonne sitzen und den Aufpasser für diese Rasselbande spielen?

Rasch durchquerte er wieder das Haus und ging zurück in den Garten.

Die Kinder waren verschwunden, und mit ihnen die Badetücher und der Gummiball. Bis auf ein paar nasse Fußabdrücke auf den glatten Steinen neben dem Becken, die in der Sonne rasch trockneten, war keine Spur mehr von ihnen zu sehen. Die Wasseroberfläche des Planschbeckens war vollkommen glatt.

»Das wird ja immer verrückter«, murmelte Nick vor sich hin.

Er schaute sich um. Im Krug war noch ein bißchen Tee, der in der Sonne jedoch warm geworden war. Aber wenigstens war der Krug noch da; inzwischen war Nick beinahe so weit zu glauben, er habe sich die ganze letzte Stunde nur eingebildet – eine Art Trugbild, hervorgerufen durch die unbarmherzige Sonnenhitze. Aber da *stand* der Krug mit dem Tee, und das konnte nur bedeuten, daß Bruno Conti die Verabredung dringend hatte aufschieben müssen oder abgesagt hatte, ohne daß seine Haushälterin davon wußte, oder daß der Mann ein Rüpel war und den Termin einfach hatte platzen lassen.

Was auch der Grund sein mochte – Nick erkannte, daß er auf Clare hätte hören sollen.

39

Ich nahm meine Mappe, hinterließ auf dem kleinen runden Tisch in der Eingangshalle eine kurze Nachricht für Conti, fuhr nach Carmel, kaufte mir ein Sandwich und eine Coke dazu und rief dann Nina an, um ihr zu berichten, was geschehen war.

»Auf dem Rückweg nehme ich die 101«, sagte ich ihr. »Dann müßte ich so gegen fünf Uhr zu Hause sein.«
»Beeil dich nicht«, erwiderte sie. »Fahr vorsichtig.«
»Ich liebe dich, Nina. Und gib Zoë einen Kuß von mir.«

Den ganzen Abend saßen wir zu Hause und warteten auf einen Anruf von Bruno Conti, auf eine Entschuldigung, daß er nicht daheim gewesen war, doch Conti meldete sich weder an diesem noch am nächsten Tag. Ich war wütend. Nicht so sehr deshalb, weil ich die Reise umsonst gemacht hatte, sondern weil diese italienische Kindergeschichte meine Phantasie beflügelt und meine Kreativität freigesetzt hatte. Es war ärgerlich, auf diese Weise verladen und um seine Hoffnungen betrogen zu werden.

»Ich werde ein paar Anrufe machen«, sagte mir Clare Hawkins am Telefon.

»Willst du mir nicht sagen, daß ich Dummkopf nichts anderes hätte erwarten dürfen?« fragte ich.

»Ich habe sowieso nicht damit gerechnet, daß der Kerl sich blicken läßt«, antwortete Clare.

Sie ist eine nette Frau.

Zwei Tage später, am Nachmittag, erschien die Polizei bei uns. Nina war gerade oben im Haus, im Kinderzimmer, und gab Zoë die Brust.

Als ich die Wohnungstür öffnete, standen mir diesmal

gleich drei Beamte gegenüber. Zwei Inspektoren vom Sittendezernat und ein Detective aus Carmel.

Wieder mal Alptraumzeit. Nur war es diesmal noch schlimmer als zuvor.

Die Männer erklärten, sie müßten mich zu einer Vernehmung mitnehmen.

Nina kam in die Eingangshalle, Zoë in den Armen. Ich schaute ihr ins Gesicht. Sie sah verwirrt und kränklich aus. Genauso wie ich mich fühlte.

Die Männer brachten mich fort.

Nach ein paar Stunden ließen sie mich wieder nach Hause. Ich kann mich nur noch verschwommen daran erinnern, was an diesem Nachmittag geschehen war – und das ist eine Gnade. Die Anschuldigung wegen Drogenbesitzes war schon verrückt genug gewesen, aber diesmal war es der helle Wahnsinn.

Die Beamten hatten Fotos, auf denen zu sehen war, wie ich am Pool eines Hauses in Carmel mit nackten Kindern spiele. Sie müßten mich darauf hinweisen, sagten die Cops, daß die Personenbeschreibung eines Mannes, der wegen mehrfacher sexueller Belästigung von Kindern aktenkundig sei, ziemlich genau auf mich passe. Und weil diese Fotos in ihren Besitz gelangt seien, müßten sie mit mir reden.

Ich konnte es nicht fassen, wie ich auf diesen Fotos wirkte.

Dabei hatte ich bloß gelächelt, gewinkt und den Kindern den Ball zugeworfen.

Doch auf den Fotos sah ich wie ein ausgemacht schmieriger Schweinehund aus.

Nina rief Chris Field an, den Anwalt, der meine rechtliche Vertretung übernommen hatte, als unser Haus im August vom Rauschgiftdezernat durchsucht worden war. Field und ich hatten uns seitdem nicht mehr gesehen, aber jetzt, als ich in sein junges, energisches Gesicht mit den kalten blauen Augen schaute, konnte ich das unbehagliche Gefühl nicht abschütteln, daß Field nicht gänzlich von meiner Unschuld überzeugt war, wie er es als mein Anwalt eigentlich hätte sein müssen.

Daß ich den Brief und das übersetzte Manuskript von Bruno Conti habe, sei für die Polizei kaum von Bedeutung, erklärte er mir. Bei den Cops seien Pädophile dafür bekannt, daß sie sich irgendwelche windigen Geschichten einfallen ließen, um ihre Tat zu verschleiern. *Pädophile!*

Die schlichte Tatsache ist, daß es niemanden gibt, der meine Unschuld eindeutig beweisen kann. Nina tat, was sie konnte, um meine Aussage zu bestätigen, daß ich wegen Bruno Conti nach Carmel gefahren sei; dann rief sie Clare Hawkins an, die alles stehen- und liegenließ, zu uns kam und meine Geschichte ebenfalls bestätigte.

Nur daß weder Clare noch Nina in Carmel gewesen waren.

Für mich wiederum sprach, daß auch die Polizei niemanden vorweisen konnte, der mich bei Bruno Conti gesehen hatte. Wie Chris Field uns erzählte, gehörte das Haus einem dreiundsiebzigjährigen Bildhauer, der jeden Sommer und Frühherbst in Frankreich verbrachte, an der Cote d'Azur. Dann stand das Haus leer, und es waren auch keine Hausangestellten dort. Nur freitags kamen Mitarbeiter eines Reinigungsunternehmens, säuberten das Gebäude, den Hof und den Garten und sahen nach dem Rechten.

Es gibt keinen Beweis, daß ich – oder jemand anderes – in das Haus eingebrochen war. Es gibt nicht mal einen Nachbarn, der den Verdacht der Polizei bestätigen könnte, ich hätte mir auf irgendeine Weise die Schlüssel besorgt. Es gibt auch keine mexikanische Haushälterin, keine Kinder, keine Eltern und ganz bestimmt keinen Bruno Conti. Es gibt nur einen Stapel Fotos, die man als abscheulich oder als harmlos interpretieren kann und die der Polizei anonym zugeschickt worden waren, so daß die Herkunft sich nicht zurückverfolgen läßt.

Also mußte die Polizei mich in Ruhe lassen, nicht wahr?

Wie ich schon sagte, kann ich mich – Gott sei Dank – nicht an jede Einzelheit des Nachmittags erinnern, den ich mit den Inspektoren vom Sittendezernat und dem Detective aus Carmel verbrachte. Aber ich weiß noch, daß ich den Beamten erklärte – bevor Chris Field erschien und mir riet, keine Aussage mehr zu machen –, ich wäre hereingelegt worden. Und bei der Gelegenheit erzählte ich den Beamten auch von der Hausdurchsuchung im vergangenen Monat.

»Auch damals hat irgend jemand mir einen sehr bösen Streich gespielt«, sagte ich.

Als die Beamten wieder ins Zimmer kamen, nachdem sie meine Angaben über die Hausdurchsuchung überprüft hatten, konnte ich an ihren Gesichtern ablesen, daß ich einen weiteren Fehler gemacht hatte. Unfreiwillig war ich in ihren Augen soeben von einem möglichen »schmierigen Typen« zum »Schweinehund ersten Ranges« abgestiegen, dem man *leider* nichts beweisen konnte – die Sorte Mistkerl, für den die Cops nicht das geringste Mitgefühl aufbringen.

Ein Hurensohn, den sie in Zukunft besonders genau im Auge behalten würden.

Die Alarmglocken, die im August leise – zu leise – geschlagen hatten, als die Inspektoren Abbott und Riley mit ihrem Hausdurchsuchungsbefehl im Krankenhaus erschienen waren, schrillten nun mit solcher Lautstärke in meinem Kopf, daß sie mir eine Dauermigräne der Richterskala zehn bescherten.

Verhaftet wegen Verdachts auf Rauschgiftbesitz. Riley hatte mich darauf hingewiesen, wie ich mich erinnern konnte. Ja, ich war damals in New York verhaftet worden. Und ja, kurz vor der Festnahme hatten zwei brutale, widerliche Drogendealer mich in meiner Wohnung zusammengeschlagen.

Und dann fiel mir noch etwas ein, das allerdings Jahre zurücklag.

An der High School, die ich damals besuchte, hatte das häßliche kleine Gerücht kursiert, ich hätte ein dreizehnjähriges Mädchen sexuell belästigt.

Es kann nicht Holly sein, sage ich mir noch einmal.

Wie denn? Wieso denn?

Es ist mehr als sechs Jahre her. Inzwischen ist sie eine glücklich verheiratete Anwältin und lebt in Manhattan. Tausende von Meilen liegen zwischen uns, und mehr als ein halbes Jahrzehnt.

Es *kann* nicht Holly sein.

Clare Hawkins hat keine Spur von Bruno Conti finden können. Außerdem hat sie sich mit Lisa Cellini, der italienischen Autorin von *Graziella* in Verbindung gesetzt und erfahren, daß nur Cellini und niemand sonst die englischen Übersetzungsrechte an dem Buch besitzt. Clare vermutet, daß die ganze Geschichte auf den Erfolg von *Firefly* zurückzuführen ist.

»Wir sind in Kalifornien, Nick«, sagte sie gestern abend, als sie uns auf einen Teller vegetarischen Chili und einen Kriegsrat am Küchentisch in der Antonia Street besuchte. »Hier gibt es mehr als genug Kranke, die auf Kinderpornographie abfahren.«

»Was hat *Firefly* mit Pornographie zu tun?« fragte Nina, bevor ich ihr zuvorkommen konnte.

»Kein bißchen – für dich oder mich oder Phoebe«, erwiderte Clare. »Aber es gibt Verrückte, die sich an Nicks fragilen und gefühlvollen Illustrationen aufgeilen könnten.«

»Das kann ich nicht glauben«, sagte Nina.

»Du *möchtest* es nicht glauben«, entgegnete Clare. »Und selbst wenn ich mich irre – es gibt Heerscharen von Arschlöchern, die sich einen Spaß daraus machen, Gerüchte und versteckte Andeutungen in die Welt zu setzen – je schmutziger, desto besser. Gut möglich, daß einer von denen sogar versuchen will, an das große Geld zu kommen, indem er die Geschichte mit den Fotos an die Presse verkauft.«

»Das ergibt doch keinen Sinn«, sagte ich. »Schließlich bin ich keine Berühmtheit. Wer sollte sich für eine solche Geschichte interessieren? Und wenn jemand mich erpressen will, hätte er die Fotos doch gleich an mich geschickt, nicht an die Polizei.«

»Was hat die ganze Sache *dann* zu bedeuten?« fragte Nina niedergeschlagen und rührte in ihrem Chili.

»Daß es keine Erpressung ist«, sagte Clare. »Daß es tatsächlich irgendeinen krankhaften Verrückten gibt, der sich an den Bildern aufgeilt.«

»Mein Gott, wie scheußlich«, sagte Nina.

Ich sagte nichts mehr zu dieser Sache. Ich glaubte gestern abend nicht Clares Theorien und glaube auch jetzt noch nicht daran, am Donnerstag morgen.

Schon der bloße Gedanke, meine Schwierigkeiten mit der Polizei könnten mit Holly Bourne zu tun haben, ist verrückt. Dennoch komme ich nicht davon los.

Plötzlich erscheint es mir durchaus möglich, daß Holly mich jahrelang in Ruhe gelassen hat, weil sie wußte, daß ich bloß Wasser trat, Zeit gewinnen wollte. Bis ich dann Nina kennenlernte. Oder Holly war eine Zeitlang glücklich mit ihrer Karriere, mit ihrem Ehemann – bis *ich* in ihrem Inneren wieder die Oberhand gewann.

Bei Holly weiß man nie, was sie tut und was sie zu ihrem Tun antreibt. Weshalb sie gelogen und betrogen und gestohlen hat, um dann *mir* die Schuld wie ein Geschenk zu Füßen zu legen, während sie mir die ganze Zeit beteuerte, wie sehr sie mich liebte.

Heute morgen haben Nina und ich mit William in Arizona telefoniert, der uns die neuesten Auskünfte über Phoebe gab. Leider hat ihr Zustand sich kaum verändert. Nina ist vorhin ins Büro der Immobilienagentur gefahren, und ich kümmere mich um unsere Tochter.

Sam Ellington sagt, daß Zoë ein prächtiges und kerngesundes Kind ist. Er hat uns beigebracht, Zoës »korrigiertes« Alter zu berücksichtigen, was ihre körperliche und geistige Entwicklung betrifft. Zoë ist jetzt gut zwei Monate alt, doch weil sie vier Wochen zu früh geboren wurde, müssen wir unsere Tochter und ihr Verhalten so betrachten, als wäre sie erst einen Monat alt. Aber das, sagt Sam, pendelt sich sehr schnell ein, noch im Säuglingsalter, so daß wir die Geschichte mit dem »korrigierten« Alter und die ohnehin kaum merklichen Symptome einer zu frühen Geburt schon bald vergessen könnten.

Ich glaube, in vieler Hinsicht *haben* Nina und ich das alles schon vergessen. Für uns zählt nur, daß Zoë gesund ist und daß wir sie bei uns haben. Und ich bin der festen Überzeugung, nie zuvor ein schöneres menschliches Wesen gesehen zu haben als unsere kleine Tochter – von Nina einmal abgesehen. Zoës anfangs pfirsichfarbenes Haar wird allmählich so rot wie das ihrer Tante Phoebe, und ihre Haut – das beunruhigende fleckige Aussehen, das auf Zoës zu frühe Geburt zurückzuführen war, ist Gott sei Dank verschwunden – ist von einer wundervollen, zarten Blässe.

Sie ist das Licht unseres Lebens.

Lange Zeit hatte ich Angst vor der Vergangenheit. Doch bis jetzt gab es wenigstens stets eine Decke der Sicherheit, daß es *tatsächlich* die Vergangenheit war, die ich über meine Ängste werfen konnte, um meine Alpträume zu ersticken. Jetzt aber wurde mir diese Decke aus den Händen gerissen.

Von Holly.

Ich weiß, daß es Holly ist. Alles deutet auf sie hin, wie sehr ich mich auch bemühe, mich gegen diesen Verdacht zu wehren. Jede andere Erklärung ergibt keinen Sinn für mich.

Und das wiederum bedeutet, daß ich Nina nun die ganze Geschichte über Holly und mich erzählen muß. Bis ins kleinste, häßlichste Detail. Ich habe keine andere Wahl. Hier geht es um mehr als vorgetäuschte Anklagen wegen Drogenbesitz oder irgendwelche verdammten Fotos.

Denn wenn Holly hinter all diesen Dingen steckt, wird sie weitermachen und mich noch viel schlimmeren, ungeheuerlicheren Verdächtigungen aussetzen.

Ich denke an Julie zurück, meine Freundin in New York, und erinnere mich wieder, wie Holly damals versucht hat, unsere Beziehung kaputtzumachen. Und es war bloß eine *Beziehung*, Herrgott noch mal, keine dauerhafte Liebe. Erst recht keine Ehe.

Ich hoffe inständig, daß ich im Irrtum bin. Daß Holly eine glücklich verheiratete, tüchtige und verantwortungsbewußte Anwältin ist, wie ihre Eltern es behaupten. Eine erfolgreiche Frau, die ihre Vergangenheit längst hinter sich gelassen hat. Doch ich kann die Möglichkeit nicht ausschließen, daß mein Verdacht zutrifft. Nina und Zoë sind die kostbarsten Menschen in meinem Leben, und Phoebe ist für mich so etwas wie eine Schwester.

Deshalb werde ich mich mit Nina zusammensetzen, wenn sie heute nachmittag aus dem Büro kommt, und ihr die ganze Wahrheit erzählen.

Und damit das Risiko eingehen, alles zu verlieren.

40

Holly empfindet das Warten als nervtötend. Es wird von Tag zu Tag schwieriger, alles im Griff zu behalten – die Ehe mit Jack, die Arbeit bei Taylor, Griffin. Erst gestern hat Holly einen ihrer wenigen Mandanten verloren, weil sie bei einem Gespräch ihren Gedanken freien Lauf ließ und nicht mehr bei der Sache war, so daß der Mandant sich einen anderen Anwalt suchte. Nicht, daß es Holly etwas ausgemacht hätte. Der Kerl war ein Nichts, ein kleiner Schwindler, ein Niemand.

Hätte sie doch nur dabei sein können, als Nick in der Valencia Street von den Beamten des Sittendezernats verhört worden war! Hätte sie doch nur den Schock auf seinem Gesicht sehen können, als man ihn zum Verhör mitnahm, und später, als ihm die Fotos vorgelegt wurden. Ihre Fotos. Und vor allem – hätte sie das Gesicht seiner Frau sehen können, als er ihr von der Geschichte erzählte. Ninas Gesicht.

Aber man kann nicht alles haben. Jedenfalls nicht alles auf einmal.

Es war sehr einfach, alles andere in die Wege zu leiten. Ein paar Anrufe, ein paar Fahrten. Kein Problem bei den Verbindungen, die Holly sich inzwischen geschaffen hat. Es gab keinen Mangel an hungrigen, verletzlichen und verzweifelten Menschen, die bereit waren, einer anonymen Frau zu helfen, die als Gegenleistung Bargeld auf den Tisch legte.

Die Idee mit den Fotos war Holly ganz plötzlich gekommen, als sie Dina Stimson – die Ehefrau eines von Jacks Freunden – von *Graziella* erzählen hörte. Dina, die sich für eine Art Linguistin hielt, erzählte Holly auf einer Party, sie habe von einer Europareise, die sie vor kurzem unternommen hatte, einen ganzen Koffer französischer und italienischer Kinderbücher mitgebracht und ihrer Tochter aus einigen dieser Bücher vorgelesen, und besonders *Graziella* habe es ihr angetan. Ein Anruf bei Rizzoli in Rom, Hollys Platin-Kreditkarte von American Express und ein weltweiter Eilzustellungsdienst hatten dafür gesorgt, daß sie binnen achtundvierzig Stunden ein eigenes Exemplar dieses Buches in Händen hielt.

Den Ort Carmel wählte sie zum einen deshalb aus, weil seine malerische Lage der passende Aufenthaltsort für den fiktiven Bruno Conti an der Westküste war, zum anderen deshalb, weil einer von Hollys dankbarsten Mandanten (ein verheirateter Krankenpfleger, der in West Hollywood im Mustang seiner Frau dabei ertappt worden war, wie er es mit einer Prostituierten trieb – eine Katastrophe, die Holly jedoch vor der Gattin und den Arbeitgebern des Mannes hatte geheimhalten können) einen Vetter in Santa Cruz hatte, der auf der Halbinsel von Monterey bei der Post arbeitete und deshalb in der Lage war, für Holly ein passendes leerstehendes Haus in der Gegend von Carmel zu suchen. Für eintausend Dollar sorgte besagter Vetter in Santa Cruz außerdem dafür, daß eine Kusine – eine illegale Einwanderin – sich an dem Sonntag für ein paar Stunden als die Haushälterin des erfundenen Bruno Conti ausgab und überdies drei Kinder mitbrachte. Wenn sie nackt im Planschbecken spielen sollten, kostete das weitere fünfhundert Dollar, ließ diese Frau über ihren Vetter, den Krankenpfleger, Holly ausrichten. Holly legte weitere dreihundert Dollar drauf.

Die Fotos zu schießen war das Schwierigste an der Sache.

Zumal sie Nick nach so langer Zeit endlich wiedersah und dabei still und unsichtbar bleiben mußte.

Er sah großartig aus. Älter, aber immer noch gut aussehend, immer noch schlank. Besser als je zuvor, obwohl ihm heiß war und er sich unbehaglich fühlte. Er hatte sich die Haare kurz schneiden lassen und trug keinen Bart mehr, wodurch die straffen Konturen seines Gesichts und seines Kinns und die markante, attraktive Krümmung seiner Nase hervorgehoben wurden – eine Erinnerung an den Abend, als die Rauschgiftdealer ihn zusammengeschlagen hatten.

Oh, wie gern sie ihn berührt hätte.
Den Vater ihres ungeborenen Kindes.
Ihres gemeinsamen Wunders.
Dann aber dachte sie an Nina.
Und machte sich wieder an die Arbeit.

Nick hatte keine Ahnung, daß Holly ganz in der Nähe war. Die Geräusche der Kinder, das Lachen, das Platschen des Wassers übertönten das Surren und Klicken der Kamera. Nick hörte Holly nicht, sah sie nicht, spürte ihre Nähe nicht. Und das war gut so; denn hätte er sie entdeckt, wäre der ganze Plan zunichte gemacht worden. Dann wäre *alles* zerstört worden, für immer. Doch gleichzeitig schmerzte es Holly, daß Nick ihre Nähe nicht einmal *spürte*. Wäre es andersherum gewesen – wäre *sie* Nick so nahe gewesen, sei es in einem Garten, in einem Haus, sogar in einem Park –, hätte sie seine Nähe wahrgenommen; sie hätte *gewußt*, daß er ihr nahe ist.

Für einen Moment hatte Holly geglaubt, alles vermasselt zu haben. Kurz nachdem sie ein großartiges, wirklich kompromittierendes Foto von Nick gemacht hatte, wie er dem nackten Jungen den Wasserball zuwarf – genau in dem Moment, als das blonde Mädchen kreischte, weil es vom aufprallenden Ball mit Wasser bespritzt wurde –, war der Blick des anderen kleinen Mädchens plötzlich zur Seite geschweift, und es hatte seine dunklen Augen auf die kalifornischen Fuchsien gerichtet. Genau auf *sie*.

Holly hielt den Atem an und spannte die Muskeln, um loszurennen.

Dann aber sah sie, daß eine winzige Eidechse das Interesse des Mädchens geweckt hatte. Das Tier war nur wenige Zentimeter von der Stelle entfernt, an der Holly verborgen kauerte; es sonnte sich vor dem Strauch inmitten mehrerer Wassertropfen. Holly wartete ab, ob das Mädchen aus dem Planschbecken stieg und herüberkam, um das Tier zu berühren; dann aber huschte die Eidechse unvermittelt davon und verschwand irgendwo hinter den scharlachroten Lobelien, und das Mädchen wandte den Blick ab und widmete sich wieder dem Spiel mit dem Ball.

Danach war alles viel zu schnell vorüber.

Holly beobachtete, wie Nick allmählich unruhig wurde und schließlich die Geduld verlor; sie machte noch ein paar Schnappschüsse, als er zum Rand des Planschbeckens ging und sich dort niederkauerte, um mit den Kindern zu reden; dann verschwand er wieder im Haus. Der Junge, der die kleine Gruppe anführte, befolgte die Anweisungen der mexikanischen Frau und stieg mit den Mädchen aus dem Wasser; dann wickelten die Kinder sich rasch in die Badetücher, gingen zum Tor an der Hinterseite des Gartens und verschwanden.

Holly hörte, wie Nick nach Bruno Conti rief.

Dann sah sie ihn wieder auf den Hinterhof kommen. Auf seinem Gesicht spiegelten sich Zorn und Verwunderung. Holly beobachtete, wie er seine Mappe aufhob.

Und wieder im Haus verschwand.

Vierundzwanzig Stunden später waren die Fotos entwickelt und an die Polizeidienststellen in San Francisco und Carmel unterwegs.

Holly wußte, daß Nick von der Körpergröße, dem Gewicht und der Figur her auf die Beschreibung eines Hurensohns paßte, der in den letzten Monaten in San Francisco und an verschiedenen Orten in Nordkalifornien kleine Kinder sexuell belästigt hatte.

Sie wußte überdies, daß ihre Fotos den Cops einen mehr als triftigen Grund verschafften, sich Nick vorzuknöpfen.

Sehr gut.

Immer wieder stellt Holly sich vor, wie Nina reagiert. Seine Frau. Die *andere*, wie Holly sie im stillen stets bezeichnet. Die elegante Blondine mit der langen Nase.

Sie saß hinter einem Tisch, als Holly sie das erste Mal sah, in einer Buchhandlung in New York; deshalb weiß Holly nicht, wie die Beine der Frau aussehen. Lang und schlank, vermutet sie. Natürlich sind auch Hollys Beine schön, nahezu perfekt, doch in ihrem Fall zählt in den Augen der Männer die *ganze* Frau, ihr Charakter, ihr Verstand. Und das war gut so – solange es Nick betraf. Solange Nick scharf auf sie war. Und das wird wieder der Fall sein, wenn die Zeit reif ist.

Holly erinnert sich, daß die schwangere Blondine damals keine Bemerkung machte, als sie ihr das Zitat von Wordsworth diktierte, das sie als Widmung ins Buch schreiben sollte. Doch Holly hatte das Aufblitzen in Nina Fords Augen gesehen. Es war kaum wahrnehmbar gewesen, doch es war Holly nicht entgangen.

Angst.

Oh, wie sie es genoß, Nina Ford Angst einzujagen.

41

»Ich muß raus. Ich gehe spazieren«, sagte Nina, als Nick ihr alles erzählt hatte.

Nick schaute sie an. »Es ist fast Mitternacht. Kurz vor zwölf.«

Fest erwiderte Nina seinen Blick. »In vieler Hinsicht, ja.«

Nina erhob sich vom Sofa. Ihre Bewegungen waren langsam und müde. Nick beobachtete sie. Er rührte sich nicht, wollte sie nicht bedrängen. Sie ging aus dem Wohnzimmer in die Eingangshalle. Nick hoffte, sie würde nach links gehen und die Treppe hinaufsteigen, doch Nina ging nach rechts zur Eingangstür.

Er sprang auf. »Nina, das kannst du nicht tun.« Er folgte ihr in die Eingangshalle.

Sie blieb stehen, drehte sich um. »Warum nicht?« Ihr Gesicht war wieder erschreckend blaß geworden, so wie bei jedem der aufeinanderfolgenden Tiefschläge, die sie in den letzten Monaten hinnehmen mußte. In ihren Augen lag Trotz. Erschrecken, Zorn und Trotz.

»Es ist spät.«

»Das sagtest du bereits. Wir sind hier in einer Stadt. Hier gehen die Leute auch schon mal nachts aus dem Haus.«

Nick fühlte sich scheußlich, als wäre in seinem Inneren irgend etwas gestorben.

»Du hast keine Schuhe an«, sagte er leise, ängstlich.

Nina blickte auf ihre Füße hinunter. Sie hatte die Schuhe schon Stunden zuvor achtlos abgestreift. Aber wo war das gewesen? Sie wußte es nicht mehr. Sie konnte sich noch daran erinnern, daß sie ihr Gespräch mit Nick in der Küche begonnen hatte; dann waren sie eine Zeitlang nach oben gegangen ... oder nicht? Plötzlich schien es ihr die Sache nicht wert, sich über ihre verdammten Schuhe den Kopf zu zerbrechen.

»Ich gehe zu Bett«, sagte sie und ging an Nick vorbei zum Fuß der Treppe, wo sie für einen Augenblick innehielt. »Bitte, komm mir nicht nach«, sagte sie, ohne über die Schulter auf Nick zu schauen. »Ich kümmere mich allein um Zoë.«

»Nina, wir müssen uns unterhalten.« Die Verzweiflung schnürte Nick beinahe die Kehle zu.

»Ich glaube, du hast heute schon genug geredet«, sagte sie.

Und stieg die Treppe hinauf.

Nina bekam kein Auge zu. Im Laufe der Nacht kam Nick dreimal ins Schlafzimmer, und jedesmal stellte Nina sich schlafend. Sie hielt die Augen geschlossen und atmete regelmäßig, und sie spürte, wie Nick sich über sie beugte und sie betrachtete. *Wahrscheinlich weiß er, daß ich mich bloß schlafend stelle*, ging es ihr durch den Kopf. Aber er sagte kein Wort zu ihr, rührte sie nicht an. Wenn sie zu schlafen vorgab, und Nick *wußte* es, war das eine ebenso deutliche Botschaft, als würde sie ihm den Rücken zukehren oder als hätte sie ihren nächtlichen Spaziergang gemacht.

Sie lag im Bett und versuchte, sich über ihre Gefühle klarzuwerden. Sie hatte das Verlangen nach einem Drink – das stand fest. Ihre anderen Empfindungen waren nicht so leicht zu analysieren. An diesem endlosen, häßlichen Abend hatte Nick ihr so viel Schlimmes erzählt, daß es Nina mitunter so vorgekommen war, als würde sie jemandem zuhören, der laut in einem Tagebuch liest und Geschichten aus seinem Leben vorträgt, in sorgfältiger Reihenfolge; jemand, der selbst die kleinsten Einzelheiten niedergeschrieben hatte und sie nun vorlas, egal ob sein Publikum sie hören wollte oder nicht.

Nicht. *Nicht.*

Er hätte es rasch und ohne Umschweife erzählen können. *Ich bin beim Bergsteigen aus einer Felswand gestürzt*, konnte jemand berichten, der sich schlimme Knochenbrüche zugezogen hatte. Es gab keine Veranlassung für den Betreffenden, ausführlich zu erzählen, wie er den verdammten Berg hinaufgestiegen war oder ob er von Anfang an gewußt hat, daß der Besteigungsversuch eine verrückte Idee gewesen war – was ihn aber nicht davon abgehalten hatte, dennoch den Versuch zu unternehmen.

Holly Bourne war damals wieder in meinem Leben aufgetaucht, auch wenn ich dir etwas ganz anderes gesagt habe, aber sie wollte es einfach nicht hinnehmen, als ich mit ihr Schluß gemacht hatte, und hatte sich in eine Verrückte verwandelt, die mir überall hin gefolgt ist und mein Leben vergiftet hat, bis ich schließlich die Beherrschung verlor und sie verprügelt habe.

Mehr hätte er gar nicht zu erzählen brauchen.

Ach, ja, und sie hat Marihuana in die Toilette meiner New Yorker Wohnung geschüttet, den Stoff aber nicht richtig hinuntergespült und dafür gesorgt, daß die Bullen mir die Sache angehängt haben.

Mehr hätte er nicht sagen müssen. Hätte er Nina die Geschichte doch schon vor ein paar Jahren erzählt, als sie sich kennenlernten und einander ihre Geheimnisse anvertrauten. Zumindest hatte sie ihm ihre Geheimnisse anvertraut.

Wie hättest du reagiert, fragte Nina sich für einen Augenblick, *hätte* er dir diese Geschichten über sich und Holly schon damals erzählt? Dann aber schob sie diese Frage beiseite, denn sie war hinfällig geworden und belanglos. Jetzt zählte nur noch, daß Nick es ihr *nicht* erzählt hatte. Er hatte ihr nicht vertraut.

Und jetzt hatte er ihr die Geschichte nur deshalb erzählt, weil er keine andere Wahl gehabt hatte.

Du lieber Gott, wie sehr sie einen Drink brauchte!

In dieser Nacht schaute Nick viermal nach Nina und auch nach Zoë, doch er ging nicht zu Bett. Er fürchtete sich davor, daß Nina das Zimmer verlassen würde, wenn er sich neben sie legte. Er hatte Angst, daß sie nicht mehr zu schlafen vorgab, sondern aufstand, sich anzog und das Haus verließ.

Und vielleicht in irgendeine heruntergekommene Kneipe ging, die nach Beginn der Sperrstunde noch geöffnet hatte. In Kalifornien war der Ausschank alkoholischer Getränke nach zwei Uhr früh untersagt. Und auch wenn Nina nie zu jenen Alkoholikerinnen gezählt hatte, die irgendwelche Spelunken besuchten, wo hinter geschlossenen Türen gegen dieses Gesetz verstoßen wurde, vermutete Nick, daß sie über die Jahre hinweg bei den Treffen der Anonymen Alkoholiker mit genug Trinkern gesprochen hatte, um zu wissen, wo es solche Flüsterkneipen gab.

Natürlich hätte sie einfach die Treppe hinuntergehen und sich vollaufen lassen können. Viel Alkohol gab es zwar nicht im Haus, doch Nina hatte stets darauf bestanden, einen ausreichenden Vorrat zu haben, daß Besucher fast jeden Drink bekommen konnten, den sie wünschten.

Nina war jetzt seit mehr als sieben Jahren trocken. Selbst der Schock nach Phoebes Unfall, die schrecklichen Folgeerscheinungen, die Angst um Zoë in den ersten Tagen nach ihrer Geburt, die Demütigung und der hilflose Zorn, als die Polizei das Haus nach Rauschgift durchsucht und Zoës liebevoll vorbereitetes Kinderzimmer verwüstet hatte, der Schreck, als Nick wegen der verrückten Geschichte in Carmel zum Verhör mitgenommen wurde – das alles hatte Nina durchgestanden, ohne wieder zur Flasche zu greifen. Sie war ein paarmal nahe daran gewesen, mehr aber auch nicht.

Nina war eine sehr tapfere Frau. Sie hatte alle Liebe verdient, alle Dankbarkeit.

Nick saß auf einem Küchenstuhl. Der Kaffee in der Tasse vor ihm auf dem Tisch wurde kalt, während seine Gedanken in die Vergangenheit schweiften.

Ihm kamen Worte in den Sinn, die seine Mutter vor vielen Jahren zu ihm gesagt hatte.

Wie konntest du uns so etwas antun? hatte sie ihn gefragt, nachdem Eleanor Bourne ihn und Holly im Sommerhaus erwischt hatte.

Oh, er verstand sich gut darauf, Menschen etwas anzutun, die er liebte.

Wie konntest du dir selbst so etwas antun? hatte Ethan Miller hinzugefügt.

Auch darauf verstand Nick sich gut.

Nick hatte gar nicht einschlafen wollen. Er wollte bloß ein paar Minuten auf dem Sofa im Wohnzimmer liegen, damit seine ermüdeten Augen und sein erschöpfter Verstand ein wenig zur Ruhe kamen. Dann aber schlief er doch ein, und als er aufwachte, war der Morgen angebrochen. Als er dann barfuß die Treppe hinaufrannte und sowohl Ninas Schlafzimmer als auch das Kinderbettchen leer vorfand, packte ihn grelles

Entsetzen, und hastig streifte er sich Jeans und einen Pullover über und schlüpfte in Freizeitschuhe, um sich auf die verzweifelte Suche nach Frau und Tochter zu machen.

Nina saß in der Küche an dem Tisch aus Fichtenholz, Zoë in den Armen.

Nicks Erleichterung war überwältigend.

»Was hast du erwartet?« fragte Nina ruhig. Das Baby lag in ihren Armen und blickte aufmerksam ins Gesicht seiner Mutter hinauf: ein Bild der heiteren Zufriedenheit.

Nick setzte sich den beiden gegenüber. »Ich weiß nicht.«

»Daß ich fortgegangen bin?«

»Kann sein.«

Ninas Miene ließ nichts erkennen. »Wir haben eine Tochter. Ein Zuhause. Eine Art Ehe.«

Schmerz durchfuhr Nick.

»Es tut mir schrecklich leid, Nina.« Er wußte nicht, was er anderes sagen sollte.

»Das weiß ich.«

»Aber das reicht dir nicht, stimmt's?«

»Eigentlich nicht.«

»Ich weiß nicht, was ich noch sagen soll, Nina.«

»Das liegt wahrscheinlich daran, daß du schon alles gesagt hast.« Nina hielt kurz inne. »Endlich.«

Nick erhob sich und ging zur Kaffeemaschine. »Möchtest du auch eine Tasse?«

»Nein.«

Er schenkte sich Kaffee ein. Noch immer wütete der Schmerz in seinem Inneren. Nina war hier, bei ihm, in ihrem gemeinsamen Haus, mit ihrer beider Tochter, doch Nick wußte nicht, wieviel das alles noch bedeutete. Zwischen ihm und Nina hatte sich ein bodenloses, unendliches Meer aufgetan. Die Nähe zwischen ihnen war verschwunden, die Vertrautheit, die Leichtigkeit im Umgang miteinander.

»Du hast mir nicht vertraut, Nick«, sagte Nina vom Tisch aus.

»O doch«, erwiderte er und setzte sich wieder zu ihr und Zoë. »Es hatte einen anderen Grund, daß ich dir nicht alles erzählt habe.«

Ihre Blicke trafen sich. »Du hast nicht daran geglaubt, daß

ich Verständnis für dich aufbringe. Daß ich dich so nehme, wie du bist, mit allen Fehlern und Schwächen.«

Nick legte die rechte Hand um die Tasse und drückte fest zu. Die Tasse war heiß, doch er spürte den Schmerz kaum. »Ich hatte Angst, dich zu verlieren.«

»Das hätte sein können.«

»Ich hatte nicht den Mut, dieses Risiko auf mich zu nehmen.«

»Du hättest es tun sollen«, sagte Nina.

»Ja.«

In Ninas Armen strampelte Zoë mit den winzigen Beinchen und stieß ein zufriedenes leises Quietschen aus. An jedem anderen Morgen wäre Nick jetzt aufgestanden, hätte seiner Frau über die Schulter geschaut und seine Tochter dümmlich angegrinst, hätte ihr übers rotblond Haar gestrichen und ihren Bauch gekitzelt. Doch immer noch war das Meer zwischen ihnen, und Nick hatte Angst, darin zu ertrinken.

»Ich gehe mit Zoë nach Arizona«, sagte Nina plötzlich.

Wieder durchfuhr ihn greller Schmerz.

»Wir fahren noch heute nachmittag«, fügte sie hinzu. »Nur auf Besuch.«

Nick fiel ein Stein vom Herzen.

»Auch ich vermisse Phoebe«, sagte er.

»Ich will diese Reise ohne dich machen, Nick. Ich muß ein bißchen Abstand gewinnen.«

»Ich weiß.«

Schweigen breitete sich aus.

»Werden wir ... werden wir je darüber hinwegkommen?« fragte Nick schließlich.

Nina ließ sich Zeit mit der Antwort.

»Vielleicht«, sagte sie.

Nick wußte, daß er nicht mehr erwarten konnte.

»Glaubst du wirklich, Holly steckt hinter all diesen Scheußlichkeiten, die wir ertragen mußten?« fragte Nina kurz vor Mittag, als sie im Schlafzimmer ihre Nachthemden und Kleider faltete und in einen beigefarbenen Koffer packte. »Offensichtlich«, beantwortete sie ihre Frage selbst. »Sonst hättest du mir wahrscheinlich nicht erzählt, was du damals alles getan hast.«

»Ich wüßte nicht, wer sonst dahinterstecken könnte.«

»Und was willst du dagegen unternehmen?« Nina blickte auf den Koffer hinunter, der geöffnet auf dem Bett lag, nahm ihre kleine Make-up-Tasche von der Steppdecke, zog den Reißverschluß zu und stopfte die Tasche in eine Ecke des Koffers.

»Das weiß ich noch nicht. Erst mal muß ich herausfinden, was Holly eigentlich vorhat.«

»Du könntest die Polizei einschalten«, schlug Nina vor.

»Ich habe schon versucht, denen beizubringen, daß ich reingelegt wurde, doch sie wollen nichts davon wissen.«

»Aber sie haben dich keines Verbrechens angeklagt.«

»Das bedeutet aber nicht, daß sie mir glauben«, hob Nick hervor. »Warum sollten sie auch? Ich wurde jetzt schon zweimal verdächtigt, und beide Vergehen kann man nicht gerade als Kavaliersdelikte bezeichnen.«

»Du wurdest *dreimal* verdächtigt«, sagte Nina. »Wenn man deine Festnahme in New York mitrechnet.«

»Danke, daß du mich daran erinnerst.«

»Gern geschehen.« Nina hielt kurz inne. »Was ist mit Chris Field?«

»Ich habe das Gefühl, er glaubt mir nicht mehr als die Cops.«

»Wenn du es sagst.«

»Was ist mir dir?« fragte Nick unvermittelt.

»Was soll mit mir sein?«

»Glaubst *du* mir?«

Nina ließ sich Zeit mit der Antwort.

»Das alles ist schwer zu verdauen«, sagte sie schließlich.

Nick spürte ein bohrendes, Übelkeit erregendes Gefühl im Magen. »Du glaubst mir nicht, stimmt's?«

Nina hielt mit dem Kofferpacken inne und setzte sich auf die Bettkante. »Willst du mir allen Ernstes weismachen, daß diese Frau sogar für Phoebes Unfall verantwortlich ist? Daß sie damals das Fax geschickt hat?«

»Ich weiß es nicht«, erwiderte Nick. »Es ist schwer vorstellbar, aber ...«

»Es ist verrückt«, sagte Nina.

Sie stand auf und machte sich wieder ans Packen.

»Brauchst du das alles?« Für Nick sah es so aus, als würde Nina Sachen für mindestens einen Monat mitnehmen. Wieder stieg Furcht in ihm auf.

»So viel ist es gar nicht.« Nina schaute in den Koffer. »Aber du hast recht«, fügte sie hinzu und schüttelte müde den Kopf. »Ich weiß gar nicht mehr, was ich tue.«

»Kann ich dir helfen?«

»Nein«, sagte sie. »Danke.«

Im angrenzenden Kinderzimmer begann Zoë zu schreien.

»Soll ich gehen?« fragte Nick.

»Bitte.«

Nick ging zur Tür und blieb stehen. »Bist du sicher, daß du die Kleine nach Arizona mitnehmen willst?«

Zoë bekam inzwischen das Fläschchen, was Nina zusätzliche Arbeitsstunden im Büro der Ford-Immobilien gewährte, die dringend erforderlich waren, weil Phoebes Fehlen sich immer schmerzlicher bemerkbar machte.

»Du könntest vielleicht besser Abstand von allem gewinnen«, fuhr Nick fort, »wenn du Zoë bei mir läßt.«

Die Kälte in Ninas Augen ließ Nick schaudern.

»Es ist nicht Zoë, von der ich Abstand gewinnen muß«, sagte sie.

42

Ich saß in meinem leeren Haus, im verlassenen, tristen Schlafzimmer, und machte den Anruf. Es war fünf Uhr nachmittags am Tag von Ninas Abreise. In Bethesda war es jetzt zwanzig Uhr.

»Mrs. Bourne? Hier spricht Nick Miller.«
»Oh!«

Ihre Stimme hatte sich ein bißchen verändert. Ich konnte Eleanor vor mir sehen, das Haar zu einer Hochfrisur gekämmt, zurückhaltend, aber perfekt geschminkt, in irgendeinem bequemen Kleidungsstück – vorzugsweise aus Seide –, um einen ganz normalen Abend zu Hause mit ihrem Mann zu verbringen.

»Ich rufe aus San Francisco an«, sagte ich.
»Was kann ich für dich tun, Nick?«

Ich war beinahe überrascht, daß sie mich noch duzte und mit dem Vornamen anredete. Zu der Kälte in ihrer Stimme hätte »Mr. Miller« sehr viel besser gepaßt.

»Ich brauche Hollys Adresse – oder ihre Telefonnummer.« Bei Eleanor war es am besten, ohne Umschweife zur Sache zu kommen. »Ich weiß, daß sie in New York lebt, aber ich kenne ihren Ehenamen nicht.«

»Kommt nicht in Frage.«
»Ich dachte, Sie könnten es mir vielleicht sagen, weil ...«
»Nein, Nick. Das sage ich dir nicht.«
»Warum nicht?«
»Ich glaube, das dürfte mehr als offensichtlich für dich sein.«

»Die Vergangenheit ist längst begraben und vergessen, Mrs. Bourne.« So leicht wollte ich mich nicht geschlagen geben. »Holly und ich leben längst unser eigenes Leben. Wir sind beide glücklich verheiratet. Aber ich habe mir gedacht, daß es vielleicht ganz nett wäre, sich mal wieder mit Holly in Verbindung zu setzen.«

»Dann solltest du ihr schreiben.« Eleanor hielt kurz inne. »Und den Brief an unsere Adresse schicken. Wir senden ihn dann an Holly weiter.«

Ich sah ein, daß es keinen Sinn hatte.

»Wie geht es Holly?«

»Sehr gut. Danke der Nachfrage.«

Ich wartete bis sechs Uhr morgens; dann versuchte ich, Richard Bourne (ohne Eleanor) in seinem Büro zu erreichen. In Washington, D. C., war es jetzt neun Uhr Ortszeit. Es war ein Samstag, doch ich konnte mich erinnern, daß Hollys Vater häufig Samstag morgens im Büro gewesen war.

Es hatte sich nichts daran geändert. Richard nahm den Anruf entgegen. Er war einen Hauch freundlicher als seine Frau, gab aber auch keine Informationen preis, die mir weiterhelfen konnten.

»Holly hat uns vor einiger Zeit gebeten, dir oder deinen Eltern nur allgemeine Informationen zu geben, wie sie es ausgedrückt hat«, sagte er. »Tut mir leid, Nick.«

»Schon gut. Verstehe.«

»Sie ist jetzt glücklich«, sagte Richard. »Sie hat ihren Mann, ihren Beruf, ihr Zuhause. Ich bin sicher, du verstehst das. Wir alle sind der Meinung, daß es so besser ist.«

»Ja.«

Ich hatte verstanden. Nur zu gut. Und unter anderen Umständen hätte ich gar keine besseren Auskünfte bekommen können.

Aber wie die Dinge lagen, half es mir gar nichts.

Ich buchte für den Sonntag vormittag einen Flug nach Washington. Die Maschine der United Airlines landete am frühen Nachmittag – zu spät, um noch irgend etwas anderes zu tun, als mir ein Hotelzimmer zu nehmen. Welches, war mir egal – Hauptsache, ich bekam etwas zu essen, ein Bett für die Nacht, eine Dusche und die Möglichkeit, einen Kaffee zu trinken, bevor ich am nächsten Morgen den besorgten Vater in dessen Anwaltskanzlei aufsuchte.

Ich wollte nicht zu viel Zeit haben, um über diesen Besuch nachzudenken oder mich darauf vorzubereiten. Wenn ich die Schutzmauern niederreißen wollte, die Richard Bourne um sich herum errichtet hatte, mußte ich frei heraus zu ihm sprechen und bei möglichst klarem Verstand sein, der nicht von störenden Gedanken getrübt wurde, die ich mir zuvor gemacht hatte.

Zwar war ich in der Vergangenheit mit besorgten Vätern nicht besonders gut zurechtgekommen, doch ich hatte mir die Alternativen durch den Kopf gehen lassen und erkannt, daß es im Grunde gar keine gab, weil die Polizei mir offensichtlich nicht zuhören würde. Also mußte ich mein Glück bei Richard Bourne versuchen.

Auf jeden Fall *unternahm* ich endlich etwas.

Und was hatte ich schon zu verlieren – jetzt, wo Nina und Zoë fort waren?

Ich hatte damit gerechnet, Bourne allein in seinem Büro anzutreffen, das sich in einem stilvollen Gebäude an der Connecticut Avenue in der Washingtoner Innenstadt befand. Es war ein beeindruckendes, geschmackvolles Büro mit antiken Möbeln und Teppichen, kostbaren Gemälden und Holzvertäfelungen, die nach Bournes teurem Pfeifentabak rochen, und in dem die moderne Elektronik und die Errungenschaften des Computerzeitalters sich harmonisch in das Gesamtbild fügten. Doch als ich kurz nach acht dort eintraf, erklärte Bournes Sekretärin, Mrs. Eileen Rigde, mir mit gewichtiger Stimme, daß ihr Chef sich bereits seit mehr als einer Stunde mit wichtigen Akten beschäftigte. Ohne Termin, ließ Mrs. Ridge – eine resolute, aber umgängliche Dame mittleren Alters – mich wissen, wäre es kaum möglich, mit Mr. Bourne zu sprechen. Ich bedachte Mrs. Ridge mit meinem höflichsten, reumütigsten Lächeln und sagte ihr, daß ich extra von der Westküste hierhergeflogen sei, um Mr. Bourne zu sprechen, worauf sie mir erklärte, sie würde ihr Möglichstes für mich tun.

Ungefähr eine Viertelstunde später führte sie mich durch eine hohe, breite, doppelflügelige Eichentür. Richard Bourne, in einem Anzug von salopper Eleganz – genauso, wie ich ihn aus den alten Zeiten in Bethesda in Erinnerung hatte –, stand neben seinem eindrucksvollen Schreibtisch und wartete auf mich. Falls er wütend war, ließ er es sich nicht anmerken. Andererseits lächelte er auch nicht gerade vor Wiedersehensfreude übers ganze Gesicht.

Ich konnte ihm keinen Vorwurf machen.

»Mrs. Ridge hat mir mitgeteilt«, sagte er und schüttelte mir fest, aber kühl die Hand, »daß du nur deshalb nach Washington gekommen bist, um mich zu sprechen.«

»Ja, das stimmt.«

»Verstehe.«

Wir nahmen in Ledersesseln Platz. Richard Bourne nahm seine Brille ab und legte sie sorgfältig auf ein Eintragungsbuch, das vor ihm auf dem Tisch lag. In einem schweren Aschenbecher aus Marmor lag eine kleine Pfeife aus dunklem, schimmerndem Holz, und ich wartete darauf, daß Bourne sie nahm, ein bißchen Tabak hineinstopfte und sie anzündete – so bedächtig und genußvoll, wie er es damals in den alten Zeiten getan hatte. Aber er tat es nicht. Er schüttelte bloß leicht den Kopf, ohne daß auch nur eine Strähne seines makellos geschnittenen grauen Haares in Unordnung geriet.

»Ich hatte gehofft«, sagte er, »meine Einstellung deutlich genug gemacht zu haben, Nick. Ich meine, was die Frage betrifft, dir Hollys Aufenthaltsort mitzuteilen.«

»Das haben Sie, Sir«, sagte ich. »Absolut.«

»Warum bist du dann hier?«

»Um meine eigene Einstellung deutlich zu machen.« Ich schaute ihm fest in die Augen. »Und um endlich dafür zu sorgen, daß Sie die Situation begreifen, die mich dazu veranlaßt hat, Sie erst anzurufen und nun zu Ihnen zu kommen.«

»Ich kann mir nicht vorstellen, daß dein Besuch meine Meinung ändern wird.«

»Das glaube ich doch«, erwiderte ich. »Aber das müssen Sie natürlich selbst entscheiden.«

Richard Bourne stieß einen leisen Seufzer aus – den Seufzer eines Mannes, der zu höflich ist, einen Besucher fortzuschicken, der Tausende von Meilen zurückgelegt hat, ohne ihn nicht wenigstens anzuhören.

»Darf ich dir eine Tasse Kaffee anbieten, Nick?«
»Ich möchte Ihnen keine Umstände machen, Mr. Bourne.«
Bourne lächelte reuevoll. »Irgendwie habe ich den Verdacht, daß es die kleinsten Umstände sind, die du mir bereiten wirst, wenn ich Mrs. Ridge darum bitte, uns eine Kanne Kaffee zu bringen.«

Der Kaffee wurde gebracht – so stilvoll wie alles andere in diesem Büro: in einer silbernen Kanne auf einem Silbertablett, mitsamt Zuckerzange und kleinen süßen Plätzchen. Bourne bat Mrs. Ridge, seinen ersten heutigen Termin zu verschieben und vorerst keine Anrufe durchzustellen; dann schenkte er uns Kaffee ein und forderte mich auf, gleich zur Sache zu kommen, egal was ich auf dem Herzen hätte.
»Bevor ich anfange«, sagte ich, »möchte ich Ihnen danken.«
»Dazu besteht kein Grund«, erwiderte Bourne.
»Immerhin wollen Sie mich anhören.«
»Du bist schließlich ein alter Freund meiner Tochter.«
»Das war ich nicht sehr lange«, erwiderte ich, »aber auf gewisse Weise länger, als Sie ahnen.«

Unsere Kindheit ließ ich aus, weil Bourne alles darüber wußte – oder zu wissen glaubte. Ich begann mit den Jahren an der Uni in New York, mit Hollys Lügen gegenüber anderen und sich selbst, was die Natur unserer Beziehung anging. Ich erzählte Bourne von Hollys krankhafter Besessenheit, mir überallhin zu folgen, und über Verhaltensmuster seiner Tochter, die einem permanenten Ausspionieren sämtlicher Bereiche meines Lebens gleichkamen. Ich erzählte ihm von dem Tag, an dem Holly sich absichtlich beim Ladendiebstahl hatte erwischen lassen, damit ich ihr aus der Patsche half. Und über die Nacht darauf, als Holly dafür gesorgt hatte, daß ich von zwei brutalen Dealern zusammengeschlagen und von der Polizei wegen Verdachts auf Rauschgiftbesitz festgenommen wurde – Marihuana, das Holly diesen Dealern gestohlen hatte.
Ich erzählte ihm sogar von dem Abend, als ich bei Holly gewesen war, nachdem sie versucht hatte, meine Beziehung

zu Julie Monroe kaputtzumachen. Der Abend, an dem Holly es zu weit getrieben hatte. Ich *mußte* es Bourne erzählen; ich wußte, daß mir nichts anderes übrigblieb, als ihm *alles* zu berichten, sonst hätte ich nicht den Hauch einer Chance gehabt, daß er mir glaubte.

»Ich bin, weiß Gott, nicht stolz darauf«, endete ich mit leiser, heiserer Stimme.

»Was genau meinst du damit?« Richards Bournes graue Augen blickten mich durchdringend an. Juristenaugen. Vateraugen.

»Daß ich die Beherrschung verloren habe und mir die Hand ausgerutscht ist.« Ich hielt inne. Jeder Muskel meines Körpers war angespannt.

»Du hast meine Tochter geschlagen?« Bournes Gesicht wurde blaß.

»Ja, Sir.«

Ich wollte nicht weitererzählen, hatte aber keine andere Wahl.

»Ich habe mich vor mir selbst geekelt. Ich hätte nie geglaubt, auch nur daran denken zu können, eine Frau zu schlagen ... geschweige denn, es zu *tun*.« Ich wandte den Blick von Bournes durchdringenden Augen ab. »Aber Holly ...« Wieder stockte ich. Wie konnte ich diesem ahnungslosen, anständigen Mann erklären, daß es seiner Tochter *gefallen hatte*, von mir geschlagen zu werden? »Holly wollte unbedingt, daß ich bleibe«, fuhr ich schließlich fort. »Ich konnte es nicht fassen. Ich wußte, ich hätte verschwinden sollen ... es wäre für uns beide besser gewesen ... aber Holly hat mich angebettelt, bei ihr zu bleiben. Als ich mich weigerte, sagte sie, sie würde dafür sorgen, daß ich es bitter bereue.« Ich schaute Bourne wieder ins Gesicht. »Und ich habe es schon bitter bereut. Es war schlimmer, als Sie sich vorstellen können.«

Es wurde totenstill im Büro. Abgesehen vom leisen Ticken der antiken französischen Stiluhr, die über dem Kaminsims an der Wand hing, und dem gedämpften Geräusch von Eileen Ridge, die hinter der prächtigen Eichenholztür im Vorzimmer saß und auf einer Computertastatur tippte, war nur unser Atmen zu vernehmen. Der Kaffee in den beiden Tassen, die wir nicht angerührt hatten, war längst kalt geworden.

Ich wartete ein paar Augenblicke, ehe ich fortfuhr. Ich glaube, ich rechnete beinahe damit, daß Richard Bourne mich hinauswarf, mir vielleicht sogar einen Faustschlag verpaßte. Doch er saß so stumm und unbewegt da wie ein Stein.

»An dem Abend habe ich beschlossen, nach Kalifornien zu ziehen«, fuhr ich fort. »Um von Holly wegzukommen. Ich könnte jetzt behaupten, daß ich diesen Schritt in unser beider Interesse getan habe, aber um ehrlich zu sein, habe ich ihn um meinetwillen getan. Und ich kam ziemlich gut zurecht. Gut genug, daß ich nach sechs Jahren ohne Holly und zwei Jahren glücklicher Ehe glaubte, die Vergangenheit endlich vergessen zu haben.« Ich holte tief Atem. »Aber das war ein Irrtum. Weil Holly die Vergangenheit ganz bestimmt *nicht* vergessen hat.«

»Für mich hört es sich an, Nick«, sagte Richard Bourne, »als wärst du in dieser Geschichte der Besessene.«

»Ach, ja?« Ich beugte mich vor. Zorn stieg in mir auf, pumpte Adrenalin in meine Adern, sorgte dafür, daß ich wachsam und voll konzentriert blieb. »Dann sollte ich Ihnen wohl lieber erzählen, was in diesen Tagen geschieht, Mr. Bourne. Lassen wir die Vergangenheit jetzt einmal außer acht und konzentrieren wir uns auf das, was mir und meiner Familie passiert ist – erst vor kurzem, in diesem Jahr. Und dann sagen Sie mir, wie ich Ihrer Meinung nach darüber denken soll.«

Ich erzählte Richard Bourne von dem Fax, das an meine damals noch schwangere Frau gerichtet war und mit dem sie zu dem Haus in Haight Ashbury gelockt werden sollte; ich erzählte ihm, was Phoebe zugestoßen war, und davon, daß die Versicherungen herausgefunden hatten, daß es gar kein Unfall gewesen war und daß sie deshalb jemanden zu mir geschickt hatten, der Antworten verlangte. Ich erzählte ihm von der Hausdurchsuchung, nachdem die Polizei den anonymen Tip bekommen hatte, in meinem Haus befände sich Rauschgift – ausgerechnet an dem Tag, als Nina und ich unser Töchterchen aus dem Krankenhaus nach Hause holen wollten. Ich erzählte ihm von Carmel und den Fotos. Und ich erzählte ihm, wie ich mich plötzlich – wie aus dem Nichts – daran erinnert hatte, wie Holly damals an unserer Schule Lügen darüber verbreitete, ich hätte sie, ein dreizehnjähriges Mädchen, sexuell belästigt.

Ich warf einen raschen Blick auf Richard Bournes Gesicht und sah das Unbehagen in seiner Miene; in seinen Augen blitzte sogar für einen winzigen Moment Erschrecken auf.

»Ich möchte es ja auch nicht glauben, Mr. Bourne«, fuhr ich fort. »Ich habe mir mehr als einmal gesagt, daß Holly mit diesen Dingen unmöglich etwas zu tun haben kann. Holly ist glücklich verheiratet, sagte ich mir. Holly ist jetzt Anwältin, hat denselben Beruf wie ihr Vater. Sie *kann* nicht dahinterstecken, habe ich mir gesagt.«

»Jetzt glaubst du aber, daß sie doch dahintersteckt«, sagte Bourne mit belegter Stimme.

»Ja.«

Ich sah, wie der erfahrene, kühle, unerschütterliche Anwalt für einen Augenblick die Oberhand über den besorgten Vater gewann und ins Meer der Furcht vor dem Undenkbaren tauchte. Dann aber erschien der Vater wieder – und diesmal als Anwalt seiner Tochter.

»Und deshalb soll ich dir Hollys Anschrift geben?« fragte er. »Damit du sie zur Rede stellen kannst? Damit du ihr die Anschuldigungen ins Gesicht sagen kannst?«

»Damit ich die glückliche, verheiratete New Yorker Anwältin selbst unter die Lupe nehmen kann«, erwiderte ich trotzig.

»Das wird nicht möglich sein.«

»Warum nicht?«

»Weil ich nicht will, daß das Leben meiner Tochter zerstört wird.«

»Aber daß *mein* Leben und das meiner Familie vor die Hunde geht, stört Sie nicht?«

Richard Bourne nahm seine Brille vom Tisch, setzte sie aber nicht auf. »Du erhebst sehr schwere Anschuldigungen, Nick.«

»Ich weiß.«

»Ich nehme an, daß du sie nicht beweisen kannst.«

»Noch nicht.«

»Dann rate ich dir, sehr vorsichtig zu sein und diese Beschuldigungen nie wieder gegenüber irgend jemandem vorzubringen.«

»Und wenn ich es doch tue, dann verklagen Sie mich?« fragte ich.

»Sehr gut möglich«, erwiderte Bourne.

Ich schüttelte den Kopf. »Sie werden mich nicht verklagen.«

»Und weshalb nicht?«

»Weil Sie mir *beinahe* glauben.« Wieder blickte ich ihm fest in die Augen. Ich hatte das Gefühl, Bourne niederzudrücken, ihn festgesteckt zu haben, wie ein Entomologe einen Schmetterling mit einer Nadel an einem Brett feststeckt. »Sie *wollen* mir nicht glauben, aber Sie fürchten sich davor, daß ich recht haben könnte.«

Bourne erhob sich aus dem Sessel, ging langsam zu den wandhohen Bücherregalen auf der rechten Seite des Büros, blieb stehen und blickte eine Weile ins Leere. Ich schwieg, ließ ihm Zeit. Der Mann tat mir leid. Aber längst nicht so leid wie Nina, Phoebe und unsere kleine Zoë.

Schließlich drehte Bourne sich wieder zu mir um.

»Hast du Vertrauen zu mir, Nick?«

»Ja.«

»Reicht dein Vertrauen, mir die Sache zu überlassen?«

»Das hängt davon ab, was Sie unternehmen wollen«, erwiderte ich – und mit einem Mal wurde mir klar, daß ich die erste Schlacht in diesem Krieg gewonnen hatte. Hollys eigener Vater, ein einflußreicher, ziemlich mächtiger Mann, hatte meinen Verdacht nicht rundweg zurückgewiesen, sondern nahm ihn ernst, sehr ernst. Das war viel mehr, als ich erhoffen konnte.

»Zuerst einmal brauche ich dein Versprechen, dich von nun an aus dieser Geschichte herauszuhalten.«

»Ich glaube nicht, daß ich Ihnen dieses Versprechen geben kann.«

»Hast du denn eine andere Wahl?« Bourne lächelte ein freudloses, müdes Lächeln.

Ich zuckte die Achseln. »Wer sollte mich daran hindern, Holly weiter zu suchen und sie im Auge zu behalten?«

Der Anwalt setzte sich wieder und legte die manikürten Hände aneinander. »Ich will nicht, daß Holly belästigt wird, Nick. Und ich verspreche dir, daß ich alles überprüfen werde, was du mir heute morgen erzählt hast.«

»Und dann?«

Ich konnte es mir nicht leisten, mich mit Versprechungen zufriedenzugeben. Ich mußte hier und jetzt soviel für mich herausholen, wie nur möglich; denn ich wußte, daß ich vielleicht nie wieder diese Chance bekam. Würde beispielsweise Eleanor Bourne von unserem Gespräch erfahren, würde sie alles, was ich Richard erzählt hatte, in der Luft zerfetzen; sie würde dafür sorgen, daß er ihr schwören mußte, gar nicht zu beachten, was ich ihm anvertraut hatte, und einzig und allein Holly zu beschützen. Doch wenn Richard Bourne mir sein Wort gegeben hatte, als Mann des Gesetzes, zählte ich darauf – vielleicht war ich naiv, vielleicht auch nicht –, daß er sich daran hielt.

»Und sollte ich herausfinden, daß es der Wahrheit entspricht, was du mir gesagt hast ...« Er hielt inne. »Aber du mußt wissen, daß ich keine Sekunde daran glaube, daß Holly irgendeine Schuld trifft.«

Doch, glaubst du wohl, ging es mir durch den Kopf, doch ich sprach es nicht aus.

»Aber falls ich auch nur ein Körnchen Wahrheit finde, verspreche ich dir, daß ich das Problem aus der Welt schaffe. Und dann wird der Aufenthaltsort meiner Tochter dich erst recht nichts mehr angehen. Verstanden?«

»So einfach ist das? *Es geht mich nichts an?*« Wieder loderte Zorn in mir auf, heiß und grell. »Meine Schwägerin liegt immer noch schwer verletzt im Krankenhaus. Die Polizei von San Francisco hat mein Haus verwüstet, als sie bei mir nach Drogen suchte. Ich nehme keine Drogen, Mr. Bourne. Kurze Zeit später wurde ich von drei Beamten aus dem Haus gezerrt, die mich wegen angeblicher sexueller Belästigung von *Kindern* verhört haben.« Ich stand auf und starrte wutentbrannt auf ihn hinunter. »Wenn es nur um mich ginge, wäre es mir scheißegal, wo Holly sich aufhält. Dann wäre es mir sogar gleichgültig, als Unschuldiger so scheußlicher Verbrechen beschuldigt zu werden. Aber ...«

»Ich verstehe, Nick«, sagte Bourne.
»Wirklich?« Ich blieb stehen. »*Wirklich?* Verstehen Sie, daß ich Angst um meine Frau habe? Um unsere kleine Tochter?«
»Ich glaube nicht, daß Holly irgend jemandem etwas zuleide tun könnte.«
»Trotzdem hat Phoebe sich beide Arme gebrochen und eine schwere Schädelverletzung erlitten. Seit dem Unfall hat sie noch kein Wort gesprochen! Irgend jemand hat ihr das angetan, und ich habe das schreckliche Gefühl, daß dieser Jemand Holly sein könnte.«
Bournes Gesicht war kreidebleich.
»Du hast gesagt, du vertraust mir«, erinnerte er mich.
»Ja, das habe ich.«
»Dann bitte ich dich im Interesse deiner und meiner Familie, mir die Sache zu überlassen. Ich schwöre dir einen heiligen Eid, mich intensiv darum zu kümmern. Und ich gebe dir mein Ehrenwort, daß ich die angemessenen Schritte unternehmen werde, falls – ich wiederhole, *falls* – sich auch nur der kleinste Hinweis darauf findet, daß eine oder alle deine Anschuldigungen zu Recht bestehen.«
Ich wußte, daß ich mehr nicht erwarten konnte. Natürlich rechnete ich nicht damit, daß Bourne kapitulierte, seine Tochter opferte und sie mir auf einem goldenen Teller servierte. Ich glaube, ich rechnete nicht einmal damit, daß er Holly denunzierte – sei es bei der Polizei oder bei sonst jemandem, falls er herausfand, daß ich recht hatte. Aber ich war der Meinung, eine gute Lösung gefunden zu haben, sofern Richard Bourne zu seinem Wort stand, Nachforschungen anstellte und die Probleme aus der Welt schaffte.
»Also gut«, sagte ich. »Einverstanden.«
In Richard Bournes Augen spiegelte sich Erleichterung.
»Danke, Nick«, sagte er.
»Es tut mir leid«, entgegnete ich.
Und das stimmte.

Nun erst, da ich wieder in meinem verlassenen, Holly-geschädigten Haus bin, fallen mir all die anderen Dinge ein, die ich Richard Bourne sagen und die ich ihn fragen wollte. Wie will er eigentlich die Wahrheit über Holly herausfinden? Weiß er überhaupt, wie verschlagen seine Tochter ist? Was für eine großartige Schauspielerin sie ist?

Wie schlimm *krank* sie ist?

Aber nun muß ich es Richard Bourne überlassen, das alles selbst herauszufinden.

Und inzwischen glaube ich, es bestehen gute Aussichten, daß es ihm gelingt.

43

Am Tag nach Nicks Besuch in Washington sagte Richard Bourne für die nächsten achtundvierzig Stunden sämtliche Termine ab – Treffen, Verabredungen, Arbeitsessen und Golfspiele – und flog nach Los Angeles, um Holly aufzusuchen.

Eleanor war in dem Glauben, ihr Mann ginge auf Geschäftsreise. Richard hatte ihr nichts von Nicks Besuch erzählt; er hatte auch nicht die Absicht, dies nachzuholen, wenn er erst mit Holly gesprochen hatte. Eleanor hätte Nick kein Wort geglaubt, und sie hätte es Richard niemals verziehen, daß er Nicks Behauptungen auch nur einen Hauch von Glauben schenkte. Richard Bourne *wollte* auch nicht daran glauben, weiß Gott. Doch irgend etwas tief in seinem Inneren sagte ihm, daß es ein noch größerer Verrat an seiner Tochter sei, Nicks Behauptungen völlig zu ignorieren.

Es war kurz nach fünf am Nachmittag, als Richard mit seiner Reisetasche in der Figueroa Street aus dem Taxi stieg und zum Eingang des Bürogebäudes ging, in dem sich Hollys Kanzlei befand. Wie Jack Taylor hatte auch Richard erhebliche Schwierigkeiten, den Grund für Hollys Entscheidung nachzuvollziehen, aus der Kanzlei Zadok, Giulini und O'Connell auszutreten und sich als Taylor, Griffin selbständig zu machen. Doch auch Richard wußte nur zu gut, daß Holly immer schon ihren eigenen Weg gegangen war. So war sie schon als kleines Mädchen gewesen: nach außen hin zart und verletzlich und anziehend, aber unbeugsam und starrköpfig, wenn sie sich etwas in den Kopf gesetzt hatte.

Wenn Richard ehrlich zu sich selbst war, mußte er sich eingestehen, daß er – wie auch Eleanor – schon vor langer Zeit den Einblick in die Psyche seiner Tochter verloren hatte, spätestens damals, als Holly die Richtung gewechselt und ein

Studium in New York dem in Harvard vorgezogen hatte. Doch in Wahrheit hatten Hollys Sprunghaftigkeit und Unberechenbarkeit schon viel früher begonnen: zu der Zeit, als sie und Nick Miller miteinander intim geworden waren, ohne daß ihre Eltern auch nur den leisesten Verdacht hatten. Schon damals war Holly undurchschaubar gewesen.

Dieses Eingeständnis ließ Richard schaudern, als er nun mit dem Aufzug hinauf zum elften Stock fuhr.

Es war das erste Mal, daß Bourne seine Tochter in ihrer Kanzlei besuchte. Kaum war er durch die Eingangstür getreten, stellte er fest, daß es ein durch und durch gewöhnliches Büro war – Welten entfernt von dem Luxus, dem Glanz und der Atmosphäre, die Holly von Zadock, Giulini und auch von Nussbaum, Koch und Morgan in New York gewöhnt sein mußte. Doch trotz seiner leisen Enttäuschung sagte sich Bourne, daß Holly mit ihrer Entscheidung glücklich war, und das allein zählte.

Sie wartete im Vorzimmer auf ihn.

»Daddy! Was für eine nette Überraschung«, sagte sie und fiel ihm in die Arme. Wie immer sah sie wunderschön aus und verströmte einen angenehm duftigen Geruch. Ihre Sekretärin, sagte sie zu Richard, habe sich den Rest des Tages freigenommen, und sie selbst habe heute keine Termine mehr, so daß sie das ganze Büro für sich allein hätten – wenngleich Holly noch immer nicht ganz begreifen konnte, weshalb ihr Vater darauf bestanden hatte, sie in der Kanzlei Taylor, Griffin aufzusuchen, statt mit ihr und Jack in einem Restaurant essen zu gehen oder ins Haus der Taylors zu kommen. Doch Richard hatte Holly gerade heraus gesagt (zum Teil deshalb, weil er befürchtete, daß seine Nerven nicht mitspielten, wenn er zu viele Ausflüchte suchen mußte), daß sie Dinge besprechen müßten, die streng privater Natur seien.

Holly führte ihren Vater durchs Vorzimmer ins Büro und schob ihn mit sanftem Nachdruck zu einer kleinen Couch aus Leder.

»Du bist doch nicht ... schwer krank, Daddy, oder?«

Die Furcht in ihren schönen Augen rührte Bourne und ließ Schuldgefühle in ihm aufkeimen.

»Nein, Holly, ich bin nicht krank.« Er schaute sich um. Auch Hollys Büro war aufgeräumt und praktisch, aber seltsam kühl, ohne jede Ausstrahlung: kein Bild hing an einer der Wände, kein einziges Foto stand auf dem Schreibtisch.
»Ist mit Mutter alles in Ordnung?«
»Deiner Mutter geht es gut ...« Bourne hielt kurz inne. »Wenngleich sie keine Ahnung hat, daß ich hier bin.«
»Ich weiß. Das hast du mir ja schon am Telefon gesagt. Und du hast mich gebeten, Jack nichts davon zu erzählen.« Holly lächelte. »Also, was ist das große Geheimnis?«
Bourne ließ sich noch einen Moment Zeit mit der Antwort und betrachtete seine Tochter. Sie trug ein anthrazitfarbenes Kostüm aus Leinen und eine weiße Seidenbluse, und ihr Haar war nach hinten gekämmt und mit einer schwarzen Schleife zusammengebunden. Sie sah elegant, unschuldig und wunderschön zugleich aus. Bourne verspürte die plötzliche Regung, in Tränen auszubrechen.
»Was ist denn, Daddy?«
Er schüttelte den Kopf, riß sich zusammen.
»Der lange Flug«, sagte er. »Ich bin müde.«
Holly legte ihm eine Hand auf den Arm. »Warum gehst du dann nicht ins Hotel und legst dich erst mal ein bißchen aufs Ohr?« Sie wußte, daß er sich ein Zimmer im Beverly Wilshire genommen hatte. »Du kannst auch zu Jack und mir nach Hause kommen.«
»Nein, noch nicht«, erwiderte Bourne. »Aber ich könnte jetzt einen Drink gebrauchen, mein Schatz. Hast du einen Scotch für mich?«
»Natürlich.«
Holly bewahrte die Flaschen in einem kleinen Schrank aus Walnußholz-Imitat auf, der zu ihrem Schreibtisch paßte – kein Vergleich zum eleganten Stil ihres Vaters, doch für Hollys Zwecke reichte es.
»Dewars«, sagte sie und schenkte Richard ein. »In Ordnung?«
»Perfekt.« Er nahm das Glas von Holly entgegen. »Trinkst du nichts?«
»Mir ist es noch zu früh.« Holly überlegte kurz – wie schon ein-, zweimal zuvor –, ob sie ihrem Vater von dem Baby er-

zählen sollte, gelangte aber wieder zu dem Schluß, daß jetzt nicht der richtige Moment war. Holly schaute in Richards Gesicht und sah die Anspannung darin. Doch in seinen Augen glaubte sie so etwas wie Traurigkeit zu erkennen, vielleicht sogar einen Hauch von Furcht – und plötzlich verspürte auch sie einen Anflug von Angst.

»Sag es mir.« Sie setzte sich wieder neben ihn. »Irgend etwas stimmt nicht. Sag's mir, Daddy. Bitte. Du machst mir angst.«

Bourne nahm einen Schluck Scotch; dann schlug er die Beine übereinander, umfaßte das Glas mit beiden Händen und räusperte sich, bevor er zum Thema kam.

»Wann hast du Nick Miller das letzte Mal gesehen?«

Holly blinzelte. Sie hatte sich so gut unter Kontrolle, daß sie außer leisem Erstaunen nicht die geringste Reaktion zeigte.

»Das ist schon sehr lange her«, sagte sie unbestimmt. »Sechs Jahre, glaube ich. In New York City.« Sie hielt inne. »Warum fragst du?«

»Er ist bei mir gewesen.«

»Wann?«

»Vor ein paar Tagen.«

»In Bethesda?« Holly stand auf. Sie mußte ihre Hände beschäftigen. Sie ging wieder zu dem Schränkchen, nahm eine Flasche Mineralwasser heraus und schenkte sich ein Glas ein.

»Nein, in Washington. Er ist in mein Büro gekommen.«

»Weshalb?« Holly spürte, daß die Blicke ihres Vaters auf ihr ruhten, schaute aber nicht über die Schulter zu ihm.

»Er hatte gewisse Probleme.«

»Wirklich?« Holly ging mit dem Glas zu ihrem Schreibtisch, schob mit der freien Hand müßig einige Papiere zusammen und setzte sich in ihren Bürostuhl. »Aber er ist glücklich verheiratet ... er hat an diesem Bestseller mitgearbeitet ... ich dachte, daß für Nick alles großartig läuft.«

»Das dachte ich auch«, sagte Bourne und wartete.

Er bemerkte plötzlich, daß sein Puls schneller ging; ihm klopfte das Herz wie in früheren Zeiten, wenn er – damals noch ein junger Anwalt – kurz vor dem Abschluß einer Verhandlung stand und sein Schlußplädoyer halten mußte, wobei seine juristischen und rhetorischen Fähigkeiten auf den Prüfstand gestellt wurden. Damals war ihm der Sieg in einem Prozeß wichtiger als alles andere erschienen. Heute kam ihm das alles unwichtig und unbedeutend vor.

»Nick hat mir von einigen Dingen erzählt, die ihm in den letzten Wochen passiert sind«, sagte er. »Sehr unangenehme Dinge.«

»Was für Dinge?« fragte Holly.

Richard Bourne antwortete nicht sofort. Statt dessen musterte er Holly auf seltsame, beunruhigende Weise, so als wollte er in ihr Innerstes blicken. Ein Mann, der nach Anzeichen suchte, nach winzigen Spuren.

»*Was für Dinge, Daddy?*« fragte Holly noch einmal.

Bourne schien zu einer Entscheidung zu gelangen.

»Ich werde nicht lange um den heißen Brei herumreden, mein Schatz«, sagte er mit angespannter Stimme.

»Okay.« Holly fühlte sich plötzlich vollkommen ruhig.

»Nick hat den Verdacht, daß du die Ursache seiner Probleme bist.«

»Ich?« Noch immer verspürte Holly die seltsame innere Ruhe und hatte das Gefühl, die Situation unter Kontrolle zu haben. Ihr Vater war derjenige, der zu kämpfen hatte. Für sie war es leichter, denn sie kannte die Tatsachen. Holly war bereit für diese Konfrontation, wie sie voller Genugtuung erkannte. Es hatte sie ein paar Augenblicke Zeit gekostet, zu dieser Erkenntnis zu gelangen, doch sie war *bereit*.

»Hat Nick recht?« fragte Bourne mit leiser Stimme, und sein bleiches Gesicht rötete sich plötzlich.

»Inwiefern? In welcher Sache?« erwiderte Holly ebenso leise, aber sehr viel ruhiger. »Ich verstehe nicht, was du mich eigentlich fragen willst.«

Er erzählte es ihr. So kurz und knapp, wie er konnte. Die ganze Zeit beobachtete er Hollys Reaktionen. Er kam sich vor wie ein Ertrinkender, der an seinen eigenen Worten, an seinen Zweifeln erstickte, und wartete auf irgendeine rettende, befreiende Bemerkung. Mehrmals klingelte das Telefon auf Hollys Schreibtisch, doch die Anrufe wurden zu einem Anrufbeantworter im Vorzimmer umgeleitet, und Holly machte sich nicht die Mühe, das Gerät abzuhören. Sie saß bloß da und hörte sich an, was Richard Bourne ihr erzählte.

Richard wußte selbst nicht, was er sich erhofft hatte. Daß Holly alles abstritt, natürlich. Das verstand sich von selbst. Er hoffte, daß sie die Beschuldigungen auf der Stelle zurückwies, entschieden und leidenschaftlich. Dennoch hätte es Richard Bourne wahrscheinlich nicht gereicht – und das war der Alptraum bei dieser schrecklichen Konfrontation mit der eigenen Tochter. Holly mußte ihn überzeugen, mußte *beweisen*, daß die Anschuldigungen nichts als Lügen waren – irgendwelche verrückten, krankhaften Erfindungen.

Herrgott, laß Holly beweisen, daß es nicht ihr Problem ist. Daß jemand anders es getan hat. Daß jemand anders geisteskrank ist.

Nicht meine Tochter.

Holly leugnete nicht, schimpfte nicht, tobte nicht. Sie verwirrte ihn bloß. Noch mehr, als Nicks Beschuldigungen ihn verwirrt hatten.

»Armer Daddy«, sagte sie.

Mitleid. In ihrer Stimme, auf ihrem Gesicht. Sonst nichts. Kein Zorn und keine Empörung, keine Fassungslosigkeit oder Zerknirschung. Nur Mitleid.

Müßte sie nicht schockiert sein? Wütend?

»Nick hätte dir das nicht antun sollen«, sagte sie.

Die Bestürzung über Hollys seltsame Erwiderung traf Richard Bourne wie ein Schlag in die Magengrube.

»Er hätte zu mir kommen sollen«, sagte Holly.

Richard fuhr sich mit der Zunge über die trockenen Lippen. »Er wußte nicht, wo du zu finden bist. Du hast uns doch gesagt, daß wir es ihm verschweigen sollen.«

»Ja«, sagte Holly leise. »Das habe ich.«

»Weil du glücklich bist. Mit Jack. Mit deinem Leben.« Bourne hielt kurz inne. »Oder bist du nicht glücklich, Holly?«

»Natürlich. Das weißt du doch, Daddy.«

Noch immer das Mitleid in ihrer Stimme, auf ihrem Gesicht. Noch immer kein Zorn.

Richard spürte, wie seine Wangen vor Scham rot anliefen. Weshalb *brauchte* er eigentlich Hollys Zurückweisung der Anschuldigungen eines Mannes, der längst ein Fremder geworden war? Ein Mann, der Holly mindestens einmal geschlagen hatte, wie er selbst zugegeben hatte?

Dennoch hoffte Bourne noch immer, daß Holly alles abstritt, wünschte es sich aus tiefstem Herzen.

Holly stellte ihr Glas ab, erhob sich aus dem Schreibtischstuhl, ging zu ihrem Vater und blickte auf ihn hinunter.

»Was willst du von mir hören, Daddy?«

Richard schaute zu ihr auf, erwiderte aber nichts.

»Möchtest du von mir hören, daß Nick ein Lügner ist?«

Ohne den Blick von Hollys Gesicht zu nehmen, sagte Richard: »Falls es die Wahrheit ist.«

»Weißt du das nicht auch so? Muß *ich* es dir erst sagen?« Holly wartete ein paar Sekunden. »Oh, Daddy«, stieß sie dann vorwurfsvoll hervor.

Rasch streckte Bourne den Arm aus, ergriff Hollys rechte Hand und zog sie neben sich auf die Couch hinunter. »Ich möchte, daß du mir jetzt gut zuhörst, Holly. In Ordnung?«

Sie nickte. »Ja, sicher.«

»Was ich dir jetzt sagen werde, sage ich nur *einmal*, okay? Wenn du einverstanden bist mit dem, was ich dir vorschlage, wirst du es nie mehr von mir hören. Abgemacht?«

Ein schwaches Lächeln legte sich auf Hollys Gesicht. »Abgemacht.«

Bournes Wangen brannten noch immer. Seine Brust schmerzte, und ihm war übel, doch er wußte, daß diese Symptome nur auf seine nervliche Anspannung zurückzuführen waren.

Sag es endlich. Raus damit.

»Holly, mein Schatz«, begann er heiser. »Wenn auch nur ein Körnchen Wahrheit in Nick Millers Behauptungen steckt, mußt du es mir sagen.« Diesmal wartete er gar nicht erst auf irgendeine Reaktion Hollys, sondern fuhr fort: »Ich bin nicht gekommen, um über dich zu richten – ich will dir nur helfen. Gemeinsam können wir mit allem fertig werden. Mit *allem*, hörst du?«

Holly zog ihre Hand aus der seinen.

Sie starrte ihn an.

»Ich muß dir diese Dinge sagen, Holly. Das verstehst du doch, nicht wahr?«

»Ja«, antwortete sie leise.

»Ich möchte ...« Bourne hielt inne.

»Was möchtest du, Dad?« Hollys Stimme war jetzt kühler; von Mitleid war kaum noch etwas zu spüren.

Schließlich sagte Bourne: »Ich wünschte, du könntest Millers Beschuldigungen abstreiten.«

»Warum sollte ich?« fragte Holly schlicht.

Weil es mir Hoffnung geben würde.

»Ich weiß nicht«, sagte er leise. »Ich bin mir nicht sicher.«

Nie im Leben hatte er sich so verloren gefühlt – wie jemand, der im Dunkeln herumirrt. Stets war er ein nüchterner Mann mit festen Grundsätzen gewesen, der die Fähigkeit besessen hatte, selbst im verworrensten Lügengeflecht winzige Knoten der Wahrheit zu finden – oder zu akzeptieren, daß keine solchen Knoten zu finden waren.

»Holly, bitte, hilf mir aus dieser Sache raus.«

»Und wie?«

»Indem du mir sagst, daß Nicks Anschuldigungen aus der Luft gegriffen sind. Sag mir, daß Nick Miller sich irgend etwas vormacht oder daß er nichts weiter als ein verdammter Lügner ist.« Bournes Verzweiflung wuchs, und er konnte sie nur mit Mühe unter Kontrolle halten. »Ich weiß, das alles ist schockierend für dich, mein Schatz ... und daß du wahrscheinlich der Meinung bist, daß es gemein von mir ist, dich zu bitten, Nicks Vorwürfe zurückzuweisen ... ein Mangel an Vertrauen zu dir ... und daß ich Nick Miller hätte sagen müssen, er solle sich zum Teufel scheren ...«

»Was hast du ihm denn gesagt?« fragte Holly plötzlich.

Sei jetzt ehrlich, sonst verlierst du sie.

»Daß ich nicht eine Sekunde lang glaube, an seinen Anschuldigungen könnte irgend etwas Wahres sein«, erwiderte Richard und versuchte, seiner Stimme einen festen Klang zu verleihen. »Aber ich habe ihm auch versprochen, der Sache nachzugehen.«

»Und?« drängte Holly.

»Und daß ich mich um die Angelegenheit kümmern würde, sollte auch nur ein Körnchen Wahrheit in seiner Geschichte stecken.«

»Wie?« fragte Holly.

Ihr Vater starrte sie an.

»Wie würdest du dich darum kümmern?«

Beten. »Ich weiß nicht. Ich bin davon ausgegangen, daß keine Veranlassung dazu besteht.«

»Tatsächlich?«

Hollys Stimme, ihr ganzes Verhalten wurde noch frostiger. Wenngleich seine Tochter noch immer neben ihm auf dem Sofa saß, glaubte Richard beinahe spüren zu können, wie sie ihm mehr und mehr entglitt und sich emotional von ihm entfernte.

Plötzlich durchfuhr ihn eine schreckliche Erkenntnis.

Sie spielte nur mit ihm. Bis zu diesem Augenblick hatte Richard gespürt, daß Holly ihn lediglich dafür bestrafen wollte, ihre Loyalität angezweifelt zu haben – mit einem Mal aber erkannte er, daß sie eine Art Spiel mit ihm trieb.

»Holly, bitte«, sagte er.

»Was, Dad?« fragte sie frostig.

»Sag mir, daß Nick Millers Geschichten erlogen sind. *Sag es mir einfach.*«

»Du hast meine Frage noch nicht beantwortet. Wie würdest du dich um die Angelegenheit kümmern, sollte Nick doch recht haben?«

Sag es ihr, verdammt.

»Ich würde dich bitten ... jemanden aufzusuchen«, erwiderte er leise.

»Wen meinst du mit ›jemand‹?«

»Einen Menschen, der dir helfen kann. Einen Spezialisten.«

»Einen Psychiater?«

»Wahrscheinlich.«

Holly erhob sich langsam und strich mit den Handflächen den Rock ihres Leinenkostüms glatt. Ihre Hände waren vollkommen ruhig, ihre Miene gelassen. Sie zeigte keinerlei Anzeichen von Nervosität. Das war viel mehr, als Bourne hätte erwarten können.

Eigentlich hätte er sich besser fühlen müssen. Aber dem war nicht so.

Denn er hatte gesehen, wie der Ausdruck in Hollys ruhigen grauen Augen sich verändert hatte, als sie aufgestanden war, nachdem er ihre Frage nach dem Psychiater beantwortet hatte. Es war eine kaum merkliche, flüchtige Veränderung gewesen, die bereits wieder verschwunden war; dennoch war sie Richard nicht entgangen.

Wut. Entsetzen. Verzweiflung. Diese drei Empfindungen hatten in dem flüchtigen Moment, als Holly ihren Rock glattstrich, in ihren Augen gestanden.

»Lügen, Daddy«, sagte Holly plötzlich. »Nicks Geschichten sind verdammte Lügen.«

Richard schwieg.

Seine Tochter schaute auf ihn herunter. Ihre Augen blickten wieder so ruhig wie immer.

»Glaubst du mir nicht, Daddy?«

O Gott!

»Daddy?«

Richard nickte. »Ja. Selbstverständlich glaube ich dir.«

»Ich meine ... natürlich könnte das alles auch stimmen. Solche Dinge könnten Nick und seiner Familie tatsächlich passiert sein.« Holly blickte ihren Vater an. »Aber sollte das der Fall sein, habe ich nicht das geringste damit zu tun.«

Wieder nickte Richard. »Gut.«

»Du glaubst mir doch, oder?«

»Ja, Holly.«

Sie lächelte auf ihn hinunter. »Da bin ich froh.«

»Ich auch.«

»Tja, dann würde ich sagen, ich mache jetzt mein Büro dicht und fahre dich zu deinem Hotel. Du siehst sehr müde aus.«

»Das bin ich auch.«

So müde, daß ich mich am liebsten hinlegen und sterben möchte.

»Vielleicht können wir unser heutiges Abendessen verschieben«, sagte Holly sanft; alle Kälte war aus ihrer Stimme gewichen. »Im Beverly Wilshire gibt es einen ausgezeichneten Zimmerservice. Entspann dich. Mach dir einen schönen Abend.«

Bourne erhob sich. Er fühlte sich, als wäre er hundert Jahre alt. Ausgelaugt und seltsam schmutzig. Er hatte das Verlangen, lange und ausgiebig zu duschen. »Ich hatte eigentlich gehofft, mit dir und Jack zu Abend zu essen.«

»Jack weiß nicht, daß du hier bist, Daddy. Du hast mich gebeten, ihm nichts davon zu sagen. Erinnerst du dich nicht mehr?«

»Doch. Natürlich.«

»Es sei denn, du möchtest, daß ich ihm Bescheid sage. Und ihm von unserem kleinen Gespräch erzähle.«

»Die Entscheidung überlasse ich dir«, sagte Bourne.

»Dann würde ich sagen, wir verschieben unser Abendessen auf ein andermal«, erwiderte Holly. »Was ist mit Mutter?«

»Was meinst du damit?«

»Ich finde, sie braucht nichts von unserem Gespräch zu erfahren. Das erspart ihr unnötige Aufregung. Meinst du nicht auch, Daddy?«

»Da bin ich ganz deiner Meinung.«

Holly streckte die rechte Hand aus und tätschelte den Arm ihres Vaters. Sie war wieder völlig ruhig und gefaßt, so wie bei Richards Ankunft.

»Dann bleibt es unter uns?«

»In Ordnung, Holly.«

Sie zog eine Schublade ihres Schreibtisches auf und nahm ihre Handtasche heraus; anschließend nahm sie ihren Aktenkoffer von einem Stuhl.

»Dann laß dich heute abend mal schön vom Zimmerservice verwöhnen und geh früh zu Bett.«

Bourne nickte. »Nichts lieber als das.«

Holly ging ihm voraus zur Tür und knipste das Licht aus. »Zu schade, daß du morgen früh schon wieder nach Hause mußt.«

»Ja«, sagte Richard. »Zu schade.«

Er hatte gespürt, daß Holly ihn so schnell wie möglich loswerden wollte, auch wenn sie sich nach außen hin ruhig und freundlich gegeben hatte. Er dachte den ganzen Abend und die ganze Nacht darüber nach – und über andere Aspekte ihres Gesprächs.

Sofern man es als Gespräch bezeichnen konnte.

Bourne wußte nicht, wie er seine Gefühle einordnen sollte, wie er sie analysieren und bewerten konnte. Er war mit einem schrecklichen Verdacht hierher nach Los Angeles gekommen – und dem innigen Wunsch, daß dieser Verdacht sich als unbegründet erweisen möge. Und letztlich war dieser Wunsch ihm erfüllt worden: Holly hatte bestritten – wenn auch erst auf sein Bitten und Drängen hin –, die Taten verübt zu haben, die Nick Miller ihr anlastete.

Und daß Holly wütend auf ihn war, konnte er sehr gut verstehen. Schließlich war er wütend, *stinkwütend* auf sich selbst. Er hatte sogar Verständnis dafür, daß Holly mit ihm gespielt, ihn zum Narren gehalten hatte. Wenn ein Vater seiner Tochter solche Dinge zutraute wie er, hatte er eine schlimmere Strafe verdient.

Wäre da nicht dieser *eine* Blick gewesen, mit dem Holly ihn bedacht hatte, als er davon sprach, sie müsse möglicherweise zu einem Psychiater. Daß Holly wütend gewesen war, konnte Richard Bourne in Anbetracht der Umstände verstehen, doch die Angst und die Verzweiflung, die in ihren Augen aufgeflackert waren, vor allem das *Entsetzen*, hatten ihn zutiefst getroffen und verunsichert.

Was sollte er jetzt tun?

Was sollte er als nächstes tun?

Nichts? Irgend etwas? Was *konnte* er tun? Schließlich hatte Holly rundweg bestritten, in den vergangenen sechs Jahren irgend etwas mit Nick Miller zu tun gehabt zu haben. Und sie war seine Tochter, Herrgott noch mal. War er es Holly nicht schuldig, ihr zu glauben, was sie ihm erzählte?

Natürlich.

Denn wenn es zwischen Vater und Kind keine Aufrichtigkeit, kein Vertrauen mehr gab, mußten alle Gefühle sterben.

Er glaubte Holly. Er *mußte* ihr glauben.

Außerdem, wie konnte er dem Wort eines Mannes Glauben schenken, der schon als Junge in Schwierigkeiten gesteckt hatte? Ein Mann, der als Teenager sein und Eleanors Vertrauen mißbraucht hatte? Der zugegeben hatte, eine junge, wehrlose Frau geschlagen zu haben? Nein – er konnte Nick Millers Wort nicht über das seiner Tochter stellen.

Zum Teufel mit Nick Miller, dachte Bourne wieder und wieder, als er schlaflos in dem großen, luxuriösen Hotelbett lag.

Und zum Teufel mit mir, daß ich an Holly gezweifelt habe.

44

Das Telegramm von der Western Union traf am Mittwochmorgen in der Antonia Street ein.

> BIN FROH DASS DU ZU MIR GEKOMMEN BIST.
> VERSPRECHE DIR DASS ICH MEIN WORT HALTE.
> WERDE MICH HIER UM ALLE PROBLEME KÜMMERN.
> DU KANNST BERUHIGT SEIN. DANKE FÜR DEIN
> VERTRAUEN.
> RICHARD BOURNE.

Nick, der bereits die beunruhigend einsilbige Nina in Arizona angerufen hatte, um ihr von seiner Reise nach Washington zu erzählen, rief sie noch einmal an und berichtete ihr von dem Telegramm.
»Und du traust ihm?« fragte Nina.
»Ja, sicher.«
»Er ist ihr Vater. Noch dazu Anwalt.«
»Ich kenne ihn als einen anständigen Mann, Nina.«
»Gut«, sagte sie.
Mehr nicht. Nur *gut*.
Nick biß die Zähne zusammen.
»Wie geht es Phoebe?«
»Unverändert.«
»Und ist mit Zoë alles in Ordnung?«
»Zoë ist wundervoll.« Ninas Stimme wurde ein bißchen weicher.
»Und du?« fragte Nick. »Wie geht es dir?«
»Wie du es nicht anders erwarten kannst«, antwortete Nina.
Nicks Hand umkrampfte den Hörer.
»Ich könnte einen Flug buchen ... zu euch kommen.«

»Das halte ich für keine gute Idee.« Sie hielt kurz inne. »Wir bleiben nicht mehr allzulange fort.«
»Ich liebe dich, Nina.«
»Ich weiß«, sagte sie.

Nach dem Anruf schaute Nick sich noch einmal das Telegramm der Western Union an. Weshalb ein Telegramm, fragte er sich und gab sich dann selbst die Antwort: In der heutigen High-tech- und High-speed-Ära hatte Richard Bourne durch diese vergleichsweise altmodische Art und Weise der Kommunikation zugleich die Dringlichkeit und Vertraulichkeit seiner Mitteilung zum Ausdruck bringen wollen. Zumindest konnte man dieser Art der Kontaktaufnahme entnehmen, daß auch Bourne die ganze Sache als zu ernst betrachtete, als daß man sich leicht und locker per Telefon oder Fax darüber verständigen könnte.

WERDE MICH HIER UM ALLE PROBLEME KÜMMERN ...

Nach gründlicherem Nachdenken gelangte Nick zu dem Schluß, daß Bourne tatsächlich sein Bestes tun würde, ja daß er sich sogar der schrecklichen, unangenehmen Wahrheit stellen würde, wenn er einsehen mußte, daß ihm aus moralischer Sicht keine andere Wahl blieb. Und als guter und verantwortungsbewußter Vater *mußte* er sich dann auch um die Probleme kümmern, die sich daraus ergaben.

... DU KANNST BERUHIGT SEIN.

Nick erkannte, daß es richtig gewesen war, seine Last mit Richard Bourne zu teilen. Zumindest fühlte er sich ein bißchen unbeschwerter und befreiter als vor seiner Reise nach Washington. Jetzt wußte *noch jemand* von seinen Verdächtigungen – noch dazu der Mensch, der wahrscheinlich den größten Einfluß auf Holly besaß.

Doch was seine innere Ruhe betraf, wußte Nick, daß er erst dann wirklich Frieden finden würde, wenn Nina und Zoë wieder bei ihm zu Hause waren.

45

Ungefähr zwanzig Stunden sind vergangen, seit Holly ihren Vater im Beverly Wilshire verlassen hat. Seither haben sie nicht mehr miteinander gesprochen. Holly vermutet richtig, daß ihr Vater sie nicht zu Hause anrufen wird, weil Jack in der Nähe sein könnte, und als sie an diesem Morgen das Büro von Taylor, Griffin betritt, ist Richard bereits auf dem Heimflug nach Washington. Holly weiß, daß er Los Angeles verlassen hat. Sie weiß sogar, mit welcher Maschine er geflogen ist und daß er vom Dulles Airport sofort in sein Büro gefahren ist. Sie weiß es deshalb, weil sie ihm nachspionieren läßt. O ja, und sie weiß auch, daß sie Richard noch eine ganze Weile sehr genau im Auge behalten muß.

Das kommt dabei heraus, wenn ein Vater seiner Tochter sagt, er habe kein Vertrauen mehr zu ihr. Und genau das war geschehen.

Natürlich glaube ich dir, hatte Richard gesagt. Doch *ein* Blick in seine Augen – und Holly hatte gewußt, daß er die Unwahrheit sagte.

Ein verdammter Schock.

Ein verdammter Schlag.

Besonders die Sache mit dem Mackendoktor.

Ein *verdammter* Schock.

Oh, es würde Holly sehr gefallen, wenn ihre Mutter wenigstens von der Sache mit dem Psychiater erfahren würde. Eleanor wäre ebenfalls schockiert. Sie würde an die Decke gehen und mindestens einen Monat lang kein Wort mit Richard sprechen.

Holly glaubt – nein, sie *weiß* –, daß sie sich clever bedeckt gehalten hat. Ja, sicher, für eine oder zwei Sekunden hatte sie die Kontrolle verloren und ein bißchen mehr von ihrem Inneren preisgegeben, als sie gewollt hatte. Für Sekundenbruchteile hatte sie ihre Gefühle verraten. Aber was soll's? *Scheiß drauf!* Sie hatte sich sofort wieder gefangen und von Anfang bis Ende die Beherrschung gewahrt.

Offen gesagt, kann sie sich nicht einmal mehr genau daran erinnern, *was* sie in diesen Augenblicken der Schwäche empfunden hatte. Aber das spielt sowieso keine Rolle. Das war gestern. Jetzt ist es nicht mehr von Bedeutung.

Jetzt kommt es nur noch darauf an, die Dinge schnellstmöglich in Gang zu bringen.

Sehr viel schneller, als sie erwartet hatte.

Jetzt liegt viel Lauferei vor ihr. Jetzt muß viel geplant werden. Blitzschnell gehandelt werden. Aber nichts überstürzen. Keine Schlamperei! Von nun an wird alles peinlich genau organisiert. Nichts darf dem Zufall überlassen werden.

Auch wenn ihr Vater Lunte gerochen hat, sieht es gar nicht so schlecht aus. Die Kehrseite der Medaille ist in diesem Fall aus schimmerndem Gold, so wundervoll, so aufregend, daß das Blut ins Hollys Adern brodelt.

Nick hat versucht, sie zu finden. Nick will mit ihr reden. Will sie vielleicht sogar sehen.

Natürlich ist es dafür noch zu früh. Nick braucht sie nicht. Noch nicht.

Nick versucht nur deshalb, sie aufzuspüren, weil er die Verbindung zwischen Vergangenheit und Zukunft schneller hergestellt hat, als Holly erwarten konnte. Nach dem zu urteilen, was Richard ihr erzählt hat, ist Nick jetzt schon stinkwütend auf sie. Er hat den Verdacht, sie könnte etwas mit dem Unfall zu tun haben, bei dem die Rothaarige beinahe dran glauben mußte. Wahrscheinlich würde er Holly am liebsten umbringen.

Dieser Gedanke ängstigt sie nicht, alarmiert sie nicht. Der Gedanke *erregt* sie.

Es gibt keinen Grund, alarmiert zu sein. Keinen zwingenden Grund. Es mag sein, daß Nick ihrem Vater von seinem Verdacht erzählt hat, doch Holly weiß, daß sie (und Eleanor, falls nötig) den guten Richard fest im Griff hat. Und niemand sonst wird Nick glauben. Falls ihm überhaupt jemand zuhört, wird Hollys Wort letztlich mehr Gewicht haben als seines.

Nick ist bei der Polizei aktenkundig. Und sie, Holly, ist Anwältin.
Falls es je soweit kommt, daß Aussage gegen Aussage steht. Aber soweit *wird* es nicht kommen.
Das Blut rauscht in Hollys Adern.

Eigentlich hatte sie ihren nächsten Schritt noch nicht tun wollen. Sie wollte noch eine Zeitlang warten, bevor sie Jack verläßt, zumal sie ihre Schwangerschaft bis jetzt vor ihm geheimhalten konnte: Diäten, um ihren Körper solange wie möglich schlank zu halten, und Vitamintabletten für das Baby. Und Jack bekommt sie nur in schummrigem Licht nackt zu sehen, damit er die subtileren Veränderungen an ihrem Körper nicht bemerkt. Die morgendliche Übelkeit kämpft Holly nieder; sie übergibt sich nur dann, wenn Jack nicht in der Nähe ist. Der Kerl ist erstaunlich leicht hereinzulegen.
Holly hat immer gewußt, daß sie Jack verlassen muß, wenn sie die Schwangerschaft nicht mehr vor ihm verbergen kann. Schon für den Fall, daß Jack auf den Gedanken kommt, das Kind könnte von ihm sein.
Holly lacht leise vor sich hin. *O Gott.*
Sie weiß, daß sie Jack ohnehin nicht mehr lange ertragen kann. Oh, er ist immer noch ein so guter Ehemann, wie eine Frau ihn sich nur wünschen kann, doch mit ihm zu schlafen – selbst dann, wenn er ausnahmsweise nicht versucht, den Sexprotz zu spielen – wird ihr unerträglich. Mit ein und demselben Mann wurde es Holly schon immer sehr schnell langweilig.
Nur nicht mit Nick.

Sie schließt die Bürotür ab, fährt mit dem Aufzug in die Eingangshalle, geht hinaus auf die Figueroa Street, überquert die Straße und schlendert in Richtung des Westin Bonaventure Hotel, das nur ein paar Querstraßen entfernt ist. Sie geht in die Flower Street Bar und bestellt sich einen Wodka-Martini.
Sie weiß auf Anhieb, daß sie Glück haben wird.
Nach dem Spaziergang über die sonnigen Straßen ist es dunkel in der Bar. Dunkel und geschäftig. An dem geschwungenen Tresen aus Marmor sitzen vier Geschäftsleute, zwei da-

von Texaner. Sie trinken Bier und schauen sich in einem Fernseher ein Footballspiel an. Ihre Jacken haben sie über die Lehnen der Barhocker gehängt.

In der linken Seitentasche einer der Jacken steckt ein eingeschaltetes Nokia-Handy.

Holly bezahlt beim Barkeeper ihren Martini, nimmt nur einen kleinen Schluck (wegen des Babys), zieht unauffällig das Mobiltelefon aus der Jackentasche, läßt es in ihrer Handtasche verschwinden, legt dem Keeper zwei Dollar Trinkgeld auf den Tresen und verläßt die Bar, wobei ihre hohen Absätze auf dem Marmorfußboden klicken.

Sie tritt hinaus ins Sonnenlicht und wendet sich sofort in Richtung Vierte Straße, biegt um die Ecke, zieht sich in einen Türeingang zurück, überprüft, ob die Sendeleistung des Handys stark genug ist, und macht ihren Anruf.

Die Nummer hat sie sich heute am frühen Nachmittag eingeprägt. Holly hatte nie Probleme mit ihrem Gedächtnis.

»San Francisco Police?«

Sie wartet einen Augenblick.

»Ich habe ein paar Informationen für Sie.«

Das Blut rauscht immer noch in ihren Adern.

46

Zuerst das Rauschgiftdezernat. Dann die Sittenpolizei. Und nun das Dezernat für Gewaltverbrechen.

Soviel zu Richard Bournes Versprechen, er werde sich um die Angelegenheit kümmern; Nick könne beruhigt sein.

Ohne Vorwarnung erschienen um Viertel nach vier an diesem Nachmittag die Beamten bei ihm. Zum erstenmal, seit Nina und Zoë nach Arizona gereist waren, war Nick unendlich froh darüber, daß seine Frau nicht zu Hause war.

»Nur ein paar Fragen, Mr. Miller.«

Was nun? Was *nun*?

Es waren zwei Beamte. Der hochgewachsene Inspektor Norman Capelli, der große Ähnlichkeit mit dem trübseligen Ehemann in *Married With Children* hatte, doch ohne auch nur annähernd so lustig zu sein, und Inspektorin Helen Wilson, die den Eindruck einer abgespannten, leicht schmuddeligen, gestreßten Mutter von mindestens vier Kindern machte. Doch unter Wilsons Oberfläche schlummerte ein gefährlich scharfer Verstand. Wenn man mit ihr redete, war es beinahe so, als würde man über Glasscherben gehen.

»Was für Fragen?«

»Über den Unfall Ihrer Schwägerin«, sagte Capelli.

»Die Versicherungsgesellschaft glaubt nicht an einen Unfall«, erwiderte Nick.

»Und was glauben Sie, Mr. Miller?« fragte Wilson.

»Daß die Versicherung wahrscheinlich recht hat.«

Nick ließ den Blick durch das Verhörzimmer im Gerichtsgebäude schweifen, in das man ihn gebracht hatte. Es war beinahe identisch mit dem Raum in der Valencia Street, in dem die Beamten vom Sittendezernat ihn vernommen hatten: schmuddeliger Linoleumfußboden, Tische mit fleckigen, zerkratzten Platten, Stühle aus billigem Plastik, kahle Wände. Nick erinnerte sich, daß es vor einigen Jahren im Verhörzimmer des Polizeireviers in Greenwich Village fast genauso ausgesehen hatte. Mit einem Mal fühlte er sich in die Vergangenheit zurückversetzt.

»Wieso glauben Sie, daß die Versicherung recht hat?« fragte Capelli.

»Mr. Dinkin, der Mann von der Versicherungsgesellschaft, hat es überzeugend dargelegt«, erwiderte Nick. »Unter anderem hatte jemand die Warnschilder am Haus entfernt.«

»Wie sind Sie und Ihre Schwägerin miteinander ausgekommen, Mr. Miller?« Wilson zog sich einen Stuhl heran und setzte sich neben Nick. Ihr helles Haar war lockig und roch nach Zigarettenrauch.

»Wir haben ein sehr gutes Verhältnis.« Nick seufzte. »Warum wollen Sie das wissen?«

»Was glauben Sie?«

»Ich habe keine Ahnung, aber ich bekomme allmählich den Eindruck, daß Sie mich gleich irgend etwas Verrücktes fragen ... zum Beispiel, ob ich etwas mit dem Unfall meiner Schwägerin zu tun habe.«

»Und? Haben Sie?« Capelli stand nur ein paar Schritte entfernt zwischen dem Tisch und der Tür.

»Natürlich nicht.«

Nick versuchte, den Zorn zu unterdrücken, der in ihm auflöderte. Wenn er vor diesen beiden Beamten die Beherrschung verlor, brachte ihn das nirgendwohin – allenfalls hinter Gitter.

»Waren Sie schon mal in der Catherine Street?« fragte Capelli.

»Nein.«

»Sie haben sich das Haus nicht einmal nach dem Unfall Ihrer Schwägerin angeschaut?«

»Nein. Am Abend des Unfalltages bekam meine Frau die Wehen.« Nick blickte zu Capelli auf. »Ich bin sicher, das wissen Sie schon.«

»Sie sind nach dem Unfall also niemals zur Catherine Street gefahren?« fragte der Inspektor.

»Nie.«

Capelli setzte sich Nick gegenüber an den Tisch, während Wilson aufstand und sich an die Wand lehnte. Die beiden schienen sich ohne viele Worte zu verstehen – ein eingespieltes Team. Nick überlegte, ob er einen Anwalt hinzuziehen sollte, wußte aber nicht, wer dafür in Frage käme, da Chris Field nicht mehr sein Vertrauen besaß.

»Sie haben sich das Haus nicht angeschaut, nachdem Ihre Schwägerin dort beinahe ums Leben gekommen wäre?« fragte Wilson. »Sie hatten nicht den Wunsch, sich diese Bruchbude mal näher anzusehen?«

»Ich hatte keine Zeit«, erwiderte Nick. »Wie ich Ihnen schon sagte, bekam meine Frau die Wehen – am Abend des Tages, als der Unfall geschah. Unsere Tochter wurde vier Wochen zu früh geboren.«

»Wie geht es ihr jetzt?« fragte Capelli.

»Sehr gut. Sie macht sich großartig.«

»Sie wissen also nicht einmal, wo sich die Catherine Street befindet?« wollte Wilson wissen.

»Ich weiß, daß diese Straße in Haight ist, mehr aber auch nicht.« Nick wandte sich Capelli zu. »Sagen Sie mal, was soll das Ganze überhaupt?«

»Was soll was, Mr. Miller?«

Nick wußte, daß er jeden Augenblick die Beherrschung verlieren würde, doch er konnte nichts dagegen tun. Aber vielleicht war es ja an der Zeit, daß er endlich Dampf abließ.

»Diese ganze ... *Scheiße*!« stieß er wild hervor. »Ich hab's satt, immer wieder von Ihnen schikaniert zu werden!«

»Bitte?« Inspektorin Wilson stieß sich von der Wand ab und beugte sich in gespielter, spöttischer Neugier zu Nick vor. »Sind wir uns schon mal begegnet?«

»Nein, sind wir nicht!« sagte Nick scharf. »Aber ich bin sicher, Sie wissen über meine Begegnungen mit Ihren Kollegen vom Rauschgift- und Sittendezernat Bescheid.«

»Mir scheint, Sie hatten in letzter Zeit eine Menge ›Begegnungen‹ mit der Polizei, wie Sie es nennen«, meinte Capelli mit leisem Spott.

»Von denen keine zu einer gerichtlichen Klage geführt hat«, stellte Nick klar.

»Noch nicht«, sagte Wilson.

»Was soll diese dumme Bemerkung? Man wird niemals stichhaltige Beweise gegen mich anführen können ...«

»Weil Sie unschuldig sind, nicht wahr?« unterbrach ihn Wilson.

»Ja. Weil jemand mir etwas anhängen will«, erwiderte Nick. »Das habe ich schon Ihren Kollegen vom Sittendezernat zu erklären versucht, doch die wollten mir gar nicht zuhören. Aber jetzt läuft alles aus dem Ruder! Jetzt *muß* irgend jemand mir endlich mal zuhören!«

»Sie sagten, jemand will Ihnen etwas anhängen. Wer?«

Nick antwortete nicht sofort. Richard Bourne hatte versprochen, die Sache selbst zu regeln, und Nick war einverstanden gewesen. Doch zu dem Zeitpunkt – vor nicht einmal drei Tagen – hatte er noch nicht gewußt, daß die Polizei von San Francisco ihn schon wieder in die Mangel nehmen würde.

»Eine Frau namens Holly Bourne«, sagte Nick zu Capelli.

»Und wer ist diese Holly Bourne?« wollte Wilson wissen.

»Eine alte Bekannte. Ich kannte sie bereits, als ich noch Student in New York City gewesen bin.« Nick brach der Schweiß aus. »Schon als Kinder waren wir Nachbarn. In Bethesda, Maryland.«

»Und wie kommen Sie darauf, daß diese alte Nachbarin Ihnen nun etwas anhängen will?« fragte Capelli.

»Weil sie ...« Nick zögerte. *Verrückt ist? Besessen?* Welcher Begriff war am besten geeignet, das Interesse der Polizisten an seiner Geschichte zu wecken? »Weil sie krank ist«, sagte er schließlich.

»Was meinen Sie mit krank?« fragte Wilson.

Nick beachtete sie nicht, sondern richtete sein Augenmerk auf Capelli. »Weshalb bin ich hier? Weshalb haben Sie mich heute hierher ins Gerichtsgebäude geholt? Was ist passiert, daß Sie mir all diese Fragen stellen?«

»Wir haben einen Zeugen, der Sie in der Catherine Street gesehen hat.«

»Das ist unmöglich.«

»Weshalb?« fragte Capelli.

»Das sagte ich Ihnen doch schon. Weil ich nie dort gewesen bin!« Nick hielt kurz inne. »Wer ist dieser Zeuge?«

»Jemand, der sich seiner Sache sicher ist.« Die Inspektorin, die immer noch an der Wand lehnte, lächelte. »Ein besorgter Bürger.«

»Haben Sie mit diesem besorgten Bürger gesprochen?« Wilsons Lächeln schwand. »Wir haben einen Zeugen. Mehr brauchen Sie nicht zu wissen.«

»Wie hat er seine Aussage gemacht?« Nick ließ nicht locker. »Hat er Sie angerufen?«

»Ich schlage vor, Sie lassen *uns* die Fragen stellen, Mr. Miller«, erwiderte Inspektor Capelli.

»Hat eine Frau Sie angerufen?«

»Wie kommen Sie darauf?« fragte Wilson wie aus der Pistole geschossen. »Haben Sie eine Frau gesehen, als Sie in der Catherine Street gewesen sind?«

»Wie oft soll ich Ihnen denn noch sagen, daß ich niemals dort gewesen bin ...«

Nick hielt inne. Holly. *Sie* hatte angerufen. Das war so gut wie sicher. Aber wann genau hatte sie den Anruf gemacht? Nachdem sie mit ihrem Vater gesprochen hatte? Oder hatte sie der Polizei ein paar »Informationen« zukommen lassen, bevor Richard Bourne sich eingeschaltet hatte?

WERDE MICH DARUM KÜMMERN ... DU KANNST
BERUHIGT SEIN ...

Diese Mitteilung im Telegramm der Western Union stand Nick noch deutlich vor Augen. Hatte Richard Bourne ihn schlicht und einfach belogen? Am Telefon hatte Nina sofort mißtrauisch reagiert. Bourne sei Hollys Vater, hatte sie gesagt, und noch dazu Anwalt; deshalb könne Nick seinem Wort nicht trauen. Hatte Nina recht? Oder hatte Holly sich als »Zeugin« gemeldet, bevor Richard sich mit ihr in Verbindung gesetzt hatte? Oder sogar erst *nachher*, weil es ihr völlig egal war, was ihr Vater dachte?

»Erzählen Sie uns ein bißchen mehr von Ihnen und Phoebe«, riß Capellis Stimme Nick aus seinen Gedanken.

»Möchten Sie eine Tasse Kaffee?« fragte Wilson, die immer noch an der Wand lehnte.

»Nein, danke«, murmelte Nick geistesabwesend.

»Zigarette?«

»Ich rauche nicht.«

»Stört es Sie, wenn ich mir eine anstecke?« Wilson zog eine Schachtel Merits und ein Streichholzheftchen aus der Tasche ihrer Kostümjacke.

»Überhaupt nicht.«

Die Inspektorin zündete sich eine Zigarette an und inhalierte tief den Rauch. Nick fragte sich beiläufig, ob das Rauchen im Gerichtsgebäude gestattet war. Aber viel wichtiger war die Frage, ob es dumm oder klug von ihm war, daß er keinen Anwalt hinzuzog. Vielleicht, überlegte Nick, wäre Chris Field besser als gar kein Rechtsbeistand.

»Sie haben mit Ihrer Frau und mit Phoebe an diesem Kinderbuch gearbeitet, nicht wahr, Mr. Miller?« fragte Capelli.

»Das ist richtig.« Wieder spürte Nick, wie Zorn in ihm aufstieg. »Und bevor Sie danach fragen – es war eine sehr glückliche Zeit für uns alle.«

»Und seit dieser glücklichen Zeit?«

»Darf ich bitte noch etwas dazu sagen?« Nick beugte sich vor und legte die rechte Hand auf die Tischplatte, dicht neben eine Stelle, an der jemand ein paar obszöne Worte ins Holz geritzt hatte.

»Nur zu«, sagte Capelli.

»Lawrence Dinkin – der Mann von der Versicherungsgesellschaft – ist der Ansicht, daß der Unfall meiner Frau zustoßen sollte.«

»Weil das Fax über den Verkauf des Hauses an der Catherine Street an sie gerichtet war.« Inspektorin Wilson, die immer noch rauchte, kam zu den beiden Männern an den Tisch und setzte sich wieder neben Nick.

»Ja.«

»Für mich ist das kein schlüssiger Beweis«, erklärte sie.

Nick schwieg.

»Angenommen, der Absender des Faxes hat gewußt, daß Ihre Frau gar nicht im Büro gewesen ist«, fügte Wilson hinzu. Ihre Lippen waren dünn und ihre Augen sehr blau und durchdringend.

»Wollen Sie damit andeuten, *ich* hätte das Fax geschickt?« Vor hilfloser Wut ballte Nick die Hand zur Faust.

»Wie Sie wissen«, meldete Capelli sich zu Wort, »wurde das Fax um fünfzehn Uhr einundzwanzig aus einem Kopierladen im Bankenviertel gesendet.«

»Wo waren Sie um diese Zeit, Mr. Miller?« fragte Wilson.

Wieder – wie schon mehrmals zuvor – fragte sich Nick, ob es möglich sei, daß Holly am Tag des Unfalls in San Francisco gewesen war. Oder hatte sie jemanden damit beauftragt, das Fax zu schicken?

»Beantworten Sie bitte meine Frage: Wo waren Sie am siebzehnten Juli um fünfzehn Uhr einundzwanzig?«

Nick starrte sie an. »Ich weiß es nicht mehr genau.«

»Denken Sie nach.«

Nick versuchte es, doch seine Erinnerungen waren ein wirres Durcheinander. Er wußte, wo er gewesen war, als der Anruf kam, daß Phoebe verunglückt war: zu Hause bei Nina. Er hatte im Garten am Grill gesessen und gewartet, daß die Holzkohle weißglühend wurde. Aber das war später gewesen, gegen halb sieben ...

»Waren Sie zu Hause?« fragte Capelli mit Nachdruck.

Nick schüttelte den Kopf. »Ich kann mich nicht erinnern.«

»Lassen Sie sich Zeit.«

»Ich weiß, daß ich den größten Teil des Tages zu Hause war. Meine Frau hat sich ausgeruht ... sie war müde.« Nick bemühte sich verzweifelt, sich an Einzelheiten dieses Nachmittags zu erinnern. »Ich bin weggefahren, um Material zu holen ... ich glaube, kurz nach dem Mittagessen ...«

»Material?«

»Für meine Arbeit.«

»Ölfarben?« fragte Wilson.

Nick zuckte die Achseln. »Ölfarben, Pinsel, was weiß ich. Ich bin bei Flax gewesen, einem Laden an der Market Street. Es hat eine Weile gedauert, aber nicht allzulange.«

»Also waren Sie zwischen drei und halb vier noch unterwegs?« Capellis Fragen wurden bohrender.

»Herrgott, ich weiß es nicht mehr! Nein, ich glaube, um diese Zeit war ich schon wieder zu Hause.«

»Und Ihre Frau kann diese Aussage bestätigen?«

»Nicht unbedingt«, erwiderte Nick und verfluchte sich selbst.

»Warum nicht?« fragte Wilson.

Mißtrauen oder nicht – er hätte Chris Field anrufen sollen.

»Es könnte sein, daß sie geschlafen hat.« Nick hielt kurz inne. »Oder auch nicht.«

Wilson lächelte. »Oder auch nicht.«

»Warum fragen Sie sie nicht?«

»Das werden wir«, sagte Wilson.

»Sie ist zur Zeit nicht in der Stadt.«

»Das ist uns bekannt.«

Nick wußte, daß er dieser Sache ein Ende machen mußte, bevor sie ihm aus der Hand glitt. Doch eine Frage mußte er noch stellen, solange er die Gelegenheit dazu hatte.

»Sagen Sie mir eines«, wandte er sich an Capelli. »Wie kommen Sie auf den verrückten Gedanken, daß ich Phoebe etwas antun wollte?« Nicks Atem ging schnell, und er spürte Stiche in der Brust. »Sie ist die Schwester meiner Frau.«

»Wollen Sie damit sagen, Sie hatten kein Motiv, Ihre Schwägerin zu verletzen oder vielleicht sogar zu töten?«

»Was soll der Blödsinn?« Nick schrie es beinahe heraus. »Natürlich hatte ich kein Motiv!«

»Auch nicht, wenn Ihre Schwägerin etwas gewußt hat, worüber sie nicht reden sollte? Und zwar deshalb nicht, weil Sie Angst hatten, daß jemand davon erfährt?« fragte Wilson. »Sei es Ihre Frau oder sonst jemand?«

»Ich verstehe nicht ...«

»Irgend etwas, das möglicherweise mit Ihrem Besuch bei der Sittenpolizei vergangenen Monat zu tun hat«, fuhr Wilson fort. »Irgend etwas, das Phoebe Ihnen sehr übel genommen hat? Vielleicht hat sie sogar damit gedroht, es zu erzählen.«

»Mein Gott«, sagte Nick. »Mein Gott.«

Er hörte gar nicht mehr zu.

Holly. Zur Hölle mit diesem Weibsstück! Und auch mit ihrem Vater.

»Ich möchte einen Anwalt«, sagte Nick. *Jeden Anwalt außer Richard oder Holly Bourne.*

Inspektorin Wilson erhob sich. »Sie können jetzt gehen.«

Nick saß immer noch wie betäubt da. »Das war's?«

»Vorerst, ja.«

Nick erhob sich langsam. Sein ganzer Körper schmerzte.

Er fühlte sich so, als hätte er zwölf Runden mit Mike Tyson im Ring gestanden.

»Brauche ich einen Anwalt?«

»Die Entscheidung liegt bei Ihnen«, sagte Wilson.

»Ich an Ihrer Stelle«, sagte Capelli trocken, »hätte mir schon vor längerer Zeit einen Anwalt besorgt.«

Benommen fragte Nick: »Was ist mit Holly Bourne?«

»Was soll mit ihr sein?« fragte Capelli zurück.

»Ich sagte Ihnen doch, daß sie wahrscheinlich hinter der ganzen Sache steckt. Wollen Sie in dieser Richtung denn keine Ermittlungen vornehmen?«

»Mal sehen. Schon möglich«, erwiderte Wilson.

»Nach Aussage ihrer Eltern«, sagte Nick hastig, beinahe verzweifelt, »arbeitet Holly Bourne inzwischen als Anwältin. Sie ist verheiratet und lebt in New York.«

»Holly Bourne ist also Anwältin, hm?« meinte Wilson.

»Angeblich«, erwiderte Nick. »Vielleicht könnten Sie die Frau überprüfen?«

»Weil sie krank ist«, sagte Capelli. »So haben Sie sie doch bezeichnet, nicht wahr?«

»Ja.«

»Und damit meinen Sie, diese Holly Bourne ist nicht ganz richtig im Kopf, oder?«

Nick warf einen raschen Blick zur Tür.

Die Versuchung, zu verschwinden, solange die beiden Beamten ihm noch zu gehen erlaubten, war beinahe überwältigend, doch Nicks Verlangen, ihnen soviel wie möglich über Holly zu erzählen, war noch stärker.

»Möchten Sie weiter mit uns reden?« fragte Wilson. »Oder wollen Sie zuerst mit Ihrem Anwalt sprechen?«

Nick setzte sich wieder.

»Ich möchte Ihnen von Holly Bourne erzählen«, sagte er.

»Sind Sie sicher?« fragte Capelli.

»Ja«, sagte Nick. »Ganz sicher.«

47

Als ich an diesem Abend um kurz nach sieben nach Hause kam – zu spät, um Richard Bourne noch in Washington anzurufen –, war eine Nachricht von Nina auf dem Anrufbeantworter.
»Ruf mich bitte zurück.«
Mehr nicht. So kurz und knapp, daß es schmerzte.
Was sollte ich jetzt tun?
Am liebsten – lieber als *alles* andere – möchte ich Nina diesen neuen Schrecken ersparen. Und ich möchte die Gewißheit haben, daß Wilson und Capelli der Spur folgen, die ich ihnen aufgezeigt habe, und Holly vor Gericht bringen. Und wenn es nicht klappt? Dann haben sie, hoffe ich, wenigstens Anstand genug, in dem gleichen Schwarzen Loch des San Francisco Police Department zu verschwinden, in dem schon Abbot und Riley und die Beamten vom Sittendezernat verschwunden sind, wie es den Anschein hat.
Aber selbst wenn die Polizei Holly aufspürt – ich glaube nicht, daß es dann vorbei ist. Und ich weiß, daß Wilson und Capelli ohnehin mit Nina Verbindung aufnehmen werden, um zu ermitteln, wo ich an dem Nachmittag gewesen bin, an dem Phoebe verunglückt ist. Und das Schlimmste von allem: Wenn ich meiner Frau auch nur noch *eine* Kleinigkeit vorenthalte – mag meine Geheimnistuerei auf Furcht zurückzuführen sein oder zu Ninas Schutz dienen –, verliere ich sie.
Also rufe ich sie an.

Nina erzählt mir, daß Mary Chen, Psychiaterin an der Waterson-Klinik, der Meinung ist, Phoebes Sprachverlust wäre zumindest teilweise posttraumatischer Natur. »Chen hat William und mir gesagt, daß Phoebe bis zu ihrem Unfall physisch sehr stark gewesen ist. Aber der körperliche und emotionale

Schock hat eine Art Erdrutsch alter, verdrängter Ängste und Alpträume ausgelöst«, sagte Nina. »Den Alkoholismus unserer Mutter, ihren Selbstmord und später meine Alkoholsucht.«

Ninas Stimme klingt beiläufig, als sie diese Schrecken erwähnt, die ihre Familie heimgesucht haben, doch ich weiß es besser, denn ich kenne meine Frau. Der Gedanke, daß ihre eigenen Probleme für Phoebes Zustand mitverantwortlich sein könnten, bereitet ihr so fürchterliche Schmerzen wie ein Pfahl in ihrem Fleisch.

»Dr. Chen meint, allein Phoebes Kopfverletzung sei schon schlimm genug, daß sie eine vorübergehende Auswirkung auf das Sprachzentrum im Gehirn haben könnte«, fährt Nina fort, »aber als Phoebe dann aufwachte ... mein Gott, sie hatte beide Arme in Gips, war an Schläuche und Geräte angeschlossen, konnte sich nicht rühren, konnte keinen Laut von sich geben ...« Sie verstummt.

»Nina?« Beinahe hätte ich ihr die Frage gestellt, ob alles in Ordnung sei, ließ es aber bleiben. Natürlich war gar nichts in Ordnung.

»Ja?« Ninas Stimme ist plötzlich angespannt.

»Wenn es so ist, wie du sagst, sind die Ärzte doch der Meinung, daß Phoebe keine bleibenden Hirnschäden erlitten hat.«

»Die Ärzte haben sämtliche Untersuchungen vorgenommen, die möglich sind.«

»Dann *muß* Phoebes Sprachverlust vorübergehend sein.« Verzweifelt versuche ich, Nina neue Hoffnung zu geben, sie wieder aufzubauen.

»Ja, das meinen die Ärzte auch.«

»Haben sie gesagt, wie lange der Sprachverlust anhalten könnte?«

»Das wissen sie nicht. Vorerst können die Ärzte nur mit der Sprachtherapie weitermachen.« Nina ist jetzt den Tränen nahe. »Phoebe kann jederzeit das Sprachvermögen wiedererlangen. Es kann aber auch noch Monate dauern.«

»Es wird keine Monate dauern.«

»Das hoffe ich, Nick. Aber du kannst nicht mehr wissen als die Ärzte.«

»Das stimmt. Aber die Ärzte kennen Phoebe nicht so gut wie ich.«

Nina schweigt für einen Augenblick. Ich kann beinahe spüren, wie sie die Zähne zusammenbeißt und verzweifelt mit sich kämpft.

Dann stellt sie die Frage, vor der ich fürchterliche Angst habe.

»Wo bist du gewesen? Ich habe zweimal angerufen.«

Die Gnadenfrist ist abgelaufen.

»Nick?«

Ich erzähle es ihr.

Das Gespräch, das wir daraufhin führen, ist eine schreckliche Tortur für uns beide. Doch immerhin erbringt es zwei erfreuliche Ergebnisse. Genauer gesagt, ein erfreuliches und ein *wundervolles*.

Zum einen scheint Nina erleichtert zu sein, daß ich der Polizei von Holly erzählt habe.

Und zum anderen – und das stimmt mich glücklicher als alles andere – kommen Nina und Zoë nach Hause.

Holly macht sich bereit, Jack Taylor zu verlassen. Und die Villa an der San Vincente, die sie niemals als richtiges Zuhause empfunden hat. Und die Kanzlei Taylor, Griffin. Und Los Angeles.

Sie verspürt kein bißchen Trauer. Allenfalls einen Anflug von Bedauern, wenn sie an ihren Vater denkt – und seltsamerweise auch bei dem Gedanken an ihre Mutter. Denn beide lieben sie auf ihre eigene, unterschiedliche Weise. Natürlich liebt Jack Taylor sie ebenfalls. Aber Jack liebt nicht Holly, sondern Charlotte, diese künstliche Hülle, die Holly für ihn geschaffen hat, um ihr erstes Ziel zu erreichen: daß Jack, der richtige Mann, sich zur rechten Zeit in sie verliebte. Diese Zeit ist nun vorüber. Abgelaufen. Vergangenheit.

Nun ist es an der Zeit, den nächsten Schritt zu tun.

Sie muß ihr Leben als Jacks Frau beenden und ihr Leben als Tochter von Richard und Eleanor Bourne.

Sie muß verschwinden.

Bis die Zeit reif ist, wieder auf der Bildfläche zu erscheinen.

Für Nick.

Der Zeitpunkt, Jack Taylor verlassen zu müssen, ist schneller gekommen, als Holly erwartet hat, aber das spielt keine Rolle. Holly versteht sich sehr gut darauf, blitzschnell zu planen und sich auf unerwartete Ereignisse einzustellen. Der unangekündigte Besuch ihres Vaters hat Hollys derzeitige Position unhaltbar gemacht. Und ihr anonymer Anruf bei der Polizei in San Francisco, in dem sie sich als Zeugin ausgab, die Nick bei Phoebes Unfall in der Catherine Street gesehen haben will, macht es unmöglich, daß sie in Los Angeles bleibt.

Wahrscheinlich, gesteht Holly sich bei genauerem Nachdenken ein, hätte sie noch ein bißchen länger warten müssen, hätte sich ein wenig mehr Zeit lassen sollen, bevor sie von der Bildfläche verschwindet, unsichtbar wird – unantastbar. Denn was Nick ihrem Vater erzählt hat, wird er nun sicher auch der Polizei erzählen. Und wenn die Cops ihm glauben, werden sie sich auf die Suche nach Holly machen – und sei es nur, um ihr ein paar Fragen zu stellen.

Doch Holly hat nicht die Absicht, diese Fragen zu beantworten.

Deshalb bedauert sie es, daß sie nicht noch eine Zeitlang Mrs. Taylor spielen kann. Auch ihre Kanzlei Taylor, Griffin war ihr sehr nützlich, mindestens so nützlich wie ihr Ehemann – zum einen als Zuflucht vor Jack und dessen wachsender, beinahe abgöttischer Liebe, die Holly immer mehr einengte, zum anderen als Ort des Lernens, an dem sie sich rasche und gründliche Kenntnisse des Strafrechts aneignen konnte. Doch auch die Kanzlei hat nun ihren Zweck erfüllt. Holly ist so gut wie fertig.

Um den letzten Teil der Schlacht aus einem neuen Versteck heraus zu schlagen.

Bis Nick endlich gestehen muß, daß er ohne sie am Ende ist.

Holly weiß, daß er nichts mehr von ihr wissen will. Er glaubt immer noch, daß eher die Hölle einfriert, als daß er Holly jemals wieder braucht.

Er irrt sich.

49

Als Nick am frühen Donnerstag morgen Richard Bourne telefonisch zu erreichen versucht, teilt Eileen Ridge ihm mit, daß ihr Chef den ganzen Morgen im Gericht zu tun habe. Natürlich, verspricht sie Nick, werde sie Mr. Bourne Bescheid sagen, er solle so schnell wie möglich zurückrufen.

Um zwei Uhr nachmittags (in Washington war es siebzehn Uhr) hatte Nick ein zweites Mal in Bournes Büro angerufen. Mrs. Ridge war freundlich und höflich gewesen, als sie Nick erklärte, sie habe mit ihrem Chef gesprochen. Mr. Bourne habe sie gebeten, Nick zu versichern, daß er alles unternehmen würde, die Sache zu regeln, so wie er es Nick versprochen habe; er werde aber nur anrufen, wenn sich etwas Neues ergäbe.

»Und *wie* gedenkt Mr. Bourne die Sache zu regeln?« Nicks Magen verkrampft sich vor Enttäuschung und hilflosem Zorn. »Indem er gar nichts unternimmt?«

»Leider weiß ich nichts über diese Angelegenheit, Mr. Miller« – Mrs. Ridge bleibt unerschütterlich freundlich –, »aber wenn Mr. Bourne sagt, er kümmert sich darum, können Sie sich darauf verlassen.«

»Dann richten Sie Mr. Bourne bitte aus, daß ich trotz seiner Bemühungen immer noch vom San Francisco Police Department schikaniert werde.«

Augenblicklich verwandelt Mrs. Ridge sich von der braven Sekretärin in eine resolute Frau der Tat.

»Sind Sie zur Zeit in polizeilichem Gewahrsam, Mr. Miller?« fragt sie steif. »Möchten Sie, daß wir mit einem Anwalt in San Francisco Verbindung aufnehmen, der Ihre Interessen vertritt?«

»Nein, Sie brauchen mir keinen verdammten Anwalt zu besorgen«, erwidert Nick schroff.

Mrs. Ridge schweigt.

»Tut mir leid«, sagt Nick verlegen. »Ich bin im Moment sehr nervös.«

»Das scheint mir auch so, Mr. Miller.«

»Es gibt nur einen Menschen, der sich mit mir in Verbindung setzen muß, um meine ... Interessen zu vertreten, und das ist Richard Bourne«, sagt Nick. »Würden Sie ihm das bitte ausrichten? Es ist sehr wichtig.«

»Selbstverständlich, Mr. Miller.«

Natürlich hatte Eileen Ridge recht. Nick brauchte einen Anwalt. Er hatte Nina gestern abend am Telefon versprochen, in Ermangelung eines besseren Rechtsvertreters noch einmal Chris Field anzurufen und ihn auf Trab zu bringen.

»Ich hoffe sehr, Field kümmert sich bereits um deine neuen Probleme, wenn ich mit Zoë nach Hause komme«, sagte Nina.

»Laß uns damit warten, bis du und Zoë bei mir seid«, erwiderte Nick. »Mich interessiert im Moment nur, daß ich zum Flughafen kommen und euch dort abholen kann.«

»Nein. Du brauchst so schnell wie möglich einen Anwalt. Ich bestehe darauf. Du hast schon viel zu lange damit gewartet.«

»Ein paar Stunden mehr oder weniger machen doch keinen Unterschied«, sagte Nick.

»Ruf Field an. Michael Levine schwört immer noch auf ihn.«

»Na gut. Ich rufe ihn an.«

»Gleich morgen früh«, hatte Nina gedrängt. »Zoë und ich nehmen uns am Flughafen ein Taxi. Versprich mir, Field anzurufen.«

Nick versprach es.

Nina und Zoë trafen kurz nach sechs Uhr nachmittags in der Antonia Street ein, nachdem Nick zwei Stunden lang mit dem unterkühlten, distanzierten jungen Anwalt verbracht hatte.

»Was hat er gesagt?« fragte Nina, kaum daß sie durch die Tür war und Nick das Baby in die Arme gelegt hatte. Ihre Begrüßung fiel kühl aus; sie hielt Nick bloß die Wange hin, als er ihr einen Kuß geben wollte.

»Er hat mir ein paar Tips gegeben.« Nick drückte Zoë liebevoll an sich.

»Und weiter?«

Nina blieb in der Eingangshalle stehen und rührte sich nicht von der Stelle; sie machte keine Anstalten, in die Küche oder ins Wohnzimmer zu gehen, um sich eine Tasse Kaffee zu kochen oder sich in einen Sessel fallen zu lassen, um sich zu entspannen, wie es normalerweise der Fall gewesen wäre.

Sie schien dieselbe Kleidung zu tragen wie an dem Freitag ihrer Abreise – Jeans, weiße Baumwollbluse, marineblaue Jacke, Halbschuhe –, wenngleich die Sachen frisch gewaschen aussahen. Nina sah fast immer perfekt gekleidet und gepflegt aus, mochte eine Reise noch so anstrengend gewesen sein.

»Ich habe Field gesagt«, antwortete Nick auf ihre Frage, »daß ich von Holly Bournes Schuld überzeugt bin. Sie hat das alles eingefädelt. Sie ist verantwortlich für alles, was wir erdulden mußten. Auch für Phoebes Unfall. Ich habe Field gesagt, daß ich Hollys Vater von meinem Verdacht erzählt habe. Ich habe ihm gesagt, daß ich den Inspektoren vom Dezernat für Gewaltverbrechen von Holly und ihrer Vergangenheit erzählt habe. Und ich habe ihn gebeten, Holly zu überprüfen. Field meint, ich hätte einen Fehler gemacht, Richard Bourne aufzusuchen. Und ohne sein Beisein, sagt er, hätte ich nicht mit den Polizisten sprechen sollen. Außerdem hat er mir geraten, mich ab sofort von Holly und ihren Eltern fernzuhalten.«

»Und wird er Holly überprüfen?« fragte Nina.

»Ich weiß nicht. Ich habe nicht darauf gedrängt.«

»Warum nicht?«

»Weil ich immer noch das Gefühl habe, Field glaubt mir nicht.«

»Hat er das gesagt?«

»Nein, natürlich nicht. Ich habe bloß so ein Gefühl.«

»Vermitteln nicht alle Strafverteidiger ihren Mandanten dieses Gefühl?« fragte Nina. »Solange Field *andere* von deiner Unschuld überzeugen kann, spielt es doch keine Rolle, ob er dir glaubt oder nicht. Meinst du nicht auch?«

Nick blickte sie verdutzt an. »Für *mich* spielt es eine Rolle, ob mein Anwalt mir glaubt oder nicht. Eine verdammt große Rolle sogar.«

Nina nickte bedächtig. »Dann solltest du dir wohl jemand anderes suchen.« Sie streckte die Arme nach Zoë aus. »Ich lege die Kleine jetzt in ihr Bettchen.«

»Laß nur, ich mach' das schon.«

»Nein. Ich mache es lieber selbst.«

Nick legte Nina das Kind in die Arme und beobachtete, wie sie zur Treppe ging.

»Was ist los, Nina?« fragte er.

»Was soll los sein?« erwiderte sie, ohne sich umzudrehen.

»Du bist zwar nach Hause gekommen, aber irgendwie habe ich das Gefühl, als wärst du gar nicht da.«

»Ich bin da.« Nina nahm die ersten Treppenstufen.

»Nina.« Seine Stimme war plötzlich rauh vor Anspannung. Sie blieb auf der dritten Stufe stehen. »Ja?«

»Du glaubst mir doch, oder? Du weißt, daß ich Phoebe niemals etwas antun könnte?«

»Ja. Ich weiß. Und ich glaube dir.« Sie hatte sich immer noch nicht zu Nick umgedreht. »So etwas Verrücktes habe ich noch nie gehört.«

»Und was ist mit Holly?« Nick schlug das Herz bis zum Hals. »Glaubst du, daß ich recht habe, was Holly betrifft?«

»Ich kenne Holly nicht«, sagte Nina und stieg die Treppe hinauf, ihre kleine Tochter in den Armen.

William rief an, als Nina Zoë badete. Weil er deshalb mit Nick vorliebnehmen mußte, beantwortete er dessen Fragen über Phoebes Gesundheitszustand knapp und mürrisch und mit einem Minimum an Höflichkeit.

»Sag meiner Tochter, daß ich sie morgen sehe.«

»Du kommst nach San Francisco?« fragte Nick erstaunt, denn William Ford war seit dem Unfall Phoebes kaum von ihrem Krankenbett gewichen.

»Ja«, lautete seine knappe Antwort.

»Wirst du bei uns wohnen?« fragte Nick aus reiner Höflichkeit.

»Ich glaube nicht.« William hielt kurz inne. »Sag Nina bitte, sie soll mich zurückrufen.«

»Natürlich«, sagte Nick.

Er ging nach oben ins Kinderzimmer. Nina beugte sich über die Babywanne, hielt Zoë an einem Arm fest und wusch sie behutsam mit einem weichen Waschlappen.

»Dein Vater hat angerufen«, sagte Nick. »Hast du gewußt, daß er morgen hierher nach San Francisco kommt?«

»Nein«, antwortete Nina, ohne die Aufmerksamkeit von Zoë zu nehmen, die vergnügt kreischte und mit den Beinchen strampelte.

»Du sollst ihn zurückrufen.«

»Wird er bei uns wohnen?«

»Ich habe ihn gefragt. Wahrscheinlich nicht. Er war nicht sehr gesprächig.«

»Gut, ich rufe ihn an.«

Nick schaute sie an. »Du scheinst nicht sehr überrascht zu sein, daß er nach San Francisco kommt.«

»Stimmt.«

»Ich hätte nie gedacht, daß er Phoebe allein läßt.«

Nina hob Zoë aus der Babywanne und legte sie auf ein rosa Badetuch, das sie auf dem Wickeltisch ausgebreitet hatte. »Er macht sich auch Sorgen um mich.« Behutsam trocknete Nina das Baby ab, wickelte es ins Tuch und wurde von Zoë mit einem zufriedenen Gurgeln belohnt.

Nick lehnte sich an den Türrahmen. »Ich nehme an, du hast deinem Vater erzählt, daß die Polizei mich schon wieder vernommen hat.«

»Ja. Er hat sich natürlich gedacht, daß irgend etwas nicht in Ordnung ist, und hat mich gefragt. Da habe ich's ihm erzählt. Ich hasse Lügen.«

»Ich habe dich nie belogen, Nina.«

»Schon möglich«, sagte sie. »Aber die ganze Wahrheit hast du mir auch nicht erzählt, stimmt's?«

Sie schüttete Babypuder auf ihre linke Handfläche und verteilte es behutsam auf Zoës Körper. Die Kleine gab weiterhin vergnügte Laute von sich und wedelte mit den winzigen Ärmchen. Nick verspürte eine überwältigende Woge der Liebe, die ihn beim Anblick Zoës häufig überkam und ihn mit einem unaussprechlichen Glücksgefühl erfüllte. Heute abend jedoch trieb dieses Gefühl ihm beinahe Tränen in die Augen.

»Also kommt dein Vater her, um dich zu beschützen«, sagte er leise.
»Red keinen Unsinn.« Endlich schaute Nina ihn an. »Das ist nicht wahr, Nick.«
»Was hast du ihm sonst noch erzählt?«
»So wenig wie möglich«, antwortete Nina.

50

William Ford stieg im Fairmont-Hotel ab, und Nick vermutete zu recht, daß William ihm damit zu verstehen geben wollte, daß er absolut keinen Wert darauf legte, bei seinem Schwiegersohn zu wohnen. Was überhaupt keinen Sinn ergab, da William ja die Absicht hatte, den größten Teil der Zeit, die er in San Francisco blieb, im Haus von Nina und Nick zu verbringen.

Die ersten Stunden nach seiner Ankunft am Freitag blieb William mit Nina allein im Wohnzimmer und löcherte sie mit Fragen über das Verhältnis ihres Ehemannes zur Polizei von San Francisco. Nick, der in seinem Atelier malte und auf Zoë aufpaßte, kam ein-, zweimal ins Zimmer und wurde dabei von seinem Schwiegervater mit einem ausdruckslosen Pokerface betrachtet, während seine Frau ihn mit einem müden, erschöpften Blick bedachte, bis Nick das Zimmer wieder verließ. Ein paarmal erwog Nick, seine Rechte als Hausherr auf aggressivere Weise zum Ausdruck zu bringen und William von Mann zu Mann zur Rede zu stellen, doch um Ninas willen verzichtete er darauf. Schließlich lasteten seine Probleme auch auf ihren Schultern, und er wollte es ihr nicht noch schwerer machen, als sie es ohnehin schon hatte.

Gegen fünf Uhr nachmittags, als Nick mit Zoë am Fenster des Kinderzimmers saß und versuchte, ein bißchen von der heiteren, sorglosen Unbeschwertheit seiner kleinen Tochter in sich aufzunehmen, hörte er plötzlich einen lautstarken Wortwechsel unten im Wohnzimmer. In Ninas Stimme lagen Zorn und Verzweiflung.

»Jetzt reicht's«, murmelte er und ging nach unten.

Zoë fing in dem Augenblick zu weinen an, als Nick in die Eingangshalle gelangte und Nina aus dem Wohnzimmer gestürmt kam. Sie trug eine weite Baumwollhose, ein blaßblaues T-Shirt und Freizeitschuhe – bequeme Sachen für zu Hause, lässig und entspannend. Doch Nina sah alles andere als entspannt aus.

»Was ist los?« fragte Nick.

»Nichts.« Nina ging zur Treppe und setzte den Fuß auf die erste Stufe. »Ich muß mich um Zoë kümmern.«

»Ich habe sie schon gefüttert und gebadet. Was war das für ein Geschrei hier unten?«

»Wir haben nicht geschrien.«

»Ich hatte aber ganz den Eindruck.«

Nina strich mit der Hand durch ihr langes Haar, das sie offen trug. »Bitte, Nick, laß dir deine Wut nicht zu deutlich anmerken«, sagte sie müde.

»Das dürfte wohl nicht nötig sein. Deine Wut auf ihn hat für uns beide gereicht.«

»Er hat viel durchgemacht. Und er ist mein Vater.« In ihren Augen lag eine stumme Bitte.

»Ich werde mich beherrschen, okay?« sagte Nick leise. »Aber ich gehe doch recht in der Annahme, daß ich in unserem eigenen Wohnzimmer eine Persona non grata bin?« Er konnte sich den kleinen Seitenhieb nicht verkneifen.

»Dad möchte mit dir reden«, erwiderte Nina, der die Situation sichtlich peinlich war.

»Heute ist offenbar mein Glückstag.«

»Bitte, Liebling, nimm ein bißchen Rücksicht auf ihn.«

Es war das erste Mal, daß Nina ihn »Liebling« genannt hatte, seit sie und Zoë wieder daheim waren. Es war nicht viel, aber besser als gar nichts.

William sah sehr müde, beinahe abgekämpft aus, doch Nick konnte kaum Mitgefühl für ihn aufbringen. Hätte William Ford die Antipathie seinem Schwiegersohn gegenüber erst zu dem Zeitpunkt an den Tag gelegt, als er von dessen Problemen mit der Polizei von San Francisco erfahren hatte, hätte Nick vielleicht Verständnis dafür aufbringen können, doch William hatte sich von ihrer ersten Begegnung an feindselig und mißtrauisch gezeigt.

»Ich werde dir sagen, was ich vorhin zu Nina gesagt habe«,

erklärte William, der seine Müdigkeit abzuschütteln schien und sich angriffslustig im Sessel aufsetzte, kaum daß Nick das Wohnzimmer betreten hatte.

Nick hielt seine Wut im Zaum. »Einen Drink, William?« fragte er.

»Um diese Zeit trinke ich keinen Alkohol«, kam kalt und abweisend die Antwort.

»Dann sag mir Bescheid, wenn die Zeit gekommen ist.« Nick setzte sich aufs Sofa. »Also, was hast du Nina gesagt?«

Auf Williams Gesicht lag seine verkniffene Luftwaffenfeldwebel-Miene. »Ich habe ihr gesagt, daß es ohne Feuer keinen Rauch gibt, und mag sie noch so sehr auf deiner Seite stehen.«

Nick blickte ihn fest an. »Was meinst du mit ›Rauch‹, William? Heroin? Sexuelle Belästigung von Kindern? Mordversuch? Oder alles zusammen?«

Der Zorn, der in Fords grünen Augen loderte, wandelte sich zu einem beinahe haßerfüllten Ausdruck. »Du hältst dich wohl für komisch? Weißt du, ich finde den Mordversuch an einer meiner Töchter nicht besonders lustig.«

»Ich auch nicht«, sagte Nick. »Und das weißt du.«

»Vielleicht. Vielleicht auch nicht.« William beugte sich vor. »Ich will dir sagen, wie ich die Sache sehe. Diese Drogengeschichte könnte ein Irrtum gewesen sein. Vielleicht ein Fehler der Polizei. Oder irgendein Schweinehund hat den Cops aus Boshaftigkeit einen falschen Tip gegeben. Und die Sache mit den Kindern ... auch sie *könnte* die Erfindung irgendeines Verrückten gewesen sein, nur daß in diesem Fall tatsächlich Fotos existieren. Du *hast* mit diesen Kindern gespielt.«

»Herrgott noch mal, sie haben mir einen Ball zugeworfen.« Nick spürte, wie der mühsam unterdrückte Zorn in ihm aufkochte. »Und ich habe das Scheißding zurückgeworfen.«

»Die Kinder waren *nackt*, Mann. Wenn schon nichts anderes, hast du auf jeden Fall einen außergewöhnlichen Mangel an gesundem Urteilsvermögen gezeigt.«

»Wenn schon nichts anderes, hat Nick seine *Unschuld* gezeigt.«

Nick und William schauten zur Tür, in der Nina erschienen war, Zoë auf den Armen. Sie kam ins Zimmer und setzte sich neben Nick aufs Sofa – eine kleine, aber deutliche Geste der Loyalität zu ihrem Mann, für die Nick ihr unendlich dankbar war. Vorerst zumindest war Nina auf seiner Seite – Gott sei Dank.

»Er ist ein erwachsener Mann«, sagte William schroff. »Wenn bei dieser häßlichen Geschichte jemand unschuldig war, dann die Kinder.«

»Den Kindern ist nichts *geschehen*, verdammt«, sagte Nick.

»Schon möglich«, gab William zu. »Aber wir haben nur dein Wort als Beweis.« Er hielt kurz inne. »Und selbst wenn wir die Geschichten mit dem Rauschgift und den Kindern einmal außen vor lassen – die Sache mit Phoebe kann man nicht so einfach abtun. *Ich* jedenfalls kann es nicht, und ich werde es auch nicht!«

»Niemand hat Nick beschuldigt, daß er etwas mit Phoebes Unfall zu tun hat«, sagte Nina. »Und hätte es jemand getan«, fuhr sie mit erhobener Stimme fort, »hätte ich ihn für schwachsinnig erklärt! Das ist noch verrückter als die Anschuldigung, daß Nick Rauschgift in unserem Haus versteckt hat oder daß er eine Art Perverser ist.«

»Kann er seine Unschuld beweisen?« fragte William hitzig.

Zoë fing wieder an zu weinen, und ihre Wangen röteten sich.

»Soll ich sie nehmen?« fragte Nick an Nina gewandt, ohne William zu beachten.

»Ja, bitte.« Sie legte ihm das Baby in die Arme.

»Wenn das alles nur Lügen sind« – William erhob sich und starrte düster auf die beiden hinunter –, »wieso glaubt die Polizei diesen ›Lügen‹ dann so sehr, daß sie Nick dreimal verhört, und zwar in drei verschiedenen Verdachtsfällen?«

»Man hat ihn nur zweimal verhört«, sagte Nina. »Bei dieser Drogengeschichte wurde nur das Haus durchsucht.«

»*Nur* das Haus durchsucht!« erwiderte William voller Zorn und Zynismus.

Nick blieb gelassen. »Die Polizei *mußte* mich vernehmen«, sagte er, »weil jemand ihr Falschinformationen gegeben hatte.«

»Und du behauptest, dieser Jemand ist diese Frau, die du mal gekannt hast ... diese Holly.«

»Ja. Ich habe der Polizei gesagt, daß Holly Bourne sehr

wahrscheinlich dahintersteckt.« Nick drückte Zoë an seine rechte Schulter und streichelte ihren Kopf und ihren Rücken. Sofort hörte sie zu weinen auf. »Braves Mädchen«, murmelte er in ihr winziges Ohr. »Mein lieber, süßer Schatz.«

»Für mich hört sich das wie der reinste Schwachsinn an.« Williams Augen funkelten. »Und selbst wenn ich mich irre, würde ich gern wissen, wie du dir diese Frau so sehr zur Feindin machen konntest, daß du ihr so etwas zutraust.«

Nick warf Nina einen raschen Blick zu, die daraufhin leicht, aber bestimmt den Kopf schüttelte. Nick erkannte voller Dankbarkeit, daß Nina ihrem Vater offenbar noch nichts von der alten, häßlichen Geschichte erzählt hatte.

»Nun?« hakte William nach.

»Dad«, sagte Nina, »was in der Vergangenheit zwischen Nick und Holly gewesen ist, geht uns nichts an.«

»Wenn es irgend etwas zwischen den beiden gab, das letztlich dazu führte, daß meine Tochter – deine Schwester – schwer verletzt im Krankenhaus liegt, geht es mich sehr wohl etwas an.« Ungeduldig wandte William sich ab, ging zum Fenster und blickte für einen Moment hinaus auf die Straße. »Wenn ihr meine Meinung wissen wollt«, sagte er dann mit ruhiger Stimme und wählte seine Worte mit Bedacht, »ich finde, Nick sollte den Anstand besitzen, dieses Haus so lange zu verlassen, bis er seine Unschuld beweisen kann.«

»Bitte?« stieß Nick fassungslos hervor.

»Nur über meine Leiche.« Ninas Stimme war leise, doch es lag eine stählerne Härte darin. »Nick hat sich nichts zuschulden kommen lassen. Er braucht nichts zu beweisen.«

Zum zweitenmal an diesem Tag fühlte Nick sich wie ein angeschlagener Boxer in den Ringseilen. Zoë strampelte an seiner Schulter und sabberte sein T-Shirt voll, doch er machte keine Anstalten, der Kleinen den Mund abzuwischen.

»Und was ist mit Zoë?« fragte William.

»Was hat Zoë damit zu tun?« erwiderte Nick zornig.

William beachtete ihn nicht. »Du bist für die Sicherheit deines Kindes verantwortlich«, sagte er zu Nina.

»Was soll das denn heißen?« rief Nick wutentbrannt. »Was willst du damit sagen, verdammt noch mal?«

Nina erhob sich, die zu Fäusten geballten Hände in die

Hüften gestemmt. »Wenn du damit andeuten willst«, sagte sie zu William, »daß Nick imstande ist, unserer Tochter auch nur ein Haar zu krümmen, dann scher dich zum Teufel und laß dich hier nie wieder blicken!«

»Beruhige dich, Nina.« Auch Nick stand auf, Zoë in den Armen.

»Ich meine es ernst!«

»Du bist ein Glückspilz, ein so getreues und ergebenes Weib zu haben«, sagte William voller Häme.

»Das stimmt«, entgegnete Nick, während Zoë sich in seinen Armen wand.

»Ich glaube, ich gehe jetzt lieber ins Hotel zurück«, sagte William.

»Gute Idee«, meinte Nick trocken.

»Du bist derjenige, der hier von Glück reden kann!« Vor Zorn und Enttäuschung war Nina den Tränen nahe. »Wäre ich an Nicks Stelle, hätte ich mir das alles nicht von dir gefallen lassen!«

»Er ist dein Vater«, sagte Nick und drückte Zoë fest an sich. »Wäre er ein Fremder, hätte ich ihn längst aus dem Haus geprügelt.«

»Versuch's doch mal«, sagte William.

»Hör *endlich* auf, Dad, um Himmels willen!« rief Nina. »Wenn du Nick weiter herausforderst, würde ich's ihm nicht verübeln, wenn er dir eine runterhaut!«

Nick sah, daß sie heftig zitterte.

»Ich glaube, du solltest jetzt gehen, William«, sagte er ruhig.

William blickte Nina an. »Ich will dir nicht weh tun, mein Schatz.« Er trat einen Schritt auf sie zu und streckte die Hand aus, um ihren Arm zu berühren, doch Nina wich zurück. Auf Williams Gesicht vermischte sich Trauer mit Zorn. »Es ... tut mir leid, Nina«, sagte er.

»Bei *mir* brauchst du dich nicht zu entschuldigen«, erwiderte sie.

»Doch, ich ...«

»Gut. Dann gibt es wohl nichts mehr zu sagen, oder?«

Nina wandte sich von ihrem Vater ab.

Am nächsten Morgen flog William zurück nach Arizona, und im Haus an der Antonia Street kehrte wieder so etwas wie Normalität ein. Nur daß Nick seine Frau in den Nächten zum Sonntag und zum Montag um drei Uhr früh in Zoës Kinderzimmer entdeckte, wo sie an der Wiege ihrer kleinen Tochter weinte. Sie versuchte, Nick etwas vorzumachen, und sagte, sie hätte Alpträume gehabt und sei bloß überdreht vom Schlafmangel und der nervlichen Anspannung der letzten Tage – doch als Nick sie auch in der Nacht zum Dienstag wieder in Zoës Kinderzimmer fand, erkannte er, daß die Wahrheit anders aussah.

»Das muß ein Ende haben, Nina.«

Er stellte sich hinter die Wiege und legte die Arme um die Schultern seiner Frau. Sie ließ es zu, drehte sich aber nicht zu ihm um.

»Ich möchte dich etwas fragen«, sagte Nick, »und ich will eine ehrliche Antwort.« Er hielt sie noch immer in den Armen, denn er brauchte Ninas Berührung, wenngleich jeder Muskel in seinem Körper vor Angst verspannt war. »Möchtest du, daß ich eine Zeitlang das Haus verlasse, Nina?«

»*Nein.*« Sie riß sich von ihm los und konnte nur mit Mühe ihre Stimme dämpfen, um das Baby nicht zu wecken. »Ich will, daß du bleibst. Bitte, geh nicht. Mein Vater ...«

»Ich mache diesen Vorschlag nicht wegen deines Vaters«, erwiderte Nick, »sondern wegen der Dinge, die ich dir erzählt habe.«

»Ich weiß, was du meinst«, sagte Nina. »Aber ich will nicht, daß du fortgehst. Ich brauche es nicht, und ich will es nicht.«

Vor Erleichterung atmete Nick tief durch.

Nina ging zur Kommode, auf der sie ein gerahmtes Foto aufgestellt hatte. Es zeigte sie, Nick und Phoebe, Arm in Arm. Neben dem Bild lagen ein Exemplar von *Firefly* sowie ein winziges Etui mit einer Bürste, einem Spiegel und einem Kamm aus Silber, das Phoebe für Zoë gekauft hatte.

»Dad treibt mich noch in den Wahnsinn«, sagte Nina. »Seit er wieder in Scottsdale ist, ruft er mich ununterbrochen an und nörgelt an mir herum.«

»Was sagt er denn? Oder sollte ich lieber nicht danach fragen?«

Nina blickte Nick an. In ihren Augen schimmerten Tränen. »Er sagt mir andauernd, daß ich dich ja nicht mit Zoë allein lassen soll. Es ist unglaublich, aber Dad ist wie besessen von dem verrückten Gedanken, du könntest ihr etwas antun. Und ständig erinnert er mich daran ... als ob ich daran *erinnert* werden müßte! ... daß Phoebe immer noch in Gips liegt und daß sie immer noch nicht sprechen kann.« Sie hielt kurz inne. »Er sagt, auch wenn du keine unmittelbare Schuld an ihrem Unfall hast, ist es letztlich *doch* deine Schuld, falls Holly dahintersteckt.«

»Damit hat er gar nicht mal so unrecht, nicht wahr?« sagte Nick leise.

»Ich wollte es dir nicht sagen. Ich weiß, wie mies es dir ohnehin schon geht ... ich wollte es nicht noch schlimmer für dich machen.«

»Du mußtest es mir sagen.« Nick ging zu ihr, streckte die Hand aus und streichelte ihren nackten rechten Arm. »Deine Haut ist ganz kalt, Schatz. Warum kommst du nicht ins Bett?«

»Mir ist nicht kalt. Mir geht es gut.«

Nick mußte lächeln. »Dir geht es genauso beschissen wie mir.«

Nina schaute ihn an und nickte bloß.

Nick sah die schreckliche Anspannung in ihren Augen und die Spuren, welche die letzten Tage und Nächte in ihrem Gesicht hinterlassen hatten.

»Hast du mal daran gedacht, dir einen Drink zu nehmen?« fragte er leise.

»O ja.«

»War es schlimm?«

»Es war grausam. Ich war nahe daran, zur Flasche zu greifen.«

»Du bist sehr tapfer«, sagte Nick.

»Ganz und gar nicht.« Wieder schimmerten Tränen in Ninas Augen. »Ich habe *Angst*, daß ich nicht stark genug bin und wieder zu trinken anfange, Nick. Ich habe eine Heidenangst, das alles noch einmal durchmachen zu müssen.«

»Du bist eine tapfere und kluge Frau«, sagte Nick.

Sie gingen zu Bett. Nina war dermaßen erschöpft, daß sie auf der Stelle einschlief, doch Nick blieb bis zum Tagesanbruch wach.

Er hatte bereits die Entscheidung getroffen, eigene Schritte zu unternehmen. Er hatte Richard Bourne und der Polizei sämtliche Informationen gegeben, die er besaß, doch seine innere Stimme sagte ihm, daß es nichts nützen würde. Selbst wenn es der Polizei gelang, Holly ausfindig zu machen, würde sie die Sache so darstellen, daß er, Nick, als der Verrückte dastand, als der Schurke, als der Mann mit der Polizeiakte. Und Richard Bourne hatte sich immer noch nicht gemeldet, was deutlich darauf hinwies, daß Nick auch auf diesem Weg nicht weiterkam.

Nein, er konnte nicht länger untätig herumsitzen und darauf warten, daß die nächste Katastrophe über ihn hereinbrach. Jetzt war allerdings der ungünstigste Zeitpunkt, Nina allein zu lassen, doch wenn er diesem Wahnsinn endlich ein Ende machen wollte, blieb ihm keine andere Wahl, als die Stadt zu verlassen und sich selbst auf die Suche nach Holly zu begeben.

Doch Nick wußte nur zu gut, daß Nina sich mit allen Mitteln dagegen wehren würde. Sie würde ihn nicht fortlassen, nirgendwohin. Am allerwenigsten dorthin, wo Holly war.

Nick sollte recht behalten.

»Das kann nicht dein Ernst sein.«

Nina hatte lange geschlafen. Als sie aufstand, hatte Nick Zoë eine frische Windel angelegt und seit mehr als zwei Stunden in seinem Atelier im zweiten Stock an einem abstrakten Gemälde in Acrylfarben gearbeitet, wobei er seine Angst und seinen Zorn in das Bild einfließen ließ und sich innerlich wappnete, Nina von seinen Plänen zu erzählen.

»Es ist mein voller Ernst«, erwiderte er und säuberte die Pinsel, die er benutzt hatte. »Ich lege weiß Gott keinen Wert darauf, Holly jemals wiederzusehen, und es gibt für mich nichts Schlimmeres, als dich und Zoë gerade jetzt allein zu lassen, und sei es auch nur für kurze Zeit, aber ...«

»Warum tust du es dann?«

»Weil ich keine andere Wahl habe.«

»Wie kommst du denn darauf?« Nina setzte sich auf einen Stuhl in der Nähe des großen Fensters. »Du kannst die Sache ihrem Vater und der Polizei überlassen.«

»Ich kann nicht mehr darauf vertrauen, daß Richard Bourne mir hilft, Nina. Und was die Polizei betrifft ... sie müssen Holly erst einmal finden. Und falls es ihnen gelingt, wird Holly die Sache so darstellen, daß ich als der Schuldige dastehe.«

»Dann beauftrage einen Anwalt damit, Holly zu suchen«, schlug Nina vor. »Es muß ja nicht Chris Field sein. In San Francisco gibt es Heerscharen guter Anwälte.«

Nick ließ die Pinsel in eine Glasschale fallen. »Aber bei keinem dieser Anwälte kann ich davon ausgehen, daß er mir mehr Glauben schenkt als Field.«

»Wie wär's, wenn du Holly von einem Privatdetektiv suchen läßt?«

»Ich habe gestern mit drei Detektiven in New York telefoniert.«

»Davon hast du mir gar nichts erzählt«, sagte Nina verwundert.

»Weil es nicht viel zu erzählen gibt. Ich habe ihnen gesagt, daß ich bereits auf eigene Faust dort nachgeforscht habe, wo es mir am erfolgversprechendsten schien, zum Beispiel bei der Anwaltskammer und ...«

»Wann hast du diese Nachforschungen angestellt?«

»In den letzten zwei Tagen.«

»Mein Gott, Nick.« Nina erhob sich. »Wie viele Geheimnisse hast du denn *noch* vor mir?«

»Das sind keine Geheimnisse, Nina ...«

»Blödsinn.« Sie starrte ihn an. »Das ist völliger *Blödsinn!*« Abrupt setzte sie sich wieder auf den Stuhl. »Was haben diese Detektivagenturen gesagt?«

»Daß es eine verdammt schwierige Sache sei. Mit anderen Worten – es wird *sie* viel Zeit und *mich* viel Geld kosten. Und weil sie nicht wissen, wo sie mit der Suche beginnen sollen, könnte es sich sogar als völliger Fehlschlag erweisen, und dann habe ich mein Geld zum Fenster hinausgeworfen.«

»Aber ein Detektiv könnte doch sicher Hollys Ehenamen herausfinden.«

»Genau das kann ich auch, ohne daß es mich viel Mühe, Zeit und Geld kostet.« Nick zog einen Stuhl hinter der Staffelei hervor, ging damit zum Fenster, stellte ihn neben Ninas Stuhl und setzte sich. »Ich kenne Holly. Deshalb wundert es mich, daß sie nicht unter ihrem Mädchennamen als Anwältin arbeitet.«

»Offensichtlich kennst du sie nicht so gut, wie du glaubst.«

Nick sah den wiedererwachten Zorn auf dem Gesicht seiner Frau. »Du verstehst nicht, Nina.«

»Nein, ich verstehe nicht.«

»Du weißt nicht, wie überzeugend Holly sein kann. Wie ehrbar und korrekt sie auftreten kann.« Nick stand auf, ging ruhelos zurück zur Staffelei und starrte auf das unfertige Gemälde, ohne es richtig wahrzunehmen. »Du weißt nicht einmal *ansatzweise*, wie gut sie sich darauf versteht, aus einem Haufen Mist hervorzukriechen und nach Rosen zu duften. Das weiß niemand außer mir. Das konnte Holly schon als Kind, und als Studentin hatte sie eine wahre Meisterschaft darin entwickelt.«

»Und nun ist sie Anwältin.«

»Eben.«

»Womit sie noch gefährlicher geworden ist.«

»Genau. Und deshalb ist es so wichtig, daß ich herausfinde, wo sie ist und was sie vorhat ... was sie *wirklich* im Schilde führt.« Er drehte sich zu Nina um. »Ich kann es schaffen. Glaub mir. Ich bin der einzige, der sie durchschauen kann.«

»In der Vergangenheit konntest du es aber nicht«, erwiderte Nina.

»Ich konnte sie lange Zeit nicht durchschauen, das stimmt. Bis zu dem Vorfall in New York.«

»Und wenn du sie findest?« fragte Nina. »Wenn du sie aufspürst und tatsächlich herausfinden kannst, was sie vorhat – was dann?«

»Dann gehe ich zur Polizei und überlasse ihr die Angelegenheit.« Nick kam zum Fenster zurück, setzte sich wieder, nahm Ninas Hand und hielt sie ganz fest. »Ich werde kein Risiko eingehen, Nina. Nicht, wo du und Zoë allein zu Hause seid. Ich werde bloß versuchen, ein paar alte Studienkollegen von der New Yorker Uni ausfindig zu machen, ihnen ein paar Fragen stellen und dann hoffentlich erfahren, wo Holly ihre erste Stelle angetreten hat. Das wäre wenigstens ein *Anfang*. Dann hätte ich eine Spur, die ich weiterverfolgen könnte. Und dann wäre ich endlich das schreckliche Gefühl los, daß sich überhaupt nichts bewegt und daß Holly irgendwo auf die nächste Gelegenheit lauert, uns das Leben noch mehr zur Hölle zu machen.«

Nina zögerte; dann fragte sie: »Und was ist mit dem anderen, das zwischen dir und Holly gewesen ist?«

»Was meinst du damit?«

»Die andere Seite eurer Beziehung.«

»Es gibt keine andere Seite«, erwiderte Nick mit ausdrucksloser Stimme. »Das weißt du doch.« Er hielt immer noch Ninas Hand; er hatte Angst, sie loszulassen.

»Aber es gab eine andere Seite.«

»Damals waren wir noch halbe Kinder.«

»In New York aber nicht mehr.«

»Das war nur eine Nacht«, sagte Nick. »Es war nichts dabei. Es war bloß ein ... Fehler. Ich dachte, das wüßtest du. Du hast mir doch geglaubt, als ich dir davon erzählt habe.«

Nina schwieg.

»Bitte, Nina, sag etwas.«

Sie ließ sich Zeit mit der Antwort. »Ich glaube dir.« Sie schüttelte den Kopf. »Aber das ändert nichts daran, daß ich Angst um dich habe. Um uns. Nick, wenn Holly für Phoebes Unfall verantwortlich ist ... egal ob sie es auf mich abgesehen hatte oder nicht ...« Sie hielt kurz inne. In ihren Augen spiegelte sich die nackte Furcht. »Hier geht es um einen *Mordversuch*.«

»Ich weiß.«

»Dann überlaß die Sache der Polizei.«

»Das kann ich nicht.«

Mit einem Ruck zog Nina ihre Hand aus der seinen.

»Ich verschwende bloß meine Zeit, nicht wahr?« sagte sie frostig und erhob sich.

»Nina, bitte!« sagte Nick. »Ich will, daß du verstehst ...«

Sie beachtete ihn nicht und ging zur Tür. »Du hattest schon beschlossen, nach Holly zu suchen, bevor du mir auch nur ein Wort davon gesagt hast. Und was ich dir auch gesagt habe – du *wolltest* mir gar nicht zuhören.«

»Das ist nicht wahr. Ich habe dir immer zugehört.«

»Ja, vielleicht hast du mir zugehört« – Nina legte die Hand auf die Klinke –, »aber du hast dich nie danach *gerichtet*. Vergiß es.« Ihre Stimme war so kalt und hart, wie Nick es nie zuvor gehört hatte. »Keine Spielchen mehr. Keine Halbwahrheiten. Keine Zeitverschwendung.« Sie öffnete die Tür. »Ich habe Besseres zu tun«, sagte sie.

Und verließ das Atelier, ohne einen Blick zurückzuwerfen.

Die Atmosphäre in unserem Haus ist beinahe unerträglich. Es bricht mir das Herz, wenn ich Ninas Kälte spüre, doch ich gebe mein Bestes, ruhig und beherrscht zu bleiben; viel mehr kann ich ohnehin nicht tun, weil Nina sich mir völlig verschließt. Ich habe ihr geschworen, die ganze verdammte Geschichte sofort einem meiner Kumpel vom San Francisco Police Department zu übergeben, sobald ich auch nur die kleinste brauchbare Information entdecke – von dem eindeutigen Beweis, daß Holly mir das alles angetan hat, ganz zu schweigen. Doch ich habe das Gefühl, Nina glaubt mir nicht. Ich kann es ihr nicht verübeln, daß ich ihr Vertrauen verloren habe; aber das ändert nichts daran, daß es mir verdammt weh tut.

Immerhin sind wir uns in einem Punkt einig geworden: Wir werden ein Kindermädchen einstellen, das Nina hilft, sich um Zoë zu kümmern, so daß meine Frau ein bißchen mehr innere Ruhe findet und öfter die Gelegenheit hat, Phoebe und William in Arizona zu besuchen; außerdem kann Nina dann mehr Zeit im Büro der Immobilienagentur verbringen. Bis jetzt haben Betty und Harold getan, was sie konnten, daß die Geschäfte weiterlaufen; doch Phoebe ist inzwischen schon so lange fort und Nina immer noch zu sehr mit anderen Problemen beschäftigt, daß die Geschäfte allmählich darunter leiden. Außerdem ist die Arbeit – die gewohnte, lange vermißte Arbeit im Büro – vielleicht das einzige Mittel, das Nina hilft, ein wenig Ablenkung zu finden, bis wir diesen verdammten Spuk hinter uns haben.

Nina entscheidet sich gleich für eine der ersten Bewerberinnen: Teresa Vasquez. Ein Glückstreffer. Aber Gott weiß, daß wir auch mal ein *bißchen* Glück verdient haben. Teresa ist Mexikanerin, eine kleine, zierliche, forsche und offenbar warmherzige Frau aus Tijuana mit ausgezeichneten Referenzen, die sehr gut Englisch spricht. Sieht man von den zehntausend Zweifeln ab, von denen Nina geplagt wird, daß sie Zoë einer anderen Frau anvertraut (selbst wenn diese Frau das Kindermädchen des Jahres wäre), hat Nina nur ein Problem mit Teresa: deren übermäßige Mitteilsamkeit. Wenn Teresa Vasquez einen willigen Zuhörer findet, hört sie gar nicht mehr auf zu reden. Aber ich halte sie für eine sehr nette und freundliche Frau, bestimmt die Richtige für Zoë. Unsere Tochter mochte Teresa schon beim Einstellungsgespräch. Natürlich ist Zoë noch in dem Alter, in dem man fast jeden mag.

Jedenfalls kann ich mich jetzt leichteren Herzens auf die Reise machen.

Nina weigert sich, noch irgendwelche Diskussionen mit mir zu führen, was meine Absicht betrifft, Holly zu suchen, weil sie immer noch der Meinung ist, daß es keinen Sinn hat, mit mir darüber zu reden, da ich ja ohnehin nicht von meinem Plan abzubringen sei, welche Einwände sie auch vorbringen mag. Ich habe sie darauf hingewiesen, daß ich immer noch nichts von Richard Bourne gehört hätte und daß Inspektor Norman Capelli mir erklärt habe, die Polizei werde keinerlei Informationen an mich weitergeben, als ich ihn in seiner Dienststelle angerufen und nachgefragt hatte, ob er bereits Schritte unternommen habe, Holly aufzuspüren.

»Vielleicht kann Chris Field diesen Capelli dazu bringen, daß er ihm etwas sagt«, meinte Nina bloß.

Sie weiß, daß ich Field immer noch nicht über den Weg traue. Und sie weiß auch – denn ich habe es ihr mehr als einmal gesagt –, daß ich uns einen anderen Anwalt suchen werde, sobald ich konkrete Informationen vorweisen kann; denn ich möchte einen Anwalt, der auf meiner Seite steht, weil er mir *glaubt*, und nicht bloß deshalb, weil ich ihm sein Honorar bezahle.

Doch auch was den Anwalt betrifft, hat Ninas Einstellung sich nicht geändert.

Und falls sie mit ihrem Vater über unsere Meinungsverschiedenheit gesprochen hat – du lieber Himmel, ich wünschte, es wäre wirklich bloß eine *Meinungsverschieden-*

heit –, hat sie mir nicht erzählt, wie William darauf reagiert hatte. Vielleicht hat Nina deshalb nichts gesagt, weil William in Jubelstürme ausgebrochen ist, als er erfahren hat, daß ich seine Tochter und seine Enkelin längere Zeit allein lasse.

Und alles wegen Holly.

Zur Hölle mit ihr!

52

Fertig!

Holly hat die Kanzlei Taylor, Griffin geschlossen, hat ihre Sparkonten geräumt, hat ihre brillantenbesetzte Rolex mit dem Platinarmband verkauft, hat Jack Taylor verlassen und diesen Abschnitt ihres Lebens ein für allemal beendet.

Es hat kein Kampf stattgefunden; es hat nicht einmal einen Streit gegeben, kein Betteln, keine Tränen, keinen Zorn, denn Holly hat ihrem Mann nicht den kleinsten Hinweis über ihre wahren Absichten gegeben. An einem Donnerstag nachmittag, als Jack Taylor im Gericht war und Vita, die Haushälterin, ihren freien Tag hatte, verließ Holly plötzlich und spurlos das Haus.

Sie hatte alles sorgfältig und bis in Kleinste geplant und perfekt vorbereitet. Sie ist jetzt fast ein halbes Jahr lang mit Jack verheiratet, doch sie hatte nie das Verlangen gehabt, dem Haus und der Einrichtung eine persönliche Note zu verleihen – was Jack offenbar als Anerkennung seines guten Geschmacks und als Zeichen der Liebe seiner Frau betrachtet hatte. Doch Holly hatte nur deshalb darauf verzichtet, weil sie von Anfang an wußte, daß sie nicht lange genug bleiben würde, als daß die Mühe sich gelohnt hätte, Einfluß auf die Gestaltung des Hauses zu nehmen. Und sie hat nicht allzuviel zu packen: Kleidung, ein paar Bücher, ihren Computer, ihren Schmuck – darunter der wunderschöne Ehering mit dem dreikarätigen Brillanten –, und das Service und Tafelsilber von Tiffany's, das Hochzeitsgeschenk von Richard und Eleanor. Schließlich wird Holly an ihrem neuen Wohnort, wohin sie auch gehen mag, Geschirr und Besteck brauchen.

Doch sie weiß längst, wohin sie geht – auch wenn sie natürlich nie die Absicht hatte, es jemandem zu erzählen.

Weder Jack noch ihren Eltern. Keinem Menschen. Nicht einmal Nick.
Nick am allerwenigsten.

Holly packte ihre Sachen selbst, weil es sicherer war. Sie beauftragte kein Umzugsunternehmen. Sie ging kein Risiko ein, daß es irgendwelche Gerüchte gab. Oder daß man anhand irgendwelcher Papiere nachvollziehen konnte, wohin sie verschwunden war. Es gab keine Flugtickets. Keine Unterlagen über einen Leihwagen. Keine neuen Kreditkarten.

Holly weiß, wie man sich rasch, sicher und reibungslos aus dem Staub macht. Sie hatte dreimal mit einem Inspektor vom Dezernat für Autodiebstahl geschlafen, um alles zu erfahren, was sie wissen mußte: welche Wagentypen man bevorzugen und von welchen man die Finger lassen sollte, wo und zu welcher Tages- oder Nachtzeit man sich die Autos beschaffen mußte, bei wem man die passenden Schlüssel oder, wenn es nicht anders ging, einen Spezialschlüssel bekam, wie professionelle Autodiebe ihn benützten, wie man notfalls ein Schloß mit einer Kombizange knackte, wie man eine Zündung kurzschloß, bei wem man sich die Nummernschilder verschrotteter Fahrzeuge besorgen konnte und wie man diese Schilder rasch und sicher wechselte.

Eine tolle Ausbildung.

Das Stehlen hatte Holly immer schon einen Kick verschafft, doch der Diebstahl des schwarzen Ford Taurus war ihr bislang größter, erregendster und gefährlichster Coup: Sie brach den Wagen in einer Tiefgarage in der Innenstadt auf, knackte das Lenkradschloß, ließ den Motor an, indem sie die Zündung kurzschloß, und fuhr dann zur Schranke, wo sie dem Mann im Wärterhäuschen erklärte, sie hätte ihren Parkschein verloren, worauf sie gespielt mürrisch die Parkgebühr für einen ganzen Tag bezahlte.

Danach war alles vergleichsweise einfach gewesen. Holly fuhr in eine andere Tiefgarage – immer noch in der Innenstadt – und ließ sich Zeit, als sie dort die Nummernschilder austauschte. Auch wenn sie ihr langes Haar unter eine Baseballmütze gesteckt hatte und eine Sonnenbrille trug, achtete sie genauestens darauf, daß niemand sie beobachtete. Als sie fertig war, verstaute sie die Originalnummernschilder vorerst im Kofferraum. Dann verließ sie das Parkhaus zu Fuß, ging zum Holiday Inn, verschwand unbemerkt auf der Damentoilette in der belebten Eingangshalle, wusch sich, nahm die Mütze und die Sonnenbrille ab und fuhr mit einem Taxi zurück nach Brentwood. Weniger als eine halbe Stunde später rief sie wieder ein Taxi an und gab dem Fahrer ein sehr großzügiges Trinkgeld – nicht zu großzügig, damit der Mann sich nicht allzu genau an sie erinnerte –, worauf der Fahrer, wenn auch ein bißchen widerwillig, Hollys sämtliche Habseligkeiten im Wagen verstaute. Holly sagte dem Mann, sie wolle ihre Eltern besuchen, und bat ihn, sie zum Flughafen Los Angeles zu fahren. Dort eingetroffen, wartete Holly eine Zeitlang und gab dann einem Gepäckträger fünfzig Dollar dafür, daß er ihre Koffer und Taschen in ein anderes Taxi packte, mit dem sie zurück in die Innenstadt fuhr – zu dem Parkhaus, in dem der schwarze Ford wartete.

Gut vierhundert Meilen später – die Originalnummernschilder des Ford waren längst in einer der Mülltonnen auf dem Parkplatz eines Rasthauses verschwunden – erreicht Holly ihr Ziel.

Es ist Nacht, und das Haus ist dunkel.

Ein Haus, das so perfekt Hollys Wünschen und Vorstellungen entspricht, daß es ihr beinahe unheimlich ist. Karma. In ihrem Büro hatte sie einen Prospekt durchgeblättert, in dem Häuser in San Francisco zur Miete angeboten wurden. Holly selbst hatte diesen Prospekt an ihre Kanzlei Taylor, Griffin geschickt.

Und dann hatte sie das Haus entdeckt. *Restaurierungsbedürftig* – was bedeutete, daß es sich in einem miesen Zustand befand. Und das wiederum bedeutete, daß Holly sich die Miete leisten konnte. Es hätte der Sache die Krone aufgesetzt, wäre das Haus von den Ford-Immobilien angeboten worden. Aber das war nicht der Fall, und letztlich war es besser so: Das Risiko wäre sonst zu groß gewesen.

Holly kümmerte sich frühzeitig und rasch um die Angelegenheit. Dem Makler in San Francisco machte sie im Auftrag von Rowe & Krantz (die Briefkastenfirma einer Anwaltskanzlei, mit der Hollys stiller Teilhaber Griffin gelegentlich zusammenarbeitete) ein Angebot. Natürlich war die ganze Sache ein riesiger Schwindel und ziemlich riskant, doch Holly ging davon aus, daß sie längst wieder verschwunden war, sollte ein Rechnungsprüfer oder gar das Finanzamt dahinterkommen. Und selbst dann würde man nach einer Barbara Rowe suchen – denn so nennt Holly sich nun. Und eine Verbindung zu Charlotte Taylor von der Kanzlei Taylor, Griffin gab es nicht, da Hollys »Partner« Griffin die gesamte Transaktion über Rowe & Krantz abgewickelt hatte und das Haus auf dem Papier von dieser Briefkastenfirma gemietet wurde.

Der Makler, der sein Büro in Presidio Heights hatte, war anfangs zögerlich, seinem Kunden zu empfehlen, das Haus an ein Unternehmen zu vermieten statt an eine Privatperson. Andererseits wollte der Makler sich dieses Geschäft nicht entgehen lassen, und die Situation war ungewöhnlich: Das fragliche Haus stand schon seit längerer Zeit leer, was vor allem daran lag, daß die Miete, die der Eigentümer verlangte, für das ziemlich verwahrloste Gebäude sehr hoch war. Überdies war die angehende Mieterin, Barbara Rowe, Anwältin und hatte obendrein das Angebot gemacht, die Miete für sechs Monate im voraus zu bezahlen.

Holly betritt ihr neues Zuhause, schaltet die Zentral-Gasheizung ein und macht sich daran, den Wagen zu entladen. Die Straße ist ruhig; nur ein paar Autos fahren den Hügel hinauf oder hinunter. Niemand schenkt der Frau Beachtung, die Kisten und Taschen aus dem Ford Taurus holt und ins Haus trägt. Als Holly mit dieser Arbeit fertig ist, steigt sie wieder ins Auto, legt eine Straßenkarte und eine Taschenlampe neben sich auf den Beifahrersitz und fährt in Richtung Candlestick Park – ein Ort, der sich sehr gut dazu eignet, einen gestohlenen Wagen loszuwerden, wie Holly bereits in Los Angeles erfahren hat.

Sorgfältig wischt sie innen und außen jene Stellen des Wagens ab, die sie berührt hat, und vergißt auch nicht den Innenspiegel, auf dem Amateure zumeist ihre Fingerabdrücke hinterlassen, wie der Inspektor vom Dezernat für Autodiebstahl Holly erklärt hatte; ebenso sämtliche Türgriffe und den Verschluß des Benzintanks. Es ist kaum damit zu rechnen, daß jemand diesen Wagen aufspürt. Such dir das richtige Modell aus, hatte der Inspektor gesagt – ein möglichst altes Auto und nichts Ausgefallenes –, vertausche die Nummernschilder, sorge dafür, daß der Wagen weit genug vom Ort des Diebstahls entfernt ist, und niemand wird sich auch nur im geringsten dafür interessieren.

Noch einmal überprüft Holly den Ford.

Dann fährt sie mit einem Taxi zu ihrem neuen Zuhause.

Kurze Zeit bleibt sie draußen stehen und schaut sich das Nachbarhaus an. Nur hinter zwei Fenstern brennt noch Licht; eines befindet sich im zweiten Stock, das andere im Erdgeschoß.

Denn zwei der Bewohner dieses Hauses sind zur Zeit nicht da. Nur das Kindermädchen und dessen Schützling sind daheim.

Holly weiß es, weil sie seit längerer Zeit jeden Schritt verfolgt hat, den die Bewohner dieses Hauses getan haben.

Nur daß es von heute nacht an sehr viel einfacher für sie wird.

Weil die Millers im Haus Nummer 1315 an der Antonia Street wohnen.

Und Holly wohnt nun im Haus Nummer 1317.

Sie sind wieder Nachbarn.

Wie in den guten alten Zeiten.

53

Während Teresa Vasquez sich um Zoë kümmerte und Nina bei Phoebe in Arizona war, packte ich in unserem Schlafzimmer meine Tasche für den Flug nach New York am Montag, den 7. Oktober, als das Telefon klingelte. Es war Chris Field.

Er hatte überraschende Neuigkeiten.

Er habe Nachforschungen angestellt, erklärte Field, und herausgefunden, daß Holly Bournes Ehe weder in Maryland noch im District of Columbia, noch in New York registriert sei.

Die Vereinigten Staaten sind ein riesiges Land, so daß ich davon ausging, daß Field nun einen triftigen Grund dafür hatte, die Suche nach Holly an diesem Punkt abzubrechen. Doch er hatte offenbar gründlicher darüber nachgedacht, welch schlimme Dinge mit mir und meiner Familie in Kalifornien geschehen waren und daraufhin die standesamtlichen Unterlagen in San Francisco und anschließend in Los Angeles überprüft.

Und dort einen Volltreffer gelandet.

Ich setzte mich aufs Bett. Für einen Moment war mir dermaßen schwindlig, daß ich kein Wort hervorbrachte.

»Natürlich«, fuhr Field fort, »hätte es die Sache wahrscheinlich ein wenig beschleunigt, hätte ich gewußt, daß der Mädchenname der Frau *Charlotte* Bourne lautet.«

Mein Gott! Bis zu diesem Augenblick hatte ich völlig vergessen, daß Holly mir einmal gesagt hatte – kurz nachdem meine Familie nach Bethesda gezogen war, ein ganzes *Menschenleben* zuvor –, der Name auf ihrer Geburtsurkunde laute Charlotte Holly Bourne. Doch alle hatten sie immer nur Holly genannt: die Lehrer, die Klassenkameraden, sogar Eleanor und Richard. Ich konnte kaum glauben, daß ich etwas so Wichtiges vergessen hatte – ausgerechnet jetzt, wo so viel davon abhing. Und doch *hatte* ich es vergessen. Aber schließlich war ich damals erst neun Jahre alt gewesen, und Holly hatte die Bemerkung ganz beiläufig gemacht. Und was hatte es mich damals schon interessiert, was auf irgendeiner langweiligen Urkunde stand? Für mich gab es keine Charlotte, nur Holly – wie für alle anderen auch.

»Wen hat sie geheiratet?« fragte ich Field, als ich mich wieder ein wenig gefaßt hatte.

»Einen Anwalt namens Jack Taylor«, sagte Field.

»In Los Angeles.«

»So ist es.«

»Wohnen die beiden dort?« fragte ich.

»Ja.«

Ich schloß die Augen.

Holly hatte die ganze Zeit in Los Angeles gewohnt.

Eine Flugstunde von San Francisco entfernt.

Und hatte von dort aus ihre teuflischen Spielchen getrieben.

Ich schlug die Augen wieder auf. Ich hörte, wie Teresa unten in der Küche Zoë ein Lied auf spanisch vorsang.

»Was nun?« fragte ich Field. Meinen Anwalt. Plötzlich kam mir dieser unterkühlte Bursche wie mein rettender Engel vor.

»Ich glaube, wir sollten diese Information an die Polizei von San Francisco weitergeben – falls sie es nicht schon selbst herausgefunden hat.«

»Was noch?«

»Wir warten«, sagte Field.

»Worauf?«

»Daß die Polizei etwas unternimmt, sobald sie diese Information hat.«

»Und wenn sie nichts unternimmt?«

»Denken wir noch einmal über die Sache nach.«

Das hörte sich schon wieder nach dem Chris Field an, den ich kannte und zu dem ich kein Vertrauen hatte.

»Ich werde nicht warten«, sagte ich. »Ich reise nach Los Angeles.«

»Ich rate Ihnen dringend davon ab«, erwiderte Field. »Sie sollten sich weder mit Mr. Taylor noch mit seiner Frau in Verbindung setzen. Das ist keine gute Idee.«

»Geben Sie mir bitte die Anschrift.«

»Sie sollten das wirklich der Polizei überlassen, Mr. Miller.«

»Ich möchte bloß mit Holly reden«, sagte ich. »Von Angesicht zu Angesicht.«

»Das ist keine gute Idee«, wiederholte Field.

»Ich nehme es zur Kenntnis«, sagte ich. »Würden Sie mir jetzt bitte die Adresse geben?«

»Die Privatanschrift von Mr. Taylor ist nicht verzeichnet.«

»Dann sagen Sie mir, wo er arbeitet.«

»Warum sagen *Sie* mir nicht einfach, was Sie damit erreichen wollen, wenn Sie die Dame persönlich aufsuchen?« erwiderte Field. »Dann könnte ich diesen Besuch in Ihrem Auftrag machen.«

Die *Dame*.

»Vielen Dank«, sagte ich, »aber diese Angelegenheit können Sie mir beim besten Willen nicht abnehmen. Die ›Dame‹, wie Sie sie nennen, würde Ihnen irgend etwas vorschwindeln – genauso, wie sie vermutlich schon der Polizei irgendwelche Lügengeschichten aufgetischt hat.« Ich hielt kurz inne. »Dieser Taylor ist Anwalt, nicht wahr? Also kann ich seine Büroadresse auch ohne Ihre Hilfe herausfinden.«

»Ich kann Sie nicht davon abhalten, stimmt's?« versuchte Field es ein letztes Mal.

»Nicht, wenn Sie es vor Weihnachten versuchen.«

54

Da er Nina in der Waterson-Klinik vor seinem Flug an diesem Nachmittag nicht erreichen konnte, hinterließ Nick ihr die Nachricht, daß er neue Informationen habe und sich bald wieder bei ihr melden würde. Er war so erleichtert darüber, nicht mit Nina reden zu müssen, daß es ihm Schuldgefühle bereitete. Aber in diesen Tagen schien alles, was er tat, sein Schuldenkonto zu erhöhen.

Am Montag nachmittag nahm Nick sich ein Zimmer im Argyle, einem Hotel in frühem Art-Deco-Stil am Sunset Strip, in dem er einige Male als Gast der Meganimity-Trickfilmstudios abgestiegen war. Das Abendessen nahm er im Morton's ein, gemeinsam mit Steve Cohn, der mit Nick über Verzögerungen bei der Produktion von *Firefly* sprechen wollte. Beiläufig ließ Nick den Namen von Jack Taylors Anwaltskanzlei ins Gespräch einfließen, worauf Cohn ihm erklärte, daß Anderson, Taylor eine gutgehende Kanzlei in Century City sei, deren Anwälte für die Unterhaltungsindustrie tätig wären. Einige seiner Bekannten seien Mandanten von Anderson, Taylor.

»Möchten Sie, daß ich Sie Taylor vorstelle?« fragte Cohn, während er die Kalbsleber mit Kartoffelpüree aß.

»Nein«, sagte Nick und stocherte in seinem Essen. »Danke.«

Am nächsten Morgen hatte er Glück. Er rief bei der Kanzlei an und erfuhr von Jack Taylors Assistenten, daß sein Chef am heutigen Tag im Büro sei und am Nachmittag aufgrund einer Terminabsage eine halbe Stunde Zeit habe. Taylor ließ Nick im Vorzimmer Däumchen drehen – fast die halbe Stunde lang, die er angeblich erübrigen konnte. Als Nick schließlich ins Büro gebeten wurde, erhob Taylor sich hinter seinem wuchtigen Schreibtisch, um seinem Besucher die Hand zu schütteln. In Jack Taylors blauen Augen las Nick eine solche Feindseligkeit, daß man sie unmöglich ignorieren konnte.

»Mr. Miller«, sagte Taylor knapp.

»Wissen Sie, wer ich bin?« Nick hatte nicht die Absicht, seine oder Taylors Zeit zu verschwenden.

»Ja«, sagte Taylor. »Nehmen Sie Platz.«

Nick setzte sich und musterte den Mann, den Holly geheiratet hatte – er war älter als Nick, gutaussehend, energisch, wahrscheinlich intelligenter und gebildeter als sein Gegenüber, und fraglos paßte er sehr viel besser zu Holly. Dann ließ Nick den Blick durch Taylors geräumiges Eckbüro schweifen, das sich in einer der oberen Etagen eines Hochhauses befand – ein Büro, das Macht ausstrahlte: viel Mahagoni, antike Perserteppiche auf dem Parkettfußboden, Ölgemälde an der Wand neben dem Schreibtisch. Alles sehr eindrucksvoll und luxuriös; dennoch haftete dem Büro die Aura des Neureichen an – kein Vergleich zu Richard Bournes Büro, das nicht minder luxuriös, aber altehrwürdig und *erlesen* wirkte.

»Was kann ich für Sie tun?« fragte Taylor.

»Ich muß mit Ihrer Frau reden«, erwiderte Nick.

»Worüber?«

»Das würde ich gern mit ihr selbst besprechen.«

»Ich bezweifle sehr, daß Charlotte mit Ihnen reden möchte«, sagte Taylor.

»In meinem Fall«, erwiderte Nick, »spielt es keine Rolle, ob sie es möchte oder nicht. Wie ich schon sagte, *muß* ich mit ihr reden. Ich versuche schon seit einiger Zeit, sie ausfindig zu machen, habe aber erst vor kurzem erfahren, daß sie hier in Los Angeles wohnt. Dabei hatte man mir stets gesagt, Sie – Sie beide – wären in New York zu Hause.«

»Ich nehme an, Charlotte legt Wert darauf, daß Sie ihren Wohnort nicht erfahren.«

»Das nehme ich auch an.«

»Dann frage ich Sie noch einmal, Mr. Miller – was kann ich für Sie tun?«

»Sagen Sie mir, wo Ihre Frau sich aufhält.«

»Warum sollte ich Ihnen helfen?«

»Warum nicht?«

»Charlotte und ich leben getrennt«, sagte Taylor.

Nick brauchte einen Moment, um diese Neuigkeit zu verdauen. »Seit wann?«

»Ich glaube nicht, daß Sie das etwas angeht.«

»Da haben Sie wohl recht«, erwiderte Nick. »Aber könnten Sie mir wenigstens ihre derzeitige Anschrift geben?«

»Selbst wenn ich wüßte, wo Charlotte sich aufhält, würde ich es Ihnen nicht sagen«, erklärte Jack Taylor.

»Und warum nicht?«

»Ich glaube, Sie haben bereits Schaden genug angerichtet, meinen Sie nicht auch?«

Nick hatte das Gefühl, daß Taylor ihm höchstens noch ein, zwei Minuten seiner Zeit gewähren würde. Der Anwalt wollte ihn hinausekeln, rasch und entschlossen.

»Ich vermute, Sie werden mir nicht sagen, weshalb Sie und Ihre Frau sich getrennt haben?«

»Da vermuten Sie richtig.«

»Hat Richard Bourne mit Ihnen über meine Probleme gesprochen?«

»Die Gespräche, die ich mit Charlottes Vater führe, sind ebenfalls Privatsache.«

Nick beugte sich vor und unternahm einen letzten Versuch, die Aufmerksamkeit seines Gegenübers zu erregen. »Sie müssen sich darüber im klaren sein, Mr. Taylor, daß Holly – Charlotte – möglicherweise in großen Schwierigkeiten steckt. Wenn Sie noch etwas für sie empfinden ...«

»Es genügt mir zu wissen«, unterbrach Taylor ihn schroff, »daß sämtliche Probleme meiner Frau *Ihnen* angelastet werden können.« Die Feindseligkeit in Taylors blauen Augen wurde noch intensiver. »Und das wiederum genügt mir, daß ich *keinen Finger* rühren werde, Ihnen auf irgendeine Weise zu helfen, Mr. Miller, selbst wenn ein Rudel Höllenhunde hinter Ihnen her sein sollte.«

Weniger als fünf Minuten später hatte Nick das Gebäude verlassen. Er wußte, daß er von Jack Taylor keine Hilfe zu erwarten hatte. Nicht heute und auch in Zukunft nicht. Doch er empfand keinen Zorn gegenüber diesem Mann. Schließlich war auch Jack Taylor ein Opfer Hollys, ein weiterer Verwundeter auf ihrem Weg der Zerstörung.

Dennoch – dieser neuerliche Fehlschlag war eine bittere Pille. In den vergangenen vierundzwanzig Stunden hatte Nick herausgefunden, wo und mit wem Holly einen großen Teil des letzten Jahres verbracht hatte. Doch was Hollys derzeitigen Aufenthaltsort betraf, war er keinen Schritt weiter gekommen.

Er mußte noch einmal mit Richard Bourne reden. Daß ein Ehemann, der von seiner Frau getrennt lebte, deren Aufenthaltsort nicht kannte, war immerhin möglich. Doch Nick konnte nicht glauben, daß nicht einmal Hollys Eltern wußten, wohin ihre Tochter verschwunden war.

Obwohl er natürlich nicht damit rechnen konnte, daß die Bournes ihm Hollys Aufenthaltsort nannten.

Erst recht nicht, wenn inzwischen die Polizei von San Francisco bei ihnen gewesen war – und zwar aufgrund der Informationen, die Nick den Beamten über Holly gegeben hatte.

An diesem Tag war zu es spät, den Versuch zu unternehmen, Richard Bourne in Washington zu erreichen; deshalb verbrachte Nick den Rest des Donnerstag nachmittags damit, auf gut Glück hiesige Anwaltskanzleien anzurufen, deren Nummern er wahllos aus dem Telefonbuch in seinem Hotelzimmer heraussuchte. Er erkundigte sich bei jeder Kanzlei, ob sie eine Anwältin namens Charlotte Taylor beschäftigte. Bis Büroschluß hatte Nick mit knapp einem Drittel der im Telefonbuch verzeichneten Kanzleien telefoniert – erfolglos. Er rief Nina an, die für die Zeit ihres Aufenthalts in Arizona bei ihrem Vater in Scottsdale wohnte.

»Und was nun?« fragte Nina, als Nick ihr die Neuigkeiten mitgeteilt hatte.

»Ich werde es noch einmal bei Richard Bourne versuchen.«

»Er wird dir nicht helfen«, sagte Nina.

»Ich muß es trotzdem versuchen.«

»Wenn du meinst.«

»Übrigens habe ich mir gedacht, ich fliege morgen nach Phoenix, wenn ich hier fertig bin.«

»Phoebe würde sich sehr über deinen Besuch freuen«, erwiderte Nina.

Mehr sagte sie nicht.

Nick konnte ihr keinen Vorwurf machen. Alles, was er bisher herausgefunden hatte, war unbrauchbar und wertlos. Holly Bourne mußte Nina wie eine Art Phantom erscheinen, wie ein häßlicher Schatten über ihrer beider Leben. Falls Nick keine Möglichkeit fand, Holly wieder zu einem Wesen aus Fleisch und Blut zu machen, das man suchen, finden, zur Rede stellen und beschuldigen konnte, bestanden kaum Aussichten, daß sich irgend etwas daran änderte.

Beim dritten Anruf am nächsten Morgen bekam Nick Richard Bourne an den Apparat.

»Ich weiß, daß Holly in Los Angeles gewohnt hat.« Nick sprach schnell, um Bourne nicht die Gelegenheit zu geben, ihn zu unterbrechen. »Und ich weiß, daß sie sich wahrscheinlich Charlotte Taylor nennt. Und ich weiß auch, daß sie und ihr Mann sich getrennt haben.«

»Und was willst du dann von mir, Nick?« fragte Bourne.

»Ich möchte Ihnen bloß zwei Fragen stellen, dann sind Sie mich los.«

»Ich kann dir nicht versprechen, dir diese Fragen zu beantworten«, erwiderte Bourne.

»Sie haben mir Ihr Wort gegeben, sich um diese Sache zu kümmern, Mr. Bourne«, sagte Nick, packte den Hörer fester und blickte aus dem Hotelfenster über die Stadt, doch ohne irgend etwas wahrzunehmen. »Daß Sie mir jetzt zuhören, ist das Mindeste.«

»Also gut.«

»Wissen Sie, wo Holly sich aufhält?«

»Nein, das weiß ich nicht.«

Bournes Stimme war so bedrückt und leise, daß Nick beinahe den Schmerz des Mannes fühlen konnte und – was noch viel wichtiger war – daß er die Wahrheit sagte.

»Wenn Sie Hollys Aufenthaltsort erfahren – würden Sie mir dann sagen, wo sie ist?«

»Wohl kaum.«

Nick hatte nichts anderes erwartet.

»Eine letzte Frage«, sagte er.

»Wenn es sein muß.«

»Haben Sie Angst um Holly?«

Richard Bourne zögerte kurz.
»Sie ist meine Tochter, Nick«, sagte er dann.

Nicks Anrufe bei sämtlichen Anwaltskanzleien in Los Angeles erbrachten lediglich die inzwischen wertlose Information, daß Holly – genauer gesagt, Charlotte Taylor – für kurze Zeit bei einer Kanzlei namens Zadok, Giulini und O'Connell beschäftigt gewesen war. Doch wie nicht anders zu erwarten, konnte man Nick auch dort keine weiteren Auskünfte über Mrs. Taylor geben. Nick erfuhr lediglich, daß Holly im Juli bei der Kanzlei gekündigt hatte.

Vom Flughafen Los Angeles rief Nick kurz bei Nina in der Waterson-Klinik an, bevor er in die Maschine nach Phoenix stieg.
»Ich kann es gar nicht erwarten, dich wiederzusehen«, sagte er.
»Phoebe geht es schon viel besser«, erwiderte Nina.
Ihre Antwort war so kühl, daß es Nick ins Herz schnitt.
»Bestell ihr herzliche Grüße von mir.«
»Ja«, sagte Nina und legte auf.

Während des Fluges dachte Nick intensiv über Holly nach und darüber, wieviel Schmerz sie ihm und anderen Menschen zugefügt hatte und immer noch zufügte.
Sie haben bereits Schaden genug angerichtet, hatte Jack Taylor gesagt. Hollys Ehemann, den seine Frau so tief verletzt hatte, beschützte sie immer noch gegen Nick Miller, den großen Feind.

Nick seufzte. Er konnte Nina nichts Neues berichten. Und was die Polizei von San Francisco betraf, war er bei dem Versuch, seinen Namen reinzuwaschen, auch keinen Schritt weitergekommen. Immerhin waren ihm zwei Dinge klar geworden, seit er sich auf die Suche nach Holly gemacht hatte.

Richard Bourne wußte, daß seine Tochter nicht die glücklich verheiratete Karrierefrau war, als die Eleanor sie so gern hinstellte.

Und Holly – ohne Verbindung zu ihren Eltern, getrennt von ihrem Mann – war vermutlich eine noch viel größere Gefahr, als Nick bisher angenommen hatte.

55

Holly – in ihrer neuen Rolle als Barbara Rowe – hat keine Zeit vergeudet und sich rasch mit Teresa Vasquez angefreundet. Das mexikanische Kindermädchen, das in dem großen Haus der Millers viel Zeit allein verbringt, nur in Gesellschaft eines kleinen Babys, ist froh, daß sie nun ab und zu mit ihrer neuen Nachbarin plaudern kann. Und Teresa macht keinen Hehl daraus, daß ihr die vielen Reisen nicht gefallen, die Zoës Eltern unternehmen, denn sie haßt das Alleinsein in dem großen Haus.

Teresa ist eine unbedarfte Frau mittleren Alters, die gern und viel redet und Gesellschaft sucht.

Eine leichte Beute.

»Natürlich freut man sich, wenn man so viel Vertrauen genießt«, sagt Teresa mißmutig, »und ich weiß, daß Mr. und Mrs. Miller zur Zeit viele Probleme haben, aber ein kleines Kind braucht Vater und Mutter. Außerdem fühle ich mich einsam, weil ich außer derm *niña* keinen habe, mit dem ich reden kann.«

»Jetzt können Sie ja mit mir reden, Teresa«, sagt Holly.

Sie hat Teresa, zusammen mit dem Baby, zum Tee in Barbara Rowes Haus eingeladen, ins Wohnzimmer, das sie eilig und zweckmäßig eingerichtet hat: eine cremefarbene Sitzgarnitur aus dem Schaufenster eines Möbelgeschäfts in der Van Ness Avenue, zwei Teppiche, Nippes und ein paar Kleinmöbel von Fillamento an der Filmore Street sowie einige gerahmte Kunstdrucke mit Blumenmotiven von Macy's. Nichts ist so recht nach Hollys Geschmack, aber ihre Zeit (sie kann nur dann in Ruhe einkaufen, wenn die Millers nicht in der Stadt sind) und ihre finanziellen Möglichkeiten sind begrenzt (da sie alles in bar bezahlen muß; einen Diebstahl kann sie jetzt nicht riskieren, denn alle ihr Pläne wären zunichte gemacht, falls sie erwischt würde). Außerdem gehört dieses Haus nicht Holly Bourne, sondern Barbara Rowe.

»Ich werde noch ziemlich lange hier sein«, sagt sie zu Teresa und schenkt ihr Tee ein, »denn ich muß noch sehr viel am Haus arbeiten. Ich freue mich, wenn Sie mir Gesellschaft leisten, Teresa.«

»Aber ... das ist nicht recht von mir«, sagt Teresa zögernd.

»Warum nicht?«

»Weil ich das Hausmädchen Ihrer Nachbarn bin, Mrs. Rowe.«

»Sie sind das *Kindermädchen*, Teresa«, verbessert Holly sie mit Nachdruck. »Ich kann mir keine wichtigere Aufgabe vorstellen, als sich um einen hilflosen Säugling zu kümmern.«

Holly rührt ihren Tee um und trinkt einen Schluck; dann betrachtet sie den Kinderwagen, in dem Zoë Miller schläft. Nicks Tochter. Am liebsten hätte Holly das Kind in die Arme genommen und es genauer betrachtet, doch sie bleibt sitzen, auf Barbara Rowes Sofa, nippt am Tee und schwatzt mit Teresa.

»Wissen Sie, Teresa«, sagt Holly, »ich würde gern mein Spanisch verbessern, und ich würde zu gern lernen, wie man mexikanische Gerichte kocht.« Freundlich lächelt sie die ältere Frau an. »Deshalb wäre ich Ihnen sehr dankbar, wenn Sie öfter ein paar Stunden Zeit für mich hätten und mir ein bißchen Unterricht erteilen könnten.«

Teresa fühlt sich geschmeichelt. Ihre Wangen röten sich leicht.

»Ich glaube nicht, daß Mrs. Miller das gern sehen würde.«

»Dann sagen wir ihr nichts davon«, erwidert Holly in verschwörerischem Tonfall. »Es kann ja unser kleines Geheimnis bleiben.« Sie setzt ihre Tasse ab. »Wenn die Millers zu Hause sind, veranstalten wir unsere kleinen Treffen in Ihrer Freizeit. Dann werden die Millers nie davon erfahren.«

»Ich käme sehr gern zu Ihnen«, gesteht Teresa.

»Und in der Zwischenzeit würde es mir eine große Freude sein, auf die kleine Zoë aufzupassen, wenn Sie einmal ausgehen und sich ein bißchen amüsieren möchten. Schließlich«, Holly legt die verschränkten Hände auf ihren leicht gewölbten Leib, »sind es nur noch ein paar Monate, bis ich selbst

Mutter werde. Da könnte ich bei Zoë schon ein bißchen Erfahrung sammeln. Sie würden mir einen großen Gefallen tun.«
»Sie sind sehr freundlich, Mrs. Rowe.«
»Ach was.«
Holly reicht Teresa einen Teller mit Plätzchen, die sie an diesem Morgen in einer Bäckerei in Cow Hollow gekauft hat. Das Kindermädchen, das sich bereits zwei Plätzchen genommen hatte, nimmt sich zwei weitere. Erstaunlich, daß die Frau so dünn ist, wenn sie immer so viel ißt, geht es Holly durch den Kopf. Sie nimmt sich vor, sich für die zukünftigen Besuche Teresas mit einem Vorrat an Gebäck und Süßigkeiten einzudecken.
»Da ist noch etwas, das Sie für mich tun könnten«, sagt Holly, »wenn es Ihnen nichts ausmacht.«
»Und was?« fragt Teresa.
»Es ist sehr wichtig, daß Sie niemandem von mir erzählen – nicht einmal Mr. und Mrs. Miller.«
»Aber sie sind Ihre Nachbarn«, sagt Teresa verwundert.
»Ja, natürlich«, erwidert Holly und spricht langsam und bedächtig. »Aber abgesehen von Ihnen, Teresa ... denn ich brauche eine Freundin ... jeder braucht einen Freund oder eine Freundin, meinen Sie nicht auch?«
»O ja.«
»Nun, von Ihnen abgesehen, sollten so wenige Leute wie möglich meinen Namen kennen, oder sonst etwas über mich wissen. Je weniger, desto besser.« Holly hält kurz inne. »Es ist wegen meinem Mann, wissen Sie.« Wieder wartet sie einen Augenblick, um ihre Worte wirken zu lassen. »Er ist ein sehr gewalttätiger Mann, Teresa.«
Die dunklen Augen des Kindermädchens werden groß. »Schlägt er Sie?«
»Ja.«
»Haben Sie es der Polizei gemeldet?«
»Es ist besser, wenn ich der Polizei nichts davon sage«, vertraut Holly ihr an. »Dann gibt es keinen Ärger für meinen Mann, und mein Baby und ich sind sicher.«
Instinktiv nähert Teresas linke Hand sich dem Kinderwagen, in dem Zoë schläft, und umfaßt die Stange. »Bestimmt haben Sie recht. Sie müssen Ihr *bebé* beschützen.«

Wieder lächelt Holly sie an – mit ihrem freundlichsten, dankbarsten Lächeln.

»Dann sind wir uns einig, was unser kleines Geheimnis betrifft?«

»O ja, Mrs. Rowe«, erwidert Teresa. »Wir sind uns einig.«

Die Schwangerschaft ist für Holly das Schönste in ihrem bisherigen Leben, und daß sie nun nicht mehr vor Jack verbergen muß, daß sie ein Kind bekommt, macht alles um so schöner. Sie weiß, daß sie fett wie eine Kuh wird – sie ißt viermal soviel wie vor der Schwangerschaft. Aber schließlich muß sie für zwei essen, wie man so sagt, und da sie sich morgens immer noch heftig übergeben muß, verliert ihr Körper wertvolle Nährstoffe. Also muß sie viel essen, denn sie will ihrem Baby nichts vorenthalten.

Am wenigsten Liebe.

56

Nina kam in Nicks Arme, als er am Mittwoch nachmittag in der Waterson-Klinik eintraf, und erlaubte ihm, sie an sich zu drücken, doch ohne die zärtliche Geste zu erwidern. Nick hatte das Gefühl, als würde Nina *ihm* einen Gefallen tun, sich in die Arme schließen zu lassen.

»Inspektorin Wilson hat mich heute morgen angerufen«, erzählte sie Nick später, als sie durch den wunderschönen kleinen Park der Klinik spazierten. »Sie hat ein paar Fragen über Phoebes Zustand gestellt, aber ich bin sicher, daß sie schon mit den Ärzten gesprochen hatte, so daß sie mich gar nicht hätte fragen müssen.«

»Was wollte sie dann wirklich?« Nicks Magen verkrampfte sich vor Anspannung – ein Gefühl, an das er sich allmählich gewöhnte. Er konnte sich kaum vorstellen, daß sein Körper und sein Verstand jemals wieder Ruhe fanden.

Der Park war wie eine Oase in der trockenen Wüstenhitze. Sprinkler spritzten ihre dünnen Wasserfächer über den Rasen und die Blumenbeete, und breite, ebene Wege erlaubten es auch den Patienten in Rollstühlen, die Schönheiten des Parks zu genießen.

»Sie hat gefragt, wo du bist«, beantwortete Nina die Frage ihres Mannes. »Sie schien sehr wütend zu sein, daß du dich auf die Reise gemacht hast.«

»Sie dürfen die Stadt nicht verlassen«, sagte Nick trocken »So heißt es doch.«

»Ich habe ihr nicht gesagt, daß du in Los Angeles warst.«

»Warum nicht? Ich habe nichts zu verbergen.«

»Ich dachte, es wäre dir lieber, daß ich ihr nichts davon sage«, erwiderte Nina.

Sie setzten sich auf eine Bank, die aus Naturholz gezimmert und gleichermaßen schön wie bequem war.

»Hat Wilson etwas über Holly gesagt?« fragte Nick.
»Sie hat überhaupt nicht viel gesagt«, antwortete Nina.
Beinahe so wie du, dachte Nick.

Von einem der Münzfernsprecher in der Eingangshalle der Klinik versuchte Nick, Inspektor Capelli anzurufen, bekam statt dessen aber Wilson an den Apparat.
»Haben Sie Holly Bourne gefunden?« kam er sofort zur Sache.
»Haben Sie?« fragte Wilson sofort zurück.
Die Frage ließ darauf schließen, daß Wilson ebensowenig Glück gehabt hatte wie er.
»Einiges habe ich herausgefunden«, sagte Nick. »Den Ehenamen. Und wo sie bis vor kurzem gewohnt hat.«
»Würden Sie mir diese Informationen geben?« fragte Wilson.
»Ich dachte, das hätten Sie selbst schon ermittelt.«
»Erst wenn Sie's mir sagen.«
Nick biß die Zähne zusammen und berichtete ihr, was er herausgefunden hatte.
»Also heißt sie nicht einmal Holly Bourne«, murmelte Wilson.
»Soviel ich weiß, hat sie diesen Namen stets benützt. Jedenfalls bis zu ihrer Heirat«, sagte Nick. »Sie hat sich immer Holly genannt. Es ist ihr zweiter Vorname.« Er hielt inne. »Und was jetzt?«
»Wann kommen Sie nach San Francisco zurück?« fragte Wilson.
»Bald.«
»In Ordnung.«
»Hören Sie, Inspektorin Wilson. Ich muß wissen, was Sie unternehmen, um Holly Bourne zu finden ... oder Charlotte Taylor oder wie sie sich jetzt auch nennen mag. Wie ich Ihnen vorhin schon sagte, ist sie verschwunden, und weder ihr Mann noch ihre Familie wissen, wo sie sich im Augenblick aufhält.«
»Sie meinen, die Frau versteckt sich?«
»Ja. Sie nicht?«
»Sollten wir dieses Gespräch nicht besser fortsetzen, wenn

Sie wieder in San Francisco sind, Mr. Miller?« schlug Wilson vor. »Ihre Tochter ist zu Hause, nicht wahr?«

»Ja, und sie ist in guter Obhut, Inspektorin.«

»Da bin ich sicher.«

»Weshalb sollte ich dann nach San Francisco kommen?«

Eine dunkelhaarige Frau in blauem Kleid erschien vor Nick und wartete, daß der Münzfernsprecher frei wurde. Nick kehrte der Frau den Rücken zu und starrte an die Wand und auf das kleine Schild, das ihn darüber informierte, daß an diesem Apparat keine Anrufe entgegengenommen werden konnten.

»Stehe ich immer noch unter Verdacht?« fragte er.

»Welchen Verdacht meinen Sie, Mr. Miller?« entgegnete Wilson auf ihre trockene Art und Weise. »Besitz von Heroin, Kindesmißbrauch oder versuchter Mord?«

Leck mich, Wilson, lag es Nick auf der Zunge, doch er hielt sich zurück.

»Glauben Sie immer noch, ich hätte mit Phoebe Fords Unfall zu tun?«

»In dieser Sache ermitteln wir noch«, sagte Wilson.

»Und wie? Vielleicht sollten Sie dann mal ernsthaft versuchen, Holly Bourne zu finden.«

»Sie wissen, daß ich keine polizeilichen Interna an Sie weitergeben darf, Mr. Miller.«

»Aber inzwischen haben Sie doch sicher eingesehen, daß ich sehr wahrscheinlich recht habe, was Holly Bourne betrifft, oder? Sie hat nur eine Flugstunde von San Francisco entfernt gewohnt. Sie hat ihren Mann verlassen. Niemand weiß, wo sie sich aufhält.«

»Nichts davon begründet den Verdacht, daß Holly Bourne versucht haben könnte, eine ihr völlig fremde Frau zu ermorden«, sagte Wilson.

»Für mich schon«, erwiderte Nick und unterbrach das Gespräch, bevor er etwas sagte, das er später vielleicht bedauern würde.

Er hatte es zuvor schon gewußt, aber jetzt war er ganz sicher.

Niemand glaubte ihm so recht. Nicht die Cops, nicht Chris Field, nicht einmal die eigene Frau. Und das bedeutete, daß niemand ernsthafte Anstrengungen unternehmen würde, Holly Bourne aufzuspüren. Nick war jetzt absolut sicher, daß es Holly gewesen war, die Phoebe an dem baufälligen Haus aufgelauert hatte.

Und noch etwas stand für ihn fest: Holly versteckte sich *tatsächlich*.

Und immer noch lag es allein an ihm, sie aufzuspüren.

57

Es besteht immer noch keine Hoffnung, daß Phoebe in nächster Zeit ihr Sprachvermögen wiedererlangt und die Polizei davon überzeugen kann, daß ich nicht den geringsten Grund hatte, einen Mordanschlag auf sie zu verüben.

Wie Nina mir bereits am Telefon gesagt hatte, geht es mit Phoebes Allgemeinzustand zwar bergauf, doch sie mußte sich einem weiteren chirurgischen Eingriff an Armen und Händen unterziehen lassen; deshalb ist ihr Oberkörper von den Fingern bis zu den Schultern noch immer in Gips und Verbände gehüllt. Sie hat zwar mit deutlich mehr Bemühen versucht, zu sprechen, doch ohne Erfolg.

Nach meinem Anruf in San Francisco besuchten wir Phoebe auf ihrem Krankenzimmer. Wie immer war William bei ihr, unsere Nemesis, und blieb die ganze Zeit. Nina verließ das Zimmer, um sich eine Cola zu holen, doch William blieb sitzen. Ich hatte das Gefühl, er würde keine Sekunde von der Stelle weichen, um sich frischzumachen oder etwas zu sich zu nehmen, selbst wenn ich drei Tage lang ununterbrochen an Phoebes Krankenbett geblieben wäre.

Mein Schwiegervater würde es nicht einmal wagen, pinkeln zu gehen, weil ich dann anderthalb Minuten mit Phoebe allein im Zimmer wäre.

Ich war ein gefährlicher Mann.

»Ich reise morgen nach Hause«, sagt Nina mir nach unserem Besuch, als wir in der Cafeteria der Waterson-Klinik Salatteller essen und dazu Mineralwasser trinken. »Noch einen Tag ohne Zoë halte ich nicht aus.« Sie beißt von einer Möhre ab. »Du könntest dich mit Inspektorin Wilson versöhnen.«

»Wie soll ich das denn anstellen?« frage ich. Das Essen

schmeckt gut, aber ich bekomme kaum einen Bissen herunter. Zur Abwechslung schlägt mein Magen Purzelbäume.

»Indem du mit ihr zusammenarbeitest.«

»Was soll ich denn noch alles für sie tun? Ich habe der Polizei jegliche Informationen gegeben, die ich besitze, aber die Cops hören mir immer noch nicht zu.«

Ein Mädchen im Teenageralter, das im Rollstuhl sitzt, kommt an den Tisch neben dem unseren. Sie hat üppiges, langes dunkles Haar und mandelförmige Augen. Vermutlich ist sie von der Hüfte abwärts gelähmt. Sie lächelt mich an, und ich erwidere ihr Lächeln. Ich kann mich nicht erinnern, wann ich das letzte Mal richtig gelächelt habe.

Wahrscheinlich bei Zoë.

»Ich reise zurück nach Los Angeles«, sage ich zu Nina.

»Weshalb?« fragt sie, obwohl sie es genau weiß.

»Um einen Privatdetektiv aufzusuchen. Der dürfte sich besser als ich darauf verstehen, Holly aufzustöbern.«

»Das gilt auch für die Polizei.« Ninas Stimme ist angespannt.

»Ich habe dir doch gesagt, daß die Cops kein Interesse daran haben, Holly zu suchen. Sie wollen nur eines – mir Phoebes Unfall in die Schuhe schieben. Wilson hat es doch unmißverständlich gesagt, nicht wahr? Bloß weil Holly ihren Mann verlassen und ihre Stelle gekündigt hat, kann man ihr nicht den Mordversuch an Phoebe anlasten.«

»Und das stimmt ja auch, nicht wahr?« erwidert Nina.

»Deshalb muß die Polizei nach *Beweisen* suchen, Nina. Deshalb muß sie nach *Holly* suchen, statt mich zu bedrängen, nach San Francisco zurückzukommen.«

»Vielleicht sucht die Polizei ja nach ihr. Wir wissen es nicht.«

»Eben. Sollte das wirklich der Fall sein, machen sie ein verdammtes Staatsgeheimnis daraus.«

Nina legt die Gabel neben den Teller und schaut mich an.

»Ich möchte nicht, daß du wieder nach Los Angeles reist, Nick«, sagt sie unvermittelt. »Ich möchte, daß du nach Hause kommst, zu mir und unserer Tochter.«

Ich kann erkennen, wie an ihrer linken Schläfe eine Ader pocht, und ein Teil von mir möchte darüber streicheln, während ein anderer Teil Nina sagen will, daß es ihre Schuld ist, wenn sie Kopfschmerzen hat, weil sie Verständnis für mich haben und mich *unterstützen* müßte.

»Ich möchte, daß wieder ein bißchen Normalität in unser Leben einkehrt«, sagt sie.

Ich starre sie an. »Wie, zum Teufel, soll unser Leben normal verlaufen, solange wir diesen ganzen Mist am Hals haben?«

Nina versucht es noch einmal.

»Überlaß die Sache der Polizei«, sagt sie.

»Das kann ich nicht.«

Nie zuvor habe ich eine solche Abneigung in den Augen meiner Frau gesehen.

Wir sind in der Wüste Arizonas. Doch die Wüste in meinem Inneren ist noch viel heißer und trockener.

58

Am Donnerstag beobachtet Holly aus einem Fenster auf der zweiten Etage, wie Nina Miller aus Arizona zurückkehrt. Es ist ein herzerwärmendes Bild: Das Kindermädchen eilt die Eingangstreppe hinunter, das Baby in den Armen, um die glückliche Mutter zu begrüßen. Die Mutter läßt die Reisetasche zu Boden fallen, nimmt das Baby und drückt es sich an die Brust, während der Taxifahrer die Koffer ins Haus trägt.

Holly wußte, daß Nina ungefähr um diese Zeit nach Hause kommen würde, denn sie hatte in Erfahrung gebracht, welchen Flug Nina genommen hat. Sie weiß auch, daß Nick wieder nach Los Angeles zurückgekehrt ist und daß er einen heftigen Streit mit seiner Frau hatte, bevor beide die Waterson-Klinik verließen: Nina war wütend darüber, daß ihr Mann sie allein zu Hause ließ.

Hollys Pläne entwickeln sich prächtig; alles läuft so, wie sie es sich wünscht. Hier, gewissermaßen an der Front, hat sie Teresa, das geschwätzige Kindermädchen, das nach Ablenkung, Gesellschaft und Schmeicheleien giert, und draußen, als Vorposten, hat sie Samuel Keitel. Keitel ist ein Privatdetektiv aus Los Angeles, dessen größte Begabung darin besteht, sich wie ein Chamäleon der jeweiligen Umgebung anpassen zu können. Keitel weiß, wie man sich als angeblicher Arzt oder als Reinigungskraft oder als besorgter Familienangehöriger in die Waterson-Klinik einschleichen kann, und auf der Straße kann er direkt neben einem stehen und trotzdem fast unbemerkt bleiben. Holly hat Keitel in Aktion erlebt. Keitel weiß, wie man sich unsichtbar machen kann. Folglich bleibt Holly dank Teresa Vasquez – die sie als »Barbara Rowe« mit ihrer Freundschaft, ihrer Aufmerksamkeit und kleinen Geschenken beglückt – und Samuel Keitel ständig auf dem laufenden, was Nick und Nina Miller betrifft.

Als Nina zwei Tage und Nächte zu Hause ist, hat Holly eine weitere Neuigkeit erfahren: Auch Nick hat die Dienste eines Detektivbüros in Anspruch genommen. Er hat die Interstate Investigations in Los Angeles beauftragt, sie zu suchen. Holly schließt daraus, daß Nick entschlossen ist, so viel Geld und Zeit zu investieren, bis er sie tatsächlich irgendwann aufgespürt hat.

Vorerst jedoch hat er nicht die leiseste Ahnung, wo sie ist. Sie hingegen weiß stets genau, wo er steckt.

Sie weiß, in welchen Hotels Nick absteigt. Sie weiß, daß er diesmal nicht im Argyle wohnt. Sie kennt sogar seine Zimmernummer.

Und nach einer besonders widerwärtigen Nacht, die Holly mit einem fetten, schon älteren Detective vom Einbruchsdezernat der Polizei von Los Angeles im Bett verbracht hat, kennt sie drei verschiedene Möglichkeiten, in Nicks Zimmer einzudringen.

59

Nicks Hotel in der Innenstadt hieß Mistral Inn. Es war zwar nicht gerade eine Absteige, doch in einem so heruntergekommenen Hotel hatte Nick noch nie zuvor gewohnt. Das Mistral Inn war groß, unpersönlich und schmutzig – jene Art von Hotel, in dem man das Gefühl hat, daß die Angestellten erst dann bemerken würden, daß einer der Gäste tot in seinem Zimmer liegt, wenn er die Rechnung nicht bezahlt. Nina und Clare hatten Nick gefragt, weshalb er sich kein Zimmer im Argyle oder einem anderen der erstklassigen Hotels in der Stadt oder den Außenbezirken genommen habe, worauf Nick geantwortet hatte, daß sie sämtlich ausgebucht seien. Doch in Wahrheit gab es zwei ganz andere Gründe für ihn, im Mistral Inn abzusteigen. Zum einen lag es nur ein paar Querstraßen vom Detektivbüro Interstate Investigations an der Flower Street entfernt, zum anderen plagten ihn seiner Reise nach Los Angeles wegen so schreckliche Schuldgefühle, daß er sich noch mieser gefühlt hätte, wäre er in einem der luxuriösen Hotels abgestiegen.

»Falls du die Absicht hast, mit Meganimity Verbindung aufzunehmen«, hatte Clare ihm gesagt, als sie von seiner Absicht erfuhr, nach Los Angeles zu reisen, »muß ich dir zum jetzigen Zeitpunkt davon abraten.«

»Ich hatte zwar nicht die Absicht«, hatte Nick erwidert, »aber wieso gibst du mir diesen Rat?«

»Weil die Verleger und die Filmgesellschaft in den vergangenen vierundzwanzig Stunden offenbar Wind davon bekommen haben, was deine Probleme betrifft«, hatte Clare geantwortet. »Keine Bange, diese Leute stehen zu dir. Aber du mußt dir darüber im klaren sein, daß du in große Schwierigkeiten kommen könntest, wenn deine privaten Probleme noch schlimmer werden.«

»Was haben mein Verleger und das Filmstudio mit meinen privaten Problemen zu tun?« hatte Nick wissen wollen.

»Aber, aber, Nick. Jetzt stell dich nicht dümmer, als du bist«, hatte Clare erwidert. »Es geht hier um ein Buch und einen Film für Kinder. Und deine Probleme haben leider auch mit *Kindern* zu tun, ob es dir gefällt oder nicht.«

Es gefiel ihm nicht, doch in seiner derzeitigen seelischen Verfassung war es die geringste seiner Sorgen. Nick war jetzt seit zwei Tagen wieder in Los Angeles, und weder er noch das Detektivbüro waren bei der Suche nach Holly Bourne oder Charlotte Taylor auf irgend etwas Bedeutsames gestoßen. Nick hatte herausgefunden, daß Holly eine Kanzlei namens Taylor, Griffin geleitet hatte; doch diese Kanzlei existierte nicht mehr. Überdies wußte er, daß auch Jack Taylor und Richard Bourne sich bemühten, Hollys Aufenthaltsort herauszufinden – mehr aber auch nicht.

Nina wollte ihn bei sich haben, zu Hause – und mehr als alles andere wollte Nick zu Hause *sein*. Außerdem hatte Ninas Theorie etwas für sich: Falls Holly tatsächlich untergetaucht sei, hatte sie erklärt, sei dies ein Hinweis darauf, daß sie etwas zu verbergen habe; deshalb sei davon auszugehen, daß Holly sich weiterhin versteckt hielt und vorerst keinen neuerlichen hinterhältigen Schlag gegen Nick führte, um nicht das Risiko einzugehen, daß man ihren Aufenthaltsort herausfand.

»Außerdem hast du getan, was du tun wolltest«, sagte Nina am Samstag abend am Telefon. »Du hast die Angelegenheit einem Detektivbüro übergeben. Ich sehe wirklich keinen Grund mehr, daß du noch länger in Los Angeles bleibst, wo Holly inzwischen wahrscheinlich Tausende von Meilen von uns entfernt ist.«

»Ist dir denn nicht klar«, erklärte Nick, »daß ich vermutlich nur ein paar Stunden zu Hause sein würde, bis die Polizei mich zu weiteren Vernehmungen schleift? Daß ich vielleicht sogar vor Gericht gestellt werde? Und dann könnte es Jahre dauern, bis ich wieder nach Hause komme – falls überhaupt.«

»Herrgott noch mal, Nick, das weißt du doch gar nicht!« erwiderte Nina mit scharfer Stimme.

»Du hast mir doch eben erst gesagt, daß Wilson schon wieder angerufen hat.«

»Sie wollte nur wissen, ob du wieder da bist, mehr nicht.«

Mit leichtem Ekel ließ Nick den Blick über die fleckigen, nikotingelben Tapeten an den Wänden seines Schlafzimmers schweifen. Der Anblick erinnerte ihn an das Vernehmungszimmer im Gerichtsgebäude.

»Das glaubst du doch selbst nicht, Nina.«

Sie schwieg eine Zeitlang, bevor sie antwortete.

»Ich weiß überhaupt nicht mehr, was ich glauben soll, Nick.«

Damit legte sie auf.

Weniger als fünf Minuten später rief Nick sie wieder an.

»Ich komme morgen früh mit der ersten Maschine nach Hause.«

»Willst du das *wirklich?*« Ninas Stimme schwankte, als würde sie jeden Moment in Tränen ausbrechen.

»Ich will mit dir und Zoë zusammensein«, antwortete Nick. »Und ich will unserer Ehe nicht noch mehr Schaden zufügen.«

»Und ... und wenn du doch recht hast, und die Polizei kommt dich holen?« fragte Nina, plötzlich unsicher geworden.

»Dann mußt du noch einmal Chris Field anrufen.«

»Ich dachte, du traust ihm nicht.«

»Das hat sich seit unserem letzten Gespräch geändert«, sagte Nick.

»In Ordnung.« Ein Hauch von Wärme lag in diesen beiden Worten.

»Ich rufe dich morgen früh an und sag' dir Bescheid, wann ich eintreffe.« Nick hielt kurz inne. »Ich liebe dich, Nina.«

»Ich liebe dich auch, Nick.«

Nick legte auf. Er fühlte sich so gut wie schon lange nicht mehr. Er wußte, daß es nicht so bleiben würde, besonders dann nicht, wenn Wilson und Capelli ihn wieder aufs Korn nahmen. Aber jetzt und hier, in diesen Augenblicken, als er das triste Zimmer verließ, um irgendwo zu Abend zu essen, war ihm ein bißchen leichter ums Herz als in den letzten Monaten.

Holly steht im Türeingang eines Bürogebäudes gegenüber vom Mistral Inn auf der anderen Straßenseite. Es ist ruhig; es herrscht die beinahe totenähnliche Stille, wie man sie an Wochenenden in vielen Banken- und Geschäftsvierteln in den Innenstädten antrifft. Vor dem Mistral Inn kommen und gehen die Gäste; die meisten steigen in ihre Autos oder in Taxis und fahren davon. Nur wenige verlassen das Hotel zu Fuß, und meist führt ihr Weg sie zu Sammy's Delicatessen, einem Restaurant an der nächsten Straßenecke südwestlich vom Hotel.

Die Schwingtüren hinter Holly öffnen und schließen sich, und drei schwatzende, kichernde Frauen kommen aus dem Bürogebäude. Sekretärinnen, die Überstunden gemacht haben, oder Reinigungspersonal. Eine der Frauen wirft Holly im Vorbeigehen einen kurzen Blick zu, doch Holly ist so farblos und unauffällig gekleidet – Khakihose, Jacke, Freizeitschuhe –, daß die Frau ihr keine weitere Beachtung schenkt und sich wieder ihren schwatzenden Freundinnen zuwendet. Kurz darauf sind die drei Frauen verschwunden.

Dann kommt Nick aus dem Mistral Inn. Er trägt Jeans und ein schlichtes weißes T-Shirt. An einem Zeitungsautomaten bleibt er kurz stehen, wirft ein paar Münzen ein und zieht sich ein Exemplar der *Los Angeles Times*. Selbst von der anderen Straßenseite aus kann Holly erkennen, wie müde er aussieht. Müde und einsam. Ein Mann, der Gesellschaft braucht.

Er klemmt sich die Zeitung unter den Arm, schlendert zur Straßenecke und verschwindet im Sammy's.

Holly wartet noch zwei Minuten, bevor sie die Straße überquert und das Mistral Inn betritt. In der mittelgroßen Eingangshalle erklingt unmelodisch und mit gelegentlichen

Aussetzern der Song *Moon River* von einem alten, zu oft benutzten Tonband. Zwei kleine Gruppen stehen in der Eingangshalle; eine Frau sitzt allein auf einer kunststoffbespannten Couch und wartet, und drei weitere Gäste stehen hintereinander vor dem Schalter.

Holly zögert nicht, sondern geht geradewegs zu den Aufzügen, die sich an der rückwärtigen Seite der Eingangshalle neben einem geschlossenen Souvenirladen befinden. Der linke Aufzug ist im Erdgeschoß; die Schiebetüren stehen offen. Holly betritt die Kabine, drückt auf den Knopf zur fünften Etage und fährt allein hinauf. Als die Schiebetüren sich öffnen, stellt Holly fest, daß der Flur zur rechten und zur linken Seite leer ist. Ein Pfeil mit den Zimmernummern zeigt ihr, daß Nicks Zimmer sich auf der rechten Seite befindet.

Der Flur ist schummrig beleuchtet, und es riecht muffig nach altem Essen und Feuchtigkeit; auch die Luftreiniger können den unangenehmen Geruch nicht übertünchen. Vor drei Zimmern stehen Tabletts mit schmutzigen Tellern und Besteck auf dem Teppichboden. Niemand hat sich die Mühe gemacht, die Tabletts wegzuräumen.

Holly ist allein auf dem Flur.

Mühelos findet sie Zimmer 507. Aus ihrer Schultertasche nimmt sie die Plastikkarte, die sie früh an diesem Tag aus der Schürze eines Zimmermädchens gestohlen hat, schiebt sie in das elektronische Türschloß, wartet, bis die grüne Lampe aufleuchtet, und zieht die Karte wieder aus dem Lesegerät.

Dann betritt sie Nicks Zimmer.

61

Als Nick das Restaurant verläßt, fühlt er sich noch besser als zuvor. Ein herzhaftes Cornedbeef-Sandwich und Reibekuchen, mit einem kühlen Bier heruntergespült, haben seine Lebensgeister wieder geweckt. Er freut sich auf zu Hause. Noch eine letzte einsame Nacht auf seinem schmuddeligen Zimmer – und morgen früh geht es ab zum Flughafen und in die erste Maschine nach San Francisco.

Die Eingangshalle des Mistral Inn ist fast menschenleer, doch die Musik erklingt noch immer, und aus der Hotelbar dringen das Kreischen von Frauen und das rauhe Gelächter von Männern.

Nick zögert einen Moment und fragt sich, ob er sich an der Hotelbar ein weiteres Bier als zusätzliches Mittel gegen die Schlaflosigkeit genehmigen soll, entscheidet sich aber dagegen und geht zu den Aufzügen. Er würde heute nacht auch ohne ein weiteres Bier gut schlafen, denn er hatte eine kluge Entscheidung getroffen – die vielleicht einzige vernünftige Entscheidung seit Wochen. Und selbst wenn er sich im Bett hin und her wälzen sollte, konnte er sich die Nachtstunden mit dem wundervollen Gedanken an einen Neubeginn mit Nina und Zoë vertreiben. Was machten da schon ein paar schlaflose Stunden aus?

In dem Augenblick, als Nick die schwere Tür hinter sich geschlossen hatte, spürte er die Veränderung im Zimmer.
Es roch nach Parfüm. Ein vertrauter Geruch ...
Jasmin.
Hastig knipste er das Licht an.
Holly lag in seinem Bett, hatte sich die Decken über den Körper gezogen und blickte ihn fest an.
Ihre Schultern waren nackt.

»*Mein Gott!*« stieß Nick hervor. Sein Herz schlug ihm wie ein Vorschlaghammer gegen die Rippen.

»Ist lange her«, sagte Holly.

»Mein Gott«, sagte Nick noch einmal. Seine Beine – sein ganzer Körper – schienen plötzlich mit Blei gefüllt zu sein. Er konnte sich nicht rühren. Für einen Moment hatte er das Gefühl, in Ohnmacht zu fallen.

»Mehr hast du nicht zu sagen, Nick?«

Holly setzte sich ein kleines Stück auf und streckte die Arme nach ihm aus. Das Oberbett rutschte herunter und entblößte ihre nackten Brüste.

Alte Erinnerungen zuckten wie Blitze durch Nicks Hirn: Holly, wie sie an dem alptraumhaften letzten Abend in New York die Arme genauso nach ihm ausstreckte wie jetzt – damals, als Nick sie geschlagen hatte und sie am Boden lag.

Endlich fiel die Lähmung von ihm ab.

»Zieh dich an«, sagte er mit schroffer, scharfer Stimme und ging zum Telefon, das auf dem Nachttisch links neben dem Bett stand. Mit zitternder Hand nahm er den Hörer ab und drückte auf die Null, um die Rezeption anzurufen.

»Wen rufst du an?« fragte Holly.

Er schaute sie nicht einmal an. »Was glaubst du wohl?«

»Ich kann mir nicht vorstellen, daß du den Sicherheitsdienst erreichst«, sagte Holly leise.

Es dauerte nur ein, zwei Sekunden, bis Nick begriff. Der Apparat war tot. Nick schaute Holly an und sah, daß sie das eine Ende des Anschlußkabels in der rechten Hand hielt. Sie lächelte.

»Gib mir das Kabel«, sagte Nick.

»Wozu die Eile?«

»Gib mir das verdammte Kabel.«

»Nimm's dir doch.« Sie hielt es ein Stückchen höher und wedelte damit. »Komm her. Versuch es mir wegzunehmen.«

Laß dich nicht auf ihr Spiel ein.

»Was willst du, Holly?« Er konnte kaum atmen.

»Ich hab' gehört, du suchst mich«, sagte sie.

»Nicht nur ich. Auch die Polizei.«

»Ich bin wohl eine Art Berühmtheit, was?«

Nick streckte die Hand aus. »Gib mir das Kabel, Holly.«

»Okay«, sagte sie und reichte es ihm. »Aber es nützt dir nichts. Ich hab's durchgeschnitten.«

Nick starrte auf das Kabel und sah, daß sie die Wahrheit sagte.

»Ich wollte dich sehen«, sagte sie, und ihre Stimme war wieder sanft. »Und ich dachte, du würdest gern *das hier* sehen.« Sie schiebt das Oberbett bis zu den Knien hinunter. »Nein, sieh nicht weg, Nick.«

Nick hatte sich abgewendet, wollte zur Tür gehen und kam an Hollys khakifarbenen Sachen vorbei, die sie ordentlich gefaltet auf den einzigen Sessel im Raum gelegt hatte. Da er aus seinem Zimmer weder den Sicherheitsdienst noch die Polizei anrufen konnte, blieb ihm nur der Weg zur Rezeption.

»Sieh mich an. Sieh dir unser Baby an, Nick.«

Er blieb wie angewurzelt stehen.

»Bitte, schau her, Nick.« Hollys Stimme war leise, verlockend und bittend zugleich. »Es ist unser Baby. Dein Baby.«

Nick drehte sich um. Hollys Hände ruhten auf ihrem Leib. Nick blickte kurz darauf; dann schaute er ihr ins Gesicht. In ihren grauen Augen schimmerten Tränen.

»Ist es nicht wundervoll?« sagte sie. »Ist es nicht das Schönste, das du je gesehen hast?« Sie hielt kurz inne. »Unser *Baby.*« Sie nahm eine Hand von ihrem Leib und streckte sie nach Nick aus. »Komm. Komm her, Nick, und fühle es.«

Ihm wurde dermaßen übel, daß er damit rechnete, sich jeden Augenblick auf den fleckigen, hellbeigen Kunststoffteppich übergeben zu müssen. Am liebsten hätte er losgeschrien.

Statt dessen stand er wie vom Blitz getroffen da.

Er mußte an Nina denken.

Und an Zoë.

»Möchtest du nicht spüren, wie dein Kind sich bewegt, Nick?« fragte Holly.

Er blickte ihr in die Augen. »Ja, sicher«, sagte er.

»Dann komm her.« Sie klopfte mit der Handfläche neben sich aufs Bett.

»Warte noch einen Moment, Holly, ja?«

Nick ging zur Tür und öffnete. Er schwitzte. Das Herz hämmerte immer noch in seiner Brust.

»Wo gehst du hin?« fragte Holly.

»Ich besorge uns einen Drink«, erwiderte Nick und gab sich alle Mühe, überzeugend zu klingen. »Das muß schließlich gefeiert werden.«

»Ich darf keinen Alkohol trinken«, sagte Holly. »Nicht in meinem Zustand.«

»Tja, aber ich kann jetzt einen Schluck gebrauchen«, meinte Nick. »Auf den Schreck.«

»Ist denn nichts in der Mini-Bar?«

»Nicht meine Marke.«

»Du warst doch früher nicht so wählerisch.«

»Da hast du recht«, sagte Nick. »Aber die Zeiten ändern sich.«

Er trat auf den Flur.

»Bleib nicht zu lange«, sagte Holly.

»Keine Bange«, entgegnete Nick.

Leise fiel die Tür hinter ihm ins Schloß.

Nick rannte los.

In der Hotelbar war die Party noch in vollem Gange, doch an der Rezeption befand sich niemand. Nick schlug mindestens ein dutzend Mal auf den Klingelknopf.

»Immer mit der Ruhe.« Die Stimme drang aus einem Türeingang, über dem ein Schild mit der Aufschrift PRIVAT hing. »Komme sofort, wenn ich mit meinem Anruf fertig bin.«

»Keine Zeit«, rief Nick über den Schalter hinweg. »Ich brauche den Sicherheitsdienst.«

Ein Mann um die Fünfzig mit ergrauendem Haar und Brille steckte den Kopf aus dem Zimmer. »Wozu brauchen Sie den Sicherheitsdienst?«

»Und Sie müssen die Polizei anrufen!« drängte Nick.

Die Augen des Mannes wurden groß hinter den Brillengläsern. »Was ist denn los? Hat man Ihnen was gestohlen?«

»In mein Zimmer wurde eingebrochen. Der Täter ist immer noch drin.«

»Woher wissen Sie das?«

»Weil ich's gesehen habe, verdammt noch mal!« Nick dachte an Holly. Er wußte, daß sie inzwischen wahrscheinlich schon angezogen war und sich vielleicht aus dem Staub

machte, während dieser Penner kostbare Zeit verschwendete.
»Schicken Sie den Sicherheitsmann zu Zimmer 507, und zwar *schnell*.«

»Wird erledigt.« Der Bebrillte verschwand in dem Zimmer.

»Und vergessen Sie nicht, die Polizei anzurufen!« rief Nick und stürmte zurück zu den Aufzügen, wobei er zwei Frauen anrempelte, die Arm in Arm durch die Eingangshalle schlenderten.

»He, Mister!« rief eine von ihnen aufgebracht, eine dünne Rothaarige in hautenger Hose. »Haben Sie keine Manieren?«

Die Schiebetüren eines der Aufzüge glitten auseinander. Nick sprang in die Kabine und schlug auf den Knopf zum fünften Stock. Die Türen schlossen sich gerade noch rechtzeitig, bevor die aufgebrachten Frauen zu ihm in den Lift steigen konnten.

»Schneller, schneller«, murmelte Nick, als der Aufzug nach oben fuhr. Auf der dritten Etage hielt der Lift, ohne daß jemand zustieg, dann noch einmal auf der vierten Etage.

»Kinder«, stieß Nick hervor. »Scheiß Kinder.«

Als die Türen sich im fünften Stock öffneten, rannte Nick in Richtung seines Zimmers, blieb dann aber stehen. Der Flur war menschenleer. Entweder war Holly noch im Zimmer, oder er war zu spät gekommen. An der Decke befand sich ein beleuchtetes Schild, das die Richtung zur Feuertreppe an der gegenüberliegenden Seite des Flures wies.

Noch bevor Nick die Tür zu 507 öffnete, sagte ihm sein Gefühl, daß Holly wahrscheinlich über die Feuertreppe geflüchtet war, falls er sein Zimmer leer vorfand.

Es war leer.

Nichts. Keine Spur von Holly, weder im Schlafzimmer noch im Bad. Sie hatte sogar das Bett gemacht.

Das durchschnittene Telefonkabel und der schwache Duft nach Jasmin waren die einzigen Hinweise, die geblieben waren – und Nick konnte sich nicht vorstellen, daß diese »Spuren« sonderlich viel Eindruck auf einen Polizisten machten, von einem Richter ganz zu schweigen.

Nick überlegte, ob er Holly über die Feuertreppe folgen sollte, sah aber rasch die Sinnlosigkeit dieses Unterfangens ein. Sie hatte inzwischen Zeit genug gehabt, die fünf Treppen hinunter zu rennen, aus dem Hotel zu flüchten und in eines der wartenden Taxis zu steigen.

Zu spät.

Verflucht.

»Aber es wurde nichts gestohlen, Sir?«

»Nein.«

»Und hat man Sie auf irgendeine Weise tätlich angegriffen oder verletzt?«

»Nein. Das sagte ich Ihnen doch schon.«

»Ich weiß, was Sie mir gesagt haben, Mr. Miller. Ich versuche lediglich, mir ein deutlicheres Bild darüber zu machen, was hier vorgefallen ist.«

»Ich weiß wirklich nicht, wie ich es Ihnen *noch* deutlicher machen soll.«

Nick hatte Al Klein, dem Sicherheitschef des Hotels – ein gedrungener, kleiner Mann in einem abgewetzten braunen Anzug –, und den Streifenbeamten Santo und Leary von der Polizei Los Angeles genau geschildert, was vorgefallen war; überdies hatte er ihnen mit knappen Worten erklärt, was der Grund für die Invasion seines Hotelzimmers durch eine verrückte, gefährliche Frau war. Doch keiner der Männer schien willens zu sein, den Ernst der Lage zu erkennen.

Das übliche Spiel.

»Tja, was genau erwarten Sie jetzt eigentlich von uns, Sir?« fragte Officer Santo und setzte sich in den einzigen Sessel im Zimmer – jenen Sessel, auf den Holly ihre Kleidung gelegt hatte. Santo – dunkel, schlank und jung – war der kleinere der beiden Polizisten. Er legte so viel übertriebene Geduld in seine Stimme, daß es schon an Überheblichkeit grenzte.

»Daß Sie Holly Bourne verhaften«, erwiderte Nick.

»Aus welchem Grund?« Al Klein, der an der Garderobe lehnte, lächelte zynisch. »Weil sie nackt in Ihrem Bett gesessen oder Parfüm mit Jasminduft benützt hat?«

Nick beachtete den Sicherheitschef nicht. »Ich schlage vor, wir beginnen erst mal mit unbefugtem Eindringen«, sagte er zu Santo und bemühte sich, nicht aggressiv zu klingen, wenngleich es ihm von Minute zu Minute schwerer fiel. »Und wie wär's, wenn Sie damit anfangen, Beweise zu sammeln?«

»Welche Art von Beweisen, Sir?« Officer Leary war hochgewachsen und übergewichtig; sein dünnes, schütteres Haar hatte er zur Seite gekämmt, um seine Glatze zu verdecken, auf der sich Schweißtropfen gebildet hatten. Er schien von den drei Männern der einzige zu sein, der Nick immer noch ein wenig Aufmerksamkeit schenkte.

Nick ließ den Blick durchs Zimmer schweifen. »Sie muß Fingerabdrücke hinterlassen haben«, sagte er. »Sie hat keine Handschuhe getragen.«

»Wir könnten's ja auch mit Arschabdrücken auf der Matratze versuchen«, schlug Klein vor.

Nick hätte dem Klugscheißer, diesem sogenannten Sicherheitsmann mit seinem vorlauten Maul, beinahe einen Faustschlag verpaßt; aber damit hätte er nur Holly in die Hände gespielt. Außerdem fühlte er sich allmählich wie ein Auto, dem der Sprit ausgeht. Er war es *so leid*, ständig Leuten zu begegnen, die nicht einen Finger rührten, um ihm zu helfen.

»Sie können die Polizei in San Francisco anrufen«, sagte er das zweite oder dritte Mal. »Reden Sie mit Inspektor Capelli oder Inspektorin Wilson vom Dezernat für Gewaltverbrechen. Wie ich Ihnen schon sagte, suchen die beiden nach Holly Bourne.«

»Gut, wir werden die Kollegen morgen früh anrufen«, erklärte Officer Santo.

Nick blickte auf seine Armbanduhr und stellte fest, daß es nach Mitternacht war.

»Ihnen ist doch klar, daß Holly Bourne entkommt?« sagte er. »Wenn Sie nicht einmal ihre Personenbeschreibung herausgeben, ist sie morgen früh längst aus San Francisco verschwunden. Sie könnte in diesem Augenblick schon am Flughafen sein.«

»Wir haben den Vorfall bereits gemeldet, Sir«, erinnerte Leary ihn. »Viel mehr können wir nicht tun, wenn keine Beweise vorliegen.«

»Was ist mit dem Telefon?« Nick wies mit dem Kopf auf das durchschnittene Kabel. »Ihre Fingerabdrücke müßten darauf sein.«

»Und Ihre, Sir, und die des Zimmermädchens und die von mindestens einem Dutzend anderer Gäste«, erwiderte Leary.

»Aber Holly Bourne hat das Kabel durchgeschnitten!« sagte Nick mit einem Anflug von Verzweiflung.

»Wir haben nur Ihre Aussage, aber keinen Beweis«, entgegnete Santo.

»Glauben Sie vielleicht, ich hätte das Kabel durchgeschnitten?«

»Das hat niemand behauptet«, sagte Leary.

»Auf jeden Fall muß das Kabel bezahlt werden«, meldete Al Klein sich zu Wort.

»Dann machen Sie Holly Bourne ausfindig, und schicken Sie ihr die verdammte Rechnung«, sagte Nick.

»Es ist Ihr Zimmer«, erwiderte Klein gereizt. »*Ihre* Rechnung.«

»Und es ist *Ihr* beschissenes Hotel!« In Nick kochte heißer Zorn auf. »Sie sollen hier für die Sicherheit sorgen und nicht dafür, daß fremde Leute in diesen Laden hereinspazieren und in die Zimmer der Gäste einbrechen können.«

»Es gibt keinerlei Anzeichen dafür, daß die Tür aufgebrochen wurde«, meldete Santo sich zu Wort.

»Wahrscheinlich hat Holly Bourne eine von diesen Karten benützt«, sagte Nick.

»Und wenn Sie sich noch so drehen und wenden, Sie müssen für das Telefon bezahlen«, sagte Klein.

»Stecken Sie sich Ihr Telefon sonstwohin!« fuhr Nick ihn an.

»Immer mit der Ruhe, Mr. Miller«, sagte Officer Leary.

»Sagen Sie ihm, daß er das Telefon bezahlen muß.« Klein ließ nicht locker.

Nick starrte Leary an. »Würden Sie diesem fetten kleinen Blödmann bitte sagen, daß er eins auf die Nase bekommt, wenn er nicht endlich mit seinem dämlichen Telefon aufhört?«

»Soll das eine Drohung sein?« brüllte Klein wütend.

»Ich an Ihrer Stelle, Mr. Klein«, sagte Leary, »würde jetzt den Mund halten und nichts mehr von dem Telefon sagen.«

»Und auch nichts von der Hotelrechnung«, fügte Nick hinzu.

»Das müssen Sie schon mit dem Geschäftsführer regeln, Sir«, erklärte Leary.

Das Funkgerät von Officer Santo erwachte mit knisternden statischen Geräuschen zum Leben, und eine quäkende Stimme meldete sich. »Wir sollten diese Sache hier jetzt erst mal zu Ende bringen, Mike«, sagte er zu Leary.

»Gut.« Leary wandte sich an Nick. »Wie möchten Sie in dieser Angelegenheit weiter verfahren, Sir? Möchten Sie mit aufs Revier kommen und Ihre Aussage zu Protokoll nehmen lassen?«

»Wozu?« erwiderte Nick. »Sie werden ja doch nichts unternehmen, oder?«

»Sie haben das Recht, den Vorfall zu Protokoll zu geben, Sir«, erwiderte Leary.

»Wenngleich es hier offenbar nur um ein angebliches unbefugtes Eindringen geht«, sagte Santo, »und um das zerschnittene Kabel eines ...«

»Jetzt fang bloß nicht wieder von dem Telefon an«, seufzte Leary.

»... und um eine Frau, die angeblich nackt in Ihrem Hotelbett lag«, beendete Santo den Satz.

»Scheiße«, fluchte Nick schicksalergeben.

»Es liegt ganz bei Ihnen, ob Sie mit aufs Revier kommen oder nicht, Sir«, erklärte Leary.

Nick dachte kurz darüber nach. »Sie müssen doch sowieso einen Bericht schreiben, nicht wahr?« fragte er dann.

»Das stimmt«, gab Leary zu.

»Wenn ich morgen früh also zurück nach San Francisco fliege und den Leuten von der Kripo dort erzähle, was hier passiert ist, könnten die Ihren Bericht anfordern. Sehe ich das richtig?«

»Allerdings«, sagte Leary.

»Und Sie werden in dem Bericht nicht schreiben, daß hier *gar nichts* geschehen ist?« fragte Nick sicherheitshalber.

»Wir werden schreiben, was *Sie* behauptet und *wir* gesehen haben, Sir.«

»Sagen Sie dem Mann, daß er das Telefon bezahlen muß«, machte Al Klein sich wieder bemerkbar.

Santos Funkgerät knackte und knisterte erneut.

Nick schaute Leary an. »Würden Sie mir einen Gefallen tun?«

»Wenn ich kann.«

»Schaffen Sie diesen kleinen, schmierigen Typen aus meinem Zimmer, bevor ich ihn mit dem Telefonkabel erwürge.«

»Kein Problem, Sir«, sagte Leary.

Eine Stunde später hatte Nick das Hotel verlassen und saß in einem Taxi mit Fahrtziel Los Angeles Airport. Da er dem Nachtmanager gedroht hatte, den Zeitungen über die Sicherheitsmängel des Hotels zu berichten, hatte man Nick die Rechnung für das Zimmer erlassen. Überdies bekam er die kleine Genugtuung, dabeizusein, wie Al Klein das zweite Mal in dieser Nacht gesagt bekam, er solle den Mund halten. Aber damit erschöpften sich auch schon die erfreulichen Neuigkeiten.

Nick sehnte sich nach einem starken Drink, was selten der Fall war. Doch er war ziemlich sicher, daß vor sechs Uhr früh keine Maschine nach San Francisco flog, und angesichts der strengen Alkoholgesetze Kaliforniens bezweifelte er stark, daß zu dieser frühen sonntäglichen Stunde eine Bar am Flughafen geöffnet hatte. Doch um keinen Preis der Welt hätte er auch nur eine Stunde länger im gottverlassenen Mistral Inn verbracht – geschweige denn die ganze Nacht. Außerdem war es besser, er kaufte sich direkt am Flughafen ein Ticket, bevor er noch den Mut verlor und es sich anders überlegte.

Was aber nicht etwa daran lag, daß er sich nicht nach Nina und Zoë gesehnt hätte.

Er sehnte sich mehr nach ihnen als je zuvor.

Aber er mußte Nina erzählen, was in dieser Nacht geschehen war.

Daß Holly Bourne in seinem Hotelbett gelegen hatte. Nackt.

Daß sie wirres Zeug über ein Baby geredet hatte.

Dessen Vater er angeblich sei.

Es war ihm schon sehr schwergefallen, Nina von den anderen Ereignissen aus der Vergangenheit zu erzählen. Doch er fand keine Worte, seine Gefühle zu beschreiben, als er nun daran dachte, wie er Nina *diese* Neuigkeit beibringen sollte.

62

»Hat es dir Spaß gemacht, daß Holly nackt mit dir im Bett lag?«

Es ist Ninas erste Bemerkung, nachdem ich ihr von der demütigenden Geschichte im Mistral Inn erzählt hatte. Es war mir schon peinlich gewesen, noch bevor ich den Mund aufgemacht hatte. Jetzt bin ich am Boden zerstört.

Ganz kurz geht mir der Gedanke durch den Kopf, daß ich Ninas Frage keiner Antwort würdigen sollte. Aber von meiner Würde ist nicht mehr viel übrig.

»Wann rufst du Wilson oder Capelli an, um ihnen diese Geschichte zu erzählen?«

Endlich mal eine Frage, die ich beantworten kann.

»Später. Ich wollte erst zu dir und Zoë und ein bißchen mit euch zusammensein.«

»Du hättest dir die Mühe sparen können, nach Hause zu kommen«, sagt Nina.

Es ist gegen Mittag. Teresa ist außer Haus, und das Baby schläft im Kinderzimmer. Nina und ich sind in der Küche. Ich sitze am Tisch und ergehe mich in Selbstmitleid, weil ich wegen des Schlafmangels Kopfschmerzen habe und weil meine Frau mich haßt.

Ich komme mir wie ein Vollidiot vor. Nina, in Jeans und weißem T-Shirt, geht zwischen Herd und Kühlschrank auf und ab; ihr offenes Haar schwingt im Takt der Schritte über ihre Schultern.

Ich schaue ihr ins Gesicht, wenn sie an mir vorübergeht, doch sie bleibt keinen Augenblick stehen, so daß es mir nicht gelingt, in ihrer Miene zu lesen, was sie denkt und fühlt. Trotzdem sehe ich genug. Mehr als genug.

Nina ist wieder verzweifelt, voller hilfloser Wut und Schmerz. Und der Grund dafür bin ich.

Ich hasse mich selbst noch viel mehr, als Nina mich haßt – falls das überhaupt möglich ist.

Endlich bleibt Nina stehen.

»Ich will, daß du gehst«, sagt sie.

Auf ihrem Gesicht liegt dieser verkniffene Ausdruck, der immer dann zu beobachten ist, wenn schlimme Dinge geschehen sind, die sie einfach nicht verarbeiten kann. Wäre ich nicht hier, würde Nina wahrscheinlich ihrem Schmerz nachgeben und in Tränen ausbrechen – und vielleicht wäre das gut so, obwohl ich mir nicht sicher bin. Nina weint selten; um so mehr tut es mir weh.

»Ich gehe nirgendwohin, Nina.«

Natürlich habe ich gehört, was sie gesagt hat, ziehe es aber vor zu glauben, daß sie es nicht ernst meinte.

»Ich will, daß du *gehst*.« In ihre Stimme schleicht sich ein Anflug von Hysterie.

Ich glaube, einen solchen Schock wie jetzt habe ich noch nie erlebt. Es ist schlimmer als damals, als Holly mich in New York den beiden Drogendealern zum Fraß vorwarf. Schlimmer als die Erkenntnis, daß ich dazu fähig bin, eine Frau zu schlagen. Schlimmer als die Razzia durch Abbott und Rileys Kohorten, die unser Haus in ein Schlachtfeld verwandelt hatten. Und viel schlimmer, als von Capelli und Wilson zur Vernehmung geschleift zu werden.

Dabei hatte ich mir nichts Schlimmeres vorstellen können als den Anblick Phoebes, als ich sie nach ihrem Unfall zum erstenmal auf der Intensivstation im People's Hospital zu Gesicht bekam. Oder der Anblick der nackten Holly gestern abend in meinem Hotelbett.

Aber der Schock, den Nina mir nun versetzt, schlägt alle Rekorde.

Ich versuche, vom Küchenstuhl aufzustehen, fühle mich plötzlich aber so schwach, daß ich mich gleich wieder hinsetze. Ich zittere.

»Dir ist doch klar, daß Holly genau *das* erreichen wollte?« Meine Stimme ist laut, zu laut. Ich möchte das Baby nicht wecken.

»Mir ist scheißegal, was Holly will«, sagt Nina.

Sie hört sich sehr seltsam an. Und sie sieht auf beängstigende Weise fremd aus. Auf ihrem Gesicht liegt ein Ausdruck, den ich nie zuvor gesehen habe.

»Bitte, Nina, glaub mir. Holly legt es nur darauf an, einen Keil zwischen uns zu treiben.«

»Dann hat sie hervorragende Arbeit geleistet, nicht wahr?« Der eigenartige Ausdruck ist immer noch zu sehen. »Wenn du nicht gehst, Nick«, sagt sie, »gehe ich.«

»Das ist verrückt.« Mein Gott, mir platzt gleich der Schädel.

Nina steht in der Tür zur Eingangshalle und hat mir den Rücken zugewandt.

»Versuch ja nicht, mir zu folgen«, sagt sie. Ihre Stimme klingt jetzt hart und eisig. Sie meint es todernst. Sie geht *wirklich*. »Wenn du mir nachkommst ... ich schwöre dir, ich rufe die Polizei und lass' dich wegen Belästigung festnehmen.«

Mein Gott!

Wieder stehe ich auf, und diesmal tragen meine Beine mich, doch Nina ist viel schneller als ich. Sie ist aus der Tür und die Treppe hinauf, als ich gerade erst die dritte oder vierte Stufe erreicht habe. Von oben aus dem Schlafzimmer höre ich Geräusche. Dann kommt Nina die Treppe hinunter, mit ihrer Jacke und ihrer Handtasche, und eilt an mir vorbei, ohne mich eines Blickes zu würdigen.

Als ich mich umgedreht habe, ist sie bereits an der Eingangstür.

»Nina, um Himmels willen, wohin gehst du?«

Noch immer ist dieser seltsame Ausdruck auf ihrem Gesicht.

»Laß mich in Ruhe, Nick.« Nun zittert ihre Stimme. »Ich meine es ernst. Hab wenigstens so viel Achtung vor mir, daß du mich in Ruhe läßt.«

Und mit einem Mal erkenne ich den Ausdruck auf ihrem Gesicht.

Es ist Haß.

Sie haßt mich *wirklich*.

63

Es war Sonntag, und Teresa hatte den ganzen Tag frei, so daß Nick sich allein um Zoë kümmern mußte. Nina hatte nicht angerufen, seit sie das Haus verließ, und Nicks anfängliche Nervosität hatte sich in nahezu panische Angst verwandelt. Zweimal hatte er Bill Regan angerufen, den Leiter der Therapiegruppe der Anonymen Alkoholiker, der auch Nina angehört, und auf dessen Anrufbeantworter die Nachricht hinterlassen, er möge sich bitte melden. Nick hatte sogar erwogen, in der Waterson-Klinik nachzufragen, doch um sieben Uhr morgens hatte William Ford sich telefonisch bei ihm gemeldet, zwei Stunden später dann noch einmal. Beide Male berichtete Nick ihm, daß Nina bei einer Freundin zu Besuch sei und daß es spät werden könne, worauf William sich nach dem Namen und der Telefonnummer der Freundin erkundigt hatte. Als Nick ihm darauf sagte, er könne ihm weder den Namen noch die Nummer nennen, war Williams Mißtrauen nicht zu überhören gewesen.

»Ist das Kindermädchen da?« fragte er schroff.

»Teresa hat einen freien Tag«, antwortete Nick.

»Du bist allein mit dem Baby?«

Nick fragte kühl zurück: »Hast du Probleme damit?«

»Du bist ein einziges großes Problem«, erwiderte William.

Nick legte auf, bevor er etwas Unbedachtes sagte, das er später bereuen würde, wenn Nina wieder nach Hause kam. *Falls* sie nach Hause kam.

Seine Kopfschmerzen hatten im Laufe des Morgens nachgelassen, nachdem er eine doppelte Dosis Tylenol eingenommen hatte; nun aber kehrten die Schmerzen wieder, schlimmer als zuvor. Diesmal jedoch spürte Nick sie kaum; er zermarterte sich das Hirn, was er *tun* sollte. Nach Nina suchen konnte er nicht, schon wegen Zoë. Und selbst wenn jemand anders sich um das Baby gekümmert hätte – Nick hätte nicht gewußt, wo er mit der Suche beginnen sollte. Kurz nach zehn rief Bill Regan ihn an; er habe nichts von Nina gehört, sagte er. Er könne Nick nicht einmal Tips geben, in welchen Bars oder Kneipen Nina sein könnte, denn es gäbe sehr viele, und Nina wäre nun seit langer Zeit trocken.

Gegen elf Uhr abends kam Teresa und ging in ihrem Zimmer zu Bett. Um Mitternacht wurde Zoë wach, und Nick gab der Kleinen ihr Fläschchen, wechselte die Windel und wiegte sie in den Schlaf. Sich um Zoë zu kümmern, milderte eine Zeitlang seine schlimmsten Ängste und Sorgen. Doch sie kehrten rasch wieder.

Nick hoffte, daß er sich irrte. Er *betete*, daß Nina tatsächlich zu einer Freundin gefahren sei, an die er nicht gedacht hatte, oder daß sie den Tag und den Abend mit irgendwelchen harmlosen Ablenkungen verbrachte, mit einem Kinobesuch oder einem Schaufensterbummel. Daß sie wenigstens am *Abend* an einem Treffen der Anonymen Alkoholiker teilnahm.

Aber er glaubte nicht daran.

Zuviel war auf Nina eingestürmt. Sie konnte nicht mit allem fertig werden, konnte nicht immer stark und standhaft bleiben; für jeden Menschen gab es Grenzen.

Wahrscheinlich brauchte Nina einen Halt.

Einen trügerischen Halt.

Den Alkohol.

Es war zwei Uhr morgens. Sperrstunde. Sämtliche Bars hatten geschlossen.

Kurz nach halb drei kam Nina nach Hause.

Nick döste in einem der Wohnzimmersessel, als das Geräusch einer zuschlagenden Autotür ihn aus dem Schlummer riß. Eine Männerstimme war zu hören; sie näherte sich der Tür. Nick sprang auf und wurde augenblicklich von wütenden Kopfschmerzen überfallen.

Nick öffnete und sah sich einem Taxifahrer gegenüber, einem offensichtlich anständigen Burschen alten Schlages. Er hielt die schwankende Nina mit beiden Armen. Nick sah sofort, daß der Mann Nina wahrscheinlich hätte tragen müssen, hätte sie nur einen oder zwei Drinks mehr getrunken.

»Ihre Frau?« fragte der Fahrer, ein weißhaariger, für sein Alter sehr kräftiger Mann mit südländischem, vermutlich italienischem Akzent.

Nick wagte nicht zu sprechen, nickte nur.

»Sie sollten sie ins Bett bringen.«

Als Nick seine Frau in den Armen hielt, roch sie nicht nach Nina, sondern nach Bier, Zigarettenrauch, Whiskey und Erbrochenem. Wie eine Säuferin.

»Wieviel schulde ich Ihnen?«

Als Nina merkte, in wessen Armen sie nun lag, machte sie den schwachen Versuch, sich von Nick zu befreien. »Laß mich los.«

»Gleich«, sagte Nick und streichelte ihr übers Haar. »Wieviel?« fragte er den Fahrer noch einmal.

Der Mann zuckte die Schultern. »Ist schon in Ordnung.«

»Kommt gar nicht in Frage«, protestierte Nick. »Sie hatten verdammte Schwierigkeiten mit ihr, nicht wahr?«

»Nicht der Rede wert«, sagte der Fahrer. »Ich mußte sowieso in diese Gegend.« Er wandte sich um und stieg die Treppe hinunter.

»Bitte«, rief Nick ihm hinterher. »Ich möchte mich revanchieren.«

»Dann kümmern Sie sich um Ihre Frau«, sagte der Fahrer, stieg ins Taxi und ließ den Motor an.

Nick schloß die Tür.

Nina wehrte sich nicht, als Nick sie auszog und ins Badezimmer führte, was aber nur auf die Wirkung des Alkohols zurückzuführen war, wie Nick erkannte. Doch als Nina vor der Toilettenschüssel auf die Knie fiel und Nick sich zu ihr hinunterbeugte, um ihren Kopf zu halten oder ihr auf den Rücken zu klopfen oder ihr sonst irgendwie zu helfen, fand sie die Kraft, ihn mit einem kurzen, flammenden Blick zu bedenken.

»Hau ab«, sagte sie.

Er nickte und richtete sich auf. »Wenn ich irgend etwas für dich tun ...«

Ihr Gesicht war kalkweiß. »Hau *ab*!« sagte sie noch einmal.

Eine Zeitlang blieb Nick vor dem Badezimmer stehen und hörte das schreckliche Würgen und Keuchen, als Nina sich erbrach. Er wartete, bis er das Geräusch der Spülung vernahm; dann hörte er das Plätschern des Wasserhahns und Ninas Stöhnen, als sie sich Gesicht und Hände wusch. Leise ging Nick ins Kinderzimmer – weit genug vom Bad entfernt, daß Nina ungestört war, aber nahe genug, um hören zu können, falls sie in Schwierigkeiten geriet.

»Schwierigkeiten«, sagte er laut zu Zoës Teddybär, einem altmodischen Plüschtier von FAO Schwartz, dessen aufgerissene Nähte Nina an dem Abend geflickt hatte, als sie und Zoë aus dem Krankenhaus nach Hause gekommen waren und die Spürhunde von Abbott und Riley nur Stunden zuvor das Innere des Hauses auf der Suche nach Heroin in ein Trümmerfeld verwandelt hatten.

»*Große* Schwierigkeiten«, sagte Nick zu dem Teddybären.

Er hatte Nina so viel geben wollen, vor allem Liebe und Geborgenheit. Was die Liebe betraf, brauchte er sich keine Vorwürfe zu machen; dennoch hatte das Haus an der Antonia Street sich in den letzten Wochen von einem friedlichen Heim in ein emotionales Schlachtfeld verwandelt. Nick hatte von Anfang an gewußt, daß Nina einen Halt brauchte. Sicherheit. Ruhe. Festigkeit. Schon ihrer Alkoholprobleme wegen. Was das betraf, war sie ganz offen zu ihm gewesen.

Sicherheit. Ruhe. Festigkeit. Nichts davon hatte er ihr geben können.

Er hatte sie im Stich gelassen.

Sieben Jahre lang war Nina trocken gewesen. Und dann war Holly wieder in sein Bett gestiegen. Jedenfalls sah Nina es wahrscheinlich so. Und wer konnte es ihr verübeln, daß sie darüber verzweifelt war?

Nick hörte, wie die Tür zum Badezimmer geöffnet wurde, und trat auf den Flur.

Nina war immer noch schrecklich blaß und zittrig und sah unglaublich zerbrechlich aus.

»Ich gehe ins Bett«, sagte sie mit schleppender Stimme.

»Kann ich irgend etwas für dich tun?« fragte Nick leise.

»Laß mich in Ruhe.«

Wenigstens diese Worte waren deutlich.

Nick schlief bis sechs Uhr morgens unten im Haus. Er war froh, daß er früh genug aufwachte, um Teresa nicht in Verlegenheit zu bringen, die üblicherweise um halb sieben nach unten kam. Nicks Kopf schmerzte noch immer, als er aufstand und die Kissen glattstrich, doch es war nicht mehr so schlimm wie am Abend zuvor.

Leise ging er nach oben und schaute nach Zoë. Die Kleine war wach. Sie lag in ihrem rosafarbenen Strampelanzug auf dem Rücken, trat mit den Beinchen und lächelte den neuen Morgen und ihren Vater zufrieden an. Inzwischen lächelte sie tatsächlich; es bestand keinerlei Notwendigkeit mehr, ihr »korrigiertes« Alter als Achtmonatskind zu berücksichtigen. Nick hielt ihr für einen Moment den Zeigefinger der rechten Hand hin, den Zoë sofort ergriff. Ihr Lächeln und die Wärme ihrer winzigen Hände, die seinen Finger drückten, trieben Nick die Tränen in die Augen.

»Ich liebe dich sehr, Zoë«, flüsterte er, bevor er den Finger aus ihren Händchen zog, das Kinderzimmer verließ und ins Schlafzimmer trat.

Es war ziemlich dunkel in dem Raum, denn die Vorhänge waren noch zugezogen. Zu Nicks Erleichterung schlief Nina tief und fest.

Er wußte nicht genau, was sie empfinden würde, wenn sie erwachte, doch angesichts des Schadens, den sie sich selbst zugefügt hatte, konnte Nick es sich denken. Je länger sie schlief, desto besser.

Vielleicht ist es auch besser für mich, dachte er mit wiedererwachender Furcht. Er wagte sich kaum vorzustellen, was der neue Tag für sie beide, für ihre Ehe bereithielt.

Laß mich in Ruhe.

Das hatte Nina gesagt, bevor sie sich betrunken hatte – und auch nachher.

Nick hatte Angst, daß sie diese Worte wiederholte, wenn sie aufwachte.

»Tust du mir einen Gefallen?« fragte Nina zwei Stunden später, als Nick ihr eine Tasse Kaffee gebracht hatte.

»Natürlich.«

»Sag Teresa, sie soll sich heute freinehmen.«

Nick setzte sich auf die Bettkante. »Ist gut. Ich habe ihr schon gesagt, daß du heute wegen einer Erkältung im Bett bleibst.«

»Aber ich will sie heute nicht im Haus haben.« Nina nahm einen Schluck Kaffee, würgte leicht und reichte Nick die Tasse zurück.

»Geht's dir einigermaßen?«

Sie nickte. »Ich möchte, daß Teresa nicht da ist, damit wir uns in Ruhe unterhalten können.«

»Oh.« Nick spürte, wie sein Magen sich verkrampfte. »Ich werd's ihr sagen.«

»Danke.«

Nick erhob sich und ging zur Tür, blieb aber noch einmal stehen. »Soll ich William für dich anrufen?«

»Nein.« Nina hielt kurz inne. »Danke.« Die Höflichkeitsfloskel war so beiläufig nachgeschoben, als hätte Nina sie zu einem Kollegen oder einem Fremden gesagt.

Nick drehte den Türknauf.

»Nick?«

»Ja?« Er wandte sich um, sehnte sich nach einem Hauch von Wärme und Zuneigung.

»Geht es Zoë gut?«

»Ja.« Er nickte. »Ihr geht es gut.«

Sie unterhielten sich in Nicks Atelier, wo er versucht hatte, seine Ängste in Arbeit zu ersticken oder wenigstens in ein Bild einfließen zu lassen. Natürlich hatte es nichts geholfen, wie das unfertige, düstere abstrakte Gemälde bewies, das auf der Staffelei stand.

»Wäre es im Wohnzimmer nicht bequemer für dich?« fragte Nick.

»Hier ist es so gut wie überall«, erwiderte Nina.

Er hatte ihr einen Platz freigeräumt, mehrere seiner Skizzenblöcke vom Holzstuhl am Fenster geräumt und mit den Händen den Staub von der Sitzfläche gewischt. Niemand reinigte Nicks Atelier; diese Arbeit behielt er sich selbst vor; denn nur er wußte, welche Skizzenhefte und Blätter mit Entwürfen als Vorlagen für künftige Gemälde dienen sollten. Normalerweise legte er Wert darauf, daß sein Atelier sauber und aufgeräumt war, doch in letzter Zeit hatte er andere Sorgen gehabt.

Nina setzte sich und kippte den Stuhl leicht nach hinten gegen den Fensterrahmen. Sie hatte geduscht und sich das Haar nach hinten gebunden und trug nun einen weiten grauen Trainingsanzug. Doch sie sah erbärmlich aus. Ihr Gesicht war bleich und gedunsen, unter ihren Augen lagen dunkle Schatten, und ihre Hände zitterten. Nick hatte ihr Aussehen am Morgen stets genossen: ihr ungeschminktes Gesicht, ihr ungekämmtes langes Haar, ihre Frische. Noch nie hatte er Nina verkatert gesehen.

»Ich halte es nicht mehr aus«, sagte sie.

Ihr Stimme war leise und schwach; dennoch lag ein unüberhörbarer Beiklang der Entschlossenheit darin. Nick spürte, wie sein Herz schneller schlug. Mit langsamen Bewegungen setzte er sich auf einen der mit Farbflecken übersäten Stühle, ohne ihn ans Fenster zu rücken, denn er wußte, daß Nina seine Nähe nicht wollte.

»Nur ein einziger Ausrutscher.« Sie schaute auf ihre Hände, die flach auf den Oberschenkeln lagen. »Und du hängst wieder an der Flasche.« Nun klang ihre Stimme bitter. Angeekelt und bitter. »Die goldene Regel für einstige Alkoholiker.«

»Ich weiß«, sagte Nick.

»Ja, natürlich weißt du das.« Sie hielt inne. Ihre Lippen zitterten, ihre Hände krampften sich zu Fäusten, und sie biß sich auf die Unterlippe, um sich wieder unter Kontrolle zu bekommen. »Dabei hatte ich ehrlich geglaubt, ich hätte es geschafft und dieses Kapitel wäre endgültig abgeschlossen.«

»Du hast es geschafft. Du schaffst es noch einmal.«

»Ja«, sagte sie bloß, doch es lag wieder Entschlossenheit in ihrer Stimme.

Nick verspürte einen Hauch von Erleichterung.

»Als ich heute morgen aufgewacht bin«, fuhr Nina fort, »war mein erster Gedanke: Jetzt bist du wieder da, wo du hingehörst – genau wie meine Mutter. In der Gosse. Eine stinkende Säuferin.«

»Nina ...«

»Und dann habe ich an Zoë gedacht.« Wieder zuckten ihre

Lippen für einen Moment. »Ich hatte den sehnlichen Wunsch, ins Kinderzimmer zu gehen und Zoë an mich zu drücken, aber ich konnte es nicht, weil ich mich so *schmutzig* fühlte. Deshalb blieb ich liegen und habe mich in Selbstmitleid ergangen ...« Sie schüttelte den Kopf, und ein gequältes, verzerrtes Lächeln legte sich auf ihre Lippen. »Aber Selbstmitleid hilft einem nicht weiter.«

»Nina, du brauchst mir gegenüber nicht ...«, sagte Nick und suchte nach Worten, um ihren Schmerz zu lindern.

»Doch. Bitte. Ich möchte es dir sagen.«

Er nickte.

»Als du mir den Kaffee ans Bett gebracht hast und ich ihn beinahe wieder ausgespuckt hätte, habe ich mir gesagt, jetzt reicht es. Ich habe wieder an Zoë gedacht. Und dann habe ich beschlossen, bestimmte Dinge ein für allemal zu regeln.«

Nick brach der Schweiß aus.

»Also bin ich aufgestanden und habe meinen Vater angerufen. Dann habe ich geduscht und mich angezogen. Und nun möchte ich dir sagen, welche Entscheidungen ich getroffen habe.«

Nick wappnete sich.

»Ich muß dir vertrauen können«, sagte Nina.

»Das kannst du.« Nick schob eine Hand unter die Lehne und grub die Fingernägel so fest ins Holz, daß es schmerzte. »Das *kannst* du.«

»Vertraust du mir auch?«

»Natürlich.«

»Auch nach gestern abend?« Sie wartete, ließ die Worte wirken. »Nein, das kannst du nicht.«

»Es war nur dieser eine Abend, Nina!«

Sie schien ihn gar nicht gehört zu haben. »Und wie kann ich dir vertrauen, wenn es um Holly Bourne geht?«

Er blickte ihr fest in die Augen. »Ich hasse Holly Bourne.«

»Und ich hasse den Alkohol«, sagte Nina schlicht. »Bis gestern habe ich geglaubt, daß ein großer Unterschied zwischen deiner und meiner Sucht besteht. Vor allem, weil Holly Tausende von Meilen entfernt war und deiner Vergangenheit angehörte. Aber es stimmt weder das eine noch das andere, nicht wahr? Jedenfalls nicht mehr. Vorgestern abend war

Holly in Los Angeles. In deinem Bett. Und hat von eurem Kind geredet.«

Nick stand auf, von Hilflosigkeit, Enttäuschung und Zorn erfüllt. »Sie ist in mein Hotelzimmer eingebrochen. Wie ein Dieb. Das weißt du, Nina. Und wenn du etwas anderes glaubst oder versuchst, mir etwas anderes zu erzählen, dann *erfindest* du irgendwas – und genau das *will* Holly.«

»Ich habe dir gestern schon gesagt, daß es mir völlig egal ist, was Holly will«, erwiderte Nina ohne eine Spur von Zorn. »Heute morgen, hier und jetzt, interessiert mich nur eins.«

Nina saß noch genauso elend und kraftlos da, wie sie Platz genommen hatte, doch ihre Stimme war kräftiger und, wie es Nick erschien, entschlossener geworden.

»Ja, ich habe mich gestern abend betrunken«, sagte sie. »Ich bin wieder unter die Säufer gegangen. Bin abgerutscht. Und ich kann nichts, rein gar nichts dagegen tun.« Sie holte tief Luft und schaute ihn an. »Aber ich werde auf keinen Fall zulassen, daß ich wieder bis nach ganz unten abrutsche. Ich werde das alles nicht noch einmal durchmachen, um keinen Preis der Welt ... die Sauftouren, der Ekel vor sich selbst, das schreckliche Gefühl der Scham, das nicht enden will.«

Nick setzte sich wieder auf den Stuhl. Er kam sich seltsam unwichtig vor, wie eine Randfigur, und hatte den Eindruck, als wäre er für Nina gar nicht vorhanden. Es war ein betäubendes Gefühl.

»Das werde ich mir nicht noch einmal antun«, fuhr Nina fort, und mit jedem Wort schien sie an Kraft zu gewinnen. »Aber was noch viel, viel wichtiger ist – ich werde es Zoë nicht antun.«

Nick wartete, daß Nina fortfuhr, doch sie blieb stumm.

»Wie kann ich dir helfen?« fragte er.

»Ganz einfach«, antwortete Nina.

»Wie?«

»Vergiß Holly.«

»Ich habe sie schon vergessen. Schon vor Jahren.«

»Du hast mich mißverstanden«, sagte Nina. »Gib deine Suche nach ihr auf.«

Nick starrte sie an. »Wie könnte ich? Gerade jetzt, nach dieser Geschichte in Los Angeles?«

»Du kannst die Sache der Polizei überlassen«, erklärte Nina. »Ich habe dich schon in Arizona darum gebeten, weißt du noch?«

»Die Polizei unternimmt nicht genug, Nina.«

Sie schloß die Augen. »Hast du schon Wilson oder Capelli angerufen?«

»Noch nicht. Ich wollte damit warten, bis du wieder bei mir bist.«

»Und wenn du sie angerufen hast, läßt du die Finger von der Sache?«

Nick schüttelte den Kopf. »Das kann ich nicht.«

»Dann halte ich es nicht mehr aus«, sagte Nina leise.

»Was soll ich denn *sagen*, Nina?« fragte Nick verzweifelt. Alles zerbrach, alles lief aus dem Ruder, und er wußte nicht, was er dagegen tun konnte. »Soll ich dich *belügen*? Soll ich dir sagen, daß die Polizei jetzt alles tun wird, um Holly zu finden? Daß sie uns in Ruhe läßt, wenn Holly mir wieder irgend etwas anhängt? Uns neues Leid zufügt? Daß die Cops die Sache mit dem angeblichen Heroinbesitz und dem Kindesmißbrauch vergessen?«

»Du bist besessen, Nick.« Es war kein Vorwurf, es war eine Feststellung. »Du sagst, daß Holly die Besessene ist – und ich weiß, daß du damit recht hast –, aber auf deine Weise bist du fast genauso schlimm wie sie.«

»Das ist nicht wahr«, sagte Nick und versuchte, den aufkeimenden Zorn zurückzudrängen.

»Ich will mich nicht mit dir streiten«, sagte Nina. »Auf gar keinen Fall.«

»Was willst du dann?«

»Daß diese Sache ein Ende hat.« Sie schüttelte den Kopf. »Du glaubst, du kannst nicht aufhören, das weiß ich. Aber *ich* kann es. Ich kann diesem Spuk ein Ende machen – für mich und für Zoë.«

Nick starrte sie an. Er konnte nicht glauben, was Nina sagte.

»Ich muß wieder lernen, ohne dich auf mich aufzupassen.«

»Nina, das ist nicht wahr!«

»O doch. Denn tue ich es nicht, werde ich wieder zur Trinkerin. Das mußt du verstehen, Nick. Wenn ich das zulasse, tue ich Zoë schrecklich weh ... und auch Phoebe. Sie hat mir unendlich geholfen, als ich sie brauchte. Und nun braucht sie *mich*, und ich werde sie nicht im Stich lassen.«

»Phoebe braucht uns alle«, sagte Nick. »Du weißt doch, wieviel sie mir bedeutet. Und du weißt, daß ich alles, einfach *alles* für sie tun würde, damit es ihr wieder besser geht.« Nick hatte das Gefühl, als müßte er um sein Leben kämpfen. »Ich wäre die ganze Zeit bei ihr gewesen, würde dein Vater nicht Tag für Tag, rund um die Uhr wie ein Wachhund auf sie aufpassen.«

»Ich weiß.« Ein schwaches, trauriges Lächeln legte sich auf Ninas Lippen.

Nick hielt es nicht mehr auf dem Stuhl. Er starrte auf das unfertige Gemälde auf seiner Staffelei und verspürte das heftige Verlangen, es zu zerfetzen – nur daß es ihm keinen Schritt weiterhelfen, sondern alles bloß noch schlimmer machen würde. Falls es überhaupt noch schlimmer kommen konnte.

»Also, was willst du von mir hören, Nina?« Er spürte, wie schwarze Verzweiflung in ihm aufkeimte; er konnte spüren, wie sie näher kam, gleich einem heraufziehenden Unwetter. »Soll ich dir Versprechen geben, die ich nicht halten kann?«

»Nein, darum geht es mir nicht.«

»Und um was geht es dir dann?«

»Erstens«, erwiderte Nina, »werde ich eine Zeitlang jeden Tag die Treffen der Anonymen Alkoholiker besuchen. Aber diesmal werde ich allein dorthin gehen.«

Nick schwieg.

Er konnte es nicht ertragen, ihr ins Gesicht zu schauen.

»Es tut mir sehr leid, Nick. Aber ich habe furchtbare Angst, mich selbst zu zerstören. Ich muß vor allem an Zoë denken. Und ich bin so schrecklich durcheinander.«

»Dann gibt es einen großen Unterschied zwischen uns beiden«, sagte Nick leise. Er wagte es immer noch nicht, Nina anzuschauen. »Denn in meinem Leben gibt es etwas, woran ich von dem Tag an, als ich dich kennenlernte, nie gezweifelt habe. Meine Gefühle.«

Er ging zum Stuhl zurück und setzte sich wieder. Er hatte

die plötzliche, schreckliche Empfindung, daß er Nina nie wieder nahe kommen konnte, wenn er sich jetzt körperlich zu weit von ihr entfernte.

»Als ich dir begegnet bin«, sagte er, »hat sich alles für mich geändert. Erst als ich dich kennenlernte, bekam mein Leben eine Richtung, einen Sinn. Die Vergangenheit. Die Gegenwart. Meine Hoffnungen für die Zukunft. Eine Zukunft mit dir. Nichts anderes war damals wichtig für mich, und daran hat sich bis heute nichts geändert.«

Endlich schaute er sie an. In ihren Augen schimmerten Tränen.

»Ich liebe dich immer noch, Nick«, sagte sie. »So sehr wie eh und je.« Ihre Stimme klang plötzlich erstickt, und abrupt erhob sie sich. »Aber jetzt muß ich lernen, wieder so zu leben wie früher. Indem ich die alte Mauer um mich errichte und versuche, allein fertig zu werden.«

»Aber du bist nicht allein. Du hast *mich*«, sagte Nick mit brüchiger Stimme.

»Nein, das stimmt nicht.« Nina bekam ihre Gefühle wieder unter Kontrolle und wischte sich mit dem Handrücken die Tränen aus den Augen. »Ich habe dich nicht *ganz*. Nicht, solange ein Teil von dir nicht bei mir ist, sondern nach Holly Bourne sucht.«

»Dann gebe ich die Suche auf.« Er kam sich beinahe wie ein bettelnder kleiner Junge vor. »Ich bleibe hier. Bei dir und Zoë.«

»Das würde nichts ändern.« Nina schüttelte den Kopf. »Selbst wenn du nicht mehr durch die Weltgeschichte reist, wirst du die Suche nach Holly Bourne in deinem Inneren nicht aufgeben. Du wirst weiterhin an sie denken. Du wirst weiterhin alles tun, daß die Polizei oder ihr Vater oder Privatdetektive oder wer auch immer nach ihr sucht ...«

»Was bleibt mir denn anderes übrig, wenn ich sie finden will?« fragte Nick. »Willst du denn nicht auch, daß sie aufgehalten wird? Nach allem, was sie uns angetan hat?«

»Ja, aber mit dem Unterschied, daß ich die Sache der Polizei überlassen würde. Du mußt Vertrauen haben, daß die Beamten ihren Job erledigen. Daß sie Holly Bourne finden, Beweise gegen sie erbringen und dafür sorgen, daß sie bestraft wird.« Nina hielt kurz inne. »Aber das reicht dir nicht. Du willst auf eigene Faust weitermachen. Und das stehe ich nicht durch – nicht jetzt, wo ich weiß, daß ich wieder ganz dicht am Abgrund stehe.«

Nick starrte sie an.

»Und was bedeutet das?« fragte er dann. Die Angst war wiedergekehrt und quälte ihn schlimmer als zuvor. »Daß du mich tatsächlich verlassen willst?«

Es dauerte lange, bis Nina antwortete.

»Es bedeutet«, sagte sie, und tiefer Schmerz war aus ihrer Stimme herauszuhören, »daß es wahrscheinlich leichter für uns alle ist, wenn du dir für einige Zeit ein Hotelzimmer nimmst.«

Nick versuchte zu sprechen, doch sein Mund war zu trocken.

Er schluckte.

»Was ist mit Zoë?« brachte er schließlich hervor.

Nina ging zur Tür. Nick sah, wie sie einen Arm ausstreckte, um sich am Türrahmen festzuhalten.

»Du kannst sie jederzeit sehen.« Sie drehte sich nicht um, schaute ihn nicht an. »Es tut mir leid«, sagte sie noch einmal.

Und ging.

64

Holly ist in die Antonia Street zurückgekehrt. Nach ihrer Flucht aus dem Mistral Inn hat sie sich etwas mehr als vierundzwanzig Stunden in Los Angeles herumgetrieben, bevor sie um halb zehn am Montag morgen an der Union Station in den Expresszug *Coastal Starlight* gestiegen war. Um kurz nach acht Uhr abends traf sie in Oakland ein und fuhr vom Flugplatz aus mit dem nur mäßig besetzten Bus zum Ferry Building in San Francisco, vor dem sie um halb neun ausstieg. Sie wußte, daß Nick wahrscheinlich dafür gesorgt hatte, daß die Detektivagentur oder die Polizei am Flughafen die Namen der Passagiere überprüfen ließ, und da Holly keinen Ausweis oder sonstige Papiere unter dem Namen Barbara Rowe besaß, hatte sie es vorgezogen, die längere Eisenbahnfahrt mit der Amtrak auf sich zu nehmen. Und in mancher Hinsicht war es angenehm, mit der Bahn zu fahren, mochte sie auch vergleichsweise langsam sein. Bei längeren Wartezeiten konnte man aussteigen und sich ein wenig die Beine vertreten. Gut für sie und ihr Baby.

Als Holly in der Antonia Street eintraf, war es dunkel. Sie sah niemanden im Haus der Millers, und niemand sah sie. Zu gern hätte sie jetzt schon in Erfahrung gebracht, was seit Nicks Rückkehr aus Los Angeles vor sich gegangen war. Aber das hatte Zeit.

Sie würde von Teresa und Samuel Keitel früh genug alles erfahren, was sie wissen mußte.

Am Nachmittag des nächsten Tages rief Teresa an – zehn Minuten, nachdem Holly aus dem Fenster im zweiten Stock beobachtet hatte, wie Nina das Haus verließ.

Teresa erkundigte sich, wo Barbara gewesen sei; denn sie habe vergeblich versucht, ihre neue Freundin an ihrem freien

Abend telefonisch zu erreichen. Zuerst war Holly ein wenig schroff zu Teresa, gab sich dann aber zerknirscht und besänftigte sie, indem sie fragte, wann sie ihre nächste Kochstunde veranstalten könnten.

»Sie haben mir versprochen, daß Sie mir zeigen, wie man *chorizo* zubereitet«, sagte Holly mit einem Lächeln in der Stimme.

»Das ist zur Zeit ein bißchen schwierig«, erwiderte die noch immer leicht eingeschnappte Teresa. »Jetzt, wo Mr. Miller das Haus verlassen hat, bekomme ich nicht mehr so schnell frei.«

»Er ist schon wieder fortgegangen?« Holly spürte, wie ihr Herz schneller schlug. »Wohin ist er diesmal?«

»Ich glaube nicht, daß es Mrs. Miller gefallen würde, wenn ich darüber rede«, sagte Teresa.

»Dann brauchen Sie es mir natürlich nicht zu sagen«, erwiderte Holly freundlich. »Obwohl Sie und ich Freundinnen sind, Teresa. Außerdem kenne ich Mrs. Miller ja gar nicht; deshalb würde es ihr bestimmt nichts ausmachen, wenn Sie es mir erzählen.«

Holly konnte förmlich hören, wie die Mexikanerin überlegte.

Schließlich gab Teresa nach. »Er ist in San Francisco. In irgendeinem Hotel.«

»Warum?« Eine Woge der Freude schwappte über Holly hinweg, doch sie ließ es sich nicht anmerken.

»Ich glaube, sie hatten einen Streit. Mrs. Miller ist sehr unglücklich.«

»Noch mehr Probleme für Sie?« sagte Holly mit gespieltem Mitgefühl. »Arme Teresa.«

»Ich trage jetzt schrecklich viel Verantwortung«, pflichtete Teresa ihr bei. »Zu viel Verantwortung.«

»In welchem Hotel ist Mr. Miller eigentlich abgestiegen?« fragte Holly beiläufig.

»Ich kann mich nicht an den Namen erinnern.«

»Schade«, sagte Holly. »Ich kenne San Francisco gut, und es würde mich interessieren.«

»Der Name fällt mir bestimmt wieder ein.«

»Das wäre schön«, sagte Holly.

Aber sie weiß, daß Keitel den Namen bis dahin längst herausgefunden hat.

Kurz nach vier Uhr nachmittags läutet das Telefon. Keitel ist am Apparat.

»Miller ist in einem Hotel abgestiegen«, sagt Holly mit scharfer Stimme.

»Ja, ich weiß, Mrs. Rowe. Deshalb rufe ich Sie ja an.«

»Wie heißt das Hotel?«

»Art Center«, antwortet Keitel. »Eine kleine Frühstückspension im Marina-Distrikt. An der Filbert Street. Scheint ein ganz gemütlicher Laden zu sein.«

»Für wie lange hat er sein Zimmer gebucht?«

»Das weiß ich noch nicht.«

»Finden Sie's heraus.«

»Ja, Mrs. Rowe.«

Holly legt auf und lehnt sich im Sessel zurück.

Und lächelt, als sie daran denkt, wie gut die Dinge sich entwickeln.

65

Es ist die reinste Ironie: Nina hat mich aus dem Haus geschickt, weil ich die Suche nach Holly nicht aufgeben wollte. Und nun wohne ich seit mittlerweile vierzehn Tagen in dieser schönen, freundlichen kleinen Frühstückspension in San Francisco und weiß beim besten Willen nicht, wo ich überhaupt nach Holly suchen soll. Und seit ich mit Norman Capelli darüber gesprochen habe, was im Mistral Inn vorgefallen ist (was ihm, wie versprochen, von der Polizei in Los Angeles bestätigt wurde), bekomme ich allmählich das Gefühl, daß Nina recht behalten könnte: Es hat den Anschein, als würden Wilson und Capelli nun endlich energischere Schritte unternehmen, Holly aufzuspüren. Auch das Detektivbüro, die Interstate Investigations, ist immer noch auf der Suche nach ihr; ich hatte einen entsprechend hohen Honorarvorschuß bezahlt. Aber *gefunden* hat Holly bislang noch keiner; sie könnte inzwischen überall zwischen Maine und New Mexico sein, oder noch weiter weg. Die Cops halten es für unwahrscheinlich, daß sie das Land unter dem Namen Holly Bourne oder Charlotte Taylor verlassen hat, ohne daß sie es herausgefunden hätten; aber ich glaube nicht daran. Sie wissen immer noch nicht, mit wem sie es zu tun haben. Sie haben immer noch nicht erkannt, daß Holly zu allem fähig ist.
Zu *allem*.

Gestern habe ich wieder bei Richard Bourne angerufen, mußte mich eine Zeitlang mit der respektheischenden Sekretärin Eileen Ridge herumplagen, die ich zuerst an den Apparat bekam, wurde dann aber zu ihrem Chef durchgestellt, als ich »Neuigkeiten über den Gesundheitszustand seiner Tochter« erwähnte. Ich hatte lange und eingehend darüber nachgedacht, ob ich dem armen Kerl mit einer solchen Nachricht kommen sollte, doch am Ende des Tages war ich zu der Ansicht gelangt, daß Richard Bourne von Hollys Wahnvorstellungen über unser »gemeinsames Baby« erfahren sollte. Ich sagte ihm, daß ich nicht wisse, ob Holly tatsächlich schwanger sei, daß ich aber Stein und Bein schwören könne, nicht der Vater zu sein.

Bourne hörte sich an, was ich ihm zu sagen hatte, und ich muß gestehen, daß er eine bewundernswerte Beherrschung an den Tag legte: Da ruft ihn jemand an und erzählt ihm, seine Tochter habe betrogen, gelogen, der Polizei kostbare Zeit gestohlen, habe einen Mordversuch begangen, sei in ein Hotelzimmer eingebrochen, habe fremdes Eigentum zerstört, habe sich nackt in ein fremdes Hotelbett gelegt und behauptet, mit der unbefleckten Empfängnis gesegnet zu sein. Dennoch blieb Richard Bourne gefaßt, jedenfalls seiner Stimme nach zu urteilen, wenngleich ich unter der Oberfläche seinen Schmerz und die Betroffenheit hörte; vielleicht spürte ich es auch nur.

Der Mann tat mir leid. Aber er mußte erfahren, was ich ihm zu sagen hatte.

»Bist du auch vorsichtig?« fragte ich Nina an diesem Abend, als wir nach dem Dinner telefonierten. Sie faßte sich immer sehr viel kürzer, als ich mir wünschte, aber wenigstens sprechen wir jeden Tag ein paar Minuten miteinander, meist über Phoebe oder Zoë.

»Sehr vorsichtig«, beantwortete Nina meine Frage.

»Du weißt, daß Holly überall sein könnte und daß sie zu allem fähig ist?«

»Herrje. Das hast du mir schon tausendmal gesagt, Nick.«

Ich hörte die Verärgerung in ihrer Stimme, und ich wußte den Grund dafür: Ich verstieß gegen die Regel, kein Wort über Holly zu verlieren. »Ich sage es auch nur, weil ich mir Sorgen um dich und Zoë mache.«

»Ich weiß«, sagte Nina, aber diesmal war ihre Stimme kühl und unbeteiligt.

Rasch wechselte ich das Thema. »Wie geht es Phoebe?«

»Körperlich geht es ihr besser.«

»Psychisch aber nicht.«

»Nein.«

Ich sehne mich nach Phoebe. Ich vermisse sie sehr. Wenn sie doch nur sprechen könnte! Dann sähe es zwischen Nina und mir ganz anders aus. Phoebe würde ihrer Schwester und meinem Schwiegervater Vernunft beibringen. Mir auch.

»Dr. Chen sagt, die Aphonie könnte jederzeit enden«, sagte Nina.

»Endlich mal eine gute Nachricht. Und wie geht es dir, Nina?«

»Es geht so.« Sie hielt einen Moment inne. »Du weißt ja. Ein Ausrutscher, und du hängst wieder an der Flasche.«

»Kann ich irgend etwas für dich tun?«

»Nein. Danke.«

Ich wartete einen Augenblick, dann legte ich alle Entschlossenheit in meine Stimme.

»Kann ich morgen vorbeikommen? Dich und Zoë besuchen?«

»Ja, sicher. Wieviel Uhr?«

»Muß ich erst einen Termin vereinbaren?« Ich konnte meine Bitterkeit nicht verbergen.

»Ich möchte nur Teresa Bescheid sagen, wann sie mit dir rechnen kann«, erwiderte Nina kühl.

Wir hörten uns jetzt schon wie ein geschiedenes altes Paar an.

Gütiger Himmel, das macht mir angst.

»Du solltest ihn verklagen«, sagte Eleanor am ersten Montag im November zu ihrem Mann, als die Bournes gerade zu Bett gegangen waren.

»Das ist keine gute Idee«, erwiderte Richard. Er hoffte, daß er im Bett endlich dazu kam, in Ruhe die Morgenausgabe der *Washington Post* zu lesen.

Eleanor, die sich soeben das Gesicht abschminkte, hielt zornig inne. »*Natürlich* ist es eine gute Idee. Nick Miller verleumdet unsere Tochter! Uns bleibt gar nichts anderes übrig. Wir müssen versuchen, diesen Mann hinter Gitter zu bringen.«

»Solange wir die Möglichkeit in Betracht ziehen müssen, daß Nick vielleicht doch recht hat, was Holly betrifft, können wir ihn nicht verklagen«, erklärte Richard.

»Hältst *du* es etwa für möglich, daß er recht hat?« stieß Eleanor wutentbrannt hervor. »Ich nicht! Wie kannst du diesen Kerl auch noch in Schutz nehmen?«

Seit Hollys Verschwinden war Eleanors wohlgeordnete Welt von Woche zu Woche mehr aus den Fugen geraten, denn Richard war keine andere Wahl geblieben, als seiner Frau alles zu erzählen, was er wußte. Dennoch weigerte Eleanor sich hartnäckig, die Wahrheit über Holly zu akzeptieren.

Holly war nun seit einem Monat verschwunden. Sie hatte sich nicht gemeldet, und es gab nicht den kleinsten Hinweis auf ihren Aufenthaltsort, sah man einmal davon ab, daß Nick Miller sie angeblich auf seinem Hotelzimmer in Los Angeles gesehen haben wollte – eine Behauptung, die wenigstens ein Gutes bewirkte, denn sie hatte die schlimmsten Ängste der Bournes um die Sicherheit ihrer Tochter vertrieben. Jack Taylor – fassungslos, verletzt und zornig – stand mit Richard

Bourne in ständiger Verbindung. Zwei hervorragende Anwälte, die beide daran gewöhnt waren, auch in schwierigen Situationen kühle Ruhe zu bewahren, hatten sich in einen besorgten Vater und einen verlassenen Ehemann verwandelt. Doch mit einem gravierenden Unterschied, wie Eleanor zu ihrer Bestürzung rasch erkennen mußte: Während Richard (obwohl er schändlicherweise an seiner Tochter zweifelte) Holly stets lieben würde, was auch geschehen sein mochte, schien Jack Taylors Liebe mehr und mehr zu schwinden. In ein, zwei Monaten würde er nichts mehr für Holly empfinden. Aber konnte man ihm deshalb einen Vorwurf machen?

Jedenfalls würde Holly, wenn sie wieder auftauchte, als arbeitslose, geschiedene Anwältin dastehen, deren brillante Karriere in Schutt und Asche lag. Alles, wofür Eleanor gearbeitet hatte – alles, was sie sich für ihre Tochter erwünscht hatte –, war zerstört.

»Falls Holly irgendwelche Probleme hat«, sagte Eleanor zu ihrem Mann, »trägt nur einer die Schuld daran. Nick Miller.«

»Das können wir nicht mit Gewißheit sagen«, erwiderte Richard.

Eleanor schmetterte eine Keramikdose mit Nachtcreme mit solcher Wucht auf ihren Schminktisch, daß sie beinahe zersprungen wäre. »*Natürlich* wissen wir das! Er hat hirnverbrannte Anschuldigungen gegen Holly erhoben. Er hat versucht, ihre Karriere und ihren Ruf zu ruinieren, indem er der Polizei einen Haufen Lügen erzählt hat und Privatdetektive dafür bezahlt, daß sie unserer Tochter nachspionieren wie einer Verbrecherin. Der Mann ist eine *Bedrohung*! Das war er schon immer!«

Richard legte seine Zeitung zur Seite, ohne auch nur eine Zeile gelesen zu haben. »Nick behauptet das genaue Gegenteil.«

»Na, was kann man auch anderes erwarten?« Eleanor warf ein Kleenex in den kleinen cremefarbenen Abfallkorb. »Ich kann es einfach nicht fassen, daß du einem Mann glaubst, der unsere Tochter so schändlich, so ungeheuerlich behandelt hat. Der sie bei jedem schlechtmacht, der ihm zuhört.«

»Das dürfte wohl kaum der Wahrheit entsprechen.« Richard seufzte. »Wir müssen endlich damit aufhören, uns etwas vorzumachen, Eleanor.« Er versuchte noch immer, so behutsam wie möglich zu sein. »Holly war nie die lebendige Erfolgsstory, die wir in ihr sehen wollten«, sagte er und fügte in Gedanken hinzu: Was sich wahrscheinlich als Untertreibung des Jahrzehnts erweisen wird.

»Selbst wenn du recht hast – wer ist denn *schuld* daran?« Eleanor erhob sich und ging ins Badezimmer, wobei der Saum ihres Negligés ein paar Zentimeter über dem Aubusson-Teppich wehte.

»Du hältst Nick für den Schuldigen?« Richard hob leicht die Stimme.

»Natürlich. Wen denn sonst?« Eleanor kam aus dem Bad zurück und rieb sich die Hände mit Creme ein. »Wem würdest du denn die Schuld geben?«

»Vielleicht war es Hollys eigener Fehler«, erwiderte Richard, dessen Stimme wieder leise geworden war.

Eleanor, die soeben den Gürtel ihres Nachthemds löste, hielt abrupt inne. In ihren Augen lag ein Ausdruck von Abscheu. »Du stehst auf der Seite dieses Mannes?«

»Ich stehe auf der Seite unserer *Tochter*. Ich versuche lediglich, die Sache realistisch zu betrachten – vor allem, weil es auf lange Sicht die beste Möglichkeit ist, Holly zu helfen.«

»Aber wir können ihr *jetzt* nicht helfen.« Eleanor ging auf ihre Seite des Ehebetts und setzte sich auf die Bettkante. »Weil wir nicht wissen, wo sie ist.« Verwirrt und ratlos schüttelte sie den Kopf. »Ich kann dich nicht verstehen, Richard. Wenn man bedenkt, was alles geschehen ist! Wo du doch weißt, daß Nick in New York *und* in Kalifornien große Schwierigkeiten mit der Polizei hatte.« Sie erhob sich, ging im Zimmer auf und ab. »Er hat eine *Strafakte*, Richard. Nick Miller ist ein Krimineller.«

»Er behauptet, daß er hereingelegt wurde.«

»Von *unserer* Tochter«, sagte Eleanor frostig, setzte sich wieder auf die Bettkante und trat ihre Hausschuhe von den Füßen.

»Ja.« Richard hielt kurz inne. »Und ich habe die größten Befürchtungen, daß die Polizei Nick immer mehr glaubt.«

»Die Polizei vielleicht. Du vielleicht. Aber ich *niemals*.«

»Das ist dein gutes Recht, Eleanor. Du bist ihre Mutter.«
»Und du bist ihr *Vater*.«
Richard seufzte und legte seine Brille auf den Nachttisch. »Aber du mußt zugeben, daß Holly durch ihr spurloses Verschwinden nicht gerade dazu beigetragen hat, ihre Lage zu verbessern.«
»Wahrscheinlich ist sie zu Tode verängstigt.«
»Weshalb kommt sie dann nicht zu ihren Eltern oder zu ihrem Mann? Wer könnte ihr besser helfen?«
»Sie hat ihren Mann verlassen«, erwiderte Eleanor. »Und warum sollte sie zu *uns* kommen, wenn der eigene Vater ihr deutlich gemacht hat, daß er ihr nicht traut?«

Wenngleich Richard seine Frau wiederholt zur Vorsicht gemahnt und ihr gesagt hatte, sie solle niemandem etwas von Hollys Schwierigkeiten erzählen – besonders nicht den Millers –, spürte Eleanor jedesmal, wie heißer Zorn in ihr auflöderte, wenn sie Kate oder Ethan zu Gesicht bekam.

Am frühen Abend des darauffolgenden Donnerstags kochte Eleanors Zorn schließlich über.

Nach einem besonders anstrengenden Arbeitstag parkte sie ihren BMW in der Auffahrt, als sie Kate Miller sah, die zur Haustür ging, einen Aktenkoffer in der Hand.

»Hallo, wie geht's?« sagte Kate.

Eleanor platzte der Kragen.

»Wie *können* Sie es wagen?« sagte sie und stapfte mit ihren marineblauen, hochhackigen Ferragamo-Schuhen über den Rasen zum Gehweg vor dem Nachbarhaus.

»Bitte?« In Kate Millers klaren blauen Augen lag ein Ausdruck der Verwunderung.

»Woher nehmen Sie die *Frechheit*, hier zu stehen und mich zu fragen, wie es mir geht, nach allem, was Ihr Sohn meiner Tochter angetan hat!«

»Ich weiß nichts davon, daß Nick Ihrer Tochter irgend etwas angetan hat«, erwiderte Kate mit ruhiger, fester Stimme. »Ganz im Gegenteil.«

»Ihr Sohn ist ein Verbrecher«, sagte Eleanor lautstark und schob den Trageriemen ihrer Handtasche höher auf ihre Schulter.

»Blödsinn«, sagte Kate.

Die Haustür wurde geöffnet, und Ethan erschien. »Was ist los?« Ein Tuschefleck zog sich von seiner rechten Wange bis zur Nase.

»Ach, nichts weiter«, antwortete Kate. »Eleanor hat offenbar einen schlechten Tag.«

Eleanor richtete nun die volle Wucht ihres Zorns auf Nicks Vater. »Hören Sie mir jetzt gut zu, Ethan Miller«, stieß sie hervor. »Sagen Sie Ihrem niederträchtigen Sohn, daß er sofort damit aufhören soll, meine Tochter zu verleumden, oder es wird ihm sehr leid tun.«

»Möchten Sie nicht hereinkommen, Eleanor?« versuchte Ethan zu vermitteln.

»Warum? Haben Sie Angst, die anderen Nachbarn könnten sonst hören, daß Ihr Sohn mit Drogen handelt und Kinder sexuell belästigt?«

Gelassen erwiderte Ethan: »Ich hielt es nur für besser, daß Sie sich hinter geschlossenen Türen zum Narren machen, wenn Sie es schon unbedingt wollen.« Er hatte Streitigkeiten immer schon gehaßt, hielt aber auch an seinem Grundsatz fest, sich zu seiner Meinung zu bekennen. »Ich hatte eigentlich erwartet«, fuhr er fort, »daß gerade Sie und Richard wissen, daß man einen Menschen nicht verleumden kann, indem man die Wahrheit über ihn sagt.«

Kates Wangen hatten sich gerötet. »Und Sie sollten mit Ihren Äußerungen lieber vorsichtig sein, Eleanor. Anderenfalls könnten Sie plötzlich diejenige sein, die sich wegen Verleumdung vor Gericht wiederfindet.« Sie stellte ihren Aktenkoffer auf den gepflasterten Gehweg und versuchte, sich zu beruhigen. »Eleanor, ich kann mir vorstellen, wie nervenaufreibend das alles für Sie sein muß.« Sie streckte den Arm aus, um Eleanor die Hand auf die Schulter zu legen ...

»Wagen Sie es ja nicht, mich anzufassen!« Eleanor schlug Kates Hand zur Seite.

»He, he ...« Ethan kam die Treppe herunter und trat zwischen die beiden Frauen. »Wollt ihr unbedingt, daß die Dinge völlig aus den Fugen geraten?«

»Ethan hat recht«, sagte Kate. »Schließlich wohnen wir immer noch Tür an Tür.«

»Hätten Sie nur einen Funken Anstand« – Eleanor wußte, daß sie die Beherrschung verloren hatte, doch sie konnte nichts dagegen tun –, »wären Sie schon vor Jahren von hier fortgezogen.«

»Wie meinen Sie das, Eleanor?« fragte Kate.

»Weil Ihr Sohn ein Krimineller ist. Weil Ihr Sohn ein Stück *Dreck* ist.«

»Okay, Eleanor, das reicht jetzt«, griff Ethan ein. »Ich glaube, Sie sollten lieber nach Hause gehen.«

»Ich gehe, wohin *ich* will!« rief Eleanor.

»Aber nicht auf unserem Grundstück«, sagte Kate entschieden. »Und ganz sicher nicht in der Stimmungslage, in der Sie sich momentan befinden.«

Eleanor juckte es in den Händen, Kate ins Gesicht zu schlagen, doch ein Rest von Vernunft ließ sie an Richard und ihren Job im Außenministerium denken.

»Richten Sie Ihrem Sohn aus, was ich gesagt habe«, erklärte sie.

Kate nahm ihren Aktenkoffer auf. »Eines werde ich ihm ganz bestimmt ausrichten. Daß er Ihre Beschuldigungen seinem Anwalt vorbringen soll.«

»Laß gut sein, Schatz.« Ethan wandte sich in Richtung Haustür.

»Und der Polizei von San Francisco«, fügte Kate hinzu.

»Legen Sie sich nicht mit uns an, Kate Miller«, warnte Eleanor, »oder Sie werden es bereuen.«

»Das sagten Sie bereits«, erwiderte Kate.

»Jetzt komm endlich, Kate«, drängte Ethan. »Gehen wir ins Haus.«

»Erst wenn Eleanor unser Grundstück verlassen hat«, sagte Kate.

»Was glauben Sie denn, was ich vorhabe?« rief Eleanor. »Ihre Rosen zu stehlen? Nur weil Ihr Sohn ein Verbrecher ist, brauchen Sie nicht gleich jeden für einen Kriminellen zu halten. Anständige Menschen wie ich können durchaus zwischen Recht und Unrecht unterscheiden.«

Damit drehte sie sich abrupt um und ging über den Rasen zurück zum Haus der Bournes. Sie war noch zwei Schritte von der eigenen Auffahrt entfernt, als der hohe Absatz ihres rechten Schuhes sich im Boden verkantete, so daß sie sich das Fußgelenk verdrehte. Eleanor beugte sich hinunter, riß sich den Schuh vom Fuß und legte das letzte Stück humpelnd zurück, wohl wissend, daß Kate, die inzwischen im Haus verschwunden war, sie aus einem Fenster beobachtete.

Eleanor hielt durch, bis sie die Eingangstür hinter sich geschlossen hatte. Dann brach sie in Tränen aus.

»Zum Teufel mit euch«, sagte sie. »*Zum Teufel* mit Nick Miller.«

Sie konnte sich nicht erinnern, wann sie das letzte Mal geweint hatte.

67

Eleanor und Richard Bourne mögen sich noch so große Sorgen um die Zukunft ihrer Tochter machen – Holly hat dieses Problem nicht. All die hochfliegenden Pläne, was ihre Karriere betraf, waren schon zu der Zeit weitgehend uninteressant für sie geworden, als sie von Nicks Heirat mit Nina erfahren hatte. Inzwischen haben diese Pläne sich in Nichts aufgelöst, doch Holly ist es völlig egal. All ihre Kraft, ihre Talente, ihre Fähigkeiten fließen nun in einen Schmelztiegel, in dem sich jene Pläne herausbilden, mit denen sie Nick das Leben zur Hölle macht; Tricks und Schliche und Machenschaften, die Holly nacheinander hervorholt – gleich wundervollen, faszinierend geformten, kostbaren Nuggets.

Sämtliche Bereiche ihres Lebens sind nun frei von Einflüssen durch die Eltern, den Ehemann, Arbeitgeber, Arbeitnehmer oder Mandanten. Alles ist auf ein einziges Ziel gerichtet, auf den einzigen Preis, der für Holly zählt.

Auf Nick.

Auf einen Nick, der ihre Hilfe braucht.

In den letzten Wochen hat Holly hart an der Instandsetzung des Hauses gearbeitet, hat angestrichen und tapeziert. Ein weiteres Talent, das früher niemand bei ihr vermutet hätte. Doch was sein muß, muß sein. Geschützt von ihrer Tarnexistenz als Barbara Rowe, hätte Holly das Haus von Profis renovieren lassen können, doch sie durfte nicht das Risiko eingehen, daß Fremde jenen Teil des Hauses zu sehen bekommen, der allein für sie zählt; deshalb hat sie beschlossen, die Arbeit selbst in die Hand zu nehmen. Do it yourself. Holly Bournes neue Parole, die für alles mögliche gilt, von Autodiebstahl bis zum Auslegen des Teppichbodens. Es gibt nichts, was Holly nicht kann.

Holly Bourne schafft alles, was sie sich vornimmt.
Einfach alles.

Teresa hat einige der Zimmer gesehen, die Holly in ihrem Haus renoviert hat. Das Kindermädchen ist von Natur aus neugierig; Holly weiß, wie sehr es Teresa gefällt, wenn man sie ins Vertrauen zieht und wenn sie ihr Herz ausschütten kann, und solange Holly vertrauliche Informationen über die Millers braucht, muß sie dafür sorgen, daß sie Teresa gegenüber freundlich und glaubwürdig bleibt. Wäre Teresa Vasquez nicht gewesen, hätte Holly sich wahrscheinlich gar nicht erst die Mühe gemacht, das Wohnzimmer zu streichen und zu tapezieren oder das Arbeitszimmer oder die Küche. Diese Zimmer sind für Holly nicht wichtig. Für sie zählen nur zwei Räume im Haus, und weder Teresa noch sonst jemand hat sie jemals zu sehen bekommen.

Der eine ist Hollys geheimes Zimmer.

Der andere ist das Kinderzimmer.

Teresa hat mehrmals darum gebeten, sich das Kinderzimmer anschauen zu dürfen, doch Holly hat ihr gesagt, daß sie es für die verbleibende Zeit ihrer Schwangerschaft aus Gründen des Aberglaubens unter Verschluß halten möchte. Teresa hat ihre Enttäuschung zum Ausdruck gebracht, doch sie hütet sich davor, mit der werdenden Mutter zu streiten – aus Furcht, es könnte dem ungeborenen Kind auf irgendeine Weise schaden.

Auch Holly macht die Furcht um ihr Kind zunehmend zu schaffen. Deshalb war sie nie in einer Klinik oder bei einem Frauenarzt. Ihres Babys wegen will sie keinerlei Risiko eingehen. Holly will sich nicht der Gefahr aussetzen, daß sie bei irgendwelchen Untersuchungen angesteckt wird oder sich eine Entzündung holt.

Sie.

Denn Holly weiß, daß sie eine Tochter bekommt. Deshalb hat sie das Kinderzimmer liebevoll und bis ins letzte Detail für ein Mädchen eingerichtet.

Holly hat sich keinen Ultraschalluntersuchungen unterzogen, hat keine Fruchtwasseruntersuchung vornehmen lassen. Trotzdem weiß sie es.

Sie wird ein Mädchen bekommen. Eine Tochter wie Zoë.

»Ist alles in Ordnung mit Ihnen, Nina?«
»Das fragen Sie mich heute schon das dritte Mal, Betty.«
»Ich mache mir Sorgen um Sie.«
»Es geht mir gut.«
»Sie sehen aber schlecht aus.«
»Ich kann nichts dagegen machen.« Gereizt.
»Wenn ich irgend etwas für Sie tun kann ...« Geduldig.
»Nichts, Betty. Mir geht es wirklich gut. Könnten wir uns jetzt vielleicht darauf konzentrieren, daß wir ein bißchen Arbeit vom Tisch bekommen?«

Mit den Ford-Immobilien ging es immer noch bergab. Es ging mit *allem* bergab, und Nina fühlte sich elend – was nicht nur Betty und Harold auffiel, sondern vor allem Teresa, die zumindest einen der Gründe für Ninas gedrückte Stimmung kannte (nämlich daß ihr Mann das Haus verlassen hatte). Sogar die sonst so fröhliche Zoë war nörglerischer als gewöhnlich. Immer wieder rief William aus Arizona an und erkundigte sich nach Ninas Befinden, mochte sie ihm noch so oft sagen, daß alles in Ordnung sei.

Vier Wochen waren vergangen, seit sie Nick gebeten hatte, das Haus zu verlassen, und von ihrem Zorn war nur eine stumpfe, bohrende Traurigkeit geblieben. Sie war bei Bill Regan gewesen, hatte jeden Tag die Treffen der Anonymen Alkoholiker besucht und keinen Tropfen mehr angerührt, so daß die schreckliche Furcht, wieder zur Säuferin zu werden, Gott sei Dank allmählich verblaßte. Sie hatte, sagte sich Nina, zu viele schöne, trockene Jahre erlebt; sie hatte wieder den Wert echter, tiefer Empfindungen – ob gute oder schlechte – schätzen gelernt, ungetrübt vom Alkohol. Dennoch war sie immer noch schrecklich verwirrt, was ihre Gefühle betraf. Zwar schämte sie sich dafür, den Eindruck erweckt zu haben, sie hätte Nicks Reaktion auf Hollys Einbruch in sein Hotelzimmer im Mistral Inn falsch interpretiert; doch wenn sie ehrlich zu sich selbst war: Sie konnte immer noch nicht glauben, daß dieser Zwischenfall nicht hätte vermieden werden können.

Zum Beispiel, indem Nick in einem guten, sicheren Hotel abgestiegen wäre. Oder wenn er *von vornherein* auf die Reise nach Los Angeles verzichtet und die Sache der Polizei überlassen hätte. Oder wenn er sie, Nina, nach Arizona begleitet hätte, worum sie ihn ja gebeten hatte. Hätte er auch nur *eine* dieser vernünftigen Entscheidungen getroffen, wären sie jetzt alle gemeinsam zu Hause – sicher, behütet und vielleicht sogar glücklich.

Aber nun war Nick fort, und Nina vermißte mehr als alles andere, daß sie jetzt niemanden mehr hatte, mit dem sie offen reden konnte. Sie brachte es einfach nicht über sich, Bill Regan zu erzählen, was wirklich in ihrem Leben vor sich ging. Und der noch immer stummen, schwer verletzten Phoebe konnte Nina ihre Probleme erst recht nicht anvertrauen. Natürlich hätte sie mit ihrem Vater darüber reden können, doch Williams Vorurteile gegenüber Nick hatten mittlerweile dermaßen skurrile Formen angenommen, daß Nina schon der bloße Gedanke an ein offenes Gespräch absurd erschien.

Die Situation war schrecklich und verrückt zugleich. Jeden Tag kam Nick zur vereinbarten Zeit in die Antonia Street, um Zoë zu besuchen. Manchmal war Nina zu Hause, wenn er kam, doch meist war sie fort. *Wenn* sie Nick begegnete, fiel ihr jedesmal auf, wie abgemagert, müde, traurig und ängstlich er aussah.

Genau wie du selbst, sagte sich Nina.

Am 13. November, dem dreißigsten Tag ihrer Trennung, gab Nina einer plötzlichen, überwältigenden Woge der Schwäche und Sehnsucht nach. Sie schenkte Nick in der Küche eine Tasse Kaffee ein und fragte ihn – zu ihrem eigenen Erstaunen – aus heiterem Himmel, ob er wieder nach Hause kommen wolle.

Nick brauchte einen Augenblick, bis er antwortete.

»Willst du das wirklich? Bist du sicher?«

»Ich dachte, es wäre *dein* Wunsch.«

»Ich würde nichts lieber tun, als zu dir zurückzukommen. Aber ich habe den Eindruck, daß du auch ohne mich gut fertig wirst.«

»Daß ich trocken bleibe, meinst du«, sagte Nina.

»Das auch, ja.«

»Aber vielleicht werde ich mit allem noch besser fertig, wenn ich dich wieder bei mir habe.«

Erneut ließ Nick sich Zeit mit der Antwort. »Und was ist, wenn wir wieder Probleme bekommen und *ich* das Gefühl habe, ich sollte dich lieber allein lassen? Könntest du auch damit fertig werden?«

»Ich dachte, du hättest dein Hotel ohnehin kaum verlassen, seit du nicht mehr hier wohnst.«

»Das stimmt«, sagte Nick, der plötzlich erkannte, wie entscheidend wichtig es war, nun aufrichtig zu sein, um Ninas und seiner selbst willen, und mochte es für sie beide noch so schmerzlich sein. »Aber der Grund dafür ist, daß es keine Spur zu Holly gibt, der ich folgen könnte. Holly hat keine Kreditkarte benutzt, keine Flugreise gemacht, sie hat ihre Familie nicht besucht oder ihren Mann. Und falls sie irgendwo als Anwältin tätig ist, dann nicht unter dem Namen Holly Bourne oder Charlotte Taylor. Sie ist wie vom Erdboden verschluckt.«

»Das ist doch genau, was wir wollten, du und ich«, sagte Nina mit ruhiger Stimme. »Daß sie spurlos verschwindet.«

»Ja«, gab Nick zu. »Aber wir müssen ganz sicher sein, daß sie auch spurlos aus unserem Leben verschwindet. Du weißt, Nina, daß es für mich nichts Schöneres gäbe, als wieder zu dir und Zoë zu kommen. Aber ich halte es für besser, noch eine Zeitlang zu warten, bis wir wissen, was mit Holly ist.«

»Bis du Holly gefunden hast, willst du damit sagen.«

»Bis *irgend jemand* sie gefunden hat. Erst dann, und nur dann, sind wir wirklich in Sicherheit.« Nick hielt kurz inne. »Ich glaube, wir sind diesem Ziel schon ein Stückchen nähergekommen. Auch wenn ich selbst noch keinen Erfolg hatte, scheint die Polizei jetzt endlich entschlossen nach Holly zu fahnden. Das ist doch schon mal was, nicht wahr?«

Nina blickte ihn über den Küchentisch hinweg an.

»Ja«, sagte sie leise. »Das ist schon mal was.«

Wahrscheinlich hatte Nick recht. Wahrscheinlich war es wirklich besser, daß er noch nicht nach Hause kam. Denn immer noch stand die Angst zwischen ihnen. Und solange diese Angst blieb, würde ihre Ehe nicht funktionieren, mochten sie einander noch so sehr vermissen.

Doch in den Tagen darauf fand Nina immer wieder einen Vorwand, Nick zu bitten, in die Antonia Street zu kommen. Als am einunddreißigsten Tag ihrer Trennung die Rohrleitung unter der Küchenspüle undicht wurde, bestellte Nina nicht den Klempner, sondern rief abends bei Nick an, der sofort zu ihr kam und die Leitung reparierte. Am Tag darauf löste sich ein Stück vom Teppichbelag der Treppe, und wenngleich Nina den Schaden selbst hätte beheben können, rief sie wieder Nick an und bat ihn, ins Haus zu kommen.

Am 18. November, dem fünfunddreißigsten Tag ihrer Trennung, schaute Nick in der Immobilienagentur vorbei, da Nina am Tag darauf nach Arizona fliegen wollte, um Phoebe zu besuchen. In einem Restaurant an der Union Street aßen sie gemeinsam zu Mittag, fuhren anschließend zur Antonia Street, setzten Zoë in ihren Kinderwagen und gingen im Lafayette Park spazieren. Beiden war die neue, bittersüße Beschaffenheit ihrer Beziehung bewußt; beide fühlten sich nicht wie Partner, die sich vorübergehend getrennt hatten, sondern immer mehr wie Liebende, denen das Schicksal einen bösen Streich gespielt hatte. Und doch wußte Nina, daß Nick recht hatte. Holly mochte verschwunden sein, aber sie stand immer noch zwischen ihnen.

In der Nacht darauf träumte Nina, daß Inspektor Norman Capelli sie anrief und ihr mitteilte, Holly sei von der Spitze des Coit Tower in den Tod gesprungen. In diesem Traum verspürte Nina überwältigende Freude und Erleichterung, war sich aber auch verschwommen bewußt, daß sie sich dieser Empfindungen wegen eigentlich schämen müßte – doch sie schämte sich kein bißchen. In ihrem Traum erzählte sie Nick von Hollys Tod, doch als sie ihn umarmen und ihm sagen wollte, wie sehr sie ihn liebte, wurde sein Gesicht kreidebleich, und er stürmte aus dem Haus. Und Nina erkannte, daß Nick ohne Holly Bourne nicht leben konnte, und sie wußte in diesem Augenblick, daß Nick zum Telegraph Hill unterwegs war, um sich wie Holly in den Tod zu stürzen.

Schreiend und mit tränennassen Augen schreckte Nina aus diesem Traum auf. Dann lag sie lange Zeit still da und fragte sich, weshalb sie keine größere Erleichterung empfand, daß alles nur ein Traum gewesen war, bis sie den Grund dafür erkannte: Holly Bourne lebte noch.

Doch Nina tröstete sich mit dem Gedanken, daß Nick eine ebensogroße Erleichterung verspüren würde wie sie selbst, sollte irgendwann tatsächlich die Nachricht kommen, daß Holly tot war. Natürlich würden sich Schmerz und Trauer in Nicks Erleichterung mischen; schließlich kannte er Holly schon seit ihrer gemeinsamen Schulzeit. Aber seine Erleichterung würde sehr viel größer sein.

Das glaubte Nina jedenfalls.

Doch ganz sicher war sie nicht.

69

Holly ist in ihrem geheimen Zimmer.
Inzwischen verbringt sie hier den größten Teil ihrer Zeit.
Hier fühlt sie sich Nick am nächsten.
Das Zimmer ist voller Fotos von Nick. Voller Erinnerungsstücke. Voller Dinge, die ihm gehört haben. Einige aus der Vergangenheit, aus Bethesda und New York. Andere aus der Gegenwart; Holly hat sie gestohlen, wenn sie Teresa im Haus der Millers besuchte.
Zwei Oberhemden. Einen Pullover. Ein Unterhemd, das Holly vor längerer Zeit aus einem Wäschekorb nahm. Das Unterhemd riecht noch immer nach Nick. Ein Skizzenbuch mit Rohentwürfen für Gemälde. Einen Pinsel. Ein Palettenmesser.
Ein Gästetuch in gebrochenem Weiß aus dem Mistral Inn, mit dem Nick sich das Gesicht oder die Hände abgetrocknet haben muß.

Holly duscht jedesmal, bevor sie in ihr geheimes Zimmer geht. Stets betritt sie es nackt und zieht eines von Nicks Oberhemden an. Manchmal sitzt sie dann still und regungslos auf einem Stuhl und betrachtet sein Gesicht auf den Fotos. Den kindlichen Nick. Den Nick im Teenageralter. Den erwachsenen Nick. Nick, wie er Exemplare von *Firefly* signiert; seine Frau – die *andere* – und deren Schwester hat Holly aus dem Foto herausgeschnitten. Nick mit dem Mann von Meganimity auf dem Foto, das letzten Januar in *Variety* erschienen ist.
Nick neben dem Planschbecken in Carmel, in dem die nackten Kinder spielen.
Manchmal legt Holly sich aufs Bett, das in dem Zimmer steht, schließt die Augen und reibt sich mit Nicks Unterhemd über den Körper. Über ihre Brüste, über die harten Warzen, an denen Nick so gern gesaugt hat. Zwischen den Schenkeln.

Über ihren gewölbten Leib, in dem ihr gemeinsames Kind heranwächst. Es ist wundervoll zu wissen, daß der Stoff des Hemdes auf Nicks Haut gewesen ist, seine Wärme aufgenommen hat, seinen Schweiß. Holly schlägt die Augen auf und betrachtet Nicks Gesicht auf einem der Fotos, während sie mit dem Unterhemd masturbiert. Jedesmal hat sie einen Orgasmus. Wie damals mit Nick.

Doch heute braucht Holly mehr. Rasch schwingt sie sich vom Bett. Ihr Atem geht schnell, ihre Wangen sind vor Erregung gerötet. Sie greift nach dem Pinsel, wickelt das Unterhemd darum, legt sich zurück, spreizt die Beine und führt den umwickelten Pinsel in sich ein. Er ist zu groß und zu rauh und schmerzt, doch Holly will nichts anderes, braucht nichts anderes. Nur ein paar kräftige Stöße, und sie schreit beim Orgasmus laut und lustvoll auf.

Und dann, wenige Minuten später, weint sie.

70

Acht Tage vor Thanksgiving schlenderten Phoebe und Nina durch den Rosengarten der Waterson-Klinik. Ein kleines imaginäres Stück England in der Wüste von Arizona, üppig und duftend. Nur das leise Rauschen der Sprinkler war zu vernehmen.

Am Morgen mußte Phoebe wieder Untersuchungen über sich ergehen lassen. Erneut wurde eine Computertomographie des Gehirns vorgenommen. Wieder wurden ihr Sonden so tief in die Kehle eingeführt, daß sie glaubte, ersticken zu müssen; denn die Ärzte waren immer noch nicht sicher, ob sie bei den vorherigen Untersuchungen des Kehlkopfs irgend etwas übersehen hatten. Nina war bei der Schwester geblieben, hatte ihre Hand gehalten und beobachtet, wie unter Phoebes geschlossenen Lidern die Tränen hervorgeströmt waren.

Was sollte diese Quälerei? Dr. Chen hatte zuvor schon erklärt, daß sie diese Untersuchungen für Zeitverschwendung hielte, für eine überflüssige physische und psychische Belastung Phoebes. Und die Ärztin hatte recht behalten: Man hatte keine neuen Erkenntnisse gewonnen, hatte immer noch keine schlüssige Erklärung, welche körperlichen Ursachen Phoebes anhaltende Aphonie haben könnte.

»Wir holen dich bald von hier fort«, sagte Nina nun zu ihrer Schwester, als sie über den glatten breiten Weg zu einer der schmucken, roh gezimmerten Bänke gingen. »Jetzt bist du ja den Gips los. Und sobald die Ärzte dich gründlich in die Physiotherapie eingewiesen haben, können wir dich nach Hause holen und die Behandlung selbst weiterführen, okay?«

Es war schön für Nina, endlich einmal mit Phoebe allein zu sein, ohne daß ihr ständig wachsamer und besorgter Vater bei ihr war. Sogar William, der sich weitgehend aus der Leitung seines Lufttransportunternehmens in Scottsdale zurückgezogen hatte, mußte sich manchmal noch um die Geschäfte kümmern, und Ninas Besuch (aus Williams Sicht glücklicherweise ohne Nick) hatte ihn davon überzeugt, daß er sich sogar einen Tag am Steuer eines Flugzeugs gönnen konnte – für William Ford immer noch die beste Therapie.

Phoebe ließ sich erleichtert auf die Bank sinken.

»Geht es?« Nina lächelte sie an.

Phoebe nickte.

»Bald kannst du wieder schreiben.«

Phoebe lächelte – ein schwaches, zittriges, unsicheres Lächeln, das aber schon wieder ein bißchen an die alte Phoebe erinnerte. Als man ihr zwei Tage zuvor den Gips von den Armen und Händen nahm, hatte Mary Chen zu Nina gesagt, sie und die anderen Ärzte hätten versucht, Phoebe dazu zu bewegen, eine Art Schreibbrett mit verschiebbaren Buchstaben zu benutzen, um sich mitzuteilen – eine Methode, die bei Patienten mit Hirnverletzungen oder nach Schlaganfällen häufig angewendet würde. Doch Phoebe hatte das Brett nur kurze Zeit benutzt, indem sie mit den Fingerspitzen die Buchstaben verschob und widerwillige, knappe Antworten auf die Fragen der Ärzte gab. Es war rasch deutlich geworden, daß Phoebe diese Art der Kommunikation ablehnte. Bereits ein paar Wochen zuvor hatte man dieselbe Methode anzuwenden versucht, nur daß Phoebe, deren Arme und Hände zu der Zeit noch in Gips gewesen waren, die Buchstaben mit den Zehen verschieben sollte. Es hatte keinen Zweck gehabt: Phoebes Depressionen und die Wirkung der hochdosierten Schmerzmittel hatten dazu geführt, daß sie sich schlichtweg geweigert hatte.

»Ich nehme an, Phoebe kommt sich mit diesem Brett wie eine Art Versuchstier vor«, hatte Dr. Chen Nina und William damals erklärt. »Viele Patienten reagieren anfangs erschreckt, ja empört darauf, bis sie einsehen, daß es eine Art Rettungsanker ist. Aber Phoebe will das Brett einfach nicht benutzen, und Buchstaben mit den Füßen herumschieben will sie erst recht nicht. Sie will ihre Hände benutzen, und sie will *sprechen*.«

Nun, als sie im Rosengarten sitzen, legt Nina der Schwester den Arm um die Schultern. Phoebe ist schrecklich abgemagert und sehr zerbrechlich; in den letzten Wochen hat sie so wenig gegessen, daß kaum noch Kraft in ihrem Körper steckt. Ihr rotes Haar ist seit ihrer Ankunft in Arizona nicht geschnitten; man hat es aus ihrem bleichen, eingefallenen Gesicht nach hinten gebunden. Nina hatte sie mehrere Male gefragt, ob sie ihr einen Friseur bestellen solle, doch Phoebe hatte nur müde den Kopf geschüttelt, als wollte sie sagen: *Wozu?*

»Du darfst sie jetzt nicht auch noch mit deinen eigenen Problemen belasten«, hatte William Nina ermahnt, bevor er die Klinik verlassen hatte. »Sonst machst du alles nur noch schlimmer für sie. Erzähl ihr von Zoë. Erzähl ihr, wie gut euer Buch sich verkauft. Erzähl ihr erfreuliche Dinge.«

Doch an diesem Nachmittag mußte Nina plötzlich erkennen, daß es für ihre Schwester kaum schlimmer kommen *konnte*. Wahrscheinlich war es besser, Phoebe wie die alte, gesunde Phoebe zu behandeln und nicht wie eine behinderte Fremde, die von den Geschehnissen der wirklichen Welt ausgeschlossen wurde, Ninas *eigener* Welt. Vielleicht würde Phoebes traumatisiertes Unterbewußtsein – oder was immer die Ursache für ihre Aphonie sein mochte – aufgerüttelt, so daß die wahre Phoebe wieder zum Leben erwachte.

Nina nahm den Arm von den Schultern der Schwester.

»Phoebe?« sagte sie.

Phoebe nickte leicht, blickte aber weiterhin auf die Rosen.

»Sieh mich an, Phoebe.«

Phoebe drehte den Kopf.

»Dad hält es für verkehrt, dir zu erzählen, was zu Hause geschieht. Er meint, es würde dich belasten.« Nina hielt kurz inne, fuhr dann jedoch entschlossen fort: »Aber ich bin anderer Meinung. Ich finde, wir haben dir schon viel zu lange vorenthalten, was außerhalb dieser Klinik geschieht. Du solltest es erfahren, auch wenn wir uns nicht darüber unterhalten können.«

Eine Krankenschwester, die einen alten Mann im Rollstuhl vor sich her schob, schlenderte langsam an der Bank vorüber. Der Mann sah krank und zerbrechlich aus, doch er unterhielt sich angeregt mit der Schwester. Als beide sich von der Bank entfernten, hörte Nina, wie der alte Mann lachte. Sie mußte daran denken, wie Phoebes Lachen sie stets aufgemuntert hatte, selbst als sie mit ihren Alkoholproblemen auf dem Tiefpunkt gewesen war. Seit dem Frühsommer hatte sie Phoebe nicht mehr lachen gehört.

Sie hatte genug Zeit verschwendet.

»Wir brauchen dich wieder zu Hause, Phoebe«, begann Nina. »Und niemand braucht dich so dringend wie Nick.«

In Phoebes grüne Augen kam Leben. Plötzlich lag ein aufmerksamer, fragender Ausdruck darin.

Nina holte tief Luft.

»Nick ist in Schwierigkeiten, Phoebe«, sagte sie. »In großen Schwierigkeiten.«

71

Sieben Tage vor Thanksgiving erwacht Holly in ihrem Schlafzimmer im Haus 1317 Antonia Street. Sie hat Krämpfe im Unterleib und spürt warme Nässe zwischen den Oberschenkeln. Sie knipst die Nachttischlampe an und schlägt das Oberbett zur Seite.
Und sieht das Blut.

»Helfen Sie mir«, sagt sie zum diensthabenden Krankenpfleger in der Notaufnahme des Pacific General Hospital. »Ich glaube, ich verliere mein Baby.«

Sie sagt ihm, ihr Name sei Barbara Miller und daß sie aus Richmond käme. Die Blutungen, erzählt sie, hätten eingesetzt, als sie in der Fillmore Street Babysachen kaufen wollte. Da es um einen Notfall geht, stellt niemand Holly Fragen nach ihrer Krankenversicherung und dergleichen. Sie wird sofort auf eine rollbare Trage gelegt und notdürftig versorgt; man stellt ihr nur Fragen medizinischer Natur und ruft einen Arzt. Die Pfleger sind freundlich, arbeiten rasch und effizient, doch Hollys panische Angst können sie nicht vertreiben.

»Seien Sie vorsichtig!« drängt sie den jungen, hellhaarigen, bebrillten Arzt, der sie untersucht. »Bitte, seien Sie vorsichtig.«

Genau das hätte nicht geschehen dürfen. Genau das hatte sie mit allen Mitteln verhindern wollen. Nun aber bleibt ihr keine Wahl mehr.

Plötzlich muß sie an den Pinsel denken, den sie mit Nicks Hemd umwickelt und mit dem sie masturbiert hat.

Oh, Nick, schreit es in ihrem Inneren, *was hast du mir angetan?*

Die sterilen Handschuhe des Arztes sind voller Blut, als er sie aus Hollys Unterleib hervorzieht.

»Bitte«, fleht Holly ihn an. »Bitte, tun Sie etwas!«
O Gott, laß sie leben! Laß mein Kind leben!
»Alles in Ordnung«, beruhigt der Arzt sie. »Entspannen Sie sich.«
Holly sieht, wie er die Stirn runzelt, und ihr Herz rast.
»Bitte, helfen Sie meinem Baby«, ruft sie schluchzend. »Sie dürfen sie nicht sterben lassen.«

»Wer hat Ihnen gesagt, daß Sie schwanger sind, Mrs. Miller?« fragt der Arzt einige Zeit später.
»Was ist mit meinem Baby?« Holly versucht, sich auf der harten Liege in der Notaufnahme aufzusetzen. Rings um die Liege hat man spanische Wände aufgestellt. »Ich habe immer noch Krämpfe«, sagt sie. »Und ich blute immer noch.«
»Sie brauchen sich keine Sorgen zu machen«, sagt der Arzt. »Sie sind nicht schwanger.«
»O Gott«, flüstert Holly. »Ich habe sie verloren.«
Es zerreißt ihr beinahe das Herz.
»Sie haben kein Baby verloren, Mrs. Miller. Sie waren nicht schwanger.«
»Natürlich war ich schwanger.« Holly legt die Hand auf ihren Leib. Furcht und Verzweiflung werden von Zorn verdrängt. »Sind Sie blind?« Für einen Moment starrt sie den Arzt an; dann läßt sie sich wieder auf die Liege sinken, ohne den Blick von ihm zu nehmen. »Ich dachte, das hier ist ein Krankenhaus. Ich dachte, Sie sind Arzt.«
Er lächelt gezwungen. »Als ich das letzte Mal nachgeschaut habe, war ich's noch.«
»Ich will einen vernünftigen Arzt«, verlangt Holly. »Einen Gynäkologen.« Ihre Stimme wird immer schroffer. »Ich brauche einen richtigen Arzt, der eine schwangere Frau erkennt, wenn er eine vor sich hat.«
Der junge Mann bleibt gelassen.
»Wer ist denn Ihr Gynäkologe, Mrs. Miller?«
»Ich habe keinen.« Holly sieht den Ausdruck auf seinem Gesicht. »Ich bin erst vor kurzem nach Kalifornien gezogen. Deshalb bin ich zu Ihnen gekommen, zum nächsten Krankenhaus.« Wieder setzt sie sich auf. Ihr Herz schlägt immer noch heftig. »Weil ich dachte, daß es hier *richtige* Ärzte gibt.«

Sie greift sich mit der rechten Hand zwischen die Beine, nimmt die Binde ab, die der Arzt ihr angelegt hat, und hält die Finger in die Höhe.

»Sehen Sie das? Haben Sie Augen im Kopf? Ich blute immer noch, verdammt noch mal.«

»Ja, das sehe ich.«

Der Arzt beugt sich zu einem Handwagen hinüber, der rechts von Holly steht, zieht zwei Kleenex aus einer Schachtel und wischt ihr die Finger ab. Dann legt er ihr die Binde wieder an.

»Wann hatten Sie Ihre letzte Periode, Mrs. Miller?«

»Im April«, antwortet Holly. »Die morgendliche Übelkeit fing im Mai an.« Sie legt die Hände auf ihren Leib. »Und Sie sehen ja selbst, daß die Schwangerschaft normal verlaufen ist.«

»Sie sehen nicht so aus, als wären Sie im siebten Monat«, sagt der Arzt geduldig.

»Ich bin eine zierliche Frau«, erwidert Holly. »Die ein Baby bekommt!« Sie hält kurz inne. »Es sei denn, ich habe das Kind durch Ihre Fahrlässigkeit verloren.«

Der Arzt betrachtet Holly für einen Moment. »Ich werde dafür sorgen, daß Sie eine Ultraschalluntersuchung bekommen, Mrs. Miller.«

»In Ordnung«, sagt Holly. »Wurde auch Zeit.« Sie streckt die Hand aus, packt den Arm des jungen Arztes. »Aber keine Instrumente. Keine Sonden, die in den Körper eingeführt werden. Ich will nicht, daß mein Baby verletzt wird.«

Sanft, aber bestimmt löst der Arzt Hollys Finger von seinem Ärmel. »Wir werden lediglich eine Ultraschalluntersuchung Ihres Unterleibs vornehmen, Mrs. Miller«, versichert er ihr, »andere Geräte werden nicht benutzt. Aber ich sage Ihnen jetzt schon, daß die Untersuchung lediglich bestätigen wird, daß Sie *nicht* schwanger sind.«

Holly blickt ihn verächtlich an. »Ich glaube eher, die Untersuchung wird bestätigen, daß Sie ein Trottel sind.«

Der Arzt geht vom Krankenbett zum Vorhang.

»Sie sind nicht schwanger, Mrs. Miller.«

»Leck mich«, sagt Holly.

Holly liegt halb angekleidet auf einer kalten Plastikliege. Eine Frau in weißem Kittel reibt ihren Unterleib mit einer geleeartigen Masse ein und plaudert dabei freundlich; dann macht sie die Ultraschalluntersuchung und beobachtet den Monitor neben Hollys Bett, während sie den Scanner in sämtlichen Richtungen über Hollys Unterleib bewegt.

Holly liegt völlig regungslos da, die Augen geschlossen, und wehrt sich gegen den Drang zu urinieren.

»Ist mit meinem Baby alles in Ordnung?« fragt sie, als die Frau das Gerät abstellt.

»Der Arzt wird gleich mit Ihnen darüber reden«, sagt die Frau höflich.

»Ist mit meinem Baby *alles in Ordnung?*«

»Sie müssen auf den Arzt warten.«

Holly schlägt die Augen auf. »Wir reden über mein Baby, verdammt, nicht über die beschissenen Ärzte.«

»Tut mir leid«, sagt die Frau. »Ich darf Ihre Fragen nicht beantworten.«

Holly starrt zu ihr hinauf.

»Zum Teufel mit Ihnen«, sagt sie.

Und uriniert ins Bett.

Holly muß lange warten. Sie hat noch immer Blutungen und Krämpfe, doch es scheint niemanden zu kümmern. Der junge Arzt, den Holly beschimpft hatte, kommt nicht wieder, um nach ihr zu sehen. Holly legt auch keinen Wert darauf.

Schließlich erscheint eine Ärztin. Sie trägt keinen weißen Kittel, sondern ein Kostüm. Eine Psychiaterin. Man hat ihr einen weiblichen Mackendoktor geschickt. Ihr Baby ist in Gefahr, und man schickt ihr einen gottverdammten *Mackendoktor*.

Die Frau redet irgendwelchen Schwachsinn über Scheinschwangerschaft. Faselt darüber, auf welch unheimliche Art solche Scheinschwangerschaften einer wirklichen Schwangerschaft ähneln könnten. Daß es verschiedene Gründe dafür gibt, körperliche und seelische, daß einer Frau so etwas geschehen kann. Und sie schlägt vor, daß Mrs. Miller ihren Hausarzt aufsuchen und mit ihm über eine weitere Behandlung reden soll.

Holly hört gar nicht zu. Schließlich spricht diese Frau zu Barbara Miller, die überhaupt nicht existiert, und nicht zu Holly Bourne, die Nick Millers kleines Mädchen unter dem Herzen trägt.

Die Hauptsache, das *Wichtigste*, ist jetzt erst einmal, daß die Krämpfe aufgehört haben. Und wenn diesem Dummkopf von Arzt die Blutungen keinen Kummer gemacht haben, braucht Holly sich wahrscheinlich auch keine Sorgen darüber zu machen. Schließlich ist sie bis jetzt ohne jede ärztliche Hilfe zurechtgekommen – was ohnehin die richtige Entscheidung war, wie sie nun erkennt.

Doch eines steht fest. Es wird höchste Zeit, daß sie von hier verschwindet. Wenn sie noch länger in diesem Saftladen bleibt, versucht man womöglich noch, sie zu einer Abtreibung zu überreden.

Sie würde eher Selbstmord begehen.

Holly muß sich beruhigen, muß wieder zu sich selbst finden, bevor sie nach Hause fährt. Sie läßt sich von einem Taxi zu Dottie Doolittle in der Sacramento Street bringen und sagt dem Fahrer, daß er warten solle, bis sie wieder aus dem Geschäft kommt, in dem sie für eine Unsumme ein cremefarbenes Taufkleid aus Seide kauft. Sie zahlt in bar; ihr Geld reicht gerade noch für das Kleid und die Taxifahrt. Doch bis jetzt hat Holly sich streng daran gehalten, keine Spuren zu hinterlassen, so daß sie auf ihre Kreditkarten verzichtet. Mag sie nach den Vorfällen an diesem Morgen noch so nervös und gereizt sein – sie hat nicht die Absicht, jetzt alles durch eine einzige Unvorsichtigkeit zunichte zu machen.

Als sie wieder im Taxi sitzt, lehnt Holly sich zurück, die Einkaufstüte mit dem wunderschön verpackten Seidenkleid auf dem Schoß. Sie ist erschöpft und zittert ein bißchen, und die Krämpfe im Unterleib kehren wieder, wahrscheinlich auch die Blutungen.

Aber da ist ja das Taufkleid, weich und seidig und winzig. Für Holly ist es wie ein Talisman, wie der sichtbare Beweis, daß ihre kleine Tochter lebt, geborgen in der Sicherheit und Wärme des Mutterleibes.

»Ich werde ins Bett gehen«, murmelt Holly vor sich hin.

»Ich ruhe mich ein bißchen aus, und dann ist alles wieder in Ordnung.«

Wieder drängt sich der Gedanke an den umwickelten Pinsel in ihr Bewußtsein, doch sie schiebt ihn mit aller Macht von sich.

»Nein, ist nichts passiert, Nick«, sagt sie laut. »Ist nichts passiert.«

Der Taxifahrer betrachtet im Innenspiegel die Frau auf der Rückbank. Sie sieht phantastisch aus. Und daß sie mit sich selbst redet ... nun, das tun viele seiner Fahrgäste. Er hat die gutaussehende Frau vom Krankenhaus abgeholt. Aus irgendeinem Grund war sie schrecklich aufgeregt, doch der Besuch im Kinderbekleidungsgeschäft scheint sie ein wenig beruhigt zu haben. Der Fahrer kichert leise vor sich hin und denkt an seine Frau. Frauen und Einkaufen.

Holly weiß, daß sie ein Risiko eingeht, am hellichten Tag in ihr Haus an der Antonia Street zurückzukehren, doch sie ist zu müde, die Stunden bis zum Einbruch der Dunkelheit in der Stadt zu verbringen. Außerdem ist Nina immer noch bei ihrer Schwester in Arizona, soweit Holly weiß, und Nick wohnt noch im Art Center – also zum Teufel damit. Trotzdem läßt Holly aus dem Seitenfenster des Taxis einen Blick über das Haus der Millers schweifen, sieht aber kein Anzeichen dafür, daß jemand daheim ist. Sie bezahlt den Fahrer und steigt aus.

In diesem Augenblick öffnet sich die Tür von Nummer 1315, und Nina Miller kommt aus dem Haus. Für einen Moment steht Holly wie versteinert da, läßt ihre Handtasche und die Einkaufstüte zu Boden fallen.

»Kann ich Ihnen helfen?«

Nina Miller kommt zu ihr.

»Alles in Ordnung«, sagt Holly rasch.

Doch Nina hat die Sachen bereits aufgehoben und blickt nun auf die Einkaufstüte von Dottie Doolittle. Wie von selbst legt Hollys rechte Hand sich auf ihren Leib.

»Die haben dort wundervolle Sachen, nicht wahr?« sagt Nina freundlich und lächelt Holly an. »Wann erwarten Sie das Baby?«

Holly nimmt ihre Handtasche und die Einkaufstüte von Nina entgegen.

»Dauert noch ein bißchen«, sagt sie.

»Sind wir Nachbarn?« fragt Nina. »Ich glaube, wir sind uns noch nicht begegnet.« Sie streckt die Hand aus. »Ich bin Nina Miller.«

»Entschuldigung«, sagt Holly. »Ich habe beide Hände voll.« Und ohne ein weiteres Wort eilt sie die Treppe zur Eingangstür hinauf und verschwindet im Haus.

Sie zittert wieder, und ihr ist übel.

»Ruhig, ruhig«, sagt sie zu sich selbst und zu dem Baby.

Holly steigt die Treppe bis in den zweiten Stock hinauf.

Sie geht ins Kinderzimmer, öffnet die Einkaufstasche, nimmt das Taufkleid heraus, packt es aus und hängt es an seinem gepolsterten Bügel in den Kleiderschrank.

»So«, sagt sie. »Alles an seinem Platz.«

Dann betritt sie ihr geheimes Zimmer, legt sich aufs Bett und lächelt Nicks Gesicht auf den Fotos an.

»Dem Baby geht es gut«, erzählt sie ihm. »Alles ist gut.«

Holly weiß, daß sie die Wahrheit sagt. Selbst wenn Nina dem Kindermädchen von ihrer kurzen Begegnung mit der neuen Nachbarin erzählt und selbst wenn Teresa ihr Versprechen bricht, nichts über Holly zu verraten, kann sie Nina Miller nicht viel erzählen: nur daß die neue Nachbarin Barbara Rowe heißt und schwanger ist und sich vor ihrem schlagwütigen Mann versteckt. Am Abend wird Nina sie wahrscheinlich schon vergessen haben. Alles wird gut sein. Alles läuft weiter nach Plan. Nick hat seine Frau bereits verlassen. Und sie, Holly, wird sein Kind zur Welt bringen.

Es ist nur noch eine Frage der Zeit.

Als Nina vom Einkauf in die Küche kam – sie hatte bei Spinelli's in der Fillmore Street frische Kaffeebohnen gekauft –, sagte sie zu Teresa: »Als ich vorhin aus dem Haus ging, habe ich unsere neue Nachbarin getroffen. Haben Sie sie auch schon kennengelernt?«

Teresa wandte sich von Nina ab und dem Spülbecken zu, damit Nina nicht sah, daß ihre Wangen glühten. »Sie meinen Mrs. Rowe?«

»Sie hat mir ihren Namen nicht gesagt«, erwiderte Nina und schüttete Bohnen in die Kaffeemühle. »Sie schien es sehr eilig zu haben.«

»Sie hat es immer eilig«, sagte Teresa und spült denselben Teller zum zweitenmal. »Sie erwartet ein Kind.«

»Ja?«

Nina schaltete die Kaffeemühle ein, und mehrere Sekunden machte das laute Heulen des Elektromotors jedes Gespräch unmöglich.

Schließlich stellte Nina die Kaffeemühle ab, klopfte ein paarmal dagegen und schaltete das Gerät noch einmal für zwei, drei Sekunden ein.

»Sie wohnt allein«, sagte Teresa, als das Geräusch verstummt war. Dann erkannte sie plötzlich, daß sie schon mehr erzählt hatte, als sie Mrs. Rowe versprochen hatte, und fügte rasch hinzu: »Ich habe sie einmal auf dem Markt getroffen.«

»Ob sie wohl mal auf eine Tasse Kaffee zu uns herüberkommt?« sagte Nina, mehr zu sich selbst, und gab die gemahlenen Bohnen in eine Filtertüte. »Vielleicht möchte sie Zoë gern mal sehen, wo sie doch bald selbst ein Baby bekommt.«

»Ich glaube nicht«, sagte Teresa ein bißchen zu hastig.

Nina warf ihr einen erstaunten Blick zu. »Warum nicht?«

»Ich habe das Gefühl, sie ist eine sehr zurückgezogene Frau«, versuchte Teresa sich herauszuwinden. »Sie ist nicht so freundlich wie Sie, Mrs. Miller.«

Nina zuckte die Achseln. »Sie war ziemlich kurz angebunden, als ich sie vorhin getroffen habe. Na ja, wahrscheinlich hat sie ihre eigenen Probleme.«

73

Phoebe lag wach in ihrem Bett in der Waterson-Klinik und starrte aus den Fenstern ihres Zimmers in den sternenübersäten Nachthimmel. Es war bereits die zweite Nacht in Folge, in der sie nicht schlafen konnte.

In den mittlerweile zweieinhalb Monaten ihres Aufenthalts in der Klinik hatte Phoebe mehr als eine schlaflose Nacht erlebt. Die Umgebung und ihre schrecklichen, veränderten Lebensumstände waren Phoebe irreal erschienen – so, als wäre jede Verbindung zum wirklichen Leben abgerissen. Manchmal war sie sich wie eine Maschine vorgekommen, wie ein Roboter aus Fleisch und Blut, bei dem ein wichtiges Teil ausgefallen war, so daß die Abstimmung versagte, und nun blieb dieser Roboter funktionsunfähig, solange dieses geheimnisvolle defekte Bauteil nicht erneuert wurde.

Doch dies alles war Phoebe erst seit Ninas letztem Besuch deutlich geworden.

Die gebrochenen und zerschmetterten Knochen in Armen und Händen hatten Phoebe schreckliche Schmerzen bereitet, doch schlimmer noch war die Hilflosigkeit gewesen. Aber die Knochenbrüche, die Unbeweglichkeit in den Gipsverbänden waren nicht der Grund dafür, daß Phoebe sich vom Rest der Welt abgeschnitten fühlte. Diese Verletzungen waren nur Begleiterscheinungen von ... was? Irgend etwas Seltsames. Phoebe hatte dieses Etwas bereits in dem Moment bemerkt, als sie das erste Mal aus der Bewußtlosigkeit erwacht war, und sie hatte dieses Etwas wie ein seltsames, unbekanntes, furchteinflößendes Gepäckstück aus der Schwärze der Ohnmacht mitgebracht. Dieses gräßliche Etwas hatte ihr die Sprache geraubt. Die Möglichkeit, sich mit anderen auszutauschen. Es hatte sie von der Normalität abgeschnitten und von den Menschen, die sie liebte.

Aphonie.
Aphonie.
Phoebe sehnte sich danach, dieses Wort aussprechen zu können. Manchmal hatte sie stundenlang im Bett gelegen und darum gekämpft, es laut zu sagen – *Aphonie* –, die weichen Konsonanten und die fließenden Vokale. Das Wort war lange Zeit eine Art Symbol für sie gewesen: Jene Trophäe, die sie eines Morgens in die Höhe halten würde, wenn eine Krankenschwester ins Zimmer kam, um nach ihr zu sehen. Dann wollte Phoebe sich im Bett aufsetzen und laut und deutlich sagen:
»Aphonie.«
Doch dieser Morgen war nie gekommen. Sie hatte gekämpft, hatte sich verzweifelt abgemüht; sie hatte sogar die entgegengesetzte Richtung eingeschlagen und zu vergessen versucht, daß dieses verdammte Wort *existierte* und daß ihre Stummheit überhaupt von Bedeutung war. Vielleicht war ihr Zustand vergleichbar mit dem eines Paares, daß sich sehnlichst ein Kind wünscht und alles versucht, sich diesen Wunsch zu erfüllen, bis Körper und Geist erschöpft sind, bis die Hoffnung gestorben ist und sie aufgeben, weil sie sich eingestehen, daß es keinen Sinn mehr hat, daß sie eine Niederlage erlitten haben – um dann plötzlich *doch* belohnt zu werden. Doch auch auf diesem Weg war Phoebe nicht ans Ziel gelangt.

Und nun erkannte sie, daß sie sich *tatsächlich* aufgegeben hatte. Sie hatte sich in das Schicksal ergeben, von nun an stumm zu sein, ja, sie war auf dem besten Weg, sich über ihre Stummheit zu *freuen*. Tatsächlich hatte es etwas seltsam Friedliches, nicht mehr reden zu können. Niemand erwartete mehr, daß man sich an Gesprächen beteiligte oder gar an Entscheidungsprozessen des alltäglichen Lebens, mochte es sich um eine wichtige oder belanglose Angelegenheit handeln. Natürlich lebte Phoebe nicht in einer gänzlich abgeschlossenen Welt; sie konnte den Kopf schütteln oder nicken, wenn es darum ging, jemandem mitzuteilen, ob oder was sie zum Frühstück essen wollte oder ob sie Lust hatte, nach dem Mittagessen einen Spaziergang zu machen. Aber es gab keine wirklichen Probleme mehr. Alles Bedeutsame war bedeutungslos geworden. Die Existenz der äußeren Welt war nahezu erloschen; selbst wenn Besucher von außerhalb kamen, schienen sie diejenigen zu sein, die gänzlich in Phoebes neue Welt eintraten. Niemand erzählte ihr von seinen Problemen, folglich hatte niemand Probleme.

Bis vorgestern, als sie mit Nina durch den Rosengarten geschlendert war und die wirkliche Welt – immer noch auch ihre Welt – auf erschreckende Weise wieder in ihr Leben hineinexplodierte.

Ihr Unfall am Haus in der Catherine Street sei gar kein Unfall gewesen, hatte Nina gesagt.

Und wie es aussah, hatte Nina das Opfer sein sollen.

Weil irgend jemand Nina so leiden lassen wollte, wie nun Phoebe litt. Weil jemand sie vielleicht sogar töten wollte, so wie Phoebe beinahe ums Leben gekommen wäre, hätte sie den hirnchirurgischen Eingriff nicht überstanden.

Und Nina hatte gesagt, daß derselbe Täter alles versucht habe, die Polizei von San Francisco glauben zu machen, daß Nick – ausgerechnet Nick – ihr das angetan hätte. Dieser Jemand hatte der Polizei auch erzählt, Nick würde Heroin in seinem Haus verstecken – Heroin, um Himmels willen. Dieser Jemand hatte der Polizei überdies die Fotos geschickt, die ihn belasten sollten.

Nina hatte ein riesiges Loch in Phoebes friedliche, stimmenlose aphonische Welt gesprengt, und seit dem letzten Besuch ihrer Schwester war Phoebe eine andere geworden. Bis dahin hatte es den Anschein gehabt, daß sie nicht mehr viel vom Leben erwartete, nicht mehr viel brauchte und nie wieder sprechen würde. Die Familie wußte, daß sie Phoebes Liebe besaß; um ihnen dies zu sagen, brauchte es keine Stimme. Und was hatte es bis dahin sonst zu sagen gegeben?

»Wir brauchen dich. Du mußt der Polizei sagen, daß Nick kein Motiv hatte, dir irgend etwas anzutun«, hatte Nina in der wundervollen Wüstenoase aus Boule de Neige und blaßroten Rosen zu Phoebe gesagt. »Sie glauben, du hättest irgend etwas über diese Drogengeschichte oder den Kindesmißbrauch herausgefunden.«

Kindesmißbrauch! Als sie von diesem Vorwurf hörte, wollte

Phoebe ihren hilflosen Zorn in die Welt hinausschreien. Sie hatte ihrer Schwester in die Augen geschaut, hatte den Kummer und die tiefe Verzweiflung darin gesehen. Und wenngleich Nina ihr sonst nichts mehr erzählt hatte – und weiß Gott, für das erste Mal war es ohnehin mehr als genug –, hatte Phoebe gespürt, daß Nina ihr noch viel mehr zu sagen hatte.

Plötzlich hatten Phoebe hundert brennende Fragen auf der Zunge gelegen. Nina glaubte doch nicht etwa, daß an diesen verrückten, ungeheuerlichen Anschuldigungen irgend etwas Wahres war? Nein, ganz sicher nicht. Aber was war mit William? Phoebe hatte bemerkt, wie sein Gesichtsausdruck sich immer dann verdüstert hatte, wenn Nick bei ihnen gewesen war.

O Gott, sie mußte ihre Sprache wiederfinden. Und zwar schnell.

Wieviel Mühe es auch machte, wieviel Anstrengungen und Schmerz es erforderte, zählte nicht mehr. Es war Zeit, in die wirkliche Welt und zu ihrer Familie zurückzukehren.

Es war an der Zeit, zu *reden*.

74

Am Freitag morgen vor Thanksgiving, als Nick in seinem Zimmer im Art Center saß, inmitten von Rohentwürfen für einen Auftrag der Zeitschrift *Good Housekeeping*, rief er beim Dezernat für Gewaltverbrechen bei der Polizei von San Francisco an und bekam Helen Wilson an den Apparat.

»Wie geht es Ihnen, Mr. Miller?« fragte Wilson mit ungewohnter Freundlichkeit.

»Es ging mir schon besser.«

»Wem ist es nicht schon so ergangen?« erwiderte Wilson.

»Haben Sie sie gefunden?«

»Sie?«

»Holly Bourne. Ich muß wissen, was vor sich geht. Ich habe seit Wochen nicht mit Ihnen oder Ihren Kollegen gesprochen.«

»Ich dachte, Sie wären froh darüber«, sagte Wilson auf ihre trockene Art.

Nick hatte nicht vor, sich vom Thema abbringen zu lassen. Er war jetzt so gut wie sicher, nicht mehr der Hauptverdächtige zu sein, nachdem der San Francisco Police der Bericht der Polizei von Los Angeles über den Vorfall mit Holly im Mistral Inn zugegangen war. Verdammt sollte er sein, wenn er sich von Wilsons zynischem Gerede wieder in die Rolle des Übeltäters drängen ließ.

»Sie haben Holly Bourne also noch nicht gefunden?« fragte er.

»Richtig. Bis jetzt haben wir noch kein Gespräch mit Mrs. Bourne geführt.«

»Aber Sie suchen noch nach ihr?« Nick ließ Wilson keine Sekunde Zeit. »Die Frau ist *gefährlich*«, erinnerte er sie in drängendem Tonfall. »Sie müssen sie finden.«

»Wir hoffen es«, erwiderte Wilson gelassen, »denn solange

wir nicht mit ihr gesprochen haben, steht sie weit oben auf unserer Liste der Personen, die wir noch befragen müssen.« Sie hielt kurz inne. »Wenngleich man sich vielleicht daran erinnern sollte, daß wir immer noch nicht den geringsten Beweis dafür haben, daß diese Frau tatsächlich gefährlich ist, wie Sie behaupten.«

»Gegen mich hatten Sie auch keinerlei Beweise, als Sie mich zum Verhör aufs Revier geschleift haben.«

»Wir hatten gute Gründe, Sie zu vernehmen, Mr. Miller.«

»Weil Holly Bourne Sie angerufen und erklärt hat, sie hätte mich in der Catherine Street gesehen, aber das war eine Lüge.« Nick hatte Ruhe bewahren wollen, doch Helen Wilson machte es ihm immer wieder unmöglich.

»Sie hat Ihnen nicht mal ihren *Namen* genannt. Und das bezeichnen Sie als ›gute Gründe‹? Aber wenn ich zu Ihnen komme und Ihnen sage, daß Holly Bourne in mein Hotelzimmer eingebrochen ist, zählt das nicht als Beweis.«

»Unglücklicherweise«, erwiderte Wilson, »kann niemand bestätigen, daß Mrs. Bourne in Ihrem Hotelzimmer gewesen ist.«

»Es kann auch niemand beweisen, daß ich in der Catherine Street war.«

»Aber Sie haben Phoebe Ford sehr nahe gestanden«, sagte Wilson, »so daß es schon von daher unsere Pflicht war, mit Ihnen zu reden.«

Nick konnte sich nur noch mühsam beherrschen.

»Suchen Sie Holly Bourne als *Verdächtige* oder nicht, Inspektorin?« fragte er.

»Sie wissen, daß ich Ihnen diese Frage nicht beantworten werde, Mr. Miller.« Wieder hielt Wilson für einen Moment inne. »Doch wenn Sie oder Ihre Privatdetektive irgend etwas Neues über die Dame herausfinden, werden Sie uns die Informationen umgehend zukommen lassen, nicht wahr?«

»Darauf können Sie sich verlassen«, sagte Nick.

75

Man kann wirklich nie wissen, wann manche Dinge eine plötzliche Wendung nehmen.

»Würdest du etwas für mich tun?« fragte Nina, als sie Nick ein paar Stunden nach dem unerfreulichen Gespräch mit Wilson anrief.

»Natürlich.«

»Dann komm an Thanksgiving zu uns.«

»Uns?«

»Zu deiner Frau und deiner Tochter. Dad bleibt noch in Arizona. Nicht einmal Teresa ist da. Sie besucht eine Kusine. Wir drei sind ganz unter uns.«

Nick überlegte einen Moment.

»Bist du sicher, daß du das wirklich willst?« fragte er.

»Wäre ich nicht sicher, hätte ich dich nicht gefragt.«

»Ich komme sehr gern«, sagte Nick leise. »Danke.«

»Möchtest du Zoë morgen schon sehen?«

»Nichts lieber als das.«

»Gut. Könnte sein, daß ich nicht da bin. Ich muß noch ein paar Dinge erledigen. Aber ich sage Teresa, daß sie dich erwarten soll. Morgen früh oder am Nachmittag?«

»Am Nachmittag, wenn es dir recht ist. Und ich könnte ein bißchen Zeit im Atelier gebrauchen, falls es machbar ist.«

»Kein Problem«, sagte Nina.

76

Ich legte den Hörer auf und ließ mich aufs Hotelbett fallen.
Thanksgiving.
Nur wir drei. Der ganze Tag für uns allein.
Nina hatte sich sehr glücklich angehört, als ich zusagte. Hatte sie ernsthaft damit gerechnet, ich würde diese Einladung ausschlagen? Ich wäre um die ganze Welt geflogen!

Es ist dunkel in meinem Zimmer und still. Bis jetzt habe ich meine Einsamkeit jede Nacht, wenn ich in diesem gemütlichen kleinen Hotel zu Bett gegangen war, so intensiv empfunden, daß ich keine Worte dafür finde. Selbst in den Nächten, nachdem ich zuvor ein paar Stunden mit Nina verbracht hatte. *Gerade* in diesen Nächten, denn immer dann wird mir besonders deutlich, wie verrückt es ist, daß wir in getrennten Betten schlafen.
Nina hat in diesen Nächten wenigstens Zoë bei sich. Ich habe nichts als das Wissen um meine Dummheit.
Heute nacht fühle ich mich anders.
Ich habe das starke Gefühl, daß an Thanksgiving all diese Verrücktheiten enden. *Meine* Verrücktheit.
Natürlich hat sich nichts wirklich geändert.
Was Holly betrifft, ist alles noch so schlimm wie eh und je.
Doch mehr und mehr akzeptiere ich, daß ich nichts dagegen tun kann. Allmählich sehe ich ein, daß Nina wahrscheinlich – sehr wahrscheinlich – recht hat: Die Rückkehr zu meiner Familie und unsere gemeinsamen Anstrengungen, Holly aus unserem Leben auszuschließen, ist die einzig mögliche Verteidigung, die wir haben.
Denn wie lange soll ich noch zulassen, daß eine Wahnsinnige mein Glück und das meiner Familie zerstört?
Es muß eine Grenze geben, selbst für meine Dummheit.

77

Die Arbeit bei den Millers war nicht der Job, den Teresa sich erhofft hatte. Die ganze Zeit gab es zu viele Spannungen. Zu viel Verantwortung. Ein Ehemann und seine Frau, die sich zu lieben schienen und dennoch getrennt lebten und bei denen ihr kleines Töchterchen nicht an erster, sondern an letzter Stelle kam.

So etwas hätte es bei den Vasquez niemals gegeben. In keiner guten katholischen Familie. Es war einfach nicht *richtig*. Teresa wußte, daß Barbara Rowe – die sie nicht mehr gesehen hatte, seit Mrs. Miller von ihrer letzten Reise aus Arizona zurückgekehrt war – genauso empfand, auch wenn Barbara ebenfalls von ihrem Mann getrennt lebte, dem Vater ihres ungeborenen Kindes. Doch bei den Rowes lag der Fall ganz anders als bei den Millers, denn Mr. Rowe war ein grausamer Mann. Er schlug seine Frau. Und jede Frau hatte das Recht, sich und ihr Baby vor einem solchen Mann zu schützen.

Am Samstag morgen betrat Teresa einen Drugstore an der Van Ness Avenue, um Deodorant und Shampoo zu kaufen, als sie Barbara Rowe an einer der Kassen stehen sah. Sie trug einen Regenmantel, dessen Kragen sie hochgeschlagen hatte, und einen schicken Hut, dessen Krempe tief in ihre Stirn reichte, so daß Teresa genau hinschauen mußte, bevor sie sicher sein konnte.

Barbara Rowe hatte sich Tampons gekauft.

Sie spürte Teresas Blicke und schaute auf.

Der Ausdruck auf ihrem Gesicht war so kalt, daß einem das Blut in den Adern gefrieren konnte.

»Wir geht es Ihnen?« fragte Teresa, ein wenig erschreckt über diesen Anblick.

»Gut. Und selbst?«

»Mir geht es auch gut, danke.« Teresa zögerte. »Ist alles in Ordnung mit Ihnen?«
»Ja.«
Kalt. Abweisend.
Barbara Rowe drehte sich um und ging davon.

Am Montag morgen klingelte Holly bei den Millers an der Tür, eine Viertelstunde, nachdem sie beobachtet hatte, wie Nina mit einem Aktenkoffer das Haus verließ. Wahrscheinlich fuhr sie zum Büro ihrer Immobilienagentur.
Teresa öffnete die Tür, das Baby auf dem linken Arm.
»Mrs. Rowe.«
Holly stand auf der Fußmatte, ein kleines Päckchen in den Händen.
»Ein Friedensangebot«, sagte sie mit ihrem herzlichsten Lächeln.
»Kommen Sie herein.« Teresa trat zur Seite. Auf ihrem Gesicht lag ein Ausdruck der Unsicherheit.
»Es ist doch niemand zu Hause, oder?« fragte Holly und trat ein.
»Nein. Niemand.«
Holly reichte Teresa das mit Goldpapier umwickelte Päckchen mit Godiva-Pralinen. Im Interesse der Diplomatie durfte man keine Kosten scheuen.
»Die Pralinen haben Ihnen sehr gut geschmeckt, als Sie das letzte Mal bei mir waren.« Holly lächelte Zoë an. »Und wie geht es der kleinen Schönheit?«
»Oh, sehr gut.« Teresa betrachtete die Pralinenschachtel. »Sie sollten mir nicht so viele Geschenke machen.« Weiter als bis in die Eingangshalle bat Teresa die Besucherin nicht ins Haus. Der Schreck und die Enttäuschung über die schroffe Behandlung im Drugstore saßen noch zu tief.
»Diesmal ist es eine Entschuldigung, kein Geschenk.« Holly streckte die Hand aus und streichelte Zoë übers Haar. »Am Samstag war ich sehr unfreundlich zu Ihnen.«
»Ach, das war nichts.« Teresas Tonfall strafte ihre Worte Lügen.
»Wissen Sie«, sagte Holly und senkte die Stimme, obwohl sie allein im Haus waren, »ich hatte kurz zuvor einen schlim-

men Schreck bekommen und hatte Angst um mein Baby.« Sie hielt inne. »Ich hatte Blutungen.«

Teresa schlug entsetzt die Hand vor den Mund. »*Válgame Dios!*«

»Aber jetzt ist alles wieder in Ordnung«, erklärte Holly.

»Sind Sie sicher? Haben die Ärzte gesagt, daß es Ihrem Baby gutgeht?«

»Es geht ihm großartig.«

»Oh, das freut mich für Sie«, sagte Teresa aus tiefstem Herzen.

»Ich hoffe, Sie verstehen jetzt, weshalb ich am Samstag ein wenig ... angespannt war.«

»Aber natürlich.« Teresa lächelte. »Haben Sie Zeit für eine Tasse Tee? Vor heute nachmittag kommt Mr. Miller nicht nach Hause.«

Holly spürte ein Pochen in der linken Schläfe. »Will er Zoë besuchen?«

»Es ist jeden Tag das gleiche.« Teresa zuckte die Achseln. »Er liebt sie sehr. Und wenn Sie mich fragen, auch seine Frau liebt er noch immer. Das alles ist einfach verrückt.«

Holly verspürte den brennenden Wunsch, dem Kindermädchen ins Gesicht zu schlagen.

Statt dessen lächelte sie Teresa an.

»Sie sind sehr romantisch, Teresa«, sagte sie.

Und folgte ihr ins Haus.

78

Der Thanksgiving Day übertraf alle Erwartungen.

Nick, Nina und Zoë waren unter sich.

Sie arbeiteten zusammen in der Küche. Ursprünglich hatte Nina sich allein ums Essen kümmern wollen, sagte sich dann aber, dies würde bei Nick den Eindruck erwecken, bloß ein »Besucher« zu sein. Deshalb änderte sie ihre Meinung und bat ihn, früh genug zu kommen, um ihr in der Küche zu helfen.

Clare Hawkins wußte natürlich von der Trennung Nicks und Ninas; sie wußte aber auch, daß die beiden den Feiertag gemeinsam verbringen wollten. Gegen zehn Uhr morgens hatte sie angerufen und Nick und Nina den schönsten Tag gewünscht, den sie sich vorstellen könnten. Dann rief Nina ihren Vater an, der ein gemeinsames Thanksgiving-Fest mit Phoebe und den anderen Patienten und deren Verwandten in der Waterson-Klinik verbrachte. William reichte den Hörer an Phoebe weiter, damit Nina ihr sagen konnte, wie sehr sie ihre Schwester liebe.

»Sag Phoebe, ich liebe sie auch«, erklärte Nick, als William wieder an den Apparat kam.

»Hast du gehört, Dad?« fragte Nina mit fester, deutlicher Stimme. »Nick läßt Phoebe ausrichten, daß er sie sehr liebt.«

»Ich hab's gehört«, sagte William.

»Dann sag es ihr, Dad«, bat Nina. »So, daß ich es hören kann.«

William tat, wie geheißen.

»Danke, Dad«, sagte Nina. »Ich liebe dich.«

»Sei vorsichtig, mein Schatz«, erwiderte William und legte auf.

Liebevoll deckten sie den Tisch im Eßzimmer mit ihrem besten Porzellangeschirr, zündeten Kerzen an, legten das Silberbesteck auf und stellten Zoës winzigen Babystuhl so an den Tisch, daß sie alle einander anschauen konnten. Sie aßen Kürbissuppe, Truthahn, Kartoffelpüree, Rotkohl und Rosenkohl. Beim Dessert wichen sie von der Tradition ab und aßen Walnußkuchen, der mit Ninas selbstgemachter Vanillesoße übergossen war; dazu tranken sie Mineralwasser (alkoholische Getränke waren bis zum letzten Tropfen aus dem Haus verbannt worden, selbst für Gäste) und anschließend Kaffee.

»Also, was geschieht nun?« fragte Nina gegen siebzehn Uhr, nachdem sie gespült und abgetrocknet und eine Zeitlang im Wohnzimmer mit Zoë gespielt hatten.

»Zoë braucht jetzt ihr Essen«, sagte Nick leise.

»Ja, stimmt. Und was kommt dann?«

»Dann muß sie gebadet werden.«

»Einverstanden. Und dann?«

»Dann wird sie sehr müde sein, und wir bringen sie ins Bett.«

»Womit unsere Tochter rundum versorgt wäre«, sagte Nina. »Und was ist mit uns?«

Nick schaute sie an. »Vielleicht müßte dir mal jemand den Rücken schrubben.«

»Ja, allerdings.«

»Das könnte ich übernehmen«, sagte Nick. »Wenn ich darf.«

Sie schaute ihm tief in die Augen.

»Du darfst.«

Beide schwiegen einen Augenblick.

»Das ist verrückt«, sagte Nina dann. »Wir wissen beide, daß es verrückt ist.«

Nick wagte nicht darauf zu antworten; er nickte nur.

»Ich weiß, daß bis jetzt niemand Holly gefunden hat. Und du hast gesagt, daß es am besten wäre, erst dann wieder nach Hause zu kommen, wenn man weiß, wo sie ist«, fuhr Nina mit fester Stimme fort, wenngleich ihr die Tränen in den Augen brannten. »Aber ich glaube, wir sind uns beide darüber klar geworden, daß wohl nie mehr eine Zeit kommt, in der wir einander mehr brauchen als jetzt.«

Nick schwieg noch immer.

»Hilf mir, diese Zeit durchzustehen, Nick«, sagte Nina. »Bitte.«

»Ich weiß nicht, was ich sagen soll.«

»Du liebst mich, nicht wahr?«

»Das weißt du doch.«

»Und du hast immer noch den Wunsch, nach Hause zu kommen, ja?«

»Ich wünsche mir nichts sehnlicher.«

»Ich auch nicht«, sagte Nina schlicht. »Und frag mich nicht, was passiert, sollte dich morgen jemand anrufen und sagen, man hätte Holly gefunden. Oder was geschieht, wenn sie nach San Francisco kommt und die ganze Nacht durch die Stadt geht und jemand vergewaltigt sie und wenn sie dann bei Inspektorin Wilson anruft und behauptet, du wärst der Vergewaltiger gewesen.« Sie holte tief Luft. »Was ist, wenn uns morgen der nächste Schlag trifft, Nick? Was ist ...«

»Schon gut«, sagte er leise. »Ich weiß.«

»Worauf ich hinaus will ... was ist mit uns, wenn wir Zoë heute abend ins Bett gebracht haben?«

»Dann gehen wir ins Bett«, sagte Nick, »und schlafen miteinander.«

»Und morgen früh?«

»Fahre ich zum Art Center, bezahle die Rechnung und packe mein Zeug zusammen.«

»Und dann kommst du nach Hause«, sagte Nina.

»O ja«, erwiderte Nick.

79

Wir liebten uns in dieser Nacht. Ich will nicht behaupten, daß es wie beim erstenmal gewesen ist oder irgend etwas ganz Besonderes. Mit Nina zu schlafen war von Anfang an wundervoll gewesen. Was unser Zusammensein in dieser Nacht so perfekt machte – jedenfalls für mich –, war die schlichte Tatsache, daß es so vollkommen *normal* war. Unsere Körper verschmolzen in unserem Ehebett, Wärme in Wärme, und atmeten Glücklichsein und Leben ein. Ich glaube, seit unserer Trennung war mein Inneres so kalt gewesen wie Ninas.

Nina schläft jetzt. Oft kuscheln wir uns im Bett zusammen, und Ninas Kopf ruht an meiner Schulter, oder ich nehme sie ganz einfach in die Arme, bis der Schlaf uns trennt und einer von uns beiden sich zur Seite dreht, doch selbst dann bleibt der körperliche Kontakt gewahrt, und sei es nur, indem wir uns bei der Hand halten. Nina schläft für gewöhnlich auf der Seite, wobei ihr langes Haar mir oft den Anblick ihres Gesichts verwehrt. Heute nacht liegt sie auf dem Rücken, der rechte Arm ist nach oben ausgestreckt und ruht auf dem Kissen, der linke Arm liegt auf meiner Brust.

Aus Furcht, sie zu wecken, liege ich ganz still.

Ich will mich nicht bewegen.

Ihre Haut ist bleich und glatt, die Lippen leicht geöffnet. Ein paar lange, honigfarbene Strähnen ihres nach hinten gestrichenen Haares fallen ihr übers linke Augenlid und die linke Wange. Wenn sie ausatmet, sanft und regelmäßig, kräuseln die Haare sich leicht und legen sich dann wieder, kräuseln und legen sich ...

Ich liege regungslos da und betrachte meine Frau.

Die Mutter meines Kindes. Unseres Kindes.

Ihre Brüste werden vom Oberbett verdeckt. Als ich sie vorhin berührte, als ich sie küßte, war Nina voller Lust, reagierte auf die leiseste Berührung. Meine Frau ist sehr leidenschaftlich.

Heute nacht bin ich der glücklichste Mann auf Erden.

Für einen Augenblick muß ich an Holly Bourne denken, die sich durch eine Hintertür ins Haus schleicht, und ich sehe vor dem inneren Auge, wie ich sie mit beiden Händen wieder hinausstoße. Aus unserem Haus, aus meinen Gedanken.

Heute nacht ist hier kein Platz für sie.

Und auch sonst nicht.

Niemals.

Im Haus nebenan hat Holly – die eines der Hemden trägt, die sie Nick gestohlen hat – ein einsames Thanksgiving-Abendessen zu sich genommen: übriggebliebene Spaghetti und Salat, die sie mit fast einer ganzen Flasche Rotwein heruntergespült hat. Jetzt, nach Mitternacht, sitzt sie in der Dunkelheit ihres geheimen Zimmers.

Sie sitzt am Fenster und beobachtet das Haus der Millers.

Vor zwei Tagen hat Teresa ihr erzählt, Nick käme zum Thanksgiving-Dinner nach Hause. Doch das Dinner ist nun schon seit Stunden vorüber, und seitdem hat Holly jede Minute das Haus nebenan beobachtet und darauf gewartet, daß Nick es verläßt. Doch er hat es nicht verlassen.

Er ist geblieben. Er ist immer noch da.

Und verbringt die Nacht im Haus. Schmust mit der kleinen Zoë. Schläft bei Nina.

Schläft mit der anderen.

Die Bilder ziehen durch Hollys Hirn. Nick mit Nina. Nackt, mit ihr. Seine Hände auf ihrem Körper. Sein Mund.

Sein Schwanz in ihr.

Die andere.

Holly hält es nicht mehr aus. Es ist unerträglich.

Sie erhebt sich aus dem Stuhl am Fenster und legt eine Hand vor die Augen, versucht, die Bilder zu verscheuchen. Doch sie bleiben.

Und zu den Bildern gesellen sich Geräusche. Sie dringen durch die Wände der Häuser hindurch, über die Entfernung hinweg. Das Stöhnen und die lustvollen Schreie und die Geräusche ihrer Haut, heiß und verschwitzt; die leisen schmatzenden Laute, die ihre Körper von sich geben, wenn sie sich berühren und voneinander lösen, wieder und wieder, während er sein Glied in sie hineinstößt und sein Becken vor- und zurückschnellt, vor und zurück ...

Holly kann die Geräusche nicht mehr ertragen. Sie preßt die Hände auf die Ohren und sinkt auf die Knie, hockt auf dem Fußboden, doch die Geräusche wollen einfach nicht verstummen, die Bilder nicht verblassen, und Holly *kann es nicht mehr aushalten.*

Sie überdeckt die Bilder und Geräusche mit etwas anderem.

Mit Schmerz.

Bis sie das Bewußtsein verliert.

Als sie wieder zu sich kommt, liegt sie zusammengekrümmt auf dem Fußboden ihres geheimen Zimmers, ihres Nick-Zimmers.

Das Hemd – *sein* Hemd – ist zerfetzt.

Die Fetzen sind voller Blut.

Holly hebt die Hände, betrachtet sie. Unter den Nägeln sind Blut und Hautfetzen.

Wieder spürt sie den Schmerz und blickt an sich hinunter.

Aus ihrer liegenden Stellung sieht ihr Leib beinahe flach aus.

Und auch er ist voller Blut.

Blut aus den langen, klaffenden Wunden, die Holly in ihren leeren, jämmerlichen, nutzlosen Unterleib gekratzt hat.

Als Nick sich anzog, um zum Art Center zu fahren, die Rechnung zu bezahlen und seine Sachen zu holen, klingelte das Telefon.
Nina, die auf dem Bett saß, nahm den Hörer ab.
»Ja, Dad.«
Sie lauschte. Ihre Augen wurden strahlend, und ihre Wangen röteten sich.
»Oh, Dad, das ist ja *wundervoll* ... Ich kann es gar nicht glauben ... Ja, natürlich. Ja, *natürlich*. Ich kann es kaum erwarten.« Sie streckte die rechte Hand aus und bedeutete Nick, zu ihr zu kommen. Man konnte ihre Erregung beinahe mit den Händen greifen.
Sie legte den Hörer auf.
»Phoebe kann wieder sprechen«, sagte sie. »Ich kann's noch gar nicht fassen, aber Dad hat gesagt, daß Phoebe tatsächlich wieder *sprechen kann*!«
Ein überwältigendes Gefühl der Freude und Erleichterung durchströmte Nick.
»Was genau hat William gesagt?« fragte er aufgeregt. »Was hat *Phoebe* gesagt?«
»Sie möchte, daß wir zu ihr kommen.« Nina nahm Nicks Hand, hielt sie ganz fest, und plötzlich strömten ihr Tränen über die Wangen. »Ist das möglich? Ich muß tatsächlich weinen! Nach so langer Zeit ... so viel Schönes ... so wundervolle Neuigkeiten, und ich sitze hier und muß heulen.«
Nick setzte sich neben Nina und legte beide Arm um sie. »Du hast gesagt, Phoebe möchte, daß *wir* kommen. Heißt das, du und ich?«
»Was denn sonst?« sagte Nina, löste sich aus Nicks Umarmung und wischte sich die Tränen aus den Augen.
»Wie hat William sich angehört?«

»So aufgeregt, wie ich ihn noch nie erlebt habe«, sagte Nina. »Und überglücklich.« Sie schaute Nick ins Gesicht. »Wenn ich recht verstanden habe, hat Phoebe ihren Wunsch, daß wir zu ihr kommen sollen, sehr deutlich gemacht. Nicht einmal Dad würde sich jetzt auf Diskussionen mit ihr einlassen. Ich glaube, er wäre sogar einverstanden, hätte Phoebe verlangt, daß der Teufel persönlich sie besucht.«
»Danke für den Vergleich.«

Während Nina sich um die Flugtickets kümmerte, fuhr Nick zum Hotel, bezahlte die Rechnung, packte seine Sachen in den Wagen und kam sofort wieder in die Antonia Street.
»Ich habe schon für dich gepackt«, wurde er von Nina empfangen. »Leichte Kleidung für heißes Wetter. In Ordnung?«
»Na klar.« Nick warf den Koffer, den er aus dem Hotel mitgebracht hatte, aufs Bett, zog den Reißverschluß auf und wühlte auf der Suche nach seinem Rasierzeug und dem Kulturbeutel im Innern herum. »Was ist mit Zoë?«
»Ich glaube, sie hat eine leichte Erkältung.«
Nick runzelte die Stirn. »Hat sie Fieber?«
»Bloß erhöhte Temperatur.«
»Wir sollten sie trotzdem lieber hier lassen.«
Nina nickte. »Ich hasse den Gedanken, sie schon wieder allein zu lassen, aber bei Teresa ist sie in guten Händen. Ich habe ihr von Phoebe erzählt. Sie hat sich riesig für uns gefreut.«
»Wann geht unsere Maschine?«
»Mittag.«
Nick sah auf die Uhr. »Dann müssen wir uns beeilen.«
»Ich habe schon ein Taxi bestellt«, sagte Nina. »Es wird Zeit für uns, Zoë einen Abschiedskuß zu geben.«
Nick schaute seine Frau an. »Du bist so ausgeglichen wie seit langem nicht.«
»Ja, stimmt«, erwiderte sie. »Ich habe ja auch allen Grund. Mein Mann ist nach Hause zurückgekehrt, und meine Schwester wird wieder gesund, und bald kann sie den Namen meines Mannes reinwaschen.«
»Meinst du?« fragte Nick.
»Ich weiß es«, sagte Nina.

82

Um zehn nach drei an diesem Nachmittag bemerkte Teresa, als sie auf dem Gehweg vor dem Haus der Millers herabgefallene Blätter zusammenfegte, ein in braunes Packpapier eingewickeltes Paket, das auf der Veranda des Nachbarhauses lag.

Vor drei Tagen hatte Barbara Rowe zu Teresa gesagt, daß sie eine ziemlich weite Reise machen würde, um Thanksgiving mit ihren Eltern zu feiern; sie wisse nicht, wann sie nach Hause käme.

Teresas erster Impuls war, hinüber zu Haus Nummer 1317 zu gehen, das Paket zu holen und es bis zu Mrs. Rowes Rückkehr im Haus der Millers aufzubewahren. Dann aber erinnerte sie sich an den beinahe zwanghaften Wunsch ihrer Nachbarin, anonym zu bleiben. Wahrscheinlich ist es besser, sagte sich Teresa, das Paket vor die Hintertür von Mrs. Rowes Haus zu legen, wo es wenigstens vor neugierigen Blicken geschützt ist.

Teresa stellte den Besen an die Wand und ging ins Haus, um nach Zoë zu sehen.

Das kleine Mädchen, das am Morgen ziemlich quengelig gewesen war, lag jetzt zufrieden in ihrem Laufstall, strampelte mit den Beinchen und drückte ein kleines, rosafarbenes Plüschkaninchen an sich.

»Ich gehe mal kurz nach nebenan, *querida*.«

Teresa beugte sich vor, betastete Zoës Windel, um sich davon zu überzeugen, daß die Kleine trocken war, und ließ den Blick rasch durch den Laufstall schweifen, um ganz sicher zu gehen, daß sich kein Gegenstand darin befand, an dem Zoë sich verletzen könnte.

»Möchtest du mit mir kommen, oder willst du lieber hierbleiben?«

Zoë gurgelte, und vor ihren Lippen bildeten sich kleine Bläschen aus Speichel.

»In Ordnung, *bonita* – du bleibst hier im Warmen. Ich bin ganz schnell wieder bei dir.«

Teresa warf Zoë einen Handkuß zu und ging nach oben, um die Hausschlüssel zu holen.

83

Holly duscht im Bad auf der zweiten Etage, das sich zwischen dem Kinderzimmer und ihrem geheimen Raum befindet. Ihre Wunden brennen und beißen, als sie mit dem heißen Wasser und der Seife in Berührung kommen, doch gerade dieser Schmerz vertreibt die Gedanken und Bilder, die Holly in der Nacht zuvor so fürchterlich gequält haben.

Heute morgen waren ihre Hoffnungen wieder gestiegen, als sie beobachtet hatte, wie Nick das Haus verließ; doch einige Zeit später war er mit Gepäck zurückgekommen. Wieder eine halbe Stunde später hatte Holly beobachtet, wie Nick und die *andere* mit Koffern und Taschen aus dem Haus kamen und in ein Taxi stiegen. Holly vermutete, daß die Millers nach Arizona wollten, um die Schwester der *anderen* zu besuchen. Doch sicher war sie nicht.

Holly ist sich kaum noch einer Sache sicher.

Sie weiß nur eins: Ihr Plan muß geändert, verbessert werden.

Daß Nick wieder mit der *anderen* zusammensein könnte, hatte Holly nie einkalkuliert.

Sie streckt den Arm aus und dreht den Warmwasserhahn weiter auf, so daß der Duschstrahl kräftiger und heißer wird – so heiß, daß es kaum auszuhalten ist.

Sie braucht den Schmerz.

Schmerz hilft ihr jetzt.

84

Teresa ging hinter das Haus von Barbara Rowe.

Die Hintertür war geschlossen, wie Teresa es nicht anders erwartet hatte. Sie drückte auf die Klinke und rechnete damit, daß die Tür abgeschlossen war, doch zu ihrem Erstaunen schwang sie nach innen. Teresa verharrte, zögerte, wußte nicht, was sie tun sollte.

Es verwunderte sie, daß eine erfolgreiche Geschäftsfrau wie Mrs. Rowe so sorglos war. Andererseits erwartete sie ein Baby, und Teresa erinnerte sich, daß ihre kinderreiche Schwester jedesmal, wenn sie schwanger gewesen war, ebenfalls dumme Fehler gemacht hatte, die ihr normalerweise nicht unterlaufen wären.

Aber was sollte sie jetzt tun? Das Haus zu betreten, würde ihr Schuldgefühle bereiten. Doch sie und Mrs. Rowe kannten sich nun schon eine ganze Weile und waren Freundinnen geworden. Wahrscheinlich, überlegte Teresa, ist Mrs. Rowe dir dankbar, wenn du auf das Haus achtgibst, solange sie fort ist.

Eigentlich wollte Teresa das Paket nur in die Eingangshalle bringen, dort auf den kleinen Tisch an der Wand legen und das Haus wieder verlassen. Doch sie mußte sich eingestehen, daß sie sich in letzter Zeit immer mehr Fragen stellte, was Barbara Rowe betraf. Schon vor der unerfreulichen Begegnung im Drugstore war dem Kindermädchen aufgefallen, daß Mrs. Rowe sich zunehmend sprunghaft und launenhaft verhielt – und ziemlich geheimnistuerisch, was Teresas Neugier geweckt hatte.

Teresa Vasquez war immer schon eine neugierige Frau gewesen.

»Wenn du deine Nase weiter in fremde Angelegenheiten steckst, wirst du irgendwann Ärger bekommen«, hatte Teresas Mutter sie schon als junges Mädchen mehr als einmal gewarnt.

Doch ein kurzer Blick in das geheimnisvolle Zimmer im zweiten Stock, das Mrs. Rowe ihr nie gezeigt hatte, konnte ja wohl niemandem schaden.

Schließlich war Mrs. Rowe nicht zu Hause. Und sie hatte die Hintertür nicht abgeschlossen. Außerdem war Teresa nun einmal im Haus, und da konnte sie in sämtlichen Zimmern nach dem rechten sehen und sich davon überzeugen, daß niemand ins Haus eingedrungen war.

Als Holly die Wasserhähne zudrehte und aus der Duschkabine trat, um sich abzutrocknen, stieg Teresa Vasquez gerade die Treppe hinauf.

Das Kinderzimmer, auf dessen Tür ein rosa Teddybär gemalt war, war leicht zu finden. Teresa legte die Hand auf den Türknauf, drehte ihn und trat ins Zimmer.

»*Esto es hermoso*«, rief sie leise aus, während sie den Blick durchs Zimmer schweifen ließ.

Es war ein wunderschönes, auf rührende Weise liebevoll gestaltetes Zimmer. In der Mitte stand ein weißes Kinderbett mit zartrosafarbenem Bettzeug aus Baumwolle; die kleine Matratze war mit einem Bettuch aus weißem Leinen bespannt, in das winzige Blumen eingestickt waren, die farblich mit dem Bettzeug und einer kleinen Decke aus Seide harmonierten.

Teresa hatte stets bewundert, wie die Millers Zoës Kinderzimmer eingerichtet hatten, seine Reinheit und Schlichtheit, die beinahe altmodisch-heimelige Atmosphäre heiterer Stille, die das ganze Zimmer ausstrahlte. Dies hier aber war ein *glanzvolles* Kinderzimmer, wie aus einem Hollywoodfilm oder einem Hochglanzmagazin. Hier waren keine Kosten und Mühen gescheut worden; die Wände waren mit wundervollen schablonierten Zeichnungen bedeckt, die Feen und *criaturas* zeigten, und im Kleiderschrank hingen prächtige Kindersachen an samtüberzogenen Bügeln.

Teresa schlenderte im Zimmer umher, öffnete Türen und Schränke, zog Schubladen heraus und schaute sich alles eingehend an. Ihre Schuldgefühle hatte sie völlig vergessen; sie war fasziniert von der Pracht und Schönheit, mit der Barbara Rowe ihr Baby zu Hause empfangen würde.

Zuletzt schaute Teresa sich die Frisierkommode an, ein wundervoll geschnitztes Möbel; jede Ecke und Kante war gerundet und glatt geschliffen.

Dann sah sie das Foto, das in einem silbernen Rahmen auf der Kommode stand.

Teresa betrachtete es lange Zeit.

Es war ein Foto, das es eigentlich gar nicht geben konnte.

Denn es zeigte Barbara Rowe mit Nick Miller und Zoë.

Holly, deren Haar immer noch feucht war, kam aus dem Bad und ging nackt in ihr geheimes Zimmer. Die Wunden an ihrem Unterleib brannten wie Feuer, so hastig und heftig hatte sie sich abgetrocknet.

Sie nahm Nicks Pullover aus blauer Lammwolle und hielt ihn sich vors Gesicht. Der Pullover war weich, und er roch nach Nick.

Hollys Augen brannten.

Sie ging zum Bett, den Pullover in der Hand.

Teresa starrte lange auf das Foto. Mit einem Mal war sie verwirrt. Verängstigt.

Irgend etwas stimmte hier nicht. Irgend etwas in diesem Haus stimmte ganz und gar nicht.

Teresa nahm das gerahmte Foto von der Kommode. Es war unmöglich, daß dieses Bild existierte. Mr. Miller war Barbara Rowe niemals begegnet, soweit Teresa wußte, und erst recht hatte er nicht mit Mrs. Rowe und der *nena* für ein Foto posiert. Sicher, es bestand die Möglichkeit, daß Mr. Miller einmal beobachtet hatte, wie Mrs. Rowe das Haus verließ oder umgekehrt. Vielleicht waren sie sich zufällig auf der Straße begegnet, so wie Mrs. Miller und Barbara Rowe. Aber das erklärte noch längst nicht dieses Foto. Es war gespenstisch.

Mein Mann ist sehr gewalttätig.

Barbara Rowes Erklärung für ihre Zurückgezogenheit und ihren Wunsch nach Anonymität.

Doch irgend etwas stimmte nicht mit dem *Foto*.

Für einen Augenblick überlegte Teresa, ob sie das Bild aus

dem Rahmen nehmen sollte. Den silbernen Rahmen wollte sie stehen lassen; es konnte ja sein, daß man sie sonst des Diebstahls beschuldigte. Doch sie konnte nicht sicher sein, wer zuerst nach Hause kam, die Millers oder Mrs. Rowe. Und ein leerer Bilderrahmen fiel womöglich eher auf als ein fehlendes Foto.

Teresa dachte angestrengt nach. Vielleicht war es besser, das Foto hier stehenzulassen und die ganze Angelegenheit zu vergessen. Schließlich war es nicht ihre Sache. Es war nicht ihr Haus. Was ging es sie an, wenn Mrs. Rowe ein Foto von Mr. Miller und Zoë in ihrem Kinderzimmer aufstellte?

»Nein«, sagte Teresa laut. Sie würde das Foto mitnehmen, würde es in einer Schublade verstecken und es den Millers zeigen, sobald diese aus Arizona zurückkehrten. Sollte Mrs. Rowe zuerst wiederkommen und nach dem Foto fragen, würde Teresa einfach leugnen, es jemals gesehen zu haben; sie würde abstreiten, in Mrs. Rowes Haus oder gar im Kinderzimmer gewesen zu sein.

Das Paket. Teresa mußte das Paket wieder nach draußen bringen, die Hintertür schließen, und fertig. Dann hatte Mrs. Rowe keinen Grund anzunehmen, daß Teresa ihr Haus jemals betreten hatte.

Teresa hörte die Geräusche, als sie aus dem Kinderzimmer kam. Seltsame Laute, die aus einem anderen Zimmer auf dieser Etage drangen.

Plötzlich schlug Teresa das Herz bis zum Hals.

Irgend jemand war im Haus.

Zwei Zimmer weiter auf dem Flur, auf der linken Seite, stand eine Tür offen.

Entsetzt schlug Teresa die Hand vor den Mund. Die rechte Hand, in der sie das Foto hielt, begann zu schwitzen. Teresas Atem ging schnell und keuchend, als sie sich in Bewegung setzte – um dann wieder stehenzubleiben. In diesem Augenblick wollte sie nur noch eins, mehr als alles andere auf der Welt. Sie wollte raus aus diesem Haus. Doch um hinauszukommen, mußte sie an der geöffneten Tür vorbei.

»Ay, *Madre de Dios*«, flüsterte sie mit zittriger Stimme, wechselte das Foto vorsichtig in die linke Hand und bekreuzigte sich mit der rechten. »Heilige Maria, Mutter Gottes ...«

Die Geräusche hielten an. Schreckliche, häßliche Geräusche.

Wieder setzte Teresa sich in Bewegung und dankte der Heiligen Jungfrau, daß der Fußboden bei ihren Schritten nicht knarrte. Langsam näherte sie sich der offenen Tür.

Teresa wollte nicht hinschauen. *Sieh nicht hin, geh einfach weiter.*

Doch sie konnte nicht anders.

Es war nur eine Sekunde, doch sie schien eine Ewigkeit zu dauern.

Barbara Rowe lag mitten im Zimmer auf einem Bett. Nackt.

An der Wand ihr gegenüber hing ein riesiges Foto von Nick Miller.

Die Geräusche stammten von Barbara Rowe. Sie masturbierte.

Sie rieb irgend etwas zwischen ihren Beinen. Irgend etwas Blaues.

Unwillkürlich stieß Teresa scharf den Atem aus.

Barbara Rowe schaute zur Tür.

Der Blick, mit dem sie Teresa bedachte, war tödlich.

Sie ließ das Foto fallen und rannte los.

»Halt, Teresa!«

Holly schwang sich vom Bett und schnappte sich irgendeinen Gegenstand, der auf dem Frisiertisch stand – ein Leinwandmesser, das sie aus Nicks Atelier im Nachbarhaus gestohlen hatte.

»*Ay, Dios mio!*« Teresa schluchzte, als sie die Treppe hinunterstürmte. »Ich habe nichts gesehen! Ich werde keinem was erzählen!«

»*Bleib stehen*, du dummes Miststück!«

Holly holte Teresa auf dem ersten Treppenabsatz ein, hob das Messer und ließ es von rechts nach links durch die Luft sirren. Teresa duckte sich gerade noch rechtzeitig, kreischte durchdringend und flüchtete wieder die Treppe hinunter. Ihr Atem ging rasselnd, und sie ruderte verzweifelt mit den Armen, um das Gleichgewicht zu halten.

»*Socorro!*« kreischte Teresa. »Hilfe!«

Sie warf einen gehetzten Blick über die Schulter, stolperte über eine Stufe und stürzte kopfüber auf die Treppe – und dann war Holly auch schon bei ihr, drückte sie zu Boden, hob den rechten Arm mit dem Messer ...

»*Nein!*« Mit aller Kraft, die ihr verblieben war, stieß Teresa die Angreiferin von sich, brachte sie ins Taumeln und trat mit dem rechten Bein zu. Ihr Schuh traf die nackte Frau an der linken Hüfte. Holly schrie schmerzgepeinigt auf. Wieder trat Teresa verzweifelt zu, wild und ungezielt, traf diesmal Hollys rechte Brust. Holly kreischte und stürzte nach hinten.

Teresa rappelte sich auf, flüchtete weiter die Treppe hinunter, rang schluchzend nach Atem.

Sie wußte nicht, daß Schmerz für Holly ein Ansporn war.

Holly hatte Teresa rasch eingeholt, packte das Fußgelenk der Frau und riß es zu sich heran. Wieder stürzte Teresa, prallte diesmal hart auf den Rücken.

Einen besseren Vorteil brauchte Holly nicht.

Mit einem gellenden Schrei warf sie sich auf Teresa, hob wieder das Messer.

Und stach zu. Die Klinge drang in Teresa Vasquez' weit aufgerissenes, entsetzensstarres rechtes Auge.

85

Minuten verstreichen.

Holly sitzt nackt am Fuß der Treppe. Neben ihr liegt Teresas Leiche.

Holly weiß, daß Teresa Vasquez tot ist. Sie sah und hörte die Frau sterben. In dem Moment, als sie das Messer aus Teresas Auge gezogen hatte.

Kein schöner Anblick.

Doch Holly verspürt keine Übelkeit mehr. Nur als sie das blutige Messer gesehen hatte, war ihr schlecht geworden. Doch sie hatte die Augen geschlossen, tief durchgeatmet und die Übelkeit niedergekämpft.

Dennoch fühlt sie sich abscheulich.

Das war nicht richtig. So hatte es nicht kommen sollen.

Das gehörte nicht zum Plan.

Als sie auf dem schmutzigen Holzfußboden sitzt, der dringend gereinigt und gebohnert werden müßte, um zu dem ansonsten makellos sauberen Haus zu passen, tobt in ihrem Inneren ein Chaos der Gefühle.

Vor allem empfindet sie Wut auf Teresa, die sie in diese Lage gebracht hat, indem sie sich ins Haus schlich und herumschnüffelte. Holly fühlt sich von Teresa verraten. Und dabei hat sie dieser Frau soviel Gutes getan.

Holly schmerzt der Busen. Sie senkt den Blick, betrachtet die rechte Brust und sieht die Stelle, an der Teresas Schuh sie getroffen hat. Sie schwillt bereits an und verfärbt sich. Den Tritt gegen die Hüfte spürt Holly kaum noch, und auch das Brennen der Kratzwunden läßt allmählich nach.

Holly legt eine Hand auf die Brust und drückt zu.

Der Schmerz raubt ihr den Atem.

Und schärft ihren Verstand.

»Natürlich«, sagt sie, als ihr plötzlich die Einsicht kommt. Durch diesen Mord wird *alles*, was jetzt noch zu tun ist, viel einfacher.

Der Tod Teresas war in Hollys ursprünglichem Plan zwar nicht vorgesehen, doch wenn sie sich nun konzentriert und alle Gedanken auf jede noch so winzige Kleinigkeit richtet, ohne dabei den Gesamtplan aus den Augen zu verlieren, könnte dieser Mord zum Kernpunkt ihrer neuen Strategie werden, Nick in die Knie zu zwingen.

Denn der Verdacht auf Kindesmißbrauch, ja sogar der Verdacht auf schwere Körperverletzung verblaßt beinahe zur Bedeutungslosigkeit, wenn es um das schlimmste aller Verbrechen geht.

Mord.

Wieder gräbt Holly die Finger in ihre verletzte Brust.

Ein Ermittlungsbeamter könnte Eifersucht als Nicks Motiv für den Mord am Kindermädchen anführen. Eifersucht auf diese Außenstehende, die ständig in sein Haus konnte, zu seiner Frau, zu seiner kleinen Tochter, deren Liebe sie erringen konnte, während ihm dies alles verwehrt blieb. Selbst jetzt noch, da der ideale Zeitpunkt verstrichen ist, weil Nick gemeinsam mit seiner Frau nach Arizona gereist ist, könnte der Plan noch aufgehen. Schließlich hätte Nick den Mord ja vor der Abreise verüben können ...

Nur hat die Sache einen Haken. Nina hatte Teresa kurz vor der Abreise lebend gesehen.

Die *andere*. Das verdammte Luder.

Wieder gräbt Holly die Finger in die verletzte Brust. Schmerz rast durch ihren Körper, macht ihre Gedanken wieder klar und frei von jeder Emotion. Denk nach! *Denk nach!*

Und Holly denkt an den vergangenen Morgen, an das Kommen und Gehen im Nachbarhaus. An die endgültige Abreise der Millers mit dem Taxi. Wer hatte als letzter das Haus verlassen?

Nick.

Holly schließt die Augen, denkt intensiv nach, will ganz sicher gehen. Sie sieht wieder alles vor sich. Wie Nick und Nina gemeinsam aus dem Haus kommen, wie Nick dem Fahrer die Taschen reicht, wie er Nina auf den Rücksitz hilft.

Und noch einmal ins Haus geht.
Sehr gut.
In diesen wenigen Minuten konnte eine Menge passiert sein, nicht wahr? Teresa konnte sich beklagt haben, daß die Millers sie schon wieder allein ließen – in dieser Beziehung war sie immer schon sehr empfindlich gewesen. Nick konnte wütend geworden sein, hatte Teresa vielleicht gesagt, sie könne sich glücklich schätzen, daß sie so lange bei *seinem* Baby sein durfte, in seinem Haus, während er in der Verbannung leben mußte. Oder Teresa war achtlos oder grob mit Zoë umgegangen, und Nick hatte es gesehen, war ausgeflippt, hatte völlig die Beherrschung verloren ...
Alles mögliche konnte geschehen sein.

Hollys Verstand umnebelt sich wieder, doch einige Dinge scheinen klar zu sein. Sie muß nun alles sehr sorgfältig und methodisch durchdenken und sich Zeit lassen – sie muß wieder Anwältin sein, über Präzedenzfälle nachdenken, jeden noch so kleinen möglichen Beweis berücksichtigen. Wenn der Mord an Teresa bewirken soll, daß Nick zu ihr gekrochen kommt, muß alles perfekt aufeinander abgestimmt sein, so daß eine klare Beweislage entsteht, ein so wasserdichter Fall wie nur möglich.

Und in der Zwischenzeit muß Holly dafür sorgen, daß die Leiche verschwindet; jeder Hinweis darauf, daß Teresa jemals in ihrem Haus war – in Barbara Rowes Haus –, muß beseitigt werden.

Wenn Nick Teresa im Nachbarhaus ermordet hat, hätte er in der Kürze der Zeit, die ihm blieb, die Leiche wahrscheinlich irgendwo vorübergehend versteckt, um sie zu einem späteren Zeitpunkt zu beseitigen.

Aber was ist mit dem Blut?

Hätte Nick das Kindermädchen erstochen, wäre sehr viel Blut geflossen, so wie hier, bei Holly. Auf dem Fußboden wäre Blut, vielleicht auch an den Wänden. Holly schaut an sich hinunter, betrachtet ihre nackten, mit roten Spritzern übersäten Brüste, Arme und Oberschenkel, starrt auf ihre blutigen Hände. Hätte Nick Teresa getötet, wäre seine Kleidung blutig. Ihm wäre keine Zeit geblieben, sauberzumachen, die Leiche zu verstecken und frisch und ordentlich das Haus zu verlassen, um zur wartenden Nina ins Taxi zu steigen.

O Gott. O Gott! So geht der Plan nicht auf.

Irgend etwas stimmt nicht mit Hollys Verstand. Ihre Gedanken sind nicht rasiermesserscharf und von kühler Logik, wie sonst immer – und wie sie *gerade jetzt* unbedingt sein müssen.

Okay, okay. Beruhige dich. Du kriegst das schon hin.

Nick hätte sich alles genau überlegt. Er hätte gewußt, daß ihm kaum Zeit geblieben wäre, sich rasch umzuziehen und die Leiche für die Zeit seiner Abwesenheit irgendwo zu verstecken; also hätte er irgendeinen Vorwand finden müssen, allein aus Arizona zurückzukehren, um das Haus zu säubern, alle Spuren zu verwischen und Teresas Leiche ein für allemal zu beseitigen.

Deshalb muß Holly jetzt erst einmal die Tote aus dem Haus von Barbara Rowe in das der Millers schaffen.

Sie ruft sich die räumliche Aufteilung des Nachbarhauses ins Gedächtnis. Was die Architektur angeht, ist es beinahe identisch mit dem ihren. Holly überlegt, wo Nick die Leiche versteckt haben könnte. Hollys Haus hat kein Kellergeschoß, doch es gibt einen kleinen Lagerraum. Einen ähnlichen Raum gibt es bestimmt auch in Haus Nummer 1315. Jede Wette.

Holly steht auf.

Ihre Beine sind taub vom langen Sitzen, und für einen Moment muß sie sich am Geländer festhalten.

Und ihr ist kalt.

Zeit, sich an die Arbeit zu machen.

Holly betrachtet es als eine Art militärischen Einsatz. Es gibt bestimmte Vorgehensweisen, an die sie sich nun halten muß. *Handbuch für Mörder zur Beseitigung von Leichen*, von Holly Bourne alias Charlotte Taylor alias Barbara Rowe.

Überprüfe und verschließe sämtliche Ausgänge und Fenster. Geh nach oben in den ersten Stock. Nimm das gerahmte Foto, das Teresa Vasquez hat fallen lassen, bringe es zurück ins Kinderzimmer, und wische es mit einem Tuch ab. Wische jeden Gegenstand, jede Oberfläche ab, die Teresa berührt haben könnte. (Am besten sofort, solange man sich noch an Einzelheiten erinnert.) Überlasse nichts dem Zufall. Vergiß nicht das Treppengeländer – und die Türgriffe.

Dusch dich noch einmal heiß ab. Trockne dich noch einmal so kräftig mit einem groben Badetuch ab, daß es weh tut. Geh hinunter in den ersten Stock, ins Schlafzimmer, und ziehe dich an. Praktische, bequeme Kleidung. Jeans, Sportschuhe, Pullover.

Und nun zur Leiche.

Holly kniet nieder, packt Teresa unter den Achselhöhlen und hebt sie vorsichtig, versuchsweise an; dann legt sie den Körper rasch wieder auf den Boden. Teresa ist – war – eine kleine, schmächtige Frau, doch Holly weiß, daß ihr die härteste körperliche Arbeit ihres Lebens bevorsteht. Und selbst wenn es ihr gelingt, die Leiche ins Nachbarhaus zu schaffen, besteht die große Gefahr, daß jemand sie dabei beobachtet.

Als Holly die Tote anhebt, jagt eine neuerliche Woge des Schmerzes durch ihren Körper, und für einen Moment fragt sie sich, welche Verletzungen Teresa, dieses Miststück, ihrer Brust zugefügt hat. Doch im Augenblick erfüllt der Schmerz noch seinen Zweck: Er sorgt dafür, daß Holly wachsam bleibt und ihren Verstand schärft.

Sie öffnet die Hintertür, geht über den Hof zum Schuppen, holt den rostigen Schubkarren heraus und fährt ihn bis vor die Hintertür. Sie reinigt das Rad mit einem Putzlappen und rollt den Karren ins Haus von Barbara Rowe.

In die Eingangshalle.

Holly sieht mit einem Blick, daß Teresas Leiche gerade eben auf den Karren paßt, obwohl sie eine kleine Frau ist. Doch der Körper muß zugedeckt werden. Holly erinnert sich an die alte Staubdecke, die sie im Schuppen gesehen hat. Wieder verläßt sie das Haus, holt die Decke und läßt sie neben der Leiche zu Boden fallen.

»Okay«, sagt sie. »Dann wollen wir mal.«

Ein plötzlicher Gedanke schießt ihr durch den Kopf, und sie muß lächeln. Wenn ihre Mutter sie jetzt sehen könnte. Oder Jack.

Dann denkt sie an ihren Vater, und das Lächeln schwindet.

Nein, sie möchte nicht, daß ihr Dad sie jetzt sieht.

Die Leiche liegt auf dem Schubkarren. Arme und Beine baumeln herab, und der Kopf hängt auf gräßliche Weise nach hinten über die Ladekante, als der Gedanke Holly wie ein Blitzschlag trifft.

Was tut sie?

Was ist mit ihrem Verstand?

Nick hat weder Teresa noch sonst jemand ermordet, du dämliches Weibsstück.

Weshalb also sollte er seine Frau in Arizona lassen und allein hierherkommen, um das Blut und die Leiche zu beseitigen, nachdem er dem Kindermädchen seiner Tochter ein Messer ins Auge gestochen hat? Er würde seine Frau *niemals* allein lassen, aus welchem Grund auch immer. Und das bedeutet, daß Nick ein Alibi hat. Also war die ganze Arbeit, das Planen und Nachdenken, für die Katz. Es war reine Zeitverschwendung, daß Holly diese groteske Kreatur auf den Schubkarren gewuchtet hat.

Was ist bloß mit ihrem *Verstand?*

Der so messerscharf gewesen war, so kühl.

O Gott. O Gott!

Holly läßt sich neben dem Schubkarren zu Boden sinken. Teresas linker Arm, der noch immer nach dem Kölnisch Wasser duftet, das sie so sehr mochte, hängt dicht neben Hollys rechter Wange über den Rand des Schubkarrens.

»Denk nach«, sagt Holly laut. »*Denk nach!*«

Für jedes Problem gibt es eine Lösung. Immer.

Okay. *Okay.*

Sie muß irgendwie dafür sorgen, daß Nick aus Arizona hierherkommt. Ein Anruf ... irgend etwas, das ihn zur Rückreise zwingt ... möglichst ohne seine Frau ... bitte, *lieber Gott,* ohne seine Frau. Holly muß sich einen Grund einfallen lassen, von dem der Staatsanwalt später vor Gericht behaupten kann, es sei bloß ein Vorwand Nicks gewesen, nach Hause zu reisen, um die Beweise für den Mord zu beseitigen.

Also gut. *Also gut.*

Holly erhebt sich. Sie hat beschlossen, die Leiche nicht in den Kellerraum des Millerschen Hauses zu schleppen. Denn wenn sie die Tote dort versteckt, fängt der Körper sehr bald an zu stinken – und Holly muß auf jeden Fall vermeiden, daß

Nick nach Hause kommt, die verwesende Leiche entdeckt und die Polizei anruft. Dann würde alles wie ein Kartenhaus in sich zusammenfallen.

Ihr ursprünglicher Plan war ohnehin unausgereift gewesen. Holly muß noch sehr viel daran feilen, sehr viel Feinarbeit leisten und dafür sorgen, daß die Beweise später *eindeutig* gegen Nick sprechen.

Was sie jetzt vor allem braucht, ist Zeit.

Sie muß Zeit schinden. Wegen der Leiche.

Aber da gibt es eine Möglichkeit.

Die Gefriertruhe im Mehrzweckraum neben ihrer Küche – Barbara Rowes Küche – hat ein ziemlich großes Fassungsvermögen und ist fast leer, da Holly sich meist frische Nahrungsmittel kauft.

Und Teresa ist eine kleine Frau.

Es dauerte länger, als Holly erwartet hatte. Sie brauchte drei Versuche, bis sie die Leiche so in der Kühltruhe verstaut hatte, daß die Tür sich fest schließen ließ. Die Arbeit raubt Holly fast alle Kraft, und Wellen des Schmerzes durchrasen ihre Arme, die Beine und den Rücken, so daß sie die verletzte Brust kaum noch spürt.

Schließlich hat sie es geschafft. Teresas Leiche und Nicks Messer sind in der Kühltruhe. Die Schlüssel zum Haus der Millers, die Holly aus Teresas Kittel genommen hat, stecken nun in der Gesäßtasche ihrer Jeans. Die Tür der Kühltruhe ist fest verschlossen, doch Holly hat sie zusätzlich mit einem Vorhängeschloß gesichert. Nun hat sie sich die Zeit verschafft, die sie benötigt.

Plötzlich kommt ihr ein anderer, beängstigender Gedanke.

Sie kann gar nicht sicher sein, daß die Millers tatsächlich nach Arizona gereist sind – Holly weiß nicht, *wo* sie sind und wie lange sie fort bleiben.

Was ist, wenn sie heute abend zurückkommen oder morgen früh? Bevor sie, Holly, Gelegenheit hatte, alles in die Wege zu leiten? Bevor sie die Möglichkeit hatte, Teresas Leiche an einen geeigneteren Ort zu schaffen?

Wenn die Millers nach Hause kommen – einer von ihnen oder beide –, werden sie nach dem Kindermädchen sehen.

Und wenn Teresa nirgends zu finden ist, werden sie sich Sorgen machen und vielleicht sogar die Polizei verständigen.

Es gibt nur eine Möglichkeit. Holly muß mit Hilfe von Teresas Schlüsseln ins Nachbarhaus, die Habseligkeiten Teresas zusammenpacken und verschwinden lassen. Es muß so aussehen, als hätte Teresa den Krempel hingeschmissen und das Haus verlassen, während die Millers auf Reisen waren. Mochte die Mexikanerin den Millers auch freundlich und zuverlässig erschienen sein – Teresa wäre schließlich nicht das erste Kindermädchen, das seinen Job aufgibt und einfach verschwindet.

Hollys Benommenheit fällt von ihr ab. Neue Pläne reifen heran.

Sie wird Teresas Habseligkeiten zusammenpacken, zum Emeryville-Bahnhof fahren, die Sachen in einem Schließfach verstauen und die Schlüssel in einen Mülleimer werfen. Nein, besser, sie wird die Schließfachschlüssel erst einmal behalten. Vielleicht lassen sie sich ja als Beweismaterial gegen Nick verwenden, wenn die Zeit gekommen ist.

Und die Zeit *wird* kommen, sagt sich Holly (das Blut rauscht wieder durch ihre Adern, singt jetzt beinahe, so wie immer, wenn die Dinge gut laufen), während sie zum Haus der Millers geht, die Tür aufschließt und eintritt. Denn der ursprüngliche, umfassende Plan, mit dessen Umsetzung Holly bereits im Juli begonnen hatte, an der Catherine Street, wird nun um so besser aufgehen und für Nick viel folgenschwerer sein, als es damals der Fall gewesen wäre.

Diesmal nämlich wird der Bezirksstaatsanwalt mehr als genug Beweise haben, Nick Miller eines Kapitalverbrechens anzuklagen.

Wegen Mordes, denkt Holly, als sie in der Eingangshalle des Millerschen Hauses steht.

Und weil Holly Bourne diejenige war, die für die Beweise gegen Nick gesorgt hat, wird sie auch die einzige sein, die Lücken und Widersprüche in der Beweiskette aufdecken kann.

Die einzige Anwältin, sagt sie sich triumphierend, als sie die Tür zum Wohnzimmer öffnet.

Und dann entdeckt sie Zoë in ihrem Laufstall. Der Anblick des Kindes fegt wie ein stürmischer Windstoß Hollys sämtliche Gedanken und Pläne aus ihrem Verstand – oder was davon noch übrig ist.
Verschwunden.
Weg.
Als Holly sein Kind – *Nicks Kind* – an sich nimmt und in den Armen hält, ändert sich alles. Sie hat Zoë schon einmal in den Armen gehalten, als Barbara Rowe. Aber nie als Holly Bourne.
»Du änderst alles«, sagt sie zu dem Baby.
Alles.
Teresas Habseligkeiten spielen jetzt keine Rolle mehr.
Das Baby weint.
Holly drückt es an sich.
»Ist ja gut, meine Süße«, sagt sie sanft. »Jetzt ist alles gut.«
Sanft fährt sie mit den Lippen über das Haar des Babys.
»Mommy ist wieder da«, sagt sie.

86

Um kurz nach fünf an diesem Tag sitzen Nina, William und ich in Phoebes Zimmer in der Waterson-Klinik und hören ihr zu. Ihre Stimme, die sie wie durch ein Wunder wiedererlangt hat, klingt noch ein bißchen heiser und schleppend, doch es ist unverkennbar Phoebes Stimme.

Wie schwer es Phoebe auch fallen mag – sie gibt sich alle Mühe, William tüchtig die Meinung zu sagen.

Musik in meinen Ohren.

»Ich kann immer noch nicht begreifen, Dad, wie du auch nur auf den *Gedanken* kommen konntest, daß Nick diese schrecklichen Dinge getan hat.«

»Phoebe, mein Schatz, du verstehst nicht ...«

»Da hast du verdammt recht. Das verstehe ich wirklich nicht. Nick war immer wie ein Bruder zu mir – von dem Tag an, als er Nina kennenlernte. Und das weißt du ganz genau, Dad.«

»Die Polizei schien anderer Meinung zu sein.«

Trotz der Freude, daß seine jüngere Tochter fast wieder völlig gesund ist, sieht William müde und erschöpft aus. Phoebe dagegen scheint plötzlich von beinahe kriegerischer Energie erfüllt zu sein. Sie sitzt auf dem Bett, beide Arme noch in Schlingen, doch ihre grünen Augen funkeln und sind voller Leben, wie ich es seit Juli nicht mehr gesehen habe.

»Die Polizei kennt Nick nicht«, sagt sie, »aber wir.«

Ich sage kein Wort. Ich halte den Mund, sitze still neben meiner Frau und genieße es, daß Phoebe meine Schlacht für mich schlägt.

»*Du* kennst ihn vielleicht«, stellt William klar, »aber woher soll ich ihn so gut kennen? Vor deinem Unfall habe ich kein einziges Mal längere Zeit mit Nick allein verbracht, habe nie richtig von Mann zu Mann mit ihm gesprochen. Nur bei einigen besonderen Gelegenheiten, und bei *Gelegenheiten* lernt man einen Mann nicht richtig kennen.«

»Aber ich habe Nick richtig kennengelernt«, erwidert Phoebe. »Ich habe ihn sehr gut kennengelernt.«

»Aber du konntest nicht sprechen, mein Schatz.«

»Nina konnte sprechen.«

»Dad hielt mich für voreingenommen«, sagt Nina leise.

»Das warst du ja auch«, erwidert William.

Ich beobachte und lausche weiter, sage aber immer noch nichts. Meine Zeit wird kommen. Ich habe es nicht eilig.

»Aber ich kann jetzt wieder reden«, sagt Phoebe.

»Gott sei Dank«, meint Nina.

Amen.

»Und das bedeutet«, fährt Phoebe fort, »daß ich dir und den Cops jetzt sagen kann, daß alle Anschuldigungen gegen Nick Scheißdreck sind. Verrückter, unverschämter Schwachsinn! Obwohl die Cops wohl mehr brauchen als nur meine entlastende Aussage, wenn ich Nina recht verstanden habe.« Phoebe hält inne, ein wenig außer Atem.

»Laß gut sein, Phoebe«, melde ich mich schließlich zu Wort.

»Kommt gar nicht in Frage.« Phoebe schenkt mir ihr reizendes Lächeln. »Wieso willst du jemanden am Reden hindern, der freundliche Dinge über dich sagt?« Sie wendet sich wieder ihrem Vater zu. »Also«, sagt sie, »meinst du nicht, du solltest dich wenigstens bei Nick entschuldigen?«

William schaut mich an. »Ich glaube schon.«

»Das reicht aber nicht, Dad. Das reicht noch lange nicht.« Phoebe hat nicht die Absicht, ihn vom Haken zu lassen. »Nina hat mir gesagt, weshalb Nick nie allein mit mir auf dem Zimmer war. Du hast ihm nur dann erlaubt, mich zu besuchen, wenn du bei mir warst. Andernfalls hättest du wahrscheinlich darauf bestanden, daß ein halbes Dutzend Bodyguards bei mir Wache halten.«

»Nun übertreibe nicht gleich, Phoebe.« Nina lächelt.

»Aber es stimmt doch!« Phoebe ist immer noch wütend.

»Dein Vater hat nur versucht, dich zu beschützen«, melde ich mich wieder zu Wort. Ich bin im Moment so glücklich, daß ich sogar William gegenüber großzügig sein kann. »Wäre es um Zoë gegangen, hätte ich wahrscheinlich nicht anders gehandelt.«

»Quatsch«, sagt Phoebe.

Ich zucke leicht mit den Schultern. »Da sei dir mal nicht so sicher. Wenn ein Mann Vater ist, geschehen manchmal seltsame Dinge mit ihm.«

William hat seine Entschuldigung mit einem kräftigen Händedruck besiegelt. Ich hoffe für Nina und Phoebe, daß ich einen ausreichend dankbaren Eindruck gemacht habe, wenngleich es wirklich alles andere als einfach ist, einem Mann die Absolution zu erteilen, der einem zutraut, einen Mordversuch an seiner Tochter zu begehen. Außerdem hatte Phoebe recht: Jeder im Zimmer weiß, daß es weder die Polizei von San Francisco noch die Versicherungsdetektive überzeugen wird, wenn Phoebe mir einen beinahe makellosen Charakter bescheinigt.

Doch immerhin hat William sich bei mir entschuldigt. Man wird ja bescheiden.

»Ihr zwei solltet jetzt nach Hause fahren«, sagt Phoebe kurz vor sechs zu Nina und mir.

»Wir sind doch gerade erst gekommen«, erwidert Nina.

»Um die stumme Phoebe wieder sprechen zu hören. Dieses Erlebnis hattet ihr. Und Dad hat sich bei Nick entschuldigt. Jetzt müßt ihr zwei nach Hause zu meiner Nichte und noch mal von vorn anfangen.« Phoebe grinst William an. »Es ist ja nicht so, daß ich allein bin, wenn ihr fort seid.« Sie hält kurz inne. »Und sobald Zoë ihre Erkältung überwunden hat, kommt ihr mich noch einmal besuchen und bringt sie mit.«

»Vielleicht bist du eher zu Hause, als du glaubst«, melde ich mich zu Wort.

»In dem Augenblick, wenn ich die wichtigsten Handgriffe ohne fremde Hilfe erledigen kann«, sagt Phoebe und blickt auf die beiden Schlingen um ihre Arme, »bin ich hier raus.«

»Wird nicht mehr lange dauern«, sagt William.

»Dein Wort in Gottes Ohr.« Nina lächelt und steht auf. »Na, dann werde ich mal zu Hause anrufen und Teresa Bescheid sagen, daß wir morgen zurückfliegen.«

»Wieso fliegt ihr nicht heute?« fragt Phoebe.
»Es ist schon abend«, erinnert Nina sie und macht den Anruf.
»Willst du uns loswerden?« Ich beuge mich zu Phoebe vor und streiche ihr übers Haar. Ein schönes Gefühl, meine Schwägerin wieder berühren zu dürfen, ohne daß William gleich den Verdacht hat, ich wollte sie erwürgen.
»Es geht niemand ran«, sagt Nina, den Hörer immer noch am Ohr.
»Vielleicht macht Teresa mit Zoë einen Spaziergang«, meint William.
»Um diese Zeit?« Ich schüttle den Kopf. »Bestimmt nicht.« Nina legt auf. »Wahrscheinlich badet Teresa Zoë gerade und kann nicht an den Apparat.«
»Ist es nicht ein bißchen spät, Zoë zu baden?« frage ich.
»Stimmt«, pflichtet Nina mir nachdenklich bei.
»Macht ihr euch Sorgen?« fragt Phoebe.
»Mir wäre jedenfalls wohler, wenn sie den Hörer abgenommen hätte«, sagt Nina.

Eine Stunde später ist bei uns zu Hause noch immer niemand zu erreichen. Wir haben bereits Clare Hawkins angerufen und sie gebeten, in der Antonia Street nach dem rechten zu sehen. Als Clare uns zurückruft, teilt sie uns mit, daß auf ihr Klingeln niemand geöffnet hätte. Nina und ich sind hin und her gerissen zwischen Zorn auf Teresa und der Angst, daß Zoës Erkältung sich zu etwas Schlimmerem entwickelt hat. Doch William meint zu recht, daß Teresa uns dann bestimmt angerufen hätte. Vielleicht aber doch nicht, meint Nina, wenn die Krankheit zu schnell ausgebrochen ist und Teresa nun mit unserer Tochter in der Notaufnahme eines Krankenhauses sitzt.
Eins steht fest. Wir müssen nach Hause.

»Irgendwas stimmt da nicht, meinst du nicht auch?« sagt Nina zu mir, als wir im Taxi nach Phoenix unterwegs sind.
»Ich weiß nicht«, antworte ich leise und schaue aus dem Fenster.
Denk erst gar nicht daran.

Ich versuche, Nina nicht spüren zu lassen, in welche Richtung meine Gedanken sich bewegen und daß mir das Blut in den Adern gefriert. Ich bemühe mich verzweifelt, die häßlichen *(viel schlimmer als häßlichen)* Gedanken abzuwehren, sie tief hinunter in die Schwärze zu vertreiben, dorthin, wohin sie gehören: wo Würmer und schleimige Kreaturen und Ghouls sind *(und Holly Bourne)*. Ich versuche sogar, meine religiösen Empfindungen wieder zu erwecken *(bitte, lieber Gott, laß mich im Irrtum sein)*. Doch der Kampf wird immer schwerer, je näher wir dem Flughafen kommen – und den Dingen, die uns zu Hause erwarten.

Laß nichts passiert sein, lieber Gott. Laß uns nach Hause kommen, und Zoë liegt wohlbehalten in ihrem Bettchen, und das Telefon funktioniert wieder, und ein Kindermädchen, das doch nicht so zuverlässig ist, wie wir angenommen haben, liegt in seinem Bett und schläft tief und fest.

Doch mein innerer Kampf wird immer verbissener.

»Nick?«

Ich spüre, wie Ninas Hand die meine umklammert.

»Sag mir, woran du denkst, Nick.«

»Ich weiß nicht, was ich denke«, lüge ich, ohne Nina anzuschauen.

Denk erst gar nicht daran.

Nina streckt den Arm aus, dreht meinen Kopf zu sich herum und blickt mir in die Augen.

Und ich sehe, daß auch ihr das Blut in den Adern gefriert.

87

Als Nina und Nick nachts um kurz nach halb zwölf in die Antonia Street kamen, lag das Haus still und dunkel vor ihnen.
Da stimmt was nicht. Das ist nicht normal.
Die Millers knipsten die Lampen ein, durchfluteten Flure und Treppen mit Licht.
»Teresa!« Die Angst ließ Nicks Stimme heiser klingen.
Nichts.
Nina rannte die Treppe hinauf. Nick hörte, wie sie Türen schlug und nach Teresa und Zoë rief, wobei ihre Stimme immer schriller wurde. Nick eilte ins Wohnzimmer. Niemand war zu sehen. Zoës Wiege war leer, doch kein Gegenstand war verstellt. Nick stürmte in die Küche.
Die Nachricht war mit einem kleinen gelben Magneten, auf dem ein lächelndes Strichmännchen-Gesicht zu sehen war, an der Kühlschranktür befestigt. Langsam trat Nick vor, zog den Magneten ab und nahm den Zettel an sich.
»Nick? Hast du was gefunden?« rief Nina von der Treppe.
»In der Küche.«
Nina kam zu ihm und sah, wie er den Zettel las. Sein Gesicht war kreidebleich.
»Was ist das? Eine Nachricht von Teresa? Ist Zoë krank?«
Nick öffnete den Mund, versuchte zu antworten, bekam aber kein Wort heraus.
»Die Nachricht ist von ihr, nicht wahr?« fragte Nina.
Er nickte und hielt ihr den Zettel hin.
Nina nahm ihn und setzte sich auf einen der Küchenstühle am Tisch.

Liebster Nick,
ich habe das Baby. Wir müssen uns treffen, aber komm allein. Ruhe Dich erst ein bißchen aus. Morgen früh um

sieben Uhr treffen wir uns in Napa, am Besucherzentrum.

Komm allein, Nick. Es ist viel Zeit vergangen, seit wir uns das letzte Mal richtig unterhalten haben, und ich habe Dir sehr viel zu sagen.

Ich möchte unserer Kleinen kein Leid antun. Ganz bestimmt nicht, glaub mir. Aber wenn Du die Polizei verständigst oder wenn Nina oder jemand anderes bei Dir ist, wirst Du unsere Tochter nie wiedersehen. Das schwöre ich Dir.

Ich meine es ernst, Nick.

Keine Cops. Kein Norman Capelli und keine Helen Wilson – nicht mal einen Streifenbeamten aus Napa. Ich kenne die Cops – ich kann sie riechen. Ich habe viel gelernt, seit Du und ich zum erstenmal eine Ausgabe von Cosmo im Drugstore geklaut haben, damals in Bethesda.

Ich sage es nur noch einmal, deshalb solltest Du Dich daran halten.

Keine Polizei, wenn Du Dein Baby noch einmal sehen willst.

In Liebe,
Holly

PS: Sag Nina, daß ich bis Tagesanbruch hin und wieder bei Euch anrufen werde. Ich rate Dir dringend, daß sie dann zu Hause sein und warten soll. Sag ihr, daß ich sie spüren lassen will, was Warten bedeutet. Denn weiß Gott, ich habe jetzt lange genug gewartet.

»*Unser* Baby«, sagte Nina, und ihre Stimme war voller Schmerz und Haß. »Sie glaubt, daß Zoë ihr Baby ist. Ihres und deins.«

»Sie ist geisteskrank.« Nicks Stimme zitterte.

»Sie ist abgrundtief schlecht«, sagte Nina.

Der zweite Zettel lag im Laufstall im Wohnzimmer. Er steckte unter dem kleinen rosa Plüschkaninchen, das in letzter Zeit Zoës Lieblingsspielzeug gewesen war.

Ninas blasses Gesicht, auf dem sich Zorn, Entsetzen und

Hilflosigkeit spiegelten, wurde kreidebleich, als sie sah, um was es sich handelte.

»New York«, flüsterte sie.

Nick nahm ihr den Zettel aus der Hand und sah, daß es die herausgerissene Titelseite aus einem Exemplar von *Firefly* war, auf die von Hand ein paar Gedichtzeilen geschrieben waren.

»Das ist deine Handschrift«, sagte er verwirrt. »Nicht wahr?«

»Ja. Es ist ein Zitat aus einem Gedicht von Woodsworth«, erwiderte Nina. »Während einer Signierstunde bei Doubleday in New York hat eine Frau mich gebeten, es ihr in das Buch zu schreiben.«

Nick starrte auf die Zeilen.

Was soll ein Kind,
Das so ruhig atmet
Und das pralle Leben
In allen Gliedern spürt,
Schon vom Tod wissen?

»Es ist scheußlich«, sagte er.

»Es war Holly«, sagte Nina. »Schon damals.«

88

Hätten wir Alkohol im Haus gehabt – Nina hätte zur Flasche gegriffen. So aber mußte sie die Nacht stocknüchtern durchstehen.

Als William und Phoebe anriefen, sagten wir ihnen, daß alles in Ordnung sei; es wäre bloß ein Defekt in der Telefonleitung gewesen, der inzwischen beseitigt wäre. Teresa sei die ganze Zeit hier gewesen (*Wo, zum Teufel, ist die arme Teresa? Wir wagen gar nicht, uns diese Frage zu stellen*), und Zoë hätte friedlich in ihrem Bettchen gelegen.

Phoebe und William brauchen nicht auch noch zu leiden. Noch nicht.

Außerdem können wir nicht sicher sein, daß William trotz Hollys Drohung nicht doch die Polizei verständigt oder sogar selbst nach Napa fliegt.

Wir wollen nichts riskieren. Da sind wir uns einig.

Wir haben nicht geschlafen. Natürlich haben wir nicht geschlafen. Und wenn Nina überhaupt etwas sagte, riet sie mir nur, daß ich versuchen sollte, mich vor der Reise ein wenig auszuruhen. Ich erwiderte, daß eine frühmorgendliche Fahrt nach Napa Ende November höchstens eine Stunde dauert, so daß ich mich nicht groß auszuruhen brauchte, was mir ohnehin unmöglich sei. Von diesen und ein paar anderen, kurzen und knappen Bemerkungen abgesehen, warteten wir in angespanntem Schweigen und verbrachten den größten Teil der Nacht damit, Unmengen von Kaffee zu trinken und uns wie ruhelose Gespenster durch das Haus zu bewegen. Wir konnten einander nicht helfen oder nur sehr wenig. Wir beide waren allein mit unseren Gedanken und Ängsten.

Gegen vier Uhr früh sagte ich kurz entschlossen: »Ich kann nicht mehr warten.«

»Aber sie hat doch geschrieben ...«
»Sie wird nicht damit rechnen, daß ich so lange warte.«
»Wirklich nicht?« Nina bedachte mich mit einem schrecklichen Blick.

Wir saßen im Wohnzimmer, Zoës leeren Laufstall neben uns. Uns beiden war kalt; deshalb hatte ich im Kamin ein Feuer gemacht. Die Stunden zuvor sind wir meist unruhig auf und ab geschritten, im ganzen Haus und hier im Wohnzimmer. Einmal, als Nina für ein paar Minuten nach oben gegangen war, hörte ich sie weinen: krampfartige, abgehackte, verzweifelte Schluchzer. Ich hatte unten in der Küche gesessen und den brennenden Wunsch verspürt, zu ihr zu gehen, um sie zu trösten, doch ich wußte, daß es keinen Sinn hatte. Ich hätte kein Trost für sie sein können. Wie denn?

Denn ich bin der Grund dafür, daß uns Zoë weggenommen wurde. Wegen mir ist unser kleines Mädchen nun in Todesgefahr. Nina gibt mir die Schuld daran. Ich kann es ihr nicht verübeln.

Und wenn Holly unserer Tochter etwas antut, trage ich ebenfalls die Schuld daran.

An dieser schlichten, bitteren Wahrheit führt kein Weg vorbei.

Schließlich hatten wir unsere Wanderungen durchs Haus aufgegeben und uns in die Sessel im Wohnzimmer fallen lassen: eine Flaute auf dem endlosen Meer aus Furcht.

Unser Schweigen ist bedrückend.

Gegen halb fünf habe ich das Gefühl, daß ich so stumm bleiben würde, wie Phoebe es gewesen war, wenn ich nicht endlich etwas sagte oder weinte oder schrie.

Ich halte die Stille noch fünf Minuten aus.

»Wir sind uns also einig«, sage ich dann, »daß wir nicht die Polizei anrufen?« Meine Stimme klingt seltsam ruhig, obwohl in meinem Inneren die Angst wütet.

»Wir sind uns einig«, sagt Nina, und ihre Stimme klingt tot.

Wenigstens in diesem einen Punkt habe ich Ninas Einverständnis.

Alles andere ruht vorerst allein auf meinen Schultern.

Gott stehe mir bei.

89

Kurz nach fünf Uhr fuhr Nick los. Er wollte mit dem Land Cruiser in Richtung Norden auf der US 101 fahren, über die Golden Gate Bridge, dann nach Osten auf den Highway 37 und um die Bucht von San Pablo herum bis nach Vallejo, um von dort aus den Highway 29 zu nehmen, der geradewegs durch das Napa Valley bis Calistoga führte. Er mußte daran denken, wie er diese Strecke einmal gemeinsam mit Nina gefahren war (o Himmel, die arme Nina, die wartend zu Hause sitzen mußte, während er, Nick, wenigstens ein bißchen Ablenkung fand und etwas *tun* konnte). Er erinnerte sich, wie ihn auf dieser Reise das plötzliche Verlangen überkommen hatte, unterwegs anzuhalten und ein paar flüchtige Pastellskizzen dieses sanft gewellten Hügellandes zu machen, das nur ein kleines Stück von San Francisco entfernt ist. Die Landschaft hatte Nick fasziniert; Hügel wie diese hatte er nie zuvor gesehen. Aus der Ferne sahen sie aus, als wären sie mit Fell überzogen.

Diesmal war es zu dunkel, um diese Hügel oder die ebene, sumpfige, tristere Landschaft zu sehen, die sich zu beiden Seiten des Highway 37 ausbreitete. Außerdem regnete es. Doch selbst wenn es heller Tag gewesen wäre und die Sonne geschienen hätte – Ende November, wenn die Trauben an den Weinhängen längst gelesen und gepreßt waren, war nicht gerade die schönste Zeit des Jahres, dieses Tal zu besichtigen.

Die trübe, triste Dunkelheit des frühen Morgens paßte zu Nicks Stimmung.

Kalte, stille Wut.

Nicht der flammend heiße Zorn, den er vor langer Zeit verspürt hatte, als er Holly geschlagen hatte.

Diesmal war es ganz anders. Dieser Zorn war kalt und berechnend und deshalb sehr viel tödlicher.

Nick wußte, was er tun würde, wenn er seine Tochter sicher und wohlbehalten zurückbekam. Sobald er Zoë in Sicherheit wußte, würde er Holly dafür bezahlen lassen. Er würde ihr keine Furcht einjagen, und er würde sie nicht schlagen. Er würde ihr das Leben so schwermachen, wie es das Gesetz unter den gegebenen Umständen gerade noch erlaubte.

Wegen Holly Bourne würde er nicht ins Gefängnis gehen. O nein.

Für Zoë würde er alles tun. Für Zoë würde er *sterben*.

Aber nicht für Holly.

O nein.

90

Nina war in der Küche und versuchte Brot zu backen, als das Telefon zum erstenmal nach Nicks Abfahrt klingelte.
Sie riß den Hörer von der Gabel.
»Ja?«
Schweigen.
»Holly, sind Sie das?«
Am anderen Ende der Leitung wurde aufgelegt.
Auch Nina legte auf.
Und machte sich wieder daran, die Zutaten für das Brot abzuwiegen.

Joanna Ford, Ninas Mutter, hatte ihre Töchter gelehrt, in Zeiten emotionaler Krisen beim Backen Zuflucht zu suchen. Das war zu einer Zeit gewesen, als die Fords noch in England lebten und William noch bei der britischen Luftwaffe war. Bevor Joanna zu einer Alkoholikerin wurde.
»Was dabei herauskommt, spielt keine Rolle«, hatte sie ihren Töchtern gesagt. »Es kommt allein darauf an, daß man es tut. Jeden Schritt. Das Abwiegen und Abmessen der Zutaten, das Verrühren, das Teigkneten, das Backen. Putzen oder Wäschewaschen bringt nichts.«
Je eintöniger die Aufgabe, hatte Joanna erklärt, desto wirksamer wäre sie als Heilmittel, wenn man sich niedergeschlagen fühlte oder Angst hatte.
Angst.
Nina wog das Mehl ab und siebte es durch.
Siebte es noch einmal durch.
Und noch einmal.
Das Telefon klingelte.
Es war das gleiche Spiel wie zuvor. Holly lauschte einen Moment; dann unterbrach sie die Verbindung.

Nina legte den Hörer auf, drehte sich um, nahm die Schüssel zum Verrühren des Teigs und schleuderte sie mit aller Kraft gegen die Wand.

Sie schrie, als das Porzellan zersplitterte.

Und beobachtete, wie eine Wolke aus Mehlstaub durch die Küche schwebte und langsam zu Boden sank.

91

Die kleine Stadt Napa, das Tor zum Napa Valley, sah fast genauso aus, wie Nick es an diesem kühlen letzten Novembertag, einem Samstag, um diese Stunde – sechs Uhr früh – erwartet hatte. Es regnete zwar nicht mehr, aber die Luft war feucht und klamm. Alles war düster. Wie tot.

Er ließ den Toyota auf einem fast leeren Parkplatz stehen und schaute auf die Hinweisschilder für Touristen, um festzustellen, wo sich das Besucherzentrum befand. Es befand sich in einer Ecke eines modernen Einkaufszentrums. Die breiten Glastüren waren verschlossen (was hatte er um diese Zeit anderes erwartet?); auf einem Schild stand, daß erst um neun Uhr geöffnet wurde.

»Toll«, sagte Nick. »Einfach toll.«

Er klopfte an die Eingangstür. Niemand reagierte. Er klopfte lauter, erkannte jedoch rasch, daß sich hier niemand aufhielt. Die Eingangshalle und die Rezeption waren verlassen.

»Und jetzt?« fragte Nick sich laut.

Er schlenderte durch das menschenleere Einkaufszentrum, bis er einen Münzfernsprecher entdeckte, schlug im Telefonbuch die Nummer des Besucherzentrums nach, rief an und wurde von einer Stimme auf Band darüber informiert, daß geschlossen sei. Nick warf ein paar Münzen nach und rief Nina an.

»Ich bin am Ziel«, sagte er. »Aber das Besucherzentrum macht erst um neun Uhr auf.«

»Holly hat mehrere Male angerufen«, berichtete Nina ihm mit angespannter Stimme. »Ungefähr jede halbe Stunde. Sie wählt bloß unsere Nummer, und wenn ich mich gemeldet habe, sagt sie kein Wort, wartet ein paar Sekunden und legt dann auf. Das macht mich noch wahnsinnig.«

»Ich schaue mich in der Stadt um und komme um sieben wieder her«, sagte Nick. »Vielleicht ist Holly in einem der hiesigen Hotels oder in einer Pension abgestiegen.«

»Selbst wenn es so wäre, hat sie bestimmt dafür gesorgt, daß du sie nicht finden kannst.«

»Es kann nicht schaden, sich umzuschauen. Immer noch besser, als vor dem verdammten Besucherzentrum zu stehen und zu warten.«

»Ruf mich an, wenn du was weißt«, sagte Nina.

In der kurzen Zeit, die Nick zur Verfügung stand, war es ein hoffnungsloses Unterfangen. Er schaffte es gerade, in drei Hotels und einer Pension nachzufragen, doch wenn einer der mürrischen Rezeptionisten an diesem frühen Samstag morgen eine dunkelhaarige, grauäugige, schwangere Frau Ende Zwanzig gesehen hatte, die mit einem Mädchen im Babyalter unterwegs war, wollten sie dem verzweifelt aussehenden Fremden diese Information nicht geben.

Um zehn vor sieben war Nick wieder am Besucherzentrum.

Der Himmel wurde allmählich heller und das Wetter besser, doch sonst änderte sich nichts. Die Glastüren des Zentrums waren immer noch verschlossen, und wie schon eine Stunde zuvor war weit und breit niemand zu sehen. Keine Holly. Keine Zoë. Panik stieg in Nick auf wie ein Hochgeschwindigkeitslift. Verdammt, was für ein *Narr* er gewesen war, diesem Miststück zu glauben.

Und dann sah er den Umschlag. Er lag auf dem Boden, ungefähr zwei Meter entfernt: ein leuchtendweißes Dreieck lugte unter einer Mülltonne hervor.

Nick wußte nicht, ob der Umschlag schon dort gelegen hatte, als er um sechs Uhr das erste Mal hier gewesen war. Er wußte nur mit felsenfester Gewißheit, daß dieser Umschlag für ihn bestimmt war.

Seine Hände zitterten, als er sich niederkniete und ihn unter der Mülltonne hervorzog.

Auf dem Umschlag stand sein Name.

In Schreibmaschinenschrift.

Er riß ihn auf.

Eine weitere Nachricht, viel kürzer als die erste, ebenfalls mit der Maschine geschrieben.

> Ich erwarte Dich um halb acht vor der Pieter Winery am Silverado Trail. Komm allein. Warte, und Du wirst sehen.

Wieder rief er Nina an, als er sich zurück auf den Weg zum Parkplatz machte, und sagte ihr, wohin er fahren würde. An Ninas Stimme erkannte er, daß sie mit den Nerven am Ende war, wußte aber, daß er immer noch nichts für sie tun konnte, außer ihre Tochter wohlbehalten nach Hause zu bringen.

Nick und Nina waren schon einmal über den Silverado Trail gefahren – die Hochstraße über dem Highway 29. Es war im vergangenen Jahr gewesen, im Frühling. Wenngleich sie damals schnell gefahren waren, um vom Napa-Distrikt ins Sonoma Valley zu kommen, konnte Nick sich erinnern, vom Trail aus eine Reihe von Weingütern gesehen zu haben, und er wußte auch noch, daß diese Straße wundervolle Ausblicke bot. Wenn er an diesem Morgen an der Pieter Winery Zoë gesund und wohlbehalten zurückbekam, schwor er sich, würde er im nächsten Frühjahr mit Nina und seiner Tochter wieder herkommen und jede verdammte Flasche kaufen, die ihm dort angeboten wurde. Doch hier und jetzt hatte er andere Sorgen als Weine und schöne Ausblicke. Er wollte nur eines: an diesem zunehmend hellen, freundlichen Morgen im Spätherbst seine kleine Tochter wiederfinden, die ihm mehr bedeutete als sein Leben.

Und dann – und *nur* dann – würde er sich mit dem Problem Holly Bourne beschäftigen und es ein für allemal aus der Welt schaffen.

Nick fand die Pieter Winery ohne große Schwierigkeiten; sie lag nicht weit von der Yountville Cross Road entfernt und befand sich auf der rechten Seite des Silverado Trail. Das Weingut schien ein kleines Privatunternehmen zu sein. An der Einfahrt befand sich ein steinerner Torbogen, hinter dem eine schmale, von Sträuchern gesäumte Asphaltstraße zu einem cremefarbenen Haus mit rotem Ziegeldach führte, das inmitten von Weinfeldern lag.

Unmittelbar vor dem Tor fuhr Nick von der Straße ab, parkte und stieg aus dem Wagen. Einen Moment überlegte er, ob er zum Haus fahren und sich dort erkundigen sollte, ob jemand Holly oder Zoë gesehen hatte, entschied sich aber dagegen. Schließlich hatte Holly ihn auf dem Zettel angewiesen, *vor* dem Weingut zu warten und zu sehen – was immer das bedeuten mochte.

Ein Ford Explorer fuhr an Nick vorbei, verlangsamte aber nicht die Geschwindigkeit; dann folgte ein kleiner Volkswagen, dann ein Cherokee und dann, nach einer längeren Pause, ein Bonneville. Nick betrachtete die Autos bald gar nicht mehr, ließ den Blick statt dessen in die Runde schweifen: frühwinterliche Weinfelder, sanfte, bewaldete Hügel und ein prachtvoller Ausblick hinunter ins Tal. Am Himmel entdeckte Nick zwei Heißluftballons in leuchtenden Farben. Von dort aus mußte der Blick noch großartiger sein.

Er drehte sich um und schaute in Richtung Weingut. Ein Mann war aus dem Haus gekommen und ging zu einer Seite des Gebäudes. Er sprach mit jemandem. Mit einer Frau, wie Nick erkannte. Er kniff die Lider zusammen, betrachtete die Frau genauer. Sie trug einen Overall und war hochgewachsen. Zu groß, als daß sie hätte Holly sein können. Nick wandte den Blick ab, schaute wieder auf die Straße. Ein Wagen, der in Richtung Napa unterwegs war, näherte sich und verringerte dabei die Geschwindigkeit.

Nicks Herz schlug plötzlich schneller. Es war ein blauer Volvo, und hinter dem Steuer saß eine dunkelhaarige Frau.

Er trat ein paar Schritte auf die Fahrbahn.

Die Frau fuhr langsam an ihm vorbei, betrachtete ihn eingehend durch das Seitenfenster und beschleunigte dann wieder.

Es war nicht Holly gewesen.

Nick schwitzte, sein Puls raste. Am liebsten hätte er einen Stein genommen und ihn nach dem verdammten Auto geworfen. Weshalb, zum Teufel, hatte das Weib ihn so angestarrt?

Wahrscheinlich, weil er wie ein Trottel am Straßenrand gestanden und *sie* angestarrt hatte.

Nick schüttelte den Kopf, als könnte er sich auf diese

Weise von allen störenden Gedanken befreien. Dann überquerte er die Fahrbahn des Silverado Trail, kletterte über eine kleine steinerne Mauer, welche die Straße von einer dahinterliegenden, leicht bewaldeten Anhöhe trennte, und blickte hinauf. Wo noch vor kurzer Zeit zwei Heißluftballons am Himmel geschwebt hatten, waren nun vier Ballons zu sehen. Aus Nicks Blickwinkel schienen drei ziemlich dicht beieinander zu fliegen, während der vierte ein Stück entfernt einsam über den inzwischen strahlend blauen Himmel zog.

Nick starrte auf die Ballons.

Und wußte plötzlich Bescheid.

Warte, und Du wirst sehen.

Holly war da oben in einem der Ballons. Mit Zoë. Einem Baby, das erkältet war. Diese Verrückte flog mit seinem kleinen Mädchen Gott weiß wie hoch, in vermutlich eisiger Kälte, über das Napa Valley.

Nick hörte ein Geräusch, eine Mischung zwischen einem Stöhnen und einem Schluchzen, und erkannte, daß er selbst diesen Laut ausgestoßen hatte. Hilflos stand er am Rand des Silverado Trail und verspürte den sehnlichen Wunsch, die Arme auszustrecken und Zoë aus diesem verdammten Ballon zu heben, hatte das verrückte Verlangen, zu ihr *hinaufzufliegen*, und war doch zum hilflosen Zuschauen verdammt. Er wußte ja nicht einmal, in welchem der Ballons Holly und Zoë sich befanden.

O Gott.

O Gott!

Nick drehte sich um, flankte über die Mauer, überquerte die Fahrbahn und rannte unter dem steinernen Torbogen hindurch und über die asphaltierte Zufahrtsstraße zu dem cremefarbenen Haus. Als er es beinahe erreicht hatte, stieg ihm aus einem offenen Fenster der Geruch von Speck in die Nase. Er hörte Stimmen, die sich leise unterhielten, und Musik von Mozart.

Der Mann und die hochgewachsene Frau waren verschwunden.

Nick klopfte an die Eingangstür. Hämmerte an die Tür.

Er hörte Schritte. Die Tür wurde geöffnet. Eine junge Frau mit pfirsichfarbenem Teint und goldblondem Haar, das zu einem langen Zopf geflochten war, blickte ihn fragend an. Sie trug Jeans und einen weißen, gestrickten Pullover.

»Ja, bitte?«

»Die Ballons ...«, stieß Nick atemlos und hastig hervor. »Wo kommen sie her? Wissen Sie, wem sie gehören?«

»Ballons?« Die junge Frau blieb ruhig und freundlich, doch ein Ausdruck der Verwirrung trat in ihre blauen Augen.

»Da oben.« Nick drehte sich halb um, stieß die ausgestreckte rechte Hand zum Himmel und sah zu seinem Entsetzen, daß mittlerweile fünf Ballons über dem Tal schwebten.

»O Gott.«

»Stimmt was nicht?«

Nick drehte sich wieder zu der jungen Frau um. »Das kann man wohl sagen.« Er hatte nicht die Zeit, der Fremden alles genau zu erklären. »Okay, vergessen Sie die Frage, woher diese Ballons kommen. Sagen Sie mir nur, wo sie landen.«

»Das kann ich nicht.«

»Wie meinen Sie das – Sie *können* nicht?«

»So, wie ich es gesagt habe.« Sie lächelte leicht. »Man kann vorher nie sagen, wo die Ballons heruntergehen. Die Fahrer suchen sich die Landeplätze vorher nicht aus. Wahrscheinlich hängt es mit der Windrichtung zusammen.«

Nick spürte, wie erneut Panik in ihm aufstieg und sein Herz schmerzhaft in der Brust schlug, doch er mußte seine Nerven im Zaum halten, mußte sich zwingen, kühl und logisch zu denken. *Also gut. Noch mal von vorn.*

»Wissen Sie, welchem Unternehmen diese Ballons gehören?« fragte er.

»Es gibt eine Reihe von Besitzern. Privatleute.« Sie zuckte leicht die Achseln. »Aber es gibt auch ein paar Unternehmen im Tal, die Ballonfahrten veranstalten.« Sie beschirmte die Augen mit der linken Hand und blickte angestrengt zum Himmel. »Dem Aussehen nach könnten zwei oder drei Ballons einer dieser Firmen gehören. Aber ich bin mir nicht sicher.«

»Braucht hier jemand Hilfe?« Ein Mann mittleren Alters mit ergrauendem blondem Haar, salopp mit einer weiten Hose, gelbem Pullover und Halbschuhen bekleidet, erschien hinter der jungen Frau im Türeingang. »Ich bin Pieter Van

Lindt«, stellte er sich vor, »und diese junge Dame ist meine Tochter Helen.« Der Mann besaß einen leichten Akzent, den Nick für holländisch hielt, worauf auch der Name hindeutete.

»Diese Ballons«, sagte Helen Van Lindt zu ihrem Vater und wies mit der Hand. »Weißt du vielleicht, wem sie gehören?«

Der Mann warf einen raschen Blick zum Himmel. »Ja. Den Leuten, welche diese Rundflüge machen.«

»Wer sind diese Leute?« drängte Nick. »*Wer sind sie?*«

Van Lindt betrachtete ihn. »Sie scheinen ja ziemlich nervös zu sein, Sir.«

»Und ob. Ich muß wissen, wo die Ballons landen«, sagte Nick. »Aber Ihre Tochter sagt, man könne es vorher nie wissen.«

»Das stimmt.« Van Lindt lächelte. »Deshalb werden die Ballons am Boden von Fahrzeugen verfolgt. Sie sammeln die Fluggäste an den Stellen auf, an denen die Ballons einer nach dem anderen heruntergehen.«

»Dann landen sie also nicht gleichzeitig?« fragte Nick. »Nicht alle an derselben Stelle?«

»Stimmt. Aber sie werden bald runterkommen«, sagte Van Lindt.

»Woher wissen Sie das?«

»Es ist fast acht Uhr«, erklärte er. »Die Ballons müssen immer sehr früh losfliegen, weil unvorhersehbare Winde und Luftströmungen aus dem Tal aufsteigen, sobald es wärmer wird. Gegen halb neun sind meist alle Ballons am Boden.«

Nick war ratlos. Wo landeten die Ballons? Er mußte irgend etwas tun, und zwar schnell, mußte sich irgendeinen Plan einfallen lassen, doch sein Verstand arbeitete schleppend; seine vielen Ängste und Sorgen ließen kaum noch Platz für nüchterne Überlegungen.

»Ist ein Freund von Ihnen in einem der Ballons?« fragte Van Lindt. Seine blauen Augen blickten besorgt und verständnisvoll. »Ihre Frau? Jemand, um den Sie sich Sorgen machen?«

»Meine Tochter«, sagte Nick mit dumpfer Stimme.

»Verstehe«, murmelte Van Lindt.

»Sie ist noch ein Baby.«

Der andere Mann blickte ihn verdutzt an. »Das verstehe

ich nicht. Ich glaube, Babys dürfen nicht mitfliegen, nicht einmal kleine Kinder. Soviel ich weiß, gibt es da sehr strenge Vorschriften. Aber ganz sicher bin ich mir nicht. Ist die Mutter denn bei der Kleinen?«

Nein, nicht die Mutter, sondern eine Geisteskranke, die mich und meine Frau terrorisieren will. Vielleicht hat diese Irre sogar vor ...

Nick wurde leichenblaß, als ihm eine grauenvolle Vision vor Augen kam: Holly, wie sie Zoë auf den Rand des Korbes unter dem Ballon setzt, wie sie das kleine Mädchen hochhebt, es über den Abgrund hält ...

Nick schloß die Augen. Er schwankte.

»Alles in Ordnung, Sir? Möchten Sie sich setzen?«

Van Lindts Stimme brachte Nick in die Wirklichkeit zurück. Er schlug die Augen auf. *Ich glaube, Babys dürfen nicht mitfliegen.*

Nick starrte hinauf zu den Ballons.

Bitte, lieber Gott, laß ihn recht haben.

Für einen Moment fragte er sich, ob er den Van Lindts die Wahrheit sagen sollte; dann aber müßten sie die Polizei anrufen, und Nick hatte die Warnung in Hollys Nachricht nicht vergessen. *Keine Polizei, wenn Du Dein Baby noch einmal sehen willst.*

»Sie könnten versuchen, die hiesigen Firmen anzurufen, die solche Rundflüge machen.« Helen Van Lindt war eine wachsende Besorgnis anzumerken, ebenso ihrem Vater. »Ich bin sicher, ich kann Ihnen die Nummern heraussuchen. Bestimmt haben diese Ballonfahrer Passagierlisten, so daß Sie wenigstens erfahren können, zu welchem der Ballons Sie müssen.«

Nick dachte einen Moment nach. Entweder er willigte ein, oder er mußte in einem wilden Zickzackkurs durchs Tal fahren und einen Ballon nach dem anderen verfolgen – ohne die Gewißheit zu haben, daß Holly und Zoë überhaupt an Bord waren. Er blickte die junge Frau an. Ihr Vorschlag war besser als jede Alternative, die Nick im Moment einfiel; denn die Angst um Zoë lähmte seine Gedanken.

Er brachte ein verzerrtes Lächeln zustande.

»Sie würden mir einen großen Gefallen tun«, sagte er. »Könnte ich auch Ihr Telefon benützen?«

92

Holly überlegt wieder, taktiert, plant.

Es ist seltsam, wie scharf ihr Verstand arbeitet, seit sie das Baby entdeckt hat. Vorher war alles ein bißchen verschwommen gewesen, glaubt sie sich erinnern zu können. Sie weiß nicht mehr, was zuvor alles geschehen ist; sie kann sich nur noch nebelhaft an ein paar Dinge erinnern. Wichtige, *entscheidende* Dinge. Alles andere hat jetzt ohnehin keine Bedeutung mehr. Wäre es anders, wüßte sie es noch.

Was geschehen ist, ist geschehen.

Jetzt zählen nur noch Gegenwart und Zukunft.

Und ihr Hirn ist wie Quecksilber.

Sie kann Nick nicht sehen, aber sie weiß – sie scheint es tatsächlich zu *wissen* –, was er tut, was er denkt, was er vorhat.

Quecksilber.

In diesem Augenblick, zum Beispiel, droht Nick vor Angst und Verzweiflung den Verstand zu verlieren. Er versucht herauszufinden, in welchem der Heißluftballons über dem Napa Valley sie und das Baby sind. Und der Gedanke, wie er Holly bestrafen kann, wenn die Sache ausgestanden ist, verleiht ihm Kraft.

Holly weiß, was er denkt.

Wie er denkt.

Es ist ein wundervolles Gefühl, wieder alles unter Kontrolle zu haben und voller frischer Energie, voller neuem *Leben* zu sein.

Holly schaut auf die Armbanduhr.

Sie fragt sich, ob die Zeit gekommen ist, den nächsten Schritt zu tun.

Noch nicht ganz ... es ist noch ein bißchen zu früh.

Aber bald ist es soweit.

93

Nick hatte zwanzig Minuten gebraucht – zwanzig kostbare Minuten –, bis er bei einem der Ballonflug-Unternehmen im Tal endlich eine menschliche Stimme und keinen Anrufbeantworter an den Apparat bekam. Zwar waren die Mailbox-Durchsagen und die Auskünfte auf den Anrufbeantwortern freundlich und höflich. Doch konnten sie ihm nicht weiterhelfen.

Auf jedem Anrufbeantworter hatte Nick die dringende Bitte hinterlassen, sich bei den Van Lindts zu melden, falls eine junge Frau mit Baby zu den Passagieren zählte. Die erste menschliche Stimme an diesem Morgen meldete sich bei den Van Lindts, kaum daß Nick nach seinem letzten Anruf den Hörer aufgelegt hatte.

Ihr Unternehmen hätte heute morgen vier Ballons gestartet, die über das Napa Valley flögen, sagte die Frau. Doch es sei grundsätzlich nicht gestattet, Babys mit an Bord eines Heißluftballons zu nehmen.

In seltenen Fällen könne es allerdings Ausnahmen geben.

Ob es den Passagieren gestattet sei, erkundigte sich Nick, große Taschen, Picknickkörbe oder ähnliches mit an Bord zu nehmen? (Vielleicht hatte Holly Zoë in einer Tasche versteckt. Dieser Verrückten war alles zuzutrauen, sogar daß sie Zoë irgendein Schlafmittel gegeben und sie an Bord geschmuggelt hatte.) Es sei nicht erlaubt, Gepäck mit an Bord zu nehmen, gleich welcher Art, wurde Nick von der freundlichen Stimme informiert; Damen würden sogar gebeten, vor dem Start die Handtaschen in ihren Autos zu verschließen.

Ihr Unternehmen, fuhr die Frau fort, habe an diesem Morgen keine Buchung von einem Fluggast namens Bourne, Taylor oder Miller. Falls Nick in einer halben Stunde noch einmal anriefe – bis dahin würden die Ballons gelandet sein und die

Passagiere bei einem Champagner-Brunch zusammensitzen –, könne er die endgültige Bestätigung erhalten, ob die Frau oder das Kind an Bord eines der Heißluftballons gewesen seien.

Die Frau und das Kind. *Das Kind.*

Sein Kind. Sein und Ninas Kind. Nicht das Kind von Holly Bourne.

Nick saß im Büro von Helen Van Lindt. Am liebsten hätte er seinen Tränen freien Lauf gelassen. Er konnte sich nicht erinnern, wann er das letzte Mal vor anderen Menschen geweint hatte. Als junger Bursche, vielleicht; er wußte es nicht mehr. Jetzt aber war er den Tränen gefährlich nahe – oder einem schrecklichen, unkontrollierbaren Wutausbruch. Doch weder das eine noch das andere würde bewirken, daß sich die schier unerträgliche Spannung löste, die sich in seinem Inneren aufgestaut hatte und ihn zu zersprengen drohte. Es würde ihm genausowenig helfen wie Nina oder Zoë.

Er würde nicht einmal Holly damit treffen.

Er bat Helen Van Lindt, einen weiteren Anruf machen zu dürfen, um mit seiner Frau in San Francisco zu sprechen. Er hatte gehofft, Nina bei diesem Anruf irgend etwas – *irgend etwas* – Erfreuliches berichten zu können, doch es gab nur neue Schreckensnachrichten. Dennoch wäre es feige gewesen, sich nicht zu melden.

»Rufen Sie an, wen immer Sie sprechen wollen«, sagte die junge Frau.

»Sie sind sehr freundlich«, erwiderte Nick, dem Helen ihr Büro überlassen und Kaffee gebracht hatte. »Ich weiß gar nicht, wie ich Ihnen danken soll.«

»Schon gut. Ich hoffe bloß, Sie finden Ihre Tochter bald«, sagte Helen, verließ das Zimmer und schloß leise die Tür hinter sich.

Nick nahm den Hörer ab und tippte langsam die Zahlen seiner Rufnummer ein.

»Ja?«

Nie zuvor hatte er erlebt, daß Nina sich am Telefon so ängstlich und feindselig zugleich gemeldet hatte. Nick erzählte ihr rasch die Neuigkeiten.

»Du wirst doch nachsehen, wer mit diesen Ballons geflogen ist, nicht wahr?« Ninas Stimme klang spröde, wie ein Stück trockenes Holz, das jeden Augenblick zerbrechen oder zersplittern kann. »Kurz vor sieben hat Holly das letzte Mal angerufen. Also könnte sie tatsächlich mit einem Ballon geflogen sein.«

»Selbstverständlich gehe ich der Sache nach«, erwiderte Nick. »Aber es sieht allmählich so aus, als wäre alles bloß ein Schwindel gewesen.«

»Holly hatte keine Heißluftballons erwähnt.«

»Das stimmt, aber es gibt weit und breit keine Spur von ihr.«

»Bist du sicher?« fragte Nina.

In Nick stiegen erste Zweifel auf. Doch es hatte *wirklich* keinen Anhaltspunkt gegeben, wo Holly sein könnte. Nur die Ballons boten eine mögliche Erklärung. *Warte, und Du wirst sehen*, hatte Holly ihn in ihrer zweiten Nachricht angewiesen. Um halb acht vor der Pieter Winery. Gegen acht Uhr hatte Nick mit den Anrufen begonnen, und außer den Heißluftballons hatte er lediglich ein paar Autos gesehen und die Landschaft bewundern können.

»Ja. Ich bin so gut wie sicher, daß sie uns bloß tyrannisieren wollte.«

Nina schwieg für einen Moment, und Nick wußte, daß sie um Fassung rang.

»Und was nun?« Ihre Stimme war leise und zittrig. »Wenn du diese Ballons überprüft hast und keine Spur findest, was hast du dann vor?«

»Dann komme ich nach Hause«, erwiderte Nick. Allein.

»Und die Leute auf dem Weingut ... sind sie *ganz* sicher, daß Holly nicht angerufen oder irgendeine Nachricht hinterlassen hat?«

»Sie sind sicher, Liebling«, sagte Nick. »Es sind ehrliche, anständige Leute.«

»Ich bin froh, daß du es endlich mal mit anständigen Leuten zu tun hast«, erwiderte Nina mit einem Hauch von Sarkasmus.

»Na, komm«, sagte Nick leise.

»Entschuldige. Aber das alles tut so verdammt weh.«

»Ich weiß.«

Er hörte Nina leise schluchzen.

»Ich muß mich jetzt auf den Weg machen, Schatz«, sagte er. »Die Passagiere der Ballons nehmen nach der Landung einen Brunch zu sich. Bei der Gelegenheit werde ich nachschauen, ob Holly und Zoë dabei sind.«

»Ich hätte beinahe einen Drink genommen«, sagte Nina plötzlich. »Ich war drauf und dran, im Mayflower anzurufen und mir ein paar Flaschen bringen zu lassen.«

Nick hörte aus Ninas Stimme heraus, wie sehr sie sich schämte. Es schnitt ihm ins Herz.

»Aber du hast es nicht getan.«

»Nein.« Sie hielt kurz inne. »Wie könnte ich, wenn unsere Tochter vermißt wird?«

»In deiner Lage könnte man Verständnis dafür haben.« Nick blickte auf die Armbanduhr. Es schmerzte ihn, daß er gleich auflegen mußte, gerade jetzt, wo Nina das Gespräch mit ihm brauchte. Doch es war bereits neun Uhr durch. Die Zeit drängte.

»Glaubst du, ich ersäufe meinen Schmerz auf Kosten dieses Miststücks?« sagte Nina. »Nein, dafür könnte man kein Verständnis haben. Das wäre unverzeihlich.« Er hörte, wie sie tief Luft holte. »Such weiter, Nick. Ich komme schon klar. Aber ich mußte es dir sagen. Damit du weißt, wie schwach ich bin ... was für ein jämmerlicher Feigling ich immer noch bin.«

»Du bist kein Feigling.«

»Ich weiß, was ich bin, Nick.« Wieder hielt sie kurz inne. »Du mußt jetzt los.«

»Ja. Tut mir leid.«

»Nick?«

»Ja?«

»Wenn Zoë nicht in Napa ist, wo ist sie dann?«

Scham und Schwäche waren aus Ninas Stimme verschwunden. Nur die Angst war geblieben.

Die gleiche eisige Angst, die Nicks Adern durchströmte wie der Überlauf einer unerschöpflichen Quelle.

»Ich weiß es nicht«, sagte er.

94

Es war gegen fünf nach halb zehn. Holly hätte die Zeit fast auf die Minute genau sagen können, ohne einen Blick auf ihre Armbanduhr zu werfen. Mit jeder Stunde, die verstreicht, wachsen ihre Macht und ihr wacher Verstand – in gleichem Maße, wie ihre Verbindung zu äußeren, unbedeutenden Dingen abreißt.

Es ist eine alte Uhr. Ein paar Sekunden blickt Holly aufs Zifferblatt. In die Vergangenheit. Eine ferne Vergangenheit. Holly hat diese Uhr vor Jahren von ihren Eltern geschenkt bekommen, und sie hatte ihr stets besser gefallen als die brillantenbesetzte Rolex mit dem Platinarmband – ein Geschenk von Jack –, die sie verkauft hatte, bevor sie von der Bildfläche verschwunden war.

Interessant, geht es Holly durch den Kopf, wie klar und deutlich man sich an bestimmte Dinge aus der Vergangenheit erinnert, während andere wie unter einer dichten Nebeldecke verborgen bleiben. Geschenke haben Holly nie viel bedeutet, aber es gibt natürlich Ausnahmen. Manche Geschenke wird sie nie vergessen. Wie den seidenen Slip, den Nick ihr damals in Bethesda geschenkt hatte, an ihrem ersten gemeinsamen Weihnachtsfest, an Hollys Geburtstag, als sie Nick die schaffellgefütterten Handschuhe geschenkt hatte, in denen das Kondom versteckt war. *Ein Handschuh in einem Handschuh.* Und sie hatten das Kondom nie benützt.

Holly blickt auf das Baby.
So lieb. So süß.
Dann schaut sie wieder auf die Uhr.
Neun Uhr siebenunddreißig.
Es wird Zeit.

95

Das Telefon klingelte.

Nina, die im Schlafzimmer war, nahm zögernd den Hörer ab, ohne sich zu melden.

»Nina, hier Holly.«

Ninas rechte Hand krampfte sich um den Hörer; ihre Finger waren zu Klauen gekrümmt.

»Wo ist meine Tochter?«

»Das Baby ist bei mir«, sagte Holly. »Und es ist bestens aufgehoben.«

Das Baby. Nicht »Ihr« Baby.

»Wo sind Sie?« fragte Nina. Der Haß schnürte ihr beinahe die Kehle zu.

»Weit weg von Napa«, erwiderte Holly im Plauderton.

Nina schloß die Augen und dachte an Nick, der nun auf dem Silverado Trail vergeblich Heißluftballons hinterherjagte.

»Ich bin nebenan«, sagte Holly.

Nina riß die Augen auf. »Bitte?«

»Ich bin gleich nebenan. Haus Nummer 1317. Ich bin deine nächste Nachbarin, Nina. Freust du dich denn gar nicht?«

Ninas Herz krampfte sich schmerzhaft zusammen; ihr wurde schwindlig, und für einen Moment glaubte sie, das Bewußtsein zu verlieren.

Barbara Rowe.

Nina erinnerte sich, daß Teresa ihr diesen Namen genannt hatte, als sie von der neuen Nachbarin erzählte. *Eine sehr zurückgezogene Frau,* hatte Teresa gesagt. *Nicht so freundlich wie Sie.*

Sie erinnerte sich an die schwangere, ziemlich unhöfliche Frau, die vor dem Nachbarhaus ihre Taschen hatte fallen lassen. Sie dachte an die Frau in der New Yorker Buchhandlung, die ihr das Woodsworth-Zitat diktiert hatte. An die Frau, die Phoebe in einem Gerichtssaal in Los Angeles wiedererkannt hatte. Charlotte Taylor. Barbara Rowe.

Holly Bourne.

»Ich möchte, daß du zu mir in mein Haus kommst, Nina. Sofort.« Holly hielt kurz inne. »Wenn du das kleine Mädchen liebst, und davon gehe ich aus, solltest du genau das tun, was ich sage.«

»Das werde ich«, sagte Nina leise. »Ich tue alles.«

»Gut. Denk gar nicht erst daran, jemandem davon zu erzählen, was ich dir gerade gesagt habe. Ich weiß, wo du bist, denn ich kann dich durch dein Schlafzimmerfenster beobachten ...«

Ninas Blick huschte zum Fenster an der Seitenwand. Es war schmäler als das Fenster, das nach vorn zur Straße lag. Wie von selbst rückte sie ein wenig näher ans Seitenfenster, um festzustellen, ob sie Holly irgendwo im Nebenhaus entdecken konnte.

»Ja, die Richtung stimmt«, sagte Holly. »Kannst du mich sehen?«

Nina zuckte vom Fenster zurück.

»Aber, aber. Nicht so schüchtern. Komm jetzt rüber. Falls du jemanden anrufst oder sonstwie Zeit verschwendest, wird das kleine Mädchen für immer und ewig verschwinden. Alles klar? Verstanden, Nina?«

Das kleine Mädchen.

»Ich glaube nicht, daß Sie Zoë etwas antun könnten«, sagte Nina.

»Bist du sicher?«

Wieder schnürte erstickender Haß Nina fast die Kehle zu.

»Ich komme.«

Nina legte auf, rannte aus dem Schlafzimmer und stürmte die Treppe hinunter. Sie schwitzte heftig, ihr Atem ging schwer, und für einen Moment wurde ihr schwarz vor Augen. Wieder mußte sie gegen die drohende Ohnmacht ankämpfen. Sie *mußte* Nick verständigen, bevor sie das Haus verließ, sonst würde er vielleicht nie erfahren, was geschehen war, wohin sie gegangen war.

In der Tür zum Wohnzimmer verharrte sie und versuchte

verzweifelt, sich an den Namen des Weinguts zu erinnern, von dem aus Nick angerufen hatte. Sie könnte diese Leute – *ehrliche, anständige Leute* – anrufen und Nick eine Nachricht hinterlassen, falls er noch einmal zu ihnen fuhr oder bei ihnen anrief, um sich zu erkundigen, ob sich etwas Neues ergeben hätte.

Doch Nina konnte sich an nichts erinnern. Ihr Verstand war wie leergefegt.

Sie stieß einen kurzen, verzweifelten Schrei aus, der durch das leere Haus hallte – und für einen winzigen Augenblick die Wolken aus Angst und Panik vertrieb, die ihr Hirn umnebelten.

Falls jetzt das Telefon klingelt, kann es nicht mehr Holly sein. Dann ist es sehr wahrscheinlich Nick.

Nina wußte, daß ihr nur sehr wenig Zeit blieb, bis Holly mißtrauisch würde. Sie stürmte zum Anrufbeantworter, drückte die Taste für den Ansagetext und sagte nach dem Piepton:

»Nick, hör mir zu.«

Ihre Stimme war gehetzt und atemlos, doch sie hatte keine Zeit, darüber nachzudenken, was geschah, sollte jemand anderes als Nick anrufen und die Nachricht hören.

»Holly ist *nicht* in Napa«, fuhr Nina fort und bemühte sich, deutlich und zusammenhängend zu sprechen. »Sie ist hier, in der Antonia Street, im Haus nebenan, Nummer 1317. Sie hat Tür an Tür mit uns gewohnt, die ganze Zeit!« Sie holte keuchend Atem. »Sie hat Zoë, Nick ... Holly hat Zoë ... und ich werde unsere Tochter jetzt zurückholen.«

Nina ließ die Ansagetaste los, spulte das Band zurück und schaltete den Anrufbeantworter ein.

Dann ging sie zur Tür.

96

Um fünf nach zehn wartete Holly an der Eingangstür von Haus Nummer 1317. Sie trug ein schlichtes weißes, untailliertes Kleid aus Wolle mit U-Ausschnitt, das Jack ihr vor ein paar Monaten am Rodeo Drive gekauft hatte. Hollys Haut war blaß und glatt und straff. Ihr dunkles Haar, das sie offen trug, schimmerte, als hätte sie es für Ninas Besuch gerade erst gewaschen und sorgfältig geföhnt.

Holly hatte viel Zeit damit verbracht, sich vorzubereiten.

»Komm rein, Nina.«

Nina blickte in die Augen der Frau, die ihre Welt zerstören wollte. Graue Augen. Selbstgefällige Augen.

Nina trat über die Schwelle. Die Eingangshalle besaß genau dieselbe Gestalt und Größe wie die im Nebenhaus, doch sie besaß eine kalte, beinahe klinisch sterile Atmosphäre.

»Möchtest du einen Tee?« fragte Holly. »Oder hättest du lieber etwas Stärkeres? Ich weiß, wie gern du einen Drink nimmst.«

»Ich möchte Zoë sehen, bitte.«

»Alles zu seiner Zeit.« Holly lächelte sie an. »Wie wär's mit einer schönen Tasse Tee zum Frühstück? Dann könnten wir plaudern und uns ein bißchen näher kennenlernen.«

Sie drehte sich um und ging zur Küche. Nina stand regungslos da und fragte sich, ob sie einfach die Treppe hinaufrennen und versuchen sollte, Zoë zu finden, doch in einem dreistöckigen Gebäude könnte das kleine Mädchen überall sein, und Holly würde wohl kaum zulassen, daß Nina sich einfach ihr Baby nahm und aus dem Haus verschwand.

Sie schaute sich um. Am Fuß der Treppe war ein großer dunkelbrauner Fleck zu sehen; einige Parkettfliesen hatten sich verfärbt. Es war zu erkennen, daß jemand erst vor kurzem versucht hatte, den Fleck wegzuschrubben. Nina konnte das Scheuermittel riechen und sah die stumpfen Stellen, die sich dabei auf dem gebohnerten Parkett gebildet hatten.

Unwillkürlich mußte sie an Teresa denken, und eine dumpfe, schreckliche Ahnung überfiel sie.

»Komm her, Nina«, hörte sie Hollys Stimme aus der Küche.

Nina kämpfte ihre Furcht und ihr Entsetzen nieder und ging zu Holly.

»Setz dich.« Holly wies auf die weißen Stühle, die rings um den kleinen runden Tisch standen.

Nina nahm Platz und beobachtete, wie Holly Wasser in einen stählernen Kessel füllte, den Gasherd entzündete und den Kessel über die Flamme stellte.

»Wo ist Teresa?« fragte Nina.

»In der Nähe«, antwortete Holly, nahm zwei Keramikbecher von einem Wandregal und stellte sie auf die Küchenanrichte neben dem Herd.

Nina spürte, wie sie am ganzen Leib zu zittern begann.

Sie mußte die trockenen Lippen mit der Zunge befeuchten, bevor sie wieder sprechen konnte. »Wir sind uns schon einmal begegnet«, sagte sie schließlich, und ihre Stimme klang heiser.

»Zweimal«, erwiderte Holly im Plauderton. »Gleich ist das Wasser heiß.«

»In der Buchhandlung in New York«, sagte Nina.

»Ja. Bei Doubleday in der Fünften Straße.«

»Und hier vor Ihrem Haus, vor ungefähr vierzehn Tagen. Sie waren aus einem Taxi gestiegen und hatten Ihre Handtasche und eine Einkaufstasche fallen lassen.«

»Und du hast beides für mich aufgehoben.«

Nina schwieg einen Moment und dachte nach.

»Und meine Schwester haben Sie bei der Gerichtsverhandlung in Los Angeles getroffen.«

»Phoebe. Ja, stimmt.«

»Und dann haben Sie ihr an dem baufälligen Haus in der Catherine Street aufgelauert«, fügte Nina hinzu.

»Habe ich das?«

In Hollys Augen war keine Regung zu erkennen.

Nina blickte auf Hollys flachen Leib.

»Sie sind nicht schwanger«, sagte sie.

Diesmal funkelten Hollys graue Augen, doch sie schwieg. Das Wasser kochte, und sie nahm den Kessel vom Herd.

Nina beobachtete, wie Holly das dampfende Wasser in die Becher goß und dann Teebeutel hineingab. Red Rose. Nichts Besonderes.

Tu das nicht noch einmal, Nina. Bring Zoë nicht in noch größere Gefahr.

»Ich möchte meine Tochter sehen«, sagte sie leise.

»Immer mit der Ruhe.«

Holly stellte die Becher auf den Küchentisch und setzte sich.

Nina starrte auf die Tischplatte. Weiß lackiertes Spanholz. Billigmöbel, genau wie die Stühle. Nick hatte die Bournes immer als wohlhabende Familie geschildert; deshalb hatte Nina sich Hollys Zuhause ganz anders vorgestellt. Geschmackvoller, stilvoller, exklusiver.

Aber hier ist nicht Hollys Zuhause. Hier hat sie bloß ihre Falle errichtet.

»Trink deinen Tee«, sagte Holly.

»Ich habe keinen Durst«, erwiderte Nina.

»Na gut.« Holly erhob sich wieder. »Ich muß dir etwas zeigen.«

Nina stand rasch auf. Ihr Körper, ihre Seele schmerzten vor Verlangen, endlich Zoë wiederzusehen.

»Nicht das Baby«, sagte Holly, als hätte sie Ninas Gedanken gelesen. »Noch nicht.«

Nina schwieg. Sie konnte Hollys hämische Freude beinahe spüren, wie ein gräßliches Prickeln unter der Haut. Für einen Moment dachte sie an Nick. Es war seltsam. Sie wußte jetzt mehr über einige Dinge, die Nick hatte geschehen lassen – doch mit der Folge, daß gerade dadurch andere Dinge noch rätselhafter und unerklärlicher wurden als zuvor.

»Es geht um etwas anderes«, fuhr Holly fort. »Um etwas, das Nick getan hat. Ich glaube, du solltest es sehen.«

Holly setzte sich wieder.

»Eine traurige Sache mit der armen Teresa«, sagte sie.

»Was ist mit Teresa?« fragte Nina, die stehengeblieben war und der es eiskalt über den Rücken lief. »Was meinen Sie damit?«

»Es ist traurig, auf diese Weise eine Freundin zu verlieren.« Holly hielt kurz inne. »Ich habe Teresa ziemlich gut kennengelernt, weißt du.« Holly fuhr mit der Spitze des Zeigefingers der rechten Hand über den Rand des Teebechers. »Deshalb finde ich es traurig ... und schändlich ... was mit ihr geschehen ist.« Sie hob den Kopf und blickte Nina ins Gesicht. »Aber ich bin sicher, du wirst dir sehr viel größere Sorgen darüber machen, wie du Nick helfen kannst, als daß du der armen Teresa nachtrauerst.«

Nick helfen.

Ninas Herz raste.

Holly erhob sich wieder und ging gemächlich zur rechten Seite der Küche hinüber, wo sich – wie in Haus Nummer 1315 – die Tür zu einem kleinen Mehrzweckraum befand. »Deshalb möchte ich dir zuerst einmal dieses kleine Problem zeigen«, sagte sie, »bevor ich dir einige Vorschläge umreißen werde, wie wir Nick aus dieser schlimmen Sache heraushelfen können. Einverstanden?«

»Ja«, sagte Nina leise. Sie war völlig verwirrt.

»Dann komm mit.« Holly winkte ihr und lächelte sie wie eine alte Freundin an. »Ich kann dir ja schlecht erklären, wie ich Nick helfen kann, solange du nicht weißt, womit wir uns auseinandersetzen müssen, nicht wahr?«

Nina rührte sich nicht von der Stelle.

»Aber ich werde mich schon um ihn kümmern, Nina. Du brauchst dir wegen dieser Sache keine Sorgen zu machen.« Holly schob die rechte Hand in die Tasche ihres Kleides und brachte einen kleinen Schlüssel zum Vorschein. »Wie könnte ich Nick im Stich lassen, wo er mir mein Leben lang *alles* bedeutet hat?« In ihren Augen lag plötzlich ein sanfter Ausdruck. »Bruder. Bester Freund. Liebhaber.«

Nina trat einen Schritt auf Holly zu, blieb dann aber stehen, denn die Knie wurden ihr weich, und eine Woge der Übelkeit überschwemmte sie.

»Komm, Nina.« Holly hielt den Schlüssel in die Höhe. »Du mußt schon näher kommen, sonst siehst du nichts.«

Nina folgte Holly durch die Tür.

Der Mehrzweckraum sah dem ihren sehr ähnlich. An den Wänden schmucklose Regale. Eine Tür, die vermutlich in eine

Speisekammer führte, wie im Haus nebenan. Ein Staubsauger. Eine Waschmaschine. Ein Wäschetrockner. Eine Kühltruhe. Ein paar Kisten und Kartons aus Supermärkten mit Waschpulver, Einweichmittel, Spülmittel, Küchenrollen.

Holly blieb vor der Kühltruhe stehen.

»Ich werde immer für Nick da sein«, sagte sie leise. »Das mußt du wissen, Nina. Manche Dinge müssen einfach sein. Es geht nicht anders. Und es läßt sich niemals ändern.«

Sie drehte sich zur Kühltruhe um. Erst jetzt sah Nina, daß die Tür der Truhe mit einem Vorhängeschloß gesichert war.

Wieder spürte sie einen schmerzhaften Stich in der Brust. Ihre Hände begannen zu schwitzen.

Holly schob den Schlüssel ins Vorhängeschloß. Nina bemerkte beiläufig, daß Holly ihre Nägel blaßrot lackiert hatte – eine Farbe, die mit der ihres Lippenstifts harmonierte – und daß einer der Nägel sehr kurz geschnitten und säuberlich gefeilt war, als wäre er Holly vor kurzem abgebrochen.

»Und weil Nick der Vater unseres Kindes ist«, fuhr Holly mit ruhiger, freundlicher, beinahe fröhlicher Stimme fort, »was könnte ich da anderes tun, als ihm mit ganzer Kraft zur Seite zu stehen?« Sie schaute Nina an. »Das müßtest gerade du besonders gut verstehen, besser als alle anderen.«

Holly hatte das Vorhängeschloß nun geöffnet. Sie löste es von der Tür, drehte sich um und legte es auf den Wäschetrockner; dann wandte sie sich wieder zur Kühltruhe um und packte den Türgriff mit beiden Händen.

»Ach ja«, sagte sie. »Kleinen Moment noch.«

Der Vater unseres Kindes. Unseres Kindes.

Nina stand wie erstarrt da. Sie kam sich vor, wie ein kleines Tier sich fühlen mußte, wenn es nachts mitten auf einer Straße verharrte, geblendet von heranrasenden Autoscheinwerfern. Gelähmt. Starr vor Todesangst.

Holly streifte sich Plastikhandschuhe über, wie Leute sie bei der Arbeit in Haus oder Garten trugen. Sie erinnerten ein wenig an die Latexhandschuhe, die Gynäkologen oder Chirurgen benützen.

O Gott.

Nina starrte die Kühltruhe an, und ein plötzlicher, furchterregender Gedanke schoß ihr durch den Kopf und ließ das

Blut so heftig durch ihre Adern strömen, daß es ihr beinahe das Herz zerriß.

Zoë.

»Nein ... lieber Gott, nein«, flüsterte sie.

Holly blickte sie an und lächelte beruhigend.

»Aber nein«, sagte sie. »Es ist nicht, was du denkst. Mach dir keine Sorgen.«

Wieder packte Holly den Griff der Kühltruhe und öffnete den Deckel.

»Komm näher, Nina«, sagte sie, noch immer sanft und leise. »Nur keine Angst. Du hast keinen Grund, Angst zu haben.«

Wenn es Zoë ist, bringe ich diese Wahnsinnige um.

Nina rührte sich nicht vom Fleck. Ihr Körper wollte ihr nicht gehorchen.

Wenn es mein kleines Mädchen ist, lass' ich sie tausend Tode sterben.

»Nun komm schon, Nina«, sagte Holly mit ein wenig mehr Nachdruck. »Sieh dir an, was Nick getan hat.«

Ich werde erst sie töten und dann mich.

Nina trat an die Kühltruhe und schaute hinein.

Es war nicht Zoë.

Es dauerte ein paar Sekunden, bis sie begriff. Schaudernd starrte sie auf Teresas Leiche. Ihr schwarzes Haar, die blaue Bluse, die grotesk übereinandergeschlagenen Arme waren von einer dünnen Eisschicht überzogen. Kristalle hatten sich auf ihrer blutigen Wange, der Nase und dem klaffenden roten Loch gebildet, in dem einst ihr rechtes Auge gewesen war.

»Sieht wie ein weißer Pelz aus, nicht wahr?« sagte Holly.

Sie schob die rechte Hand in die Kühltruhe und nahm irgendeinen Gegenstand heraus.

»Das ist das Messer«, sagte sie und zeigte es Nina. »Erkennst du es?« Sie hielt kurz inne. »Es gehört Nick. Ist aus seinem Atelier. Seine Fingerabdrücke sind darauf.«

Nina riß den Blick von Teresas Leiche los und starrte auf das Messer. Sie konnte sich nicht daran erinnern. Sie wollte etwas sagen, brachte aber kein Wort hervor. Ihre Lippen waren spröde, und ihre Zunge fühlte sich dick und pelzig an. Ein seltsames, häßliches Stöhnen stieg aus ihrer Kehle auf.

»Ein kleiner Schock für dich, was?« fragte Holly freundlich.
Nina spürte, wie sie zu schwanken begann. Sie streckte die Hand aus, um sich an der Wand abzustützen, taumelte jedoch nach vorn gegen die Kühltruhe und zog die Hand so schnell wieder weg, als hätte sie sich verbrannt.

»Ich nehme an, du möchtest jetzt unsere Tochter sehen, nicht wahr?« sagte Holly.

Unsere Tochter.

»Würde dir das gefallen, Nina?«

Halt durch. Für Zoë.

Nina nickte benommen.

»Ja«, sagte sie.

Sie folgte Holly aus dem Mehrzweckraum durch die Küche in die Eingangshalle und die Treppe hinauf bis in den zweiten Stock.

Zu einer weißen Tür, auf die ein blaßrosa Teddy gemalt war.

Holly öffnete die Tür.

»Komm rein«, sagte sie.

In der Mitte des Zimmers stand eine wunderschöne Wiege.

Zoë lag darin.

Sie schlief. Ihr Atem ging leise, ruhig und regelmäßig. Bei jedem Atemzug blähten sich ihre rosigen Babywangen, wie es stets der Fall war, wenn sie friedlich schlummerte.

Danke. Lieber Gott, danke, lieber Gott, danke.

Nina verspürte das überwältigende Verlangen, Zoë aus der Wiege zu nehmen und an sich zu drücken.

»Ist sie nicht wunderschön?«

Nina nahm den Blick von Zoë und schaute in Hollys Gesicht.

Die stolze Mutter.

Ninas Erleichterung wich blinder Wut.

Und neuerlichem Entsetzen.

Holly hielt immer noch das Messer in der Hand, trug noch die Handschuhe. Zwar blickte sie Zoë liebevoll an, doch sie hielt *immer noch* das Messer in der Hand. Und einen Mord hatte sie bereits damit begangen.

Halt durch, Nina. Du mußt warten. Auf den richtigen Augenblick.

Wieder blickte sie auf Zoë hinunter. Auf ihre kleine Tochter.

Die Benommenheit war jetzt gänzlich von ihr abgefallen. Ihr Verstand war vollkommen klar.

Sie stand regungslos da.

Und wartete.

97

Sämtliche Champagner-Brunches, die von den Ballonflug-Unternehmen organisiert wurden, sind vorüber. Zwei der vier Gruppen konnte ich rechtzeitig besuchen und schaute mir jeden Mann und jede Frau an; ich war dermaßen verängstigt, daß mir der verrückte Gedanke kam, Holly könnte sich als Mann getarnt haben. Und wenngleich die Veranstalter der Ballonfahrten mir erklärt hatten, kein Kleinkind dürfe mitfliegen, blieb auch meine Furcht, daß Holly es irgendwie geschafft haben könnte, Zoë an Bord zu schmuggeln.

Doch ich hatte mich offenbar geirrt.

An diesem Morgen sprach ich fast mit jedem Menschen, der auf irgendeine Weise mit den Ballonfahrten zu tun hatte. Ich trieb die Leute mit meinen Fragen fast in den Wahnsinn; ich weiß, daß sie mich für einen Irren hielten, doch es war mir egal. Ich wollte nur die Gewißheit haben, daß weder Holly noch Zoë sich im Napa Valley aufhielten. Es sah ganz so aus, als hätte dieses geisteskranke Weibsstück Nina und mir einen teuflischen Streich gespielt.

Gegen Viertel nach elf bin ich endlich wieder auf der Heimfahrt.

Im Autoradio höre ich den Sender KFOG – Rockmusik, um meinen eigenen Motor am Laufen zu halten.

Sie spielen einen Song aus der Rockoper *Tommy*: Die Acid Queen singt, was sie in nur einer Nacht mit dem Kind anstellen kann.

Holly hat unsere Tochter schon länger als nur eine Nacht.

Gott hilf uns.

»*Wenn Zoë nicht in Napa ist, wo ist sie dann?*«

Diese Frage hatte Nina mir bei unserem letzten Telefongespräch gestellt, und was die Antwort darauf betrifft, bin ich keinen Schritt weiter gekommen.

Doch ich habe eine andere Frage, die bis jetzt ebensowenig zu beantworten, aber sehr viel erschreckender ist.

Wahrscheinlich hatte es Holly einen perversen Spaß bereitet, Nina und mich auf diese Weise zu quälen, aber was war der *wahre* Grund dafür, daß sie mich an diesem Morgen aus San Francisco herausgelockt hatte?

Schreckliche Vermutungen schießen mir durch den Kopf.

Ich stelle das Radio ab und nehme zum erstenmal seit längerer Zeit bewußt wahr, wo ich mich befinde: auf dem Highway 37, nicht allzuweit von der Golden Gate Bridge entfernt. Wenn der Verkehr es zuläßt, kann ich in etwa zwanzig Minuten zu Hause sein.

Doch in meinem Inneren schreit alles danach, Nina *jetzt sofort* anzurufen.

Vielleicht wäre ich schneller gewesen, wäre ich, statt nach einem Münzfernsprecher Ausschau zu halten, auf der Straße geblieben.

Nun aber stehe ich hier, schiebe meine Vierteldollarmünzen in den Schlitz und lausche dem Freizeichen, nachdem ich unsere Nummer gewählt habe.

Nach dreimaligem Klingeln springt der Anrufbeantworter an.

Und ich höre Ninas Nachricht.

Ich hänge den Hörer ein und nehme mir ein paar lange, schreckliche Sekunden Zeit, Ninas Worte in mich aufzunehmen.

Dann – einen weiteren, viel zu langen Augenblick – stehe ich bloß da, hilflos wie ein großes Kind, unschlüssig und schwankend.

Jemand muß mir helfen.

Soll ich die Polizei anrufen?

Die Drohung Hollys war unmißverständlich.

Doch die Acid Queen hat jetzt mein Baby *und* meine Frau in ihrer Gewalt. Holly Bourne war immer schon verrückt; nun aber ist sie zu einer gefährlichen Psychopathin geworden.

Eine unberechenbare Irre, mit der man keinen Handel mehr abschließen kann.

Und ich muß etwas *unternehmen!*

Ich weiß nicht, weshalb Norman Capelli am Samstag morgen des Thanksgiving-Wochenendes im Büro ist, doch es ist ein Riesenglück für mich, und ich danke Gott dafür. In den letzten gut fünfzehn Stunden habe ich viele Gebete gesprochen. Bis jetzt hatte niemand mir zugehört, oder er hatte sich nichts daraus gemacht. Diesmal aber ist Capelli an der Leitung, und deshalb hat mich vielleicht – nur *vielleicht* – doch jemand gehört.

Ich berichte ihm rasch.

»Sind Sie sicher, daß Sie Ihre Frau richtig verstanden haben?« fragt Capelli.

Zorn schießt in mir hoch.

»Wenn Sie mir nicht glauben, Capelli, dann wählen Sie meine Nummer und hören sich die Nachricht selbst an. Wenn Sie dann immer noch nicht glauben, was ich Ihnen über Holly Bourne gesagt habe, können Sie mich am Arsch lecken. Und sollte meiner Frau oder meiner Tochter irgend etwas zustoßen, mache ich Sie dafür verantwortlich.«

»Immer mit der Ruhe, Miller«, sagt Capelli. »Ich schicke sofort einen Streifenwagen zu Ihrem Haus.«

»*Nein!*« brülle ich ihn hysterisch an. »In ihrer Nachricht hat Holly Bourne ausdrücklich erklärt, daß wir Zoë nie wiedersehen, falls wir die Polizei einschalten. Sie kann Polizisten *riechen*, hat sie geschrieben. Du lieber Himmel, Capelli, das ist eine *Geiselnahme*, kapieren Sie das nicht?«

»Schon gut, schon gut«, versucht er mich zu beruhigen. »Dann werden wir entsprechend vorgehen. Aber es wird einige Zeit dauern, die nötigen Vorbereitungen zu treffen, deshalb müssen Sie jetzt erst einmal Ruhe bewahren und ...«

»Ich warte *nicht!*« schneide ich ihm das Wort ab. Meine Hand umkrampft den Hörer so fest, daß es mich nicht gewundert hätte, wäre er zerbrochen. »Also machen Sie sich gar nicht erst die Mühe, mich darum zu bitten. Ich fahre jetzt zur Antonia Street, werde zum Nachbarhaus gehen ...«

»Tun Sie das nicht, Miller ...«

»Doch. Genau das tue ich, Capelli. Keine Macht der Welt kann mich davon abhalten, meine Frau und mein Kind auch nur eine Sekunde länger als nötig mit diesem mörderischen Miststück allein zu lassen. Falls Ihre Leute uns irgendwie helfen können – um so besser. Aber sie sollen uns *helfen* und nicht alles noch gefährlicher machen, indem Sie oder sonst jemand ein Sondereinsatzkommando schickt.«

»Gehen Sie nicht allein in das Haus«, warnt Capelli mich. »Sie dürfen nicht ...«

»Ich bin schon dorthin unterwegs«, unterbreche ich ihn. »Rufen Sie bei mir zu Hause an, und hören Sie den Anrufbeantworter ab. Ich weiß nicht, was Sie dann vorhaben, aber Sie können dann ja immer noch entscheiden, ob Sie etwas anderes tun würden, wäre *Ihre* Frau in dieser Situation.«

Capelli erwidert irgend etwas, doch ich hänge bereits den Hörer ein.

Ich steige in den Landcruiser und trete das Gaspedal voll durch, als ich wieder losfahre.

Und ich frage mich, was ich tun werde, nachdem ich Nina und Zoë in Sicherheit gebracht habe – *lieber Gott im Himmel, wenn es dich gibt, dann laß ihnen nichts geschehen sein.*

Und ich weiß, was ich tun werde, wenn die beiden erst in Sicherheit sind.

Ich werde Holly Bourne umbringen.

Ich werde dieses verrückte Miststück *töten.*

Holly saß im Schaukelstuhl neben der Wiege, in der Zoë immer noch schlief, und erzählte Nina von ihren Plänen.

»Ich kann dir noch keine Einzelheiten sagen, was ich mit Nick vorhabe. Meine Pläne sind noch nicht ganz ausgereift. Außerdem wäre es nicht recht von mir, dir davon zu erzählen. Es wäre unmoralisch. Das verstehst du doch, Nina, nicht wahr?«

Nina stand zwischen der Wiege und der Tür zum Kinderzimmer. Sie hörte, was Holly sagte, doch der größte Teil ihres Verstandes beschäftigte sich mit der Frage, wie die Chancen standen, mit Zoë aus diesem Haus zu flüchten. Holly – das wußte Nina – rechnete nicht im Traum damit, daß sie zu entkommen versuchte. Nicht ohne Zoë. Und Holly befand sich näher an der Wiege als Nina.

Und sie hatte immer noch das Messer.

Das Messer, mit dem sie Teresa getötet hatte.

Es lag auf ihrem Schoß. Auf dem weißen Wollkleid. Das gefrorene Blut Teresas war aufgetaut, und auf dem Stoff des Kleides hatten sich stumpfe, rostrote Flecken gebildet.

»Bist du sicher, daß du jetzt keinen Drink möchtest, Nina?«

»Ganz sicher, danke«, erwiderte Nina.

»Wenn du deine Meinung änderst, sagst du mir Bescheid, ja?«

»Ich werde meine Meinung nicht ändern«, sagte Nina.

Holly schaute zu ihr auf. »Du bist tapferer, als ich dachte. Wenn ich an deine Vorgeschichte denke, an deine Alkoholsucht ... ich hätte eigentlich eine schwache Frau erwartet. Die meisten Säufer sind schwache Menschen, nicht wahr? Du aber scheinst mir ziemlich stark zu sein.«

»Das kommt darauf an«, sagte Nina.

Holly schaukelte leicht vor und zurück, wobei der Holzstuhl leise, knarrende Geräusche machte.

»Zum Beispiel« – unvermittelt kam Holly wieder darauf zu sprechen, wie sie Nicks Verteidigung vor Gericht plante – »bin ich mir noch nicht ganz im klaren darüber, ob der Mord an Miss Vasquez ausreicht« – sie hielt kurz inne – »und ob es auf lange Sicht für Nick vielleicht besser wäre, wenn du ebenfalls stirbst.«

Nina blinzelte.

»Wie könnte mein Tod für Nick von Vorteil sein?« fragte sie.

»Weil ich, als seine Anwältin, viel bessere Aussichten hätte, bei Nick auf Unzurechnungsfähigkeit zu plädieren, wenn er dich *und* das Kindermädchen ermordet.«

»Verstehe«, sagte Nina wie betäubt.

Sie fragte sich, ob Nick schon angerufen und ihre Nachricht gehört hatte. Ob er schon auf dem Weg hierher war? Wie weit mochte er noch weg sein?

Zu weit.

Oder nicht weit genug.

Es hing davon ab, *wie* verrückt Holly Bourne war.

Nina hatte Schwierigkeiten, die Natur und das Ausmaß von Hollys Geisteskrankheit einzuschätzen. Manchmal gab es nicht den leisesten Zweifel daran, daß sie in einer eigenen, selbst erschaffenen Phantasiewelt lebte, und sie war mit Sicherheit verrückt genug, keinerlei Rücksicht auf andere Menschen zu nehmen, wenn es darum ging, sich diese Scheinwelt zu bewahren. Die arme Teresa war ein Beispiel dafür. Wie auch Phoebe, deren »Unfall« allerdings auf sie, Nina, abgezielt gewesen war. Aber das war ein wohlüberlegter verbrecherischer Plan gewesen und nicht bloß die impulsive Tat einer Verrückten.

Außerdem war es für Nina offensichtlich, daß Hollys Verstand in bestimmten Bereichen überaus klar und präzise arbeitete. Sie hatte *tatsächlich* vor, das Gesetz zu benützen, um Nick aus der realen Welt in die ihre hineinzuziehen, als seine Anwältin. Das war natürlich in sich selbst ein verrücktes Ziel; allerdings war Nina klar, daß diese Frau sehr versiert war, was die Rechtsprechung betraf.

Und das bedeutete, daß der Kampf gegen Holly Bourne mit größter Vorsicht und soviel Respekt geführt werden mußte, wie Nina aufbringen konnte.

»Ich habe dir vorhin schon gesagt, Nina, daß du dich setzen sollst.«

»Danke, aber ich möchte lieber stehen bleiben, wo ich bin«, sagte Nina.

»In der Nähe der Tür«, erwiderte Holly.

Nina sagte nichts. Ihr Blick huschte zwischen dem Gesicht Hollys und Zoës winziger, friedlich schlafender Gestalt in der Wiege hin und her.

»Weißt du, eigentlich brauchst du dir um Nick überhaupt keine Sorgen zu machen«, fuhr Holly fort. »Ich werde immer für ihn da sein. Was auch geschieht – welchen Verlauf die Verhandlung auch nehmen mag, wie das Urteil auch ausfällt – ich werde ihn jeden Tag besuchen. Ich werde auch in Zukunft nur mein Bestes für ihn tun.«

Mein Bestes. Nina unterdrückte das Verlangen, Holly eine ironische Antwort zu geben. Sie durfte es sich mit dieser Verrückten auf keinen Fall verderben. Sie und Zoë waren Geiseln. Und Geiseln sollten ihr Maul lieber nicht aufreißen.

»Nick weiß das«, sagte Nina. Sie wußte, daß es krampfhafte Bemühungen ihrerseits waren, Holly bei Laune zu halten, und ihr war klar, daß Holly jeden lahmen Versuch, sich Sympathien zu erschwindeln, sofort durchschauen würde. »Er weiß, daß Sie nichts anderes gewollt haben, als weiterhin seine Freundin zu bleiben.«

»Scheißdreck«, sagte Holly und strich über das Messer auf ihrem Schoß.

Nina überlegte, ob sie nicht doch Platz nehmen sollte; dann aber hätte sie weiter ins Zimmer gemußt, weg von der Tür. Deshalb blieb sie, wo sie war.

Versuch es mit einem anderen Dreh.

»Er hat Ihnen sehr weh getan, nicht wahr?« sagte sie leise.

Holly lächelte. »O ja.«

»Das sehe ich«, sagte Nina. »Mir hat er auch weh getan.«

»Noch mehr Scheißdreck«, sagte Holly.

»Nein, das ist nicht wahr. Er hat mir weh getan, weil er Sie nie vergessen konnte.« Nina wartete einen Herzschlag lang.

»Er hat mir so schlimmen Schmerz zugefügt, daß ich wieder zu trinken angefangen habe.«

Holly nickte langsam, und diese kaum merkliche Bewegung ließ den Schaukelstuhl erneut knarren. »Als er dich verlassen hat?«

»Ja«, erwiderte Nina. »Nick ist ein Egoist. Das sind die meisten Männer, meinen Sie nicht auch?«

»Keine Ahnung«, sagte Holly. »Mich hat immer nur ein Mann interessiert.«

»Nick«, sagte Nina.

»Nick«, bestätigte Holly.

Zoë gab in der Wiege leise schniefende Geräusche von sich, schlief aber weiter.

»Er hat Sie immer wieder im Stich gelassen, nicht wahr?« sagte Nina. »Schon vor Jahren.«

»Ja.«

»Trotzdem waren Sie immer für ihn da.«

»Immer.«

Du machst es nicht gut genug, Nina. Nicht annähernd gut genug, daß du und Zoë hier herauskommen.

»Es klappt nicht, stimmt's?« sagte Holly, als hätte sie Ninas Gedanken gelesen.

»Was meinen Sie damit?« Ninas Herz setzte einen Schlag aus.

»Deine lächerlichen gespielten Anbiederungsversuche.« Wieder lächelte Holly. »Du bist eine jämmerliche Schauspielerin, Nina. Dein Haß ist deutlich zu erkennen. Er steht dir ins Gesicht geschrieben.«

»Ich hasse Sie nicht, Holly.«

»O doch.« Holly wies mit einem Kopfnicken auf die Wiege. »Du möchtest ihre Mutter sein.«

»Ich bin ihre Mutter«, sagte Nina so behutsam sie konnte.

»Ich kann deinen Kummer verstehen«, erklärte Holly. »Aber dieses kleine Mädchen kann nur eine Mutter haben.«

»Ich *bin* ihre Mutter«, wiederholte Nina, diesmal mit weniger Zurückhaltung.

O Gott, Nick! Wo bist du?

»Jetzt nicht mehr«, sagte Holly.

Wieder wurden Nina die Knie weich, so wie in dem Augenblick, als Holly ihr Teresas Leiche in der Kühltruhe gezeigt hatte. Sie sehnte sich danach, sich setzen zu können, wußte aber, daß sie es nicht durfte. Sie *mußte* stehen bleiben.

Versuch es noch einmal.

»Sie wissen, daß Sie Zoë immer besuchen können, nicht wahr, Holly?« sagte sie. »Sie sind die beste Freundin ihres Vaters – und Sie können auch Zoës Freundin werden.«

»Was heißt hier Besuch?« sagte Holly friedlich. »Meine eigene Tochter brauche ich ja wohl nicht zu besuchen. Die einzigen Besuche, die ich wahrscheinlich machen werde, sind die bei Nick – im Hochsicherheitstrakt irgendeines Gefängnisses, wo er gut aufgehoben sein wird. Dann wird sowieso keiner mehr Wert auf seine Bekanntschaft legen.«

»Außer Ihnen«, sagte Nina. Wieder stieg Übelkeit in ihr auf.

»Genau.« Ein schwaches Lächeln legte sich auf Hollys Gesicht. »Wie ich dir vorhin schon sagte – ich werde immer zu Nick stehen.«

Sie ergriff das Messer und stand auf. Von ihrem Gewicht befreit, schwang der Schaukelstuhl laut knarrend vor und zurück.

In der Wiege bewegte sich Zoë.

Wach nicht auf, mein Kleines. Nicht jetzt.

Das Schaukeln endete.

Holly blickte auf das schlafende Baby hinunter.

»Und ich werde gut auf unsere Tochter achtgeben«, sagte sie leise. »Bis Nick aus dem Gefängnis kommt. Falls er rauskommt.«

Nina spürte eine plötzliche, gewaltige Hitzewoge und erkannte, daß es ihr brennender Zorn war, der in ihr hochschoß und den sie kaum noch zurückhalten konnte. Im Kinderzimmer war es kühl, doch die Hitze in Ninas Innerem war völlig anderer, fremdartiger Natur und stieg in Wellen heißer Glut tief aus ihrem Innersten auf.

Holly beugte sich über die Wiege, über Zoë, das blutige Messer in der rechten Hand.

»Hallo, mein Schatz«, sagte sie.

Die Hitze in Ninas Innerem schwoll an wie etwas Lebendiges, das sie vollkommen ausfüllte und sich aufblähte, bis sie das Gefühl hatte, ihre Haut würde platzen.

»Bleib weg von ihr!« entfuhr es Nina ungewollt.

Nick, wo bist du? Sie will unser Baby!

Noch immer hielt Holly das Messer in der rechten Hand; mit der Linken streichelte sie Zoës rotgoldenes Haar.

»Laß sie in Ruhe«, sagte Nina heiser und trat einen Schritt vor. »Siehst du denn nicht, daß sie schläft?«

»Oh, sie hat jetzt genug geschlafen«, sagte Holly und streichelte immer noch das Haar des Babys; dann kitzelte sie es mit dem Zeigefinger an der linken Wange. »Ich weiß wohl besser als jeder andere, wann es Zeit ist, daß meine Kleine aufwachen muß, meinst du nicht auch?«

Ninas Verlangen, Holly zur Seite zu stoßen und Zoë an sich zu reißen, war beinahe übermächtig, doch das Messer in Hollys Hand ließ sie verharren.

Hol sie aus der Wiege, Nina. Nur das zählt.

»Zoë ist nicht dein Kind, Holly«, sagte sie plötzlich mit schroffer Stimme.

»O doch.« Holly liebkoste das kleine Mädchen weiterhin, als wäre Nina gar nicht da.

Wieder bewegte Zoë sich, ballte die winzigen Hände zu Fäusten und löste sie wieder.

»Zoë ist *mein* Kind, Holly.« Ninas Stimme wurde lauter. »*Mein Kind.*«

Holly nahm den Blick von Zoë und schaute auf.

Ja, so ist es gut. Mach weiter.

»Du hast kein Baby, Holly.«

Holly richtete sich auf. In ihren Augen lag Unsicherheit.

So ist es richtig, Nina. Mach sie wütend. Sorge dafür, daß sie von Zoë wegkommt.

»Zoë ist *unser* Baby. Meins und Nicks.«

»Halt's Maul«, sagte Holly und trat einen Schritt auf sie zu.

Nina wich zwei Schritte zurück, bewegte sich näher zur Tür. Holly folgte ihr.

So ist es gut – sie muß so weit von der Wiege weg wie möglich.

»*Ich* habe Zoë geboren, Holly. Nick hat mit *mir* geschlafen und Zoë gezeugt. Sie ist in *meinem* Leib herangewachsen, nicht in deinem.«

»Ich hab' dir gesagt, du sollst das Maul halten«, zischte Holly.

Sie hob das Messer.

Nina spannte die Muskeln, um sich zur Seite zu werfen.

Dann sah sie, wie Holly sich wieder zur Wiege umwandte. Und das Messer über Zoës Gesicht hielt.

»Nein!« schrie Nina und warf sich auf Holly.

»Mein Baby«, sagte Holly mit klarer, fester Stimme; dann traf sie das Gewicht von Ninas Körper und ließ eine Lohe glühenden Schmerzes durch ihre verletzte Brust rasen. »*Ich habe es zur Welt gebracht.*«

Holly schwang die Messerhand herum.

Die Klinge drang in Ninas Unterleib.

99

Die Antonia Street sah aus wie immer an einem Sonntagvormittag um halb zwölf.
Kein Streifenwagen, kein Polizist war zu sehen.
Nick schaute sich eingehend um.
Er sah ein Paar, das die Wochenendeinkäufe aus dem Kofferraum eines Volvo lud. Er kannte die beiden nicht, doch sie sahen vollkommen normal aus, so daß er ziemlich sicher war, daß es sich nicht um Beamte in Zivil handelte. *Moment mal.* Da war noch ein Bursche, ein Mann mittleren Alters in einem dunklen Trainingsanzug, der mit seinem Hund, einem Schnauzer, Gassi ging. Nick war ganz sicher, den Mann noch nie gesehen zu haben. Doch er ging mit dem Hund in Richtung Lafayette Park, also konnte er schwerlich ein Cop in Zivil sein. Oder?

Nick blickte auf die Uhr im Armaturenbrett. Er hatte weniger als eine Viertelstunde gebraucht, um von der Golden Gate Bridge bis hierher zu fahren; in weniger als fünfzehn Minuten konnte Norman Capelli unmöglich einen größeren Polizeieinsatz organisiert haben. Gott sei Dank, überlegte Nick. Dann wird niemand mich aufhalten, wenn ich Nina und Zoë zu Hilfe komme. Natürlich, er hatte Angst – *höllische* Angst –, das Verkehrte zu tun, doch er wußte, daß er Nina und das Baby keine Sekunde länger als nötig mit Holly allein lassen durfte.

Langsam fuhr er an den Häusern Nummer 1315 und 1317 vorüber.

Auch an den beiden Häusern war nichts Ungewöhnliches zu beobachten. Heitere sonntägliche Ruhe auf einem Hügel in San Francisco. Ninas Lexus war vor der verschlossenen Garage geparkt. Nick betrachtete das blaßgelb und weiß gestrichene Holz an der Außenfassade ihres Hauses, das in viel besserem Zustand war als Nummer 1317. Hollys Haus, dem er kaum Beachtung geschenkt hatte, seit er und Nina sich Nummer 1315 gekauft hatten. Er konnte sich erinnern, daß Nina damals gesagt hatte, in Nummer 1317 müsse viel Arbeit investiert werden, daß es aber ein Haus sei, das zu renovieren sich lohne, und keine Bruchbude, so daß sie keinen Abriß oder eine Beeinträchtigung des eigenen Grundstückswerts zu befürchten hätten.

Hollys Haus.

Nick fuhr ein Stück den Hügel hinauf und parkte den Landcruiser weit genug entfernt, um aus keinem der beiden Häuser beobachtet werden zu können. Er warf einen Blick in den Seitenspiegel und sah eine Frau mit Kinderwagen, die in seine Richtung kam. Nick wartete, bis sie am Toyota vorbei war; dann stieg er aus, stellte den Kragen seiner Jacke hoch, zog den Kopf zwischen die Schultern und machte sich auf den Weg die Straße hinunter, wobei er dicht genug hinter der Frau mit dem Kinderwagen blieb, um aus der Ferne den Anschein zu erwecken, er gehöre zu ihr, falls jemand ihn aus Hollys Haus beobachtete. Er ging nicht zu schnell und nicht zu langsam, sondern wie ein Mann, der mit Frau und Kind einen Sonntagsspaziergang machte.

Bis er zu seinem Haus kam. Blitzschnell verschwand er um eine Ecke und betrat das Gebäude durch die Hintertür.

Schwitzend vor Angst rannte er über die Flure, schaute in sämtlichen Zimmern nach, wenngleich er wußte, daß er niemanden finden würde. Doch er brauchte die Gewißheit, daß die Situation tatsächlich so gefährlich war, wie Nina in ihrer Nachricht auf dem Anrufbeantworter angedeutet hatte.

Nichts. Niemand.

Alles sah genauso aus wie am frühen Morgen, als er das Haus verlassen hatte. Nur in der Küche lagen zerbrochenes Porzellangeschirr und eine weiße Schicht, die wie zerstäubtes Mehl aussah, auf dem Fußboden. Nick starrte einen Moment auf die Scherben und fragte sich, ob ein Kampf stattgefunden hatte, doch alles andere war an Ort und Stelle; nichts deutete auf eine gewaltsame Auseinandersetzung hin. Es sah aus, als ob Nina gebacken hätte, vermutlich zur Ablenkung.

Das Telefon klingelte.

Nick stürmte ins Wohnzimmer, doch der Anrufbeantworter hatte sich bereits eingeschaltet, und Nick hörte eine Männerstimme.

»Mr. Miller, hier Inspektor Joseph Naguchi von der Polizei San Francisco. Nehmen Sie bitte den Hörer ab, wenn Sie zu Hause sind.«

Nick stand wie versteinert da.

»Es ist sehr dringend, Mr. Miller. Ich muß mit Ihnen reden. Bitte, nehmen Sie ab.«

Nick trat einen Schritt aufs Telefon zu, verharrte dann aber wieder.

Wenn du mit den Cops redest, werden sie irgendeine Möglichkeit finden, dich davon abzuhalten, daß du in Hollys Haus gehst.

»Also gut, Mr. Miller« – Naguchis Stimme war fest –, »sollten Sie jetzt mithören, oder falls Sie sich die Nachricht später anhören: Inspektor Capelli läßt Ihnen mitteilen, daß wir Ihren Anrufbeantworter abgehört haben. Wir werden die Sache in die Hand nehmen. Ich wiederhole: Wir werden die Sache in die Hand nehmen.«

Nick stand immer noch wie angewurzelt, den Blick unverwandt auf den Anrufbeantworter gerichtet, als könnte Naguchi ihn sehen oder hören, wenn er nur mit der Wimper zuckte.

»Mr. Miller, Sie dürfen keinerlei eigene Schritte unternehmen. Ich wiederhole, *keinerlei eigene Schritte*.« Der Inspektor hielt inne. »Wenn Sie mir jetzt zuhören, Mr. Miller, *bitte*, nehmen Sie den Hörer ab und sprechen Sie mit mir. Es ist für Ihre Frau und Ihre Tochter am besten so, glauben Sie mir.«

Wieder eine lange Pause.

»Also gut, Mr. Miller, dann gehe ich davon aus, daß Sie mir jetzt zuhören, aber nicht mit mir reden wollen. Überlassen Sie die Sache uns, Sir. Wir wissen genau, was wir tun – wir haben Spezialisten, die sich im Moment damit beschäftigen, die Situation einzuschätzen ...«

Die Situation einschätzen.

Nick hörte gar nicht mehr zu. Er löste sich aus seiner Erstarrung, verließ das Wohnzimmer und stieg wieder die Treppe hinauf. Im Schlafzimmer (immer noch hörte er Naguchis Stimme, der seine Warnungen auf den Anrufbeantworter sprach) bewegte er sich vorsichtig zum Seitenfenster, aus dem man Hollys Haus beobachten konnte. Aus Nicks Blickwinkel war nichts zu erkennen; an allen Fenstern auf sämtlichen Etagen waren die Vorhänge zugezogen. Nick zwang sich, noch einen Moment stehen zu bleiben und sich die Architektur des Nachbarhauses einzuprägen, die weitgehend der seines eigenen Hauses entsprach. Folglich befanden sich sämtliche Eingänge an beiden Häusern an den gleichen Stellen. Eingangstür, Hintertür und Garage.

Bei ihrem eigenen Haus besaß die Garage, die von der Straße über einen leicht ansteigenden Zufahrtsweg zu erreichen war, einen zusätzlichen Seiteneingang und eine dritte Tür, die über eine Treppe zu dem kleinen Mehrzweckraum neben der Küche führte. Falls die räumliche Aufteilung von Haus Nummer 1317 der seines eigenen Hauses entsprach – und falls es ihm gelang, ungesehen bis an die eine Seite des Nachbarhauses zu gelangen –, konnte er vielleicht in die Garage einbrechen und ins Innere eindringen, ohne Holly zu alarmieren.

Die Dunkelheit wäre hilfreich gewesen, doch es dauerte noch viel zu lange, bis an diesem verdammten Novembertag die Dämmerung hereinbrach. Nick war sich vollkommen klar darüber, daß es wahrscheinlich verrückt von ihm war, nicht auf die Polizei zu warten, doch Gott allein wußte, was Naguchi mit »Einschätzung der Situation« gemeint hatte – und Gott allein mochte auch wissen, was mit Nina, Zoë und vielleicht auch Teresa geschah – womöglich schon *geschehen war* –, falls sie sich mit Holly im Haus Nummer 1317 befanden und die Polizei in Aktion trat.

Solltest du nicht doch lieber auf die Polizei warten?
Nein, keine Zeit.
Er durfte keine Minute mehr vergeuden.
Alles lag allein bei ihm.
Alles.
Er würde ins Nachbarhaus eindringen.

Es gab keinen Grund, die Kleidung zu wechseln; er trug bereits Jeans, ein graues Sweatshirt und Sportschuhe. Gute Tarnkleidung bei hellem Tageslicht, dank Levi Strauss, Calvin Klein und Nike. Jetzt brauchte er nur noch eine Brechstange aus seiner Garage und den alten Baseballschläger, der sein Dasein in der Dunkelheit der Abstellkammer gefristet hatte.

Und das Glück, das ihm nun schon so lange Zeit fehlte.

100

Die Seitentür zu Hollys Garage befand sich genau dort, wo Nick es erwartet hatte: auf der anderen Seite des Hauses. Der Durchgang zwischen Haus Nummer 1317 und Hollys nächstem Nachbarn war sehr schmal, knapp einen Meter, und als Nick zur Tür gelangt war, fragte er sich, ob er überhaupt eine Chance hatte, ins Haus zu kommen, ohne von jemandem bemerkt zu werden, der gar nicht nach ihm Ausschau hielt.

Er legte den Baseballschläger auf den mit Platten gelegten Gehweg und machte sich mit dem Brecheisen an die Arbeit. Er schickte ein stummes Gebet zum Himmel, so wenig Geräusche zu machen, daß weder Holly noch die Nachbarn alarmiert wurden – und daß weder Holly noch die vorherigen Bewohner des Hauses eine Alarmanlage hatten anbringen lassen.

Sah man davon ab, daß Nick sich die Innenfläche seiner linken Hand aufschnitt, als er die Tür aufstemmte, war es überraschend einfach, ins Haus einzudringen. Keine Alarmglocke schrillte, und wenngleich das Geräusch des splitternden und zerbrechenden Holzes sich ohrenbetäubend laut für ihn anhörte und seine Nerven vibrieren ließ, schien niemand etwas gehört zu haben.

Und niemand sah, wie Nick den Baseballschläger nahm, ins Innere schlüpfte und die aufgehebelte Tür hinter sich anlehnte.

Er war in Hollys Garage.

Das Innere wurde vom Tageslicht, das durch ein kleines rechteckiges Fenster über dem Garagentor fiel, schummrig beleuchtet. Alles sah völlig normal aus: eine Werkbank, ein paar Werkzeuge, ein Sack Zement. Ansonsten war der Raum leer, im Unterschied zu Nicks Garage, die nach und nach mit Malutensilien, Werkzeugen sowie Garten- und Grillgeräten dermaßen vollgestellt war, daß Ninas Lexus schließlich nicht mehr hineinpaßte.

Nicks Hand blutete heftig, doch er bemerkte es kaum.

Was er als erstes – und einziges – bemerkte, als er langsam und zögernd die Treppe hinaufstieg, die vermutlich zum Mehrzweckraum führte, war Musik aus einem der Zimmer im Inneren des Hauses.

All the Way von Frank Sinatra.

Hollys alter Lieblingssong.

Nick hatte dieses Lied über die Jahre hinweg hassen gelernt; diesmal jedoch war er trotz der Gänsehaut, die ihm dabei über den Rücken lief, dankbar dafür, den Song zu hören. Denn je weiter er sich dem Ende der Treppe näherte, um so deutlicher wurde, daß Holly ihre Hifi-Anlage (in welchem Zimmer sie auch stehen mochte) auf volle Lautstärke gedreht hatte – eine wahnsinnige Lautstärke –, was vermutlich der Grund dafür war, daß sie nicht gehört hatte, wie Nick die Tür aufbrach. Zugleich aber kam ihm der unheimliche Gedanke, daß Holly wahrscheinlich den rechten Augenblick abwartete.

Die Acid Queen wartete auf sein Erscheinen.

Die Tür am Ende der Treppe war nicht verschlossen. *Laß dir Zeit.* Das Herz schlug Nick bis zum Hals, als er die Tür ganz langsam öffnete, den Baseballschläger in der freien Hand.

Niemand. Nur ein paar Regale. Kisten mit Waschpulver und Papier. Waschmaschine. Wäschetrockner. Eine große Kühltruhe. Staubsauger. Bloß ein ganz normaler Mehrzweckraum.

Bis Nick an der offenen Tür der Kühltruhe vorbeikam.

Und mehr darüber herausfand – viel mehr als er wissen wollte –, was aus Teresa Vasquez geworden war.

Nick brauchte etwa fünf Sekunden, um darüber nachzudenken, ob er entsetzt aufschreien oder in Ohnmacht fallen oder sich übergeben sollte, und weitere drei Sekunden, um darüber nachzudenken, ob er fluchtartig das Haus verlassen und Naguchi und dessen Leuten die Sache überlassen sollte.

Dann aber atmete er ein paarmal tief durch, krampfte die

zitternden Hände fester um den Baseballschläger und bekam sich allmählich wieder unter Kontrolle. Er wandte den Blick von dem gräßlichen, gefrorenen Ding ab, das einst das Gesicht Teresas gewesen war, und zwang sich, aus Holly Bournes Mehrzweckraum hinüber in die angrenzende Küche zu schleichen.

Auch hier war niemand zu sehen; zwei volle Becher Tee auf einem runden weißen Tisch und zwei noch feuchte Teebeutel im Spülbecken waren die einzigen Anzeichen, daß jemand in diesem Zimmer gewesen war. Nick schaute sich in der Küche um, öffnete Schränke und zog Schubladen auf, war diesmal aber stets auf einen weiteren scheußlichen Anblick gefaßt.

Nichts. Gott sei Dank. Nichts.

Millimeter um Millimeter öffnete er die Tür zum Flur. Sie knarrte ein bißchen, doch Frankieboy überdeckte das Geräusch, sorgte mit seiner weichen, warmen Stimme dafür, daß jeder noch so winzige Laut verschluckt wurde, als Nick sich langsam über den kalten, kahlen Flur im Erdgeschoß des Hauses bewegte. Doch er sah nichts Außergewöhnliches, bis auf ein in braunes Papier gewickeltes Päckchen, das in der Eingangshalle lag und an Barbara Rowe adressiert war.

Immer noch kein Anzeichen von Leben.

Nick stieg die Treppe hinauf, den Baseballschläger fest in der rechten Faust.

Auch im ersten Stock war nichts zu sehen.

Doch auf dem blauen Teppichboden in der zweiten Etage sah er eine Spur.

Eine Spur aus Blut.

Die Musik wurde lauter.

Die Blutspur führte zu einer Tür.

Nicks Herz schlug rasend schnell. Er hatte das Gefühl zu ersticken. Er packte den Baseballschläger noch fester und öffnete die Tür.

Die Blutspur führte zu Nina. Zusammengekrümmt lag sie auf dem kahlen Holzfußboden des kalten, leeren, unmöblierten Zimmers. Ihre Augen waren geöffnet, und sie starrte genau auf Nick.

Für einen schrecklichen, endlosen Augenblick hielt er sie für tot.

Dann bewegten sich ihre Lippen.

»Nina ...« Nick ließ sich neben ihr auf die Knie fallen. »O Gott, Nina ... Liebling ... was hat sie dir angetan?«

Nina gab ein leises Stöhnen von sich.

»Es wird alles gut ... ich bin bei dir.«

Er versuchte, Ninas Hände zu greifen, doch sie wehrte sich schwach. Nick sah, daß sie die Hände zu Fäusten geballt hatte und auf den Unterleib preßte; zwischen den Fingern sickerte Blut hervor. Nick erkannte, daß der Blutfluß stärker würde, falls Nina die Fäuste von der Wunde nahm.

»Okay, Nina, beweg dich nicht.« Am liebsten hätte er seine ohnmächtige Wut und Angst hinausgeschrien, doch seine Stimme klang ruhig. »Ich hole Hilfe.«

Die Stimme Sinatras verstummte, setzte dann wieder ein.

»Halt durch, Baby«, sagte Nick und wollte sich erheben.

»Warte ...« Ninas Stimme war kaum zu vernehmen, doch sie hielt den Blick fest auf Nick gerichtet.

»Es wird alles gut«, sagte er und kämpfte um Fassung, versuchte, nicht an Zoë zu denken. Zuerst mußte er sich um Nina kümmern, sonst starb sie. »Du mußt jetzt durchhalten. Ich hole Hilfe.«

»Nein. Warte«, wisperte Nina. Das Sprechen fiel ihr schwer, und sie war kaum zu verstehen.

Nick beugte sich tief zu ihr hinunter, hielt das rechte Ohr dicht vor ihren Mund und streichelte ihr übers Haar. Wieder zitterten seine Hände heftig.

»Was ist, mein Schatz? Geht es um Zoë? Hat sie Zoë auch etwas angetan?« Er konnte Ninas Blut riechen, und Mordlust stieg in ihm auf.

»Holly ... hat sie«, flüsterte Nina schwach, doch mit drängendem, hektischem Beiklang.

»Wo?« Nick spürte, wie die Adern an seinem Hals hervortraten, hart wie Stahlseile. »Wo sind die beiden?«

»Ich ... weiß es nicht. Da ist ein ... Kinderzimmer ... ein Teddybär ist auf die Tür gemalt ...«

»Gut.« Er küßte Nina auf den Scheitel. »In Ordnung. Ich werde sie finden.«

»Sei vorsichtig.« Ninas Augen waren voller Schmerz und panischer Furcht. »Sie hat ein Messer. Hat ... Teresa ermordet.« Sie schluckte schwer. »Sie glaubt, daß Zoë ... ihr Kind ist. Ihres und deins.«

Nick küßte sie sanft auf den Mund. Ihre Lippen waren kalt.
»Halt durch, Nina«, flüsterte er. »Bald ist alles gut.«
»Sie ist ... völlig verrückt«, wisperte Nina, die Lippen dicht an denen Nicks.
»Ich weiß«, sagte er und erhob sich.

Er ging in das Zimmer, auf dessen Tür ein Teddybär gemalt war, und schwang den Baseballschläger.
Die Wiege war leer.
Er ging zur nächsten Tür.
Das Zimmer war wie ein Tempel, in dem er, Nick Miller, als Gottheit verehrt wurde.
Holly lag auf einem Bett.
Und hielt Zoë an die Brust gedrückt.
Hollys weißes Kleid war blutgetränkt.
Zoë war nackt.
Holly drehte den Kopf und lächelte Nick an. Sie hielt ein Messer in der rechten Hand.
»Ich werde dich töten«, sagte Nick. »Du wirst mir jetzt mein Kind geben, und dann schlage ich dir den verdammten Schädel zu Brei, damit du *endlich* aus unserem Leben verschwindest.«
»Erinnerst du dich an das Lied?« fragte Holly. »Es war unser Lied«, sagte sie. »Weißt du noch?«
Zoë fing zu weinen an.
»Gib mir meine Tochter«, sagte Nick.
Holly hob das Messer.
»Nein«, sagte sie. »Erst wenn du mich angehört hast.«
»Ich habe keine Zeit, dir zuzuhören«, sagte Nick. »Meine Frau liegt im Zimmer nebenan und verblutet, wenn ich nicht ...«
»Sie lebt noch?« fragte Holly ohne sonderliches Interesse.
Zoë strampelte mit den Beinchen, und Holly hielt sie mit der linken Hand fest. Das Weinen des kleinen Mädchens wurde lauter.

»Gib mir das Baby.« Nicks Faust legte sich fester um den Baseballschläger. »Die Polizei ist schon unterwegs.«
»Nein, ist sie nicht«, sagte Holly. »Du würdest nicht das Risiko eingehen, die Cops anzurufen – nicht, solange ich mit deiner Frau und unserem Kind allein bin.«
»Da irrst du dich.«
Holly legte Zoë auf die Tagesdecke und setzte sich auf. Nicks Faust, die den Schläger hielt, zuckte.
»Die Kleine ist zu nahe bei mir, Nick. Das würdest du nicht wagen.«
Nick zitterte am ganzen Körper, starrte Holly an.
»Wirst du mir jetzt zuhören?« fragte sie.
Nick dachte an Nina und das viele Blut in dem kalten, leeren Zimmer. Dieser Raum war völlig anders. Die Wände waren mit Fotos von ihm gepflastert. Doch er sah auch Kleidungsstücke, die er vermißt hatte, eine Palette, die er verloren geglaubt hatte, und andere Gegenstände. Und es roch nach dem Rasierwasser von Armani, das Nina ihm ein paar Monate zuvor geschenkt hatte. Das Zimmer war wie ein surrealistischer Alptraum.
»Dann sag, was du zu sagen hast«, forderte er Holly auf.
»Bist du sicher?«
»Fang an!«
Der Sinatra-Song verstummte und begann wieder von vorn.
Wie schon die ganze Zeit.
»Fang endlich an, Holly.«
»Erst wenn *ich* Zeit habe«, sagte sie.
Zoë weinte noch immer, bewegte hilflos Arme und Beine. Sie hatte die Tagesdecke naß gemacht. Nicks Körper schmerzte vor Verlangen, seine Tochter in die Arme zu nehmen, doch Hollys Messer war nur Zentimeter von Zoës Körper entfernt.
»Soll ich unsere Kleine halten, während du erzählst?« fragte er.
»Niemand außer mir hält unser Baby«, sagte Holly, und ihre Stimme wurde plötzlich schärfer.
»Ist gut«, sagte Nick. »Ist gut.«
»Hab's nicht so eilig, Nick.«

»Meine Frau verblutet.« Haß schlich sich in seine Stimme.

»Es hat lange gedauert«, sagte Holly, »bis ich dich endlich dazu gebracht habe, mir zuzuhören.«

»Aber jetzt hast du mich soweit. Ein unfreiwilliges Publikum. Für einen Abend.«

»Vielleicht. Vielleicht auch nicht.«

»Was willst du, Holly?«

»Leg den Schläger weg.«

»Nein.«

Holly hob das Messer, hielt es über Zoës winziges zartes Gesicht.

Nick legte den Schläger zu Boden.

»Schon besser«, sagte Holly.

Nick richtete sich auf, wartete.

»Du wirst mich brauchen, Nick.«

»Ach, ja?«

»Dringend.«

»Das mußt du mir genauer erklären.«

»Wenn sie dich holen kommen. Wenn sie dich wegen des Mordes an Teresa Vasquez und deiner Frau verhaften.« Holly hielt inne. »Ach, übrigens, hat dir der Ausflug nach Napa gefallen?«

»Nicht besonders.«

»Ich dachte, er würde dir Spaß machen. Es war so einfach zu organisieren. Nur ein paar Anrufe – ich brauchte nicht mal selbst hinzufahren. Mußte bloß jemanden bezahlen, der die Nachrichten getippt und sie an den richtigen Stellen hinterlegt hat. An Stellen, die leicht zu finden sind, aber nicht zu leicht. Hast du eigentlich geglaubt, ich wäre in einem dieser Ballons gewesen?«

»O ja.«

Holly lächelte. »Du warst nie so clever wie ich. Schon als wir noch Kinder waren, hat meine Mutter mich oft gefragt, weshalb ich so viel Zeit mit einem Jungen verbringe, der mir verstandesmäßig nicht das Wasser reichen kann.«

»Warum hast du es dann getan?«

»Du weißt, warum.« Ihr Lächeln verschwand; sie wurde plötzlich sehr ernst. »Du hast mir alles bedeutet. So ist es noch heute.« Wieder hielt sie inne. »Und deshalb werde ich die beste Anwältin der Welt für dich sein. Weil ich dich immer noch liebe. Und weil ich dich so gut kenne. Besser als irgend jemand sonst.«

Nick hörte ihr gar nicht mehr richtig zu. Sein Blick war auf Zoë gerichtet, die nun nicht mehr weinte. Das Schiebefenster stand weit offen, und es regnete draußen; ein kalter Wind wehte ins Zimmer, dem Zoë schutzlos ausgeliefert war. Daß sie plötzlich nicht mehr weinte, ließ neuerliches Entsetzen in Nick aufsteigen.

Doch Zoë war stets ein ruhiges Kind gewesen, das fast nie launisch und quengelig war. Das kleine Mädchen war vermutlich nur erschöpft, wahrscheinlich ging es ihr den Umständen entsprechend gut.

Ihrer Mutter nicht.

Ihre Mutter lag sterbend in einem kalten, leeren Zimmer. Holly erhob sich.

»Hier.«

Sie hielt Nick das Messer hin.

»Nimm es.«

Verdutzt starrte Nick auf die Waffe.

»Mach schon, Nick.«

Er nahm das Messer.

»Benütze es«, sagte Holly. »Na los.«

Er blickte ihr fassungslos in die Augen.

»Aber in diesem Fall«, fuhr Holly fort, »hättest du natürlich keine Verteidigerin vor Gericht. Niemanden, der dir glauben wird – so wie ich. Überall auf diesem Messer sind deine Fingerabdrücke. Es ist deins. Aber das hast du bestimmt schon längst erkannt, nicht wahr?«

Nick betrachtete das Messer.

Das Band mit dem Sinatra-Song – oder die CD oder was immer es sein mochte – verstummte, und in der winzigen Pause, bevor das Lied wieder begann, hörte Nick ein Geräusch.

Ein schreckliches Geräusch.

Nina.

Holly lächelte.

»Ich glaube, deine Frau ist gerade abgekratzt«, sagte sie.

Irgend etwas in Nicks Innerem zerriß.

Er ließ das Messer fallen und stürzte sich auf Holly. Sie wurde nach hinten geschleudert und prallte auf den Fußboden neben dem Bett.

Erinnerungen schossen Nick durch den Kopf – düster, häßlich und betäubend. All die Dinge, die Holly ihm angetan hatte – und Nina und Phoebe und Zoë und der armen Teresa. *Heute endet alles.*

Er kniete über der am Boden liegenden Holly, die Beine gespreizt, und preßte ihr mit den Oberschenkeln die Arme an den Leib. Holly starrte zu ihm hinauf, stumm, abwartend. Er nahm ihr Gesicht zwischen beide Hände und schmetterte ihren Hinterkopf auf den Fußboden – *einmal, zweimal ...*

Sie stieß einen seltsamen, keuchenden Laut aus, und er spürte, wie sie sich unter ihm krümmte, ihm ihren Körper entgegenpreßte.

Und Nick erkannte, daß sie einen Orgasmus hatte.

Der Schock traf ihn wie ein Hammerschlag.
Er ließ ihren Kopf los und fiel nach hinten, wand sich.
Zoë schrie und weinte auf dem Bett.
Sinatra sang noch immer.
Nick verlor das Bewußtsein.

Er hörte die Schritte nicht, die polternd die Treppe hinaufkamen.

Er bekam nicht mit, wie die Polizeibeamten im Türeingang hinter ihm erschienen, hörte ihre Stimmen nicht und auch nicht das statische Rauschen und Knistern ihrer Funkgeräte, als die Beamten meldeten, was vorgefallen war.

Erst Hollys Stimme – schwach und zittrig – nahm Nick wieder halbwegs deutlich wahr.

»Gott sei Dank«, sagte sie.

Nicks Blick war getrübt. Er blinzelte, versuchte die Nebelschleier zu vertreiben und zu sehen, was um ihn herum geschah.

Er sah Holly auf dem Fußboden. Sie kroch von ihm weg, preßte beide Hände an die Schläfen. »Er ist *verrückt*«, sagte sie zu jemandem, der hinter Nick stand. In ihrer Stimme lagen meisterhaft gespieltes Entsetzen und Furcht. »Er hat schon zwei Menschen ermordet, und nun wollte er auch mich töten ...«

»Beruhigen Sie sich, Madam«, sagte eine Männerstimme hinter Nicks Rücken. »Es ist alles in Ordnung.«

Nick versuchte sich aufzusetzen. Das Zimmer drehte sich um ihn herum.

»Ich heiße Holly Bourne Taylor«, sagte sie, und ihre Stimme bebte noch immer. »Ich bin Anwältin.«

Nick hörte eine andere Stimme.

Wieder die einer Frau.

»Ich bin Inspektorin Helen Wilson von der Polizei San Francisco.« Hart, kalt.

Wieder blinzelte Nick. Eine größere Gruppe Personen befand sich im Zimmer, wie er nun erkannte. Ausschließlich Polizisten. Einige in Uniform, andere in Zivil.

Draußen auf dem Flur erklangen weitere Stimmen, laut und drängend. Jemand rief nach dem Notarztwagen.

Nina.

Nick rappelte sich mühsam auf. »Meine Frau.«

»Sie wird es schaffen«, sagte wieder eine andere Stimme.

Capelli. Dunkel und hager, einen Ausdruck der Besorgnis in den Augen, stand zwischen Nick und der Tür.

»Verdammt, Capelli, sie hat einen Messerstich im Unterleib!« stieß Nick hervor. »Das Miststück hat sie *niedergestochen.*«

Er hörte, wie Inspektorin Wilson etwas sagte. Nick schaute sie an, sah ihr ungepflegt aussehendes helles Haar, sah die Handschellen in ihrer Linken und die Waffe in ihrer Rechten.

»Charlotte Bourne Taylor«, sagte Wilson zu Holly. »Ich verhafte Sie wegen ...«

Noch immer benommen, schaute Nick zum Bett, zu Zoë, doch die Tagesdecke lag über ihr, *erstickte* sie womöglich ...

»Zoë!« rief er. »Mein Baby!«

Wilsons Blicke – und die Blicke aller anderen – huschten von Holly zu Nick und richteten sich für eine Sekunde auf sein Gesicht.

Zu lange.

Mit einem Satz war Holly am Bett, warf die Decke zur Seite und riß Zoë an sich.

»Nein!«

Capelli packte Nick von hinten und hielt ihn fest.

»Laß mich los! Diese Irre hat mein *Baby*!«

»Ruhig, Miller«, sagte Capelli. »Ganz ruhig.«

»Stellt die Musik ab.« Wilson hielt ihre Waffe nun mit beiden Händen; der Lauf war immer noch auf Holly gerichtet. Sinatra sang weiter. »Ich sagte, jemand soll die verdammte *Musik* abstellen!« rief sie.

Nick stand im Türeingang, noch immer im eisernen Griff Capellis.

»Um Himmels willen«, rief er. »Sie hat mein *Baby*!«

Holly wich vor den Polizisten zurück, bewegte sich fort von Nick und hielt dabei Zoë fest in den Armen. Sie hatte einen Schuh verloren, und ihr blutbeflecktes weißes Kleid war an der Seite aufgerissen.

»Bleibt mir vom Leib.«

Sie bewegte sich zum Fenster – dem offenen Fenster.

Alle standen wie erstarrt.

Holly ging rückwärts bis zum Fenster. Setzte sich aufs Fensterbrett.

»Also gut, Holly«, sagte Wilson. »Machen wir keine Dummheiten.«

Ein Mann in blauem Anzug mit beginnender Glatze, Brille und dünnem, verkniffenem Mund erschien wie aus dem Nichts.

»Ich bin Lieutenant Begdorf, Ma'am«, sagte er in ruhigem, besonnenem Tonfall. »Ich finde, wir sollten die Situation hier ein bißchen entschärfen, okay? Wie wär's, wenn Sie mir das Baby geben, während wir ein paar Minuten über diese Sache reden?«

»Wir wär's, wenn du dich verpißt?« erwiderte Holly.

Jemand stellte die Musik ab.

»Lassen Sie mich mit ihr reden«, sagte Nick plötzlich.

Seine eigene Stimme verwunderte ihn. Sie klang beinahe ruhig. Ausgeglichen.

»In Ordnung, Sir«, sagte Begdorf.

»Gar nichts ist in Ordnung«, zischte Wilson.

Nick spürte, wie Capelli seinen Griff verstärkte.

»Schaff Miller hier raus«, wandte Wilson sich an Capelli.

Sie war nicht mehr bereit, den Blick auch nur für den Bruchteil einer Sekunde von Holly zu nehmen.

»Ich bin der einzige, dem sie zuhören wird«, sagte Nick zu Capelli. Seine Stimme war ruhig, aber drängend. »*Ich muß mit ihr reden.*«

»Na los, Capelli«, sagte der Lieutenant. »Bringen Sie Mr. Miller raus.«

Nick hatte nicht die Absicht, das Zimmer zu verlassen. Er wand sich in Capellis Griff und beobachtete Hollys Gesicht. »Das stimmt doch, Holly, nicht wahr?« sagte er mit erhobener Stimme. »Du möchtest nur mit mir reden, stimmt's?«

»Nein. Du kannst dich auch verpissen«, erwiderte Holly.

Sie verlagerte das Gewicht auf dem Fensterbrett und trat den zweiten Schuh vom Fuß. Zoës Weinen wurde lauter; ihre Wangen glühten, und Tränen liefen ihr übers Gesicht.

»Aber du hattest recht, Holly«, sagte Nick leise. »Du hast mich immer geliebt. Und du weißt, daß ich deine Liebe stets erwidert habe.«

»Scheißdreck«, sagte Holly.

»Warum sagst du das?«

Nick spürte, wie Capellis Griff sich ein wenig löste. Er wartete, daß der Lieutenant eingriff, doch der Mann schwieg.

»Weil du Nina liebst«, zischte Holly.

Nick sah über die Schulter, schaute Capelli flehend an. Der Inspektor warf Begdorf einen fragenden Blick zu. Der Lieutenant nickte.

Nick bewegte sich ein paar Schritte ins Zimmer.

»Was soll das, Lieutenant?« fragte Wilson leise, die ihre Waffe immer noch im Anschlag hielt und Holly und das Baby keine Sekunde aus den Augen ließ.

»Lassen Sie Mr. Miller mit der Frau reden«, sagte der Lieutenant. »Treten Sie ein Stück zurück, Inspektor.«

Ohne die Waffe sinken zu lassen, wich Wilson zwei, drei Meter von Holly zurück.

Nick ging an ihr vorbei, wollte bis zum Fenster.

»Bleib stehen, Nick, oder ...«, sagte Holly.

»Oder was?« fragte er.

»Das weißt du ganz genau.« Holly drückte Zoë fester an sich. Das kleine Mädchen, das für einen Moment verstummt war, fing wieder zu weinen an. Urin lief ihre nackten Beinchen hinunter.

»Du würdest dem Baby niemals etwas antun«, sagte Nick und hoffte, daß seine Stimme überzeugend klang. »Nicht *unserem* Baby.«

»Ich will es jedenfalls nicht«, erwiderte Holly.

»Ich weiß, Holly.«

Er trat einen Schritt weiter vor, blieb dann wieder stehen.

Zoë verstummte. Ihre winzige Nase war rot und verstopft. Nick konnte ihren unregelmäßigen, rasselnden Atem hören. Es brach ihm das Herz, daß er dem kleinen Mädchen nicht helfen konnte.

»Es ist genau, wie du gesagt hast, Holly. Ich bin für dich da. Ich werde immer für dich da sein.«

Mit einem Mal war sein Verstand kristallklar. Jeder Gedanke, jedes Wort fügten sich wie von selbst perfekt zusammen. Er wußte plötzlich, wie er sich verhalten mußte, was er tun mußte – und wohin es führen würde.

»So war es schon immer«, fuhr er fort, »seit wir Kinder waren.«

»Ja«, sagte Holly abweisend. »*Damals* warst du noch für mich da.«

»Ich habe damals immer den Kopf für dich hingehalten, Holly, weißt du noch? Was wir auch angestellt haben, wann immer wir erwischt wurden. Habe ich nicht immer auf dich aufgepaßt?«

»Nein, nicht immer.« Hollys Finger gruben sich in Zoës rechten Arm, und das kleine Mädchen schrie jämmerlich. »Du hast mich im Stich gelassen.« Holly hob die Stimme. »Du hast mich verraten und betrogen.«

»Mit Nina, meinst du?«

»Ja, mit dieser anderen«, erwiderte Holly haßerfüllt.

»Ich sehe jetzt ein, daß es ein Fehler war, Holly«, sagte Nick so ruhig er konnte. »Es tut mir leid. Aber damit ist es jetzt Schluß.«

»Das glaubst du doch selbst nicht«, sagte Holly.

»Ich meine es ernst.« Nick spürte, wie er für einen Moment den Faden zu verlieren drohte, wie die Benommenheit wieder Besitz von ihm ergreifen wollte; doch er konzentrierte sich mit aller Kraft auf Zoë, und die Nebel lichteten sich. »Du hast sehr viel für mich getan, Holly. Jetzt verstehe ich, warum. Jetzt weiß ich, warum du das alles getan hast. Du hast sehr viel für mich aufs Spiel gesetzt, hast fast alles für mich aufgegeben.« Er hielt inne. »Ich habe erkannt, daß ich Nina nur deshalb geheiratet habe, um mich mit ihr zu trösten.«

»Zu trösten?« Hollys Stimme klang immer noch kalt. Und mißtrauisch.

Hinter Nick entstand Bewegung im Zimmer. Wieder waren polternde Schritte auf der Treppe zu hören; fremde Stimmen erklangen, verstummten aber rasch, als einige Polizisten auf den Flur eilten. Die Schritte wurden leiser. *O Gott, hoffentlich sind es die Rettungssanitäter,* schoß es Nick durch den Kopf, *die sich um Nina kümmern.*

»Ja«, sagte Nick. »Um mich über *dich* hinwegzutrösten, Holly.« Wieder mühte er sich verzweifelt darum, nicht den Faden zu verlieren – er kämpfte jetzt um Zoës Leben und war bereit, alles zu behaupten. *Alles.* »Als ich von Manhattan fortgezogen bin, habe ich mich ohne dich erbärmlich gefühlt ... ich war ganz allein in Los Angeles und habe dich vermißt. Aber das wollte ich niemandem gestehen, wollte es nicht einmal vor mir selbst zugeben. Ich mußte immer an unsere Zeit in New York denken.« Er hielt inne. »Aber du warst mir haushoch überlegen, Holly. Ich ... ich wollte dir bei deiner Karriere nicht im Weg stehen. Deine Mutter hatte recht, Holly. Ich konnte dir nie das Wasser reichen. Schon als ich Nina geheiratet habe, wußte ich, daß sie immer nur die zweite Wahl sein würde.« Wieder hielt er kurz inne. »Genauso, wie es dir wahrscheinlich ergangen ist, als du Jack geheiratet hast.«

Einen langen Augenblick starrte Holly ihn schweigend an. Zoë verstummte wieder.

Nick hielt Hollys Blick stand. Er glaubte, in ihren Augen einen neuen, seltsamen Ausdruck zu sehen – so etwas wie Hunger.

»Für dich war es genauso, nicht wahr?« fragte Nick leise. O Gott, ihm war speiübel. Er wußte nicht, wie lange er diese gespenstische Scharade noch durchhielt, ohne sich übergeben zu müssen.

»Kann sein« sagte Holly.

Nick holte tief Atem.

»Ich liebe dich, Holly. Das weiß ich jetzt. Ich werde dich immer lieben.«

Sie schaute ihn an.

»Schwör es«, sagte sie.

Nick drehte sich der Magen um.

»Ich schwöre es.«

In Hollys graue Augen trat ein unnachgiebiger, fordernder, gieriger Ausdruck.

»Schwöre es beim Leben deines Kindes«, sagte sie leise.

Gott vergib mir.

»Unseres Kindes, meinst du«, sagte er.

Ein Lächeln legte sich auf Hollys Lippen.

Nick spürte ein Würgen in der Kehle.

»Unseres Kindes«, wiederholte Holly.

Nick trat näher an sie heran. Er hörte die nervösen Bewegungen der Polizeibeamten hinter seinem Rücken; dann wurde es totenstill.

»Laß mich das Baby nehmen, Holly«, sagte Nick sanft.

»Unser Baby«, murmelte sie, und plötzlich wurden ihre Augen feucht.

»Ich weiß«, sagte Nick. »Ich weiß.«

Er streckte die Arme aus.

Holly blickte auf Zoë hinunter; dann hob sie den Kopf und schaute Nick an.

»Ich bin so müde, Nick.«

»Ich weiß, Holly«, sagte er und hielt die Arme ausgestreckt.

»Sei ganz vorsichtig mit ihr.«

»Natürlich, Holly.«

Er hielt den Atem an.

Holly hob Zoë ein Stückchen hoch und küßte sie auf den Mund.

Nick dröhnte das Blut in den Ohren.

Dann hielt Holly ihm Zoë hin.

Nick nahm sie.

Einen langen Augenblick hielt er sein Baby an sich gedrückt; dann drehte er sich leicht zur Seite.

»Bitte«, sagte er leise zu Helen Wilson. »Nehmen Sie die Kleine. Ich habe Angst, sie fallen zu lassen.«

Die Inspektorin warf Lieutenant Begdorf einen raschen Blick zu. Begdorf nickte. Capelli und ein Uniformierter hoben ihre Waffen, während Wilson ihren Revolver ins Holster steckte und vortrat, um Zoë zu nehmen.

Nick spürte, wie ihm der warme kleine Körper aus den Armen genommen wurde.

Die Atmosphäre im Zimmer entspannte sich ein wenig.

Jetzt blieb Nick nur noch eines zu tun.

Er wußte, daß er höchstens zwei Sekunden Zeit hatte.

Er drehte sich wieder zu Holly um, die immer noch auf dem Fensterbrett saß.

Er hörte, spürte, wie die Polizeibeamten sich hinter ihm bewegten, näher kamen.

Ihm blieb vielleicht noch eine Sekunde.

Holly blickte ihm fest in die Augen.

»So ist es gut«, sagte Nick und stieß beide Arme vor.

Und mit jedem Quentchen Kraft, das ihm noch geblieben war, schubste er Holly rücklings hinaus in den Regen.

101

Ich wußte, was ich getan hatte.
Das sagte ich den Polizeibeamten auch. Selbst wenn die Hölle aufgebrochen wäre, als ich Holly in die Tiefe geschubst hatte.
Ich sehe noch das Entsetzen auf Capellis Gesicht.
Und Wilsons.
Die Inspektorin war der härtere Brocken dieses Duos gewesen, doch ich wußte, daß der Schock und das Mitleid, die ich in ihren harten, kühlen Augen lesen konnte, in diesem Moment nicht Holly galten, sondern mir.

Capelli berichtete mir, daß die Polizei durch die Seitentür im Haus Nummer 1317 eingedrungen sei, die ich freundlicherweise für sie aufgebrochen hätte. Und daß sie Teresas Leiche entdeckt hätten.
Und dann Nina.
Ich glaube nicht, daß Capelli mir die Informationen geben durfte, aber er tat es trotzdem. Nina, erklärte er, sei noch bei Bewußtsein gewesen und habe mit Wilson sprechen können. Sie hatte der Inspektorin gesagt, daß Holly sie niedergestochen hatte und daß Holly auch die Mörderin Teresas sei. Und gestern erklärte mir Capelli – so verrückt es sich auch anhört –, daß es verdammt schwierig für mich geworden wäre, meine Unschuld zu beweisen, was den Mord an Teresa angeht.
Und wäre Nina gestorben, wäre Holly womöglich sogar ungeschoren davongekommen. Dann hätte man mich wegen Doppelmordes vor Gericht gestellt.
Doch wie die Dinge zur Zeit aussehen, muß ich mich nur wegen einer Tat verantworten.
Versuchter Mord.
Denn Holly lebt noch.

102

Sie legten ihm Handschellen an. Belehrten ihn über seine Rechte, brachten ihn in die Innenstadt, nahmen seine Personalien auf, nahmen ihm den Hosengürtel und die Schnürsenkel ab und steckten ihn in eine Untersuchungszelle. Capelli und Wilson – so lange Zeit Nicks Feinde und nun seine einzigen Freunde im Polizei- und Justizapparat – sorgten dafür, daß er eine Einzelzelle bekam.
Sie waren der Meinung, er hätte genug durchgemacht.
Und sie wußten, daß ihm noch Schlimmes bevorstand.

Alles zog verschwommen an mir vorüber. Das Abnehmen der Fingerabdrücke und die Aufnahme der Verbrecherfotos und die rituellen Demütigungen. Das Essen war so scheußlich wie der allgegenwärtige Gestank. Wer mein Anwalt sei, wurde ich gefragt. Chris Field, sagte ich automatisch. Es spielte sowieso keine Rolle.
Das alles zählte nicht.
Nina war im Krankenhaus – im People's Hospital, in das man auch Holly gebracht hatte –, und ich war nicht bei ihr. Und es war meine Schuld. *Das* zählte. Nina war wieder einmal allein, als sie mich wirklich brauchte. Capelli sagte mir, daß sie in ziemlich schlechter Verfassung sei, vor allem aufgrund des Blutverlusts und des Schocks. Doch Hollys Messer – mein Messer – hatte keine Hauptschlagadern und lebenswichtigen Organe getroffen, fuhr Capelli fort; die Ärzte hätten ihm gesagt, daß Nina durchkommen würde.
Ich hätte *bei ihr* sein müssen.
Doch letztlich hatte Holly wieder einmal die Oberhand behalten. So, wie sie es immer getan hatte. Vom Anfang bis zum Ende. – Nur daß sie immer noch lebte.
Es war noch nicht zu Ende.

Holly weiß kaum etwas von alledem.
Sie weiß nur, daß Nick versucht hat, sie zu töten.
Und sie weiß, daß sie im People's Hospital liegt. Ihr Körper ist mit Drähten an verschiedene Geräte und Überwachungsmonitore angeschlossen. Sie liegt auf Station 11 B. Die Station, auf der Straftäter untergebracht werden.
Und sie weiß noch etwas. Von der Hüfte abwärts hat sie kein Gefühl mehr.
Bis jetzt hat Holly nur eine erfreuliche Feststellung gemacht. Die meisten anderen Patienten sind mit Handschellen oder Ketten ans Krankenbett gefesselt. Sie nicht. Bei ihr scheint niemand eine Fluchtgefahr zu vermuten.
Wie denn auch, wo sie doch gelähmt ist? Und das gehörte nicht zu ihrem Plan. Oder doch?
Natürlich ist Holly nicht ganz sicher; denn sie kann sich nicht genau daran erinnern, wie ihr Plan ausgesehen hat. Oh, die wichtigsten Dinge weiß sie noch. Daß sie Nick liebt. Daß sie dafür sorgen muß, daß Nick sie braucht.
Doch die Einzelheiten sind wie in dichten Nebel gehüllt.
Einen angenehmen, wattigen Nebel.

Von Jack hat Holly kein Wort gehört, doch ihre Eltern haben sie besucht.
Sie waren sehr still.
Schockiert und fassungslos.
Richards Augen waren rot gerändert, als hätte er geweint. Eleanor machte nicht den Eindruck, als hätte sie auch nur eine Träne vergossen, doch Holly konnte spüren, daß der Schmerz ihrer Mutter mindestens ebenso groß war wie der des Vaters.
Das überraschte sie ein wenig.

Über die Geschehnisse der letzten Tage haben sie kaum gesprochen – nur das Allernötigste. Richard und Eleanor wissen, daß Holly des Mordes an Teresa Vasquez, des Mordversuchs an Nina Miller und der Entführung Zoë Millers angeklagt wird. Und daß es Nick Miller gewesen ist, der Holly aus einem Fenster im zweiten Stock eines Hauses gestoßen hat, in dem sie seit Oktober unter falschem Namen wohnte.

Sonst aber wußten sie nichts über das Haus. Oder über Barbara Rowe. Sie hatten nicht einmal gewußt, daß ihre Tochter in San Francisco wohnte.

Die Bournes haben eine Menge zu schlucken.

So viel, daß sie sogar Holly leid tun.

Eleanor wird sie niemals für eine Mörderin halten; da ist Holly ganz sicher. Für Eleanor gibt es nur einen Menschen, der die Schuld an der ganzen Tragödie trägt: Nick Miller.

Endlich kann Holly ihrer Mutter einmal voll und ganz beipflichten.

Bei Richard sieht die Sache anders aus.

Holly kann seine Gefühle verstehen. Schließlich ist er Anwalt und ein hervorragender noch dazu. Und er hat seine Tochter immer geliebt. Nicht auf die unnahbare, beinahe schroffe Weise wie Eleanor, die ihre Liebe nie zeigen konnte. Eleanor Bournes Liebe zu ihrem einzigen überlebenden Kind war stets etwas Hartes, seltsam Kaltes, ja Unwirkliches gewesen. Richards Liebe dagegen war nie engstirnig wie die seiner Frau, sondern stets voller Wärme und Hingabe und Verletzlichkeit, und deshalb sind seine Wunden – seine blutende Vaterseele – nun sehr viel deutlicher zu sehen als die Eleanors. Doch Holly erkennt, daß auch Eleanors Seele blutet, nur daß sie im Unterschied zu ihrem Mann das Blut irgendwo tief in ihrem Inneren verbirgt, wo bereits andere, ältere Wunden ihre Narben hinterlassen haben.

Letzte Nacht hatte Holly wieder ihren alten Traum. Den Traum von dem Teich, in dem Eric ertrinkt, ihr älterer Bruder. Nur war dieser Traum diesmal ein wenig anders als früher.

Schon von Anfang an.

Sie stehlen Blumen von einem Beet in einem Park, sie und Eric ... das heißt, Holly stiehlt die Blumen, während Eric auf sie einredet, sie solle damit aufhören. Plötzlich kommt der Aufseher des Parks, ein alter Mann mit Brille und in Uniform, und schreit sie an, und Eric reißt Holly die Blumen aus der Hand und sagt dem alten Mann, daß er sie gestohlen habe.

Meine kleine Schwester kann nichts dafür.
Es ist alles meine Schuld.
Es war meine Idee.
Ich bin ihr großer Bruder.

Und dann ist Eric wieder im Teich, kämpft wieder ums Überleben, und Holly zieht sich schreiend ans Ufer, so wie immer.

Dann dreht sie sich um und schaut ihn an.

Und diesmal ist es nicht Eric.

Diesmal ist es Nick.

Nick, dessen Kopf ein letztes Mal die Wasseroberfläche durchstößt.

Der sie mit seinen braunen Augen anschaut.

Ganz so wie Eric.

Nur daß Erics Augen immer gütig und traurig und geduldig waren, während sich in Nicks Augen Zorn und Schmerz spiegeln.

Diesmal halte ich nicht den Kopf für dich hin, Holly.
Schluß mit großer Bruder. Schluß mit Freund. Schluß mit Liebhaber.
Jetzt bist du allein. Jetzt bist du selbst an der Reihe.
Jetzt bist du es, die ertrinkt.

Und plötzlich beugt Holly sich über den Uferrand, streckt beide Arme aus und legt die Hände auf sein nasses dunkles Haar – wie eine Priesterin, die eine Art Segen erteilt –; dann drückt sie Nicks Kopf unter die Oberfläche.

Der Kopf taucht unter; das Gesicht verschwindet langsam im trüben Wasser.

Und Holly hört wieder die Geräusche. So wie jedesmal.

Die blubbernden Luftblasen, die an die Oberfläche steigen, während er unter Wasser verzweifelt nach Atem ringt. Das schwappende Geräusch, als das Wasser zum allerletztenmal über seinem Kopf zusammenschlägt.

Der dumpfe Schlag, als die erste Schaufel Erde auf seinen Sarg prallt.

Nur kann Holly diesmal nicht das Weinen ihres Vaters hören und auch nicht die Schreie ihrer Mutter. Denn da ist niemand.

Nur sie allein.

Nick, bitte, komm zurück.

Nick, laß mich bitte nicht allein.

Ich brauche dich, Nick.

Und dann die Stille.

Und die Dunkelheit.

In diesem Augenblick erkennt Holly die Wahrheit.

Es ist deshalb niemand da, deshalb so dunkel und still, weil diesmal sie im Sarg liegt.

Und Nick schaufelt ihr Grab zu.

104

Die Anklageerhebung gegen Nick ist rasch vorüber. Chris Fields Versuch, ihn ohne Kaution auf freien Fuß zu bekommen, war fehlgeschlagen; aber damit hatten beide zuvor schon gerechnet. Die Kaution wurde auf einhunderttausend Dollar festgesetzt.

Mit anderen Worten: Wenn Nick aus der Stadt verschwand, waren sie ihr Haus los.

Doch Nick hatte nicht die Absicht zu verschwinden. Er wollte zum Krankenhaus, um Nina zu sehen, und anschließend mit Zoë nach Hause.

Nina war von der Intensivstation auf ein Privatzimmer verlegt worden. Sie war immer noch schwach und litt unter Schmerzen, erholte sich aber zusehends. Das Zimmer erstickte in Blumen, was Nina und Nick ein bißchen zu lebhaft an die schrecklichen Tage nach Zoës Geburt erinnerte. Wahrscheinlich hatte Phoebe deshalb keine Blumen, sondern bunte Luftballons geschickt.

Kate und Ethan Miller waren mit dem Flugzeug gekommen, um sich um Zoë und um das Haus zu kümmern; auch William war aus Arizona angereist und saß am Krankenbett, als Nick ins Zimmer kam.

William behandelte ihn so freundlich und höflich wie nie zuvor. Nachdem sie ein paar Worte gewechselt hatten, verließ er das Zimmer, so daß Nina und Nick sich ungestört unterhalten konnten.

»Laßt euch soviel Zeit, wie ihr wollt«, sagte er voller Herzlichkeit zu Nick.

Ein seltsamer Mann. Solange sein Schwiegersohn mehr oder weniger unschuldig – oder schuldig – gewesen war, was die Verbrechen betraf, die Holly ihm angehängt hatte, hatte

William ihn wie den meistgesuchten Gangster der USA behandelt. Und nun, da Nick *tatsächlich* versucht hatte, eine Frau zu ermorden, schien William plötzlich sein bester Kumpel zu sein – ähnlich wie Wilson und Capelli.

»Er ist stolz auf dich«, erklärte Nina. »Er hat gesagt, daß er an deiner Stelle genauso gehandelt hätte.«

»Vielleicht freut er sich bloß darüber, daß ich nun endlich in den Knast wandere«, erwiderte Nick trocken.

»Dad glaubt nicht, daß du ins Gefängnis kommst.«

»Ich wollte, ich könnte seine Zuversicht teilen.«

Sie schwiegen eine Zeitlang. Nina lag still da und beobachtete Nicks Gesicht, wartete darauf, daß er ihr erzählte, was tatsächlich geschehen war.

»Ich bin durchgedreht, Nina«, sagte Nick schließlich. »Das soll aber nicht heißen, daß ich nicht mehr gewußt habe, was ich tue. Ich ... ich wußte es ganz genau.«

Nina sagte leise: »Ich weiß.« Es lagen weder Abscheu noch Bitterkeit in ihrer Stimme, nur eine Spur von Trauer.

»Ich habe euch wieder mal im Stich gelassen, dich und Zoë.«

»Nein, hast du nicht.«

»Doch, natürlich.« Nick schaute in ihr blasses Gesicht. »Als ich Capelli anrief, hatte ich eine Heidenangst davor, das Verkehrte zu tun ... ich mußte ja damit rechnen, daß Holly ihre Drohung wahrmacht und ...«

»Es war richtig, Capelli anzurufen«, sagte Nina.

»Die Polizei wollte nicht, daß ich in Hollys Haus eindringe«, fuhr Nick fort. »Und ein Teil von mir wußte, daß die Cops wahrscheinlich recht hatten ... daß ich alles nur noch schlimmer machte ... aber ich konnte dich und Zoë keine Minute länger mit dieser Verrückten allein lassen.«

»Ich wußte, daß du ins Haus kommst.«

»Wirklich?«

»Ich habe keinen Augenblick daran gezweifelt.«

Die Tür wurde geöffnet, und eine Krankenschwester kam ins Zimmer, um Ninas Temperatur und den Blutdruck zu messen und den Infusionsschlauch zu überprüfen. Die Schwester war jung und hübsch, und sie betrachtete Nick mit kaum verhohlener Faszination.

»Meinst du, die hat gewußt, daß ich geradewegs aus dem Knast komme?« fragte er, nachdem die Schwester das Zimmer verlassen hatte.

»Wahrscheinlich.«

Wieder schwiegen sie. Nina schloß die Augen.

»Alles in Ordnung?« fragte Nick leise.

»Ja.« Sie schlug die Augen wieder auf.

»Was wird mit uns, wenn ich doch ins Gefängnis muß?«

»Zwischen uns ändert sich nichts«, erwiderte Nina. »Niemals.«

»Wenn ich wieder rauskomme, ist Zoë eine junge Dame, die ihren Vater nicht mal erkennen wird.«

»O doch.« Wieder schloß Nina die Augen.

»Holly ist gelähmt«, sagte Nick.

»Ich weiß.« Nina hielt die Augen geschlossen.

»Und was empfindest du bei dem Gedanken?« fragte er. »Ich meine ... wie denkst du jetzt über mich?«

Sie schlug die Augen auf, legte den Kopf etwas schräg und schaute ihn an.

»Was empfindest *du* dabei? Wenn du an Holly denkst?«

Nick ließ sich Zeit mit der Antwort.

»Ich wollte, daß sie stirbt«, sagte er dann schlicht. »Ich wollte sie töten.«

»Und jetzt? Hast du Mitleid mit ihr?« fragte Nina, und ihre Stimme klang plötzlich angespannt.

Nick nahm die Hand seiner Frau.

»Sie hat dir ein Messer in den Unterleib gestochen, Nina.« Er drückte ihre Hand fester, als müßte er Halt suchen. »Und einer anderen Frau hat sie das Messer durchs Auge ins Hirn gejagt und die Leiche in eine Kühltruhe gesteckt.« Er atmete schwer. »Sie hat Zoë gekidnappt. Sie hat das Leben unserer Tochter in Gefahr gebracht ...«

»Nick«, sagte Nina sanft.

»Und dann hat sie Zoë *geküßt*.« Er schüttelte sich. »Ihre Hände ... ihr Kleid waren rot von deinem Blut, und sie hat Zoë auf den Mund geküßt. Und da konnte ich ... konnte ich es einfach nicht mehr ertragen.«

»Ist ja gut, Nick.« Nina führte seine Hand, die noch immer die ihre umklammerte, an ihre Wange. »Alles wird gut.«

»Nein.«
»Warum machst du dir Sorgen, wo doch …«
»*Nichts* wird gut!«
Sein heftiger Ausbruch erschreckte Nina.
»Warum nicht?«
»Weil Holly noch lebt«, sagte er.

»Er ist auf Kaution frei«, sagt Eleanor zu Holly. »Es ist unglaublich.«
»Eigentlich nicht«, bemerkt Richard mit ruhiger Stimme.
Eleanor war dermaßen aufgebracht, daß sie ihren Mann am liebsten angeschrien hätte, doch allein die Tatsache, auf einer Station zu sein, auf der Diebe und Prostituierte und Rauschgiftsüchtige und Gott weiß welche Verbrecher lagen, war schlimm genug, auch ohne daß dieser Abschaum mithörte, welche Probleme die Familie Bourne beschäftigten.
»Wie kannst du so etwas *sagen*?« zischt sie Richard an. »Dieser Mann hat Hollys Leben zerstört!«
»Ich wollte damit auch nur sagen, daß ich nichts anderes als seine Freilassung auf Kaution erwartet habe.«
Eleanors Augen sind hart wie Flintstein und voller Haß. »Er hat unsere Tochter aus einem Fenster gestoßen, Richard. Oder hast du diese Kleinigkeit schon vergessen?«
Holly hat ihre Eltern beobachtet, die zu beiden Seiten des Krankenbetts sitzen und sich schon längere Zeit in den Haaren liegen.
»Ich wollte Nick verteidigen«, sagt sie plötzlich leise.
Sprachlos, wie betäubt starren Eleanor und Richard sie an.
»Ich wollte seine Anwältin sein«, fährt Holly fort.
»Was redest du denn da, mein Schatz?« fragt Eleanor.
»Es ist ganz einfach, wirklich«, sagt Holly. »Hätte man Nick wegen Mordes an seiner Frau und dem Kindermädchen angeklagt, hätte ich seinen Fall übernommen.« Sie hält kurz inne. »So hatte ich es geplant.«
Vor ungefähr sechsunddreißig Stunden waren die Erinnerungen an ihren Plan wieder in Holly aufgekeimt. Noch war ihr nicht alles wieder eingefallen, aber genug.
Einige Augenblicke beobachtet sie die Gesichter ihrer El-

tern. »Ich spinne mir nichts zusammen«, versichert sie. »Es hätte funktionieren können.«

»O lieber Gott«, sagt Richard leise und legt die Hand vor die Augen.

Eleanors Gesicht ist wie eingefroren. Ihr fehlen die Worte.

Holly hatte gegen vier Uhr früh am Morgen zuvor ihre Planungen wieder aufgenommen.

Im Krankenhaus schläft sie kaum. Hier ist zu viel Betrieb. Zu viele Leute. Patienten – Gefangene – *wie sie* – hustend, sich übergebend, stöhnend. Krankenschwestern, die kommen und gehen. Polizeiwachen, die Überprüfungen der Patienten vornehmen. Keine Privatsphäre. Hier hat die Panik sehr viel Zeit, auf den günstigsten Augenblick zu warten, um in das Hirn eines Menschen zu schlüpfen und sich darin festzusetzen.

Das Denken hilft. Das Planen.

Auch daran hat Holly sich erinnert, während sie hier lag. Ohne einen Plan ist sie nichts.

Seit fast achtundvierzig Stunden weiß Holly, daß ihre Lähmung – dieses gräßliche Gefühl, im eigenen Körper gefangen zu sein – nicht mehr lange anhalten wird. Das Erwachen begann mit einem leichten Prickeln in den Zehen; später, im Verlauf mehrerer Stunden, spürte sie das wiedererwachende Leben immer deutlicher. Anfangs war es ein Gefühl, als würden Insekten durch ihre Beine krabbeln und sie stechen; dann wurde die Empfindung wärmer, intensiver: Langsam strömte die Kraft in ihre Beine zurück.

Beinahe hätte Holly sich verraten, als vor ein paar Stunden ein Arzt zu ihr kam und einen Reflextest an ihren Fußsohlen machte. Himmel, war es ihr schwergefallen, nicht in wildem Triumph aufzuschreien. Und es war beinahe *unmöglich* gewesen, nicht zu zucken oder sonst eine Reaktion zu zeigen; dennoch war es Holly gelungen, sich nichts anmerken zu lassen. Wenn nötig, konnte Holly sich immer schon eisern im Griff behalten. Der Arzt beobachtete ihr Gesicht, als er ihre Fußsohlen kitzelte, schaute ihr genau in die Augen, beinahe so, als wollte er sie herausfordern, doch Holly behielt die Miene bei, die sie aufgesetzt hatte, seit man sie hierherbrachte: eine Mischung aus Entsetzen, Trotz und tiefer Niedergeschlagenheit. Sie hatte diesen Arzt schon einmal hereingelegt: Bei einer Untersuchung früher am Tag hatte er zu Holly gesagt, daß sie eine spinale Kontusion von der Art davongetragen habe, daß sie sich Hoffnungen auf eine völlige Genesung machen könne und daß durchaus die Möglichkeit bestünde, daß sie schon in Kürze die teilweise, wenn nicht sogar vollständige Empfindungs- und Bewegungsfähigkeit in den Beinen wiedererlangen würde.

»Nichts«, sagte Holly nach der Untersuchung mit ausdrucksloser Stimme.

Und der Arzt nickte, tätschelte ihre Hand und verließ das Zimmer.

»Keine Veränderung?« fragte Richard, als er und Eleanor kurze Zeit später zu Besuch kamen.

Holly sah die Hoffnung in ihren Augen und überlegte für einen Moment, ob sie den Eltern die wundervolle Neuigkeit mitteilen solle, entschied sich dann aber dagegen. Für gute Nachrichten war später noch reichlich Zeit. Holly beschließt, die Rolle der Gelähmten vorerst weiterzuspielen und währenddessen Pläne zu schmieden. Schließlich war sie schon den größten Teil ihres Lebens eine hervorragende Schauspielerin gewesen. Diesmal aber mußte sie ihre beste Vorstellung geben.

Reif für den Oscar.

106

Vor zwei Tagen habe ich Nina nach Hause geholt.

William, der rundum erleichtertste Vater in den Vereinigten Staaten, ist zurück nach Arizona gereist, um die Vorbereitungen für Phoebes Entlassung aus der Waterson-Klinik zu treffen. Ethan und Kate wollten noch bleiben, doch ich muß gestehen, daß ich meine Frau und meine Tochter endlich mal eine Zeitlang für mich allein haben wollte.

Normalität. Wenigstens so lange, bis wir erfahren, ob ich vor Gericht gestellt werde oder nicht. Doch Chris Field ist der Meinung, daß die Staatsanwaltschaft sich darüber klar ist, wie schwierig es sein wird, die Geschworenen dazu zu bringen, mich ins Gefängnis zu schicken, weil ich ein Ungeheuer aus dem Fenster eines Hauses geschubst habe, und mochte es auch vorsätzlich geschehen sein.

Ich habe das Gefühl, Chris Field ist ein wenig enttäuscht darüber, daß meine Aktien ziemlich gut stehen.

Doch Nina sagt, ich wäre Field gegenüber nie fair gewesen.

Während Nina noch im Krankenhaus lag und meine Eltern sich um das Haus und um Zoë kümmerten, hatte ich sehr viele Einkäufe erledigt. Lebensmittel, einen Weihnachtsbaum (ziemlich verfrüht), Geschenke für alle, Spielzeug für Zoë. Wir haben vor, dieses Weihnachtsfest mit der ganzen Familie groß bei uns zu Hause zu feiern.

Ich kaufte auch neue Leinwände und Farben und Pinsel und Kohlestifte und Skizzenbücher und Terpentin und Leinöl und Palettenmesser und alle möglichen Putz- und Reinigungsmittel. Dem Aussehen des Zimmers nach zu urteilen, in dem ich Holly im Nebenhaus entdeckte, hatte sie in den vergangenen zwei Monaten anscheinend ziemlich oft bei uns herumgeschnüffelt und so einiges mitgehen lassen. Vermutlich (falls wir unter diesen grotesken, verworrenen Umständen überhaupt etwas vermuten *können*) hatte Teresa unsere Nachbarin Holly – oder Barbara Rowe – viel besser gekannt, als sie Nina gegenüber angedeutet hatte; vielleicht hatte Teresa sie mehr als einmal in unser Haus eingeladen. Arme Teresa. Jedenfalls war ich entschlossen, das Haus – *unser* Haus – von oben bis unten gründlich sauberzumachen, bevor Nina nach Hause kam, um auch die letzten Spuren Hollys auszulöschen.

An einem Nachmittag in der vergangenen Woche hat Richard Bourne Nina im Krankenhaus besucht. Er sagte nicht viel. Was sollte er auch sagen, der arme Kerl? Richard tut uns leid.

Eleanor ließ sich nicht blicken.

Was für eine Überraschung.

Capelli sagte mir, daß Holly immer noch in der Häftlings-Station im People's Hospital liegt und daß sie vermutlich für den Rest ihres Lebens gelähmt bleibt. Und sie hat sich so vieler Verbrechen schuldig gemacht, daß sie diesen Rest ihres Lebens entweder im Gefängnis oder in einer geschlossenen Anstalt verbringen wird.

Wahrscheinlich wäre es besser für Holly gewesen, sie wäre ums Leben gekommen.

Aber Mitleid kann ich nicht für sie aufbringen.

107

Bei Holly soll an diesem Nachmittag eine weitere Computertomographie gemacht werden, doch vor dem Untersuchungsraum warteten so viele andere Patienten, daß man die Krankenpfleger, die Holly mit dem Lift hinuntergefahren haben, darum bittet, sie vorerst wieder auf ihre Station zu bringen.

Kurz nach einundzwanzig Uhr – später als gewöhnlich für Untersuchungen oder Behandlungen – erscheinen die Pfleger wieder auf der Station. Es sind zwei junge Männer; ein Farbiger mit Brille und rundem Gesicht und ein Weißer mit blassem, sommersprossigem Teint, der eine Rollbahre schiebt. Holly hat beobachtet, wie andere Patienten der Station 11 B zu Untersuchungen oder Behandlungen gebracht worden sind; ihr ist aufgefallen, daß sich eine beinahe greifbare Spannung ausbreitet – wie eine Dampfwolke, die über der Gruppe schwebt –, wenn ein Patient geholt wird, den man als gefährlich einstuft. Bis jetzt hat niemand sie bevorzugt behandelt (schließlich ist sie eine geisteskranke Mörderin und Kidnapperin), doch ebensowenig war dieses Mißtrauen, diese Anspannung zu spüren, wenn einer der Ärzte oder Pfleger zu ihr kam, was zum Teil wohl daran liegt, daß alle glauben, Holly würde bereits den Preis für ihre Tat bezahlen. Vor allem aber liegt es daran, daß man sie für harmlos hält. Schließlich ist sie von der Hüfte abwärts gelähmt.

Es hatte Holly jedesmal Auftrieb gegeben, wenn sie Station 11 B verlassen konnte – zu Röntgenuntersuchungen, zu Reflextests oder zu ihrer ersten Computertomographie. Andere Patienten mochten es als medizinische Geduldsprobe empfinden; für Holly aber war es jedesmal wie ein Ausflug zum Strand. Mini-Fluchten aus dem Gefängnis.

Als sie und die beiden Krankenpfleger diese abendliche Fahrt zur Abteilung für Computertomographie beginnen, ist es für Holly genauso wie zuvor. Diese Fahrt hat nichts mit ihrem neuen Plan zu tun. Weder als sie die Station verlassen noch als Holly auf der Liege zu dem großen Lift gerollt wird, mit dem sie hinunterfahren, noch als sie auf den Gang gefahren wird, der zur Abteilung führt.

Auch nicht, als die Pfleger Holly durch die Tür in den Untersuchungsraum rollen. Nicht einmal, als Holly bemerkt, wie leer es hier ist.

Erst als sie die behandelnde Ärztin sieht, weiß Holly, daß ihre Chance gekommen ist.

Sie ist eine Weiße, schlank und dunkelhaarig. Sie sieht Holly ein bißchen ähnlich und hat fast die gleiche Figur. Die Ärztin trägt einen weißen Kittel, an dem ihr Namensschild befestigt ist – sie heißt Dr. K. D. Vivian –, sowie eine Brille und weiße Krankenhausschuhe. Sonst ist niemand da. Keine Menschenseele. Vor ein paar Stunden, als man Holly zurückgeschickt hatte, herrschte in der Abteilung hektische Betriebsamkeit.

Holly schaut K. D. Vivian an; dann läßt sie den Blick durch den Raum schweifen. Und mit einem Mal weiß sie, was sie tun wird.

Falls die beiden Pfleger sie und die Ärztin allein lassen ...

Langsam und vorsichtig heben sie Holly von der Rollbahre und legen sie auf den Untersuchungstisch, auf dem sie in wenigen Minuten in die Röhre des Computertomographen gefahren wird.

»Okay, Leute, dann könnt ihr jetzt gehen«, sagt die Ärztin. »Wir brauchen ungefähr eine dreiviertel Stunde.«

In Holly steigt wilde Freude auf.

»Man hat uns gesagt, wir sollen hier warten, Doc«, erklärt der schwarze Krankenpfleger.

Der Scheißkerl.

»Wir werden auch prima ohne Sie klarkommen, Lewis«, sagt die Ärztin.

Amen.

»Ich werde nicht davonrennen, ich versprech's«, sagt Holly mit leiser, verletzlicher Stimme.

Der sommersprossige Krankenpfleger blickt grinsend auf sie hinunter.

K. D. Vivian schaut sich einige Papiere an. »Wie wär's, wenn ihr eine Kaffeepause macht, Jungs?« sagt sie leichthin. »Na los, nun geht schon. Ihr wißt doch, daß ich es nicht ausstehen kann, wenn Leute mir bei der Arbeit über die Schulter gucken.«

Der schwarze Krankenpfleger zuckt die Achseln. »Okay, Doc. Eine dreiviertel Stunde, sagten Sie?«

»So in etwa«, erwidert die Ärztin.

Die Männer verlassen den Untersuchungsraum.

»Die wären wir los«, sagt Dr. Vivian fröhlich.

Halleluja!

Die Ärztin macht sich an die Arbeit und stellt Holly währenddessen Fragen. Ihr Auftreten ist freundlich, aber professionell. Unpersönlich. Holly gibt auf jede Frage eine angemessene Antwort, hört der Ärztin aber nur mit halbem Ohr zu, denn sie denkt bereits fieberhaft über ihren nächsten Schritt nach. Sie weiß, daß sie nur eine Chance bekommen wird. Sie verspürt das überwältigende Verlangen, die Beine zu bewegen, um sich davon zu überzeugen, daß sie sie nicht im Stich lassen, wenn der entscheidende Augenblick gekommen ist. Aber das kann sie auf keinen Fall riskieren. Außerdem hat sie die Zehen, die Füße, die Knie und die Beinmuskulatur in den letzten Nächten unter der Bettdecke gespannt und gedehnt.

Holly weiß, daß ihre Beine sie tragen.

Das müssen sie auch.

»Sie hatten schon einmal diese Untersuchung. Sie wissen also, wie's geht, ja?«

»Ja, Ma'am.«

»Hatten Sie irgendwelche Probleme? Klaustrophobie?«

»Eigentlich nicht.«

»Gut.«

»Früher hätte ich vielleicht Platzangst bekommen«, sagt Holly, »aber jetzt nicht mehr.« Sie hält inne. »Jetzt bin ich ja ständig im eigenen Körper eingesperrt.«

»Sie werden's schon schaffen«, sagt die Ärztin.

Holly verspürt einen Hauch von Sympathie, mehr aber auch nicht. Wahrscheinlich geht K. D. Vivian mit allen Patienten so um, sogar mit denen, die wegen Mordes angeklagt sind.

Die Ärztin hat ihre Vorbereitungen weitgehend abgeschlossen.

»Denken Sie daran, Charlotte ...«

(*Charlotte, nicht Taylor. Die meisten Leute haben sie mit Vornamen angeredet, seit sie in diesem Krankenhaus in Haft ist.*)

»... das wichtigste ist, daß Sie ganz still liegen. Okay?«

»Okay.«

»Sonst brauchen Sie nichts weiter zu beachten. Aber das wissen Sie ja schon, nicht?«

»Ja, Ma'am.«

Hollys Blicke schweifen forschend durch den Untersuchungsraum, und sie lauscht angestrengt nach dem leisesten Anzeichen, ob irgend jemand kommt.

Nichts. Niemand.

»Sollten Sie irgendein Problem haben – zum Beispiel, wenn Sie das Gefühl bekommen, sich bewegen zu müssen –, dann versuchen Sie, an irgend etwas anderes zu denken, und konzentrieren Sie sich darauf. Denken Sie an etwas, das Ihnen Freude macht.«

»Skifahren«, sagt Holly.

»Fahren Sie gern Ski?«

»Sehr gern. Früher mal.«

Holly hat nie im Leben auf Skiern gestanden.

»Sehr gut«, sagt die Ärztin. »Dann stellen Sie sich einfach vor, Sie fahren einen verschneiten Hang hinunter – und ruckzuck sind wir mit der Untersuchung fertig.«

Für ein paar Augenblicke entfernt sie sich vom Tisch und überprüft die Apparaturen.

»Gut, dann sind wir soweit«, sagt sie schließlich. »Haben Sie noch Fragen?«

»Nein«, antwortet Holly.

»Okay. Dann werde ich Sie jetzt in unsere Röhre fahren.«

Die Ärztin geht aus dem Zimmer in einen kleinen, durch eine große Glasscheibe abgetrennten Nebenraum, in dem sich die Monitore und Aufnahmegeräte befinden. Holly liegt ganz still auf dem fahrbaren Tisch, doch vor Aufregung rauscht ihr das Blut in den Ohren.

Sie wartet noch eine Sekunde.

Mit einem leichten Ruck und einem surrenden Geräusch setzt der fahrbare Tisch sich in Bewegung.

»Moment, bitte«, sagt Holly.

Der Tisch bleibt stehen.

»Gibt's irgendein Problem, Charlotte?« fragt Dr. Vivian, die durch die Glasscheibe alles beobachten kann.

»Ich liege nicht richtig. Irgendwas drückt mich im Rücken.«

»Wirklich?« Die Ärztin kommt in den Untersuchungsraum. »Wo genau?«

»Hier oben.« Holly zeigt mit der rechten Hand auf die Stelle.

Dr. Vivian runzelt die Stirn. »Also, das begreife ich nicht.«

»Tut mir leid, daß ich Ihnen solche Umstände mache«, sagt Holly kleinlaut.

»Ach was!« Die Ärztin kommt um den Tisch herum, um nachzusehen. »Wenn Sie nicht bequem liegen, hat die ganze Untersuchung keinen Sinn.«

»Das dachte ich mir auch.«

Mach dich bereit.

Die Ärztin beugt sich vor, schiebt die Hand unter Hollys Rücken und bewegt sie suchend hin und her.

»Ich kann nichts finden. Sagen Sie mir, wo genau die Stelle ist.«

Mit Vergnügen.

»Noch ein Stückchen höher«, sagt Holly. »Tut mir wirklich leid, daß ich ...«

»Ist schon in Ordnung. Schauen wir mal genauer nach.«

Sie geht einen Schritt weiter zum Ende des Tisches und beugt sich noch einmal über Holly.

Mit aller Kraft und Schnelligkeit, die sie aufbieten kann, stößt Holly den Kopf vor und rammt der Ärztin die Stirn gegen die Augen- und Nasenpartie. Vivian taumelt nach hinten, prallt gegen eine Rollbahre und stürzt zu Boden. Das Blut schießt ihr aus der Nase, und sie verdreht die Augen.

Holly steigt vom Untersuchungstisch. Ihre Beine sind schwach, doch sie kann sich erstaunlich gut bewegen.

Die Ärztin liegt stumm am Boden, mit starrem Blick. Vielleicht ist sie bewußtlos, vielleicht auch nicht; aber das spielt für Holly ohnehin keine Rolle. Sie muß dafür sorgen, daß K. D. Vivian lange Zeit stumm bleibt und von der Bildfläche verschwindet. Holly hat sich ihre Waffe schon vor ein paar Minuten ausgesucht, als die Ärztin die Vorbereitungen für die Untersuchung getroffen hatte: einen großen schwarzen Klebebandhalter, der an der gegenüberliegenden Wand unter einem kleinen Fenster auf dem Schreibtisch steht.

Holly geht zum Fenster des Untersuchungsraumes und schaut hinaus. Die Flure sind leer. Sie zieht das Rollo herunter, so daß niemand einen Blick ins Innere werfen kann. Dann nimmt sie den Klebebandhalter vom Schreibtisch. Das Ding ist schwer; dem Geräusch nach zu urteilen, als Holly es in der Hand dreht und wendet, ist der Fuß offenbar mit Sand gefüllt. Ein paar Sekunden verharrt sie und lauscht. Kein Laut ist zu hören. Ihr Glück hält an. Holly geht zu der Ärztin, kauert sich neben sie und dreht sie herum, so daß sie mit dem Gesicht nach unten liegt.

Doc Vivian stöhnt und bewegt sich leicht.

Holly hämmert ihr den Klebebandhalter auf den Hinterkopf. Der Körper der Ärztin erschlafft. Holly betrachtet den Fuß des Halters – die Stelle, die K. D. Vivian am Hinterkopf getroffen hat. Auf dem schwarzen Hartplastik ist kein Blut zu sehen.

Holly schlägt noch einmal zu.

Diesmal sieht sie Blut.

Jetzt kann sie ziemlich sicher sein, daß Doc Vivian sich eine ganze Weile nicht mehr rühren wird. Vielleicht nie mehr.

Holly blickt zur Tür und sieht, daß ein Schlüssel im Schloß steckt. Sie geht hinüber und schließt ab. Ihre Beine sind immer noch sehr wackelig, aber es geht besser, als sie dachte.

Holly macht sich daran, die regungslos am Boden liegende Frau auszuziehen. Es ist nicht leicht, einen Bewußtlosen – oder Toten – zu entkleiden, doch nach ein paar Minuten ist Doc Vivian nur noch mit BH und Slip bekleidet. Holly hat, was sie wollte: den Rock, den Pullover, den weißen Arztkittel, die Krankenhausschuhe und Doc Vivians Brille, die sie allerdings nur dann tragen kann, wenn die Gläser nicht allzustark sind. Versuchsweise setzt Holly die Brille auf. Ein bißchen verschwommen, aber es geht. Sie widmet sich wieder ihrer Arbeit.

Der Pullover sitzt gut. Der Rock ist ihr ein bißchen zu weit und zu lang, wird aber – wie alles andere – vom Ärztekittel nahezu verdeckt. Auch die Schuhe passen beinahe wie angegossen. Holly hätte sich auch Vivians Nylonstrümpfe angezogen, doch so weit braucht sie nicht zu gehen. Statt dessen rollt sie die Strümpfe zusammen, reißt der Ärztin den Mund auf und stopft sie hinein – nur für den Fall, daß K. D. zu Lazarus wird und plötzlich zu schreien anfängt.

An der Wand gegenüber dem Fenster hängt über einem Handwaschbecken ein Spiegel. Holly betrachtet sich darin. Ihr Haar ist zerzaust, und auf Doc Vivians Ärztekittel sind drei Blutflecken an den Kragenaufschlägen zu sehen, die Holly vorher gar nicht aufgefallen waren. Wieder schaut sie sich im Untersuchungsraum um. Auf dem Schreibtisch steht neben dem Computer eine altmodische Schreibmaschine; rechts daneben entdeckt Holly ein kleines Fläschchen flüssiges Tipp-Ex. Holly schüttelt es kräftig, zieht den winzigen Pinsel aus dem Fläschchen und überstreicht die Blutflecken.

In Ordnung.

Holly weiß, daß sie keine Zeit verschwenden darf, denn in zwanzig, fünfundzwanzig Minuten werden die beiden Krankenpfleger kommen, wahrscheinlich sogar früher, wenn es nach Lewis, dem Pflichtbewußten, geht. Holly entdeckt die Handtasche der Ärztin, in der sich eine kleine Haarbürste befindet, und bringt ihre Frisur wieder halbwegs auf Vordermann. In weniger als neunzig Sekunden ist sie bereit, sich der Welt als Doc K. D. Vivian zu präsentieren.

Nun zu der Patientin.

Das Anstrengendste an der Sache ist, sie auf den Untersuchungstisch zu heben, doch Holly hat dank Teresa ein bißchen Übung darin, und wer es geschafft hat, eine vollständig bekleidete Frau in eine Kühltruhe zu verfrachten, für den ist es bloß noch eine Bagatelle, einen fast nackten Körper auf eine ebene Oberfläche zu heben.

Bagatelle ist gut, geht es Holly durch den Kopf, als sie die Frau auf den Tisch hievt. *Doc Vivian ist so schwer wie ein ausgewachsener Flipperautomat.*

Doch sie schafft es.

Und immer noch hat niemand sich blicken lassen.

In dem Augenblick, als Holly die nackten Beine der Ärztin so auf dem Tisch zurechtrückt, daß sie gerade ausgestreckt liegen, und sich davon überzeugt, daß sie nichts vergessen hat, klingelt das Telefon auf dem Schreibtisch.

Holly erstarrt, wartet lange Sekunden regungslos. Das Klingeln verstummt.

Okay.

Zeit für die Computertomographie.

Sie geht in den kleinen Nebenraum hinter der großen Trennscheibe, entdeckt den richtigen Schalter, betätigt ihn und beobachtet, wie die Frau auf dem Untersuchungstisch langsam in die Röhre gleitet, wie sie das Ding genannt hat. Nun gibt es nur noch zwei Möglichkeiten festzustellen, wer in der Röhre liegt: durch das Loch am Ende (wenngleich Holly immer sehr stolz auf ihre Füße gewesen ist, geht sie davon aus, daß für das Auge eines normalen Beobachters sämtliche weiblichen Fußsohlen und Zehen ziemlich gleich aussehen) und auf dem Monitor des Computertomographen.

Denken Sie daran, Charlotte, hatte K. D. Vivian zu ihr gesagt, *das wichtigste ist, daß Sie ganz still liegen.*

Was das betrifft, braucht Holly sich bei dieser Patientin keine Sorgen zu machen.

Holly hat sich in den vergangenen Minuten eingehend genug mit dem Körper der Frau beschäftigen müssen, um zu wissen, daß ihr bei Doc Vivian gelungen ist, was sie bei Nina Miller nicht geschafft hat.

Nun gehen zwei Morde auf Hollys Konto.

Für einen Moment erscheint das Gesicht ihres Vaters vor ihrem geistigen Auge, doch sie verscheucht es.

Ebenso rasch überlegt sie, ob sie Doc Vivian die Nylonstrümpfe aus dem Mund nehmen und irgendwo verstecken soll, doch sie weiß, daß sie nicht mehr die Zeit dafür hat.

Die Toten sterben nicht, hatte D.H. Lawrence einmal in einem Brief geschrieben. *Sie beobachten und helfen uns.*

K. D. Vivian hatte ihr heute abend schon als Lebende helfen wollen. Nun hat sie wenigstens eine gute Ausgangsposition, als Tote in diesem Sinne weiterzumachen.

Holly nimmt die Handtasche der Ärztin, verläßt das Untersuchungszimmer, schließt die Tür hinter sich ab und steckt den Schlüssel in den weißen Ärztekittel.

108

Die Millers waren im Bett, als spätabends um zwanzig vor elf der Anruf kam. Seit ihrer Entlassung aus dem Krankenhaus wurde Nina früher müde als gewöhnlich. Noch vor einigen Wochen hätte Nick erwogen, noch eine Stunde im Atelier zu arbeiten, wenn seine Frau eher zu Bett ging als er, doch in diesen Tagen gab es nichts Schöneres für ihn, als sich mit Nina ins Bett zu kuscheln.

Er lag im Halbschlaf auf dem Rücken und dachte an das Gemälde, mit dem er gestern begonnen hatte. Es zeigte Nina und Zoë, wie sie auf dem Fußboden des Wohnzimmers spielten. Ninas Kopf ruhte an Nicks linkem Oberarm, als das Telefon klingelte.

Schrill und häßlich.

Nick streckte den Arm zu weit aus und stieß den Hörer von der Gabel. Als er mit der rechten Hand danach tastete, stöhnte Nina leise in der Dunkelheit.

»Tut mir leid, Schatz.«

Nick bekam die Schnur zu fassen und zog den Hörer zu sich heran.

»Ja?« sagte er.

Und hörte zu, als der Polizeibeamte ihm das Undenkbare berichtete.

Nina konnte nur Nicks Fragen und Bemerkungen hören, doch es war mehr als genug. In dem Moment, als Nick den Hörer auflegte, knipste sie die Nachttischlampe an.

»Was ist mit Holly?« fragte sie atemlos.

»Sie ist raus«, sagte er und schwang sich aus dem Bett.

Es war kalt im Zimmer. Nick, dem es vor Zorn beinahe die Sprache verschlug, ging ins Bad und nahm seinen Morgenmantel vom Haken.

»Was meinst du damit – sie ist raus?« Nina, die im Bett geblieben war, starrte ihn an. In diesen wenigen Augenblicken war der innere Friede zerstört, der ihre Züge in den vergangenen Tagen weicher und entspannter hatte werden lassen. In ihren Augen lag wieder Furcht, und ihr Gesicht war angespannt.

Nick ging zu ihr, setzte sich auf die Bettkante und nahm ihre Hand.

»Du zitterst«, sagte Nina.

»Sie haben Holly entkommen lassen.« Er schüttelte heftig den Kopf. »Frag mich nicht, wie das geschehen konnte. Ich *weiß* es nicht, weil sie es mir nicht *sagen* wollen.«

»Aber man hat uns doch gesagt, sie ist auf einer geschlossenen Station«, erwiderte Nina fassungslos. »Und daß sie gelähmt ist.«

»Holly muß sie getäuscht haben – sie hat alle *reingelegt!*« Wieder schüttelte er den Kopf. »Wie können Ärzte darauf hereinfallen? Ich kann es nicht glauben!«

»Vielleicht hat jemand ihr geholfen«, meinte Nina.

»Mein Gott.« Es war beinahe ein Aufschrei. »*Mein Gott!*«

Nina drückte seine Hand. »Beruhige dich, Schatz.«

»*Beruhigen?* Weißt du, was passieren kann?« Er ließ Ninas Hand los und stand auf.

»Bitte, Nick, wir wecken Zoë auf ...«

Er schaute sie an und sah ihr blasses, verängstigtes Gesicht. »Du hast recht. Tut mir leid.« Nick versuchte sich zu beruhigen, wieder klaren Kopf zu bekommen. »Der Polizeibeamte hat gesagt, er weiß nicht, was passiert ist – die Cops vermuten, daß Holly sich wahrscheinlich noch irgendwo im Krankenhaus aufhält. Oder daß Eleanor und Richard versuchen, sie in einem Flugzeug außer Landes zu schmuggeln.«

»Oder sie ist auf dem Weg zu uns«, sagte Nina mit zittriger Stimme.

»Man hat bereits eine Fahndung nach ihr eingeleitet.« Allmählich überwand Nick den anfänglichen Schock. »Außerdem schickt die Polizei einen Streifenwagen nach nebenan, um das Haus zu überprüfen und die Straße unter Beobachtung zu halten.«

Er wandte sich zur Tür.

»Wo willst du hin?«

»Ich schaue nach Zoë.«

Nina schlug das Oberbett zur Seite. »Laß mich das machen.«

Sanft drückte er Nina zurück aufs Bett und deckte sie wieder zu. »Du brauchst Ruhe.«

»Glaubst du, ich könnte jetzt schlafen?« Wieder schleuderte sie das Oberbett zur Seite. »Ich mache uns Tee.«

»Das mach' ich.« Nick ging zur Tür. »Du bleibst hier. Ich bringe dir eine Tasse.«

»Ich will nicht im Bett bleiben«, sagte Nina.

Nick öffnete die Tür.

In dem Augenblick, als die Detektoren in der Eingangshalle losheulten, rochen sie den Rauch.

»Zoë!« Nina schwang sich aus dem Bett und stürmte durchs Zimmer.

»Ich hole sie.« Nicks Gedanken überschlugen sich. »Mach du ein paar Tücher naß, falls wir sie brauchen, um aus dem Haus zu kommen.«

Der Rauch trieb aus dem Erdgeschoß nach oben. Nick rannte ins Kinderzimmer und nahm die schlafende Zoë hastig aus der Wiege. Sie wurde wach, strampelte unwillig, und fing an zu weinen.

»Tut mir leid, mein Engel, aber wir müssen hier raus.«

Nina kam auf den Flur. Sie trug einen Morgenmantel und hielt nasse Tücher in den Armen. »Ist alles in Ordnung mit Zoë?«

»Ja. Komm schnell.«

»Wir haben keine Schuhe an.« Nina starrte auf ihre nackten Füße. »Müßten wir nicht Schuhe tragen?«

»Keine Zeit. Komm schon.« Nick drückte sich Zoë an die Brust und ging eilig zur Treppe. »Bleib dicht hinter mir.«

»Wo ist das Feuer?« fragte Nina verängstigt.

»Weiß ich nicht.« Sie waren auf halbem Weg die Treppe hinunter. »Wir müssen erst mal aus dem Haus. Dann können wir uns immer noch den Kopf zerbrechen, wo der Brandherd ist. Okay?«

»Du hast recht.«

Unter der Küchentür hindurch krochen Rauchschwaden in die Eingangshalle. Nick ließ sich von Nina eines der nassen Tücher geben und legte es Zoë behutsam über Nase und Mund; dann reichte er Nina das Baby. »Die Eingangstür ist frei«, sagte er. »Geh du mit Zoë raus.«

»Und was ist mit dir?« Nina nahm das Baby und fing an zu husten.

»Bring sie raus – ich bleibe dicht hinter euch.«

Nina gelangte zur Eingangstür und riß sie auf. Ein Windstoß fuhr in die Eingangshalle und trieb die Rauchschwaden auseinander. Nina trat hinaus in die kalte Abendluft, holte tief Atem und nahm das Tuch von Zoës Gesicht. Das kleine Mädchen nieste und weinte jämmerlich.

»Nina! Alles in Ordnung mit euch?« Nick mußte schreien, um das durchdringende Heulen der Feuermelder zu übertönen, während er zuerst die Tür des Eßzimmers, dann die des Wohnzimmers aufriß, um festzustellen, wo der Brandherd sich befand.

»Was tust du da, Nick?« rief Nina von draußen. »Sieh zu, daß du rauskommst!«

»Hol Hilfe, Nina!« rief Nick zurück. »Bring Zoë zu einem Nachbarn und ruf die 911 an.«

»Ohne dich gehe ich nirgendwohin. Bitte, komm raus zu uns!«

»Ich bin sicher, das Feuer ist in der Küche!« rief Nick zurück. »Wenn es noch nicht zu groß ist, versuche ich's zu löschen – aber jetzt geh endlich und ruf die Feuerwehr an!«

»Nick, bitte, komm raus!« In Ninas Armen begann das Baby zu schreien.

»Verdammt, Nina, bring Zoë in Sicherheit«, rief er und hustete, als ihm Rauch in die Kehle stieg. »Und hol *Hilfe*, um Gottes willen!«

Die Eingangstür des Hauses auf der gegenüberliegenden Straßenseite wurde geöffnet, und Joe Tanakawa trat heraus, ein Mann, dem Nick und Nina nur ein paarmal begegnet waren. Er kam über die Straße gerannt. »Was ist passiert? Alles in Ordnung mit Ihnen?«

»Ein Feuer. Nick meint, es ist in der Küche.« Nina starrte

auf das Haus, Zoë fest an sich gedrückt, doch von Nick war nichts zu sehen. »Er versucht, den Brand zu löschen.«

Tanakawa trug einen dicken Pullover, Jeans und Sportschuhe. Er betrachtete Ninas Morgenrock und ihre nackten Füße. »Sie müssen die Kleine in unser Haus bringen.«

»Mein Gott, wo ist Nick!« Nina hielt dem Nachbarn Zoë hin. »Würden Sie die Kleine nehmen und zu Ihnen ins Haus bringen? Bitte!«

»Sie müssen mitkommen, sonst holen Sie sich bei der Kälte den Tod«, sagte Tanakawa.

»Ich muß meinen Mann suchen.«

Sie versuchte, Tanakawa das Baby in die Arme zu drücken, doch der Mann trat widerstrebend einen Schritt zurück. »Kommt nicht in Frage«, beharrte er. »Kommen Sie mit ins Haus.«

»O mein Gott.« Nina fuhr zum Türeingang herum, als ihr schlagartig klar wurde, was geschehen war. »Es ist Holly!« rief sie zum Haus hinüber. »Nick, es muß Holly gewesen sein – du mußt endlich *raus da*!«

»Kommen Sie mit, Nina.« Tanakawa packte sie bei den Armen, wobei er sorgsam auf Zoë achtete. »Kommen Sie mit. Sie können nicht da rein.« Er zog Nina von der Tür weg bis auf die Straße.

»Aber ich kann ihn nicht sehen!« Nina brach in Tränen aus. »Ich kann ihn nicht *sehen*!«

Die Küche war heiß und von ätzendem Rauch erfüllt, doch Nick konnte den Brandherd nirgends entdecken. Mit der Linken drückte er sich das angefeuchtete Tuch auf Mund und Nase und ging ein Stück weiter ins Zimmer hinein, spähte blinzelnd durch die Rauchschwaden. Falls der Brandherd sich nicht in der Küche befand, dann vermutlich im angrenzenden Zimmer, dem Mehrzweckraum.

Vorsichtig trat er durch die Tür, doch auch in dem kleinen Raum war kein Flammenherd zu sehen.

Dann sah er unter der Türritze zur Garage den grellen Lichtstreifen.

Noch bevor er die Tür öffnete, wußte Nick, daß Holly dort drinnen war. Und auf ihn wartete.

Mit dem nackten rechten Fuß trat Nick die Tür auf und stieg vorsichtig die Treppe hinunter.

Holly stand in der Mitte der Garage. Eine kleine Gestalt, umrahmt von Feuer und Rauch.

»Ich habe auf dich gewartet«, sagte sie mit erhobener Stimme, um sich über das Tosen der Flammen hinweg verständlich zu machen. Sie war eigenartig gekleidet: weiße Krankenhausschuhe, ein viel zu großer Rock und ein schwarzer, zu knapp sitzender Pullover.

In der Mitte der Garage loderten nur ein paar kleine Flämmchen, doch sämtliche Wände und die Gegenstände, die Nick in den Ecken gelagert hatte, brannten lichterloh; orangerote, gelbe und reinweiße Flammenzungen leckten bis zur Decke empor und verschlangen Holz und Papier, Plastik und Pappe. Stromleitungen explodierten und sprühten weiße Funken gegen das geschlossene Garagentor.

Nick wußte, daß das Tor verschlossen und verriegelt war.

Durch den beißenden Rauch starrte er Holly an.

»Wir müssen hier raus«, sagte er und drückte sich das feuchte Tuch auf Mund und Nase.

»Ich glaube nicht«, erwiderte Holly.

Nick nahm das Tuch vom Mund, hustete. »Die Feuerwehr ist schon unterwegs, Holly. Und die Polizei.«

»Da bin ich sicher.«

Sie trug irgend etwas in der rechten Hand. Einen großen Kanister mit einer Tülle. Nick sah, was es war. Brennspiritus für den Grill. Einen winzigen Augenblick lang mußte er daran denken, daß Nina ihm vorletzten Sommer gesagt hatte, er solle den Spiritus entsorgen, denn das Zeug sei viel zu gefährlich. Doch aus irgendeinem Grund (*zu faul, zu sehr mit anderen Dingen beschäftigt*) war der Kanister in der Garage stehengeblieben – wie all der andere Plunder, der längst auf den Müll gehört hätte.

Und nun hielt Holly den Kanister wie eine tödliche Waffe in der Hand.

Nick konnte den brennenden Spiritus riechen und erkannte, daß Holly ihn wahrscheinlich an die Wände der Garage gespritzt und dann mit einem Streichholz angezündet hatte.

»Stell den Kanister hin, Holly, ja?« sagte er. »Und dann gehen wir nach draußen.«

»Ich glaube nicht«, wiederholte sie.

»Man hat uns gesagt, du wärst gelähmt, Holly.«

»Jetzt nicht mehr.« Ihre Stimme wurde heiser und dünner, da sie den Rauch ungeschützt einatmete, ansonsten aber zeigte sie keinerlei Anzeichen irgendeiner körperlichen Schwäche. »Na los«, stieß sie hervor. »Sag mir, wie glücklich du darüber bist. Wie sehr du dich darüber freust, daß ich wieder gehen kann. Daß ich überlebt habe. Na los!«

»Wir müssen erst hier raus, Holly. Dann erzähle ich dir, wie glücklich ich bin.«

»Natürlich bist du glücklich, Nick. Du liebst mich ja so sehr. Deshalb hast du mich ja aus dem Fenster im zweiten Stock gestoßen.«

»Ich war wütend auf dich.« Nick hustete und versuchte, durch das feuchte Tuch zu atmen, doch es war bereits so gut wie ausgetrocknet und beinahe nutzlos.

»O ja. Das warst du«, pflichtete Holly ihm bei.

Wieder mußte Nick husten. Er hatte ein Druckgefühl in der Brust und spürte, wie seine Fußsohlen warm wurden. Er warf einen gehetzten Blick in die Runde. Um ihn und Holly herum war der Betonboden in einem Umkreis von etwa zwei Metern frei von Gerümpel; außerdem waren keine Öl- oder Spiritusflecken zu sehen. Deshalb hoffte – *betete* – Nick, daß er wenigstens ein paar Augenblicke lang in Sicherheit war; das zerbrochene Fenster über dem Garagentor ließ so viel Sauerstoff ins Innere, daß sie nicht das Bewußtsein verloren, fachte zugleich aber die Flammen an.

Nick fuhr herum, als er plötzlich spürte, wie die Hitze in seinem Rücken stärker wurde. Er erkannte, daß sich das Feuer auch im Inneren des Hauses ausgebreitet hatte. Voller Entsetzen wurde Nick klar, daß ihm der Weg zur Eingangstür abgeschnitten war.

Die Seitentür.

Nick starrte durch den Rauch darauf. Der Rahmen stand bereits in Flammen, und der Türgriff war vermutlich schon zu heiß, um ihn anfassen zu können, doch die Tür sah genauso aus wie die im Nebenhaus, die Nick etwa eine Woche zuvor –

ein ganzes *Leben* zuvor – aufgebrochen hatte. Vielleicht konnte er sie eintreten oder sich mit der Schulter kräftig genug dagegen werfen ...

Nick hörte Sirenen und schickte ein stummes Dankgebet zum Himmel.

»Sie sind da«, sagte er. »Sie sind gekommen, um uns zu helfen, Holly. Laß uns jetzt aus dieser verdammten Garage verschwinden. Dann ersparen wie den Leuten die Mühe, uns hier rausholen zu müssen.«

»Du hast mich nie geliebt«, sagte Holly plötzlich zusammenhanglos.

»Mach schon, Holly«, drängte Nick sie wie ein Footballtrainer, der sich bemüht, einen verrückten Zwischenruf zu ignorieren. »Wir reden draußen darüber.«

»Erinnerst du dich, wie ich dir von Eric erzählt habe, meinem Bruder?« fuhr Holly unbeirrt fort und schien die Flammenhölle gar nicht wahrzunehmen.

Nick hörte weitere Sirenen und Martinshörner und stellte sich vor, wie die Straße sich mit Löschzügen und Streifenwagen füllte, stellte sich Ninas hilflose Verzweiflung vor – genauso wie es ihm ergangen war, als Nina und Zoë im Nachbarhaus in Hollys Gewalt waren.

»Nun *mach* schon, Holly«, drängte er. »Wir müssen hier *raus*!«

Sie rührte sich nicht.

»Es war nicht meine Schuld, daß Eric ertrunken ist, weißt du«, fuhr Holly fort, die zum erstenmal husten mußte und deren Stimme immer rauher und heiserer wurde. »Weißt du noch, wie ich dir erzählt habe, daß er in den Teich gesprungen ist und daß ich versucht habe, ihn zu retten?« Ihre Augen waren rot und tränten. »Das habe ich allen gesagt. Aber es stimmt nicht.«

Der Rauch wurde dichter, die Hitze nahm zu. Wieder warf Nick einen gehetzten Blick auf die Tür hinter Holly. Er überlegte, ob er sie zur Seite stoßen und ohne sie ins Freie flüchten sollte, doch so rasch ihm der Gedanke gekommen war, so schnell verwarf er ihn wieder. Ohne Holly würde er die Garage nicht verlassen. Wie sehr er sich auch ihren Tod gewünscht hatte, als er sie aus dem Fenster stieß, wie leidenschaftlich er herbeigesehnt hatte, daß sie ein für allemal aus seinem Leben verschwand – der blinde, *wahnsinnige* Zorn, den er damals verspürt hatte, war nun verschwunden.

Sie ist die Verrückte, sie ist die Mörderin – du bist nicht wie sie.

»Ich träume immer noch davon«, sagte Holly leise und abwesend, wie jemand, der in der Sicherheit einer Praxis zu einem Psychiater spricht, und nicht wie eine Frau, die inmitten eines Infernos stand, das sie selbst heraufbeschworen hatte. »In dem Traum sagt Eric mir jedesmal, daß ich lügen soll. Ich soll sagen, es wäre seine Schuld gewesen ... Eric hat immer die Schuld auf sich genommen, weißt du.«

»Nun komm endlich, Holly.«

Nicks Stimme war krächzend; seine Kehle fühlte sich an wie Sandpapier. Wieder überlegte er, ob er an Holly vorbeistürmen, sie vielleicht sogar packen und mit sich zur Tür zerren sollte, doch der Kanister konnte noch eine Menge Spiritus enthalten; falls der Behälter in die Flammen an der Tür geriet, bestand die Gefahr, daß er wie eine Bombe explodierte.

»Verdammt noch mal, Holly, wir müssen hier *raus*!«

»In bin damals immer wieder in Schwierigkeiten geraten« – noch immer war Holly wie in Trance, wie in einer anderen Welt –, »doch Eric hat mich stets rausgepaukt, hat für alles die Schuld auf sich genommen. Bis er ums Leben kam.« Plötzlich wurde ihr Blick wieder klar und fest, und sie schaute Nick an. »Ich dachte, du würdest Erics Platz einnehmen, Nick, und immer für mich dasein, so wie er.« Ihre Stimme wurde schroff und anklagend. »Du hast es mich sogar glauben gemacht, Nick. Du hast mich betrogen ...«

Weitere Sirenen und Martinshörner. Schreie und Rufe.

»Das ist Vergangenheit, Holly«, erwiderte er mit so kräftiger Stimme, wie seine wunde, ausgetrocknete Kehle und seine schmerzenden Lungen es erlaubten. »Aber *hier* und *jetzt* müssen wir uns beeilen, endlich ins Freie zu kommen, bevor es zu spät ist.«

Wieder mußte er husten und versuchte erneut, sich das Tuch auf Mund und Nase zu drücken, doch das Gefühl, ersticken zu müssen, wurde dadurch nur noch schlimmer. Nick schleuderte das Tuch zur Seite, wo es augenblicklich von den lodernden Flammen verschlungen wurde.

»Es *ist* schon zu spät«, sagte Holly und hob den Kanister mit beiden Händen.

Nick trat einen Schritt zurück.

Holly lächelte. »Angst?« Sie schüttelte den Kanister und lächelte wieder, als Nick zusammenzuckte. Dann hob sie den Kanister in einer langsamen, fließenden Bewegung über den Kopf. Selbst in der schlecht sitzenden Kleidung sah es anmutig aus, beinahe so, als würde Holly tanzen.

Nick wußte, was sie vorhatte.

»Holly«, sagte er mit zittriger, beschwörender Stimme, »stell den Kanister hin.«

»Zu spät«, sagte sie noch einmal. Dann hielt sie die Tülle genau über ihren Kopf, schloß die Augen, kippte den Kanister zur Seite und übergoß sich mit dem Spiritus.

»*Holly!*« rief Nick heiser. »Um Gottes willen, Holly!«

Er trat einen Schritt auf sie zu, hielt dann inne. Er dachte daran, was passieren konnte, sollte er einen Schwall Spiritus abbekommen; er dachte daran, daß draußen seine Frau verzweifelt um ihn zitterte.

»Endspiel, Nick«, sagte Holly und schlug noch einmal ihre rot entzündeten Augen auf, in denen jetzt der Wahnsinn loderte. Sie ließ den leeren Kanister zu Boden fallen; er landete zu ihren Füßen, und ein paar letzte Tropfen liefen aus der Tülle, funkelten im Licht der Flammen. »Endspiel für uns beide.«

Nick roch den Spiritus, der Hollys Haar, ihre Kleidung, ihre Haut tränkte – und mit einem Mal wußte er *genau*, was sie tun würde.

»Holly, bitte«, flehte er sie an, »das ist verrückt. Das ... willst du doch nicht wirklich?«

»Doch, *genau* das«, erwiderte sie herausfordernd. Sie wurde von einem Hustenanfall geschüttelt; dann fuhr sie fort: »Wer kann schon wissen, ob ich selbst es gewesen bin? Diesmal wirst du beweisen müssen, daß du mich nicht mit dem Zeug übergossen und angezündet hast.« Sie trat einen Schritt zurück, näher an die Flammen heran, die hinter ihr loderten.

»Holly, *hör auf!*«

»Die Polizei war dabei, als du mich aus dem Fenster gestoßen hast, Nick«, fuhr sie fort, »und du hättest mir heute abend gar nicht hier herunter folgen müssen. Es gäbe nur einen Grund dafür. Die Cops werden es wissen. Sie werden davon ausgehen, daß du die Chance genützt hast, zu Ende zu bringen, was dir beim erstenmal nicht gelungen ist.«

»Mein Gott, Holly, tu's nicht ...« Beinahe versagte ihm die Stimme.

»Ich hätte alles für dich getan, Nick. Das weißt du, nicht wahr?« Sie schüttelte den triefend nassen Kopf, hustete noch einmal, und ihre Stimme wurde rauh. »Aber jetzt nicht mehr. Nie mehr. Jetzt kannst du von mir aus zur Hölle fahren – ob schnell oder langsam, ist mir scheißegal.«

Ein lautes, dröhnendes Geräusch ließ beide zusammenfahren. Das Garagentor erbebte unter heftigen Schlägen, als die Feuerwehrleute von draußen mit Äxten dagegenschlugen. Das Schloß zerbarst, flog durch die Luft und landete mit einem metallenen Klirren auf dem Beton, doch das Geräusch wurde von den dröhnenden Axtschlägen der Feuerwehrleute und den orgelnden Geräuschen der Flammen beinahe übertönt.

Das Garagentor bewegte sich, schwang langsam nach oben.

Ein Schwall kalter Dezemberluft fachte die Flammen an.

Holly stand da und bewegte sich nicht.

»Weg von den Flammen, Holly!« brüllte Nick.

Sie rührte sich immer noch nicht, doch ein seltsamer Ausdruck huschte über ihr Gesicht. Nick hatte das Gefühl, als wäre sie ihrer Sache plötzlich nicht mehr sicher – und daß sie vielleicht *doch nicht* zu sterben bereit war ...

»Holly!« rief er ein letztes Mal. »Weg von den Flammen!«

Der Ausdruck auf ihrem Gesicht verschwand.

Sie streckte die rechte Hand nach Nick aus.

»Komm mit mir«, sagte sie ruhig.

Es geschah, bevor die Feuerwehrleute die Schläuche auf sie richten konnten – so schnell wie ein Blitz, der an einem schwülen Abend im August vom Himmel zuckt. Der Wind blies die Flammen genau auf Hollys mit Spiritus getränkten Körper zu, und das Feuer umhüllte sie wie ein grell leuchtender, brausender Umhang, ließ eine wirbelnde, weißglühende Aura um ihren Kopf aufleuchten, peitschte ihr dunkles, in der Gluthitze wogendes Haar, ließ es verglühen, schmolz ihre Kleidung, verbrannte ihre Brauen und Wimpern zu winzigen Flammenlinien, verzehrte ihre Wangen und schlug in ihren weit aufgerissenen, lautlos schreienden Mund.

Nick tat nichts.

Er konnte nichts mehr tun.

Es war zu spät. Es war schon vorbei.

Gerade noch hatte Holly ihm gesagt, er solle zur Hölle fahren.

Nun war sie schon dort.

Vergangene Woche war Hollys Beerdigung.

In drei Tagen ist der erste Weihnachtstag. Ihr achtundzwanzigster Geburtstag.

Für uns wird Weihnachten mehr oder weniger so verlaufen, wie wir es geplant hatten. Zoës erstes Weihnachtsfest.

Phoebe wird über die Feiertage bei uns bleiben. Sie ist in großartiger Verfassung. Seit sie gekommen ist, haben wir alle Unmengen an Fast Food gegessen. Die Küche wird noch renoviert. Doch selbst wenn sie vom Feuer verschont geblieben wäre, ist außer mir keinem von uns nach Kochen, und wie sehr ich die Frauen auch dazu dränge, etwas Frisches und Gesundes zu essen, steht Nina immer wieder der Sinn nach Hot Dogs und Hamburger und Burritos. Und für Phoebe – der es noch erhebliche Mühe bereitet, mit Messer und Gabel zu essen – war es immer schon das Größte, auf einem sauberen Fußboden zu sitzen und Pizza zu essen.

Chris Field behielt recht: Die Klagen gegen mich wurden fallengelassen. Gerüchteweise hatte Field davon gehört, daß Richard Bourne damit zu tun hatte.

Der arme Kerl tut mir unendlich leid.

Nach der Beisetzung schrieb Eleanor einen Brief an Nina.

Sie bedauere zutiefst, was mit Nina, Phoebe und Zoë geschehen sei, schrieb sie, für mich aber habe sie nur Verachtung übrig.

Eleanor gibt mir die Schuld an Hollys Tod – wie sie mich immer schon für sämtliche Schwierigkeiten im Leben ihrer Tochter verantwortlich gemacht hat.

Ich hätte begreifen müssen, schrieb sie in dem Brief an Nina, wie sehr Holly mich geliebt habe. Ich hätte dankbar sein müssen, von einem so besonderen, so einzigartigen Menschen geliebt zu werden.

Ich hätte – so Eleanor Bourne – Hollys Liebe erwidern müssen.

Vielleicht habe ich Holly tatsächlich einmal für kurze Zeit geliebt.

Aber das ist sehr lange her.

DANKSAGUNGEN

Mein herzlicher Dank gilt (in alphabetischer Reihenfolge): Jon und Barbara Ash; Howard Barmad; dem Personal des Beverly Hilton; Jennifer Bloch; dem California State Bar Office; Howard Deutsch; Sara Fisher; dem Personal des Grand Hyatt in San Francisco; John Hawkins; Yobanna Higuera.

Detective James Kelly vom New York Police Department; Jonathan Kern (besonders dafür, daß er mit mir die Hügel von San Francisco hinauf und hinunter gestiegen ist); Elenore Lawson; Herta Norman (wie stets meine tägliche Kritikerin); Judy Piatkus; Helen Rose; Sally Rosenman von Hill & Company, San Francisco; Nicholas Shulman; Dr. Jonathan Tarlow; Michael Thomas. Mein besonderer Dank für ihre Freundlichkeit, ihre bewunderswerte Geduld und ihr Fachwissen gilt Officer Sherman Ackerson und Mr. Dewayne Tully vom San Francisco Police Department. Auch bei Marianne Coggan, die mir dort viele Türen öffnete, und natürlich bei Chief Lau, der mich durch diese Türen führte, möchte ich mich bedanken.

»Ein Top-Thriller wie ein Adrenalinrausch.«
(Options)

Douglas Kennedy

DER JOB

Ned Allen ist ein brillanter Verkäufer in der
boomenden New Yorker Werbeszene,
und der Erfolg im Beruf öffnet ihm die Tür zur luxus-
verwöhnten Oberschicht Manhattans.
Ned Allen ist ein Mann auf dem Weg nach ganz oben!
Doch dann wird seine Firma verkauft,
und Ned ist von einem Tag auf den anderen ohne Job.
Er verliert alles, wofür er gekämpft hat:
sein Ansehen, seine Ehe, sein Heim.
In seiner Not nimmt er schließlich das Angebot
eines zweifelhaften Management-Gurus an –
ein Handel mit tödlichen Folgen und der faustischen Frage:
Wie weit ist ein Mensch bereit zu gehen,
wenn seine Existenz auf dem Spiel steht?

Aus dem Amerikanischen von Lore Straßl
480 Seiten
Gebunden mit Schutzumschlag

Gustav Lübbe Verlag

»Ein atemloser Thriller. Besser als Grisham.«
(Brigitte)

David Baldacci

Die Versuchung

Lynn Tyler ist eine junge, intelligente, attraktive Frau, die nie im Leben eine wirkliche Chance gehabt hat. Bis eines Tages ein geheimnisvoller Fremder auf sie zutritt und ihr ein unwiderstehliches Angebot macht: Sie braucht sich nur ein Los in der nationalen Lotterie zu kaufen. Er wird dafür sorgen, daß sie gewinnt: 100 Millionen Dollar – zu seinen Bedingungen. Doch was dann folgt, ist Spannung pur; denn aus dem Spiel mit dem Glück wird mörderischer Ernst ...

Aus dem Amerikanischen von Edda Petri
544 Seiten
Halbleinen mit Schutzumschlag, Leseband
Auch als Hörbuch erhältlich
Gekürzte Romanfassung gelesen von Franziska Pigulla
5 CDs/4 MCs, Gesamtspielzeit 350 Minuten

Gustav Lübbe Verlag
Lübbe Audio

»Die neue Antwort auf Thriller-Fragen lautet Baldacci.«
(Frankfurter Rundschau)

David Baldacci

Die Wahrheit

Rufus Harms büßt seit fünfundzwanzig Jahren
im Militärgefängnis von Fort Jackson für den Mord
an einem kleinen Mädchen.
Dann bekommt er einen Brief von der US Army,
aus dem zweifelsfrei hervorgeht, daß er unschuldig ist.
In seiner Verzweiflung wendet er sich
an den Obersten Gerichtshof der Vereinigten Staaten.
Er glaubt nicht mehr, daß ihm Gerechtigkeit widerfahren
wird. Er will nur, daß die Wahrheit ans Licht kommt.
Doch nichts ist gefährlicher als die Wahrheit.

Aus dem Amerikanischen von Uwe Anton
512 Seiten
Gebunden mit Schutzumschlag
Auch als Hörbuch erhältlich
Gekürzte Romanfassung gelesen von Gunter Schoß
5 CDs/4 MCs, Gesamtspielzeit 352 Minuten

Gustav Lübbe Verlag
Lübbe Audio